NÃO ACORDE O PASSADO

Outras obras da autora:

Calafrios
Chama fatal
O último grito
Não queira saber

LISA JACKSON

NÃO ACORDE O PASSADO

1ª edição

Tradução de
Caroline R. Horta

Rio de Janeiro | 2021

EDITORA-EXECUTIVA Renata Pettengill	**CAPA** Letícia Quitilhano
SUBGERENTE EDITORIAL Marcelo Vieira	**IMAGENS DE CAPA** ratpack223 / iStock (mansão) golubovy / iStock (fundo)
ASSISTENTE EDITORIAL Samuel Lima	
ESTAGIÁRIA Georgia Kallenbach	**DIAGRAMAÇÃO** Beatriz Carvalho Mayara Kelly
REVISÃO Renato Carvalho	**TÍTULO ORIGINAL** *Close to home*

CIP-BRASIL. CATALOGAÇÃO NA PUBLICAÇÃO
SINDICATO NACIONAL DOS EDITORES DE LIVROS, RJ

Jackson, Lisa

J15n   Não acorde o passado / Lisa Jackson; tradução de Caroline R. Horta.
– 1ª ed. – Rio de Janeiro: Bertrand Brasil, 2021.

Tradução de: *Close to home*
ISBN 9788528624762

1. Ficção americana. I. Horta, Caroline R. II. Título. III.

CDD: 813
20-67827   CDU: 82-3(73)

Leandra Felix da Cruz – Bibliotecária – CRB-7/6135

Copyright © 2014 by Lisa Jackson LLC
Título original: *Close to home*

Texto revisado segundo o novo Acordo Ortográfico da Língua Portuguesa

2021
Impresso no Brasil
Printed in Brazil

Todos os direitos reservados. Não é permitida a reprodução total ou parcial desta obra, por quaisquer meios, sem a prévia autorização por escrito da Editora.

Direitos exclusivos de publicação em língua portuguesa somente para o Brasil adquiridos pela:
EDITORA BERTRAND BRASIL LTDA.
Rua Argentina, 171 – 3º andar – São Cristóvão
20921-380 – Rio de Janeiro – RJ
Tel.: (21) 2585-2000 – Fax: (21) 2585-2084,
que se reserva a propriedade literária desta tradução.

Atendimento e venda direta ao leitor:
sac@record.com.br

PRÓLOGO

31 de outubro de 1924 — Mansão Pavão Azul

Socorro! Meu Deus, por favor!

O coração de Angelique martelava, o medo se espalhava por sua corrente sanguínea enquanto ela subia as escadas correndo, descalça. Precisava encontrar uma forma de salvar a si e as crianças. Pelo amor de Deus, ela precisava salvá-las.

Desesperada, apanhou a barra rasgada da saia esfarrapada e suja de grama, suas pernas molhadas e cobertas de lama.

E sêmen.

A prova de que o desgraçado a tinha estuprado.

Quanto mais ela subia as escadas, mais seu estômago embrulhava com o pensamento. Lá embaixo, perto do salão, o tique-taque do antigo relógio de sua avó marcava os segundos de vida que lhe restavam. Agarrando o corrimão polido, tomou impulso, chegando ao segundo andar, banhado pela luz acesa, e atravessando o corredor de longos tapetes em direção às escadas que levavam ao terceiro andar daquela casa monstruosa, um lar do qual tivera tanto orgulho no passado.

Idiota!

Corre! Corre! Corre!

Não deixa ele te pegar de novo!

Leva ele para longe das crianças.

Sua respiração estava entrecortada, os pulmões ardiam, o corpo pesava, seu espartilho estava frouxo. Ela chegou ao patamar e teve a impressão de ouvir passos pesados no andar de baixo.

Uma das crianças?

Ou ele?

Ai, meu Deus!

Com as costas pingando de suor, subiu para o terceiro andar e, dali, seguiu ofegante pelo corredor escuro. Imagens das crianças — as inocentes — dominaram seus pensamentos.

Ajude as crianças! Mon Dieu, por favor... ME AJUDE!

Se tivesse chegado sua hora, que assim fosse, mas as crianças, não. Seus olhos se encheram de lágrimas enquanto pensava na doce Monique e no pequeno e rechonchudo Jacques, e também nos outros, mais velhos, que sofriam do mesmo jeito. A Ruth de todas as horas, a adorável Helen e o Louis, com seus olhos tristes. Sentiu a garganta fechar. Era tudo culpa dela. Inocentes sofreriam e teriam mortes atrozes por causa dela.

A mulher que tinha jurado protegê-los.

Olhou para a vertiginosa escadaria curva que mergulhava nas sombras abaixo. A luz trêmula produzia um brilho macabro no patamar de cada andar, e a escuridão nos lances de escada entre eles fazia seu sangue gelar.

Mas ela não podia ceder ao medo. Ainda não.

Vamos, seu desgraçado. Me segue. Deixa elas em paz! Mas ela sabia que ele não as deixaria sair ilesas. Sabia disso tanto quanto qualquer um, não sabia? Não era do feitio dele. Ela não carregava as cicatrizes que provavam como ele podia ser cruel, o homem que ela um dia amou?

Ela ouviu a porta da frente ranger e, em seguida, bater com tanta força que seu coração quase parou. Foi tomada pelo horror e, por pouco, não tropeçou nas saias. *Fica calma. Você consegue ser mais esperta que ele. Você precisa ser. Ai... meu Deus...*

As botas dele ecoaram ao atravessar o assoalho de madeira do saguão e pisarem com um estrondo no primeiro degrau.

Ela sentiu o corpo se arrepiar por inteiro e mordeu o lábio com força.

Le monstre hideux estava vindo.

E ela sabia que ele viria.

Agarrou o crucifixo de prata pendurado em um cordão fino ao redor do pescoço e ousou olhar por cima do corrimão. A sombra ameaçadora, uma enorme mancha negra se alongando até o teto, seguia em frente, implacável. E trazia algo na mão. Foi quando ela conseguiu ver um machado.

Suas entranhas se contraíam só de imaginá-lo brandindo a pesada e afiada lâmina; a intenção dele de dilacerá-la até a morte era muito clara. Que chance teria ela contra tamanha força bruta?

Ela percebeu que deveria ter fugido para o estábulo, mas era tarde demais. Descartara a ideia porque não teria tempo para montar sua égua e cavalgar quase dez quilômetros até a cidade, enfrentando a névoa, a chuva e a lama na estrada, atravessando campos e bosques para chegar às ruas iluminadas a gás de Stewart's Crossing. Mesmo que chegasse à cidade, como conseguiria convencer o xerife de que não estava completamente louca e voltar a tempo para salvar a todos? Impossível. Imprudente, correra para a casa, e agora se arrependia de não ter fugido para o estábulo, onde estavam não apenas os cavalos, mas também uma variedade de ferramentas — machadinhas, martelos e foices — guardadas no celeiro.

Ela esperou.

Sua única esperança era que, quando ele a seguisse até o telhado, ela tivesse uma chance — ínfima, é claro, mas ao menos uma oportunidade, por mais arriscada que fosse, de virar o jogo. Se não conseguisse se salvar, talvez pudesse levar o maldito com ela.

E o bebê? Você também seria capaz de sacrificar uma vida antes mesmo de ela nascer?

Lágrimas queimavam seus olhos.

Outra vez, olhou por cima do corrimão curvo e teve um vislumbre dele, agora, no segundo andar, subindo para o terceiro.

AGORA!

Ela se inclinou sobre o corrimão e gritou o mais alto que pôde:

— Corram!

— Mas que porra...? — rosnou ele, encarando-a, seus olhos azuis brilhando de malícia acima da barba.

— Ruth! Helen! — gritou ela desesperadamente, na esperança de alertar as crianças. — Peguem os bebês e corram o mais rápido que puderem!

— Elas nunca vão escapar — avisou ele, um olhar convencido contorcendo os lábios que ela um dia beijou com tanto ardor.

Como ela pôde ser tão imbecil?

Ele riu novamente, e o cheiro forte do álcool alcançou as narinas dela. Ele estava perto demais!

Ela se virou e disparou pela passadeira em direção às escadas que levavam ao sótão, no fim do corredor. A porta estava trancada, como sempre.

— Vadia! — berrou ele enquanto a seguia. — Sua puta desgraçada, volte aqui!

Jamais!

Em silêncio, ela rezou pelas almas doces e queridas das crianças.

Pai nosso, que estais no Céu...

O relógio no corredor do andar de baixo começou a bater, marcando as horas com repiques retumbantes.

Santificado seja o Vosso nome.

Ele acelerou os passos, e ela pôs a mão no bolso de suas volumosas saias para pegar as chaves. Atrapalhou-se com o molho na escuridão; o metal tilintando enquanto ela sofria para encontrar a chave certa.

Rápido!

A pulsação martelava sua cabeça, seus dedos escorregavam de suor, as chaves retiniam. Ela deixou o chaveiro cair, mas logo o pegou de volta.

Venha a nós o Vosso Reino.

Seja feita a Vossa vontade.

Assim na terra como no Céu.

O relógio continuava batendo as horas e, com o repique familiar, vinham os passos pesados e determinados anunciando que ele se aproximava.

Seu coração parou. Sua respiração ficou presa nos pulmões por uma fração de segundo. Ela tentou outra chave.

Nada!

— Você acha que pode fugir de mim? — bramiu ele, suas palavras ecoando pelas vigas, congelando a alma dela. — Você acha mesmo que pode fugir? — Sua risada era obscena.

O medo fechou sua garganta.

Com as mãos tremendo, ela forçou a chave na fechadura e a girou freneticamente.

Click!

A fechadura destrancou!

Apressada, empurrou com o ombro para abrir a porta do sótão.

Ele que venha.

Ela era uma mulher inteligente e não estava morta, longe disso.

Ainda.

De alguma forma, de alguma maneira, com um pouco de sorte, salvaria as crianças; talvez até a si mesma. O ar estava denso e úmido, cheirava a poeira. Ela bateu a porta atrás de si, girou a fechadura e subiu às pressas o íngreme e estreito lance de escadas na mais completa escuridão.

Ouviu o inconfundível trissar de um morcego e o alvoroço de asas batendo enquanto subia para o sótão, mas mal se importou.

Pensa, Angelique, pensa! Não deixa ele intimidar você! Sua mente estava tão acelerada quanto seus pés descalços, que corriam às pressas pelo chão gelado. Era a oportunidade que tinha de igualar suas chances, de pegar uma arma para se proteger. Não restava muito tempo. Depois de subir a última escadaria em caracol, foi até a pequena cúpula de vidro.

A chuva escorria pelas janelas do cômodo apertado e seus dedos trêmulos tentavam freneticamente abrir o trinco da minúscula porta que dava para o terraço no telhado. *Por favor, por favor, por favor!* A fechadura cedera com pouco esforço, mas a portinhola estava emperrada, a madeira do batente, inchada pela umidade.

Ela cerrou os dentes, tentou outra vez, jogando o ombro contra a porta e sentindo a madeira encharcada resistir, até que, finalmente, pareceu ceder um pouco. Ele estava mais perto agora. Ela podia ouvi-lo no corredor que dava para as escadas de acesso ao sótão, chacoalhando a maçaneta da porta.

Não!

Desesperada, atirou o próprio peso contra a porta, que, por fim, se escancarou com tudo, impulsionada pela corrente de ar uivante que vinha da garganta do rio lá embaixo.

Uma chuva gélida desabava do céu, as nuvens ocultavam a lua, mas ela não parou para olhar, apenas voltou logo para o sótão. Se, de alguma maneira, conseguisse atraí-lo sozinho para o terraço e trancar a porta atrás dele, ele ficaria preso.

Mas ele tem um machado. Ele pode quebrar a porta e voltar para dentro.

Inferno!

Craaaack! Bam!

A porta de acesso ao sótão cedeu, estilhaçando e se estatelando com violência contra a parede.

Ela engoliu um grito.

Sem fazer barulho, embrenhou-se mais fundo na escuridão do sótão. Ao mesmo tempo, ia vasculhando o cômodo frio com o toque.

Os degraus que levavam ao sótão rangiam sob o peso dele. Ele estava demorando; ou estava com medo de ser atacado ou saboreava cada momento da caçada.

Aflita, ela fez o sinal da cruz sobre o peito e forçou-se a fechar a boca para que ele não pudesse ouvir sua respiração apavorada. *Calma. Você consegue ser mais esperta que ele. Ele é burro. Só não se desespere!*

Dando pequenos passos para trás, arranhando as paredes de madeira e as vigas nuas com os dedos enquanto farpas cravavam suas unhas, ela mordia o lábio inferior, recusando-se a emitir um som sequer, mesmo quando as pontas afiadas dos pregos que prendiam as telhas feriam sua cabeça.

Não deixe ele ouvir você.

Agachando-se, ela recuou lentamente, passando por uma poça congelada resultante de uma goteira. Manteve os braços esticados à procura de algo, qualquer coisa, que pudesse protegê-la, mas não encontrava nada que servisse.

Agora conseguia sentir o cheiro dele, o odor do álcool tinha chegado a suas narinas. Ela se ajoelhou, tateando convulsivamente o chão e as caixas que o abarrotavam. Tateou um porta-retratos antigo, um baú, uma cesta velha com materiais de bordar e caixotes mofados, mas nada duro ou afiado, nem mesmo uma maldita pedra. Vasculhando a área no escuro, rezou para encontrar algum tipo de arma ou escudo.

Tinha que ter algo ali! Nem que fosse um pequeno caco de vidro. Um prego. Um gancho. Um ferro velho. Qualquer coisa!

Bum!

As vigas tremeram.

— Caralho! — resmungou ele, como se tivesse batido com a cabeça em uma viga baixa. Ela virou uma estátua, não movia um músculo sequer.

Engolindo em seco, ainda agachada, passou as mãos ao redor das saias, fazendo um movimento circular. Com as pontas dos dedos, sentiu um metal frio, um tipo de haste. Seu coração disparou. Talvez tivesse esquecido um atiçador de brasas ali ou... não! Um castiçal! Ela quase chorou de surpresa e alívio.

— Onde você está? — disse ele com a voz mansa. Persuasiva. — Vamos, apareça, saia de onde quer que esteja.

Ela enroscou os dedos no metal frio. Não era uma arma à altura de um machado, mas era duro e pesado. Agarrou o castiçal próximo à ponta afunilada para que pudesse bater com a base, empregando força suficiente para rachar o crânio dele. Ela o ouviu se aproximar da escada que levava à cúpula. *Por favor,* pensou, confiante de que conseguiria deixá-lo preso no terraço, descer as escadas, pegar as crianças e fugir de carroça para a cidade.

Ela sentiu, em vez de ver, que ele começava a subir o último lance de escadas que levava para a cúpula e o terraço no telhado. Não ousou respirar.

Mas ele hesitou. Como se sentisse que era uma armadilha.

Não! Não! Não! Continue! Só mais um pouquinho. Por favor. Só mais três ou quatro passos, para o terraço!

Mas ele deu meia-volta. Ela ouviu a porta de acesso ao terraço bater com força e, em seguida, sentiu as tábuas do assoalho vibrarem quando ele voltou para o sótão.

— Angelique? — chamou ele delicadamente, misturando a voz ao som do vento, que assobiava por entre as cumeeiras. — Sei que está aqui. Apareça. Não tem como fugir.

Exausta, ela sabia que só havia uma maneira de fazê-lo sair para o terraço. Ela mesma teria que servir de isca.

Aguçando a audição, ouviu, agradecida, os passos recuarem enquanto ele andava até a extremidade oposta do sótão, para longe dela. Apanhou o castiçal de onde o deixara e saltou, correndo novamente pelos íngremes degraus da escada em caracol que levava à cúpula.

Dessa vez, a porta abriu com facilidade.

Ela cambaleou para fora, tropeçando na própria saia, e quase deixou cair a arma conforme deslizava pelo terraço escorregadio. A ventania esbravejante levantava seus cabelos. A chuva açoitava seu rosto, mas ali, pelo menos, tinha alguma chance.

Lá embaixo, o rio Columbia estava revolto, correndo depressa para o oeste, uma faixa escura e selvagem cortando os paredões do cânion em cima do qual fora erguida a grandiosa casa. Um dia fora motivo de orgulho e alegria; agora, era sua prisão.

Ingênua, chamara o imponente casarão de Mansão Pavão Azul porque amava as aves; agora, porém, a casa não passava de uma cilada mortal, empoleirada nas alturas, sobre águas tempestuosas, e seus lindos pássaros haviam sido massacrados pelas mãos dele. Naquela tarde, encontrara o corpo de um que chamava de Royal; as brilhantes penas cor de safira pingavam sangue, a haste de uma flecha saindo do peito.

Mas ela não podia pensar naquela crueldade sem sentido agora… Não quando as crianças estavam em perigo.

Aprumando a postura, esperou próximo à porta. O plano era trancá-lo ali e fugir com as crianças.

Não é suficiente. Você precisa tacar fogo nessa casa. Prende ele no terraço e queima a casa toda. Que falta vai fazer essa prisão asquerosa para você, no fim das contas?

— Que Deus me perdoe — sussurrou ela, erguendo o castiçal assim que o topo da cabeça dele apareceu na pequena abertura. Não pensou duas vezes. Colocando todo o seu peso no golpe, ela o atacou.

Craaaack!

Os ossos da face atingida se estilhaçaram, e ele cambaleou de leve, uivando como um lobo ferido.

Ela investiu novamente, mas ele desviou e o castiçal passou de raspão no ombro dele.

Ele agarrou o castiçal, arrancando-o de suas mãos molhadas enquanto forçava passagem para o terraço.

Ela recuou quando ele atacou; machado em uma mão, o maldito castiçal na outra.

— Vadia — disse ele, a voz perfurando o vento enquanto avançava com a paciência infinita de um assassino que sabia que sua presa estava encurralada. — Está querendo me machucar? Me matar? — falou, apertando os olhos, como se não conseguisse acreditar que ela tivera a audácia de se virar contra ele.

— *Maman?* — chamou uma vozinha assustada por cima do estampido de um trovão, e Angelique olhou para a porta, onde Helen, de dez anos, tremia escondida sob o pórtico. — O que está...? — A órfã se virou para o monstro. — Não, espera!

— Volta lá para baixo, Helen! — ordenou Angelique.

— Mas, *Maman*...

— Vai logo! — Os olhos de Angelique cruzaram com o olhar assustado da menina por uma fração de segundo. — E tranca a porta.

— Não! — Ele se virou para Helen. — Não tranque nada!

Angelique estava desesperada.

— Corre! Agora!

Ela saltou para a frente e jogou o corpo contra o dele, esticando as mãos para o alto, arranhando o rosto dele, lutando para pegar o cabo do machado.

— Vadia! — berrou ele.

Em algum lugar atrás dos dois, Helen gritou.

O machado reluziu.

Mas as botas dele escorregaram no chão.

— Corre! — gritou Angelique para Helen quando ele tombou.

Com toda a força, ela ergueu a perna rapidamente e acertou uma joelhada na virilha dele, fazendo com que ele grunhisse e perdesse o equilíbrio, o machado sumindo na escuridão abaixo.

Gritando de agonia, ele agarrou o pescoço dela com toda a força e ela o chutou para valer outra vez.

Eles oscilaram juntos, ligeiramente, hesitaram, olhos nos olhos; então foram engolidos pelas trevas da noite.

CAPÍTULO 1

15 de outubro de 2014 — Mansão Pavão Azul

— Nossa, mãe, você só pode estar de brincadeira! — disse Jade no banco do carona do Explorer enquanto Sarah dirigia pela estrada que, um dia, fora coberta de cascalho.

— Não estou brincando — respondeu Sarah. — Você sabe disso.

Serpenteando entre as densas fileiras de pinheiros, abetos e cedros, o caminho, dois sulcos na terra batida, estava tomado por ervas daninhas e cheio de buracos que haviam se tornado poças por causa da chuva recente.

— Não é possível que você realmente ache que a gente possa morar aqui! — Vislumbrando partes do casarão por entre as árvores, Jade, de dezessete anos, estava visivelmente horrorizada e, como sempre, não teve medo de expressar sua opinião.

— A mamãe está falando sério — disse Gracie, que estava sentada no banco de trás atochada entre pilhas de cobertores, montanhas de edredons, sacos de dormir e outras roupas de cama que traziam de Vancouver. — Ela já disse.

Jade olhou por cima do ombro.

— Eu sei. Só que é pior do que eu pensava.

— Impossível — retrucou Gracie.

— Ninguém pediu a sua opinião!

Sarah apertou as mãos no volante. Já tinha ouvido dos outros que estava arruinando a vida das filhas ao fazer as malas e voltar para a antiga propriedade onde nascera e fora criada. Mas escutar aquilo da boca delas fazia com que se sentisse a pior mãe do mundo. A palavra "ódio" era ouvida aos quatro ventos, direcionada a ela, sua decisão e suas vidas infelizes, no geral.

Mãe solo. Não era para os fracos, ela já sabia fazia tempo. Pelo visto, suas filhas ainda estavam com raiva dela. Que pena. Sarah precisava de um recomeço.

E, embora Jade e Gracie não soubessem, elas também precisavam.

— Parece que a gente está em outro sistema solar — disse Jade, conforme o matagal ia rareando até uma ampla clareira bem acima do rio Columbia.

— Em uma terra muito, muito distante — concordou Gracie.

— Vamos parar? Não é *tão* ruim assim — disse Sarah. As meninas tinham passado a maior parte da vida em Vancouver, Washington, a um rio de distância de Portland, Oregon. A vida delas era urbana. Aqui, em Stewart's Crossing, as coisas seriam diferentes, ainda mais na casa onde Sarah tinha passado a infância, a Mansão Pavão Azul.

Empoleirada em altos penhascos com vista para o rio Columbia, o casarão onde Sarah fora criada se erguia em três andares de cedro e pedra. Construído no estilo Queen Anne, suas elevadas cumeeiras e chaminés cortavam o céu cinza e sombrio, e agora, de onde estava, Sarah conseguia ver a cúpula de vidro que dava acesso ao terraço. Por um segundo, sentiu um frio percorrer-lhe a espinha, mas o espantou.

— Meu... Deus... do... Céu... — O queixo de Jade foi ao chão quando encarou a casa. — Parece que tiraram essa coisa direto da *Família Addams*.

— Deixa eu ver! — No banco traseiro, Gracie tirou o cinto de segurança e se inclinou para ver melhor. — Ela está certa. — Dessa vez, concordou com a irmã mais velha.

— Ah, me poupem — disse Sarah, mas Jade não estava exagerando quando falou.

Com uma longa varanda caindo aos pedaços e chaminés em ruínas, o casarão de outros tempos, chamado pela comunidade, na época, de Joia do Columbia, estava pior do que Sarah se lembrava.

— Você está cega? Esse lugar é um desastre! — Jade olhava pelo para-brisa e balançava a cabeça lentamente, como se fosse incapaz de acreditar na terrível reviravolta que sua vida estava prestes a dar. Aproximando-se da garagem, passaram por outra casa totalmente largada às traças. — Mãe, é sério. A gente não *pode* morar aqui. — Ela lançou o olhar esbugalhado cheio de rímel para a mãe, como se Sarah tivesse perdido completamente a cabeça.

— Não só podemos como vamos. Em breve. — Sarah virou o volante e deu a volta com o carro para estacionar próximo ao caminho que levava à entrada da casa principal. O portão, belo e enferrujado, soltara das dobradiças, o caramanchão já era fazia tempo, as rosas que ladeavam o caminho de lajotas estavam murchas e secas. — Vamos ficar na casa

15

principal até as obras na casa de hóspedes terminarem, provavelmente na semana que vem. É lá que vamos morar até acabarem as reformas aqui, mas isso vai levar... alguns meses, talvez um ano.

— A casa de hóspedes... minha nossa, é *aquilo* ali? — Jade apontou uma unha pintada de preto para a casa menor, que ficava do lado oposto do casarão, atravessando um grande pátio de pedra.

A casa de hóspedes se encontrava basicamente no mesmo estado que a casa principal e os anexos. Faltavam telhas, os canos estavam enferrujados e a maior parte das calhas estava solta ou ausente. Muitas das janelas também tinham sido cobertas com tábuas, e as poucas que sobraram estavam rachadas e amareladas.

— Um charme. — Jade soltou um suspiro enojado. — Não vejo a hora.

— Sabia que você ia gostar — disse Sarah, com um sorriso acuado.

— Muito engraçado — zombou Jade.

— Vamos lá. Ânimo! É por pouco tempo. Logo vamos nos mudar para a casa principal de vez. Isso se não a vendermos antes.

— Você deveria vender essa coisa agora! — falou Gracie.

— Ela não pertence só a mim, lembra? Parte dela também é dos meus irmãos. Vamos decidir juntos o que fazer.

— Ninguém tem um isqueiro aí, não? — sugeriu Jade, quase brincando. — Vocês poderiam tacar fogo nela e pegar o dinheiro do seguro.

— Desde quando você sabe sobre...? — Mas ela desligou o motor e não terminou a pergunta. Jade, além de sua recém-descoberta paixão pelo macabro, também curtia todo tipo de série policial ou investigativa que passasse na televisão. Recentemente tinha descoberto o *true crime*, gênero em que aspirantes a atores reencenam assassinatos reais grotescos e coisas do tipo. Os interesses de Jade, que pareciam coincidir com os de seu namorado atual, perturbavam Sarah, mas ela tentava evitar passar sermão na filha por causa disso. Nesse caso, menos era mais.

— Você devia vender a sua parte. Deixar a reforma com a tia Dee Linn, o tio Joe e o tio Jake — disse Jade. — Se livrar enquanto pode. Cruz credo, mãe, só estar aqui já *é* loucura. Essa casa não só parece ter saído de um filme de terror como fica no meio do nada.

Ela não estava errada. A casa e o terreno ficavam a quase dez quilômetros de Stewart's Crossing, a cidade mais próxima; e as fazendas vizinhas, escondidas por florestas de abetos e cedros. Sarah olhou na direção do Willow Creek, um riacho que fazia fronteira natural com o terreno vizinho, que pertencia à família Walsh por mais de cem anos. Por um instante pensou em Clint, o último Walsh, que, de acordo com Dee Linn e tia Marge, ainda vivia lá. Lembrou a si mesma, em tom repreensivo, que ele *não* era o motivo pelo qual tinha insistido tanto em retornar a Stewart's Crossing.

— Por que não me leva de volta para buscar meu carro? — perguntou Jade enquanto Sarah dava a volta com o Explorer para estacionar perto da garagem.

— Porque ele só vai ficar pronto daqui a alguns dias. Você ouviu o que Hal disse.

Elas tinham deixado o Honda de Jade em uma oficina mecânica na cidade; o plano era trocar todos os pneus e as pastilhas de freio de que o carro tanto precisava, e Hal ia ver por que vazava uma espécie de líquido do carro.

— Ah, claro, Hal, o mestre dos mecânicos — desprezou Jade.

— O melhor da cidade — retrucou Sarah, jogando as chaves dentro da bolsa. — Meu pai ia nele.

— O *único* mecânico da cidade. E o vovô morreu já faz tempo, então isso deve ter sido há séculos!

Sarah acabou sorrindo.

— Tudo bem, você me pegou. Mas o lugar deu uma modernizada desde a última vez que fui lá. Agora tem um monte de equipamentos eletrônicos e dois mecânicos novos na equipe.

Para a surpresa de Sarah, os lábios de Jade também se curvaram, e a mãe se lembrou de quão pequena e inocente a filha era até pouco tempo.

— E muitos clientes.

— Deve ser época de carma do carro ruim — concordou Sarah. Na oficina, tinha encontrado uma senhora com seu cachorrinho e dois homens, todos tendo problemas com seus carros; o pequeno grupo lotava a recepção apertada da garagem.

— E existe carma do carro bom? — questionou Jade, mas ela parecia conformada com a ideia de ficar a pé por um tempo. Bom para ela.

Até pouco tempo, Jade era uma aluna exemplar. Tinha o QI alto e ela se interessava bastante pela escola; inclusive, passava com facilidade nas matérias mais avançadas. Então, um ano atrás, descobriu os garotos, e suas notas começaram a cair. Agora, embora já estivesse fora de moda, Jade gostava do estilo gótico e estava perdidamente apaixonada pelo namorado, um garoto mais velho que mal terminou o Ensino Médio e parecia não se importar com nada além de música, maconha e, provavelmente, sexo. Um pseudointelectual que tinha largado a faculdade e adorava discutir política.

Para Jade, era Deus no Céu e Cody Russell na Terra.

Sarah podia jurar que ele não prestava.

— Vamos, vamos lá — disse ela.

Jade não se mexeu. Ela tirou o celular da bolsa.

— Eu tenho mesmo que ir?

— Sim.

— Mas é chata... — sussurrou Gracie. Aos doze anos, estava apenas começando a mostrar algum interesse em garotos, mas ainda preferia animais, livros e coisas paranormais ao gênero oposto, pelo menos por enquanto. Dotada de uma imaginação fértil e, assim como a irmã, uma inteligência fora do comum, Gracie também estava à frente das crianças de sua idade.

— Eu ouvi isso — disse Jade, mexendo no celular.

— Mas é meio assustador mesmo — admitiu Gracie, inclinando-se para a frente enquanto as primeiras gotas de chuva começavam a respingar no para-brisa.

— Assustador é pouco! — Jade não era do tipo que se controlava. — E... Ai, meu Deus, não vai me dizer que não tem sinal de celular aqui! — Uma expressão exagerada de angústia tomou seu rosto.

— Só em alguns pontos — disse Sarah.

— Nossa, mãe, o que é isso? A Idade das Trevas? Esse lugar é... *horrível*. Mansão Pavão Azul é o meu cu.

— Ei! — repreendeu-a Sarah, duramente. — Nada de palavrão, lembra? Nem um.

— Mas, porra, mãe...

— De novo? — advertiu ela. — Acabei de dizer: nada de palavrão.

— Tá bom! — retrucou Jade, acrescentando com mais calma em seguida: — Mas, mãe... você precisa admitir. Pavão Azul é um nome péssimo. Parece até nome de motel.

— De onde você tirou isso? — quis saber Sarah.

— Só estou falando. — Jade jogou o celular de volta na bolsa. — E a Becky disse que a casa é mal-assombrada.

— Então agora você resolveu escutar a Becky? — Sarah puxou o freio de mão e fez menção de abrir a porta do carro. O dia estava rapidamente indo de mal a pior. — Achei que não gostasse dela.

— E não gosto — suspirou Jade, dramática. — Só estou dizendo o que ela disse. — Becky era prima de Jade, filha da irmã mais velha de Sarah, Dee Linn. — E não é como se eu tivesse um zilhão de amigos aqui, né?

— Justo.

Na opinião de Sarah, Becky não era confiável. Era aquele tipo de adolescente que adorava fazer fofoca e colocar lenha na fogueira, e tinha prazer em criar problema, principalmente para os outros. Becky se metia na vida social de todo mundo. Assim como a mãe. Sem dúvida Becky tinha ouvido de Dee Linn as histórias sobre a Mansão Pavão Azul esconder seus próprios fantasmas. Aquele tipo de fofoca, que deixa uma pulga atrás da orelha e fica atormentando a sua vida, sem necessariamente arruiná-la, era a especialidade de Dee Linn.

— Até que a casa é legal... De um jeito assustador — disse Gracie.

— E o que *você* sabe sobre ser legal? — bufou Jade.

— Ei... — Sarah advertiu a filha mais velha.

Acostumada às farpas da irmã, Gracie adotou uma postura passivo--agressiva e agiu como se não tivesse percebido o tom provocativo. E mudou o foco da conversa para seu assunto favorito.

— Podemos ter um cachorro, mãe? — Antes que Sarah pudesse responder, ela logo acrescentou: — Você disse que podíamos. Lembra? Assim que a gente viesse para cá, você disse que íamos adotar um cachorro.

— Que eu me lembre, disse que ia pensar no assunto.

— Jade tem um carro — ressaltou Gracie.

— É diferente — disse Jade no banco do carona.

— Não é, não. — Voltando-se para a mãe, Gracie usou as próprias palavras de Sarah: — Promessa é promessa, é o que você sempre diz. — Ela saltou do banco traseiro e encarou a mãe com frieza.

— Eu sei. — Como Sarah poderia esquecer a discussão que existia desde que a caçula tinha feito cinco anos? Gracie era louca por animais e a pressionava para ter um bichinho de estimação desde sempre. Assim que a filha mais nova se afastou, Sarah disse para Jade: — Você não vai morrer se for legal com a sua irmã.

— Isso vai ser um saco! — A menina encarou a mãe com um olhar cético.

— Só depende de você. — Sarah estava farta da discussão interminável que começou no instante em que anunciou a mudança, duas semanas antes. Esperou os irmãos assinarem as escrituras e contratou uma equipe para começar as obras antes mesmo de contar a novidade às filhas. — É uma chance que a gente tem de recomeçar.

— Não me interessa. Essa ideia de "recomeçar"? Isso é coisa da sua cabeça. É para você. E, talvez, para *ela* — acrescentou, apontando com o queixo na direção do para-brisa.

Sarah acompanhou o olhar da filha e observou Gracie andando pelo caminho de lajotas quebradas, onde dentes-de-leão e musgos tinham substituído a argamassa fazia anos. O emaranhado de roseiras secas e murchas era um lembrete do tempo que a casa passou negligenciada. No passado, a mãe de Sarah cuidava quase obsessivamente dos jardins e do pomar, mas isso fazia anos. Agora, um corvo solitário pousava em um galho alto de uma cerejeira esquelética próxima à casa de hóspedes, abaixando a cabeça para se proteger da chuva.

— Por favor, Jade, dá um tempo — disse Sarah.

— Dá um tempo você. — Jade revirou os olhos e desafivelou o cinto de segurança, pegando o celular para tentar enviar uma mensagem. — Celular do car... err, cacete.

— Outra vez, nada de palavrão. — Sarah guardou as chaves no bolso e se conteve para não deixar seu humor controlar sua língua. — Pega suas coisas, Jade. Gostando ou não, estamos em casa.

— Não dá para *acreditar* que essa seja minha vida.

— Pode acreditar. — Sarah escancarou a porta do motorista e foi apanhar seu computador e sua bagagem no porta-malas.

É claro que ela também tinha suas dúvidas quanto ao que estava fazendo. O projeto que tinha em mente — devolver ao lugar seu antigo esplendor antes de vendê-lo — era ousado, talvez impossível. Mesmo na época em que morava lá com os pais e os irmãos, o casarão já ia de mal a pior. Depois que o pai morreu, foi ladeira abaixo. A tinta descascava no revestimento externo e as tábuas de pinheiro estavam empenadas. A longa varanda que se estendia pela frente da casa parecia prestes a despencar, faltavam parapeitos e havia buracos nas telhas do teto.

— Essa casa tem uma energia sinistra — falou Jade por cima do ombro antes de tirar sua mala de rodinhas do carro e seguir, de má vontade, atrás da irmã. — Sempre odiei esse lugar.

Sarah se segurou para não dar uma resposta grosseira. Da última vez que viera com as filhas, ela e a mãe, Arlene, tiveram uma briga feia, uma intensa batalha de palavras que culminou no doloroso e definitivo distanciamento entre elas. Embora Gracie fosse muito pequena na época para recordar, Jade, com certeza, lembrava.

Gracie estava quase subindo os degraus quando parou de repente e levantou a cabeça para encarar a casa.

— Mas que...?

— Vai logo — disse Jade para a caçula, mas Gracie não se moveu, nem mesmo quando Sarah se juntou a elas e um enorme corvo negro pousou em uma das calhas enferrujadas.

— Algo errado? — perguntou Sarah.

Jade não perdeu tempo:

— Ah, não, mãe. Está tudo perfeito. Você briga com aquele tarado do seu trabalho e decide que todas nós temos que nos mudar. — Ela estalou os dedos. — E *puff*! Pronto. Fácil assim. Você coloca o apartamento em Vancouver para alugar e diz que temos que nos mudar para essa fazenda velha, caindo aos pedaços, com uma casa grotesca que parece ter saído de algum livro do Stephen King. É, está tudo ótimo. — Jade pegou o celular outra vez. — E tem que ter sinal em algum lugar aqui ou eu vou meter o pé, mãe. É sério. Não ter sinal é tipo... arcaico e... e... desumano!

— Você vai sobreviver.

— Tem alguém aí dentro — sussurrou Gracie.

— O quê? — disse Sarah. — Não. A casa está vazia há anos.

Gracie piscou os olhos.

— Mas... eu vi uma menina.

— Viu o quê? — questionou Sarah, tentando ignorar a ponta de medo que deu um nó em seu estômago.

Com a mão ainda no pegador de sua mala de rodinhas, Gracie deu de ombros.

— Uma menina.

Sarah recebeu um olhar de "eu avisei" da filha mais velha.

— Uma menina? Onde? — Quis saber Sarah.

— Ela estava em pé ali. — Gracie apontou para cima, para o terceiro andar, na direção do quarto à esquerda, bem abaixo da cúpula de vidro. — Perto da janela.

O quarto de Theresa. O quarto em que Sarah era proibida de entrar quando criança. O nó em seu estômago apertou. Jade olhou novamente para a mãe, pedindo em silêncio que ela trouxesse Gracie de volta à realidade.

— Talvez seja um fantasma — zombou Jade. — Fiquei sabendo que tem muitos aqui. — Ela se aproximou da irmã. — E não foi só a Becky que me contou. Você não disse que esteve "pesquisando" e descobriu que a primeira mulher que morou aqui foi assassinada, que seu corpo nunca foi encontrado e que o espírito dela fica vagando eternamente pelos corredores da Mansão Pavão Azul?

Gracie olhou para a mãe.

— É... sim.

— Ah, pelo amor... — resmungou Jade. — Bastou pisar aqui para você ver um fantasma.

— Mas Angelique Le Duc morreu aqui, sim! — irritou-se Gracie.

— Você quis dizer Angelique *Stewart* — corrigiu Jade. — Ela era casada com o nosso *tatatatataravô* louco e homicida. Foi o que você disse.

— Eu li na internet — respondeu Gracie, fechando a cara por ter sido corrigida.

— Então deve ser verdade — disse Jade. Ela voltou a atenção para a mãe. — Assim que você disse que a gente ia se mudar, ela começou a se interessar por essas histórias de fantasmas... pegando livros na biblioteca, pesquisando na internet, conversando com pessoas que acreditam ter visto assombrações. E Angelique Le Duc não foi o único caso que ela encontrou, não. Também tem outros. Esse lugar — ela apontou para a casa e o terreno — está infestado de espíritos que tiveram um fim trágico na Mansão Pavão Azul! — A chuva engrossou e o vento bagunçou o cabelo de Jade. — Percebe como isso tudo é absurdo, mãe? Agora, ela acredita nessas mer... baboseiras paranormais e acha que vamos morar com um bando de morto-vivo!

— Jade... — começou Sarah.

— Cala a boca! — ameaçou Gracie.

— Parece que você enlouqueceu, mãe — continuou Jade e, nervosa, se virou para Sarah: — Você precisa acabar com isso. Pelo bem dela. Se ela sair por aí falando sobre fantasmas e espíritos e demônios...

— Demônios! — interrompeu Gracie, apavorada. — Quem foi que falou de...

— É tudo a mesma bosta — declarou Jade. — Ela vai acabar sendo zoada até sair da escola!

— Chega! — gritou Sarah, embora, dessa vez, Jade parecesse estar preocupada com a irmã. Mas Sarah estava farta dessa implicância constante entre as duas. Buscando uma calma interior que não existia, disse:

— Vamos entrar agora.

— Você não acredita em mim — disse Gracie, magoada. Ela olhou novamente para a janela.

Sarah olhou para a janela do quarto e sabia, no íntimo, que coisas macabras tinham acontecido ali. Mas não apareceu imagem alguma por trás do vidro sujo e trincado. Nenhum vislumbre de assombração na vidraça. Nenhuma silhueta sobrenatural em evidência. Não tinha nenhuma "menina" se escondendo atrás daquela imundice, apenas algumas cortinas esfarrapadas que pareciam se mover naquela tarde feia.

— Eu vi uma menina — insistiu Gracie. Uma ruga de consternação se formou entre suas sobrancelhas.

— Pode ter sido um reflexo ou uma sombra — disse Sarah enquanto o corvo gralhava em alto e bom som. No fundo, sabia que estava mentindo.

Gracie se voltou para Jade.

— *Você* a assustou!

— Ah, sim. É claro que é minha culpa. Dá um tempo, porra.

— Ela vai punir você, sabia? — Gracie apertou os olhos. — A mulher na janela vai se vingar.

— Gracie! — Sarah ficou boquiaberta.

— Aí, você vai ver só — declarou Gracie, colocando um ponto final na conversa e se dirigindo à porta da frente.

— Novidades — anunciou Rhea quando entrou no escritório abarrotado de Clint no pequeno edifício onde funcionava a prefeitura de Stewart's Crossing. Como fiscal de obras municipal, ele acompanhava todos os imóveis em construção ou reforma dentro e além dos limites da cidade, fazendo contratos com o condado para tratar das áreas mais afastadas. — Pode ser que você se interesse por uma delas em particular. — Ela ergueu as finas sobrancelhas feitas tão alto que ultrapassaram a armação dos óculos. — Vizinhos.

— Não me diga. A casa dos Stewart.

— A Joia do Columbia? — disse ela, indiferente, balançando a cabeça sem mexer um fio de seu cabelo vermelho curto.

O estômago dele se contraiu ligeiramente.

— Talvez Doug queira pegar esse.

— Achei que você odiasse o Doug.

— Ódio é uma palavra forte — disse Clint. — Ele só não seria a primeira opção para me substituir. — Ele não sabia ao certo por que não confiava em Doug Knowles, mas o rapaz que ele estava treinando para assumir seu lugar parecia cru demais, afobado demais, ambicioso demais para dar a atenção devida a cada serviço. Doug também era um tanto misterioso, e Clint suspeitava que ele escolhia sempre o caminho mais fácil e talvez por isso deixasse passar alguns detalhes no trabalho.

— Pensando bem, deixa o projeto Stewart comigo.

— Certo — disse ela, os lábios vermelhos se comprimindo um pouco.

— Ah, espera! — Saiu apressada do escritório e voltou alguns segundos depois com um baleiro, que colocou no canto da mesa dele. — Doces de Halloween para os seus clientes.

— Não precisa.

— É claro que precisa. É a época mais esperada do ano. Não seja um Grinch.

— Acho que o Grinch faz parte do Natal.

— Ou do feriado que você bem entender. Nesse caso, o Halloween. — Ela abriu um chocolate e jogou na boca.

— Que seja, sou um Grinch, então. Não me odeie.

Rindo, ela piscou para ele e foi embora, retornando à recepção do prédio que abrigava todos os gabinetes da cidade. Erguido em meados do século passado, o prédio foi construído à base de vidro e finos tijolos amarelados; o telhado era plano e meia dúzia de escritórios dava para a recepção central. O teto era baixo, com placas "à prova de som", as lâmpadas eram fluorescentes, e o piso, forrado de linóleo, material popular nos anos 1960. Agora, as décadas de desgaste estavam evidentes.

— Dá uma olhada. — Rhea saiu às pressas com seus saltos altos quando um telefone começou a tocar. Inclinou-se sobre sua mesa e atendeu antes mesmo do segundo toque. Ela fez aquilo de propósito, suspeitou Clint. Sabendo que ele ainda a observava, ela permitiu que ele desse uma olhada rápida na saia justa nos quadris. — Prefeitura de Stewart's Crossing — atendeu ela, delicada. — Rhea Hernandez.

A secretária tinha uma bela bunda, ele precisava admitir, mas não estava interessado.

Atraente e inteligente, Rhea tinha se casado e divorciado três vezes e estava à procura do quarto marido em seus 42 anos de maturidade.

Não seria Clint, e ele suspeitava que ela soubesse disso. O flerte de Rhea era mais um hábito do que qualquer outra coisa.

— ... Desculpe, a prefeita não está. Você pode deixar recado ou, se preferir, enviar um e-mail diretamente para ela — disse Rhea, enquanto esticava o fio ao redor da mesa e se sentava, desaparecendo de vista. Ele ouviu quando ela começou a ditar o endereço de e-mail da prefeita Leslie Imholt.

Clint pegou a pilha de papéis que Rhea deixou na caixa de correspondência sobre sua mesa. O planejamento de restauração completa da Mansão Pavão Azul, a construção histórica que ficava no terreno com fundos para seu próprio rancho, era o primeiro na fila. Nenhuma novidade, pois ele já sabia que Sarah tinha decidido fazer uma reforma completa na casa da família Stewart. Os projetos preliminares já estavam aguardando a aprovação do engenheiro municipal — as reformas tinham que estar de acordo com a planta original. Um trabalho e tanto, ele sabia. E pensar que Sarah levaria isso à frente e retornaria ao lugar que ela quisera tão desesperadamente deixar para trás. Ele deu uma lida nas especificações e notou que precisaria ir até lá ver em que pé estavam as obras na residência menor — a casa de hóspedes, como a família Stewart chamava.

Até a prefeita contratar Doug Knowles, Clint era o único fiscal responsável por aquela parte do condado e acompanhava todas as obras pessoalmente. Agora, podia delegar trabalhos para Doug se quisesse. Clint já tinha percebido que isso costumava ser má ideia. E certamente seria naquele caso, pensou.

Mas, se ele assumisse o trabalho na Mansão Pavão Azul, não haveria dúvidas de que veria Sarah de novo.

Franzindo o cenho, pegou um KitKat minúsculo da maldita baleira e se recostou na cadeira. Ele e Sarah não se viam fazia anos, e, sendo sincero consigo mesmo, sabia que a separação dos dois não tinha acabado nos melhores termos. Ele jogou a barrinha inteira na boca, amassou a embalagem e a jogou na lata de lixo.

Amor de adolescente, pensou ele. Tão intenso, mas, no final das contas, tão sem propósito.

Então por que aquela memória ainda parecia tão viva, tantos anos depois?

O telefone tocou em sua mesa, e ele atendeu prontamente, afastando seus pensamentos de Sarah Stewart e sua história de amor desditosa para os recantos mais longínquos da mente.

CAPÍTULO 2

— Chega. Fui! — disse Rosalie Jamison enquanto tirava o avental e o jogava em uma cesta com outros aventais, toalhas, uniformes e panos imundos que seriam lavados à noite e utilizados no turno da manhã seguinte na lanchonete três estrelas. Colocou as sapatilhas de trabalho em uma prateleira e amarrou os cadarços dos tênis da Nike, novos e lustrosos, para caminhar até sua casa. — Até amanhã.

A poucas quadras do rio, o restaurante tinha recebido o nome Lanchonete do Columbia de algum caipira sem criatividade milhões de anos atrás. O estabelecimento ficava no fim da parada de caminhões, a menos de um quilômetro de Stewart's Crossing. Rosalie tinha passado os últimos seis meses ali, servindo fregueses antigos e pessoas de passagem. Ela odiava sua rotina de trabalho e o cheiro de gordura e tempero, que só saía de seu cabelo depois de, no mínimo, vinte minutos no banho. Mas era um emprego, um dos poucos naquela cidade imprestável no meio do mato.

Por enquanto ia ter de servir, até que tivesse dinheiro suficiente para ir embora de Stewart's Crossing de vez. Não via a hora.

— Espere! — Gloria, uma cinquentona que estava sempre cheirando a cigarro, alcançou Rosalie antes que ela passasse pela porta e pôs alguns trocados na mão da garota. — Nunca esqueça a sua parte das gorjetas — disse ela com uma piscadela e continuou: — É por isso que tenho tanta joia e casaco de pele.

— É, sim. — Rosalie teve que sorrir.

Gloria era legal, mesmo que tagarelasse sem parar sobre quanto ia demorar até que pudesse aproveitar os benefícios da aposentadoria e toda aquela chatice. Cabeleireira frustrada, ela trocava a cor, o corte de cabelo e o penteado quase todo mês e passou a tomar conta de Rosalie depois que uns meninos que estudavam com ela foram até a lanchonete e a assediaram com comentários e gestos obscenos. Gloria se recusou a servir a mesa deles e os expulsou dali com os rabos entre as pernas. A situação toda apenas piorou as coisas na escola, mas Rosalie resolveu o problema matando aulas e desistindo de vez.

— Se esperar meia hora, dou carona para você — disse Gloria, tirando um cigarro do maço enquanto espiava a escuridão do lado de fora. — Só tenho que dar uma geral lá dentro.

Rosalie hesitou. Ela levaria mais de vinte minutos para chegar em casa a pé pela via local, paralela à autoestrada, mas a meia hora de Gloria costumava se prolongar por uma ou duas horas, e ela só queria ir para casa, subir as escadas sorrateiramente, deitar e ver um episódio de *Big Brother* ou *Keeping up with the Kardashians* ou qualquer outra coisa que conseguisse encontrar naquela sua televisãozinha de merda. Além disso, Gloria sempre acendia um cigarro no instante em que se sentava atrás do volante, e estava frio demais para abrir as janelas do velho Dodge.

— Acho que vou andando. Valeu.

Gloria franziu o cenho.

— Não gosto de ver você indo para casa sozinha nesse breu.

— Não vai ser por muito tempo — lembrou Rosalie, exibindo a gorjeta antes de colocá-la no bolso do casaco, que estava pendurado em um gancho próximo à porta dos fundos. — Vou comprar o Toyota do meu tio. Ele está guardando para mim. Só preciso juntar mais trezentos dólares.

— Está começando a chover.

— Não se preocupa, de verdade.

— Você tome cuidado, então. — As sobrancelhas de Gloria se juntaram sob sua franja cor de palha. — Não gosto nada disso, sabe.

— Fica tranquila. — Rosalie fechou o zíper do casaco e saiu antes que Gloria tivesse a chance de argumentar.

Assim que a porta da lanchonete fechou atrás dela, escutou Gloria dizer a Barry, o cozinheiro:

— Não sei *o que* se passa na cabeça da mãe dela para deixar a menina voltar sozinha a essa hora da noite.

Não passava nada na cabeça de Sharon. Esse era o problema. A mãe sequer pensava na filha por causa de Mel, o lixo de marido atual. Um homem forte e bruto, que Rosalie via apenas como o Número Quatro. Era um babaca, assim como os outros na coleção de maridos da mãe. Mas Sharon, para variar, acreditava que era o "homem certo" e se referia a ele como sua alma gêmea, o que era uma baita mentira. Ninguém em sã consciência consideraria Mel Updike, um ogro que só queria saber de beber cerveja e ver TV, sua alma gêmea, a não ser que a pessoa tivesse merda na cabeça. Ele tinha uma moto que era até maneira — esse era o único ponto mais ou menos positivo —, mas ela nunca podia usar. O fato de Mel lançar olhares com segundas intenções para Rosalie só piorava tudo. Ele já tinha cinco filhos, que estavam espalhados entre Los Angeles e Seattle, com suas ex--mulheres e ex-namoradas. Rosalie teve o desprazer de conhecer a maioria deles e odiou cada um no momento em que os viu. Eram todos protótipos de Mel, babacas como o brutamonte do pai, com aquela pança peluda. Nossa, ele nunca ouviu falar em depilação? Não podia, pelo menos, dar uma aparada; ou quem sabe parar de arrotar à mesa?

Alma gêmea? Meu cu!

Sharon só podia estar louca!

Rosalie enfiou as mãos nos bolsos e sentiu o restante do dinheiro que escondia na costura do casaco, presente de seu pai biológico. Nunca deixava a peça de roupa fora de vista e escondeu quase novecentos dólares dentro dela. Precisava tomar cuidado. Mel ou um de seus filhos mãos-leves poderiam se mandar com o dinheiro que estava economizando para comprar o carro. Até conseguir juntar dinheiro para bancar tanto o Toyota quanto a habilitação e seis meses de seguro, estava proibida de ter um.

Que merda.

Tudo na vida dela era uma *merda*.

Quando a chuva engrossou, molhando seu rosto, formando poças, bombardeando o cascalho que rangia sob seus pés, ela se arrependeu de não ter esperado Gloria. Um pouco de fumaça de cigarro era melhor do que enfrentar a chuva fria.

Ela não via a hora de se mandar daquela cidadezinha insignificante para onde foi arrastada pela mãe, que veio correndo atrás daquele malandro do Mel. Chutando as pedras no acostamento, ela sentiu inveja das pessoas que passavam de carro pela autoestrada, os faróis clareando a noite escura, os pneus cantando contra o asfalto molhado, suas vidas a mil por hora, enquanto a dela estava empacada.

Mas, quando tivesse um carro, ninguém ia segurá-la! Ela faria dezoito anos e deixaria Sharon e Mel, o peludo, para trás e iria para Denver, onde o pai e o namorado que tinha conhecido na internet a esperavam.

Mais trezentos dólares e cinco meses.

Só isso.

Uma rajada de vento a atingiu novamente e ela começou a tremer. Talvez devesse voltar e aceitar a carona de Gloria. Olhou para trás, mas o letreiro neon da lanchonete já estava fora de vista. Tinha chegado à metade do caminho.

Apertou o passo.

Um carro solitário tinha pegado a via e se aproximava dela, os faróis emitiam um brilho forte. Ela se afastou um pouco do acostamento, seus tênis escorregaram um pouco. Dava para ouvir o ronco alto do motor em meio ao som da chuva, e ela percebeu que não era um carro qualquer, e sim uma caminhonete atrás dela. Nada de mais. Havia centenas delas em Stewart's Crossing. Esperou que a picape passasse direto, dando um banho de água de poça nela, mas, conforme se aproximava, o veículo desacelerava.

Não para, pensou Rosie. Ela também desacelerou, mas continuou andando, até que viu as luzes do freio acenderem.

E agora?

Continuou andando com a intenção de ultrapassar a caminhonete escura, a passos firmes, torcendo para que o carro tivesse parado apenas por coincidência. Não teve essa sorte. A janela do carona abriu.

— Rosie? — chamou uma voz vagamente familiar de dentro da cabine escura. — É você?

Continue andando.

Ela não levantou a cabeça.

— Ei, sou eu. — A luz da cabine acendeu e ela reconheceu o motorista, um homem alto que era freguês da lanchonete. Ele se inclinou sobre o banco para falar com ela. — Quer carona?

— Não, já estou perto.

— Você está completamente encharcada — disse ele, preocupado.

— Está tudo bem.

— Ah, que é isso. Entra aqui, levo você em casa. — Sem esperar pela resposta, ele abriu a porta.

— Eu não...

— Você que sabe, mas vou passar do lado da sua casa.

— Você sabe onde eu moro? — Aquilo era estranho.

— Só sei que você disse que é em Umpqua.

Será que ela tinha mesmo tocado no assunto? Talvez.

— Não sei. — Balançando a cabeça, ela sentiu a chuva fria escorrer pelo pescoço. Olhou para a porta aberta da picape. Limpa. Quentinha. Seca. Uma música country tocando baixinho no rádio.

— Vai estar em casa em três minutos.

Não faz isso!

O vento soprou com força outra vez e ela afastou a apreensão. Conhecia o cara, o atendia desde que tinha conseguido aquele emprego. Ele era um dos fregueses mais bonitos. Sempre oferecia um elogio, um sorriso e uma boa gorjeta.

— Tudo bem.

— Isso aí, garota.

Assim que subiu na picape, sentiu o ar quente do aquecedor na pele e reconheceu a música de Randy Travis saindo das caixas de som. Ela bateu a porta com força, mas ela não trancou.

— Espera, deixa comigo — disse ele. — Porta maldita. — Por cima dela, começou a mexer na porta. — Dá um puxão nela para mim, pode ser?

— Beleza. — Assim que puxou a porta pela maçaneta, sentiu algo frio e metálico se fechar ao redor de seu pulso. — Ei! Que porra você acha que está fazendo? — questionou ela. O medo se espalhava por sua corrente sanguínea enquanto sacudia a mão e percebia que estava algemada à maçaneta.

— Só fica calma.

— O caralho que eu vou ficar calma! O que é isso? — Ela estava furiosa e assustada e tentava abrir a porta, mas estava trancada. — Me deixa sair, seu filho da puta!

Ele deu um tapa na boca dela. Rápido e forte, com as costas da mão. Ela deixou escapar um gemido.

— Nada de palavrão — advertiu ele.

— O quê? Nada de quê? — Ela levantou a mão livre para ele na cabine, mas ele agarrou seu pulso.

— Ah-ha-ha, meu bem. Você tem muito que aprender.

Em seguida, segurando o pulso livre dela com uma das mãos, ele deu partida e dirigiu em direção à autoestrada.

— Me deixa sair! — berrou ela, chutando o painel e jogando seu corpo para a frente e para trás, gritando o mais alto que podia. O salto do sapato atingiu os botões do rádio e um anúncio soou pela cabine.

Meu Deus, o que estava acontecendo? O que ele planejava fazer com ela?
Em pânico, tentou pensar em uma maneira de escapar. Qualquer uma.

— Eu... tenho dinheiro — disse ela, pensando no dinheiro que tinha no bolso enquanto lutava e se contorcia, em vão. Ele era simplesmente forte demais.

— Não é o seu dinheiro que eu quero — disse ele, naquele tom tranquilo e confiante que ela, agora, achava extremamente assustador. O sorriso dele era frio como o vento que uivava pela garganta do rio Columbia. — É você.

— Mãe! — A voz de Gracie ecoou pela casa. — *Mãe!*

Os olhos de Sarah se abriram. Seu coração disparou.

— Gracie? — chamou ela, sentando, alerta, ainda no saco de dormir. O cômodo estava escuro, as brasas remanescentes da lareira lançavam um brilho vermelho-sangue nas paredes. — Gracie? — gritou ela, uma mão tateando o saco de dormir murcho ao lado, a outra procurando a lanterna. — Cadê você?

Não havia ninguém no saco de dormir.

Sentiu um frio na espinha.

— Gracie? — Ela apanhou a lanterna e se levantou em um pinote. — Gracie? — Seu coração martelava.

— Aqui! — soou o grito apavorado, e Sarah seguiu o som. O feixe de luz da lanterna varria o chão e o corredor à frente, seu coração disparando de medo.

— Estou indo!

— Mãe, rápido! — berrou Gracie. — Aqui em cima!

Chegando à escada, Sarah ligou o interruptor e subiu dois degraus por vez, sob a iluminação dourada suave das arandelas.

— Gracie! Cadê você?

— Na escada — respondeu a filha, que soava menos assustada, mais controlada.

Quando chegou ao patamar do segundo andar, Sarah viu a filha deitada nos degraus que levavam ao terceiro andar. Pálida, tremendo, os olhos arregalados, Gracie estava encolhida contra a parede, ainda coberta com papel de parede desbotado e descascado. Com uma das mãos, agarrava o corrimão acima de sua cabeça como se precisasse de apoio para não escorregar dos degraus de madeira gastos.

— Você está bem? — perguntou Sarah, agarrando e abraçando a filha. — O que aconteceu?

— Eu vi ela.

— Quem?

— Eu vi o fantasma.

— O fantasma? — repetiu Sarah.

— Sim! — insistia Gracie enquanto seu corpinho tremia nos braços de Sarah. — Me levantei para ir ao banheiro e vi alguma coisa aqui em cima e... fui atrás.

— E era um fantasma?

— Sim! Estou falando! — A voz de Gracie estava esganiçada, um desespero que Sarah não reconhecia. — Ela estava de branco, um vestido longo, e subiu a escada correndo. Era como se estivesse flutuando. Eu... fui atrás e ela desapareceu e... — A menina afundou a cabeça na mãe. — Foi assustador.

— Está tudo bem — disse Sarah, seu olhar se deslocou até as escadas do terceiro andar, uma parte da casa que evitou a maior parte de sua vida. Aquilo era familiar para ela, o pânico, o medo, a impressão de ter visto fantasmas na casa.

— Você não acredita em mim.

— É claro que eu acredito, meu bem. Sei que você viu alguma coisa, mas não tenho certeza do que era. Você costuma ter pesadelos — lembrou à filha, delicadamente — e, às vezes, tem episódios de sonambulismo.

— Foi diferente dessa vez.

— É o que você sempre diz. Venha, vamos lá para baixo. — Sarah ajudou a filha a se levantar e Gracie ousou olhar para o terceiro andar por cima do ombro da mãe.

— Ela é real, mãe — disse ela, soando mais calma.

Em plena luz do dia, Gracie costumava ser o tipo de criança que quase não tinha medo. Uma moleca, mostrava muita garra nos esportes e se saía muito bem em discussões, até mesmo com os professores; "um pouco solitária", "uma figura" e "sabe muito bem o que quer" eram alguns dos comentários a seu respeito, além de "teimosa" e até mesmo "não aceita receber ordens". Se Gracie não fosse tão boa aluna e não devorasse um livro atrás do outro, essas mesmas características seriam motivo para problemas na escola.

Mas, à noite, Gracie às vezes era atormentada por inseguranças e preocupações que a faziam parecer mais nova. Seus pesadelos pareceram piorar desde que Sarah se divorciou de Noel, que por sua vez se mudou para Savannah, do outro lado do país.

Com a ajuda da lanterna, as duas retornaram à sala, onde tinham resolvido passar a noite. Enquanto Gracie voltava às pressas para seu saco de dormir, Sarah abastecia a lareira com a lenha que encontrou no depósito no quintal. Aquilo tinha ficado armazenado por anos, provavelmente, desde a morte de seu pai. A madeira seca, toras de carvalho e pinheiro, empoeiradas e cobertas por teias de aranha, queimava com facilidade.

— O que está acontecendo? — perguntou Jade, levantando a cabeça descabelada e apertando os olhos conforme o fogo começava a estalar, as labaredas famintas lançando uma luz trêmula no ambiente.

— Nada! — disse Gracie.

— Ouvi os seus gritos. — Jade se sentou.

— Eu não estava gritando. Só estava chamando a mamãe.

— Pesadelo outra vez? — adivinhou Jade, bocejando.

— Não — respondeu Gracie, fazendo bico.

— Nossa, que horas são? — Ela olhou para o celular e revirou os olhos. — Uma e meia? Só isso? Não acredito que já dormi. Então, o que aconteceu?

— Gracie se perdeu enquanto ia ao banheiro — disse Sarah.

— Se perdeu? Como é que... — Jade franziu o cenho. — Meu Deus, espera. Deixa eu adivinhar. Você acha que viu o fantasma de novo, né?

Gracie abriu a boca, mas a fechou logo.

— Ah, pelo amor de Deus. Esse lugar é sinistro, Gracie, mas fantasmas não existem. Tudo bem, pode até ter morrido gente aqui e existir um ou outro boato, mas não tem merda de fantasma nenhum — disse Jade.

— Não vamos mais falar sobre isso — avisou Sarah.

— Vamos varrer para baixo do tapete — resmungou Jade. — Fingir que não é um problema. Ótima ideia, mãe. — Jade encarou a irmã. — É melhor não falar sobre isso quando tentar fazer amigos novos na escola, porque vão achar que você é doida.

— Jade, chega! — repreendeu Sarah. — Volte a dormir.

— Mas é verdade — sussurrou Jade, dando as costas para a mãe e afundando no saco de dormir.

— Por favor. Está tarde e vamos acordar cedo — disse Sarah.

— Por quê? — perguntou Gracie, desconfiada.

— Muito trabalho a fazer.

— Mas nada de escola — lembrou ela, para garantir.

— Amanhã, não — concordou Sarah. — Mas, se quiser falar com seu pai antes de ele ir para o trabalho, tem que acordar cedo.

— É três horas mais tarde em Savannah — entoou Gracie antes que Sarah pudesse dizer o mesmo.

— Isso — assentiu Sarah.

— Tá bom. — Gracie afofou o travesseiro, deitou-se e fechou os olhos.

Sarah aproximou seu saco de dormir do sofá velho e apoiou as costas nas almofadas para observar a lareira. Parecia que a casa a engolia. Memórias boas e ruins. Sentiu um arrepio nos braços, e as sombras nos cantos da sala não iluminados pelo fogo a fizeram lembrar de seus próprios medos na infância. O "incidente" no terraço, que ainda estava trancado a sete chaves em uma parte proibida de sua memória e no qual ela não pensaria, pelo menos não naquela noite.

Virando-se para observar as filhas adormecidas, sentiu-se culpada por não ter sido sincera com Gracie. Devia ter admitido que também tinha visto o que só poderia ser considerado um fantasma naquelas mesmas escadas; que, por anos, achou que estivesse enlouquecendo, sendo repreendida pela própria família, para quem aquilo não passava de "pesadelos" ou "imaginação fértil". O pior comentário foi um cochicho nada discreto da própria mãe. Arlene confidenciou a Dee Linn que acreditava que Sarah estava inventando histórias só para chamar atenção.

— Isso é a cara dela, sabe. E o pior é que seu pai acredita.

O falso cochicho saiu alto o suficiente para que Sarah ouvisse. Infelizmente, a acusação cumpriu seu propósito, e Sarah aprendeu a nunca mais falar sobre o que via. Exatamente o que Arlene queria.

Sarah esperava apenas não cometer o mesmo erro com suas filhas. De vez em quando, ouvia as palavras de Arlene saírem da própria boca e se sentia péssima.

Você não é como ela. Sabe disso. E vai achar uma forma de contar a verdade para suas filhas. Vai, sim. Mas só quando chegar o momento certo...

Ela fez uma careta.

Era mais parecida com Arlene do que gostaria de acreditar.

CAPÍTULO 3

Felizmente, Gracie dormiu o restante da noite, e até Sarah apagou por volta das duas. Acordou com o celular vibrando no chão e, ao ver que a ligação era de Evan Tolliver, não atendeu.

Evan era um dos motivos para ela ter se mudado de Vancouver.

Um motivo e tanto.

Ele era seu chefe e a pressionou para sair com ele. Ela saiu. E se arrependeu. Desde que se conheceram, Evan quis, nas palavras dele, "levar o relacionamento para o próximo nível". Sarah deixou claro que eles não tinham relacionamento algum e que o próximo nível não existia, mas ele nunca entendeu os sinais, e o dia a dia dela na Construtora Tolliver se tornou desagradável, para dizer o mínimo. Como herdeiro da empresa, Evan pensou que ela o acharia irresistível. Pensou errado. Mas ela também. Sair com ele a primeira vez foi um erro, e ela ainda fez a burrice de aceitar outro convite para jantar.

No terceiro encontro, quando ele falou sobre casamento, piscou de maneira sugestiva e disse que queria "amarrá-la". Havia certa seriedade no brilho do olhar dele, mas ela respondeu ali mesmo que não ia dar certo. Disse sem rodeios que não queria mais sair com ele, que considerou aquilo um desafio e passou a ser ainda mais incisivo, sem acreditar que ela poderia, de fato, dizer não. Então, depois de um mês pensando em que rumo dar a sua vida, Sarah fez um acordo com os irmãos e voltou para a cidade que odiava e onde tinha jurado que nunca mais moraria.

— Nunca diga nunca — disse a si mesma ao vestir as calças jeans e o moletom e, em seguida, abriu caminho por caixotes e móveis antigos, e por lembranças demais da conta, até a cozinha.

Estava um caos, como o restante da casa, mas ela conseguiu encontrar a cafeteira que trouxera na mudança. Deixou a água da torneira aberta por vários minutos na pia mofada da cozinha enquanto procurava o pacote de café moído e os filtros que tinha comprado. Assim que encontrou, ligou a máquina. Felizmente, ainda tinha energia elétrica e água encanada na casa, embora a antiga fornalha não funcionasse mais, o que as deixava dependentes da lareira até que se mudassem para a casa de hóspedes na semana seguinte.

Enquanto o café era coado, ela escovou os dentes às pressas, lavou o rosto com água fria, fez um rabo de cavalo rápido e deu uma olhadinha em seu reflexo no espelho acima da pia de coluna rachada. Estava feia, pensou, percebendo as olheiras e como estava pálida depois de uma noite tão maldormida. Parecia muito com a mãe de manhã, e achou que isso não era tão ruim. Arlene Bennett era uma mulher linda na juventude e os genes da família Bennett eram tão fortes que os filhos dela, com os dois maridos, tinham puxado à mãe. Já tinham confundido Sarah com a irmã mais velha, Dee Linn, e já disseram que ela era a imagem cuspida e escarrada de Theresa, meia-irmã delas e a mais velha de todos. O queixo de Sarah era mais marcado, suas maçãs, mais protuberantes, o rosto, emoldurado por rebeldes cachos castanhos, que ela costumava domar em um coque. Já ouviu que tinha olhos "sem vida", mas ignorava. Sim, eram grandes e acinzentados, enquanto os de seus irmãos puxavam mais para o azul. Mas "sem vida"? Ridículo.

O aroma de café impregnava o ar, e, enquanto servia-se de uma xícara, Sarah notou que o estado da casa principal estava pior do que ela imaginava. Infelizmente, o comentário que Jade fez sobre a Mansão Pavão Azul parecer a versão hollywoodiana de uma casa mal-assombrada não estava assim tão distante da realidade.

Embora tivesse localizado o cano hidráulico principal e conseguido fazer a água circular, a tubulação rangia e gemia, e a água quente ficava, no máximo, morna. Sim, havia energia elétrica na casa e a velha bomba--d'água parecia funcionar, mas nada perto de Wi-Fi, o que enlouquecia tanto Gracie quanto Jade. Só conseguiam usar seus iPhones e iPads graças a um sinal irregular que pegava em alguns pontos da casa, e, até que a operadora local instalasse a internet, a linha telefônica e a bendita televisão, elas morariam "no inferno", como a dramática Jade se referia à própria vida ultimamente.

— Sem Wi-Fi? Sem TV a cabo? É sério isso? — disse Jade quando percebeu que a antiga mansão não tinha quase nada. — Você espera que eu more nesse mausoléu e estude em uma escola paroquial idiota, tudo sem internet? Mãe, qual é o seu problema? — Ela encarou Sarah com olhos cor de mel arregalados e acusatórios. — Isso é loucura. Tipo, é loucura mesmo.

— Vai ser assim só por alguns dias — disse Sarah, cruzando os dedos para que não estivesse mentindo. — E vou me certificar de que todos os serviços estejam funcionando. Tenho certeza de que tem sinal de celular aqui. — Mesmo assim, balançou a mão dando a entender que o serviço não era assim tão bom. — Quanto à escola paroquial, nós já falamos sobre isso.

— Quer dizer, você baixou um decreto — corrigiu Jade.

— Bom, não é como se você estivesse se saindo bem na escola pública, né?

Jade quis discutir, mas sua boca fechou com a mesma rapidez que abriu. Respirando fundo, ela disse:

— Beleza. Que seja. Se você diz — rebateu, antes de se retirar a passos pesados para o único cômodo habitável no térreo, só para mais tarde se aconchegar com a mãe e a irmã na sala, onde a lareira trazia um pouco de calor.

Isso foi ontem.

— Hoje é um novo dia — disse a si mesma enquanto bebericava o café preto na xícara, arrependida por não ter pensado em comprar creme, e olhou ao redor da cozinha.

Uma aurora cinzenta se infiltrava pelas janelas ao lado da bancada do café da manhã. Deixaria para limpar a cozinha depois, decidiu ela. Agora, o plano era fazer uma inspeção rápida na casa para ter uma ideia do estado de cada cômodo; então, quando tivesse um panorama geral dos problemas e determinasse a prioridade de cada projeto, examinaria cada andar com mais atenção e anotaria em detalhes o que precisava ser limpo, consertado, melhorado ou removido, para repassar tudo aos irmãos, seus sócios não tão inativos na empreitada.

Jacob e Joseph, gêmeos idênticos de personalidades completamente opostas, estavam completamente de acordo com a reforma. Já Dee Linn não se mostrava particularmente ansiosa para gastar dinheiro na renovação do casarão antigo.

— Walter vai ter um infarto se eu gastar um centavo sequer nisso — disse, enfaticamente, quando Sarah ligou para ela no fim do verão. Walter era casado com Dee Linn fazia quase vinte anos e, com certeza, era quem dava a palavra final. — Não... Não dá.

— Então vou cobrir a sua parte. Mas você vai ficar me devendo — disse Sarah.

— Não vejo como reformar aquela monstruosidade pode ser bom para mim.

— É um investimento, sabe? E você tem direito a um quarto disso.

E era verdade. O testamento de Franklin deixava claro que a casa e o terreno seriam dos filhos após sua morte e, embora a ideia causasse horror a Arlene, ela não tinha poder para interferir legalmente. Mesmo assim, continuou morando na casa após a morte do marido. Nenhum dos filhos quis forçá-la a se mudar, até sua saúde piorar a ponto de ela não ser mais capaz de se cuidar sozinha.

Infelizmente, ela não conseguia ou não queria — ou os dois — fazer a manutenção da casa.

— Eu sei, eu sei — disse Dee Linn. — Não estou querendo ser insensata, mas, é sério, Walter vai me matar se eu der dinheiro para você.

— Certo, então você vai assinar um documento para mim. Cedendo a sua parte da casa.

Dee Linn hesitou, o silêncio se prolongando na linha, até que ela, por fim, concordou.

— Tudo bem, Sarah, mas isso tem que ficar entre a gente, tá? Não conta aos meninos nem a ninguém. Se Walter descobrir...

— Entendi — interrompeu-a Sarah, cansada de ouvir sobre o cunhado manipulador e odiando o fato de Dee Linn parecer ter medo do homem que ela supostamente "amava tanto quanto a própria vida" ou alguma asneira do tipo.

O cirurgião-dentista Walter Bigelow era tão tirano em casa quanto no consultório. Tudo tinha que ser do jeito dele, e Sarah torceu mais de uma vez para que Dee Linn o deixasse e recuperasse seu sorriso e sua autoconfiança. A irmã era enfermeira formada, pelo amor de Deus!

Mas quem era Sarah para julgar? Sua experiência com homens até então não tinha sido nada boa, longe disso.

Dee Linn soltou um longo suspiro, como se estivesse extremamente aliviada.

— Então, está resolvido. Depois que você e as meninas tiverem se mudado de vez, quero que venham aqui nos fazer uma visita.

— Ah, acho que não vou ter tempo...

— É claro que vai — disse Dee Linn, interrompendo e tomando a frente, agora que a conversa transitava em terreno familiar. — Sabe, uma reuniãozinha em família, talvez alguns amigos.

— A família toda?

— Claro.

— E Roger?

— Bom, ele não. Acho que nem o agente de condicional sabe onde ele está. Mas os gêmeos e as esposas, claro, e mamãe também, se ela conseguir vir.

— Sério?

— Não se preocupa, ela não vai vir — falou Dee Linn. — Mas, se vou convidar a tia Marge e a família dela, tenho que incluir a mamãe.

— Eu sei. Só que pode ser demais para mim, assim de repente — disse Sarah. A "reuniãozinha" estava começando a parecer um exagero, um espetáculo dirigido por Dee Linn, que ela e as filhas odiariam. — Dee, não sei se é uma boa ideia.

Mas ninguém parava Dee Linn.

— Marquei a festa para o sábado antes do Halloween. Vocês vão ter uns dez dias para desencaixotar as coisas e se acomodar.

— É pouco. Pelo que Jacob falou, a casa está um caos, inabitável. Então pensei em ficar na casa de hóspedes, mas vai demorar um pouco até que tudo esteja funcionando. — Sarah já tinha ido a uma das festas de Dee Linn, e elas costumavam ser extravagantes e exageradas, e envolviam mais do que "alguns amigos".

— Vai ser divertido! As meninas vão amar! — previu Dee Linn. — Sei que a Becky está ansiosa.

— O quê? Espera. Ela já está "ansiosa"? Estão você já começou os preparativos?

— Ah, desculpa, Sarah. Estão me ligando aqui. Tenho que desligar. Vejo vocês na festa! E, por favor, não comenta com Walter nem com ninguém sobre o dinheiro.

Dee Linn desligou antes que a irmã tivesse a chance de protestar, e Sarah teve a impressão de ter sido manipulada pela irmã mais velha quando largou o telefone. O sentimento persistia até agora, enquanto olhava pelas janelas sujas da sala de jantar, que davam para as margens arborizadas do Willow Creek, que serpenteava para lá debaixo da cerca que separava as terras dos Stewarts do lote da família Walsh.

Bebericando o café, ignorou o ligeiro aperto no coração que sempre sentia quando pensava em Clint, que ela sabia que morava ali ao lado.

— Águas passadas — lembrou a si mesma. — E essas já passaram faz muito tempo. — Claro, ficar cara a cara com ele seria inevitável. E o fato de ele ser o fiscal de obras do município não ajudava.

Verdade fosse dita: Clint e ela tinham assuntos mal resolvidos, e era isso que a deixava tão apavorada com a possibilidade de encontrar com ele. A paixão ardente da adolescência tinha acabado fazia tempo, esfriada pelo bom senso, pelo tempo e pela distância. Seu coração partido fora remendado havia anos, graças a Deus. Ela jurou que não queria mais ver aquele rostinho lindo outra vez e, bem, meio que ainda era o caso.

— Chega — disse em voz alta e, em seguida, engoliu o restante do café, colocando a xícara dentro da pia lascada, que era espaçosa o suficiente para dar banho em uma criança de quatro anos.

Com um fogão de proporções industriais de 1940, uma bancada no meio da cozinha e o piso de linóleo descascando, o cômodo era cavernoso. A geladeira e a lava-louça tinham sido retiradas; os espaços no antigo armário embutido indicavam sua existência. Ela testou diversos interruptores e notou que apenas algumas lâmpadas funcionavam. Quase nada poderia ser aproveitado ali ou no banheiro, com sua privada mofada, a pia de coluna rachada e os azulejos lascados e soltos.

No entanto, os outros cômodos do andar estavam em melhor condição, e isso a animou um pouco. Ela correu os dedos pelas colunas que separavam a sala de estar do saguão.

As meninas ainda dormiam profundamente nos sacos de dormir em frente à lareira, quase apagada, então Sarah seguiu para a imponente sala de jantar e o quarto de hóspedes. Ao fim do saguão, uma grande escadaria de madeira entalhada, em curva, dava para dois andares superiores. Sob o lance do primeiro andar, depois da despensa, próximo ao quintal, havia uma porta trancada que levava ao porão, que nunca foi concluído e, provavelmente, servia de lar para todo tipo de bicho.

Quando criança, Sarah evitava ir ao porão, e só de pensar em descer aquelas escadas bambas para a velha adega subterrânea, que também já servira de lavanderia, entrava em pânico.

— Besteira — disse ela, quando o celular tocou exibindo um número local na tela. — Alô?

— Sarah? — perguntou uma voz rouca. — Aqui é Hal, da oficina.

— Oi, Hal. E aí?

— Tenho más notícias para você — disse o mecânico. — Parece que a sua filha vai precisar de um sistema de transmissão novo.

Sarah sentiu os ombros caírem.

— E quanto vai custar isso?

Ele fez uma estimativa, que poderia variar dependendo das peças, mas aquilo bastou para Sarah pensar duas vezes. Naquele momento, sem salário fixo e com cada centavo que tinha indo para a casa, ela não precisava de grandes rombos no orçamento.

— Vou avisando conforme for vendo as peças — prometeu Hal, e Sarah desligou, torcendo para o carro de Jade não arruinar sua vida financeira. A casa já era mais do que suficiente.

— Rosalie não voltou para casa ontem à noite. — Sharon Updike estava um pouco preocupada e muito chateada. Tinha ido até o andar de cima para espiar o chiqueiro que era o quarto de Rosalie e não viu sinal da filha. E não recebeu bilhete nem mensagem no celular que esclarecesse onde ela estava. Aquela menina! Por que não conseguia andar na linha?, Sharon se perguntava, com uma xícara de café na mão, de pé na porta do quarto. — Ouviu o que eu disse? — disse ela, levantando a voz um pouco para o balofo na cama, seu marido, que, embora o sol já tivesse nascido várias horas atrás, ainda tentava dormir.

— Que…? — perguntou ele e, em seguida, pigarreou.

— Eu falei que a Rosalie não voltou para casa ontem à noite.

— Hum... e? — Ele abriu um olho sonolento, bufou e esfregou a mão sob o nariz. Esticando-se um pouco na cama, pegou seus óculos no criado-mudo, derrubando um travesseiro no processo.

— Ela não ligou, não mandou mensagem. Nada.

Ele parecia querer virar para o lado e voltar a dormir, mas, ao perceber a expressão no rosto da esposa, mudou de ideia e afastou as cobertas.

— Deve estar com uma amiga.

— Talvez.

— Está preocupada?

— Sim, um… pouco. — Mais do que um pouco, mas ela tentava conter a preocupação.

— Liga para aquela tal de Dixon… Qual é mesmo o nome dela?

— Debbie. Sim, eu já mandei mensagens para ela e para a mãe. — Não que Miranda Dixon fosse dar a mínima para Rosalie, que, imaginava Sharon, não era boa o bastante para ser amiga de sua princesinha "inocente". Esnobe. Só porque Miranda era casada fazia séculos com o marido e tinha uma casa bonita? Grande merda. Pelo que Sharon ficou sabendo, Miranda se casou porque engravidou. Sharon não se importava com nenhuma dessas fofocas pré-históricas; quem era ela para julgar? Mas a atitude presunçosa da mulher era muito irritante.

Mas não queria pensar naquilo no momento; só queria saber se Rosalie estava segura.

— E aquele cara com quem ela estava saindo? Sabe, aquele que você não gosta?

— Bobby Morris? — Sharon fechou a cara e tomou um gole do café. Não gostar era um eufemismo; ela detestava aquele marginal. Ele sempre metia Rosalie em encrenca. — Eles terminaram. Faz uns dois meses.

— Hum.

— Você acha que não?

— Não sei.

— A gente devia ter deixado ela comprar aquele carro — disse Sharon, bebericando na xícara de café e tentando pensar direito. Aonde ela iria? Com quem teria fugido? Será que estava machucada? Não, ela estava bem. Ela *tinha* que estar bem.

— Acredite, um Toyota da década de setenta com mais de trezentos mil quilômetros rodados não teria mudado nada. Talvez ela só tivesse fugido antes. — Mel encarou a esposa.

— Acha que ela simplesmente fugiu? — perguntou Sharon, incrédula. Rosalie jamais faria isso, jamais fugiria sem se despedir; não para sempre, como Mel estava insinuando.

— O quê? Acha que ela foi, sei lá, sequestrada?

— Meu Deus, espero que não — sussurrou ela. Mas o marido estava tocando seus medos mais profundos.

— Calma, Sharon. Ela deve ter saído para curtir com os amigos e passou a noite na casa de alguém.

Sharon rezou em silêncio para que de alguma forma aquilo fosse verdade.

— Ela não está atendendo o celular.

— Talvez só esteja dormindo.

Ela o encarou.

— Você não está ajudando.

— Amor, você também já foi adolescente um dia e não era nenhuma santinha. Pelo menos, isso é o que diz o seu irmão.

— É, mas isso é diferente. Eu sinto.

— Quer que eu faça alguma coisa? É isso?

— Sim!

— O quê?

— Não sei! — Ela ouviu o pânico na própria voz e odiou aquilo.

— Ah, porra.

Mel esfregou a mão na barba por fazer e, em seguida, apanhou do chão o jeans usado no dia anterior e enfiou as pernas antes mesmo de se levantar, subindo as calças até emperrarem na barriga. Sharon não conseguiu não pensar que ele tinha engordado, mas que surpresa havia nisso? O homem conseguia engolir dois cheesebacons, duas porções de fritas e um rio de cerveja em uma só refeição. Mas ela evitava falar sobre o peso dele, pois ele percebeu rapidamente os dois quilos que a esposa ganhou depois do Natal.

— Então o que quer que eu faça?

Que se importe, pensou ela, mas disse:

— Não sei. Que comece a procurar por ela, talvez.

— Ela vai aparecer.

— Como pode ter certeza?

— Porque lembro como é ter a idade dela, mesmo que você não consiga ou não queira. — Ele se enfiou numa camiseta e ajustou à barriga. — Deixa eu mijar e tomar uma xícara de café. Depois faço o que tiver que fazer. — Ele suspirou, viu como ela estava preocupada e sussurrou: — Ah, pelo amor de Deus, Sharon. — Dando a volta no pé da cama, foi até a porta e a abraçou. Ela tentou não sentir o cheiro podre do seu hálito. — A gente vai encontrar ela.

Ela quase desmoronou, sentiu as pernas fraquejarem.

— Calma. Vai ficar tudo bem.

Se ela ao menos pudesse confiar nas palavras dele.

— Escuta, vou dar partida na Harley e nós vamos sair para procurar Rosalie. Mas, quando a gente encontrar essa menina, estou te falando, ela está fodida. Entendeu?

— Tudo bem — sussurrou ela, grata por ele estar ao seu lado e torcendo com todas as suas forças para que ele estivesse certo, para que ela estivesse em pânico à toa. Mas não importava quanto tentasse, quando ele a soltou e deu um tapa de brincadeira na bunda dela, para que fosse para a cozinha, Sharon não conseguia se livrar da sensação de que havia algo errado. Algo muito, muito errado.

CAPÍTULO 4

Sarah olhou seu relógio de pulso. Já passava das dez da manhã e as meninas ainda dormiam. Considerou acordá-las, mas pensou melhor. A mudança já tinha sido difícil o suficiente ontem e, ainda por cima, a noite foi interrompida pelo pesadelo de Gracie, ou pela aparição de um fantasma, que fosse.

Enquanto subia as escadas, parou no local onde encontrou Gracie agarrada ao corrimão. À luz do dia, a escadaria parecia completamente normal, sem sinal de atividade paranormal.

— Porque não aconteceu nada — disse em voz alta.

Percebeu que um ou dois espelhos dos degraus talvez precisassem de conserto, mas o velho corrimão, aquele que seus irmãos desciam escorregando todos os dias, ainda estava firme. Ela testou, usando todo o seu peso para tentar arrancá-lo da parede, mas ele não se moveu.

Ótimo. Sua intenção era preservar o máximo que pudesse do charme e da personalidade da casa.

No segundo andar, os quartos estavam sujos, é claro, e provavelmente precisariam de isolamento térmico, mas podiam continuar como estavam se fossem limpos e pintados e se o assoalho de madeira fosse restaurado. Dee Linn e ela tinham quartos separados, Roger tinha seu próprio quarto enquanto morava lá, e os gêmeos dividiam o maior. O único banheiro do andar também precisaria de uma reforma completa, mas isso ela já esperava.

No terceiro andar, a coisa mudava de figura. Ali ficava a suíte principal, com chuveiro e banheira de mármore, ambos em condições aceitáveis. O cômodo oferecia uma vista generosa do rio e ocupava metade do andar. O banheiro do corredor também funcionava; as torneiras estavam enferrujadas, mas funcionavam, e as manchas na banheira e nas pias eram discretas.

— Deus é bom — disse ela.

Mas ainda restava um cômodo a ser avaliado, o quartinho onde Gracie jurou ter visto o fantasma pela primeira vez. O quarto de Theresa. Fazia mais de trinta anos que ninguém o ocupava, desde que ela desapareceu, e mesmo agora, enquanto atravessava a antiga passadeira estampada no corredor que levava até o dito quarto, sentiu o ar esfriar, uma ligeira mudança na atmosfera.

Tudo coisa da sua cabeça.

Ao girar a maçaneta, sentiu um calafrio, e um breve arrepio gélido correu por sua mão e seu braço. Com a onda de frio, veio a lembrança.

— *Não entre aí! Sarah Jane, você está me ouvindo? Não entre no quarto da sua irmã!*

A voz de Arlene parecia reverberar pelo corredor vazio; seu tom ríspido e exigente ainda ecoando na mente de Sarah, embora tivesse ouvido aquele aviso em particular quando tinha não mais do que seis ou sete anos.

Theresa tinha desaparecido anos antes, então Sarah não se lembrava da irmã mais velha e a reconhecia apenas por polaroides e fotos tiradas antes de seu nascimento, retratos que cessaram abruptamente quando Theresa desapareceu para sempre aos dezesseis anos.

O aviso de Arlene ainda pairava no ar, a imagem de seu rosto desfigurado de sofrimento gravada na mente de Sarah.

— *Você sabe muito bem que não pode pisar nesse quarto, então não se atreva!*

Então Sarah soltou a maçaneta como se sua mão queimasse; a ira da mãe era palpável, embora à época ela fosse apenas uma criança curiosa que queria conhecer um pouco a vida íntima da irmã e conhecer melhor a garota que tinha virado uma santa aos olhos da mãe.

— Ela vai voltar, você vai ver — insistia Arlene repetidas vezes, tornando-se um anjo vingativo que protegia com a própria vida o santuário e, futuramente, memorial da filha mais velha.

Empunhando uma vara de salgueiro.

Arlene usava o chicote com pouca frequência, mas bastante eficácia. Açoitava as bundas de Jacob e Joseph e as costas das mãos de Sarah quando julgava necessária uma punição severa.

Só Dee Linn escapava da fúria da mãe. E é provável que Theresa também, embora isso Sarah jamais saberia. Theresa era um mistério para ela, um fantasma, no sentido de que existia apenas em suas lembranças mais antigas, e, mesmo na época, Sarah não tinha certeza se as imagens eram reais ou apenas produtos de seu subconsciente. Roger, certamente, era mais real, entrando e saindo da casa — e da cadeia também.

— Perturbado — dizia Arlene —, tão perturbado.

No entanto, Sarah frequentemente se perguntava se a explicação para os problemas do filho mais velho não era uma desculpa para algo mais obscuro, que não podia ser ignorado com uma simples justificativa.

Parada no corredor, Sarah imaginou a voz estridente da mãe a repreendendo e, por um segundo, parou, fechou os olhos e clareou os pensamentos.

Recomponha-se. Arlene não está mais na casa. Não está aqui faz anos. E Theresa nunca voltou, não é? Ela escapou dessa prisão. Quanto aos fantasmas, eles não existem fora da sua própria mente fraca. Você sabe disso e sabe quando tudo começou, não sabe? O "incidente" no telhado, na chuva? Lembra?

— Não — sussurrou em voz alta, percebendo que seus punhos estavam cerrados, os músculos da nuca tão tensos que chegavam a doer.

A mamãe não está te vendo agora, Sarah, e, só porque Gracie pensou ter visto algo nesse quarto, não tem por que acreditar nessa história de fantasma.

— Pare — alertou a si mesma. Não podia deixar todos os seus medos e suas inseguranças de infância dominarem de novo sua consciência. Decidida, empurrou a porta do quarto de Theresa.

Ela não se moveu.

— Ah, pelo amor de Deus.

Tentou outra vez, mas a porta estava emperrada. Ela sacudiu a maçaneta, depois, jogou o ombro contra ela. Rangendo, a porta abriu de repente e Sarah quase perdeu o equilíbrio, cambaleando para dentro do quarto.

O quarto frio.

Cinco graus mais frio, pelo menos.

Um ponto gelado da casa.

Não vá para lá.

Ela olhou para a janela na parede à direita, próxima à lareira, e percebeu que não estava completamente fechada. Era natural que o quarto estivesse mais frio. Além disso, a válvula da lareira podia ter sido deixada aberta ou enferrujado.

Embora a superfície de mármore ao redor da lareira estivesse intacta, a moldura de madeira e a cornija estavam rachadas, a tinta branca, desgastada, e uma camada de poeira cobria a estreita prateleira. Com apoio do joelho, esgueirou-se pela fornalha enegrecida e tateou até encontrar a válvula, que fechou com um rangido quando ela a puxou.

O quarto parecia mais sem vida que o restante da casa, mas Sarah espantou aquela impressão e andou até a janela na fachada do velho casarão e olhou pela vidraça, posicionando-se onde Gracie tinha certeza de que vira alguém. Não havia sinais de que alguém estivera no local. As cortinas transparentes estavam encardidas e cobertas de teias de aranha cheias de insetos presos e mortos que pareciam estar ali havia décadas, imóveis. O peitoril da janela estava empoeirado, assim como o chão, e não havia pegadas visíveis nem marcas de mãos nos vidros imundos.

Sarah tentou fechar a janela, que também estava emperrada, com o batente empenado.

— Nada de anormal — disse a si mesma, examinando o quarto da irmã mais velha com um olhar adulto.

Parecia mais antigo e deteriorado que o restante da casa. O tapete com estampa de flores desgastado, mofado e esfarrapado estendia-se pelo assoalho de madeira escura. Havia lençóis empoeirados cobrindo a cama com dossel e a pequena mesa de cabeceira. Na alcova, havia um pequeno armário e uma penteadeira semicoberta, o lençol tinha caído e revelava parte do espelho sujo.

O refúgio de Theresa.

O memorial de Arlene.

— Mãe! — a voz de Gracie ecoou pelas vigas. — Mãe! O seu celular está tocando!

Além da filha, Sarah ouviu também o toque baixinho de seu celular.

— Estou indo! — gritou ela, saindo às pressas do quarto.

Depois de correr dois lances de escadas, encontrou a caçula no primeiro andar, com o celular na mão esticada.

— Evan.

— Ah.

— Eu não atendi.

— Fez bem. — Ela pegou o celular e enfiou no bolso de frente da calça. — Está com fome? — perguntou, conduzindo Gracie até a cozinha.

A menina deu de ombros.

— Dormiu bem?

— Sim.

— Nenhum outro pesadelo? — questionou Sarah.

— Não foi um... — suspirou Gracie. — Não.

— Que bom.

— O que você estava fazendo lá em cima?

— Uma espécie de inventário. Explorando. — Sarah vasculhou alguns sacos que trouxera na noite anterior. — Pensei em dar uma olhada rápida para ver o que precisa ser feito antes de começarmos a obra. Jade já acordou?

Gracie olhou para Sarah como se a mãe fosse tapada.

— Claro que não.

Sarah assentiu. *Ótimo. Pelo menos teremos mais algumas horas de trégua.* Dessa vez, ficaria feliz em deixar a filha adolescente dormir a manhã inteira. Tudo mudaria na segunda-feira de manhã, é claro, quando as meninas começassem na escola. Sarah sequer conseguia imaginar a batalha que estava por vir. Mas, por enquanto, a paz parecia reinar.

— Não vamos perturbar o sono do dragão, está bem? O que acha de manteiga de amendoim e geleia... ou geleia e manteiga de amendoim? Temos os dois.

— Mãe... — disse Gracie, achando ao mesmo tempo engraçada e constrangedora a piada boba da mãe.

Sarah sorriu para sua caçula. Talvez tudo fosse ficar bem.

CAPÍTULO 5

— Então, acho que você ficou sabendo que a Sarah está de volta — disse Holly Collins enquanto Clint passava o cartão de débito na máquina.

Ele estava no balcão da Collins Lumber, uma loja de conveniência localizada em um armazém que sobrevivera a duas guerras mundiais e três gerações de proprietários da família Collins e que ainda estava de pé na principal avenida da cidade.

— Fiquei sim — respondeu Clint, guardando o cartão na carteira.

— Mas é claro. Ela quer reformar o que sobrou daquele casarão antigo. — Holly aguardou a máquina emitir o recibo. — Está solteira, sabia?

— É mesmo?

— Me poupe, Clint, não se faz de sonso para mim. Aposto que acompanha de perto a vida dela. O que vocês tiveram na época foi muito intenso. — Ela tirou o recibo e entregou a ele.

— Isso faz muito tempo. — Ele guardou o recibo e enfiou a carteira no bolso de trás da calça.

— Eu não saberia nem por onde começar se quisesse reformar aquela casa monstruosa, a Mansão Pombo Azul, sei lá.

— Pavão.

— Isso. A Joia do Columbia, já dizia meu pai séculos atrás. Ninguém, a não ser os mais velhos, lembra ou se importa. Com exceção da Sarah. Parece que vocês vão ser vizinhos outra vez.

— Parece que sim.

— Vou te falar que vai custar uma fortuna reformar aquela relíquia. Alguém com o mínimo de bom senso ia demolir tudo, se livrar daquela casa velha e podre, das lembranças ruins e talvez de um ou dois fantasmas no processo. — Ela até abriu um sorriso largo, empolgada com a ideia. — Num terreno daquele, com vista para o rio, dava para construir algo espetacular. Talvez um resort com campo de golfe e spa? Pense! Custaria os olhos da cara! — Ela apontou o dedo para Clint. — Isso, sim, seria uma joia de verdade, sabe? Uma pena que ninguém quer saber da minha opinião.

— Uma pena.

— E, assim... a Sarah. — Ela olhou no fundo dos olhos dele como se compartilhassem um segredo. — Ela sempre foi diferente, se é que me entende.

Ele a entendia, mas não gostava do rumo que a conversa estava tomando.

— Mas cada um com seu cada qual, é claro — acrescentou Holly, e ele sentiu uma necessidade ridícula de defender Sarah.

— Claro. — Clint não conseguiu esconder o sarcasmo em sua voz; não que Holly tenha percebido.

— Só acho meio estranho se mudar para lá agora, com as filhas ainda na escola e tal. Uma mudança dessas menos de seis semanas depois do início do ano letivo? Quem faz uma coisa dessas?

— Sarah, pelo visto.

— Como eu disse, ela é "diferente"... ou talvez esquisita mesmo. Enfim! — Ela abriu um sorriso como quem diz "Fazer o quê?". — Acho que não posso falar muito da esquisitice dos Stewart, já que Cam tem um parentesco distante com eles — admitiu ela, mencionando o marido. Ela se apoiou no balcão, aproximando-se de Clint. — Mas acho que é tudo culpa do Maxim, que construiu aquela casa maldita. Pelo que o avô de Cam falou, o cara era difícil. Espancava as duas esposas e os filhos. Doentio. O avô de Cam era pequeno na época, é claro.

— Como ele conheceria o Maxim? Ele desapareceu mais de cem anos atrás — disse Clint.

— Porque o velho rabugento já tinha quase sessenta anos quando o pai de Cam nasceu, por aí. O vovô arranjou uma esposa bem mais nova.

Clint ouvira o suficiente. Ele olhou seu relógio de pulso.

— Tenho que ir — disse, querendo cortar qualquer outra fofoca sobre o clã dos Stewart. — Estou na minha hora de almoço.

— Ah, sim — assentiu ela.

Clint sorriu para Holly e a viu derreter um pouco por dentro. Ele sabia que a mulher tivera uma queda por ele muitos anos atrás e que não havia superado completamente, nem mesmo depois dos mais de quinze anos de casamento com Cameron, o dono da loja, e dos quatro filhos que tivera com ele.

Ela ligou um antigo walkie-talkie:

— Clint Walsh está indo aí buscar o pedido. Já está separado? — disse, quase berrando no microfone, antes de soltar o botão. Um "sim" falhado, cheio de interferências, confirmou o recebimento da mensagem nas docas de carregamento. Voltando-se para Clint, Holly acrescentou: — Cam vai entregar seu pedido lá atrás, no estacionamento subterrâneo, como de costume. — Piscou para ele, que se lembrou da garota que ela era no Ensino Médio, atrevida e esperta, sempre com um sorriso atrevido nos lábios, e capitã das líderes de torcida.

— Obrigado.

Clint já estava quase na porta da frente, suas botas pesadas sobre o assoalho desgastado pelo trânsito de fazendeiros, lenhadores, rancheiros e construtores durante séculos. Naquela loja era possível comprar qualquer coisa, desde madeira até pregos, ração para gado, ferramentas de jardinagem e assim por diante. Na primavera, havia pintinhos em um galinheiro especial, com água, comida e lâmpadas de aquecimento. Passavam algumas semanas piando tão alto que abafavam a música country que tocava das caixinhas de som escondidas entre as vigas aparentes.

Saindo, ele fechou o zíper da jaqueta para se proteger da frente fria fora de época, entrou em sua caminhonete e foi cumprimentado por Tex, seu cão de raça indefinida quase adulto. Com pelo preto e branco arrepiado e um focinho longo, o cãozinho, meio hiperativo, apareceu um dia e acabou ficando. Clint não se importara.

— Também senti saudade. Agora, sentado — ordenou ele e o cachorro obedeceu, colocando, todo feliz, a cabeça para fora da janela do carona. A picape, cujo nome era Fera, pegou no tranco na terceira tentativa, o motor soltando faíscas e roncando antes de, finalmente, dar partida.

Descendo uma rampa íngreme, afastou da mente quaisquer pensamentos insistentes sobre Sarah Stewart, ou qualquer que fosse seu sobrenome agora. Quanto menos pensasse nela, melhor seria para todos, incluindo Sarah. Ela frequentara a escola católica local, e ele, a escola pública, mas, como dissera Holly, eram vizinhos e se conheciam desde a infância. Quando cresceram, e Sarah deixou de ser uma moleca introvertida e virou uma mulher bonita e autoconfiante, ele passou a vê-la com outros olhos. A atração entre os dois foi quente, mas, também, um erro.

Manobrando a caminhonete para o estacionamento coberto de cascalho, Clint, em seguida, deu a ré e a caçamba do carro ficou a poucos centímetros da doca de carregamento.

Cam e o filho mais velho, Eric, já o aguardavam com o pedido: dez sacas de ração, uma pá nova e cinco estacas para substituir as que haviam apodrecido na cerca próxima ao barracão onde guardava seu maquinário.

— Fica — disse Clint a Tex. Pela janela aberta, o vira-lata observou o dono sair da picape.

Juntos, Clint, Cam e Eric colocaram as compras na caçamba do GMC e, depois, ele foi embora acenando para o homem corajoso que se casara com Holly Spangler, conhecida como a maior namoradeira do Condado de Wasco.

Saindo do estacionamento, ele dirigiu pela encosta íngreme da cidade, que fora batizada em homenagem aos ancestrais de Sarah e que, por escárnio, era chamada de "Seattle de pobre" por causa do terreno escarpado. Levando o motor da Fera à exaustão, Clint pegou a estrada de trás do condado, passando pelas colinas, na direção de suas próprias terras, mais de setenta hectares de rancho e bosque que ele herdara do pai. O rancho se estendia pelo sopé da Cordilheira das Cascatas, fazendo fronteira com terras do governo por três lados, e ficava a menos de um quilômetro da Mansão Pavão Azul, que ele, como a maioria dos habitantes locais, chamava de "casa dos Stewart".

Seus dedos apertaram o volante com um pouco mais de força e, embora dissesse a si mesmo que aquilo tinha acabado, como passou metade da vida fazendo, ele pensou em Sarah. Como será que ela estava? Quem eram os amigos dela? Estava solteira mesmo...?

— Dor de cabeça. É isso o que ela é — confidenciou ao cão enquanto lembrava-se do sorriso misterioso de Sarah, do brilho em seu olhar, sua risada não tão inocente, baixinha, sexy e gratuita. Disse a si mesmo que, na época, era apenas um moleque fogoso, que ela fora apenas um caso. Porém, quando tinha vinte anos, Sarah acendeu uma chama que, ele desconfiava, jamais se extinguiu.

— Merda — murmurou. Embora o relacionamento houvesse acabado anos atrás, ainda pensava nela de vez em quando... Bem, se fosse sincero consigo mesmo, provavelmente pensava nela bem mais do que apenas de vez em quando, mas tinha desapegado da ideia de reencontrá-la havia muito tempo.

— Águas passadas — disse ao pegar a rodovia, dirigindo, em seguida, pela longa via sinuosa que levava até a fazenda onde crescera.

Passando por fileiras de pinheiros e abetos e atravessando uma pequena ponte sobre o riacho, a caminhonete balançou ao passar por sulcos pedregosos que poderiam se beneficiar com uma ou duas novas camadas de cascalho. A via fazia uma curva conforme a floresta abria caminho para um campo seco onde gado e cavalos pastavam. Mais à frente, uma casa se erguia no rancho, e construções anexas se espalhavam pelo estacionamento, além de uma dúzia de buracos. É, antes de o inverno começar para valer, ele precisava encomendar aquele cascalho. Estacionou próximo ao celeiro.

— Vamos — disse, assobiando para o cachorro. Tex pulou, ansioso, para fora da caminhonete e correu até a cerca mais próxima, farejando antes de levantar a perna. — Valeu pela ajuda. — Ele arrastou as sacas por uma rampa até o térreo do celeiro, abaixo do palheiro, e as armazenou perto de velhos cestos abertos.

Àquela hora do dia, o gado e os cavalos não estavam do lado de dentro, mas sentia o cheiro deles, um forte odor de estrume e urina misturado ao de poeira, feno seco e couro gorduroso — Clint crescera rodeado por aqueles cheiros.

Olhando o palheiro, no andar de cima, lembrou-se das várias noites de verão em que ele e Sarah subiram os desgastados degraus de metal para se deitar em um cobertor velho e namorar por horas. Não que o palheiro fosse especial; eles também passavam horas às margens da lagoa do terreno dos pais dela e na montanha acima do rio. Sem motivo algum, ele subiu os degraus e ficou parado sobre o piso de madeira, diante dos fardos de feno empilhados até o teto alto. O local permanecera praticamente igual todos aqueles anos, com a pequena janela redonda próxima ao vértice do telhado entreaberta. Lembrou-se de sua respiração ofegante, de abraçar o corpo nu dela, das fragrâncias do feno empoeirado e do suor e do sexo se misturando enquanto suas mãos se entrelaçavam aos cabelos dela. Ele olhava por aquela mesma janela redonda e via centenas de estrelas no céu noturno.

Sacudiu a cabeça e se censurou antes de descer a escada. Não havia necessidade alguma de nostalgia naquele momento, com ou sem Sarah. Nenhuma.

— E aí, Bela Adormecida, venha curtir a festa — disse Sarah.

Jade entreabriu um olho sonolento e viu a mãe de pé ao lado dela.

— Já está de tarde e eu deixei você dormir além da conta hoje — continuou ela —, mas está na hora de acordar e cuidar da vida. Temos muito que fazer.

Jade gemeu e rolou no saco de dormir, cobrindo a cabeça.

— Pode começar com os sacos de lixo que Gracie e eu enchemos. — A voz de Sarah era baixa, mas firme. — Estou falando sério, Jade, anda!

— Ótimo — resmungou Jade, sabendo que não tinha como argumentar quando a mãe adotava aquele tom de quem estava no comando.

Com um esforço dramático, Jade se arrastou para fora do saco de dormir e viu que Sarah já tinha se retirado. E, julgando pelo barulho que vinha da cozinha, já estava com a mão na massa.

Suspirando, Jade se levantou e encontrou um par de chinelos próximo à lareira. Arrastou-se até o chiqueiro que chamavam de banheiro, fez xixi, lavou o rosto e tentou acordar. Depois de Gracie causar toda aquela cena por causa do maldito fantasma e perturbar seu sono, Jade tinha ficado agitada demais para voltar a dormir, embora tivesse tentado. Muito. Logo desistiu, mas percebeu que tanto a mãe quanto a irmã estavam desmaiadas, então começou a trocar mensagens com Cody, implorando que ele fosse até lá e a resgatasse, pois ainda estava sem carro.

Tinha ficado acordada a maior parte da noite até cair no sono por volta das cinco da manhã, então não estava tão interessada em quaisquer projetos com que a mãe tivesse sonhado. Desde que Sarah tomara a decisão maluca de se mudar de volta para lá, Jade tinha certeza de que sua vida estava em queda livre até o inferno. Levar o lixo para fora era apenas mais uma tarefa que confirmava suas suspeitas de que uma força maior a punia e atormentava sua vida.

— Certo, vamos lá! — gritou Sarah outra vez. — Nós precisamos deixar esse lugar o mais limpo possível.

— Nós? — disse Jade e se encolheu, pois era óbvio que a mãe a ouvira no outro cômodo.

— Sim, nós. Goste ou não, estamos juntas nessa.

— Eu, não. Não gosto.

— Eu sei. Hoje, o seu voto não conta.

— Não é justo — gritou ela, mas sabia que era uma batalha perdida.

— Provavelmente, não.

Resmungando em voz baixa, Jade, vestindo uma das camisetas de Cody e calças de pijama, foi até a cozinha, onde Gracie e Sarah já estavam para lá e para cá tentando limpar o ambiente imundo. As bancadas antigas estavam entulhadas de jarros, caixas, utensílios e todo tipo de lixo.

Jade afundou em uma cadeira velha à mesa.

A mãe varria o piso de linóleo irregular e rachado, ou qualquer que fosse o material que cobria o chão antigamente.

— Vamos começar por aqui e jogar fora tudo o que não quisermos nem precisarmos nem puder ser restaurado.

Gracie, a puxa-saco, estava enchendo os sacos de lixo com o que a mãe já havia tirado dos armários nojentos. Estreitos e altos, os armários e as prateleiras iam até o teto. Pareciam ter sido pintados de verde-claro no passado, mas, agora, as portas e os interiores estavam sujos e encardidos, as dobradiças, enferrujadas, as vidraças de um aparador, quase opacas por causa dos anos de gordura e sujeira acumuladas.

Ainda cansada, Jade não estava mesmo no clima, mas, quando abriu a boca para sugerir que largassem um fósforo aceso ali, percebeu o olhar de advertência da mãe e soube que devia parar de discutir.

— Ai... Que nojo... — Gracie enrugou o nariz quando leu o rótulo de uma caixa de bicarbonato de sódio. — 1998.

— A vovó nunca foi de jogar coisas fora. "Quem guarda tem" era o lema dela — falou Sarah, indiferente.

— E uma ótima maneira de contrair salmonela ou infecção alimentar ou sabe-se lá o quê — observou Jade.

— É mesmo. — Gracie logo jogou a caixa dentro do saco de lixo que enchia.

— Aliás, onde ela está? — perguntou Jade, puxando um dos sacos abarrotados de cima de uma mesa velha e amarrando os cadarços de plástico. Percebeu que a mãe endireitou as costas, ligeiramente retesadas.

— A vovó? Na Pleasant Pines, lembra?

— Pleasant Pines. Nossa, precisava ser um nome de funerária? — murmurou Jade.

— Vamos visitar a vovó? — quis saber Gracie e, ao menos daquela vez, Jade e a mãe trocaram olhares confidentes.

Jade lembrava a última vez que vira a avó, e não era bem o tipo de memória calorosa e afetuosa que alguém gostaria de guardar. Jade jamais vira a mãe tão irritada, tão descontrolada, quanto naquele dia com a vovó Arlene.

— Claro, podemos ir lá — disse Sarah, mas sem muita convicção no olhar.

Curiosa, Gracie perguntou:

— Você quer ir?

A nerd simplesmente não entendia. Estava na hora de deixá-la a par da situação.

— A mamãe e a vovó se odeiam. — Pronto.

Sarah parou de varrer.

— Não é verdade. Ódio é uma palavra forte. — Encarou a filha mais velha com um olhar de advertência. — Nós não nos entendemos muito bem, nunca nos entendemos, então nunca fomos muito próximas. Mas ninguém se odeia.

Gracie pegou outro jarro do armário e o avaliou minuciosamente.

— Isso é triste.

— Fazer o quê. — Sarah pegara a vassoura e, agora, varria um montinho de sujeira para dentro da pá com um pouco mais de força que o necessário. — É a vida.

Jade bocejou.

— Às vezes a vovó é um pé no saco.

— Não diga isso, Jade. — Sarah se voltou para a filha.

— Só porque ela está numa espécie de asilo não quer dizer que seja boa pessoa — rebateu Jade.

— É uma casa de repouso — disse Sarah, ríspida.

— Ela continua a mesma pessoa de sempre. — Jade olhou ao redor do cômodo. — E por que estamos fazendo isso? Achei que fôssemos morar na casa de hóspedes. Não é perda de tempo limpar isso aqui?

— Mãos à obra, Jade. — Sarah apontou para os sacos de lixo cheios apoiados no armário de baixo.

Relutante, Jade levantou e pôs o primeiro saco pesado por cima do ombro.

— Onde quer que eu coloque?

— No quintal. Vai chegar uma caçamba amanhã e vamos colocar tudo nela.

— Maravilha — disse Jade, sem um pingo de entusiasmo. Sentia como se estivesse na cadeia.

— Vai ser divertido.

Tipo, com certeza.

Ela começou a arrastar o saco de lixo até o quintal quando ouviu o ronco do motor de um carro. Olhando pela janela, viu um veículo prata estacionar próximo à casa de hóspedes. Antes de o motor desligar, a porta do carona abriu e tio Jake saiu do Sedan, caminhando em direção à casa. Um segundo depois, tio Joe, guardando as chaves do carro no bolso, correu para acompanhar o irmão gêmeo.

— Temos companhia! — gritou ela, desejando ter visto Cody e seu velho jipe em vez dos tios subindo os degraus da frente de casa. Se ao menos ele pudesse vir e tirá-la dali antes de ela começar a frequentar a Escola Nossa Senhora do Rio...

Odiava a ideia de ser a "garota nova" e ser julgada pela porra da escola inteira.

Ficava aterrorizada só de pensar. Quase paralisada. Lágrimas ameaçaram sair, mas Jade lutou contra elas.

Ninguém sabia como ela se sentia de verdade, como estava assustada. Nem mesmo Cody.

— O que foi agora? — perguntou o xerife J. D. Cooke quando tirou os olhos da pilha de papel que entulhava sua mesa. A detetive recém-contratada, Lucy Bellisario, passava pela porta de seu escritório no prédio de cem anos que abrigava a delegacia de polícia. Quando ela aparecia, costumava trazer problemas. Com um corpo de dançarina e um temperamento que combinava com seus cabelos de tom vermelho incandescente, a moça era uma das mais inteligentes que ele conhecera na vida, e ela sabia disso. Lucy estava erguendo a mão para bater no vidro granulado da porta, embora já estivesse aberta. — Não me diga — disse ele, recostando-se na cadeira antes que ela pudesse abrir a boca. — Mais notícias ruins.

— E você é vidente agora? — perguntou ela, escancarando a porta.

— Não preciso de sexto sentido para ler "problema" na sua testa.

— Fora os cortes no orçamento e os policiais de licença médica, a onda de abigeato, a quantidade de anarquistas se mudando para cá e criando tumulto, a meteorologia prevendo uma tempestade dos infernos vindo na nossa direção, direto do Canadá... nada.

J. D. soltou um rugido.

O canto da boca de Lucy levantou enquanto ela entrava na sala.

— E bom dia para você também. Nossa, parece que alguém acordou de mau humor hoje.

O xerife se encolheu, ligeiramente constrangido. Desde que Sammi-Jo o deixara, dois meses antes, trabalhar com ele se tornou difícil, e ele tinha ciência disso, mas não conseguia sair da fossa. Apoiou os cotovelos na mesa, que herdara do emprego insuportável, e disse:

— Vamos começar de novo. O que houve?

— Temos uma pessoa desaparecida — respondeu ela, sentando-se numa das cadeiras desconfortáveis em frente à mesa dele. — Dezessete anos. Rosalie Jamison. Estuda com a minha irmã mais nova, então conheço um pouco a mãe dela, Sharon. — Fez mais ou menos com a mão para insinuar que sua relação com ela era duvidosa. — Nos esbarramos em alguns eventos escolares. Enfim, Sharon me ligou de manhã totalmente fora de si. Rosalie sumiu faz mais de doze horas. Eu sei, eu sei. Não completou 24 horas, mas, olha só: ela trabalha na Lanchonete do Columbia.

Ele conhecia o lugar, tinha frequentado algumas vezes.

— Então ela saiu do trabalho mais ou menos meia-noite. Bateu o ponto às 23h53, mas não chegou em casa.

— Fugiu? — indagou ele.

— Possivelmente. — As sobrancelhas de Lucy se uniram na testa, como sempre acontecia quando ela estava encarregada de um caso que não conseguia decifrar. — Ela teve problemas na escola, mas Sharon fez umas ligações e os colegas de trabalho a viram ir embora a pé. Uma das garçonetes, Gloria Netterling, ofereceu carona, mas a garota recusou. Decidiu ir andando.

— Noite passada — disse ele, pensativo, enquanto tamborilava com os dedos na mesa. — O tempo estava ruim.

— É. — Bellisario fez que sim com a cabeça, seu cabelo parecia pegar fogo sob a luz das lâmpadas no teto. — É uma caminhada de cerca de vinte a vinte e cinco minutos, então ela deveria ter chegado em casa, no máximo, à meia-noite e meia. A mãe e o padrasto, Mel Updike, já estavam em casa, na cama, com a televisão ligada. Imaginaram que ela tinha chegado e, só na manhã seguinte, perceberam que a garota não tinha voltado para casa. Sharon não entrou em pânico porque isso já tinha acontecido antes, mas, de tarde, ficou preocupada e começou a ligar para os amigos mais próximos de Rosalie. Foi de carro até a lanchonete e voltou, falou com todos que estavam lá e, depois, ligou para os amigos. Ninguém a viu depois que ela passou pela porta da lanchonete.

— Namorado?

— Atualmente, não, mas Sharon disse que Rosalie falou sobre um menino que conheceu na internet. Ela nem sabe o nome dele, só que ele dizia morar em Denver, onde o ex-marido, pai de Rosalie, mora.

— Conheceu na internet? Não vejo como isso pode funcionar para uma adolescente.

— Não sei, provavelmente da mesma forma que funciona para os adultos.

— Algum carro envolvido?

— Ela não tem carro. Usava o Chevy da mãe quando precisava ou ia a pé. Às vezes pegava carona.

Cooke e Bellisario ficaram parados por um instante, olhos nos olhos. Pegar carona era sinal vermelho.

— Há outros automóveis na casa. Updike tem uma caminhonete e uma moto, os dois estão na casa.

— Irmãos?

— Nenhum mora com ela. E só meios-irmãos, dois. Moram com o pai. Updike tem outros filhos também. Nenhum mora no estado.

— E o pai dela? — Ele ergueu a mão e esclareceu: — Digo, o pai biológico. O cara de Denver. A mãe ligou para ele?

— Mick Jamison. Sim, ligou e acordou ele. Mora com a segunda esposa, e Sharon não gosta nem confia nela.

— E, alguma vez na história, a primeira esposa confiou na segunda? — Uma pergunta retórica, as engrenagens de sua mente já trabalhando.

— O pai e o namorado da internet, ambos do Colorado. Quais são as chances de isso acontecer?

— Talvez eles se conheçam.

— Dê uma investigada neles. Nos dois.

— Já comecei.

Cooke batucou na mesa. Ele não gostava nada daquilo.

— Tem fotos aí com você?

— Sharon entregou algumas fotos recentes para mim e para o Departamento de Pessoas Desaparecidas, e também a foto e os dados da carteira de habilitação da filha. Já divulgamos as características de Rosalie e, levando em consideração que é menor de idade, emitimos um alerta nos meios de comunicação.

— Ignorando o período de espera de 24 horas.

— É uma adolescente, xerife. E vou seguir meus instintos dessa vez.

— Certo. — Ele também estava com um mau pressentimento. — Comece a interrogar amigos, trabalhe com o Departamento de Pessoas Desaparecidas, investigue o padrasto e os ex-namorados, além do garoto que supostamente mora em Denver. Se ela o conheceu pela internet, ele pode estar em qualquer lugar. Talvez até no fim da rua. Alguém que saiba que o pai dela mora no Colorado pode ter usado isso como isca para se aproximar dela. Para ter uma abertura, sabe. Aliás, o garoto da internet talvez nem seja adolescente. Pode ser um adulto, um fake. — Ele soltou um longo suspiro e pensou nos próprios filhos adolescentes, que moravam em Portland com a mãe. Sabia como se sentia quando um deles não chegava na hora certa, embora fosse um homem de sorte e nunca tivesse acontecido nada a Hallie e Ben. — Vamos torcer para que ela tenha tido um ataque de rebeldia e fugido, e que mude de ideia. E então decida voltar para casa por conta própria.

Os olhos acinzentados de Lucy Bellisario encontraram os dele.

— Seria o ideal — concordou ela, mas não parecia depositar muita esperança naquele cenário em particular.

Nem ele.

CAPÍTULO 6

O fantasma estava tentando se comunicar com ela — tinha certeza disso, pensava Gracie, encostada na parede da sala de jantar, bisbilhotando a conversa da mãe com os tios. Ficara aterrorizada na escadaria, jamais esperava um encontro tão bizarro, mas a mulher de branco estava tentando dizer algo. E Gracie estivera assustada demais para perceber isso antes.

Não fora um sonho.

Ela não imaginara o fantasma.

Mas, em plena luz do dia, tendo digerido o que acontecera, percebeu que o espírito de Angelique Le Duc estava tentando se comunicar com ela.

Gracie estragara tudo, mas, agora, faria algo a respeito. Lera o suficiente sobre a Mansão Pavão Azul para saber que Angelique talvez não fosse o único fantasma assombrando a casa; muitas pessoas tinham vivido e morrido ali, e muitas foram enterradas em algum lugar no terreno da família. Gracie já vinha pesquisando sobre as pessoas que moraram ali e nas redondezas.

Porém, não contaria a ninguém o que estava fazendo. Se quisesse se comunicar com o fantasma e, talvez, ajudar o espírito de Angelique a ir para o outro lado — o que parecia ser o desejo de todos os fantasmas —, então teria de manter o bico fechado. Senão, a mãe a arrastaria para o psicólogo outra vez, exatamente como fizera depois do divórcio. Não, obrigada. Gracie não era maluca, sabia muito bem disso; só era mais sensitiva que a maioria, o que deixava a mãe em pânico, mas fazia Gracie se sentir mais completa de alguma forma.

Ela só precisava descobrir como usar seu dom.

***

— Só para confirmar — disse Jacob, que sempre queria esclarecer tudo. Era o gêmeo mais ansioso, e era isso que ajudava todo mundo a diferenciar os dois. Os rostos eram quase idênticos; os cabelos, loiro-escuros; os olhos, azuis como o céu; corpos atléticos e ombros largos. Mas Joseph costumava ter o sorriso fácil, enquanto Jacob já apresentava linhas de expressão dos anos que passara franzindo o cenho. Hoje, as diferenças pareciam mais óbvias, pois o cabelo de Jacob estava bem curto, enquanto o de Joseph estava mais comprido e bagunçado, suas calças jeans estavam gastas, e sua camisa, ligeiramente amassada e com as mangas enroladas. Já Jacob vestia camisa polo e calças cáqui perfeitamente passadas, parecendo que estava prestes a ir jogar golfe em um Country Club. — Assim que as obras terminarem, a gente vende essa coisa.

— Ou alugo a parte de vocês até que eu possa comprar a casa. — Sarah encarou os dois irmãos. — Esse era o acordo, lembra? Que não a venderíamos antes de a mamãe morrer.

Os olhos de Jacob escureceram.

— Isso pode levar décadas!

— Deus queira — disse Joseph. — Credo, Jake.

— Não é que eu queira que ela morra. Pelo amor de Deus, vocês sabem disso. Mesmo que ela, sejamos sinceros, sempre tenha sido um pé no saco. — Ele desviou o olhar do gêmeo para a irmã. — Ué, o que foi? Você não acha?

— Acho — disse Sarah, revirando os olhos, e encontrou o olhar perplexo de Joseph.

Joseph ergueu as mãos.

— *Todos* temos problemas com a mamãe.

— Chega! Vocês não vieram aqui para falar mal da mamãe, então vamos voltar ao assunto: as obras — disse Sarah. — Isso é o que temos. — Sarah abriu a planta, que estava enrolada, na mesa e prendeu os cantos com livros empoeirados que encontrara nas estantes de livros do saguão. Uma edição surrada de *O exorcista*, de William Peter Blatty, em um canto e uma cópia destruída de *Mulherzinhas*, de Louise May Alcott, em outro.

— Aqui está a planta original — disse ela.

— Sério?

— Olhe a data: 1921. — As frágeis páginas estavam amareladas, encardidas e cobertas de anotações a lápis. Manchas de dedos e borrões de origem indeterminada descoloriam os desenhos. Com muito cuidado, Sarah desamassou as delicadas páginas, praticamente ininteligíveis.

— A casa original era incrível, ainda mais levando em consideração a época. Tinha água corrente e energia elétrica, o que é impressionante. Não teria sido nada de mais em uma cidade grande, como São Francisco ou até mesmo Portland, mas, aqui, era um feito e tanto. Não esqueçam que a antiga estrada histórica só ficou totalmente pronta em 1922. — Os desgastados projetos arquitetônicos mostravam a casa como fora originalmente construída por Maxim Stewart, tataravô de Sarah. — Maxim era um autocrata, em todos os sentidos da palavra, e sempre conseguia o que queria.

A menção ao ancestral chamou a atenção de Jacob.

— Maxim? Não foi ele o velho ranzinza que matou a segunda esposa? Angeline ou algo assim?

— Angelique — corrigiu Sarah. — É o que dizem.

— Já viu o fantasma dela correndo por aí? Não é ela que assombra a casa?

Sarah sentiu um frio na espinha, mas achou melhor não falar nada sobre a experiência de Gracie com fantasmas.

— Rumores — disse ela. — Gente de cidade pequena gosta de falar, de viver a vida dos outros, ou melhor, de exagerar e inventar histórias.

— É, mas até você disse que a viu — falou Jacob.

— Eu era criança — rebateu Sarah, quase involuntariamente. O ataque de pânico que a filha tivera na noite anterior ainda era muito recente. — Agora, vamos, temos trabalho a fazer.

Enquanto Jacob deu de ombros, esquecendo o fantasma, o olhar pensativo de Joseph se demorou na irmã. Ela ignorou os dois e abriu outra planta, de 1950, e indicou a adição de um banheiro e a expansão da cozinha. Por fim, abriu o projeto arquitetônico de 1978, que incluía outra reforma na cozinha, mais painéis elétricos, o acréscimo de um pátio no quintal e um banheiro principal que passava por um closet já existente.

Joseph estudou cada planta.

— Tantas reformas quanto gerações.

— Nem tanto — disse Sarah.

— E agora vamos ter que fazer tudo de novo. — Ele fez uma careta e deu uma olhada superficial ao redor. — Não seria o caso de dar só uma pintura?

— Quem dera. E até agora só olhei os dois primeiros andares. Ainda tenho que avaliar o terceiro, o sótão, o terraço e o porão.

Joseph ergueu as sobrancelhas.

— Vai descer lá? Eu achava que você morria de medo do porão.

— Talvez porque os babacas dos meus irmãos me trancaram lá.

— Desculpa. — Jacob fez cara de arrependimento.

— Se não me falha a memória, nós fomos punidos — disse Joseph, e Sarah teve calafrios ao lembrar da surra que os irmãos levaram quando Arlene encontrou Sarah, aos seis anos, trancada e chorando no topo da longa escada que levava ao porão.

— Sim, vou descer lá para fazer um inventário — falou Sarah.

— E vai subir lá no terraço também? — perguntou Jacob. — Quem é você e o que fez com a minha irmã?

Sarah acabou sorrindo.

— Não sou mais a menininha com quem vocês implicavam.

— Estou vendo — Jacob sorriu com ela. Os gêmeos também tinham crescido, e ela não via motivo para remoer os traumas pelos quais eles a fizeram passar, embora o incidente no telhado não tivesse sido obra dos dois; pelo menos, juraram de pés juntos que não.

Em vez de trazer tudo à tona agora, ela disse:

— Quanto a só dar uma pintada, Jacob, olha o tamanho dessa casa. A pintura vai sair caro. E, infelizmente, uma maquiagem não vai resolver os problemas aqui. A coisa está feia.

O sorriso de Jacob desapareceu.

— Acho que estou ouvindo o som de uma escavadeira a toda na cabeça dele — disse Joseph. Inclinou-se para a frente e acrescentou: — Rola uma telepatia com ele, sabe. Coisa de gêmeo.

— Ai, cala a boca. — Jacob olhou pela janela, encarando o terreno do lado de fora. Pastos ondulantes faziam fronteira com colinas arborizadas de um lado; do outro, ficava o selvagem Columbia. — Mas o valor está no terreno, sabe, e não na casa. Isso aqui está uma bagunça, caindo aos pedaços. Talvez Joe tenha razão.

Joseph levantou as mãos para o céu e deu um passo atrás.

— Eu não sugeri demolir a casa. Só achei que fosse a sua intenção.

— Seria mais prático — encorajou Jacob.

— Isso aqui é história, Jake — interrompeu Sarah, apontando para os projetos originais antes que os dois começassem a implicar um com o outro, discutir e começar o que ela chamava de "showzinho dos gêmeos", um espetáculo que eles aperfeiçoavam desde que nasceram. — É o nosso lar, a linda casa onde crescemos. Só precisa de alguns cuidados. — Jacob ergueu as sobrancelhas. — Certo, *muitos* cuidados. Mas eu tenho tempo, capacidade e conhecidos que podem ajudar. — Ela levantou o olhar. — Você sabe disso, Jake, ou não teria concordado. — Ela não comentou que seu primeiro emprego depois da faculdade fora como assistente de arquitetura nem que passara os últimos cinco anos trabalhando como gerente de projetos na Construtora Tolliver, em Vancouver. Era especialista em reformas. — Além disso, quem vai contar à mamãe que demolimos a casa?

Nenhum dos gêmeos se voluntariou.

— Imaginei. Então vou dar uma olhada em todos os andares de novo para ter algumas ideias ainda mais fabulosas. Já enviei os projetos e algumas ideias iniciais para o arquiteto, e ele entrou em contato com um engenheiro para vir tirar umas medidas e estudar a casa. Tenho trocado e-mails com essa empresa há meses. Graças a Deus, consegui um rapaz para supervisionar a reforma na casa de hóspedes, que já está quase pronta para nos mudarmos para lá. Assim que estiver, poderemos começar de vez aqui.

— Parece caro. — Jake comentou o óbvio.

— Claro que é. Já conversamos sobre o orçamento — lembrou aos dois irmãos — e assinamos o contrato em troca das nossas almas no banco.

— Nem me fala — disse Jacob em um tom que insinuava que, se pudesse, voltaria atrás.

— Olha só, vocês precisam me apoiar. Os dois! — Encostando dois dedos na planta, ela acrescentou: — É um projeto e tanto, uma reforma gigantesca, mas vai valer muito a pena.

— Certo — disse Joseph, dando de ombros. Ele nunca fora tão contrário à empreitada quanto Jacob. — Vá em frente.

— E vou. Já me mudei com a minha família e, acredite em mim, o caminho de Vancouver para cá foi um inferno porque Jade não queria vir. Mas, agora, não tem volta. — Voltou a atenção para o outro irmão. — Não é, Jacob?

Jacob hesitou, mas notou o olhar do irmão e assentiu:

— Beleza. — Levantou um ombro. — Claro.

— Muito bom — disse Sarah, aliviada.

— É melhor a gente ir — disse Joseph para o irmão assim que seu celular começou a tocar. — Tenho que atender. — Levantou-se e seguiu para a porta da frente. — Não esquece a festa da Dee Linn.

Ela sentiu o estômago revirar.

— Ainda está de pé?

— Ela não ligou para você?

— Séculos atrás. Não falo com ela faz, sei lá, umas três semanas. Estive muito ocupada com a mudança e, agora que estamos aqui, o sinal de celular é, no mínimo, irregular. Jade acha que a arrastei para cá, para longe dos amigos, por causa do meu plano maligno de destruir a vida dela.

Joseph sorriu.

— E não foi isso?

— Você não está ajudando — rebateu Sarah, mas devolveu o sorriso. — Então a festa da Dee Linn está de pé?

— Achou que ela fosse mudar de ideia? — perguntou Joseph, erguendo uma sobrancelha que deixava claro que ela não precisava nem ter perguntado.

— O mantra dela é "jamais perca a chance de exibir tudo que você tem" — lembrou Jacob. — A família *querida* está toda convidada.

— A mamãe? — questionou Sarah e odiou a forma como os músculos de suas costas ficaram tensos só de pensar em ver Arlene.

— Tenho certeza de que, se puder ir, ela vai — disse Jacob. — Parece que vocês não se veem faz tempo, senão saberia.

— O quê? — Sarah sentiu uma pontada de culpa, sua consciência a alfinetando novamente. Ela tinha visitado a mãe duas vezes. Nas duas vezes, Arlene estava dormindo e não acordava, então as visitas foram perda de tempo. Ficou ao lado dela por algumas horas e se perguntou se a carrancuda não fingia estar dormindo; depois, na viagem de volta para casa, se sentiu mal por ter pensado que Arlene poderia ser tão maldosa.

— De qualquer forma, ela não tem mais saco para essas invenções da filha, ou para qualquer evento. E acho difícil mudar de ideia... Não que ela já tenha sido fã dessas coisas um dia — disse Jacob. — Mas o restante da família deve estar lá. A tia Marge vai vir com os filhos. — Marge era a irmã mais nova de Arlene, e a filha dela, Caroline, era prima de Sarah.

— Pelo menos, acho que foi isso que Danica disse — acrescentou ele, mencionando a esposa —, não tenho certeza.

— Vou ligar para Dee à noite — prometeu Sarah assim que os irmãos saíram e sentiu outra vez como se a casa a engolisse. — Ei, meninas — disse ela, entrando na cozinha, que estava vazia, encontrando, em seguida, as filhas na sala de estar. — Se arrumem, vamos visitar a avó de vocês.

— Tá brincando, né? — Jade tirou os olhos do celular e parou de trocar mensagens ou jogar, encarando a mãe cheia de terror.

— Foi o que você ouviu. É a última chance que temos antes de vocês começarem as aulas na semana que vem, e eu vou estar até o pescoço com as obras, então, vamos, andem logo. Vão para o carro.

— Ainda nem me arrumei! — protestou Jade.

— Não é problema meu. Já está tarde e vamos sair em cinco minutos, então corra.

Enquanto a mãe passava pelos portões da Casa de Repouso Pleasant Pines, Jade analisava o lugar com um olhar preconceituoso. Não tinha passado nem 24 horas em Stewart's Crossing e cada minuto fora uma tortura. Desde o absurdo da falta de internet e sinal de televisão até o suposto fantasma que Gracie viu, o lugar era tenebroso. E, agora, iam visitar vovó Arlene num complexo moderno com um imponente pórtico que se estendia por uma rua circular. O gramado, coberto de folhas e alguns arbustos, completava a paisagem no entorno do prédio principal, de três andares, cada um com diversas janelas separadas por aparelhos de ar-condicionado.

Jade odiou aquilo logo de cara, mas, a bem da verdade, odiava tudo em sua vida nos últimos dias, e ver a vovó Arlene não melhoraria seu humor. A ida até lá foi tensa; a mãe ficou em silêncio e assim permanecia até manobrar o Explorer para estacionar em uma vaga.

Quando Gracie saiu do banco de trás, Jade saltou da frente apenas para sentir o frio das gotas de chuva em sua cabeça desprotegida.

Ótimo. Simplesmente maravilhoso.

Cobriu-se ainda mais com seu sobretudo, que ia até o calcanhar, enfiando as mãos no fundo dos bolsos enquanto seguia a mãe e a irmã para dentro. Por algum motivo, Gracie não parecia perceber como aquela visita era patética.

Por um instante, Jade sentiu uma pontada de culpa por pensar assim, mas logo afastou o sentimento como algo completamente desnecessário, porque ela queria muito gostar da avó, mas era impossível. Tinha amigos que achavam os avós maneiríssimos. O avô de Cody era demais, um homem que ele amava e respeitava. A avó, Violet, era um amor de pessoa, que assava biscoitos, tricotava e levava gatos de rua para casa — era apaixonada por eles. Violet tinha uma coleção de vinis antigos que adorava tocar para Cody, enquanto o avô mostrava para o neto o arsenal que guardava em um cômodo especial, trancado, junto às peles e cabeças de animais que ele caçara — desde um jacaré empalhado perto da lareira de pedra até uma suçuarana à espreita numa das vigas-mestras do teto abobadado. Aquela parte, especificamente, era meio nojenta, pensou enquanto passava pelas portas de vidro do prédio e sentiu um bafo tão quente quanto o próprio fogo do inferno. Ela não gostava nem um pouco do orgulho que o avô do namorado sentia em matar os animais, mas o arsenal de armas e facas antigas era bem legal. Cody adorava todas, especialmente a velha pistola alemã Luger, da Segunda Guerra Mundial, e uma metralhadora com cinto de munição que o avô mantinha em seu "posto de guerra", no porão.

Apesar da afinidade do velho com a guerra e a caça, ele e sua "noiva", juntos havia mais de cinquenta anos, eram divertidos e amáveis e tinham linhas de sorriso no rosto como prova.

Jade não tivera tanta sorte. Nunca conhecera os pais do pai, o que não era de surpreender, já que não conhecia o pai biológico, uma mítica criatura do sexo masculino que engravidara sua mãe e, aparentemente, não tinha nome. Já os pais do pai adotivo, Noel McAdams, moravam em Savannah, aonde ele foi morar depois do divórcio. Ela os vira poucas vezes, então nem contavam. O pai da mãe, vovô Frank, morreu muito tempo atrás, então sobrou Arlene para Jade, uma velha rabugenta e desalmada que parecia culpar a tudo e a todos por seu destino.

Hoje, percebeu Jade, não seria exceção.

Depois de assinar o livro de visitantes e receber os crachás na recepção, as três foram acompanhadas pela sra. Adele Malone, uma mulher rechonchuda, de rosto alegre, que falava sem parar. Passaram por uma sala cheia de sofás e poltronas com estampas florais, onde alguns dos residentes estavam lendo jornal e vendo televisão; depois, passaram por um refeitório vazio e seguiram por um grande corredor, onde a mulher sorriu e acenou para várias senhoras com andadores.

"Lá vamos nós", anunciou ela quando chegaram ao elevador, ambos os lados ornados com plantas falsas que pareciam um pouco demais com marijuana. Provavelmente não eram, e Jade preferia acreditar que algum designer de interiores perverso tinha colocado aquilo ali de sacanagem.

No terceiro andar, a sra. Malone, ainda falando sem parar sobre as maravilhas que aconteciam na Pleasant Pines, guiou-as até uma sala e bateu de leve na porta. Aquele lugar deixava Jade toda arrepiada. Bem, até que era bastante agradável; a maioria dos residentes as cumprimentou nos corredores, alguns com andadores ou cadeiras de rodas, outros a passos lentos, mas suficientemente felizes. Estavam todos tão felizes que Jade imaginou se não estariam sob o efeito de algum antidepressivo.

Tudo mudou quando a sra. Malone bateu com os nós dos dedos em uma porta fechada e disse, meio cantarolando:

— Sra. Stewart? A senhora tem visitas.

Não veio resposta. A sra. Malone, então, bateu outra vez, abriu a porta gentilmente e colocou a cabeça para dentro.

— Sua filha e suas netas vieram ver você, Arlene.

Novamente, nada.

Destemida, a cuidadora escancarou a porta e entrou na compacta suíte.

— Entrem — disse ela, a mão fazendo sinais apressados atrás de si para convidar as visitantes.

Sarah entrou, já Gracie e Jade ficaram para trás, escoradas na porta aberta.

— Sra. Stewart? — repetiu a sra. Malone, mais alto dessa vez. — Você tem companhia.

— Vai embora. — Foi a ríspida resposta.

— Sua filha e suas netas estão aqui — repetiu a sra. Malone, aproximando-se do sofá estofado onde sentava uma mulher débil rodeada por almofadas e um coelho de pelúcia. Seu cabelo era ralo e liso, meio grisalho. Óculos redondos enormes apoiados na ponta do nariz; uma corrente os prendia ao redor de seu pescoço para evitar que caíssem.

— Esperem aqui um instante — disse Sarah por cima do ombro rapidamente enquanto se aproximava do sofá. — Oi, mãe! Como vai? — Ela se curvou para segurar a mão de Arlene e dar um beijo em seu rosto, mas a velha recuou visivelmente. Seu rosto ossudo se contorceu de repulsa.

— Você? — acusou ela em uma voz rouca e baixa. — O que *você* está fazendo aqui?

Sem medo, Sarah endireitou a postura.

— As meninas e eu nos mudamos para casa, você sabe disso, para acompanhar as obras. Mas tiramos um tempinho para te visitar.

— Que meninas? — quis saber Arlene, seus olhos raivosos se deslocando nas órbitas conforme direcionava o olhar para a porta, onde estavam Gracie e Jade, meio dentro, meio fora do quarto. — Onde estão? — Os lábios finos de Arlene eram esbranquiçados, suas bochechas, enrugadas com vincos profundos, e os olhos, de um azul tão desbotado que pareciam fantasmagóricos.

— Queríamos fazer uma visita — explicou Sarah.

Os lábios de Arlene tremeram.

— Pensei que estivesse morta.

A sra. Malone levou a mão ao peito.

— O quê? Não, mãe. — Sarah balançava a cabeça, seu sorriso amarelo oscilando um pouco. — Sei que faz um tempo... Vim te visitar outras vezes, mas você estava dormindo.

— Meu Deus do Céu, como você me deixa pensar uma coisa dessas? — A fúria da velha explodiu; seus dedos, já ossudos, seguravam o braço do sofá desgastado como se fossem garras. — Como uma filha é capaz de fazer isso com a própria mãe? — Ela aumentava o tom de voz, seus braços visivelmente trêmulos. — Mas eu devia esperar isso de você! As freiras me disseram que você era um caso perdido. Elas me avisaram! Você não sabe que Nossa Senhora é a chave para a sua salvação? A Virgem Santíssima? Ela é a chave. Você é pagã?

A sra. Malone interveio.

— Arlene, Sarah trouxe as meninas para ver você.

— Sarah? — disse a velha, com a respiração acelerada.

Arlene piscou repetidamente e sua boca voltou a funcionar:

— O nome da minha filha é Theresa! — A chama que queimava com tanto ardor pareceu se extinguir de repente, e seus lábios tremeram como se estivesse prestes a desatar em lágrimas. — Você não é... ? — Ela baixou a cabeça por um instante, recompondo-se, e Jade sentiu pena dela, pela óbvia confusão mental. Ansiosa, Arlene esfregou as costas da mão manchada pela velhice com a outra. — Eu... Eu não entendo. Cadê a Theresa? Onde está o meu bebê?

Sarah se agachou ao lado do sofá.

— Não sabemos, mãe. Ainda não sabemos.

— Acho que ela está com o João — disse Arlene, subitamente.

— João? Que João? — perguntou Sarah.

— Ou será que era Mateus?

— Mãe, quem é Mateus? — Sarah não conseguia entender.

— Talvez fossem amigos da sua irmã — sugeriu a sra. Malone, com delicadeza. — Ou parentes.

— Eles vão proteger Theresa — disse Arlene. — Sei que vão. — A mulher raivosa tinha sumido completamente, deixando para trás uma mulher triste e perturbada, que começou a balbuciar coisas sem sentido enquanto piscava repetidamente por trás das lentes dos óculos fundo de garrafa.

— Talvez não seja um bom momento — disse a sra. Malone, sua testa marcada por linhas de preocupação.

Não diga! Na opinião de Jade, talvez fosse o pior momento possível. Coitada da vovó.

— Talvez vocês possam voltar outro dia? — acrescentou a cuidadora.

— Mãe? — chamou Sarah, mas Jade sabia que não tinha mais volta.

Quem ou o que estivesse ocupando aquela carcaça sem vida agora recuava, se escondia. Jade esperava que fosse para sempre.

Elas saíram do quarto e a sra. Malone disse:

— Às vezes ela se isola. Me deem um segundinho... — Ela tirou uma espécie de walkie-talkie do bolso e pediu ajuda. — Podem ir se quiserem, eu ligo para vocês mais tarde — disse ela, quando uma mulher alta com cabelos grisalhos volumosos presos em um coque na altura da nuca e uma expressão que dizia que estava muito ocupada correu na direção delas.

Vestida de uniforme azul, com um crachá de enfermeira, chamou a sra. Malone de lado para trocar meia dúzia de palavras e, em seguida, entrou no quarto da avó.

— Isso é normal? — perguntou Sarah.

— Ela tem dias bons e ruins. — A sra. Malone olhou pela porta entreaberta, de onde a enfermeira já tentava se comunicar com Arlene. — Obviamente, hoje não é um dos melhores.

A mulher era cheia de eufemismos. Nossa, como ela conseguia manter aquele emprego?

— Vamos voltar outro dia — disse Sarah, e isso deixou Jade aliviada. Quanto antes saíssem daquele lugar, melhor.

Do lado de fora, ela finalmente sentiu como se pudesse respirar outra vez e não se importou com a chuva que desabava do céu escuro.

— Esse lugar é horrível! — declarou Jade e correu pelo estacionamento assim que a mãe apertou o botão da chave para abrir as portas do carro, jogando-se para dentro do Ford. A irmã e a mãe logo a seguiram e, enquanto Gracie colocava o cinto de segurança, Jade lançou um olhar severo para Sarah. — Só para você ficar sabendo, mãe, *nunca mais* venho aqui.

— É claro que vem, nós vamos ver a vovó...

— Por quê? Ela está péssima. E nem te reconheceu. Achou até que estivesse morta. Foi muito bizarro. — Jade colocou o cinto antes que Sarah começasse o velho sermão insuportável sobre segurança.

— Ela só me confundiu com a minha irmã mais velha, Theresa. Só isso — disse Sarah.

— Só isso? — Jade deixou a cabeça cair no encosto do banco.

— Ela está doente, teve um derrame e parece que está sofrendo algum tipo de demência.

— Ela enlouqueceu. Certo. Tudo bem. Entendi. Está com Alzheimer ou sei lá o quê — falou Jade. — Sinto pena dela. É triste, sabe? Mas isso é demais para mim, mãe. Eu nem conheço ela, e ela claramente não quer me conhecer. *Não* vou voltar lá.

— Eu também não — disse Gracie atrás da irmã. — Jade tem razão.

— Pelo menos daquela vez ficou do lado da irmã mais velha. Inacreditável. — Ela está totalmente louca e...

— Chega! — esbravejou a mãe, frustrada, quando começou a dar a ré para sair da vaga e teve que frear porque um carro do outro lado também estava dando a ré. — Meninas, por favor! Ela é *minha* mãe, *sua* avó! Tenham um pouco de respeito e compaixão por uma mulher doente.

— Por quê? Está claro que ela não nos quer aqui. Nenhuma de nós. E não entendo por que você está tentando fazer as coisas parecerem melhores do que são — disse Jade.

Enquanto a chuva escorria no para-brisa embaçado, Sarah fechou os olhos por um instante.

— Vish... — sussurrou Gracie, e Jade quase era capaz de ouvir a mãe contando até dez mentalmente ao segurar o volante com tanta força que os nós de seus dedos ficaram brancos.

Por fim, mais calma, ela respirou fundo e sacudiu a cabeça antes de voltar a dar a ré.

— É a minha mãe — disse Sarah outra vez, com o tom de voz suave.
— Ela me criou.

— Isso explica muita coisa — disse Jade. Em seguida, viu uma ponta de mágoa percorrer o rosto da mãe. Por dentro, Jade se sentiu mal, mas se manteve firme.

— Ela não foi sempre assim — disse Sarah.

Finalmente, estavam a caminho da estrada principal.

— Mãe, a vovó sempre foi esquisita. Você sabe disso. De toda forma, sinto muito por ela ser sua mãe, mas isso é problema seu. Eu... Eu só estou dizendo que ela parece uma bruxa, sei lá.

— Jade... — murmurou ela.

Jade não parava.

— Mãe, admite, a vovó é uma pessoa ruim.

— Pelo amor de Deus, ela está doente. Só isso. Deixa de exagero.

— Não é só isso. Você fica se iludindo quanto a ela e outras coisas também. E aí, quando as coisas não saem como você esperava, você fica surpresa. — Ela viu a mãe encolher diante do comentário, que tinha sido um pouco duro demais.

— Vamos ser gentis com a vovó, ok? — Sarah desacelerou, deixando um caminhão barulhento passar, e fez a curva para pegar a estrada que levava ao centro de Stewart's Crossing. — Mostrem um pouco de compaixão e empatia. Se tivermos sorte, vamos todas chegar à idade dela.

Deus me livre!

— Está bem — assentiu o resmungo do banco traseiro.

— Claro — concordou Jade, finalmente. Sentia-se um pouco mal por ter sido tão dura, mas, mesmo assim... Lembrava-se da vovó Arlene e de como ela era quando mais nova. — Vou ser tão gentil com ela quanto ela for comigo.

— Justo — disse Sarah, seus olhos fixos na estrada à frente. Se Jade não a conhecesse, acharia que a mãe estava concordando com ela.

CAPÍTULO 7

Estava frio. Muito, muito frio.

E escuro, um breu absoluto.

— Me deixa sair! — gritava Rosalie desesperadamente, em tom de súplica, mas, por mais que esmurrasse a porta de madeira, ninguém respondia. Era como se estivesse sozinha no mundo, e quis desatar em lágrimas outra vez, mas perder o controle não tinha ajudado em nada até agora. Ela estava trancada em um celeiro imundo, seu "quarto" era um cubículo tão apertado que quase era possível tocar ambas as paredes se ficasse em pé no meio dele. A única iluminação vinha de uma janela a cerca de dois ou três metros do piso de madeira. Mas, agora, estava escuro novamente, devia ter acabado de anoitecer, pensou ela, com o estômago roncando de fome.

Assustada como nunca antes na vida, Rosalie procurava uma forma de escapar dali desde o segundo em que foi despejada lá dentro. Lutava, chutava e gritava, furiosa e aterrorizada ao mesmo tempo. Sua voz estava rouca, o rosto, inchado de tanto chorar, e as mãos, presas com a algema apertada, sangravam e estavam arranhadas por causa dos socos que dera na porta. Até suas pernas doíam; tinha chutado as tábuas de madeira maciça com tanta força que sentia uma dor excruciante na perna direita.

— Vai se foder! — Com as mãos unidas, esfregou a perna, mas ainda doía.

Não sabia onde estava, mas não podia ser muito longe de Stewart's Crossing, supôs. O percurso, desde o momento em que foi raptada, passando por bosques e colinas, durou cerca de meia hora, o que significava uma distância de menos de trinta quilômetros da lanchonete. Tinha ficado de olho no relógio e no hodômetro durante o trajeto até a isolada propriedade no meio da floresta.

O sorriso sedutor e o jeito de caubói dele tinham sumido. O homem simpático que deixava boas gorjetas e sempre tinha algo agradável a dizer enquanto tomava café desaparecera completamente, substituído por um rosto perturbadoramente inexpressivo.

Era provável que o homem gentil nunca tivesse existido de verdade; a máscara de bom moço que a enganou tinha caído, revelando um monstro que ela podia jurar ser capaz de matar alguém.

Sua mente vagou por caminhos sombrios enquanto imaginava o que ele poderia fazer com ela. E quase vomitou. Por enquanto, não a tocara, exceto para amarrá-la, mas tudo podia mudar, e pensar em qual seria seu destino fazia seu sangue gelar.

Você tem que ser forte, ser esperta, encontrar uma forma de mudar o seu destino. Tremendo, ela engoliu o medo.

Tinha sido uma imbecil, percebeu Rosalie. Brigando mentalmente consigo mesma pelo que devia ser a milionésima vez por causa da burrice de ter entrado naquela caminhonete, Rosalie deslizou as costas na porta e se sentou no chão.

Quando notou que estava sendo raptada, imaginou que ele a estupraria ou torturaria ou mataria, mas, por enquanto, só a tinha arrastado para aquele cubículo frio e isolado enquanto ela chutava e gritava. Havia uma pequena cama dobrável em um canto, além de duas garrafas de água e um balde para fazer suas necessidades.

— O conforto do lar — disse ele, cruel, quando a jogou na cama com um saco de dormir esfarrapado e um travesseiro cheio de mofo, ainda com as malditas algemas.

Ela passou a noite inteira andando de um lado para o outro e chutando a porta, alternando entre momentos de choro e gritaria, mas, ao mesmo tempo, tentando descobrir como escapar e fervorosamente arrependida de não ter aceitado a carona que Gloria oferecera, de não ter ido direto para casa em vez de entrar na caminhonete, de não ter feito qualquer coisa além de se deixar atrair por aquela armadilha terrível.

— Eu te odeio! — gritou ela, e suas palavras quase voltaram em um eco. Tinha certeza de que estava sozinha. Completamente sozinha.

Será que a mãe a encontraria?

Será que aquele babaca do Mel convenceria Sharon de que ela tinha simplesmente passado a noite fora, como já fizera antes? Será que começariam a procurar por ela?

Por favor, por favor, por favor, rezou ela para o Deus que jurara não existir. *Faça alguém me encontrar!*

Com certeza até Mel ia acreditar, cedo ou tarde, que aquilo era grave. Meu Deus, como ela torcia para que a estivessem procurando, para que alguém a tivesse visto entrar na caminhonete daquele otário, para que alguém reconhecesse o pervertido ou tivesse anotado o número da placa dele ou...

Ah, não adianta, pensou quando se levantou e sentiu os olhos se encherem de novo. Ela se encolheu na porcaria da cama e cobriu os ombros com o saco de dormir. Já tinha passado muito tempo, tempo suficiente para estar faminta e apavorada. O desgraçado não a deixaria ali, deixaria? Para morrer de fome? Não teria deixado duas garrafas de água se quisesse que morresse de sede. Sua mente pensava em todo tipo de besteira, e ela se perguntou se algo ruim não teria acontecido a ele, e, embora desejasse isso, quem a encontraria depois? Talvez fosse morrer naquele saco de dormir fedido e bolorento.

Meu Deus, ela *precisava* encontrar uma maneira de sair dali. Precisava! As lágrimas escorriam pelo rosto e, com as algemas apertando seus pulsos, ela as secou.

Sua mãe vai te encontrar. Ela vai. Você sabe disso.

O problema é que Rosalie *não* sabia...

Ela não sabia de nada disso.

Por enquanto, ela não estava se saindo exatamente bem no quesito maternidade, pensou Sarah enquanto subia as escadas ruidosas até o terceiro andar. A filha mais velha era atrevida e insensível o bastante para chamar a própria avó de "pessoa ruim"; e a caçula estava convencida de que vira um fantasma nas dependências. Duas vezes. Isso é que era uma família estável.

Sentindo-se culpada, Sarah perguntou a si mesma se não teria alimentado tudo aquilo sem querer. Ela própria certamente não falava nenhuma maravilha da mãe e também pensava ter visto um espírito infeliz naquela casa. Será que não tinha tocado no assunto sem perceber com Gracie, incentivando os medos da filha mais nova? Ao passo que Jade sempre fora independente e muito opiniosa, Gracie era mais introvertida e tinha dificuldade para fazer amigos. Sarah esperava que a mudança fosse algo positivo não apenas para ela, mas também para as filhas.

Parou no patamar. Tinha olhado todos os quartos do andar e concluiu que, mais uma vez, o banheiro teria que ser refeito do zero. A suíte principal também precisaria de uma reforma completa. A casa inteira faria bom uso de encanamento e fiação novos, isolamento térmico e revisão do sistema de aquecimento.

Custaria uma fortuna.

— Mas vai valer muito a pena — lembrou a si mesma conforme passava pelo quarto que pertencera à irmã. Desacelerou um pouco. Depois, pensou, quando tivesse mais tempo. Agora, precisava encarar os próprios demônios, então seguiu até a porta no fim do corredor que dava numa passagem estreita até o sótão e além.

Quando passou pela porta, sentiu o coração acelerar de ansiedade. Desde criança, ela evitava aquelas escadas, recusava-se a pisar no sótão, mas não podia mais fazer isso.

Deixa de besteira. Não tem nada de mais no sótão. Nada.

Ligou o interruptor de luz no patamar da escada. O clique foi alto, mas só isso. Os degraus e o espaço acima continuaram na escuridão.

— Claro — murmurou e ligou a lanterna do celular para iluminar as escadas. Sentindo a tensão nos músculos do pescoço, subiu o lance íngreme, ignorando seus batimentos cardíacos e o medo que pulsava em suas veias.

A temperatura caiu assim que pôs os pés no sótão, e os ventos uivavam pelas fendas nas vigas, por onde a chuva entrava.

Ela se lembrou da última vez que estivera ali em cima, no terraço. Uma chuva gélida despencava do céu, preto como obsidiana. Estava toda molhada; sua camisola, encharcada; um vento cortante a golpeava, e ela tremia. Mas, agora, não era apenas o tempo de inverno que causava um frio na barriga. Havia algo malévolo ali, horroroso o suficiente para que sua mente afastasse aquelas memórias.

Mas, às vezes, fragmentos vinham à tona.

Ela sabia que Roger estivera com ela aquela noite, no telhado.

Ou será que isso foi depois? Estaria delirando, como dissera Arlene repetidas vezes?

No entanto, mesmo agora, ela conseguia se lembrar dos calos nas mãos do meio-irmão, e até sentir seus dedos calejados pelo trabalho duro quando agarraram seus braços. Na época, já era quase um homem feito quando sussurrou em seu ouvido que tudo ia ficar bem. Mas era mentira.

Estremeceu ao se lembrar do hálito quente dele contra sua orelha. O medo pulsava em sua cabeça. Precisava recordar, mas o horror paralisava sua mente e mantinha afastada a lembrança, ao menos assim dizia sua psicóloga fazia anos.

— É o seu inconsciente, Sarah, o modo que seu cérebro encontrou de defender você — dissera a dra. Melbourne, com a fala mansa e musical. — Ele está protegendo você.

— Mas eu preciso saber! — insistira Sarah, sentada na ponta do sofá do consultório de Melbourne, dois cômodos de uma casa antiga com decoração aconchegante, pensada especificamente para dar aos pacientes a ilusão de um lugar seguro. Uma iluminação suave, móveis confortáveis, uma manta tricotada à mão e até mesmo um relógio com um tique-taque suave criavam uma sensação de lar, doce lar. Ainda assim, Sarah não se sentia segura e cerrava os punhos com força enquanto lutava para controlar a respiração. — Antes de me casar, preciso saber o que aconteceu comigo. — Ela tentava desesperadamente não deixar o medo arruinar seu casamento com Noel McAdams.

— As barreiras vão cair. Quando você estiver pronta. Confie em mim — dissera a dra. Melbourne.

— Mas preciso que elas caiam agora! — insistira Sarah.

Sem conseguir ir muito além com a psicóloga, Sarah se casou com Noel sem saber exatamente do que sua mente tentava protegê-la. Logo, passou a considerar a teoria da dra. Melbourne uma completa baboseira... Até que retornou para aquela casa velha e alguns fragmentos de memória começaram a despontar.

Agora se perguntava se estaria preparada para saber a verdade.

— É melhor do que não saber. — Ou será que estava se enganando? Pisando firme no topo da escada, lutou contra o impulso de sair correndo e proteger sua mente das lembranças daquela noite sombria.

Por que estava lá em cima aquela noite? O que estava fazendo com Roger?

Imagens turvas passavam voando por sua mente, como quadros se movendo rápido demais para se captar alguma coisa.

— Sarah — sussurrou Roger, com um tom de voz impaciente —, não tenha medo...

Mas ela estava com medo. Não só assustada, mas praticamente paralisada de medo. Ele estava perto demais. Sentia o cheiro dele, o suor, a masculinidade acentuada por um toque de álcool. Ele a abraçou, e sua barba roçou no rosto de Sarah enquanto suas mãos deslizavam por baixo das pernas dela para carregá-la...

Meu Deus...

Agora, ela tentava se agarrar a algo, qualquer coisa que pudesse ajudá-la a lembrar, mas, tão rápido quanto desabrochavam, as imagens murchavam e caíam no esquecimento outra vez.

— Filho da puta — sussurrou ela. Não podia se deixar abater por aquilo. Com certo esforço, conseguiu se recompor e afastar a sensação de que algo perverso tinha acontecido no telhado aquela noite.

— Anda, Sarah. Supera — disse, direcionando o pequeno feixe de luz do celular para décadas de lixo armazenado sob os beirais, onde ela desconfiava que havia morcegos e sabe-se lá o que mais. A área escura, com teto pontudo e cheio de goteiras, vigas grosseiras e chão empoeirado, era o esconderijo perfeito para todo tipo de roedor.

Sentiu a pele arrepiar um pouco, mas seguiu em frente, iluminando baús antigos, pilhas de livros esquecidos, móveis quebrados, caixotes e manchas no chão que indicavam as goteiras no teto.

Abrindo caminho cuidadosamente no sótão, chegou à escadaria que levava à cúpula. Dois vidros laterais estavam trincados, o que era de esperar, mas, ao tentar abrir a porta de acesso ao telhado, percebeu que estava emperrada.

Quase desistiu. Os antigos medos vieram à tona, e a desculpa de que era meio loucura querer subir no terraço na chuva e no escuro pareceu bem atraente.

Mas ela já estava ali.

— Apenas continue — disse a si mesma, as mãos grudentas, os ligamentos retesados. Pretendia ir ao local exato no terraço onde Angelique Le Duc Stewart estivera quase cem anos antes, quando, reza a lenda, enfrentou seu agressor e ambos despencaram em direção à morte, e seus corpos jamais foram encontrados.

E foi exatamente ali que Roger jurou ter encontrado Sarah vagando e delirando em meio à tempestade. Ele a carregou até a sala de estar, onde o pai estava sentado diante da lareira. Sarah tinha cinco anos na época. Uma criança. Ela jurava não lembrar como tinha parado lá, e seu pai foi amoroso, segurando-a nos braços ainda sentado em sua poltrona, enquanto o som acelerado dos saltos de Arlene no piso de madeira anunciava sua chegada.

— O que você foi fazer lá em cima? — quis saber Arlene, e arrancou, furiosa, a filha dos braços do pai. — Você sabe que não pode! — Ela sacudiu Sarah de leve, então, voltando a si, puxou a filha para perto quando ela começara a chorar. — Você me assustou, Sarah Jane — disse Arlene em um soluço, a voz falhando, os olhos nublados. — Um dia você vai me matar de susto.

A mãe cheirava a perfume misturado com cigarro. Ela se jogou no sofá, ainda agarrada a Sarah, como se tivesse medo de que a menina desaparecesse.

— O que você foi fazer lá em cima?

— Eu não sei — respondeu Sarah, sendo sincera.

Arlene não acreditava nela, mas Sarah insistia que não lembrava como tinha ido parar no terraço.

Por fim, a mãe desistiu.

— Bom, Graças a Deus, Roger encontrou você! — dissera Arlene, o rosto enfiado nos cachos molhados da filha, que tremia de frio. — Odeio pensar no que poderia ter acontecido se ele não tivesse te encontrado. Agora, venha, vou lhe dar um banho para você ficar quentinha. Depois, vamos vestir um pijama seco.

Será que ela tinha visto um fantasma aquela noite? Parecia que sim. Ou teria sido algo mais macabro, algo mais visceral? A experiência foi aterrorizante, traumática e permanecia um mistério. Então lá estava ela, no sótão, anos mais tarde, assombrada pelos mesmos sentimentos obscuros, mesmo tendo dito a si mesma repetidas vezes que não importava o que tinha acontecido ali, estava enterrado havia muito tempo.

Arlene, que se recusava a sequer considerar a existência de um fantasma na casa ou qualquer coisa que desafiasse a razão, insistia que era tudo coisa da cabeça de Sarah — resultado de uma febre ou medicamentos sem prescrição misturados à imaginação fértil de criança.

Sarah desde então nunca tinha passado pela porta de acesso ao sótão sem sentir calafrios, um alerta visceral, acompanhado de uma memória de infância tenebrosa que se ouriçava nos confins de sua mente.

Apoiou a testa na vidraça gelada da cúpula, fechou os olhos por um instante e respirou fundo.

Esqueça isso. Liberte-se. Você é uma mulher agora. Uma mãe. Não uma menininha assustada.

Com uma onda de determinação, tentou abrir a porta para o telhado outra vez.

— Vamos, por favor — disse, e empurrou com tanta força que a porta se escancarou e ela cambaleou para a frente, recuperando o equilíbrio antes que caísse de cara no terraço escorregadio.

O ar do lado de fora estava denso e úmido, a chuva caía e o vento uivava pela garganta do rio lá embaixo.

Lucarnas e chaminés pontudas se projetavam do telhado em volta do terraço, enquanto a cúpula, no centro, parecia tocar o céu. Usando a lanterna, Sarah examinou as telhas, mas estava escuro demais para avaliar direito. Arriscando-se até o parapeito do terraço, Sarah olhou por cima de um declive no telhado e encarou o abismo embaixo da casa no penhasco. Embora não pudesse enxergar o rio Columbia, ela ouvia o estrondo das águas velozes que seguiam a oeste.

O que tinha acontecido com Angelique Le Duc Stewart aquela noite, quase cem anos atrás? Seu corpo jamais foi encontrado e ninguém voltou a ver seu marido, Maxim. Era uma história bárbara, e tudo começou com a filha de Maxim, Helen, que dizia ter presenciado um combate sangrento entre os dois naquele mesmo telhado.

Os habitantes de Stewart's Crossing tinham a teoria — confirmada pelos filhos de Maxim — de que Angelique e o marido, presos em um casamento turbulento, travaram a última batalha naquele telhado e acabaram caindo naquele rio gélido e furioso.

A pele de Sarah formigou com o pensamento, seu sangue quase congelou. Ela sabia que podia existir ódio em um relacionamento, raiva e medo, e, sim, até violência entre aqueles que se amam, mas ainda assim sentiu uma escuridão em sua alma. E, quando olhou a oeste, seguindo o curso da água pela garganta do rio, imaginou Angelique e Maxim brigando ali — cada um com uma arma, como rezava a lenda —, no telhado escorregadio com guarda-corpo baixo.

De acordo com as histórias, passadas de geração a geração, Maxim perseguiu Angelique dentro de casa, com um machado, até que ela se encontrasse à beira do abismo. Será que ela pulou para salvar a própria vida? Tentou escapar? Ou foi jogada lá de cima e morreu com a queda?

Sarah ouviu um rangido — passos? — sobrepor o uivar do vento e olhou para a porta aberta na cúpula atrás dela. De jeito nenhum. Estava sozinha lá em cima. Ninguém em sã consciência gostaria de estar ali em plena tempestade; mas ela estava, não?

Ela sentiu a tensão nos músculos e encarou a escuridão em volta, mas, como era de esperar, não viu ninguém. Vivo ou morto. Nada.

Para com isso, pelo amor de Deus! Não tem por que ficar nervosa.

Piscando sem parar por causa da chuva, ela espiou por cima do guarda-corpo e espremeu os olhos à procura do rio que ela não conseguia enxergar no breu da noite, mas que podia ouvir e cujo cheiro sentia.

Imaginou uma mulher bonita tropeçando no escuro, o vestido branco balançando ao vento, cabelos negros esvoaçantes, as águas violentas abaixo esperando para a engolir...

Bum!

O estrondo reverberou pelo telhado.

Sarah deu um pulo.

Seus pés escorregaram.

Engolindo um grito, agarrou o guarda-corpo com uma das mãos.

Pelo canto do olho, viu um vulto branco, era aquele mesmo vestido branco balançando ao vento!

O fantasma! De novo! Exatamente como da outra vez...

Sentindo a pulsação nos ouvidos, ela se virou e, por um momento, até esperou ter um vislumbre do fantasma desaparecendo como fumaça na escuridão.

— Mãe? — A vozinha assustada de Gracie chegou aos seus ouvidos no momento em que reconheceu a filha tremendo de frio sob a chuva, exatamente como tinha acontecido com ela trinta anos antes.

Ai, meu Deus. Sarah quase caiu, a sensação de *déjà-vu* foi demais para ela.

— Gracie? — sussurrou ela, com dificuldade para encontrar a voz. A filha estava pálida como um fantasma, seus cachos, molhados e bagunçados. — O que está fazendo? — disse Sarah num tom ligeiramente repreensivo, com uma pitada de pânico. Ela correu até a filha. — Vamos voltar para dentro.

— O que você estava fazendo? — repetiu Gracie. Ela estava de camisola, descalça também. De novo: exatamente como Sarah trinta anos atrás.

— Vendo a situação aqui em cima.

— No meio de uma tempestade? À noite?

— Não foi muito inteligente da minha parte. Venha, vamos sair da chuva. — Decidiu não contar nada sobre estar encarando os próprios medos. Ainda não. Depois de guiar Gracie para dentro, fechou a porta da cúpula e seguiu a filha, descendo a escadaria em espiral que levava até o sótão. — Você está encharcada — disse Sarah, com a mão no ombro de Gracie, enquanto seguiam o feixe de luz azulada da lanterna do celular pelo labirinto de entulhos no cômodo gelado.

— Você também!

— Eu estou de casaco.

— Grande coisa.

— É melhor do que nada. — Por cima de Gracie, Sarah iluminou o lance de escadas íngreme. — Você não trouxe uma lanterna? — O pânico diminuía, o pico de adrenalina também. Quando chegaram às escadas que levavam ao terceiro andar, ela finalmente recobrou a tranquilidade.

— Que nada.

— E como conseguiu encontrar o caminho? Isso aqui está uma verdadeira zona.

Gracie deu de ombros.

— Sei lá — disse ela quando pisaram nos tacos desgastados do corredor do terceiro andar. Depois de trancar a porta do sótão, Sarah e a filha seguiram em direção à escadaria principal.

Era sempre assim com Gracie. Às vezes, era como se ela fosse dotada de uma espécie de sentido sobrenatural; outras vezes, era uma criança normal.

— Você deve estar congelando — disse Sarah, tentando conduzir a filha até as escadas.

Mas Gracie parou de repente na porta do quarto de Theresa e pôs a mão na maçaneta.

— Aconteceu alguma coisa aqui.

A recém-recuperada tranquilidade de Sarah foi abalada.

— Claro que aconteceram coisas aí — disse ela —, como em qualquer outro cômodo. Essa casa tem quase cem anos...

— Eu quis dizer que algo *ruim* aconteceu aqui. — Gracie balançava a cabeça.

— Como assim?

— Não tenho certeza. — Ela girou a maçaneta, e a porta abriu com um rangido. Gracie entrou no quarto.

— Gracie, não. Vamos descer — disse Sarah, desejando que a filha não fosse daquele jeito, que gostasse de jogar futebol ou fosse viciada no celular como se sua vida dependesse dele, ou que tivesse amigos para sair com ela... que não fosse tão solitária. — Já falou com o seu pai? Contou sobre a mudança?

Mas a filha não ouvia. Também não se preocupou em acender a luz.

— Está frio aqui — sussurrou e, de fato, sua respiração formou uma pequena névoa.

— É claro que está. Não tem aquecimento e você está encharcada. — Sarah ligou o interruptor e uma luz pálida emanou de uma das duas lâmpadas nuas da luminária quebrada no teto. — A janela também não fecha totalmente, e a válvula da lareira provavelmente está aberta.

— Não foi o que eu quis dizer.

Sarah hesitou, mas finalmente desistiu.

— É, eu sei.

Mordendo o lábio inferior, Gracie foi até a lareira e tocou a cornija, levando o olhar ao espelho quebrado.

— O que aconteceu aqui?

— Na verdade, não sei. Era o quarto da minha irmã.

— Da Dee Linn, não, né? Ela dormia no segundo andar com você, tio Jake e tio Joe.

— Isso. — Elas já tinham falado sobre isso. — Era o quarto da Theresa. Você não conheceu ela. Nem eu me lembro dela direito.

— Hum. — Gracie pegou uma pequena imagem de Nossa Senhora que ficara solitária sobre a cornija por décadas. — Meio estranho. — Gracie assoprou a poeira da estatueta. — E ninguém sabe o que aconteceu com ela?

— Todos dizem que ela fugiu.

— Você acredita nisso?

— Não sei no que acreditar. Minha mãe diz que ela ainda está viva em algum lugar, que Theresa fugiu porque não conseguia seguir as regras da casa, que meu pai era muito rígido.

— E era?

— Não com a gente, mas talvez tenha sido diferente com Theresa e Roger. Eram mais velhos, os enteados.

— Onde estava o pai deles?

— Morto. Morreu um ano antes, acho. Minha mãe era viúva quando se casou com meu pai. Podemos falar sobre isso lá embaixo, depois que você se trocar.

Mas Gracie parecia estar a anos-luz dali enquanto girava a estatueta nas mãos.

— Querida? — chamou Sarah, sentindo um frio que não tinha nada a ver com a temperatura do ambiente.

— Acha que ela morreu?

Ai, meu Deus.

— Talvez. Espero que não. — Sentindo como se estivesse andando pelo túmulo da irmã, Sarah foi até Gracie e arrancou a Nossa Senhora de cerâmica de suas mãos.

— Mas, mãe, algo aconteceu aqui, não aconteceu? — pressionou Gracie, virando o rosto pálido para a mãe. — Algo muito ruim.

O sangue de Sarah pareceu congelar quando as próprias palavras, ditas muitos anos atrás, ecoaram em sua mente.

— O que aconteceu aqui? — exigira Sarah quando Arlene a encontrou bisbilhotando. — Algo ruim.

A resposta de Arlene foi imediata: agarrou o braço de Sarah e arrastou a caçula para o corredor.

— Nunca mais entre aí. Está me ouvindo? Se eu pegar você aí, Sarah Jane, prometo que vai ficar trancada no quarto por um mês! É isso que você quer? — ameaçara enquanto fechava a porta do quarto de Theresa e procurava a chave. Seu queixo estava tenso, a palidez estampada no rosto, os seus dedos tremiam ao trancar a porta.

Assim que trancou o quarto, Arlene suspirou e se escorou no painel de madeira. Percebendo que sua mão ainda apertava o braço de Sarah, soltou-a imediatamente, como se a pele da menina queimasse. Com os olhos cheios de lágrimas, ajoelhou-se na frente da caçula.

— Ô, meu amor, desculpa — sussurrou Arlene, nariz com nariz, enquanto a luz dos andares inferiores iluminava a escadaria. — Não sei o que deu em mim.

Sarah nunca engoliu aquilo. Até hoje, acreditava que Arlene sabia muito bem o que estava fazendo.

Arlene afastou uma mecha de cabelo da testa da filha e olhou para o teto como se travasse uma batalha interna consigo mesma.

— Mas não é para você entrar no quarto da Theresa de novo, ouviu?

— Por quê? — quis saber Sarah, a marca da mão de Arlene ainda visível em seu braço.

O olhar de Arlene viajou da marca no braço da filha para seus olhos. Deve ter visto neles certo atrevimento ou até um pouco de ódio, porque agarrou Sarah e a segurou com força, os cheiros de perfume e cigarro ainda no ar.

— Só não quero que você se machuque, meu bem, só isso — disse ela com a voz falhando, e parecia falar do coração. Arlene encarou a filha nos olhos para mostrar que estava falando a verdade e até piscou para segurar as lágrimas. — Acredite em mim, só quero a sua segurança.

Agora que estava ali, no quarto do qual sua mãe tanto a alertara para manter distância, Sarah queria desesperadamente dizer as mesmas coisas para a filha.

Mas, em vez disso, pigarreou e disse:

— Venha, vamos lá embaixo fazer um chocolate quente. Amanhã vai ser um grande dia, o último antes de vocês começarem na escola nova.

— Eu sei, aff. — Gracie não estava nada entusiasmada, mas, pelo menos, não discutia. Enquanto Sarah acompanhava a filha para fora do quarto e apagava a luz, olhou para a estatueta de Nossa Senhora tranquila na prateleira e, por um segundo, teve certeza de que Maria a encarava de volta.

CAPÍTULO 8

Rosalie afastou o saco de dormir velho e mofado.

Ela estava cansada de ficar deitada naquele celeiro miserável, exausta de tanto chorar e não aguentava mais se sentir tão impotente. O que era que a vovó sempre dizia? "Deus ajuda a quem se ajuda." Aquilo começava a fazer bastante sentido.

Passara os últimos dias na cama, toda coberta, desejando que a mãe ou a polícia ou *qualquer um* aparecesse para resgatá-la, mas, por enquanto, nada.

Ele tinha voltado por uns cinco minutos, dando um baita susto nela com o barulho do motor. Rosalie ouviu o portão abrir num rangido e o som das botas dele no piso de madeira, mais alto a cada passo decidido.

Ela se encolheu no canto, segurando o saco de dormir na altura do queixo, seus olhos acompanhando cada movimento dele. Ele ficou na porta, impedindo sua fuga, e deixou uma refeição recém-aquecida no micro-ondas, mas já estava fria. Em seguida, esvaziou o urinol improvisado e deixou mais duas garrafas de água.

Quando tentou se comunicar com ela, Rosalie ficou em silêncio mortal e aquilo realmente o irritou.

— É melhor aprender a ter educação, menina — disse ele com um sorriso debochado. — E logo. — Então fechou a porta com força e sumiu.

Só de lembrar, ela tremia de medo.

Como foi capaz de confiar nele?

Agora o celeiro estava silencioso. Não se escutava sequer um rangido ou os movimentos apressados de esquilos cortando o silêncio. *Faça alguma coisa. Qualquer coisa.*

Você precisa sair daqui, Rosalie. Só porque ele ainda não te estuprou, torturou ou matou, não quer dizer que não vá fazer isso.

Lutando contra os medos que a acompanhavam desde que entrara naquele carro, Rosalie decidiu aproveitar as poucas horas da luz do dia que iluminavam aquela cela travestida de quarto. Ela se levantou e tentou abrir a porta novamente. Estava muito bem trancada, é claro. Não se deu o trabalho de gritar, uma vez que sua voz já estava rouca; tinha chegado à exaustão tentando fazer com que alguém do lado de fora a ouvisse, esmurrando as paredes e gritando o mais alto que podia pelo que pareciam ter sido horas a fio.

De nada tinha adiantado.

Pense, dizia a si mesma agora. Tudo o que tinha era seu cérebro e, embora suas notas não demonstrassem isso, ela sabia que era inteligente. Aqueles testes de QI que fizera na escola chocaram a sra. Landers, a orientadora que a considerava um fracasso total, não chocaram?

Então, agora, tinha que usar aquela inteligência a seu favor. Já que gritos e ameaças não tinham funcionado com o sequestrador, ela pensou em usar seu talento como atriz, fazer com que ele pensasse que ela estava cansada de resistir, que tinha se tornado dócil. Ela dançaria conforme a música até conseguir a confiança dele e, assim, encontrar uma maneira de escapar.

Queria vomitar só de imaginar-se no papel da menininha frágil. Não ia conseguir fingir ser submissa e vulnerável quando tudo o que queria fazer era cortar a garganta e as bolas dele, e arrancar seus olhos por ter feito aquilo com ela. A ideia de abaixar a cabeça e fingir que morria de medo na presença dele era profundamente irritante.

Ela não ia fazer aquilo de jeito nenhum.

Daria um jeito de escapar daquela prisão ou morreria tentando.

Olhou ao redor do cômodo outra vez, buscando uma saída ou, pelo menos, uma arma.

Nada.

E a janela era alta demais. Mesmo que conseguisse virar a cama para cima, não ia conseguir subir nela, alcançar a janela e muito menos sair por ela. Era provável que o vidro antigo fosse fino e quebrasse com facilidade, mas não conseguiria passar pela moldura de madeira. A porta era resistente. Já havia tentado.

As paredes do cômodo não alcançavam o teto. As vigas no teto estavam a quase um metro de distância das paredes. Se subisse na cama para pular por cima da parede, poderia cair do outro lado e, talvez, se o lugar não estivesse trancado também, fugir. Mas por que estaria? Estava vazio.

Ela encarou a abertura. Teria de equilibrar a cama em pé contra a parede e pôr as mãos no topo; estavam algemadas, mas não eram inúteis. Se conseguisse puxar o corpo para cima da parede, poderia olhar lá embaixo, ver se era seguro e rolar, caindo do outro lado.

Valia a tentativa, certo?

Só que a cama dobrável era leve, com uma armação de alumínio fina que não suportaria peso algum quando posta de pé. As pernas eram curtas e dobravam para dentro. Tentar se equilibrar nelas seria um desafio.

— Quem não arrisca não petisca — disse ela, citando a avó novamente. Era agora ou nunca.

Depois de apoiar a superfície de tecido na parede, ela tentou subir pelas pernas na cama. *Bam!* Caiu imediatamente, aterrissando com força no chão. Sentiu uma dor estourar na coluna e a cama desabou, caindo de cabeça para baixo em cima dela.

— Droga!

Nada bom.

Mas ela não ia desistir. Assim que recuperou o fôlego, colocou a droga da cama dobrável de pé outra vez e, delicadamente, tomando cuidado com seu peso, tentou apoiar o corpo nela. Equilibrada, puxou os pés para cima lentamente. Conseguiu apoiar um deles na perna curta e, em seguida, puxou o outro e...

Bam!

Caiu de novo.

Sua cabeça bateu com força no chão e a maldita cama caiu em cima dela mais uma vez.

— Merda! — gritou, frustrada, e lágrimas encheram seus olhos. — Merda, merda, merda! — Ela chutou a cama frágil para o lado e ficou deitada no chão, encarando as vigas no teto. A cabeça latejava e as costas doíam. Não tinha feito progresso algum desde que começara. Na verdade, considerando seus ferimentos, tinha inclusive piorado a situação.

Rosalie quis chorar, desabar em lágrimas de arrependimento. Tinha esperança de que a mãe a encontrasse, mas, no fundo, sabia que estava sozinha. Teria que confiar na própria mente e no próprio corpo para se salvar.

Ou, provavelmente, morreria.

***

A Escola Nossa Senhora do Lago era mais patética do que o nome.

Jade achou que estivesse preparada, que já soubesse exatamente como seria ruim antes mesmo de abrir os portões de vidro com o nome da escola e dois anjos estampados, mas estava errada. O lugar era completamente ultrapassado, com vitrais nas janelas, piso de linóleo lustroso e pinturas de santos decorando as paredes.

Mas ela estava presa ali.

Pelo menos, por um tempo.

Com a mochila nas costas, foi até a secretaria da escola. Odiava ser transferida de uma escola para outra e ser a garota nova outra vez. Passara por isso duas vezes na vida e era um saco. Já no Ensino Médio, imaginava como sobreviveria àquele lugar, com todas as panelinhas e a dinâmica social já estabelecidas.

Talvez não quisesse nem saber.

Agora o corredor estava vazio. O piso brilhava, havia uma fileira de armários em péssimo estado de um lado e janelas que iam do chão ao teto iluminavam o ambiente do outro. No íntimo, ela sabia que aquele seria o primeiro dia de um ano letivo infernal. Seria a aluna nova outra vez, zombariam dela, implicariam com ela, talvez até sofresse bullying, e ficaria isolada por um tempo — até que um nerd ou geek ou pior ficasse com pena dela e a apresentasse a seu patético círculo de rejeitados sociais.

Em vez de ficar pensando no inevitável, enviou uma mensagem para Cody de novo e disse que queria que ele fosse visitá-la. É claro que preferiria dirigir até Vancouver, mas, com seu carro preso na oficina, seria impossível.

Encontrou uma placa indicando a sala do orientador escolar e seguiu naquela direção, grata porque, pelo menos uma vez na vida, a mãe não insistira em entrar na escola com ela e se apresentar para o orientador.

Por dentro, Jade estava apavorada. Obrigara Sarah a deixá-la no quarteirão anterior e entrara pela porta dos fundos, perto da cantina, onde o cheiro de molho de tomate brigava com o odor de desinfetante de pinho. Não tinha por que dar mais um motivo para os alunos tirarem sarro dela. Já havia de sobra. E, mesmo um pouco magoada com a recusa de Jade, Sarah cedeu. Afinal, já tinha causado mal-estar suficiente ao matricular a filha naquela escola antiga esquisita, a mesma onde Sarah estudara.

Que ótimo...

É claro que Jade foi forçada a vestir o uniforme da Nossa Senhora do Rio, que não tinha como ser pior: saia xadrez até os joelhos, blusa branca e um casaco azul-marinho desconfortável.

Alguém me salva, pensou ao passar por um mural enorme com um cruzado em um cavalo branco. Uma cruz vermelha decorava sua túnica branca e ele empunhava uma espada longa e assustadora na mão direita. A pintura era imensa, preenchendo uma parede absurdamente alta próxima ao ginásio. Jade a observou por um breve momento e seguiu em frente, passando pelo departamento de Educação Física e por um corredor infinito com salas que, apesar dos computadores, pareciam ser do século XIX.

A orientadora a aguardava numa sala minúscula que cheirava à poeira invisível de um século, abarrotada com cadernos e pilhas de papel, de modo que nem uma tonelada de aromatizante teria efeito. Jade passou a hora seguinte tentando não ficar torta numa cadeira de plástico desconfortável, enquanto a srta. Smith — tão boazinha que dava raiva —, uma ruiva de olhar inocente, queixo retraído, um testão marcado por linhas de preocupação e um sorriso paciente, ajustava a grade horária de Jade. Enquanto teclava, ela falava das atividades extracurriculares entediantes e dos clubes de que tinha certeza que Jade ia "adorar".

Pior ainda, a magrela estava claramente tão nervosa quanto ela. Os dedos da srta. Smith tremiam ligeiramente enquanto digitava, isso quando não estavam prendendo uma mecha de cabelo teimosa atrás da orelha.

Os se minutos arrastaram enquanto ajustavam a grade, até que, por fim, a orientadora concluiu que estava perfeita.

É, até parece. Nada nesse lugar chega nem perto de ser perfeito, pensou Jade, ficando de pé.

— Espera! — chamou a orientadora, levantando-se da cadeira. — Preciso que você tire uma cópia.

— Ah.

— Aliás, todo aluno novo aqui recebe ajuda de um "anjo" nas duas primeiras semanas de aula. Para mostrar como as coisas funcionam, dar uma mãozinha, sabe.

— Mãozinha para quê? Não se matar? — deixou escapulir Jade. Ela estava cansada, mal-humorada e quase vomitando só de estar ali, mas logo percebeu, ao ver a cara fechada da srta. Smith, que tinha ido longe demais. — Foi mal — balbuciou rapidamente. — Brincadeira.

A orientadora puritana pigarreou.

— De qualquer maneira, esperamos que os alunos novos se entrosem e façam amizades. Talvez você ainda não saiba, mas uma menina desapareceu, então estamos nos esforçando para garantir que ninguém fique sozinho na escola.

— Não é seguro aqui? — perguntou Jade.

— É claro que é! Mas segurança nunca é demais, né?

Daquela vez, Jade controlou a língua. Não deixou escapar outro comentário debochado sobre Deus tomar conta dos sagrados corredores da escola porque ela estava presa àquele lugar agora. Não fazia sentido piorar o que já estava ruim.

— Então — continuou a srta. Smith enquanto a impressora barulhenta cuspia a grade horária "definitiva" de Jade, um mapa da escola e o manual do aluno —, Mary-Alice Eklund, seu anjo da guarda, vai chegar daqui a pouco. Os amigos a chamam de Mary-A.

Ah, que maravilha! Jade não via a hora.

A srta. Smith foi até outra sala buscar os documentos e voltou com um sorriso amarelo e vários papéis. Parecendo tão aliviada quanto Jade com o iminente fim da reunião, ela alisou a papelada e grampeou as páginas.

— Ah, lá vem a Mary-Alice. — O sorriso da srta. Smith se alargou quando uma garota loira, com pele bem-cuidada, brilho labial e rabo de cavalo impecável, vestindo o uniforme da Nossa Senhora do Rio, entrou saltitante na sala.

— Oi! — cumprimentou a garota, entusiasmada. Era baixinha, tinha a pele perfeita e um sorrisinho fofo que não chegava a alterar o olhar. — Seja bem-vinda à nossa escola!

Jade se forçou a agradecer.

— Acredite, você vai amar isso aqui!

Jade mal ergueu as sobrancelhas.

Feitas as apresentações, e antes que Jade pudesse berrar para que a deixassem ir embora, elas saíram do escritório claustrofóbico e voltaram ao corredor. O celular de Mary-Alice tocou dentro de sua bolsa rosa-choque. Sem interromper o passo, a garota deu uma olhada na tela, franziu o cenho, guardou no bolso e continuou andando.

Mary-Alice era mais velha e capitã da equipe de dança, além de fazer parte do "conselho estudantil e da sociedade de honra", como ela mesma dizia, imaginando que Jade se impressionaria com seu currículo.

Jade era guiada rapidamente pelo labirinto de corredores enquanto Mary--Alice tagarelava sobre os benefícios de ser aluna daquela escola particular.

— Aqui fica a sala de Ciências Sociais, onde vai ser sua aula de História dos Estados Unidos. — Apontou para uma ramificação do corredor principal. — E a biblioteca fica no andar de cima. Cuidado com a irmã Donna, ela é meio rígida. Acha que ninguém deve soltar um pio e sempre manda a gente calar a boca. — Abriu um sorriso cúmplice para Jade antes de sair apresentando os professores. A maioria não eram freiras, mas todos exibiam o mesmo entusiasmo pela escola que Mary-Alice.

Já era suficiente para Jade considerar a ideia de fugir dali correndo.

Para piorar, esbarraram num padre que ia na direção oposta.

Ah, que ótimo. Ela odiava ficar de papo furado com padres ou monges ou qualquer figura religiosa, na verdade.

— Padre Paul! — Mary-A acenou e logo ganhou a atenção dele.

Jade queria desaparecer.

O homem corcunda vestia uma camisa preta com colarinho clerical, jaqueta e calças cinza. Tinha um daqueles rostos sem graça e esboçava um sorriso ensaiado e paciente até demais. O padre Paul devia ter oitenta anos, talvez mais. Seu cabelo era volumoso e branco como neve, e as faces escabrosas que sua vida, ou sacerdócio, não fora fácil.

— Essa é a Jade McAdams, aluna nova — apresentou Mary-Alice.

— Olá — disse ele, segurando com suas mãos longas as de Jade. — Bem-vinda. Espero que goste daqui. — Ela não disse nada, apenas fez um gesto com a cabeça e puxou a mão do calor das dele assim que pôde.

— Sabe, a nossa escola é excelente e tem funcionários muito atenciosos, além de um corpo estudantil de bons jovens cristãos.

Será mesmo, padre?

— Espera aí... Você é a filha da Sarah, não é? — perguntou ele.

Jade ficou paralisada. Ele se lembrava da mãe dela?

— Sou... Sim.

A expressão pensativa do senhor não mudou.

— Eu a conheci quando ela ainda era menina e eu era assistente de padre aqui. Anos atrás. Aliás, também me lembro do seu avô.

— Eles iam à missa? — Aquilo era novidade para Jade. Não conseguia imaginar a avó de cabeça baixa e mãos juntas enquanto rezava, ajoelhada, na enorme igreja da escola. Talvez o avô viesse sozinho ou com os filhos

O padre Paul fez um gesto de "mais ou menos" com a mão. Jade tentou manter o rosto tão inexpressivo quanto o dele. Jamais soubera que seus parentes iam à missa, exceto no Natal, talvez, e, às vezes, na Páscoa. Não que aquilo fizesse diferença.

— Não sei se os seus pais lhe contaram isto, Jade, mas Angelique Le Duc Stewart foi quem fundou a nossa escola. Ela doou os fundos para a construção do prédio, que era bem menor do que hoje, é claro. Mas o que quero dizer é que ela é o motivo de a Escola Nossa Senhora do Rio existir. — Ele abriu as mãos e, finalmente, seu sorriso pareceu sincero. — Uma grande visionária.

Jade nunca tinha ouvido falar naquilo e não sabia se ele dizia a verdade, mas a boa notícia é que uma ligeira expressão de terror apareceu nos traços perfeitos de Mary-Alice.

— É mesmo? — questionou Jade.

— Com certeza. A cidade pode ter recebido o nome do marido, Maxim, mas essa escola deve sua existência à esposa.

Mary-Alice parecia ter levado um tiro.

— A bisavó de Jade?

— Talvez a mãe da mãe da bisavó dela — disse o padre, e Jade não se incomodou de mencionar que não era parente de Angelique, que sua tataravó era a primeira esposa de Maxim, Myrtle.

— Não pode ser — disse o "anjo" finalmente, visivelmente ofuscada, e Jade decidiu não corrigir o padre. Deixe que pensem o que quiserem. E daí?

— Mas é. — O padre foi firme e, pela primeira vez, olhou para ela de um jeito que quase a convenceu de que ele sabia como estava constrangida. Com ainda mais sinceridade, falou: — Espero que seja feliz aqui na escola, srta. McAdams. — Em seguida, seguiu seu caminho.

Por alguns segundos, Mary-Alice ficou em silêncio, seu olhar acompanhando a silhueta do padre enquanto ele fazia a curva no final do corredor, próximo ao ginásio.

Embora sem culpa, Jade percebeu que ofuscara a garota encarregada de fazer com que se sentisse à vontade e acolhida. A julgar pela irritação no brilho dos olhos de Mary-Alice, concluiu que aquela história, provavelmente, não contaria a seu favor, pelo menos, não com Mary-A e sua panelinha.

— Certo, vamos indo — sugeriu Mary-A. — Tem mais coisas para você ver. — A voz dela soava um pouco ríspida, um pouco menos amigável, quando ergueu ligeiramente o queixo anguloso e começou a guiar Jade de volta para a escada. — Aliás, só uma coisinha: você deve dizer "sim, padre" quando um dos padres falar com você.

— Mas eu disse.

— Não, não disse. — Mary-A arqueou uma de suas sobrancelhas perfeitamente desenhadas enquanto desciam um lance de degraus até o andar inferior, seus sapatos fazendo barulho na escada.

— Acho que eu disse, sim...

— Não, não disse. — Ela balançou a cabeça em negação, seu rabo de cavalo loiro acompanhando o movimento. — É sério, você disse "sou" quando ele perguntou sobre a sua mãe.

— Que seja.

— Só estou mostrando a você como as coisas funcionam aqui.

— Talvez eu não me importe.

Mary-Alice apertou os olhos brevemente.

— Você não quer se adaptar?

Chegando ao andar inferior, Jade deu de ombros.

— Não sei se isso vai acontecer. — Pessoas como aquela garota perfeitinha, com cabelo arrumado e olhos inocentes, irritavam muito Jade. — Aliás, você tem cigarro?

— O quê? — Mary-Alice parecia horrorizada, mas Jade tinha visto um maço de cigarros em sua bolsa enquanto o "anjo" checava o celular. — Não! Por que acha que eu fumo?

— Vi o maço.

A garota mais velha ficou vermelha.

— É do Liam.

— Quem é Liam?

— Meu namorado.

— Não me diga — disse Jade, imitando o tom petulante da garota. — O capitão do time.

O rosto de Mary-Alice ficou tenso.

— Alguém já disse a você que não é tão esperta quanto acha?

— Ah, umas cem vezes.

— Talvez você deva repensar o seu comportamento.

Jade sorriu, adorando o fato de ter atingido a bajuladora.

— E, só para deixar bem claro, Liam Longstreet não joga futebol americano. Ele joga futebol.

— Mesma merda.

Mary-A revirou os olhos antes de soltar um longo suspiro sofrido.

— Se fosse assim tão esperta, saberia que não é.

— Caguei.

— Você é uma... — Se, naquele momento, não tivesse visto uma freira com seu hábito longo e esvoaçante, Mary-Alice talvez tivesse soltado um palavrão e arrancado o sorriso no rosto de Jade com um tapa. Em vez disso, abriu um sorriso forçado. — Olá, irmã Millicent — disse à freira, mas a mulher de roupas pesadas passou com pressa, claramente ocupada, seu rosário tilintando a cada passo. Não ouviu o cumprimento de Mary--Alice ou resolveu ignorá-la.

— Parece que está ocupada — observou Jade, indiferente.

— Venha, vamos voltar à biblioteca para eu mostrar...

— Esquece. Fim do passeio.

— Mas é minha obrigação... — Mary-Alice fingiu surpresa.

— Foda-se a sua obrigação. Aliás, melhor ainda, você está demitida.

— Você não pode me demitir!

— Posso, sim. Vai ser o anjo de outra pessoa. — Jade começou a andar na direção oposta.

— Está cometendo um grande erro.

— Já cometi muitos. — Jade encontrara dúzias de Mary-As em escolas anteriores. Começou a dar as costas, mas parou. — E, sabe, talvez você deva "repensar" a sua escolha de namorados.

— O que quer dizer com isso?

— Atletas de verdade não prejudicam os próprios pulmões e provavelmente não fumariam cigarro de velha. — Ela deu uma pausa. — Virginia Super Slims? — perguntou ela. — Sério? Por acaso estamos nos anos 1980?

— Você é uma fi... figura — disse Mary-Alice, sua máscara finalmente caindo, o falso entusiasmo substituído por puro desprezo.

— Devo ser.

— Mas isso não vai ficar assim. Deus vai castigar você!

— Acredite, ele já castigou — disse Jade, olhando ao redor dos corredores vazios da escola que Angelique Le Duc fundara. Para Jade, eles representavam os nove círculos do inferno.

— As coisas sempre podem piorar — ameaçou Mary-Alice.

— Ah, é?

A menina ficou furiosa e quase perdeu a linha quando retomou o controle e soltou a respiração bem devagar.

— Ô, Jade — disse, finalmente, fingindo se importar —, nem queira saber.

— E não quero mesmo.

Mary-Alice abriu a boca para falar mais alguma coisa, mudou de ideia e virou as costas para Jade, batendo os pés com raiva. Um "anjo" com a cara fechada, os punhos cerrados, rabo de cavalo balançando de um lado para outro a cada passo determinado e nenhuma auréola à vista.

CAPÍTULO 9

Sarah viu Gracie quase tropeçar ao sair do ônibus. Felizmente, a menina recuperou o equilíbrio, mas não antes de uma onda de gargalhadas passar pela porta, que já se fechava. Várias crianças pressionavam os rostos contra as janelas do ônibus, suas respirações, misturadas, embaçando o vidro, sorrisos maldosos zombando quando um dos garotos apontou o dedo gordo para Gracie.

— Dia difícil? — perguntou a mãe, odiando o fato de a filha ter que passar pelo trauma social de ser a aluna nova. A gigantesca criatura amarela partiu, com motor roncando e soltando fumaça.

— Normal — disse Gracie sem entonação alguma e, depois, olhou por cima do ombro rapidamente, como se quisesse ter certeza de que o ônibus e sua carga de alunos estivessem fora de alcance.

Meu Deus, crianças conseguiam ser tão cruéis, os valentões estavam sempre prontos para atacar os mais fracos. Aquilo realmente incomodava Sarah, mas ela não tomaria nenhuma atitude. Ainda.

— Gostou dos professores?

— A srta. Marsh, que faz a chamada, é legal, eu acho — soou desinteressada novamente enquanto andavam pela trilha esburacada de pedras e plantas mortas que levava da estrada principal até a casa. Um vento soprava forte, e o cheiro de chuva impregnava o ar, embora não houvesse caído uma gota.

— E os outros? Já tem uma opinião sobre eles? — Como sempre, fazer a filha falar sobre os acontecimentos do dia era tão difícil quanto arrancar um dente.

Gracie deu de ombros.

— Fez alguma amizade?

— Talvez Scottie — disse Gracie, acrescentando logo: — É uma menina. — Trocando a mochila de ombro, ela olhou para a mãe com o olhar de quem sabia muito mais do que a maioria das crianças de doze anos. — Perguntei por que ela tinha nome de menino, e ela disse que o pai queria um filho, então a mãe sugeriu esse nome. O pai dela se chama Scott.

— Faz sentido.

— Talvez. — Gracie chutou uma pedrinha no caminho, que aterrissou dentro de um arbusto na lateral, assustando um passarinho. Ela observou o tentilhão bater as asas, voando de um pequeno galho para outro, mais alto, na copa de uma árvore sem folhas.

— Mas você gostou dela, né? Da Scottie?

Gracie enrugou o nariz.

— Ainda não sei. Ela se senta do meu lado na sala de aula e até que é simpática.

— Isso é bom. — Sem receber resposta, Sarah se perguntou se a filha sequer a ouvira. Enfim, disse: — Gracie, foi tudo bem, não foi?

As sobrancelhas de Gracie se uniram, e Sarah sentiu aquele velho nó no estômago, algo que sentia toda vez que as coisas não iam bem com as filhas.

— Precisamos ter paciência — disse ela, tanto para si mesma quanto para a menina.

Fazendo a curva, saíram da proteção das árvores para a clareira, onde o casarão dominava a paisagem e se ouvia o rio correr lá embaixo. Gracie ergueu o olhar para a mansão e Sarah ficou tensa.

Por favor, não diga que viu um fantasma. Por favor.

— Mãe? — chamou Gracie.

Lá vem...

— Sim?

O rosto da caçula estava repleto de preocupação.

— Nada.

— Tem alguma coisa incomodando você, não tem? — indagou Sarah, abraçando a si mesma quando a brisa soprou as poucas folhas que restavam ali.

— Talvez.

— O que é? — O estômago de Sarah embrulhou um pouco mais.

— Scottie disse que a nossa casa é mal-assombrada e que todo mundo sabe.

— As pessoas falam demais.

— Disse que uma mulher foi assassinada aqui. E não que simplesmente morreu... mas que foi morta. Ela estava falando da Angelique Le Duc.

— Já falamos sobre isso.

— Sim, só que eu não sabia que você também tinha visto ela. A mãe da Scottie disse que todo mundo na cidade sabe que *você* viu o fantasma dela quando morava aqui com o vovô e a vovó.

Sarah não conhecia a mãe de Scottie, mas, naquele momento, quis estrangular a mulher.

— Por que você não me contou que tinha visto a mulher de vestido branco também? Por que deixou a Jade implicar comigo e...

— Não, eu não deixei, Gracie. Escute — disse ela, agarrando o ombro da filha, que se afastou dela.

— Deixou, sim, mãe. Você me deixou pensar que eu estava errada. Que eu não tinha visto o que sei que vi... e *você também viu.* — A menina saiu correndo em direção à casa.

— Merda — murmurou Sarah. Tinha estragado tudo. Saiu em disparada atrás da filha, alcançando Gracie nos degraus da entrada, onde a filha tinha parado. — Eu estava tentando proteger você.

— Mentindo para mim? — retrucou Gracie. — Deixando eu achar que estava ficando doida e imaginando coisas, quando eu sabia que realmente tinha visto aquilo?

Sarah se estapeou mentalmente.

— Eu não queria estragar tudo. — Gracie continuava encarando a mãe. — Mas agora, pelo visto, acabei fazendo justamente isso... E, sim, anos atrás, tive a impressão de ter visto um fantasma também.

— Onde?

— No meu quarto.

— No *seu* quarto?

Sarah assentiu.

— Às vezes eu acordava, achando que ela estava lá, e nunca era nada. Pensava que talvez fossem sonhos. Mas, uma vez, eu estava no telhado e... — Como seria capaz de explicar algo que ela mesma não entendia? — Daquela vez, não sei bem o que vi. Não consegui lembrar. Mas eu estava no terraço quando me encontraram.

Quer dizer, você estava lá em cima com o Roger.

Sentiu um frio subir pela espinha ao pensar no meio-irmão mais velho.

— Mas era a moça de vestido branco. Era ela, não era? A que foi morta pelo marido? Angelique Le Duc?

— Imagino que tenha sido...

— Foi ela. Sei que foi. Scottie disse que ela, Angelique, foi golpeada no telhado com um machado até morrer e que havia sangue por toda parte, escorrendo e descendo pelas calhas e gotejando pela casa inteira. Disse que foi o meu tataravô que fez isso, matou Angelique e cortou fora a cabeça dela e...

— Eita! Espera aí! — Horrorizada, Sarah balançava a cabeça. — Menos, está bem? Isso é loucura. Ninguém sabe o que houve, mas tenho certeza de que não foi assim tão ruim.

— Bem, alguém deve saber como ela morreu — disparou Gracie. — Alguém tem que saber.

— Como?

— *Você* não sabe?

— Não, é claro que não.

— Scottie disse que o corpo foi boiando pelo rio até as cachoeiras e desapareceu. E que alguém encontrou a cabeça dela na margem, bem onde fica a lanchonete agora.

— Ah, pelo amor de Deus. Não. Isso é tudo mentira. — Sarah colocou a mão no ombro da filha para tranquilizá-la e, outra vez, a menina recuou. — É uma mistura de ficção e realidade, Gracie. Você leu sobre isso nos livros e na internet, não foi? Nenhum desses rumores horrorosos tem fundamento.

— Então não é verdade? — Gracie não ia deixar a mãe se safar.

— As pessoas gostam de falar e de deixar as coisas piores do que são. E me desculpe por ter me esquivado e não ter contado a verdade a você.

— Você não se "esquivou", mãe. Você mentiu.

— Isso não vai se repetir — disse ela. A chuva começava a aumentar e escorrer pelo pescoço de Sarah. — O que estamos fazendo aqui fora? — Juntas, subiram os três degraus da varanda. — E, só mais uma coisa, quando existiam as Cataratas de Celilo, ficavam a montante. Não tem como um corpo boiar contra a corrente.

Gracie pensou a respeito em silêncio.

— Angelique desapareceu e ninguém sabe o que aconteceu com ela. Isso, sim, é verdade — continuou Sarah.

— E o marido dela?

— Maxim também desapareceu. Algumas pessoas acham que eles fugiram juntos.

— E abandonaram todos os filhos? — questionou Gracie, incrédula.

— Tiveram cinco. No caso, ele teve com a primeira esposa. Já pesquisei sobre isso também. Então, não, não acho que tenham fugido. Que tipo de pessoa faria uma coisa dessas? — perguntou e seu rosto se entristeceu. Sarah percebeu que a filha estava pensando nas ações do próprio pai. Depois do divórcio, Noel McAdams embarcou no primeiro avião para Savannah, Georgia.

— Acho que nunca saberemos. — Ela destrancou a porta e elas entraram. Estava um pouco mais quente e seco lá dentro, embora tão sombrio e deprimente quanto do lado de fora.

— Eu acho que ele matou ela — concluiu Gracie, tirando a mochila das costas e largando no piso de mármore do saguão. — Talvez num ataque de raiva, tipo aqueles que a gente vê no CSI.

— Um crime passional? — perguntou Sarah enquanto Gracie tirava o casaco. — Você devia ver outras coisas.

— Tipo? *Jovens e mães* ou *Chegou Honey Boo*? Ou, quem sabe, um daqueles reality shows que acompanham a vida de donas de casa ricas? Scottie gosta dessas coisas, ela e a mãe veem juntas.

— Está bem, esqueça o que eu disse.

— Acho que, quando Maxim percebeu que tinha matado a esposa, fugiu. Talvez tenha pulado no rio e nadado até o outro lado. Deu um jeito de ir para o Canadá ou foi para Portland seguindo pela margem, e então embarcou num navio cargueiro ou num trem. Sumiu do mapa para não ser encontrado e enforcado. Faziam isso na época, sabia? Enforcavam as pessoas. Eu vi fotos — disse Gracie.

Sarah balançou a cabeça. Gracie só tinha doze anos, jovem demais, pensou, para lidar com essas questões. Mas ali estava ela.

— Não dê ouvidos a essas crianças na escola. O que aconteceu quase cem anos atrás é um mistério que, provavelmente, jamais vai ser resolvido.

— A não ser que alguém se importe. Acho que foi por isso que o fantasma da Angelique apareceu para mim. Ela quer que eu descubra o que aconteceu. — Gracie foi até a sala de jantar e pendurou o casaco no espaldar de uma cadeira.

— Stewart's Crossing é uma cidade pequena, sabe, e era bem menor antigamente — lembrou Sarah. — Às vezes, essa gente do interior gosta de falar e especular. Aumentar as coisas.

— Eu vi, mãe — disse Gracie enquanto caminhava até a cozinha.

— Gracie, eu sei que você viu alguma coisa, mas...

— Não começa! — Gracie se virou rapidamente e encarou a mãe. — Está fazendo a mesma coisa de novo, fugindo da verdade. *Você* sabe o que eu vi!

Desconfortável, Sarah a observou e, por fim, cedeu.

— Tudo bem. Eu *pensei* ter visto alguma coisa. Anos atrás. Era bem mais nova que você. Mas a verdade é que não sei mais o que vi, nem sei se realmente vi. Na época, tive certeza que sim. Era um fantasma? Não sei. É provável que não. Um pesadelo? Uma sombra? De qualquer forma, são apenas suposições. Mas, independentemente do que fosse, imaginação minha ou sombra ou algo sem explicação, com certeza não era maligno ou… mau, sei lá. Só estava lá. Então, acho que não temos com o que nos preocupar. Não tem nada ruim assombrando a casa.

— Não estou preocupada — declarou Gracie, sendo sincera com a mãe. — Só não gosto que impliquem comigo.

— Foi isso que a Scottie fez? Implicou com você? — As asas protetoras da mãe se agitaram imediatamente.

— Não, nem um pouco. Ela é simpática, como falei, mas alguns meninos ouviram o que ela disse.

— E?

— Me chamaram de feiticeira e riram como hienas. — Ela revirou os olhos. — Idiotas.

— Aposto que só queriam chamar sua atenção.

— E chamaram — disse assim que entraram na cozinha. — Chamaram atenção para o fato de que são um bando de otários.

— Deixa eles para lá. Que tal uma barrinha de cereais ou uma fruta? Acho que só temos isso.

— Não me importo com o que eles pensam ou falam — disse Gracie, mostrando, outra vez, como era destemida. Ela encontrou uma caixinha de barras de cereais, escolheu uma de manteiga de amendoim e subiu em uma banqueta da cozinha. — Sei que Angelique vai continuar assombrando esse lugar até que a gente descubra a verdade e ela possa seguir em frente.

— Beleza — disse Sarah, tentando melhorar o clima, mas Gracie não estava nem aí.

— Não precisa concordar comigo — disse ela. Com dedos ágeis, abriu a barrinha e anunciou: — Eu vou ajudar ela.

Antes que Sarah pudesse perguntar como, seu celular vibrou. Ela o tirou do bolso, viu o nome e a foto da irmã na tela.

— Oi, Dee — atendeu a ligação.

— Sarah. Ficou sabendo? — A voz trêmula de Dee Linn carregava um tom de pânico. — Parece que uma menina da cidade sumiu. Vi no jornal. Rosalie Jamison. Não é amiga da Becky, graças a Deus, mas, ainda assim...

— Como assim, sumiu?

— Ela foi trabalhar sexta à noite e não voltou mais para casa. Soube que a menina já passou por poucas e boas... Pais divorciados, padrastos e meios-irmãos na história. Zero estabilidade.

— Sou divorciada — destacou Sarah. — Não é pecado. Nem receita para o desastre na criação dos filhos.

— Não, eu sei! Eu não estava falando de você, mas, quando não tem ninguém em casa, as crianças se metem em encrenca, sabe.

— Mamãe vivia em casa. E a gente se metia em encrenca do mesmo jeito.

— Não precisa ficar na defensiva. Não tem nada a ver com você. Mas pensei que seria do seu interesse e não sabia se já tinha instalado a tevê.

— Tem razão — disse Sarah, olhando pela janela enquanto a chuva desabava. Ficou ouvindo Dee Linn explicar o que sabia sobre as circunstâncias do desaparecimento da garota.

— Acho que ela pode ter fugido — concluiu Dee Linn. — Escuta, preciso ir, só achei que era bom você saber. E queria te lembrar da festa! Você e as meninas vêm, né?

— Não perderia por nada nesse mundo — disse Sarah, e Gracie a encarou, silenciosamente acusando a mãe pela mentira. — Quer que eu leve alguma coisa?

— Não. Já providenciei tudo — respondeu Dee antes de desligar.

— Você não quer ir à festa — falou Gracie assim que Sarah desligou o celular. Amassou a embalagem da barra de cereais e a atirou em um saco de lixo aberto apoiado na mesa. — Por que não admite logo? Por que fica mentindo?

— Existem tipos diferentes de mentira. Estou tentando evitar que as pessoas fiquem magoadas.

— Você não gosta quando Jade e eu mentimos.

— Tem razão, não gosto. Então vamos nos ajudar nesse quesito. Agora, venha, é melhor a gente se apressar. Precisamos buscar a Jade em meia hora.

— *Isso*, sim, vai ser divertido. — Gracie já seguia pelo corredor atrás do casaco, e sua voz ecoou até a cozinha. — Faz tempo que a Jade está de mau humor.

— Ela não queria se mudar para cá.

— Ela não queria deixar o Cody — disse a caçula já no saguão.

— Dá no mesmo.

— Não dá, não. — Vestindo as mangas do casaco, Gracie voltou para a cozinha e encarou Sarah como se a mãe fosse tapada ou completamente ingênua. — O mundo dela gira em torno do Cody.

— Ela só tem dezessete anos.

Gracie dirigiu um olhar sabichão para a mãe.

— Quer dizer então que você nunca se apaixonou no Ensino Médio?

Minha nossa, quando foi que sua filha de doze anos completou quarenta e cinco? Na idade de Jade, Sarah sofria horrores por sua paixonite escolar.

— Tem razão.

Enquanto Sarah apanhava as chaves na bancada da cozinha, Gracie terminava de vestir o casaco.

— Ele não está apaixonado por ela, sabe. Não como ela está por ele. Ela vai sofrer.

— E como exatamente você sabe disso?

— Sabendo. Sei de muitas coisas.

CAPÍTULO 10

Ele estacionou numa rua transversal a uma quadra da escola, mantendo a dianteira do carro a poucos metros da esquina com a avenida onde se localizava o vasto campus da Escola Nossa Senhora do Rio. Embora a rua ficasse mais próxima da igreja e do curato, oferecia uma ótima visão da escola sob o bombardeio da chuva. De olho na entrada principal, ele abriu a janela do Prius e jogou fora a bituca do cigarro, que chiou e apagou na grama molhada. Vendo as horas no relógio de pulso, sabia que era apenas questão de minutos até tocar o sinal da saída. Aí, teria sua chance. A câmera que tinha colocado no painel do carro era tão pequena que poderia escondê-la na palma da mão, mas as lentes eram potentes o bastante para tirar fotos nítidas àquela distância.

Ele precisaria agir rápido. Embora tivesse total certeza de que a escola não tinha câmeras de segurança com alcance além do estacionamento, precisava ser cauteloso, fazer o serviço com agilidade.

Rosalie tinha sido um alvo fácil, mas, agora, com a delegacia de polícia em alerta, precisava dobrar a cautela e atacar depressa, entrar e sair antes que o pateta do xerife percebesse o que estava acontecendo. Esperava encerrar a operação e se mudar pouco depois do Halloween. Infelizmente, não demoraria muito até que as autoridades chegassem à conclusão de que Rosalie Jamison não fugira de casa. Por um tempo, seguiriam a pista errada, pensando que tinha ido embora por conta própria, mas as coisas tomariam outro rumo.

Ele sorriu com o canto da boca e tateou o bolso em busca do maço de cigarros, então decidiu esperar antes de fumar novamente. Já tinha fotografado todas as escolas públicas, comparado fotos dos anuários com perfis do Facebook, mas não tinha voltado à Nossa Senhora do Rio até agora. Sentiu-se arrependido por ter ignorado um território de caça tão perfeito.

Antes tarde do que nunca, disse a si mesmo.

Manteve o motor ligado silenciosamente e o desembaçador soprando ar quente no para-brisa para que não perdesse nada de vista, porque aquela chance era única. Mesmo chovendo, talvez conseguisse algumas boas fotos. Não gostava de se arriscar, mas os riscos faziam parte de sua obsessão, então ele aguardou e observou enquanto uma fila de carros se formava. Mamães indo buscar seus bebês.

Exatamente como ele esperava.

— Encham suas crianças de amor essa noite — sussurrou, como se os motoristas conseguissem ouvir. — Pode ser a última vez.

O sinal da hora da saída tocou e, quase imediatamente, as portas da escola se abriram. Ele apertou um botão e a câmera, que mirava diretamente as portas de vidro, começou a tirar fotos, uma após a outra, conforme os alunos saíam. Muitas daquelas fotografias seriam inúteis, haveria garotos também, mas ele teria bastante tempo para selecioná-las. Sentiu o sangue pulsar sob as veias, um pico de adrenalina só de pensar nas garotas que sequestraria: perfeitas, belos espécimes. Uma ruiva chamou sua atenção, com pernas longas e peitões. É, ela serviria. Em seguida, várias loiras tinham potencial. Precisaria de uma ou duas loiras e uma morena, que teria de ser magra e atlética. Viu três que seriam perfeitas.

Uma garota, que reconhecera, surgiu e pareceu estar sozinha, sem amigos. Usava um longo casaco preto, que ocultava seu uniforme, e parecia estar incomodada, talvez até um pouco irritada. Jade. Ele sorriu ao notar que ela tinha seios acima da média. Os olhos eram grandes e sérios, os lábios, carnudos, os cabelos, um pouco escuros demais para a pele branca dela, mas aquilo poderia ser consertado.

— Ô, menina, se soubesse os planos que tenho para você — sussurrou enquanto a observava correr pelos degraus da escola em direção a um Ford Explorer antigo que encostava no meio-fio. Novamente, sorriu. Se ela soubesse...

Ele a imaginou na cama. Nua. Teria mamilos grandes? Marrons ou rosados? E qual era a cor de seus pelos lá embaixo? Apostava que não era o preto dos cabelos... Mas ele descobriria em breve. Veria com os próprios olhos, talvez os tocasse e cheirasse. Lambeu os lábios, as calças apertando na virilha contra o pau duro.

As coisas que poderia fazer com ela...

Ele respirou fundo para se acalmar.

Agora, não... Aqui, não. Ouviu a voz da mãe ressoar nos ouvidos:

— Você fique longe desse tipo de menina! — rosnara ela, com hálito de gim. — Elas vão acabar contigo, sabia? Provocar você. Deixar você morrendo de vontade e achando que, se conseguir comer elas, vai se satisfazer. É mentira, meu filho. A carne mente. Não se esqueça disso.

— Vai embora, mãe — sussurrou, retornando à fantasia de Jade toda aberta em sua cama, lutando enquanto ele a lambuzava, implorando por mais enquanto esfregava o pau no abdômen definido dela, prometendo muito mais...

Pela sua visão periférica, percebeu algo se mover.

Que porra é essa?

Um menino de uns doze anos passou voando de bicicleta e freou de repente, quase arrancando o retrovisor do carro, o pneu chiando ao dar a volta na frente do veículo, dobrando à esquina sem sequer parar. Tão perto que poderia ter amassado o para-choque.

— Ei! — berrou ele, sem pensar, e logo fechou a boca.

O garoto fez um gesto obsceno e acelerou para a estrada.

Merda! Ele tinha sido visto!

Seu bom humor morreu com sua ereção e ele pensou em ir atrás do ciclista e o atropelar com o carro, arremessando seu corpo na vala, onde quebraria aquele pescocinho de merda. Passou os dedos na marcha, então suspirou lentamente entre dentes.

Teria que deixar o menino escapar.

Não podia desperdiçar aquela oportunidade.

O menino na bicicleta provavelmente nem se lembraria dele.

Tentando se concentrar na tarefa do momento, decidiu que tinha material suficiente. Em algum lugar na memória da câmera, encontraria sua próxima vítima.

Será que as coisas tinham como piorar?

Jade não conseguiu acreditar quando viu o SUV da mãe parado na fila de veículos para buscar os alunos mais novos na porta da escola. Tinham combinado que Sarah a esperaria no fim da rua, fora de vista, mas lá estava ela. O Explorer se aproximou quando um grupo de garotas que com certeza eram da primeira série entrou no carro da frente.

Maravilha.

O dia já tinha sido horrível naquela escola dos infernos, e Cody não tinha mandado uma mensagem desde a noite anterior. Jade estava começando a se irritar com ele. E ainda tinha a chuva, caindo em pancadas, como se até Deus a estivesse punindo.

De cabeça baixa, Jade desceu às pressas os degraus na entrada da escola e viu que a irmã já tomava conta do banco da frente.

O final perfeito para um dia perfeito, pensou, carrancuda, ao escancarar a porta de trás, deslizar para o banco e bater a porta com força.

— Achei que você fosse esperar no fim do quarteirão! — cumprimentou ela.

— Está chovendo. — Sarah olhou por cima do ombro.

— Está *sempre* chovendo. Estamos no Oregon.

— E uma menina desapareceu.

— É. Rosalie sei lá do quê. A gente ficou sabendo na última aula. Ela não estudava aqui. Mas isso não importa. Você disse que esperaria no fim do quarteirão.

— Bom, agora já estamos aqui — disse Sarah, movendo o carro para a frente para permitir a passagem de outro veículo. — Como foi o primeiro dia?

— O que acha? — Jade não precisava que a mãe começasse a fazer perguntas. Não agora quando a escola inteira estava de saída, os alunos correndo pelo portão principal e as escadas em direção aos carros que os aguardavam.

Pela janela, ela reconheceu os rostos de vários colegas e, claro, viu Mary-A com duas garotas do último ano numa área coberta na entrada, olhando torto para Jade enquanto se dirigiam às pressas ao estacionamento exclusivo para alunos, próximo ao ginásio.

Nossa, que inferno.

Jade afundou no banco, mas não a tempo de evitar um último olhar de Mary-Alice, que exibia um sorriso malicioso.

Aff!

— Será que podemos ir agora? — Como a mãe não pisou imediatamente no acelerador, ela acrescentou: — Por favor.

— Estou esperando o trânsito andar.

Jade queria desaparecer. Aquele dia tinha sido pura tortura. Ser "apresentada" em toda aula, como se fosse uma criança do terceiro ano, pelo amor de Deus. Queria abrir um buraco no chão e se esconder. A única boa notícia é que encontrara uma forma de fugir do almoço, então não precisava aturar a presença de Mary-Alice nem ser encarada pelo restante dos alunos.

Em vez disso, tinha saído do campus e caminhado alguns quarteirões, atrasando-se dez minutos para a aula seguinte, o que irritou Mary-Alice, que, aparentemente, tinha esperado Jade para almoçar. Ela brigou com Jade por ter perdido o primeiro alerta de segurança por causa da garota desaparecida. *Todos* precisavam ouvir, e Mary-A levou o atraso de Jade para o lado pessoal, pois a professora percebeu e lembrou Mary-Alice de suas obrigações para com a aluna nova.

Quando se reencontraram, Mary-Alice estava morrendo de raiva, as bochechas totalmente vermelhas.

— Vá em frente e estrague a própria vida se quiser — berrou para Jade na escadaria vazia, sua voz ecoando —, mas não estrague a minha!

— Só me deixa em paz — sugeriu Jade, indiferente, dando de ombros.

— Quem me dera. Mas estou no último ano e me inscrevi no preparatório para a faculdade. Orientar você faz parte do meu projeto, então é melhor colaborar! — Subiu a escada borbulhando de ódio, seus saltos batendo no chão com raiva, enquanto Jade a seguia tranquilamente.

Mas agora Jade se perguntava se não tinha cometido um erro ao aceitar Mary-Alice como tutora. Teria sido melhor se Mary-A jamais tivesse sabido de sua existência. Mas, do jeito que as coisas estavam, tinham se tornado inimigas mortais em um único dia de aula.

Por fim, a mãe manobrou para fora da fila de carros e foi embora.

Jade finalmente conseguiu respirar.

— Então, o que houve? — disse Sarah.

— Nada.

— Quer falar a respeito?

— Eu disse que não aconteceu nada! — Ela olhou pela janela embaçada enquanto o carro seguia pela pequena cidade de Stewart's Crossing.

As construções mais antigas pareciam ter saído diretamente do Velho Oeste, com suas fachadas falsas e varandas compridas. As mais novas também. Na opinião de Jade, aquilo era meio cafona, como se Stewart's Crossing fosse, tipo, Dodge City.

O celular de Sarah tocou alto.

— Deixa que eu vejo quem é. — Gracie pegou o aparelho na bolsa da mãe e leu o nome na tela. — Evan.

Jade ficou chateada. Ela odiava aquele cara.

— O tarado.

— Ele não é tarado. Deixe cair na caixa postal — disse Sarah sem tirar os olhos da estrada.

— Tá. — Gracie guardou o celular de volta na bolsa, e o aparelho, finalmente, parou de tocar. — Por que não quer falar com ele?

— Não é um bom momento.

— Será que esse momento vai chegar? — indagou Gracie, sagaz.

— Não. Eles terminaram — disse Jade, inclinando-se para a frente. — Acabou, mas Evan é tão burro que não percebeu ainda.

— Mas nós nos mudamos — ressaltou Gracie.

Jade revirou os olhos.

— Por acaso eu disse que ele era inteligente?

— Que tal a gente comprar uma pizza e uma salada para o jantar enquanto estamos na cidade? — interrompeu-as Sarah. — Não é grande coisa, mas, até arrumarmos a cozinha, vamos ter que comprar comida pronta.

— Queijo e pepperoni! — declarou Gracie, como a boa puxa-saco que era.

Jade fechou os olhos. Não conseguia acreditar que aquela era sua vida agora.

Parecia que Deus e o mundo estavam contra ela. Até mesmo Cody. Por que ele não tinha ligado ou enviado uma mensagem? Talvez já estivesse partindo para outra. Ela olhou pela janela e observou o céu fúnebre, a escuridão um reflexo do seu próprio humor, sua imagem aquosa visível no vidro. Sempre ouviu dizer que tinha um "visual interessante", "misterioso", "traços clássicos" e "um olhar profundo". Tudo bobagem e uma forma de esconder o fato de que ela não chegava nem a ser bonitinha. Cody dizia que ela era linda e que a amava, mas só porque estavam transando. Às vezes, ela o pegava olhando para outras garotas.

— Na verdade, vou querer pizza havaiana — disse Gracie.

— Está bom para você? — perguntou Sarah enquanto desacelerava para parar em um dos poucos semáforos da cidade.

Jade não estava nem aí, mas disse que sim, porque sabia que o assunto não morreria até que ela concordasse. É claro que não foram direto ao restaurante porque a mãe tinha que resolver algumas pendências. Sarah pediu a Gracie que ligasse para fazer o pedido e ditou o número de cor.

— Você sabe de cabeça o número de lá? — perguntou Jade.

— É o mesmo há vinte anos — informou Sarah.

Jade e Gracie esperaram enquanto Sarah fazia o que tinha que fazer no banco, no mercado e no correio. Já eram quase cinco da tarde quando parou no estacionamento de um shopping ao ar livre com uma fachada estilo Velho Oeste, para variar, onde ficava a Casa do Giorgio: Pizza Italiana de Verdade. O asfalto era antigo e esburacado, as linhas que delimitavam as vagas estavam praticamente invisíveis.

Gracie já soltava o cinto de segurança quando Sarah tirou a chave da ignição e perguntou:

— Você vem? — Ela abriu a porta só um pouco para não bater na enorme picape ao lado.

— Dispenso — disse Jade, mas a mãe não ia desistir.

— Poxa, vamos. Eu trabalhava aqui depois da escola — insistiu Sarah. — Pode ser que estejam contratando. E você poderia pagar seu combustível.

— Se pelo menos estivesse com meu carro. — Relutante, ela saltou, bateu a porta e entrou atrás de Gracie na pizzaria, que gritava faroeste.

Um telhado de madeira falso cobria o bufê de saladas, enquanto as portas de um celeiro levavam ao painel de curral onde ficavam as máquinas de refrigerante. Para não deixar de ilustrar a parte "Italiana de Verdade", havia bandeiras da Itália estrategicamente penduradas próximas a rodas de carroças e picaretas e machados expostos nas paredes. Era uma combinação meio estranha, assim como a pizza especial da semana, uma mistura de linguiça italiana e frango grelhado.

— Bizarro — sussurrou para si mesma enquanto a mãe pagava e pegava uma caixa de pizza enorme e uma embalagem plástica de salada de folhas verdes.

— Eu carrego a pizza — ofereceu-se Gracie quando o celular de Jade vibrou dentro do casaco. Ela o pegou e leu a mensagem.

Era de Cody! Finalmente.

Passo aí sábado à noite. Saudades.

O coração dela quase derreteu, toda a raiva que sentia dele desapareceu com aquelas seis palavrinhas. Jade ficou olhando para a mensagem de Cody e sentiu as lágrimas arderem nos olhos.

Como pôde duvidar dele?

Respondendo rapidamente, ela seguiu a mãe e a irmã até a porta, quase atropelando Gracie.

— Mas que por...

— Ei! — reclamou Gracie.

Jade tirou os olhos do celular e viu que a mãe tinha parado de repente e encarava um homem alto, vestindo calças jeans, que acabava de entrar na pizzaria.

— Sarah! — Um sorriso foi se formando no rosto do homem, que parecia feliz com a surpresa e quase esbarrou nela.

Ah, ótimo! Era só o que faltava: a mãe esbarrar num velho amigo e parar para colocar a conversa em dia. Agora, ficariam ali *para sempre*.

Mas não foi isso que aconteceu.

Sarah pareceu até ficar sem palavras por um instante, como se tivesse visto um fantasma. Mas logo se recompôs.

— Ah. Oi. — Logo escondeu sua expressão de surpresa ao chamar Jade e Gracie. — Meninas, esse é o Clint... quer dizer, sr. Walsh.

— Clint — corrigiu o homem imediatamente, parecendo se divertir com todo aquele constrangimento de Sarah.

O que estava *acontecendo*?

— Ele é nosso vizinho — acrescentou Sarah e continuou falando: — Crescemos juntos. As nossas casas são separadas por uma cerca.

Jade apertou os olhos para encarar a mãe. Por que ela estava tão nervosa, dando tanta explicação?

— O sr... Clint era amigo dos seus tios. Estudavam na mesma turma — continuou ela e passou às apresentações, apontando para Jade. — Essas são as minhas filhas. Jade, a mais velha, começou hoje na Nossa Senhora do Rio. E essa — Sarah fez sinal para Gracie — é a Gracie. Ela está no Ensino Fundamental.

— Prazer, meninas — disse ele, sorrindo com os olhos cinzentos, um sinal de sinceridade.

Jade murmurou um "oi" a contragosto enquanto o julgava. Ele vestia calças jeans desgastadas e uma jaqueta social, tinha mais de um metro e oitenta de altura, supôs ela, cabelo castanho-escuro, a barba por fazer escurecendo o queixo saliente. Era um caubói com traços fortes e angulosos, e parecia passar muito tempo ao ar livre. Ele combinava perfeitamente com aquele tema de faroeste da cidade. Tinha o sorriso um pouco torto, mas até que era sexy e estiloso. Para um tiozão.

— Soube que você pretende reformar o casarão — disse ele a Sarah.

— Estava com os projetos na minha mesa hoje mesmo. — Ele dirigiu o olhar às meninas e explicou: — Sou o fiscal de obras dessa parte do condado, então talvez vocês me vejam por aí supervisionando as coisas.

— Aquela casa devia ser interditada — falou Jade sem pensar e, quando a mãe a olhou horrorizada, decidiu que não ia voltar atrás. — Por favor, mãe, está caindo aos pedaços. Mal temos água encanada, pelo amor de Deus. E não finja que não sabia.

— Vocês estão morando lá? — Ele pareceu perplexo.

Sarah começou a falar sobre a ideia de deixar a casa de hóspedes habitável, como se isso fosse possível.

A situação toda era muito constrangedora. Foi quando dois adolescentes, que Jade não conhecia, entraram, cada um segurando seu skate, e separaram o grupinho esquisito. Dessa vez, a mãe parecia ansiosa para encerrar a conversa e disse:

— Temos que ir. A pizza está enfriando.

— Foi bom rever você, Sarah. — Ele tocou Sarah, e seu olhar encontrou o dela por um milésimo de segundo antes de passar para Jade e Gracie. Baixou o braço e acenou. — Vejo vocês por aí.

Em seguida, Sarah foi empurrando as meninas para fora, até o Explorer. Jade não tinha do que reclamar. Sarah deu ré, quase arranhando a picape monstruosa na vaga ao lado, e disparou, pisando mais fundo no acelerador do que de costume.

— Aquilo foi meio estranho — disse Jade.

Sarah olhou para a filha antes de checar o retrovisor, como se tentasse dar uma última olhada no cara. Ou talvez só estivesse verificando se vinha algum carro.

— Fazia muito tempo — disse ela.

— Ele pareceu feliz em ver você — observou Jade.

— E isso é estranho?

Jade não conseguia explicar o clima que sentira.

— É que ele não parece ser o tipo de cara que andaria com o tio Joe ou o tio Jake.

— Era mais próximo do Joe. Jake e ele não se davam bem. — As mãos de Sarah agarravam o volante com força enquanto ela dirigia no limite de velocidade, o que já era bem estranho em si, como se esbarrar no vizinho a tivesse deixado com os nervos à flor da pele.

— Acho que ele gosta de você — comentou Gracie do banco de trás.

Sarah riu, mas soou falsa e, para completar, ela corou. Jade notou o rubor estampando sua nuca. Sério? A mãe e aquele tal de Clint? Jade se virou no banco, como se quisesse dar outra olhada nele pelo vidro traseiro, mas a pizzaria e o shopping tinham ficado para trás havia muito tempo.

— Clint e eu éramos amigos porque ele saía com os meus irmãos — disse Sarah.

— Na-na-ni-na-não. Você também gostava dele — insistiu Gracie.

— Então você é especialista na vida amorosa dos outros agora? — perguntou Jade, lançando um olhar debochado para a irmã antes de se ajeitar de novo no banco.

— Eu simplesmente sei.

— Ótimo. Já pode acrescentar vidente do amor à sua lista de habilidades — murmurou Jade.

Gracie fungou.

— Pode zoar o quanto quiser, mas aquele cara gosta muito da mamãe. Muito mais do que Cody gosta de você.

Jade virou para trás com tanta rapidez que o cinto de segurança a conteve.

— Cody me ama.

— Se você diz... — Gracie sorriu daquele jeito enigmático que Jade achava um pouco assustador.

— Meninas! Parem!

A mãe estava claramente nervosa, então Jade deixou para lá.

— Ela não sabe de *nada* — falou e voltou a olhar pela janela. Mas estava chateada. Aquela alfinetada de Gracie sobre Cody tinha tocado sua ferida. No íntimo, ela às vezes se perguntava se não o amava bem mais do que ele a amava. Fechando os olhos, decidiu não pensar a respeito nem dar à irmã a satisfação de saber que tinha sido magoada.

Em vez disso, voltou-se para Sarah:

— Você namorou aquele cara ou algo do tipo?

Sarah girou o volante e pisou no acelerador outra vez conforme a estrada se curvava ao redor das colinas.

— Algo do tipo — disse, com o tom de voz de quem queria encerrar um assunto.

— Não falei?! — Gracie berrou por cima do ronco do motor.

Jade a ignorou. Nossa, como Gracie era chata. Às vezes, Jade desejava que nunca tivesse tido uma irmã.

— E o que aconteceu? — perguntou à mãe. — Ele terminou com você?

Sarah mantinha o olhar fixo na estrada, dirigindo como se estivesse no modo automático. Sua cabeça parecia estar em outro lugar.

— Meio que... nos afastamos. Ele foi fazer faculdade na Califórnia.

— E foi assim que acabou? — perguntou Jade, observando a tensão no rosto da mãe.

— É, mais ou menos.

— Ele deve ser um babaca.

A boca de Sarah abriu, mas logo fechou, como se realmente fosse defender aquele imbecil que a abandonara naquela cidade miserável em troca dos holofotes de Los Angeles, ou sei lá o quê.

— Foi... uma decisão mútua.

Mas não parecia ter sido, e Gracie já estava sem paciência.

— Mãe, achei que não fosse mais mentir.

— Não é mentira, Gracie — disse Sarah, e Jade ficou pensando naquela conversa.

Mas, antes que pudesse questionar a mãe, que fazia a curva com o Explorer para pegar o caminho de casa, Jade ouviu o celular outra vez. Ela o tirou do bolso rapidamente e seu coração deu um salto mortal triplo.

Cody tinha mandado outra mensagem, o que só provava como a irmã estava errada sobre ele.

Muito errada.

Ele a amava. Tanto quanto ela o amava. Talvez até mais... Assim esperava.

CAPÍTULO 11

Você é uma idiota.

Simples assim.

Jogando a embalagem de pizza vazia em um saco de lixo aberto na cozinha, Sarah se censurou pela centésima vez. Dissera a si mesma que estaria preparada, que encontrar Clint Walsh seria inevitável, e não significaria nada de mais. O que poderia esperar em uma cidade pequena? Ficara sabendo que ele era o fiscal de obras e, é claro, tinha o fato de que ele morava no terreno vizinho desde sempre, então era óbvio que uma hora ia encontrar com ele.

Mas não esperava que fosse acontecer tão cedo nem que fosse reagir como uma adolescente ao ver a droga do seu primeiro amor.

— Ridículo — murmurou quando entrou com o porta-lenha no depósito de madeira. Pegou um par de luvas grande demais e começou a guardar toras de carvalho e abeto na bolsa de couro que seu pai usara por anos.

Cuidadosamente cortada e estocada pelo pai e os irmãos décadas atrás, a lenha estava completamente seca, empoeirada e infestada de aranhas, com teias e ovos pendurados na casca e no cerne.

Felizmente, não teria que ir ali muitas vezes mais, já que, de acordo com o empreiteiro que contratara, as dependências menores, porém mais modernas, da casa de hóspedes estariam prontas para morar em breve, apesar dos diversos atrasos nas obras.

O que não resolvia o problema chamado Clint Walsh.

De alguma forma, precisava aprender a lidar com a presença de Clint, porque logo, logo ele apareceria na casa para verificar o andamento das obras, provavelmente sem aviso prévio.

— Ótimo — resmungou, carregando a lenha para dentro de casa.

Sua esperança era que tivesse parecido bem mais à vontade do que se sentiu quando quase deu um encontrão nele na pizzaria. Porque ficar tão perto dele foi quase como ser jogada em uma espécie de túnel do tempo, voltando a ser a adolescente insegura do passado.

Burra, burra, burra!

Em algum momento do segundo ano do Ensino Médio, ela tinha superado a timidez e a sensação de ser diferente e esquisita, pensou enquanto carregava a lenha pela cozinha. Foi quando fizera as pazes consigo mesma e decidira que não tinha problema não ser o que as pessoas esperavam dela. A mãe não gostou nada da "nova" Sarah, mais forte, nem Dee Linn, que morria de vergonha alheia da irmã mais nova. Sarah não se importava. Quando ela e Clint começaram a namorar, no último ano do Ensino Médio, ela já tinha se encontrado.

Até encontrar com ele na pizzaria e voltar a ser uma adolescente patética.

— Você foi pega de surpresa — disse a si mesma enquanto abria caminho entre os cobertores e sacos de dormir espalhados pelo chão e colocava a bolsa de couro perto da lareira. Pelo menos agora já tinham quebrado o gelo, não haveria outro primeiro reencontro.

Mas não é essa a questão, né? Você sabia que era capaz de lidar com isso, não sabia? O problema é a Jade.

— Você falou alguma coisa? — perguntou Gracie, aparecendo ao lado de uma das colunas entre a sala e o saguão.

— Estou falando sozinha.

— É assim que começa, sabia — informou a caçula. — A loucura.

— Quem dera. Eu já estou enlouquecendo faz tempo — Tirando as luvas, Sarah se aprumou. — Isso é o que ter duas filhas faz com uma mulher sã.

— Eu ouvi, hein! — gritou Jade de algum lugar próximo à sala de jantar. Ela apareceu com o celular em mãos, digitando com a destreza de quem cresceu cercada de aparelhos eletrônicos.

— É verdade — disse Sarah.

— Vou perguntar à vovó — provocou Gracie — se foi por causa de você e da tia Dee que ela ficou doida.

— Pergunte. Ela vai confirmar — respondeu Sarah, limpando as mãos, já que um pouco da poeira da lenha tinha passado pelas luvas velhas.

— Mas ela provavelmente vai dizer que os meninos também fizeram a parte deles. Cuidar de menino não é mole, não.

— Não acho que a vovó esteja em condições de confirmar alguma coisa — disse Jade sem levantar a cabeça.

Sarah encarou a filha, de cabeça baixa, cabelo tingido de preto cobrindo o rosto, e sentiu um nó na garganta. Encontrar Clint tinha trazido tudo à tona.

O que ela estava pensando?

Que Jade nunca mais ia tocar no assunto?

Que a filha mais velha não tinha o direito de saber sobre o pai, sobre seus ancestrais, sua genética? Que Clint jamais saberia que tinha uma filha?

Sarah agiu como um coelhinho assustado e agora estava pagando o preço, que só ficava mais alto. Querendo ou não, devia a Clint e Jade o direito de saber que eram pai e filha. Era provável que os dois se afastassem dela. Completamente.

Devia ter falado a verdade desde o início, quando a filha perguntou sobre o pai pela primeira vez.

Sarah ainda lembrava o dia em que Jade voltou da pré-escola com a pergunta:

— Todo mundo tem um pai — anunciara na mesa de jantar. — Cadê o meu?

E foi aí que a mentirada começou. Uma bola de neve que foi crescendo com o passar dos anos e agora não teria uma resposta tão simples, e seria acompanhada de todo tipo de explicações e, provavelmente, acusações.

Embora tivesse sido adotada por Noel McAdams, Jade sabia que ele não era seu pai biológico e queria saber a verdade. Sarah sempre se esquivava, admitindo apenas que o pai verdadeiro não sabia que tinha uma filha e que ela não queria colocar esse peso nas costas dele porque os dois eram muito jovens na época. Aquilo era verdade, mas ela jamais mencionou o nome de Clint porque não via motivo. Eles tinham terminado antes de Sarah descobrir que estava grávida e, quando criou coragem para contar, Clint já tinha partido para outra. Ela jamais usaria isso para prendê-lo num relacionamento.

Então guardou segredo, mesmo quando a mãe disse uma vez:

— Pode mentir para todo mundo, Sarah, mas não pode mentir para você mesma. Aquele moleque merece saber que é pai. Isso é uma traição com vocês dois e, acima de tudo, com sua filha.

Arlene estava certa, mas ficou quieta. O restante da família achava que o pai de Jade era um rapaz que Sarah conheceu assim que entrou na faculdade.

Aquela discussão com Arlene foi a última vez que o nome de Clint Walsh foi mencionado entre elas e, conforme os anos se passaram, o segredo cresceu até parecer ter adquirido vida própria. Nas raras ocasiões em que Jade pedia para conhecer o pai biológico, Sarah sempre respondia:

— Vamos entrar em contato com ele na hora certa.

Jade tinha uns doze anos na última vez que tiveram aquela conversa. Uma das amigas da menina tinha descoberto acidentalmente que era adotada e ficou arrasada. Jade exigiu respostas novamente, mas, como Sarah e Noel estavam se separando na época, Sarah, mais uma vez, decidiu manter a paternidade de Jade em segredo.

No entanto, ela soube na época que, cedo ou tarde, a vida cobraria, e a "hora certa" parecia, enfim, ter chegado. Gostasse ela ou não.

Primeiro, contaria a Clint. Devia isso a ele.

Em seguida, dependendo da reação dele, contaria à filha. Mas isso tudo só *depois* que Jade se acostumasse à vida ali.

Como se sentisse o olhar da mãe, Jade levantou a cabeça.

— Você está bem?

— Claro, por quê?

— Parece preocupada com alguma coisa.

Ah, se você soubesse.

Jade tinha tanto potencial. Era inteligente — como os testes de QI provavam, não as notas na escola — e bonita, embora não soubesse disso ainda. Com olhos grandes da cor de avelã, traços simétricos, maçãs do rosto proeminentes e cabelo volumoso, a garota era linda, mas tentava se esconder debaixo de roupas largas, maquiagem pesada e tinta de cabelo, que deixava seus fios naturalmente claros sem graça com aquela cor preta.

— Estou bem — mentiu Sarah e se agachou perto da lareira outra vez, colocando mais lenha. — E você?

— Normal. — Jade guardou o celular no bolso. Depois jogou seu saco de dormir no sofá e afundou nele.

— E você, Gracie? — A caçula não desgrudou os olhos do tablet, então Sarah repetiu: — Gracie?

— Oi? O quê? — perguntou ao avançar uma página no leitor eletrônico. Estava sentada de pernas cruzadas no chão, em frente à lareira.

— Você ligou para o seu pai para contar sobre o primeiro dia de aula? — Não recebendo resposta imediata, disse: — Gracie? Dá para largar esse negócio enquanto a gente estiver conversando?

Relutante, a filha colocou o aparelho na mesa.

— O que foi?

— O seu pai queria falar com você — lembrou Sarah.

— Já mandei uma mensagem para ele.

— Acho que ele ia gostar de escutar sua voz.

Gracie se esticou para pegar de volta o tablet.

— Daqui a pouco.

— Já é tarde em Savannah. É melhor você fazer isso agora.

— Tá bom, tá bom — retrucou Gracie, vasculhando a pilha de cobertores ao seu redor. Quando finalmente encontrou o celular, começou a discar.

Desviando o olhar para Jade, Sarah perguntou:

— E você?

— Já mandei uma mensagem para ele — disse Jade, seu olhar acompanhando a irmã, que saía da sala com o celular na orelha. — E não me diga que "não é a mesma coisa", como disse para Gracie. Sei que não é, mas é assim que as pessoas se comunicam agora.

— Eu sei.

— Que bom. Porque não preciso de um sermão.

— Eu não estava passando sermão — falou Sarah.

— Mas ia, não ia? E eu já estou cansada de ouvir isso.

Houve uma pausa, como se Jade esperasse uma discussão. Tudo que podia ser ouvido era o estalar das chamas famintas consumindo a lenha seca. E Sarah deixou o momento passar.

O celular de Jade tocou, indicando que recebera uma mensagem.

— Vou ligar para ele quando tiver o que falar — garantiu ela à mãe. — Algo de bom — acrescentou com um tom de ironia, como se não esperasse que aquilo fosse acontecer em breve.

***

Rosalie ouviu o ronco do motor antes de ver o clarão dos faróis acima de sua cabeça. A luz mal penetrava o vidro sujo.

Meu Deus, ele voltou! O tarado que a raptara estava de volta.

Ela quase vomitou.

Por um instante, a baia ficou iluminada e, é claro, não tinha para onde fugir, nem onde se esconder.

Com o coração acelerado, ela desejou que houvesse um jeito de escapar. Suas mãos ainda estavam algemadas na frente do corpo, o que permitia que comesse e se limpasse desajeitadamente, e só. Pensou em atacá-lo de surpresa, pular nele quando virasse as costas, apertando seu pescoço com a corrente das algemas. Puxaria com tudo, usando todo o peso do corpo, enquanto ele tentaria desesperadamente se livrar. Se tivesse sorte e força suficiente, talvez conseguisse esmagar a traqueia dele e interromper a passagem de ar, estrangular o maldito, como tinha visto nas séries e nos filmes.

Era tudo em que conseguia pensar para tentar salvar sua pele.

Depois das tentativas fracassadas de escalar a parede, procurou por qualquer objeto que pudesse servir de arma. Tinha certeza de que, antigamente, aquele lugar abrigava cavalos — cheirava a estrume e urina. Esperava encontrar, talvez, o prego de uma ferradura enfiado nas tábuas do assoalho ou uma almofaça escondida. Passou horas vasculhando o local, esfregando os dedos no chão até que ficassem em carne viva e analisando cada rachadura no assoalho ou nas paredes para ver se encontrava algo que pudesse causar ferimentos.

O resultado de seus esforços foi, na melhor das hipóteses, fraco: uma pedrinha de bordas afiadas esquecida no canto debaixo da cama e um gancho para pendurar arreios. Estava ao seu alcance, mas tinha sido firmemente aparafusado a uma tábua maciça. Em vão, tentou desparafusar o gancho usando as unhas quebradas como chave de fenda. Depois tentou puxar a suave curvatura do gancho com toda a sua força para arrancá-lo da parede. Enfim se pendurou nele, torcendo para que seus cinquenta quilos o desprendessem.

O gancho sequer se moveu.

Apesar do ar frio, ela estava suando quando desistiu e se jogou na cama para pensar em outra forma de fugir.

Não conseguiu pensar em nada.

Agora, ouvindo o ronco da picape, ela se levantou da cama e aguardou. Audição aguçada, coração disparado, músculos tão tensos quanto cordas de um arco, ela espremia o cérebro em busca de um plano. Talvez pudesse atraí-lo para dentro da baia, oferecendo até mesmo sexo, se necessário, e, quando as calças dele estivessem abaixadas até os calcanhares, chutaria suas bolas expostas e usaria a pedrinha para cegá-lo, antes de correr para fora e *trancá-lo* lá dentro. Ele ia ver!

Será que ia conseguir fazer aquilo?

Será que ia dar certo?

Seu coração martelava de medo e a boca estava completamente seca enquanto considerava a ideia de seduzir e possivelmente matar o homem.

Sentia calafrios só de pensar, mas estava ficando sem opção e não acreditava por um segundo sequer que, por bondade, ele a deixaria ir. Não, ele a mataria e Deus sabe o que mais.

O motor parou. Ela esperou, agarrando a pedrinha até cortar os próprios dedos. Podia contar os próprios batimentos cardíacos. Finalmente, escutou o barulho familiar das chaves dele e o clique mudo da fechadura destrancando, seguido do som de um ferrolho sendo aberto e do ranger da porta que anunciava a chegada dele.

Você consegue, Rosalie. Você consegue!

Meu Deus, me ajuda, rezou em silêncio.

Relaxa. Você tem que parecer assustada, e não pronta para brigar. Como se estivesse aterrorizada demais para fazer qualquer coisa.

Afrouxou um pouco a pedrinha e engoliu em seco assim que ouviu a pisada firme das botas dele no chão... Mas, espera! Os passos estavam fora de ritmo, o som ressoava pelas paredes. Era como se...

— Trouxe a menina para cá — disse ele, tão alto que ela o ouviu perfeitamente.

Foi quando entendeu por que os passos pareciam irregulares. Ele não estava sozinho.

Tinha trazido alguém com ele.

Seu coração parou, e um novo medo percorreu seu sangue.

Voltou apressada para a cama. Por que haveria alguém com ele?

Coisa boa não era, tinha certeza.

Encolhida no canto da cama, abraçou o próprio corpo o máximo que as algemas permitiam.

— Está bem presa? — indagou outra voz masculina, mais aguda e nasalada, antes de cair em uma gargalhada medonha que foi interrompida por uma crise de tosse causada por cigarro.

— Você vai ver — tranquilizou o sequestrador.

Rosalie queria morrer.

— Mas só uma?

— Por enquanto.

Novamente, a risadinha feia e sádica que lhe dava arrepios.

O que significava "só uma por enquanto"? Haveria outras? Por quê? Quem?

— Temos que acelerar isso aí, terminar antes do Halloween.

Terminar? Ela congelou. *Terminar o quê?*

— Acho que vou fazer um bom negócio esse fim de semana. Dois em um.

— Dois em um? — perguntou o homem novo.

— Pegar duas de uma vez só. — Era perceptível o tom de desdém na voz do monstro.

— Ah, sim. — Ele gargalhou outra vez, agora, por cima do tilintar das chaves e do paralisante clique de um cadeado sendo aberto.

Meu Deus, e agora?

Quase em pânico, ela observou a porta abrir e duas sombras se alongaram na faixa de luz que invadia a baia pela entrada. Pressionando as costas contra o canto da parede, ela tentou se enfiar entre as tábuas, mas não tinha para onde ir. Seu coração estava quase saindo pela boca, o corpo tremia. Não precisava mais fingir que estava com medo.

Ligando o interruptor do lado de fora, o mais grandão dos homens acendeu a lâmpada. Piscando os olhos com a luz repentina que inundou a baia, ela viu o homem dar um passo para dentro, a mão dele erguida. Por um segundo de puro horror, achou que ele estivesse com uma arma e que fosse atirar nela bem ali, naquele momento, com uma testemunha ao lado. Começou a gritar, a boca se escancarando à medida que recuperava a visão. Foi quando percebeu que ele não carregava uma pistola na mão, e sim um celular.

— O que...? — perguntou, então ouviu uma série de cliques e percebeu que ele estava tirando fotos dela.

— Pare! — berrou ela.

O homem menor, que não estava mais nas sombras, estudou Rosalie com atenção. Barba malfeita, cabeleira alaranjada desgrenhada, jaqueta jeans esfarrapada e suja, e olhos azuis que a avaliavam com crueldade. Ele fazia cara de desgosto.

— Ela não parece muito com a foto.

— Só precisa tomar um banho.

Que foto? Aquele babaca andava tirando fotos dela? Para quê?

— Me deixem ir embora! — desabou Rosalie, saltando da cama. Não conseguia ficar ali encolhida, permitindo que fizessem o que bem entendessem com ela.

O homenzinho estendeu as mãos.

— Calma aí, princesa!

— Não me chama assim! — respondeu ela, antes de segurar a língua e voltar-se para o grandalhão. — Como pôde fazer isso comigo? — quis saber ela. — Me deixa ir embora! Agora!

— Ainda não — rebateu ele, esfregando o queixo.

— Quando?

O homem menor soltou uma risada, que, novamente, foi interrompida por um acesso de tosse que quase o fez se curvar por um momento. Ela percebeu que as calças jeans dele estavam sujas, assim como a camisa de flanela, que aparecia por baixo da jaqueta aberta, e que as botas eram robustas, mas gastas.

Ela deu um passo na direção do sequestrador e tentou manter a voz firme.

— Saia da minha frente.

Se achava que podia intimidar o homem, estava enganada. Um sorriso frio se formou lentamente nos lábios dele.

— É melhor aprender a se comportar — disse ele, e um brilho macabro surgiu nos olhos dele, um alerta de que, se ela o pressionasse demais, ele poderia reagir com violência. E, pior, sentiria prazer naquilo.

— Eu disse para sair da minha frente.

— Volte para a cama, Estrela — ordenou ele.

Estrela? Aquilo quase a desestabilizou, mas ela se recompôs.

— Agora! — advertiu ele. — A não ser que queira que eu faça você se comportar. — Ele pôs a mão na fivela do cinto, e o comparsa mirrado quase dançou de alegria só de pensar em um espancamento ou estupro ou os dois.

Ela se manteve firme.

— Preciso ir para casa.

Sssssss! Ele arrancou o cinto das calças com um chiado que lembrava uma serpente. A faísca cruel em seus olhos congelou o sangue de Rosalie.

— Segura ela — ordenou ele, quase sem abrir os lábios.

Não!

Com um entusiasmo doentio, Desgrenhado partiu para cima dela e a agarrou.

Ela chutou com força, acertando um golpe na canela de Desgrenhado que o fez uivar de dor. Tentou escapulir porta afora, mas o agressor bloqueou a saída. Desgrenhado conseguiu agarrar Rosalie outra vez, mas ela se virou instintivamente e mirou na virilha dele. *Bam!* Acertou outro chute, metendo o pé entre as pernas dele.

— Aaaaaaaau! — Ele caiu no chão com um baque e gritou, as vigas estremecendo ao som.

— Mas que inferno — rosnou o homem grande, virando-se com o cinto na mão quando ela se espremeu e passou por ele, disparando pelo celeiro. Com a adrenalina a mil, correu por entre silhuetas embaçadas de máquinas velhas, silos para ração, ferramentas nas paredes.

— Volta aqui — rugiu ele. — Sua filha da puta!

Ela ouviu as passadas pesadas quando ele saiu correndo atrás dela. *Corra! Mais rápido! Não deixa ele te alcançar!*

Com as mãos algemadas, passou correndo por camas e cavaletes empoeirados e chegou à porta. Ainda aberta, graças a Deus! Estava um breu lá fora.

— Para, porra! — ordenou ele.

Se ao menos conseguisse sair, ela teria uma chance!

— Não! — ameaçou ele, mas Rosalie continuou, acelerando e saltando portão afora, seus sapatos pousando no cascalho esparso.

Uma lufada do ar frio da noite atingiu seu rosto, o céu estava um breu medonho e uma chuva forte a açoitava. Sua respiração formava nuvens enquanto corria, seus pés voavam pelo terreno irregular. Jesus Cristo, como estava escuro.

Ótimo. Talvez você consiga fugir, se esconder em algum lugar.

Correu até a caminhonete dele, mas, quando se aproximou da porta, lembrou que ouvira o bipe da tranca automática quando ele chegara. Então saiu em disparada pela trilha.

Só esperava que ele estivesse tão cego quanto ela naquele breu.

Corre. Corre. Corre!

Com a respiração ofegante, ela acelerou pelo caminho que esperava levar para longe daquele lugar maldito, seus pés escorregando de leve no capim molhado. A que distância estaria a estrada principal ou algum lugar onde pudesse encontrar ajuda? Menos de quinhentos metros? Talvez um quilômetro? Mais?

Não se preocupe com isso, apenas corra!

Ela via tudo girar, a adrenalina tomando conta. Se ficasse no meio da trilha, ele a encontraria. Precisava se embrenhar na mata, que, se lembrava bem o caminho que ele tomara até aquele fim de mundo, flanqueava o caminho. Tinha observado enquanto seu sequestrador dirigia, os feixes de luz dos faróis iluminando troncos e galhos de árvores até chegarem ao celeiro e uma cabana, com o telhado quase caindo e um carro escondido entre as vigas apodrecidas.

Será que tinha cerca?

Não se lembrava de ter visto nada do tipo, mas não tinha certeza de nada a essa altura.

Atrás dela, ouviu o bipe alto de uma trava elétrica e viu de relance as luzes piscando quando ele destrancou as portas da caminhonete. *Merda!* Gritos furiosos e o estrondo das pesadas portas de metal sendo fechadas ecoaram pelo terreno. Meu Deus, eles com certeza a pegariam, pensou ela quando o motor pegou no tranco com um ronco que paralisou sua alma.

Saiu da trilha assim que a luz forte dos faróis acendeu, refletindo no cascalho úmido e a iluminando enquanto corria. Rosalie viu a cerca pouco antes de colidir com ela, escalando a grade velha e enferrujada.

Uma dor lancinante rasgou sua barriga. Ela tombou com força na terra molhada, batendo com a cabeça na quina da estaca que fixava a cerca.

— Ai!

Por um milésimo de segundo, o mundo encolheu. A garota ameaçou perder a consciência, pensou em se entregar à escuridão, ao conforto do torpor. Sua mente nadava; mas, quando estava prestes a afundar, viu o rosto aflito da mãe.

—- Mãe — sussurrou quando a luz dos faróis avançou sobre ela.

Fechando os olhos, ela afastou a alucinação e reuniu forças para se levantar.

Vai! Vai!

Ela seguiu em frente, escorregando em grama e lama. Seu abdômen doía, a cabeça latejava, os faróis da picape iluminavam a área. Correndo, passou por baixo de galhos pouco visíveis e desviou das árvores, penetrando cada vez mais a floresta, descendo colina abaixo e torcendo, contra todas as probabilidades, para conseguir escapar.

A chuva ficou mais branda sob a copa de abetos, e o cheiro de terra molhada impregnava suas narinas, conforme, movida pela adrenalina, Rosalie corria. Com os braços estendidos, manteve as mãos espalmadas para evitar colidir com uma árvore enquanto abria caminho, embrenhando-se cada vez mais na mata. Teias de aranha grudavam nela, galhos estapeavam seus braços e o rosto.

A luz dos faróis da caminhonete ficou mais fraca, parcialmente oculta pelo matagal de pinheiros e abetos.

Bom.

A escuridão nivelou o jogo.

Descendo o morro, quase tropeçando, seus dedos batendo em pedras e raízes, ela acelerou o passo e ouviu o som do motor da caminhonete.

Ainda estava muito perto.

Continua correndo, Rosalie. Vai! Não para!

Suas pernas vacilavam, seu abdômen, que tinha ferido ao escalar a cerca, doía horrores, e seus pulmões começavam a arder.

Ela ouviu o chiado de pneus, olhou por cima do ombro e teve um vislumbre da luz no topo da colina, onde a picape tinha parado.

Anda, não para!

— Ali! — ecoou a voz do sequestrador pela escuridão e, de relance, ela o viu saltar da caminhonete, a cabine iluminada pela luz interna.

Merda!

— Estou vendo ela! — gritou Desgrenhado, saltando da picape também.

O medo entalava sua garganta como uma pedra.

Rosalie, então, correu ainda mais rápido, saltando e escorregando em folhas e espinhos, sempre descendo, na esperança de chegar à estrada principal, que a levaria até a civilização ou, quem sabe, um motorista de passagem.

Não corra em linha reta!

Ziguezagueando, ela não fazia ideia da direção que tomava, sabia apenas que a colina ficava cada vez mais íngreme e que, vindo de algum lugar, ouvia barulho de água corrente. Um rio? Riacho? Suas pernas estavam fracas, a respiração, ofegante, mas se forçava a ir em frente, confiando além da esperança que encontraria a estrada principal e que um motorista, um bom samaritano, a encontraria...

Pelo canto do olho, viu um clarão.

Seu coração parou.

Suas orações foram atendidas! Os faróis de um carro... Ah, não! Meu Deus, não! O feixe de luz instável não vinha do veículo de um possível salvador, mas, sim, de uma lanterna, pois um dos homens tinha dado a volta. A luz oscilou um pouco, e ela ouviu um "Porra!" naquele tom nasalado que pertencia a Desgrenhado quando o feixe de luz baixou, como se ele tivesse deixado a lanterna cair.

Ótimo.

Onde estava o outro cara — o sequestrador? Será que tinha ficado para trás, na caminhonete, aguardando ou... Ah, merda! Ela avistou outro ponto de luz nas árvores acima. Ele segurava a lanterna com firmeza. Não se movia. Como se estivesse focando uma moita longe dela, à esquerda.

Ótimo.

Rosalie voltou a descer a colina, mas ficou se perguntando por que ele estava parado ali com a luz da lanterna tão fixa, parecendo até a merda de um farol.

Será que esperava que Desgrenhado a levasse de volta para ele?

Tinha algo errado. Ela sentia, mas tudo o que podia fazer era correr. Para longe. Bem rápido.

Virou à direita, para longe da luz vacilante de Desgrenhado e para longe do feixe imóvel.

Por que não se mexia, não se aproximava?

Com os sentidos aguçados, esbarrou em um tronco caído, passou por cima dele e pulou para o outro lado, seus pés escorregando um pouco.

Desgrenhado chegava cada vez mais perto, o feixe oscilante da lanterna dele ficando cada vez mais forte.

Merda!

A outra luz não se movia.

Tinha algo errado com aquilo. Seu sequestrador não era do tipo que deixaria sua presa fugir ou esperaria que o comparsa a levasse de volta. Ele adorava a caçada, o rapto, estar no controle...

Espera um pouc... Ah, não, ah, não, ah...

— Te peguei! — O grandalhão pulou de trás de uma árvore próxima e a agarrou.

Ela gritou e se debateu para tentar escapar, mas era impossível. Encharcada, agitava-se como uma enguia, mas ele a agarrava com força. Seus braços pareciam ataduras de aço, quase expulsando todo o ar dos pulmões dela. O cheiro dele, a pele úmida de chuva e o cabelo molhado, impregnou suas narinas.

Como aquilo era possível? Eram três homens agora? Dois com lanternas e aquele monstro que a segurava?

— Me solta! — gritou ela, tentando se desvencilhar, golpeando a cabeça dele com as mãos atadas, arranhando seu rosto com as algemas, porém incapaz de causar algum ferimento grave.

— Peguei ela! — berrou ele. — Vamos embora!

Desgrenhado apareceu, ofegante.

— Deu certo, hein? Mirar a lanterna nos pés dela.

O quê? O que tinham seus pés? Ainda estava confusa quando Desgrenhado começou com aquela risada-tosse lunática.

— É nisso que dá usar esses tênis caros.

Foi aí que ela entendeu. Seus tênis esportivos tinham listras brilhantes que refletiam luz, para alertar os carros com faróis acesos quando estivesse voltando da lanchonete tarde da noite. Sentindo nojo da própria burrice, lançou o corpo com força e golpeou o sequestrador com as mãos unidas, acertando seu nariz.

Crack! A cartilagem partiu, e o sangue, quente e pegajoso, saiu em um jato, respingando no peito dele e no cabelo dela.

— Sua puta! — rosnou ele.

— Não bate nela! — Desgrenhado a protegeu. — Nada de hematomas! Pelo menos, nada visível! Não esquece.

— Porra! — O grandalhão se controlou, cada um de seus músculos estava tenso quando colocou a garota, que se debatia e gritava, no ombro e começou a subir a colina custosamente em meio à mata densa. Desgrenhado iluminava o caminho de volta ao local onde o sequestrador deixara sua lanterna. Os punhos amarrados de Rosalie golpeavam as costas do homem, suas pernas chutavam o ar, a chuva desabava na floresta, caindo em gotas frias e pesadas.

Agora ela chorava. Sabia que, quando estivessem de volta ao celeiro, seria punida. Sentiu o estômago embrulhar só de pensar, mas àquela altura já tinha desistido de lutar, simplesmente se deixou arrastar morro acima, atravessando uma clareira e passando por cima da cerca de arame até chegar à caminhonete dele, que aguardava em ponto morto. Era um monstro preto que parecia o diabo, os faróis eram como olhos em brasa na noite escura. Rosalie foi jogada na cabine, e Desgrenhado a segurava firme. Seu rosto pálido e furioso contra a luz do painel. Com um pé na roda, o sequestrador tomou impulso e subiu ao volante, batendo a porta com força. Acelerando e manobrando furiosamente, ele deu a ré de qualquer jeito.

— Ei! Cuidado! — reclamou Desgrenhado.

Rosalie não se importou. Sabia que estava morta.

Só que Desgrenhado tinha dito "nada de hematomas".

Não tinha como aquilo ser bom.

O sequestrador pisou fundo nos freios e a caminhonete derrapou, até parar de repente. Ele abriu a porta, arrastou Rosalie para fora e a carregou direto para sua cela sem dar uma palavra, virando-se apenas para dar uma ordem a Desgrenhado:

— Não esquece de trancar a porra da porta.

Naquele momento, ela conseguiu dar uma boa olhada no local. Sim, era uma baia, a primeira de uma fileira, todas com cadeados e, em cada porta, o nome de um cavalo gravado em letras garrafais pretas. No caso dela, o antigo ocupante se chamava, obviamente, Estrela.

Foi por isso que ele a chamara assim. Ela viu de relance a baia ao lado, gravada com o nome Princesa, e a terceira, com o nome Tempestade. Os outros estavam afastados demais para ela conseguir ler naquela olhada rápida.

— Acabou de perder o jantar — informou o sequestrador, chutando o balde de água dela com tanta força que ele saiu voando, bateu na parede e derramou seu conteúdo. — E tem sorte para caralho de ainda estar viva! — Ele a jogou na cama e marchou para fora, batendo a porta atrás de si com tanta violência que todo o celeiro estremeceu. — Vamos embora — disse ele enquanto o comparsa trancava o cadeado. — Vamos deixar a putinha pensar no que fez.

Os passos se afastaram, qualquer réstia de luz que se infiltrava por baixo da porta da baia se extinguiu, e o portão do celeiro bateu. O som de um ferrolho deslizando e de uma fechadura trancando chegou aos seus ouvidos.

Rosalie desabou em uma poça de lágrimas de desespero.

Estava sozinha outra vez.

CAPÍTULO 12

Gracie precisava tomar cuidado para não fazer nenhum barulho ao descer a escada do porão. Sarah não gostava que ela ficasse explorando as áreas não utilizadas da casa, mas a mãe era superprotetora e, além disso, embora ela própria não admitisse, aquele lugar deixava Sarah absolutamente apavorada. E Gracie notava. Ela simplesmente tinha uma intuição forte para esse tipo de coisa — não sabia definir bem, mas era uma espécie de sexto sentido que ela achava muito natural, embora as outras pessoas aparentemente não tivessem tal dom.

Tentou explicar sua habilidade para Jade uma vez, para provar à irmã cética que falava sério e, pouco antes de o telefone tocar, disse que o pai ligaria. Aquilo só piorou as coisas, porque, quando atendeu e ouviu a voz do pai, Jade fez cara feia para ela, como se a ligação fosse algum tipo de pegadinha combinada entre a irmã e ele.

Ambos insistiram que não estavam de complô, e Jade acabou acreditando neles, mas, em vez de ficar impressionada, disse:

— Não dá para entender você. — E jogou o telefone para a irmã.

Depois daquilo, Gracie ficou de boca fechada. Uma vez, quando Jade estava revirando a casa atrás do celular, Gracie sabia que ele estava embaixo do assento do carro e mesmo assim ficou quieta. E não contou a Jade que tinha a forte sensação de que Cody estava com outra pessoa quando a irmã reclamava que ele não ligava. Talvez uma menina, talvez um de seus amigos, não saberia dizer qual dos dois, mas tinha certeza de que ele não estava pensando em Jade. A energia que captou do namorado da irmã revelava que ele não estava tão a fim dela quanto ela dele, mas contar aquilo a Jade só ia fazer com que se distanciasse mais da irmã. Na opinião de Gracie, Cody Russell era um babaca oportunista, mas guardava aquilo para si mesma. Geralmente. Nas poucas ocasiões em que tinha resolvido falar o que pensava, Jade ficara agressiva, então era melhor deixar quieto. Pelo menos, por enquanto.

Enquanto a mãe se ocupava com um monte de telefonemas e uma papelada na sala de jantar, e Jade se distraía com alguma coisa na internet, Gracie pegou as chaves que encontrou penduradas num gancho perto da porta dos fundos, pegou uma lanterna numa prateleira da despensa e, então, deu a volta de fininho na escadaria e destrancou a porta do porão. A lanterna lançava um feixe de luz amarela fraquinho porque as pilhas estavam gastos, mas ela não teria muito tempo mesmo, então desceu as escadas às pressas.

Os degraus empoeirados rangiam alto, e teias de aranha grudaram em seus cabelos, mas a menina não parou porque sabia que o tempo era curto. Logo a mãe ia procurar por ela, e Gracie não queria ter que se explicar.

E como se explicaria? Quem acreditaria que ela estava mesmo falando com o fantasma de Angelique Le Duc? Ficou aterrorizada no início e quase desmaiou na escada aquela primeira noite, quando sentiu o ar esfriar e viu a silhueta do espírito desaparecer tão rápido quanto tinha aparecido. Mas agora sentia menos medo. Tinha percebido que a aparição não estava tentando assustá-la, queria apenas se comunicar com ela.

A maior parte dessa teoria surgiu de um sonho que Gracie teve na segunda noite na casa. Tinha certeza de que era coisa da sua cabeça. Sentia que Angelique estava falando com ela, implorando que solucionasse o mistério envolvendo sua morte para que pudesse fazer a passagem para o outro lado.

Parecia estranho até mesmo para Gracie, mas a vida e a morte eram inexplicáveis, então ela apenas dançaria conforme a música. Aquilo a fazia se sentir especial e até meio importante.

Chegou ao último degrau e iluminou o chão de cimento, vasculhando de um lado para outro com a luz fraca da lanterna. Entrando em uma escuridão quase completa, tentou ignorar o som de garras minúsculas arranhando o chão. Ratos, provavelmente perturbados com sua presença. Pensou ver seus olhinhos desconfiados enquanto invadia cada vez mais o porão, que, na verdade, não passava de um só cômodo enorme compartimentado por várias estantes e prateleiras, que abrigavam um século de tralha esquecida. Canos expostos subiam pelas paredes de cimento e seguiam entre as vigas no teto. Em um canto, uma máquina de lavar e outra de secar pré-históricas enferrujavam ao lado de outra geringonça ainda mais antiga, ao que parecia. Tinha lido a respeito dela em romances históricos. Havia duas cordas amarradas a colunas de madeira e, numa delas, ainda se encontravam pregadores de roupa presos.

Era como voltar no tempo, pensou ela enquanto caminhava pelas pilhas de velharias. O que não estava no sótão podia ser achado ali — lamparinas quebradas, livros antigos, jarros vazios e porta-retratos descartados. Também havia ferramentas, serrotes, martelos, chaves-inglesas e assim por diante, além de móveis antigos que foram simplesmente esquecidos lá. Cadeiras de jardim, é claro, mas móveis para os ambientes internos também. Uma cadeira de balanço quebrada e um divã com o estofado exposto foram jogados em um canto junto a escrivaninhas e cômodas antigas, tudo deteriorando com o tempo.

Quando estava quase no fundo do porão, a temperatura pareceu cair. Antes estava confortável, agora sentia tanto frio que os pelos dos braços se arrepiaram. Finalmente pressentiu que não estava sozinha.

Engoliu em seco, reunindo coragem.

— Você está aqui? — sussurrou ela, sua respiração virando fumaça. Será que alguém responderia? Mordendo os lábios, esperou, ouvindo os próprios batimentos cardíacos, torcendo para não gritar se ouvisse uma voz. Agarrou a lanterna com tanta força que teve certeza de que seus dedos estavam esbranquiçados.

Nada.

O porão continuava assustadoramente silencioso, até mesmo os ratos tinham parado de se mexer.

Ela passou a luz da lanterna lentamente à sua volta.

— Angelique? — Sua voz falhou um pouco e ela se sentiu meio idiota por estar chamando um fantasma. Se Jade descobrisse, ia ser zoada para sempre.

Nenhuma resposta, e o tempo estava passando. Apontando a lanterna para os móveis, encontrou o que imaginou ser a cômoda mais antiga e abriu as gavetas, mas estavam todas vazias. Ao lado, uma escrivaninha de madeira entalhada que também parecia ter sido fabricada no século passado. A primeira gaveta abrigava artefatos de outra era. Cartões-postais em preto e branco desbotados, uma caneta-tinteiro, lápis de cor e um apontador em meio a fezes de ratos. A segunda gaveta estava emperrada, quase como se estivesse trancada, e não abria de jeito nenhum. Na terceira gaveta, havia um maço de papéis de carta amarelados coberto de insetos mortos.

Nada que pudesse ajudar.

E, ainda assim, ela sentia que estava chegando perto. Por que outra razão sentiria aquela presença fria?

— Tem que ter alguma coisa — murmurou ao ouvir passos abafados no andar de cima. Gracie direcionou o feixe da lanterna para as vigas e supôs que a mãe devia estar indo da sala de jantar para a cozinha. Se Sarah a procurasse e não encontrasse, ia querer saber onde a filha estava, e Gracie não queria ter de se explicar.

Relutante, começou a subir a escada.

Vu-uu-uu! Creeec!

Seu coração quase parou quando sentiu uma brisa passar por ela. Congelante, fez com que a menina estremecesse por dentro. Certa de que ficaria frente a frente com a nebulosa moça de branco, virou devagar e segurou a lanterna com firmeza. Falar sobre encontrar fantasmas e ajudar espíritos era uma coisa, mas ver um com os próprios olhos? Ela teria coragem de fazer aquilo ou sairia correndo?

— O-olá? — murmurou ela, sem enxergar nada além da total escuridão lá embaixo. — Alguém aí? — Ela moveu o feixe de luz pelo porão.

Nada.

Nenhum som.

Nenhuma fumaça suspeita saindo das grades de ventilação de uma fornalha velha.

Ainda assim... *alguma coisa* produziu aquele barulho e atravessou seu corpo.

Teve vontade de sair correndo dali, mas voltou para o porão escuro e percebeu que a luz da lanterna não parava quieta — a mão tremia. O ar parecia rarefeito e, de repente, não tinha mais cheiro.

Gracie pigarreou, dizendo a si mesma que estava sendo ridícula.

Não tinha do que ter medo.

Mas seu sexto sentido discordava e, enquanto iluminava aquele monte de tralhas e estantes, ela se preparou, convencida de que alguma criatura fantasmagórica horrenda avançaria para cima dela a qualquer momento.

O porão permaneceu quieto.

Como se atraída por um ímã, Gracie voltou à escrivaninha antiga e viu que a segunda gaveta, que tentara abrir a todo custo, estava agora ligeiramente aberta. Aquela pequena abertura escura parecia um convite.

Cada pelo em sua nuca se eriçou quando ela se aproximou. Preparada para sair correndo na direção oposta, ela apontou a luz pálida para a gaveta. Segurou o puxador e fez força, mas, novamente, a gaveta sequer se moveu. Dava para fechar, mas não para abrir completamente, era como se...

Então ela entendeu.

Ajoelhando-se, puxou a terceira gaveta e apontou a lanterna para os fundos da segunda, que estava emperrada. Com certeza tinha alguma coisa presa ali.

Gracie ouviu o piso do andar de cima ranger de novo enquanto a mãe circulava.

Rápido!

Ela enfiou a mão lá dentro e puxou o objeto. Uma bolsinha rasgou, revelando um caderno fino com a palavra *Diário* gravada na capa de couro em letras douradas esmaecidas. Gracie o abriu e, embora as páginas estivessem muito frágeis e grudadas, viu uma caligrafia cursiva bem--elaborada e percebeu que tinha encontrado o diário de Angelique Le Duc.

— Gracie? — A voz da mãe parecia vir ricocheteando por dentro dos enormes dutos.

A menina escondeu o diário embaixo da blusa de moletom e subiu as escadas, fazendo o mínimo de barulho possível. Não sabia por que, mas precisava manter a descoberta em segredo — por enquanto. A mãe não ia gostar daquela excursão pelo porão e também não entenderia.

Em silêncio, ela voltou para o corredor escuro e correu para o quintal, onde começava a cair um chuvisco. Quando seu cabelo ficou úmido e o moletom estava com marcas de gotas, ela entrou e encontrou a mãe no corredor, a um passo da entrada do porão.

— Onde você estava? — perguntou Sarah, com a testa marcada de preocupação.

— Lá fora.

— Dá para ver, mas por quê?

Ela deu de ombros e sentiu o diário escorregar por baixo do moletom.

— Só precisava sair um pouco.

— Ah, é? — Sarah a examinava com olhar cético, e Gracie percebeu que não tinha fechado totalmente a porta do porão. Estava entreaberta e, se a mãe olhasse para trás, ia querer saber por que não estava trancada.

— É, eu... não estava me sentindo muito bem.

— Não estava?

— Mas agora estou bem. Acho que só preciso beber alguma coisa.

— Água? Refrigerante? — perguntou Sarah, voltando para a cozinha.

— Tanto faz. — Gracie empurrou discretamente a porta do porão para fechar e correu atrás da mãe, sentindo-se aliviada até avistar Jade do outro lado da escadaria, observando seus movimentos.

— O que você estava fazendo? — murmurou ela. Gracie deu de ombros.

Agora só podia torcer para que Jade não revelasse seu segredo. Pelo menos até que tivesse uma chance de ler o diário de Angelique.

— É como se Rosalie Jamison tivesse evaporado da face da Terra! — declarou a detetive Bellisario, tentando acompanhar as longas passadas do xerife Cooke enquanto ele passava rapidamente pelos escritórios do departamento naquela terça-feira. Agora, Rosalie estava oficialmente desaparecida desde a meia-noite de sexta.

— Não tem como discordar.

O xerife em pessoa estava trabalhando no caso da garota desaparecida com ela, pois o departamento estava com alguns policiais a menos. Montcliff se recuperava de um acidente em que um motorista bêbado batera na lateral de sua viatura, Zwolski estava de férias em algum lugar no México e Rutgers acabara de tirar a licença-maternidade. Hoje, depois de conversar com Ray Price, que teve seu touro mais valioso roubado, receberam outra denúncia dos Delany por violência doméstica. A noite anterior não tinha sido muito melhor, pois precisaram separar uma briga na taverna Bend in the River, incluindo alguns anarquistas recém-chegados a Stewart's Crossing que começaram a se envolver com os moradores locais. Agora Bellisario e o xerife estavam a caminho do laboratório para ver o progresso — se é que havia algum — com o iPad e o computador de Rosalie, que um policial havia buscado no dia anterior.

— Alguém sabe onde ela está. — Cooke segurou a porta externa aberta.

Uma lufada de ar frio do outono atingiu o rosto de Bellisario e ela fechou o zíper da jaqueta até o pescoço. Juntos, passaram por um mastro com a bandeira dos Estados Unidos, que se agitava freneticamente sob os ventos fortes que vinham do desfiladeiro.

— Só precisamos encontrar esse alguém.

— Uma agulha no palheiro.

— Exato.

Chegaram ao jipe quando as primeiras gotas de chuva caíam do céu ameaçador. Como se houvesse um acordo tácito, Bellisario assumiu a direção. Colocou o cinto de segurança e ligou o motor antes mesmo que o xerife sentasse no banco do carona e fechasse a porta.

— Interroguei os colegas de trabalho dela — disse a detetive. — Gloria Netterling, também garçonete da lanchonete, está se culpando por não ter conseguido convencer a menina a esperar sua carona. Ela e o cozinheiro, Barry Daughtry, foram as últimas pessoas a ver Rosalie, até onde sabemos. Eram os únicos na lanchonete aquela noite.

— Não tinha fregueses?

— Os últimos foram um casal. Um homem e uma mulher de quarenta e poucos anos. Foram embora dez, talvez quinze minutos antes. Estamos verificando as notas fiscais, tentando localizar fregueses que possam ter visto alguma coisa. E, antes que pergunte, não, a Lanchonete do Columbia não tem câmeras de segurança nem do lado de dentro nem no estacionamento.

— Uma pena — disse ele, pensativo, enfiando a mão no bolso à procura de um maço de cigarros inexistente. Tinha deixado de fumar fazia anos. — Falou com o pai?

— Várias vezes. — Ela saiu do estacionamento de ré e, em seguida, passou a primeira marcha. — Acho que Mick Jamison e a nova esposa estão vindo de Denver. Ele não sabia de nenhum namorado novo, na internet ou na vida real.

— Descobriu alguma coisa do namorado da mãe?

— Não tem como ter sido ele, a não ser que a mãe esteja acobertando, porque ela é o álibi. Mas, não, acho que não. — Ela regulou o aquecedor, que soprou ar frio antes de esquentar.

— E o namorado da menina?

— Bobby Morris? — Ela sacudiu a cabeça, direcionando a viatura para o fluxo do trânsito. — A mãe dela jura que terminaram. E Morris também.

— Falou com ele?

— Ah, falei... — Direcionando um olhar enigmático ao xerife, acrescentou: — Digamos que o garoto não falou nenhuma maravilha dela.

Na verdade, ele tinha chamado Rosalie de piranha, vagabunda e daquilo para baixo. Bellisario não teve uma primeira impressão muito boa dele. Bobby Morris era um rapaz marrento de vinte e poucos anos, com uma barba malfeita, que não a olhou nos olhos em nenhum momento quando se encontraram numa pista de skate. Ele estava com outros moleques vagabundos e, obviamente, não gostou de ficar cara a cara com uma policial. A maioria dos amigos, quando viu a viatura de Bellisario, se afastou de Bobby. De capuzes e óculos escuros em um dia nublado, um cheiro forte de maconha; eles deram o fora em seus skates, as rodas raspando o asfalto.

— Não tenho nada a ver com aquela pir... vagabunda — insistira Bobby quando ela o questionou a respeito de Rosalie. Acendendo um cigarro artesanal com filtro, ele encarou a detetive de maneira insolente por trás da fumaça, como se seus ombros ralados fossem culpa dela. — Eu terminei com ela.

— Ela está desaparecida — disse ela, e ele deu de ombros.

— Isso não é da minha conta. — Com o cigarro preso entre os lábios, ele ergueu as mãos e deu um passo para trás. — Deve estar por aí fodendo com o cara da vez.

— E quem seria ele?

— Não sei nem quero saber — dissera o rapaz, dando outra tragada. Depois, como se tivesse recuperado algum bom senso, acrescentou: — Um cara do Colorado, sei lá. A parada foi pela internet. Não que eu me importe. Espero que esteja dando bastante aquela boceta.

Ela segurou uma resposta, lembrando a si mesma que deveria se manter imparcial. Olhando ao redor do parque, pensou nos amigos dele, que tinham desaparecido durante a conversa, por algum motivo.

O único que tinha ficado conseguiu dar um álibi fraco. "Kona" confirmou que ele e Bobby estiveram juntos em uma boate local chamada Trailhead.

— Fala com o segurança se quiser — dissera Bobby com desdém. — Ele vai dizer que eu fiquei lá quase a porra da noite toda. Até ele me expulsar aos chutes. Eu devia meter um processo nele.

— Vou falar — garantiu a Bobby e cumpriu sua promessa, indo diretamente à boate em seguida.

O homem na entrada, que parecia um urso enorme, com sua careca reluzente e tatuada e uma barba que cobria o queixo, assentiu quando Bellisario mostrou uma foto de Bobby Morris.

— Ele esteve aqui, sim. Chapado como sempre. Tive que colocar ele para fora.

— A que horas foi isso?

— Quase na hora de fechar. Ele estava com aquele moleque magrelo de nome havaiano.

— Kona?

— Isso.

— A que horas eles chegaram?

— Não tenho certeza, mas passaram a noite quase toda aqui. Chegaram umas dez, talvez. Podemos ver nas câmeras de segurança.

E viram. Rosalie pode ter decidido ir a outro lugar depois do trabalho, para ficar com alguém, e encontrou Bobby mais tarde, supôs Bellisario. Mas, de acordo com a mãe, Rosalie sempre voltava para casa para tomar banho, mesmo que fosse sair depois do expediente.

Bellisario não queria dar o braço a torcer, mas achava que Bobby Morris estava falando a verdade e era inocente.

Enquanto parava em um sinal vermelho, disse a Cooke:

— Bobby acha que ela fugiu com o cara que conheceu na internet, o que mora no Colorado, que mais parece ser um fantasma. Até agora, mesmo com a ajuda do Departamento de Polícia de Denver e da Polícia Estadual do Colorado, não o localizamos. Não tenho certeza de que ele sequer existe.

Cooke fez cara feia.

— Verifique outra vez.

— Já estou verificando. — Seus dedos batucavam ansiosamente no volante enquanto esperava o sinal abrir. Ela deu uma olhada no computador de bordo. — Só que está bem difícil rastrear esse cara — admitiu, ligando o limpador de para-brisa quando a chuva ficou mais forte. — Não sabemos o nome dele. Sharon só se lembra de ter escutado a filha falar em Leo ou Leonardo. Mas não tem certeza se o menino é do Colorado ou daqui. E não tem ninguém na escola da Rosalie com esse nome.

— Talvez tenham se conhecido na lanchonete.

— Ou, como a mãe desconfia, na internet. Ultimamente, Rosalie andava falando muito sobre ir morar com o pai em Denver, e Sharon acha que esse tal de Leo tem alguma coisa a ver com isso. — O sinal abriu e Bellisario pisou no acelerador.

— Nós não fornecemos material suficiente para a polícia do Colorado investigar — murmurou Cooke.

— Eu sei. Ainda estou esperando as pistas do iPad e do celular.

— O celular dela não tem GPS?

— Desativado. Parece que Rosalie não queria que a mãe fosse atrás dela.

— Ah, que ótimo — disse ele com um tom mais do que sarcástico.

— A operadora deve entrar em contato em breve para passar todas as informações. Se ele existe, é provável que ela tenha ligado ou enviado mensagens para ele.

— Oremos. Vamos dar uma pausa. — O xerife se inclinou contra a janela do carona e apontou para o quiosque de uma cafeteria na entrada de um estacionamento. — Encosta aqui. Preciso de um café. Grande ou *large*, sei lá como eles chamam essa merda. De quinhentos. Puro.

— Claro. — O para-brisa estava começando a embaçar, então Bellisario ligou o desembaçador e baixou a janela do motorista ao acessar o drive-thru, quando uma van prateada encardida saiu. — Dois cafés *large*, por favor — fez o pedido a uma atendente que parecia ter quinze anos —, um puro e o outro com açúcar e creme.

— *Large* — repetiu o xerife do banco do carona enquanto os limpadores esfregavam o para-brisa. — Por que diabos não chamam de pequeno, médio e grande para facilitar as coisas?

— Porque vivemos em tempos modernos.

— Ahh, tá.

Ela sorriu e ele retribuiu com um olhar afrontoso, passando o dinheiro.

— Por minha conta, engraçadinha.

Depois de pagar o pedido com um monte de moedas e passados alguns minutos, ela voltou a dirigir, o interior do veículo dominado pelo cheiro de café quente.

— E os fichados? — perguntou ele, tomando um gole do café.

— Tipo caras com passagem por abuso sexual?

— Para início de conversa, mas talvez tenhamos que investigar ex-presidiários que tenham saído da linha. Os mais perigosos, sabe.

— É uma lista e tanto, mas estamos afunilando. Williams está trabalhando nisso — lembrou ela, referindo-se a Tallah Williams, do departamento deles.

— Ótimo. Vamos falar com ela assim que voltarmos.

— Vamos.

Ela já estava um passo à frente dele e pedira a Williams que buscasse as fichas de alguns dos criminosos mais perigosos da região. Jay Aberdeen, Calvin Remick e Lars Blonski eram os primeiros que vinham à mente, todos com álibis ainda a serem confirmados. Também tinha Roger Anderson, um morador que não conseguia ficar longe de encrenca. Não estava na mesma categoria que os três primeiros, todos condenados por crimes graves contra mulheres, mas Anderson era como um encosto: sempre aparecia, arranjava problemas, alegava inocência e cumpria pena ou desaparecia por um tempo, até reaparecer mais tarde. A confusão o seguia aonde quer que fosse.

Bellisario parou o jipe numa vaga do estacionamento do laboratório e desligou o motor. Pedindo a Deus que os técnicos tivessem descoberto algo que os ajudasse a encontrar Rosalie Jamison, ela apanhou seu café e foi com Cooke, que andava a passos pesados em direção às portas de vidro. A detetive teve a sensação indesejada de que o tempo estava se esgotando.

CAPÍTULO 13

— Imagino que, como você está morando aí na roça, não esteja sabendo o que estão falando da menina desaparecida — disse Dee Linn, e Sarah, olhando pela janela, sentiu um frio na espinha. Estava anoitecendo, e o crepúsculo encobria as terras. Umas poucas luzes no térreo do casarão eram o suficiente apenas para manter a escuridão lá fora.

— Ainda não descobriram o que aconteceu com ela? — perguntou ela à irmã.

— Não que eu saiba, mas foi manchete de todos os jornais hoje. Acho que desapareceu na sexta-feira, mas houve uma especulação inicial de que ela teria fugido. Saiu ontem o alerta oficial, mas não tinha pensado em ligar para você até lembrar que está sem televisão e provavelmente não recebe jornal.

— Ainda não. — Sarah estava preocupada e foi até a sala de estar, onde encontrou Gracie usando o computador e Jade voltando do banheiro no corredor. — A companhia de tevê a cabo deve vir fazer a instalação amanhã, acho.

— Bom, não acho que a gente deva se preocupar tanto. Pelo menos por enquanto. Foi o que eu falei... ainda não sabem ao certo se a menina fugiu ou foi raptada, mas achei melhor contar para você.

— Obrigada.

— Então tá. Vejo vocês no sábado — disse Dee Linn. — Tia Marge disse que Caroline e Clark vão vir com certeza.

— Bom saber — falou Sarah, embora nunca tivesse sido próxima dos primos.

Caroline, uma máquina de flertar, e Dee Linn foram colegas de turma, então tinham um vínculo mais forte. Já Clark, quase dez anos mais velho que Sarah, era um pouco mais reservado que a irmã caçula e um dos poucos membros da família que tinha alguma ligação com Roger.

Como se lesse sua mente, Dee Linn disse:

— Perguntei a Clark se ele conseguia entrar em contato com o Roger... Não que eu faça questão da companhia dele, mas ele continua fazendo parte da família. Clark disse que não tinha notícias dele, o que é um pouco estranho, já que ele é o único parente com quem Roger entraria em contato, eu acho. Walter disse que um dos pacientes dele viu Roger na cidade, se não me engano.

— Hum... Eu pensei que Roger tivesse dado outro chá de sumiço e que nem mesmo o agente de condicional dele soubesse onde ele estava.

A ideia de que Roger podia estar por perto era preocupante, não apenas por causa do incidente no terraço anos atrás. Não. Havia mais, muito mais. A vida de Roger, depois que Theresa desapareceu, ficou tão sem rumo que ele acabou se envolvendo com o crime. Roger era a última pessoa que Sarah queria perto de Jade e Gracie. Jade já batia sua cota de infrações por matar aulas e consumir álcool sendo menor de idade, e Gracie era jovem e influenciável demais para lidar com um tio criminoso.

De certa forma, Sarah culpava Roger e Theresa por seu relacionamento distante com a mãe. Era como se Arlene tivesse perdido os dois filhos que teve com Hugh Anderson quando Theresa desapareceu, e seu relacionamento com os outros quatro filhos — e com o pai deles, Franklin Stewart — se deteriorou também. É claro que a culpa não era de Roger, mas Sarah nunca conseguiu afastar o pensamento de que, se ele tivesse superado o desaparecimento da irmã, talvez Arlene não tivesse se fechado tanto emocionalmente e se distanciado de seus filhos com Franklin.

Ou talvez não fosse mudar em nada.

— Ah, sei lá — continuou Dee Linn —, talvez o paciente tenha se enganado ou o dr. Walter tenha entendido errado. Isso acontece com mais frequência do que ele gostaria de admitir, sabe. É difícil conversar com um dentista enfiando dedos e espelhos e aparelhos na sua boca. Walter, que Deus o abençoe, nunca entendeu isso.

Isso e muitas outras coisas, pensou Sarah, mas não disse nada.

— Enfim — falou Dee Linn, animada —, espero que a festa seja divertida!

— Tenho certeza de que vai ser — disse Sarah sem acreditar nem um pouco naquilo. — Você quer que eu leve alguma coisa?

— Só as meninas!

— Tá. Às sete, né? A gente se vê lá.

Ela desligou, e Jade, que ouviu o fim da conversa, anunciou:

— Eu não vou!

— Para a festa da Dee Linn?

— Sim. Não vou de jeito nenhum. — disse Jade enfaticamente, plantada na porta da sala de braços cruzados, como se esperasse que a mãe a obrigasse.

— É claro que você vai — disse Sarah como se não houvesse o que discutir. Ela podia perfeitamente ser tão teimosa quanto a filha mais velha. — Por que não iria?

— Porque vai ser um saco.

— Isso não é desculpa. É uma reunião de família para nos dar as boas-vindas a Stewart's Crossing. Como somos as convidadas de honra, não podemos faltar. Além disso, faz semanas que sua tia está preparando essa festa.

— Eu mal conheço essa gente toda. Com exceção da Becky, e eu nem gosto dela.

— Está na hora disso mudar. Realmente, nunca mantivemos tanto contato com eles, mas isso é passado. Agora temos a chance de compensar o tempo perdido.

— Alguém me salva — disse Jade, apoiando-se na pilastra.

— Seja otimista ao menos uma vez na vida e veja isso como uma oportunidade de conhecer seus parentes.

— *Você* nem gosta deles.

— É claro que eu gosto.

— Você disse que o marido da Dee Linn é um monstro ou um tarado, sei lá.

— Na verdade, falei que ele era um "macho fascista" — declarou Sarah.

— E a tia Danica? Não é como se vocês fossem melhores amigas.

A impressão de Jade sobre o relacionamento de Sarah com a cunhada não estava muito longe da verdade. A esposa de Jacob era esnobe e dramática demais. Danica esbanjava a prepotência de uma estrela de cinema egocêntrica e decadente.

— Eles só tiveram algumas complicações no casamento. — Sarah se esquivou.

Jake e Danica estavam "juntos" de novo, embora fizesse pouco tempo que tinham se separado mais uma vez por causa da suposta infidelidade de Jake e dos supostos gastos excessivos de Danica. Vai saber qual dos dois tinha razão. Sarah tentava se manter neutra, tendo aprendido muito tempo atrás a manter a boca fechada toda vez que Jake jurava que ia pedir divórcio, pois era certo que ele e Danica fariam as pazes e reacenderiam a paixão um pelo outro, retomando a vida conjugal como se fossem o casal mais exemplar da história.

— Eu *sei* que você não vai muito com a cara do tio Roger. Você mesma disse que ele não consegue ficar fora da cadeia, mas você e a tia Dee estavam falando dele.

— Sim, sim, estávamos mesmo — admitiu Sarah. Seus verdadeiros sentimentos pelo meio-irmão eram incertos. Não via Roger fazia muitos anos e achava aquilo estranhamente reconfortante. — Não acho que ele vá comparecer — disse à filha.

Roger tinha saído da cadeia fazia seis ou sete meses. Seu último rolo com a justiça fora por violência doméstica, embora a mulher que ligara para a polícia parecesse em melhor estado que ele, cujo lábio tinha se partido graças a um soco e ao anel dela. Ele não negou as acusações, o que Jacob chamou de "estupidez", mas recorreu a um acordo judicial. A mulher foi parar na prisão seis meses depois por posse de drogas, e Roger estava livre agora, supostamente andando na linha — embora não mantivesse contato com o agente de condicional.

Ele estava definitivamente se escondendo. Então não tinha como saber se ia à festa.

Jade não tinha terminado a lista de queixas da família.

— E tem a vovó. Nossa, ela é tão legal...

Depois da visita à Pleasant Pines, ficou difícil para Sarah defender a mãe.

— Já entendi, mas dê uma chance a ela, ok? A vovó está doente e teve uma vida difícil.

— Como todos nós?

Não era a mesma coisa, pensou Sarah, sabendo que a mãe era órfã, tinha se casado duas vezes — infeliz em ambos os casamentos —, enterrado dois maridos e perdido uma filha.

— Beleza — disse Jade, erguendo uma sobrancelha que chamava silenciosamente a mãe de hipócrita. — Só estou querendo dizer que são todos uns esquisitos. A família inteira.

Sarah acabou rindo.

— Mais esquisitos que a gente?

— Ô, mãe! — Jade não achou graça. — Você espera mesmo que eu vá a uma festa à fantasia?

— É quase Halloween.

— Grande merda. — Jade fez um baita carão e parecia extremamente chateada, mas Sarah não ia dar o braço a torcer.

— Veja bem, eu também não gosto de me fantasiar e você sabe disso. Mas é coisa da sua tia.

— Eu sei, mas é um saco.

— Talvez, mas fazer o quê? Além disso, esse seu look gótico já é quase uma fantasia.

— É diferente! É o meu estilo — disse Jade, fazendo cara feia.

— Sei. — Cansada da discussão, Sarah deixou Jade procurando o celular no bolso e foi até a cozinha.

Ela entendia como a filha se sentia. Também gostaria de se recusar a ir ao que certamente seria pura extravagância. A irmã de Sarah não sabia o significado de uma "reuniãozinha íntima". Para Dee Linn, uma festa era uma F-E-S-T-A, com várias exclamações depois das letras maiúsculas.

Sarah jamais ia admitir, mas não julgava Jade por não querer ir. A última coisa de que precisavam agora era se arrumar para uma festança quando mal tinham encontrado seus pijamas, suas louças, suas roupas de cama. Ninguém ali estava no clima para o baile de Halloween da tia Dee.

As meninas estavam indo à escola, Gracie com pouco entusiasmo e Jade com nenhum. A filha mais velha também reclamava de seu carro, que ainda estava na oficina, mas não podia fazer nada a não ser esperar o reparo do Honda. Embora não fosse exatamente o mecânico mais ágil do mundo, Hal era meticuloso.

Os pertences da família chegaram em um contêiner móvel que foi deixado ao lado da casa de hóspedes. Agora tinham oficialmente se mudado de Vancouver. Se ao menos a casa de hóspedes já estivesse pronta...

— Em breve — disse a si mesma, esperando que a reunião com o empreiteiro confirmasse o que ele tinha prometido antes da mudança.

Apoiada na pia da cozinha, Sarah olhou pela janela, encarando a escuridão do lado de fora. A casa menor, assim como a maior, parecia escura e esquecida. Abandonada. Ela foi dar uma olhada na ausência do empreiteiro. A inspeção da casa principal já seria aquele fim de semana, mas pelo menos a casa de hóspedes parecia estar quase habitável. O encanamento e a parte elétrica já tinham sido concluídos. Agora restava apenas a inspeção do sistema de aquecimento.

Que provavelmente vai ser feita por Clint.

Nada de mais, né?

Então por que ela ficava tão nervosa só de pensar em reencontrar Clint? Sabia a resposta, é claro: estava de fato apavorada com a ideia.

Começou a refazer o caminho até a sala e passava por algumas caixas com o nome COZINHA quando seu celular tocou. Pegou o aparelho na bancada onde o tinha deixado e olhou a tela. O número de Evan apareceu.

Ela desanimou.

Não queria falar com ele. Não agora. Nunca mais, na verdade.

Mas Gracie tinha razão mais cedo. Estava na hora de deixar de ser covarde e atender às ligações dele. Aceitou a chamada no terceiro toque.

— Oi, Evan — disse ela.

— Uau, uma voz humana — disse ele, e o sarcasmo a fez revirar os olhos. — Eu estava começando a achar que você tinha morrido.

— Estou vivinha da silva — respondeu ela, sentando-se no segundo degrau da escada. Olhou pela vidraçaria das janelas compridas nas laterais da porta da frente. A noite terminara de cair, e não se via nada além de um breu. Ela sentiu que alguém a observava, o que era obviamente loucura. — Ando ocupada.

— Se você diz.

— Como vão as coisas? — Ela pensou na imagem dele.

Mais de um metro e oitenta de altura, corpo de jogador de futebol americano, Evan era bonito e malhado, seus olhos eram azuis como calotas polares, e seu olhar, confiante e intenso. Sempre conseguia lançar mão de seu charme para conseguir o que queria e, em seguida, fazê-lo desaparecer num estalar de dedos. Seu temperamento era instável, forte e fatal. Sempre foi rico e privilegiado e não estava acostumado a não ter as coisas do jeito dele.

No momento, ele estava usando o tal charme.

— Pensei em levar você para jantar.

— Estou em Stewart's Crossing.

— Sei disso, mas vou ter que passar pelas montanhas para chegar ao Sun River. Estou planejando passar o fim de semana lá, por causa do feriado e tal.

— Fica muito longe do seu caminho.

Sun River era um resort ao sul de Bend, na encosta oriental da Cordilheira das Cascatas.

— Tenho alguns fornecedores em The Dalles, sabe, então é comum eu pegar a interestadual 84 até lá antes de seguir a estrada para o sul. Consigo fazer negócios e ainda evito a multidão de esquiadores que vai para Mount Hood Meadows.

— Não estamos no inverno — lembrou Sarah.

— Só estou tentando dizer que gostaria de ver você de novo.

Lá vem, pensou Sarah. *A culpa*. Ela se preparou e sentiu os músculos das costas se retesarem.

Evan não decepcionou.

— Olha só, querida, sei que a gente não terminou bem, mas gostaria de mudar isso.

Ele empregou um tom meio sedutor à voz, mas ela ignorou.

— Não é uma boa ideia. E não me chame de "querida".

— Mas é isso que você é para mim.

Ela sentiu vontade de vomitar. Como pôde aceitar sair com ele no passado?

— Achei que tinha sido clara. Já está na hora de eu seguir em frente. E você também. Acabou... não que tenha existido algo entre nós para início de conversa.

Uma batida.

Ele estava nervoso? Irritado? Magoado?

— Eu te amo — disse ele, sem conseguir disfarçar a raiva em suas palavras. — Sabe disso. Eu queria... bem, ainda quero passar o resto da minha vida com você.

— Evan, é sério. Nós saímos... o quê? Três, talvez quatro vezes? Não era um relacionamento.

— Então eu estava certo — disse ele com um pouco menos de autocontrole, seu temperamento explosivo faiscando. — Tem outra pessoa.

— Outra pessoa — repetiu ela. — De onde você tirou isso? Não tem ninguém.

— E por que eu não acredito em você? — A voz dele era fria.

Ela começou a ficar com raiva.

— Mesmo se tivesse outra pessoa, isso não seria da sua conta. E acho melhor você não me ligar mais — declarou com firmeza. — E não venha aqui. Acabou, Evan. — Ela desligou assim que Gracie chegou à cozinha.

Imediatamente, o celular voltou a tocar. O nome e o número de Evan apareceram na tela. Sarah desligou o aparelho, pois sabia que ele não desistiria. Ligaria de novo e de novo, deixaria mensagens — uma mais abusiva que a outra — e, inevitavelmente, Sarah acabaria se lembrando do que ele fez com ela na época em que trabalhava na Construtora Tolliver. Evan já tinha distorcido demais os fatos a ponto de acreditar que fora graças a ele que o pai, Bill, promoveu Sarah antes de se aposentar e entregar a presidência ao filho, e não por causa da competência dela.

— Evan? — perguntou Gracie.

— Evan — confirmou ela.

— Ele é um idiota.

Embora concordasse, Sarah não falou nada.

— Não vamos pensar nele agora.

— Mas ele está aqui, não está?

Sarah encarou a filha.

— Aqui? — repetiu ela, os pelos da nuca se arrepiando um pouco. — Do que está falando?

— Evan estava na pizzaria quando fomos lá.

— É claro que não — disse Sarah, balançando a cabeça devagar.

— Não lá dentro — esclareceu a filha enquanto a mãe dizia a si mesma que tudo não passava de um grande engano. — A caminhonete dele estava estacionada do lado de fora, do outro lado da rua.

— Tem certeza?

— Uhum.

Não era do feitio de Gracie inventar uma coisa dessas.

— Eu ia falar alguma coisa, mas esbarramos naquele vizinho e esqueci.

A cabeça de Sarah girava. Se Evan estava mesmo em Stewart's Crossing, por que não falou nada no telefone?

— Ele viu a gente?

— Bom, ele estava sentado no carro. Olhei para ele, e ele abaixou a cabeça, como se estivesse digitando no celular, sei lá. Estava usando o boné do Mariners e óculos escuros.

— Então ele viu a gente conversar com Clint? O vizinho? — Ela pensou no jeito que Clint tocou seu ombro, na intimidade, como se tivessem compartilhado algo... o que era verdade. Um passado que ela nunca mencionou a ninguém fora de Stewart's Crossing.

— Não sei como ele se esqueceu de mencionar isso. — Gracie deu de ombros e o coração de Sarah pareceu despencar. Aquilo explicava o comentário sobre ela estar saindo com outra pessoa. — Evan é esquisito, mãe. Ainda bem que você disse para ele nos deixar em paz.

— É — disse ela, com certeza renovada. Não era a primeira vez que se arrependia de ter concordado em sair com ele. Devia ter pensado duas vezes. Mas, agora, era tarde demais para ficar se culpando. Águas passadas. Esperava apenas que ele entendesse a mensagem daquela vez.

Mas e se não entendesse? E se estivesse mesmo em Stewart's Crossing e tivesse visto Clint tocar seu ombro naquele dia? De soslaio, olhou para as janelas, e a escuridão do lado de fora era quase palpável. Mesmo se ele estivesse na cidade, o que era improvável, quais eram as chances de ele ficar na sua cola?

Não fique procurando cabelo em ovo. Ele não está se escondendo lá fora, espiando pelas janelas com um binóculo, acompanhado seus passos, não está armando alguma vingança bizarra. Ele não é psicopata nem sociopata. Só um narcisista.

— O que já é bem ruim — disse em voz baixa enquanto andava até a sala de jantar e diminuía as luzes. Não tinha persianas para puxar, nem cortinas para fechar. Por enquanto. As janelas existentes estavam descobertas e assim permaneceriam até o fim das obras. Quanto à casa de hóspedes, decidiu naquele momento que compraria persianas baratas só para garantir a privacidade da família.

Não deixe as sementinhas da paranoia germinarem. Não vai fazer bem algum.

Com as luzes da sala apagadas, ela se aproximou das janelas e olhou para fora outra vez. O pálido luar encobria a paisagem, nuvens fracas eram incapazes de ocultar a luminosidade da lua quase cheia.

Não havia ninguém lá fora.

Nada maligno espreitando às sombras.

Ainda assim, sentiu um arrepio atrás dos braços.

Chegou mais perto da janela, colocando as pontas dos dedos no vidro frio e molhado e encarando intensamente a escuridão. É claro que estavam sozinhas. Com certeza...

Bum!

Sua alma quase saltou para fora do corpo.

Que porra é essa? Instintivamente, ela olhou para o teto. Uma das meninas deve ter subido no telhado, pensou. Olhou para a sala de estar e viu Jade e Gracie enroladas em cobertores mexendo no iPad.

— Vão instalar a televisão algum dia? — perguntou Jade, erguendo os olhos por trás das longas franjas. — Estou falando dos canais a cabo, para a gente poder ver tevê.

— Daqui a uns dois dias, na casa de hóspedes.

— Meu Deus, parece uma eternidade!

— Vocês ouviram alguma coisa? — indagou Sarah.

— O quê? — Gracie levantou a cabeça, desviando os olhos da tela. Jade ignorou.

— Nada. — Não havia motivo para assustar as meninas só por causa de sua imaginação fértil. Tinha se deixado afetar pela ligação de Evan e pelo isolamento aquela noite, o que era uma bobagem.

Mesmo assim, pegou uma lanterna na cozinha e subiu as escadas para investigar. No segundo andar, escancarou a porta do primeiro quarto, que pertencia aos irmãos gêmeos, e iluminou o interior abandonado. Tudo parecia idêntico a como estava antes — teias de aranha e móveis cobertos, alguns pôsteres de basquete antigos soltando das paredes, armações de camas de solteiro encostadas no armário. Nada fora do lugar.

O mesmo valia para os quartos do outro lado do corredor, incluindo o dela. A cama de solteiro que ocupava quando menina, deitada sem sono nas noites quentes do verão, olhos encarando o teto enquanto sonhava com Clint Walsh, estava intacta, o colchão coberto com plástico. A escrivaninha estava vazia num canto, e certificados de equitação esmaecidos acumulavam poeira num quadro de cortiça velho. Tudo intocado.

O quarto de Dee Linn, que ainda preservava sua pintura cor-de-rosa desbotada, estava quase sem mobília. O banheiro exageradamente grande e o closet pareciam frios e empoeirados pela falta de uso.

Ignorando o medo, Sarah subiu as escadas para o terceiro andar. Seus dedos deslizavam pelo corrimão desgastado, e ela obrigou seus pés a subirem rapidamente os últimos degraus. Ela ligou o interruptor no corredor para acender a luminária antiga, que emitiu uma luz forte antes de queimar completamente.

— Ótimo. — Ligando a lanterna, passou pela porta fechada da suíte principal, que contava com quarto, vestiário, banheiro e escritório. A suíte era mais um dos lugares onde sua entrada era proibida quando criança. A porta estava sempre fechada e ela podia ouvir as brigas por trás da madeira maciça, as acusações e os berros da mãe, e o som de tapas violentos, carne contra carne. Sarah desconfiava que os pais brigavam com tanta agressividade quanto transavam, com uma paixão tão cega e hostil que ela nunca entendeu. Para Sarah, a mãe sempre parecia estar com raiva, enquanto Franklin, uma alma mais bondosa, era distante dos filhos.

Sarah ignorou a fortaleza dos pais e pousou o feixe de luz na porta próxima à escada de acesso ao sótão. O quarto de Theresa. Outro lugar proibido em sua infância.

Iluminando o caminho, Sarah sentiu um frio na barriga e o coração disparar.

Cerrando os dentes, foi até o quarto. Na porta, pensou ter ouvido um choro vindo lá de dentro, mas era obviamente impossível. Com os batimentos cardíacos acelerados, girou a maçaneta e empurrou a porta. Dessa vez, ela abriu com facilidade. O quarto estava frio.

Com um nó no estômago, Sarah entrou lentamente e reprimiu a forte sensação de que algo ou alguém a esperava na escuridão lá dentro, pronto para pular em cima dela.

O quarto estava inalterado.

O gemido que tinha ouvido era apenas o sussurro do vento passando pela brecha na janela.

Nada sinistro.

Nada sobrenatural.

Apenas o sopro de uma brisa.

Nada de diferente.

Tudo, desde o espelho rachado até a penteadeira descoberta, estava exatamente como tinha deixado.

Ela soltou a respiração enquanto a luz da lanterna vasculhava o chão.

Em frente à lareira, estava a pequena imagem de Nossa Senhora.

O coração de Sarah parou.

Impossível!

Se a estátua tivesse caído, não teria aterrissado de pé e teria rachado ou se estilhaçado.

Com as garras congelantes do medo subindo sua espinha, ela deu um passo atrás.

Uma rajada de vento repentina, carregando o cheiro do rio, invadiu o quarto. As cortinas balançaram violentamente, rodopiando numa dança macabra e translúcida.

Sarah engoliu um grito quando a porta bateu com violência.

Virando, ela apontou a lanterna para a porta e as paredes, e então recuou, derrubando a estatueta e quase tropeçando.

— Deixa a gente em paz! — chiou ela entre dentes para o fantasma no qual fingia não acreditar, o espírito de Angelique Le Duc. — Está me ouvindo? — disse ela, ouvindo o desespero nas próprias palavras. — Deixa eu e a minha família em paz, porra!

Ela meio que esperava que uma assombração a empurrasse, seguindo com uma risada vazia e paralisante, exatamente como nos filmes de terror.

Só que não viu nem ouviu mais nada, nem mesmo o uivar fraco do vento. Dentro do quarto só restou um silêncio doloroso.

CAPÍTULO 14

— Mãe? — A voz de Gracie acompanhou o rangido da porta do quarto do terceiro andar se abrindo. — Está tudo bem? — A filha parou no corredor escuro. — Ouvi você falando com alguém.

— Estava falando sozinha. — Sarah se apressou para responder, com raiva por ter se deixado levar pelo medo. Deve ter soado maluca gritando com fantasmas imaginários. Ela apanhou rapidamente a estatueta e a pôs de volta em cima da lareira, seu lugar de sempre. Por sorte, ainda estava intacta. *Fique aí*, ordenou Sarah em pensamento, encarando o rosto beatífico de Nossa Senhora.

— O que você está fazendo aqui?

— Pensei ter ouvido alguma coisa. Acontece que a imagem de Nossa Senhora caiu de cima da lareira, provavelmente por causa de uma rajada de vento dessa janela maldita. — Andou até o batente frouxo e tentou forçar a janela para baixo, mas estava emperrada e sequer se moveu. — Vamos ter que aturar isso até trocar as janelas — disse ela. — Vamos lá para baixo. Um chocolate quente não cairia mal. — *Com uma boa dose de licor para acompanhar.*

— Sabia que tem um cemitério aqui perto? — perguntou Gracie quando chegaram à cozinha e os fantasmas do passado haviam ficado no andar de cima.

— É claro.

Quantas vezes ela e Clint passaram de bicicleta pelo pasto que fazia fronteira com o pequeno lote cercado? Quando criança, também era fascinada pelos túmulos da família e passeava entre as lápides antigas, admirada com os nomes e datas gravados em pedra. Crianças mais novas que ela jaziam lá, bem como seus ancestrais, alguns dos quais tinham vivido mais de cem anos.

— E muitas pessoas morreram aqui?

— Muitas pessoas que moraram aqui foram enterradas lá.

— Não, estou falando das que morreram *aqui*! — Gracie apontou para o chão, enfática. — Não na cozinha, mas na casa ou no nosso terreno. Fiz uma pesquisa. Não foi só Angelique e provavelmente o marido dela.

— Maxim.

— Um dos vaqueiros se enforcou lá no alojamento — disse Gracie.

— Isso é só um boato.

— E o vovô?

— Meu pai ficou doente por muito tempo e não era jovem. Acontece, querida. As pessoas morrem.

Aonde ela queria chegar com aquela conversa?

— Parece que muita gente morreu aqui. — Ela inclinou a cabeça para encarar Sarah. — Você sabe que a Angelique tem o próprio túmulo também, né?

Assentindo, Sarah encontrou uma caixa de chocolate em pó e pegou um pacote. Colocou o pó em uma caneca que trouxera de Vancouver e esquentou a mistura no micro-ondas pré-histórico, o único eletrodoméstico que ainda funcionava na cozinha.

— Você nunca tinha falado do cemitério e do túmulo — insistiu Gracie.

— Nunca nem pensei nisso.

— Você já foi lá? — pressionou ela. — Me pergunto se está trancado ou aberto... Mas não tem nada lá dentro, né? Já que a Angelique nunca foi encontrada. Nenhum outro cadáver?

— Não que eu saiba.

— Alguém já foi olhar?

Quando o micro-ondas apitou, Sarah balançou a cabeça.

— É possível. — Ela abriu o micro-ondas para retirar a caneca, mas só de tocar percebeu que a cerâmica estava pelando. — Acho que os meus irmãos falaram sobre isso uma vez... Só falaram. Sabe como são os meninos — disse Sarah, embora ela mesma, quando criança, tivesse se perguntado se havia algo no túmulo. Se não a ossada de Angelique Le Duc, talvez os esqueletos de outras pessoas que desapareceram ao longo dos anos. Pensou até mesmo na irmã mais velha, Theresa, mas nunca disse uma palavra a respeito, como se a possibilidade de que ela estivesse morta fosse um tabu. Ninguém jamais tocou no assunto. Jamais.

Usando o pano de prato como luva de cozinha, levou a caneca até a mesa. A bebida fumegava, espalhando a fragrância do chocolate.

— Está quente. Deixe esfriar.

Gracie ignorou o chocolate quente ao se sentar numa banqueta surrada próximo à bancada.

— Está vedado?

— Eu... não sei. — Sarah deu de ombros, fingindo desinteresse, quando, na verdade, o jazigo, com suas inscrições bíblicas elaboradas, sempre foi motivo de fascínio e terror para ela. Anjos e escrituras decoravam o jazigo... criaturas aladas sobrenaturais e faixas com pequenos trechos do Novo Testamento gravados no mármore, que tinha rachado e escurecido com o passar do tempo. Ela tinha tocado aquelas paredes frias, acompanhando as palavras cinzeladas das escrituras com as pontas dos dedos e, sim, muitas vezes se questionou se realmente tinha alguém lá dentro.

— Podemos ir até lá? — perguntou Gracie.

A ideia era aterrorizante, embora ligeiramente tentadora. Sim, ela estava curiosa, mas, se tivesse algum cadáver lá dentro, não seria melhor deixá-lo descansar em paz? *Não se aquilo fosse solucionar um mistério de família.*

— E por que você ia querer fazer isso?

— Talvez haja alguma pista do que aconteceu com Angelique.

— No túmulo? — perguntou Jade, entrando já no fim da conversa. — Que mórbido. — Ela também puxou uma banqueta para perto da bancada e afastou uma caixa de utensílios de cozinha antigos que Sarah ainda não tinha vasculhado. — Você está obcecada.

Gracie lançou um olhar para a irmã, que parecia dizer que aquilo não era da conta dela.

— Pelo menos a minha obsessão é melhor que a sua.

Jade olhou para Gracie como se a irmã tivesse enlouquecido.

— Não tenho nenhuma obse...

— Cody Russell?

— Não é obsessão, é...

— O quê? — interrompeu Gracie. — Amor?

— Ah, se manca, garota — retrucou Jade. — O que você sabe disso?

— Chega! — declarou Sarah. Estava de saco cheio daquela birra, e ainda não tinha se recuperado do susto no quarto de Theresa. — Jade, quer chocolate quente?

Jade deu uma olhada na caneca da irmã.

— É claro, por que não? Tem marshmallow?

— Duvido. — Sarah reiniciou a preparação do chocolate instantâneo usando o último pacote. — Ah, espera... — Encontrou uma pequena embalagem fechada de minimarshmallows que tinha colocado em uma das poucas caixas de comida que trouxeram de Vancouver. — Hoje é seu dia de sorte — disse à filha mais velha, que a recompensou revirando os olhos.

— Também quero um pouco — disse Gracie, e Sarah colocou alguns dos docinhos brancos não tão macios na caneca da caçula.

Enquanto esquentava a bebida de Jade, Sarah se tranquilizou um pouco e disse a si mesma que tinha exagerado mais cedo. E daí que a estátua tinha caído de cima da lareira e aterrissado de pé? Aquilo não era *impossível*. E, se Evan estivesse mesmo em Stewart's Crossing, tudo bem, foi esquisito ele não ter sequer mencionado, mas não era nada de mais, era?

Mas e a adolescente desaparecida? Aquilo, sim, era preocupante.

— Sabe — disse ela por cima do barulho do prato giratório no micro-ondas —, acho que Gracie tem razão.

— Sobre o quê? — indagou Jade, parecendo ligeiramente horrorizada.

— Sobre o cachorro. Talvez devêssemos adotar um. — *Um cachorro grande*, acrescentou em silêncio, *um cão de guarda*.

— Está falando sério, mãe? — Gracie pulou da banqueta, tamanha era sua empolgação.

— Uhum. E, quanto mais rápido, melhor, eu acho. Vamos dar uma passada no abrigo amanhã, depois da escola, para escolher um.

Um sorriso largo tomou conta do rosto de Gracie.

— Um filhotinho?

— A princípio um cão adulto — sugeriu Sarah —, que já tenha algum adestramento.

— Ok. — Gracie estava radiante enquanto Sarah pegava o bule com o café daquela manhã e se servia de uma xícara. Pegou a caneca de chocolate quente de Jade, colocou sua xícara de café no micro-ondas e apertou o botão de novo.

— Você mudou de ideia? — perguntou Jade, erguendo as sobrancelhas.

— Uhum. — Sarah colocou alguns marshmallows na caneca quente e a entregou à filha mais velha. — Gracie tem razão, promessa é promessa.

Jade pensou bem.

— Pcsso faltar à escola para irmos buscar o cachorro mais cedo?

— Eu disse "depois"... Ah.

Sarah repreendeu a filha com o olhar, mas viu que ela estava brincando, o que era bom. Esses vislumbres da filha doce de quem se lembrava, escondida por trás da maquiagem e do mau comportamento, eram raros, mas Sarah tinha a esperança de que, depois daquela fase difícil da adolescência, Jade voltaria a ser quem era, mostraria interesse nos estudos e perceberia que era inteligente e bonita e que podia fazer o que quisesse.

Enquanto soprava a caneca, Jade disse:

— É sério, mãe. Acho que a escola pública seria melhor para mim.

— Faz só alguns dias que você está na Nossa Senhora do Rio.

— E já sei que não vai dar certo.

— Será que não dá para esperar acabar o ano, que, aliás, já está pago? É uma ótima escola. Se ainda se sentir assim quando o ano letivo terminar, a gente conversa.

— Mas eu odeio aquele lugar — resmungou Jade.

— Mas dê uma chance, pode ser?

— Você não entende.

-- Eu também não queria estudar lá quando meus pais me matricularam — disse Sarah quando o micro-ondas apitou, pegando sua xícara cuidadosamente com o pano de prato. — Odiei deixar para trás os meus amigos do Ensino Fundamental. Achei que ia morrer. Na verdade, lembro até de ter dito aos meus pais que ia morrer. Papai tinha um coração mole para as filhas. Por ele, eu teria ido para a escola pública. A gente conseguia tudo que quisesse com ele. Mas a minha mãe, vou te contar... ela não dava o braço a torcer nunca. — Deu uma bebericada no café. — Sabe, odeio admitir até hoje, mas ela estava certa. Acabei fazendo um monte de amigos novos e mantive os antigos da outra escola.

— Os meus amigos "antigos" estão em Vancouver — constatou Jade.

— Que fica a 160 quilômetros. Você não vai perder amigo nenhum. Não os que forem verdadeiros.

— Não tem como você saber — atacou Jade.

— Não vamos discutir — interferiu Gracie ao voltar para a banqueta esfarrapada. — Vamos adotar um cachorro! E não tem nada mais legal que isso!

— Concordo — disse Sarah. — Vamos fazer um brinde. — Ela bateu a xícara nas canecas das filhas. — Ao Rover!

— Rover *não*! Nossa, mãe, você é ridícula — resmungou a mais velha.

— Então, Fifi. Ou, talvez, Spot ou Fido — provocou Sarah.

— Meu Deus, mãe, você é muito brega. — Mas Jade acabou rindo. Sarah sorriu.

— Tudo bem, então vamos deixar para escolher o nome quando já estivermos com ele.

— Ou ela — disse Gracie.

— É, ou ela — concordou a mãe. — Agora, quem tiver dever de casa pode ir se adiantando.

Agora Jade resmungou para valer. Já Gracie, ansiosa para agradar, temendo que Sarah mudasse de ideia quanto ao cachorro, pulou da banqueta e foi correndo para a sala de jantar, onde tinha deixado a mochila. O celular de Jade vibrou tão alto que Sarah ouviu. Descendo da banqueta, Jade começou a digitar feito louca enquanto saía da cozinha.

Sozinha outra vez, Sarah bebericou o café e disse a si mesma que tinha agido de forma irracional.

Não tinha fantasma assombrando a casa.

Jamais teve.

Mas, enquanto levava as canecas das meninas para a pia, deu uma olhada no marshmallow derretido na sobra do chocolate quente de Jade — fluido, branco, fantasmagóricos filetes de açúcar — e soube que estava enganando a si mesma.

O fantasma da Mansão Pavão Azul vagava por aqueles corredores fazia quase um século e não ia parar agora. Sarah sempre soube disso de alguma forma. A questão era: o que podia fazer a respeito?

Deitado de bruços na grama, com os cotovelos apoiados em um tronco caído, ele observava a antiga mansão pelo binóculo de visão noturna. Fazia muito tempo que não voltava lá e, mesmo na escuridão, era óbvio que o casarão se encontrava em mau estado. Não que se importasse. Só estava surpreso que alguém quisesse morar lá. Ainda mais porque tinha ficado sabendo que o lugar era assombrado por espíritos atormentados e que coisas inimagináveis aconteceram entre as paredes da Mansão Pavão Azul.

Melhor ainda, então.

Para o seu trabalho.

Desde que colocou os olhos em Jade nos degraus da Escola Nossa Senhora do Rio, decidiu inserir a menina na lista de candidatas. Esperava apenas que ela fosse menos resistente que Rosalie, que tinha se mostrado uma vadia de marca maior. Depois da tentativa de fuga da garota, ele tinha cicatrizes de guerra para provar. Merda, ela quase escapou. Aquilo o tirou do sério! Mas lembrou a si mesmo que precisava de algumas garotas esquentadinhas. Também precisaria de uma submissa, que ele já tinha escolhido, mas Jade, com sua atitude sensual e olhos misteriosos, seria uma boa adição.

Ajustando o foco, ele congelou quando percebeu uma movimentação em seu campo de visão, mas relaxou quando percebeu que era apenas um coiote caminhando no que um dia tinha sido o gramado frontal da casa. O animal olhou diretamente para ele antes de ir embora. Novamente se concentrou nas janelas da casa, que estava iluminada. Mas não viu nada e, mesmo quando tirou as lentes de visão noturna e usou as lentes comuns do binóculo, focando onde a luz era mais intensa, ninguém apareceu.

Mas elas estavam lá, ele viu o Explorer estacionado próximo à garagem.

— Por favor — sussurrou ele, querendo dar só mais uma olhada, mais uma espiadinha. Então teve sorte.

Como se alguém lá dentro o tivesse ouvido e atendido ao seu desejo, uma silhueta apareceu na janela. Não era Jade, com seus lábios carnudos, olhos grandes e queixinho pontudo. Era a outra, a mais nova, que ainda não era mulher, talvez doze ou treze anos, uma inocente... virgem?

Provavelmente.

Ah, *aquilo* seria bom. Bom demais. Ele quase se mijou de prazer com a ideia. Sim, sim!

As engrenagens em sua mente começaram a funcionar enquanto ele considerava a possibilidade de raptar as duas meninas. Seria complicado e, provavelmente, não poderia ser ao mesmo tempo... Não! Uma serviria de isca para a outra. Sim, isso mesmo!

A cena se desenrolou em sua cabeça e ele sorria para o nada. Precisaria agir rápido — raptar aquelas duas era seu objetivo final. Só então estaria satisfeito. Mas, se encontrasse uma forma de atrair a menor, com certeza, a mais velha viria atrás.

A luz se apagou e a menina já não estava mais na janela. Ele estudou meticulosamente o terreno, fazendo anotações a respeito das instalações anexas e da trilha, dos penhascos, da floresta, dos limites do terreno, do rio de um lado, do terreno dos Walsh de outro, da estrada principal, que separava os terrenos, e das terras do governo aos fundos.

E, enquanto aguardava, não passou um carro sequer.

Ali seria o lugar ideal para o sequestro, e era longe o bastante do celeiro para não levantar suspeitas.

Devagar, saiu de cima do tronco, guardou suas coisas e se apressou até onde escondera o carro, em uma estrada florestal. Estendendo-se pela vegetação rasteira, havia um pequeno lote cercado, o cemitério, com lápides cobertas de plantas e até mesmo um jazigo. A cerca estava caindo, praticamente já não existia em alguns pontos, mas ele deu a volta mesmo assim, não porque respeitasse os mortos, mas porque não queria incomodar nenhum espírito que porventura assombrasse o lugar. Disse a si mesmo que fantasmas não existiam, que demônios e bruxas eram criações para manter as pessoas na linha, mas, no íntimo, tinha pavor de toda essa história de espíritos e ele não sabia ao certo se existiam ou não. Quantas vezes pensara ter visto um espectro ou fantasma ali, naquele mesmíssimo lugar? As pessoas da cidade não insistiam em dizer que a Mansão Pavão Azul era mal-assombrada? E sua própria mãe não tinha alertado sobre os espíritos maléficos que rondavam entre os vivos e, é claro, lotavam os cemitérios? O próprio Lúcifer, insistia ela, tinha visitado os bosques ao redor da casa onde morava aquela família esquisita.

— Observe — aconselhara a mãe. — Ninguém que mora lá bate bem da cabeça. Todos são meio desajustados por causa dos demônios que os habitam.

Então agora, como sempre, passou bem longe do antigo cemitério e voltou à caminhonete.

Estava na hora de botar o plano em prática.

Os olhos de Rosalie estavam sensíveis devido à falta de sono quando, finalmente, os primeiros raios de sol penetraram as janelas encardidas próximas ao teto. Tremendo de frio, com dor em todo o corpo, teve a sensação de que jamais escaparia.

Mas era um novo dia.

Em silêncio, Rosalie rezou para que hoje fosse o dia em que sua família a encontraria.

Até parece.

Sentiu um aperto no coração e foi tomada pelo desespero enquanto encarava as vigas empoeiradas no teto. Viu um hematoma ao redor de um arranhão que ia da lateral do corpo à barriga, bem onde se feriu pulando a cerca durante sua tentativa de fuga frustrada.

Se ao menos tivesse conseguido fugir!

Passara as horas seguintes deitada na cama, repassando a cena várias vezes, tentando descobrir como fugir.

Era impossível, concluiu, as lágrimas enchendo seus olhos. Independentemente das intenções do babaca, ela já estava condenada. Puxando o saco de dormir para a altura do queixo, não conseguia parar de tremer de frio. Fungando e com raiva de si mesma, esfregou as lágrimas nos olhos e se lembrou da humilhação de ter sido carregada pelo imbecil como uma porra de um saco de batatas.

Se pudesse, mataria o desgraçado.

Em vez disso, estava presa lá, deitada numa porra de cama dobrável, lamentando-se, vendo o sol da manhã espantar as sombras e a melancolia daquele celeiro miserável.

Levanta! Faz alguma coisa. Qualquer coisa. Não aceite o papel de vítima! Você ainda não está morta, mas sabe muito bem que vai morrer se deixar aquele boçal fazer o que quiser com você.

Engolindo o choro, tentou pensar. Planejar. Encontrar uma forma de sair daquele lugar horrível, fugir do monstro — não, *monstros*, no plural. O babaca estava acompanhado de Desgrenhado, um homem que Rosalie logo percebeu ser mais fraco, um seguidor. Talvez, se conseguisse ficar sozinha com ele, implorar para ele...

Para com isso! Nenhum desses otários vai deixar você ir embora! Seja realista. Você já viu os rostos deles, poderia fazer um retrato falado. Será que nunca viu um programa policial na televisão para saber que os criminosos, pelo menos os que têm cérebro, não poupam suas testemunhas?

Seu estômago embrulhou e o medo percorreu seu sangue. Só porque não a tinham matado ainda, não queria dizer que não planejavam fazer isso. E ela não era a única, eles mencionaram outras.

Faz alguma coisa, Rosalie. Não fica esperando sua mãe ou o idiota do Mel ou seu pai aparecerem. Você está sozinha.

Sua bexiga estava quase explodindo, então precisava se levantar. Com muito esforço, afastou o saco de dormir com as pernas e rolou para fora da cama, contorcendo-se de dor à medida que ficava de pé. Levantando o moletom, viu o hematoma. Azul com bordas esverdeadas, ele se espalhava pela lateral do corpo, abaixo das costelas. E se estivesse com uma hemorragia interna? Era isso que aquilo significava? Ai, meu Deus, aquilo parecia muito ruim.

Ela tocou a mancha escura na pele delicadamente e se encolheu quando a dor atravessou seu corpo. Não era uma boa ideia ficar cutucando aquilo, principalmente porque a ferida ainda estava aberta. Ela decidiu resolver logo seu assunto com o balde e voltar a deitar naquele projeto de cama para planejar sua fuga. Tinha que ter uma forma de escapar dali. *Tinha.*

Uma coisa de cada vez.

Usou a merda do balde. Depois de esvaziar a bexiga, levantou e puxou as calças, passando pelo quadril com dificuldade por causa das algemas. Fechar o zíper foi a pior parte, e, quando finalmente conseguiu, soltou a respiração e analisou a baia novamente, vendo de relance algo reluzir no chão, com um brilho suave sob a luz fraca dos raios solares.

— Que merda é essa?

Rosalie deu um passo à frente e viu um brilho saindo do canto próximo à porta da baia. Atravessando rapidamente o minúsculo cômodo, agachou-se e descobriu um pedaço de metal enfiado entre a parede e a tábua do piso.

Com pressa, ela tentou arrancá-lo de onde estava, puxando com as unhas quebradas, tentando soltar o objeto fino e achatado com as mãos algemadas.

— Por favor, por favor — sussurrou.

Que droga era aquele pedaço de metal que ela não conseguia alcançar de jeito nenhum? Ela mordeu o lábio e foi cutucando o objeto devagar e com cuidado, até que ele por fim se soltou e caiu em sua palma. Uma lixa de unha minúscula, mais curta que seu mindinho, tinha um gancho em uma ponta e um buraquinho na outra. Ela a revirou na mão e se perguntou de onde tinha surgido aquilo. Certamente teria notado antes.

Espera aí! De repente se lembrou da luta que teve com Desgrenhado, o comparsa do sequestrador. Deve ter caído do bolso dele durante a briga. Não era grande coisa, mas... se usada corretamente, enfiada no olho, no ouvido ou na garganta, a pequena tira de metal podia fazer um belo estrago.

Com esperança renovada, começou a vasculhar o chão, torcendo para que algo mais tivesse caído dos bolsos do homenzinho, e acabou encontrando um cortador de unhas todo quebrado e uma pequena corrente. Novamente, não era um arsenal dos melhores, longe disso, mas era tudo que tinha. Por enquanto.

Com o elemento surpresa a seu lado, o cortador de unha talvez fosse o suficiente para que ela tivesse uma boa oportunidade de ferir o sequestrador o suficiente para poder fugir. Da próxima vez, não correria às cegas, mas pegaria a caminhonete e dirigiria como se não houvesse amanhã. Lembrou que, quando ele a arrastou de volta para aquele lugar miserável, acabou esquecendo as chaves na caminhonete. Não tinha cometido aquele erro na noite em que ela tentou escapar, mas torcia para que tivesse o hábito de deixar a chave na ignição.

Se fosse o caso, ela com certeza tiraria vantagem daquilo.

Enfiando todos os instrumentos de metal no bolso da frente da calça jeans, sentiu-se um pouco melhor desde a tentativa de fuga frustrada.

Pela primeira vez desde que voltara a ser jogada naquela prisão horrenda, Rosalie sentiu uma fagulha de esperança.

CAPÍTULO 15

Embora fosse óbvio que Mary-Alice odiava Jade tanto quanto a novata detestava seu "anjo" de duas caras, era impossível abalar Mary-A. Não importava o corredor onde Jade estivesse na Nossa Senhora do Rio, a loira aparecia sempre com um sorriso alegre e dissimulado no rosto, e passava o maior tempo possível com Jade nos intervalos. Jade simplesmente não aguentava mais, então decidiu que precisavam colocar os pingos nos *is*.

— Olha — disse Jade enquanto Mary-Alice a seguia até a próxima sala de aula —, eu não preciso de babá.

— Não é nada disso.

— É claro que é.

— Não sei por que você tem que ser tão chata o tempo todo.

E lá vamos nós. Jade começou a descer as escadas na direção da sala de aula de matemática, que ficava em frente ao estacionamento dos alunos.

— É que estou acostumada a ter o meu próprio espaço, só isso.

— Não, não é só isso. Você dá uma de rebelde porque acha legal.

Jade pensou por meio segundo e concluiu que talvez sinceridade fosse a melhor política para lidar com Mary-Alice, que estava a meio degrau atrás dela.

— Talvez, mas você me seguindo feito um cachorrinho é esquisito. — De soslaio, Jade viu os lábios de Mary-Alice se contrair e um ligeiro fulgor nos olhos. — Então pode me deixar em paz e nós ficamos de boa.

Mary-Alice continuou atrás dela enquanto desciam a escadaria contra uma horda de alunos que corria até o segundo andar, os passos estrepitosos ecoando pelos degraus.

— Não posso. Você é minha responsabilidade.

Aff, claro. Elas chegaram ao primeiro andar e estavam perto dos banheiros ao lado do auditório.

— Quer dizer que você tira nota máxima ou algo do tipo se ficar comigo?

— Se eu apresentar você às pessoas, sabe, fizer com que se interesse por atividades extracurriculares ou clubes, essas coisas, fica registrado no meu histórico. E isso vai servir de referência quando eu me inscrever na faculdade.

— Está doida? — questionou Jade. — Clubes? Não, eu não vou... Ah, pelo amor de Deus! — Antes que pudesse pensar, Jade segurou o braço magrelo da garota e a arrastou até o banheiro feminino.

— Que porra você acha que está fazendo? — arfou Mary-Alice.

Jade a empurrou, dando a volta na divisória que bloqueava a entrada, até a área ao redor das pias de aço inoxidável. O chão estava coberto de toalhas de papel. Uma pia pingava. Comentários de baixo nível e votos de amor escritos de qualquer jeito cobriam a parte de trás da divisória e as paredes em volta dos espelhos. Nada agradável. Jade não se importava. Agora Mary-Alice ia ouvir poucas e boas.

— Seu histórico? Está falando sério? — Ela largou o braço da garota. Mary-A logo deu um passo para trás, esfregando o braço e encarando Jade como se ela fosse o diabo encarnado. — Não vou participar de clube algum nem de um comitê de dança idiota, ou seja lá o que você acha que possa me interessar. Não gosto de nada nessa escola e *muito menos* de ser o "projeto" de alguém, então nem comece a falar sobre o clube de teatro ou a banda ou qualquer coisa que vocês tenham por aqui. Não estou interessada nem vou estar. *Não* sou seu projeto, então esqueça. Encontre outra pessoa para transformar em sua miniatura, porque eu é que não vou ser.

Mary-A cruzou os braços. Suas bochechas estavam completamente vermelhas.

— O seu comportamento é péssimo.

— Fato — concordou Jade.

— Você nem se importa!

Jade se aproximou da garota popular e, embora soubesse que deveria calar a boca e encerrar o assunto enquanto estava por cima, sentia tanta raiva e frustração que não conseguiu se segurar.

— Sabe o que mais é um fato? Você é uma farsa, Mary-Alice, que sorri para todo mundo, mas é uma cobra traiçoeira.

Por um instante, Jade achou que ia levar um tapa da garota, mas Mary-Alice se recompôs.

— Você vai se arrepender de ter dito isso — disse Mary-A entre dentes, ao melhor estilo dramático.

— Ah, é?

— Posso destruir a sua vida aqui na escola.

— Mais ainda? — Jade não duvidava, mas deu de ombros como se não se importasse. — Manda ver, estou pouco me fodendo.

— Você está morta para essa escola.

— Morta. Beleza. Isso meio que soa como ameaça — observou Jade.

— Estou falando sério. Eu posso... eu posso...

— Pode o quê? — Quando Mary-A não pareceu ser capaz de completar o pensamento, Jade disse em tom irritado: — Agora é a minha vez. Tenho amigos marginais.

— Você está *me* ameaçando? — indagou a garota com a voz estridente.

Alguém deu descarga, e a porta de uma cabine abriu. Uma garota rechonchuda e com expressão preocupada, que Jade não conhecia, foi até a pia. Ela tinha ouvido a discussão toda.

— Nem uma palavra sobre isso, Dana — alertou Mary-Alice com um sorriso mortal.

— Sobre o quê? — Dana piscou de maneira inocente. — Não ouvi nada. — Ela colocou os dedos sob a água quente, arrancou uma folha de papel do dispenser e olhou para o espelho, onde percebeu o olhar de Jade. Por um instante, pareceu ansiosa a ponto de sair correndo, mas, de alguma forma, conseguiu domar os nervos. Jogando o cabelo com luzes sobre o ombro com falsa confiança, ela forçou um sorriso fotográfico quase tão falso quanto o de Mary-Alice. — Não — garantiu à garota popular —, eu não ouvi nada.

Depois de jogar o papel no cesto abarrotado, Dana contornou a divisória toda pichada às pressas e saiu pelas portas vaivém.

Naquele breve momento, os nervos de Jade esfriaram um pouco e ela percebeu que tinha falado mais do que devia. Aquele era o problema com seu temperamento.

— Ok, a gente não precisa levar isso adiante. Só me deixa em paz. O seu dever, seja o que for, acabou. Consigo andar pela escola sozinha e não preciso da sua ajuda para fazer amigos.

— É aí que você se engana.

— Não ligo. — Jade pendurou a alça da mochila no ombro.

— Eu só estava tentando ajudar — insistiu Mary-Alice e, como um camaleão, mudou de cor, passando de fúria a remorso.

— Você só queria causar uma boa impressão.

— Você é muito perturbada — falou Mary-Alice, irritada.

— Provavelmente. — Jade deu de ombros, indiferente.

— Não sei por que me importo — disse Mary-Alice.

— Por causa do seu histórico — retrucou Jade, mas Mary-A, como se tivesse chegado à conclusão de que passar mais um segundo sequer com Jade seria demais, já tinha contornado a divisória e saído, empurrando as portas.

Jade imaginou que, no momento em que pôs os pés no corredor, Mary-Alice começou a enviar mensagens a todos os amigos, senão para a porra do corpo estudantil inteiro, falando horrores dela.

Quem se importa?

Você se importa. Mais do que gostaria de admitir.

Fechando os olhos, ela se apoiou na bancada das pias. O que estava fazendo? Uma coisa era evitar seu "anjo", mas fazer de Mary-Alice Eklund sua inimiga declarada era pura burrice. Respirou fundo e abriu os olhos para observar seu reflexo uniformizado no espelho. Ela simplesmente não servia para ser cruzada de Nossa Senhora. Não engolia aquele papo de lealdade à escola. Nunca engoliu. A mãe dela não sabia disso? Por que insistia em puni-la?

Jade se debruçou sobre a torneira que gotejava, jogou água no rosto e disse a si mesma para relaxar, para não se deixar afetar por Mary-Alice. Ela puxou um papel-toalha e, pela primeira vez, percebeu cartazes nas paredes do banheiro com palavras de apoio ao time de futebol, que jogaria uma grande partida no fim de semana.

Sério?

Ali dentro? Para você sentir vontade de torcer pelo time da escola quando estiver saindo da cabine ou penteando o cabelo ou passando brilho labial?

Jade se aproximou do espelho e limpou uma manchinha de rímel na bochecha. Outro cartaz, preto e branco, chamou sua atenção: um com a foto de Rosalie Jamison no centro e uma recompensa oferecida por qualquer pista que ajudasse a trazê-la de volta para casa em segurança. Ela pensou por um instante na adolescente desaparecida, que, de acordo com o que tinha ouvido nos corredores, não era aluna daquela escola.

— Sorte a sua — disse Jade, arrependendo-se assim que as palavras saíram de sua boca, porque aquilo parecia ser sério.

Reunindo forças para enfrentar o restante do dia, Jade ajeitou a alça da bolsa no ombro e começou a enviar mensagens para Cody novamente enquanto saía pela porta vaivém do banheiro. De cabeça baixa, esbarrou em um garoto alto que conversava com o amigo e andava apressado na direção oposta.

— Ei! — gritou ela quando o celular escorregou de sua mão e deslizou pelo piso polido até bater em um aquecedor. — Olha por onde anda!

— Eu? — Ele se virou, derrapando até parar, e Jade estava prestes a atacar o menino quando o reconheceu: Liam Longstreet. Mas que sorte! O namorado de Mary-A, com o estilo e o sorriso sedutor típico dos atletas.

Perfeito.

O amigo dele era mais baixo, mais parrudo e ruivo, com um punhado de sardas espalhadas pelo nariz.

Além daqueles dois idiotas, o corredor estava vazio.

— Eita. — Liam Longstreet, que precisava fazer a barba ou no mínimo cuidar dela, encarou Jade de cima do seu um metro e noventa. Ele ergueu as mãos e deu um passo para trás. — Desculpa, não vi você.

Ela foi atrás do celular, mas o aparelho estava mais próximo dele, então, quando estava prestes a pegá-lo, escorregando de leve no chão, ele o apanhou.

— Me dê isso! — ordenou ela.

Naquele instante, sua vida inteira passou diante de seus olhos. E se ele ficasse com o celular? Se visse suas fotos e mensagens para Cody? Se lesse tudo que já tinha falado? Se visse todas as suas fotos seminuas e as postasse no Instagram ou Twitter ou em qualquer outro lugar? E se ligasse ou enviasse mensagens para seus amigos na lista de contatos? O pânico tomou conta dela quando percebeu que, com seu celular, ele poderia levar a cabo a ameaça de Mary-Alice, sua namorada.

— Eu pedi desculpas. — Ainda assim, ele não largou o aparelho.

— Então, prove. — Atrevida, ela estendeu a mão com a palma para cima, mas, por dentro, estava aflita. Desesperada. Havia fotos dela e de

Cody se beijando, se tocando e... Ah, merda! — Devolve! — Ai, meu Deus, sua voz estava mesmo falhando?

Ela sequer notou que o amigo de Liam estava observando a discussão com um sorriso malicioso no rosto e um brilho no olhar.

— Vamos dar uma olhada — sugeriu o amigo —, ver o que ela esconde aí. — Ele tentou pegar o celular, mas os dedos de Liam o envolveram com força.

— É propriedade privada — disse Jade.

O sinal tocou alto, ecoando pelo corredor vazio. Maravilha, estava atrasada. De novo.

— Se não me devolver, vou contar ao padre Paul que roubou meu celular. — A ameaça de falar com o padre tinha funcionado com Mary-Alice, então quem sabe...

— Devolve não, cara. Ela está com o cu na mão! Não quer que a gente veja o que tem aí — aconselhou o amigo. — Ahh, só pode ser coisa boa.

Que neandertal! O estômago de Jade embrulhou.

— Se roubar propriedade privada, vão expulsar você do time e, provavelmente, da escola — disse ela, erguendo o queixo. — Agora me devolve! — Seu braço continuava estendido e, de alguma forma, ela não estava visivelmente tremendo, embora sucumbisse por dentro.

— Não devolve — estimulou o ruivo.

Liam balançou a cabeça.

— Eu já pedi desculpas. — Sem sequer olhar para o amigo, entregou o celular na mão dela.

Extremamente aliviada, Jade fisgou o celular e logo o guardou na mochila. Mas, para piorar tudo, sentiu as bochechas queimarem. O babacão do amigo dele, uns dez centímetros mais baixo, ainda estava com um sorrisinho malicioso estampado na cara sardenta.

— Do que está rindo? — questionou ela, enfurecida.

— De você. Quem é você, afinal? — perguntou ele.

— Não interessa. — Jade começou a se afastar dos dois.

— Não mesmo — concordou ele, balançando a cabeça quase raspada. — Nossa, Longstreet, deu mole. Você tinha ela na *palma da mão*, cara. — Dirigindo outro olhar presunçoso a Jade, ele acrescentou, com desdém: — Mas, pensando bem, o que ia querer com ela? Vem, Longstreet. Vamos embora.

— Boa ideia — disse Jade e se virou, sentindo os dois pares de olhos a observarem pelas costas.

— Piranha maluca — murmurou o garoto mais baixo, e Jade quis voltar para bater boca, gritar de volta que ele era um cuzão, mas concluiu que já tinha causado muito estrago em um dia.

— Vê se cresce, Prentice — murmurou Liam.

Então agora ele estava fazendo o papel de bom moço? Ah, com certeza. O cara que namorava o "anjo" Mary-A? Até parece. Sério, será que a vida poderia piorar?

— Você é um cuzão da porra, Longstreet — retrucou Prentice. — Só estou constatando um fato, não leve para o lado pessoal.

Jade estava finalmente começando a entender por que a mãe odiava quando ela soltava um palavrão. Talvez parasse. Ou pelo menos tentaria, embora não fosse fácil controlar a língua com babacas como Longstreet e Prentice. Na escada, ela olhou com curiosidade para trás e encontrou novamente o olhar de Prentice, que retribuiu com o dedo do meio.

Vê se cresce, articulou ela com a boca e, se olhar matasse, já estaria a sete palmos da terra. Prentice parecia ser realmente um psicopata, mas Liam já estava indo embora, fazendo a curva no final do corredor. Provavelmente já tinha superado o incidente.

— Imbecis — disse Jade em voz baixa e correu para a próxima aula.

Não tinha como Longstreet ser tão legal assim se andava com aquele amigo babaca. De soslaio, viu que o ruivo babaca estava rindo agora. E soube que tinha feito mais dois inimigos.

Ela estava indo muito bem.

— O que é isso? — perguntou Scottie depois de dar uma espiadinha na mochila de Gracie enquanto iam até a cantina para almoçar. Scottie viu o diário que Gracie tinha encontrado no porão de casa. Para proteger o caderno, Gracie o envolveu num saco plástico e o carregava para todo canto.

— Nada. — Por enquanto, Gracie não contara a ninguém sobre o antigo diário, mas faria isso em breve. Porque precisava de um tradutor.

As páginas estavam tão envelhecidas e frágeis que quase se desfaziam quando ela as folheava, e a escrita, uma caligrafia cursiva feminina, desbotara com o tempo, mas ainda era legível. O único problema? O diário inteiro estava em francês, e, embora tivesse tentado colocar algumas frases no Google Tradutor, Gracie não compreendeu quase nada do que estava escrito.

Sabia que o ano era 1924, mas, fora isso, não avançou muito.

— Você sabe francês?

Scottie balançou a cabeça, seu cabelo castanho roçando os ombros.

— Não, mas a minha tia Claudette sabe. Ela morou em Paris.

— E ela mora por aqui?

— Nova Iorque. Por quê?

— Preciso de alguém que saiba ler francês.

Outras crianças ocupavam os corredores, conversando, rindo, falando palavrões, carregando livros e mirando seus celulares. Casais andavam grudados e grupos de amigos se amontoavam nas passagens. Gracie e Scottie precisaram abrir caminho pela multidão e falar gritando por cima da cacofonia de vozes e portas de armário batendo.

— Você é um babaca, Carter! — gritou um garoto por cima do ombro enquanto corria até a cantina.

— Me processa, Maloney! — respondeu o outro.

— Para que você precisa de um tradutor? — perguntou Scottie enquanto faziam a curva final que levava à cantina, e o cheiro picante do molho da pizza chegou às narinas de Gracie.

Será que devia contar à amiga? Scottie estava realmente interessada, mas tinha a língua muito comprida. Não dava para confiar um segredo a ela.

— Ah, é uma coisa que meu pai quer que eu faça — disse Gracie. — Porque ele, tipo, quer me levar para Paris e para a Riviera Francesa e acha que seria melhor eu aprender o idioma.

Scottie fez uma careta.

— Se eu fosse você aprenderia, então. Para ir morar na França. A minha tia Claudette se chamava Claudia antes de ir para lá e diz que é maravilhoso... que, aliás — Scottie parou de repente e empinou o nariz como se estivesse posando para uma revista —, Paris, a Cidade da Luz, *est très magnifique!*

— Achei que era Los Angeles que tinha esse apelido.

— Não, essa é a Cidade dos Anjos. — Ela franziu o cenho. — Ou talvez Cidade das Luzes, no plural. — Deu de ombros. — Enfim, a tia Claudette diz que devemos fazer qualquer coisa para ir a Paris.

— Eu só preciso de um tradutor.

Gracie sabia que Jade tinha estudado francês, mas não o suficiente. Além disso, não dava para confiar na irmã para guardar um segredo desses. Jade não acreditava em nada e achava que ela era uma idiota, ou pior. Gracie tinha certeza de que a mãe também sabia falar um pouco de francês, mas jamais pediria isso a ela. Sarah perderia a cabeça.

— Que tal a srta. Beatty? — sugeriu Scottie. — Sabe a professora de música? Ela dá aula aqui e no Ensino Médio.

— E daí?

— Ela também dá aula de francês. A minha prima teve aula com ela ano passado.

— A sua prima sabe francês?

Scottie balançou a cabeça.

— Ela quase reprovou um semestre, e tio Ned surtou porque quer que ela estude fora. Da minha família, tia Claudette é a melhor opção. — Ela desviou o olhar de Gracie como sempre fazia. Scottie era do tipo que sempre esperava alguém mais interessante aparecer. — Ah — disse ela —, lá está a Rita! Vocês *precisam* se conhecer. Ela é, tipo, muito legal e está saindo com um menino da segunda série. — Scottie baixou a voz: — Os pais dela não sabem. Ela sai com ele escondido. — Os olhos dela brilharam ligeiramente enquanto compartilhava a fofoca, e Gracie chegou à conclusão final de que Scottie realmente não precisava saber sobre o diário.

Ninguém precisava.

Nem mesmo Jade, que até agora não tinha mencionado que vira Gracie sair do porão. Quais seriam as intenções dela?

Gracie torceu para que a irmã não contasse tudo à mãe — ou a qualquer um que fosse. Pelos menos não até que ela conseguisse traduzir o diário e, com sorte, ajudar Angelique Le Duc a seguir seu caminho.

CAPÍTULO 16

Na mesa da sala de jantar, Sarah fazia anotações nos projetos, encucada com a ideia de construir uma suíte principal no térreo. Ela estava quebrando a cabeça para reaproveitar o encanamento antigo. Conversou com o chefe da equipe de demolição e com um empreiteiro de escavação, e lembrou a si mesma de que precisava, de uma vez por todas, descer até o porão para identificar possíveis vazamentos ou rachaduras na estrutura, além de verificar o estado da monstruosa fornalha que sem dúvida precisaria ser substituída. Até agora, tinha evitado descer os degraus centenários até os cômodos inacabados do subsolo — que no passado servia de dispensa, lavanderia e depósito e abrigava uma fornalha a lenha pré-histórica que fora substituída em meados da década de 1960. Ela relutava em explorar aquele ambiente escuro e infestado de insetos onde se perdeu quando era pequena.

Mas aquele não era justamente um dos motivos de ela ter decidido voltar para casa? Para enfrentar e pôr por terra seus antigos monstros de uma vez por todas e devolver àquela casa seu esplendor original, curando as feridas mais profundas de sua alma no processo?

O celular tocou, e ela atendeu.

— Alô?

— Sarah, é a tia Margie! Fiquei sabendo que está reformando aquela casa pavorosa e que se mudou para lá.

— Temporariamente, mas, sim. As meninas e eu estamos aqui.

— Maravilha! Estou a caminho.

— O quê? Agora?

— Exatamente. Chego em cinco minutos. E tenho uma surpresa para você!

Ela desligou, e Sarah ficou ali, sentada à mesa, celular na mão, pensando no quanto não precisava de mais surpresas. Mas aquela era a tia Marge, ou Margie, como chamava a si mesma, tão diferente da irmã quanto a noite era do dia.

— Elas são o Yin e o Yang da família — disse Joseph uma vez, anos atrás, quando Sarah tinha cerca de dez anos.

Naquele Dia de Ação de Graças, a família estava reunida ao redor daquela mesma mesa, e tia Marge, com um copo de bebida na mão, dançava, sorria e flertava com todos os homens presentes, enquanto Arlene servia a todos diligentemente. Para não ficar atrás da irmã caçula, Arlene também bebia seu gim-tônica. Tia Marge ficou mais sociável com o tempo; Arlene, no entanto, mais triste e amargurada.

— Aquelas duas são o bem e o mal em pessoa — observou Jacob.

As crianças Stewart estavam todas na cozinha, cumprindo as tarefas designadas pela mãe, certificando-se de que o feriado fosse perfeito, pelo menos aos olhos da mãe. Jacob e Joseph deviam carregar mais lenha para a lareira, mas, como sempre, faziam corpo mole. Já Dee Linn, ligeiramente irritada, tomava conta das tortas, que esfriavam na bancada. A cozinha estava quente e cheirava a temperos e peru assado, as taças de cristal não tinham uma única mancha e reluziam, mas Sarah tinha a impressão de que tudo aquilo era uma grande farsa, um teatrinho sem sentido. Eles rezaram e agradeceram. Um fardo de feno e abóboras gigantes decoravam a porta da frente, mas o sentimento que Sarah esperava de um feriado estava ausente. Pelo menos, para ela.

A prima Caroline, de quem não se esperava trabalho algum porque era convidada, tinha escapado da sala de jantar e estava apoiada contra a bancada da cozinha, brincando com os saleiros e pimenteiros. Parecia querer se certificar de que os primos vissem seu decote bastante evidente.

— A tia Arlene não sossega hoje, né? — Ela pegou uma cesta de pãezinhos que Sarah tinha tirado do forno para esfriar. — Essa megera insuportável.

Caroline, aos quinze anos na época, torceu o nariz, tentando, como sempre, chamar atenção dos gêmeos — ou de qualquer garoto, diga-se de passagem. Paqueradora feito a mãe, ela era bonita, com cabelo castanho-escuro e pele morena impecável, mas, na opinião de Sarah, Caroline era um porre.

— Não! — disse Sarah. A mãe a tinha instruído a levar a cesta para a mesa, mas Caroline pegou um pãozinho com um guardanapo laranja e deu uma mordida nele.

— Não o quê? Não chamar a sua mãe do que ela é? — provocou Caroline, seu olhar pegando fogo.

— Não... coma os pães ainda — esclareceu Sarah. — São para o jantar.

— Mas você não se importa se eu falar mal da sua mãe? — pressionou Caroline, bem no momento em que Clark entrou na cozinha e ouviu o final do bate-boca.

— Para de implicar com ela — disse o primo assim que a porta vaivém fechou atrás dele, abafando o som da conversa dos adultos à mesa. — Ela é só uma criança.

Sarah ficou grata pela intervenção, mas não gostava de lembrar que era a mais nova.

— A tia Arlene quer que a gente vá para a mesa — acrescentou Clark.

— Ai, ai. Ordens da rainha. É melhor obedecermos logo — disse Caroline com tom afetado, revirando os olhos outra vez. Jogou os cabelos por cima dos ombros, contando o tempo certo para que, quando passasse pela porta vaivém, ela quase acertasse Clark bem no meio da fuça.

— Acho que a verdadeira megera é você — resmungou ele, alto o bastante para que Sarah ouvisse.

— Hum — murmurou Caroline, mas lançou um olhar fulminante para Clark. Ela e o irmão mais velho nunca tinham se dado bem e o estranhamento se estendeu até a idade adulta, até onde Sarah sabia.

A lembrança se esvaneceu assim que ela ouviu um carro chegar. Marge não estava brincando quando disse que estava a caminho. Assim que saiu pela porta para receber a tia, viu que estava acompanhada de Caroline e Clark, todos saltando do Mercedes velho. Marge continuava alta e magra e caminhava a passos firmes, sem precisar de bengala. Vestia suéter, um casaco que ia até a altura dos quadris e calça social. Um cachecol comprido envolvia seu pescoço. Andava devagar, é claro, mas ainda tinha uma nota de juventude, e ela cumprimentou Sarah com um abraço apertado. Caroline e Clark, ambos vestindo sobretudos, pareciam um pouco desconfortáveis, pensou Sarah.

— Está surpresa? — perguntou Marge.

— Bastante, na verdade. — Sarah abriu passagem para as visitas. — Entrem.

Marge entrou logo, sem cerimônia. Já seus filhos, bem menos empolgados, balbuciaram um "oi" antes de acompanhar a mãe. Sarah fechou a porta às suas costas.

— Minha nossa! — disse Marge, examinando o interior da casa, indo vagarosamente do saguão à sala de estar e aos corredores. — Aqui é tão escuro. Eu tinha que ver com meus próprios olhos. Esperava que o interior estivesse em condição melhor que o exterior. Faz anos que não venho aqui — admitiu. — Sabe, sua mãe e eu... Bem, essas coisas são sempre muito complicadas.

— Vocês se odiavam — falou Caroline, desabotoando o casaco.

— Não, era só...

— Não minta, mãe. Todos lembramos como era — insistiu Caroline, pragmática.

O olhar da tia Marge perdeu um pouco da alegria. Agora, ela usava óculos e seus cabelos, antes castanho-avermelhados, estavam mais claros e loiros. Os filhos também tinham envelhecido. Clark engordou, tornou-se um homem alto de ombros largos. Caroline continuava esbelta, mas seus cabelos estavam mais curtos e ela tinha feito luzes para esconder os fios grisalhos que começavam a invadir seus cachos escuros.

— Vamos para a sala de estar — ofereceu Sarah. — Fiz café...

— Ah, não, não se incomode. Só vim dar uma olhada e perguntar se foi visitar Arlene.

— Uma vez — admitiu Sarah. — Pretendo voltar à Pleasant Pines em breve.

Marge fez questão de mostrar que sentiu um calafrio.

— Aquele lugar horroroso... Parece um hospital. Vejam bem, crianças: *não* quero acabar lá.

— É tão ruim assim? — perguntou Sarah.

— Não — respondeu Caroline rapidamente. — A mamãe só fica muito sensível quando fala de lá.

— Como qualquer pessoa sã. Coitada da Arlene. Não consegue mais dirigir. Bem... acho que isso já faz tempo, na verdade — admitiu Marge.

Eles foram até a sala de estar, onde a lareira tinha apagado, e Marge se sentou em uma das almofadas desbotadas do sofá, enquanto Clark ficou de pé, alternando as pernas e olhando o celular, provavelmente para ver as horas ou checar seus e-mails. Caroline não resistiu à tentação de explorar o térreo, seus passos se tornando inaudíveis depois de passar pela escadaria.

— Estou preocupada com Arlene — disse tia Marge, ainda analisando o interior da casa. — É que... eu tenho medo de que ela não tenha muito mais tempo. Ela está confusa, sabe.

— Bastante — concordou Sarah.

— É provável que ela não esteja bem de juízo.

— Provavelmente.

Caroline voltou para a sala de estar e parou perto de uma das colunas.

— Vai direto ao ponto, mãe. Nós temos mais o que fazer. Clark e eu precisamos trabalhar, sabe, e temos assuntos de família para resolver.

Sarah fixou o olhar em Marge, que pigarreou.

— Certo, tudo bem — disse ela. — Sarah, é que eu queria falar com você em particular.

— Em particular? — repetiu Sarah.

— Ai, meu Deus. — Caroline estava perdendo a paciência.

— Sim, antes da festança da Dee Linn — explicou Marge. — Pelo que fiquei sabendo, ela convidou metade da cidade.

Sarah desviou o olhar de Marge para Caroline.

— Ela quer saber sobre o testamento da sua mãe — explicou Caroline, enquanto Clark suspirava e fingia interesse em um papel de parede que estava descascando.

— É, sim. Quero, sim — disse Marge, um pouco aflita com a declaração ousada da filha.

Sarah se preparou, imaginando, pela primeira vez, que Arlene pudesse estar falando a verdade quando comentou que a irmã mais nova era uma invejosa. Arlene sempre insinuou que Marge, deixada em apuros financeiros após o divórcio, sentia ciúmes dela por ter feito "um bom casamento".

— É que eu não entendo. — Marge olhou para Clark em busca de apoio, mas ele não participaria daquilo. — A casa era da sua mãe, Sarah. Como você pode, simplesmente, começar a fazer obras? Imaginei que todos os hectares e construções fossem parte do espólio de Arlene, mas é claro que ela nunca confidenciou isso a mim.

— O que realmente irritou a senhora, não é? — disse Caroline, suspirando. — Eu já disse que conversei com Jacob e ele me disse o que está acontecendo. A propriedade não pertence mais a Arlene.

— Então você comprou dela? Você e os seus irmãos? — questionou Marge.

— Sim, basicamente. Não é minha intenção fazer mistério ou ser evasiva, mas não posso falar a respeito.

— Arlene sempre deu a entender que deixaria algo para mim quando partisse — disse Marge, indo direto ao assunto: — Eu... bem, eu esperava que seria o suficiente para... me dar uma certa segurança. Você sabe que, quando Darrell abandonou eu e as crianças, as coisas ficaram apertadas. — De repente, seus olhos se encheram de lágrimas. — Meu Deus do Céu... — suspirou ela, vasculhando a bolsa até encontrar um lenço. — Aquele homem!

— Mãe — advertiu Clark, paciente.

Marge suspirou.

— Ah, sei que ele era o seu pai...

— É, mãe — intrometeu-se Caroline. — Ainda *é* o nosso pai. — Não havia mais nela nenhum sinal da garota sedutora que Sarah conhecia. Ela se voltou para a prima. — Desculpa. Isso é constrangedor, mas ela insistiu. Clark e eu não queríamos vir.

— Só estou informando Sarah sobre as intenções de Arlene — defendeu-se Marge. — Sei que a minha irmã está... um pouco confusa agora, mas, quando estava bem da cabeça, queria me deixar com certa segurança. Confortável. Nós conversamos, sabe. Ela também não teve relacionamentos maravilhosos com os maridos. Primeiro, aquele horroroso do Hugh. Depois, Franklin... Ah, sei que ele era seu pai e que você o amava, mas aquele homem era um cafajeste infiel. Acredite, eu sei. Ele deu em cima de mim mais de uma vez e até encurralou Caroline naquele dia pert...

— Mãe! Para! — Caroline ficou boquiaberta e ruborizou. Virou-se para o irmão e disse: — Eu sabia que era uma péssima ideia.

Clark fechou a cara.

— E o que a gente podia fazer?

— Se recusar a vir. Simples. — Caroline balançava a cabeça enquanto apertava ainda mais o cinto do sobretudo.

— Ela teria feito um escândalo na casa da Dee Linn — lembrou Clark.

— Não falem como se eu não estivesse aqui. Tudo bem, me desculpem! — Marge se levantou e ergueu o queixo. — Achei que você fosse diferente dos seus irmãos e da sua irmã, Sarah. Que seria mais solidária, sendo também divorciada e mãe solteira. Que entenderia o que acontece quando um casamento desmorona e toda a sua estabilidade financeira, sem falar do suporte emocional, é arrancada de você. A sua mãe sempre disse que eu herdaria alguma coisa... Nem que fosse aquele chalezinho que a gente alugava do seu pai ou...

— Vamos. — Repentinamente no comando, Clark agarrou a mãe pelo cotovelo e a levou para fora da sala de estar, atravessando o saguão.

— Desculpa — sussurrou Caroline outra vez, assim que Sarah levantou. — Acho que já pedimos desculpas demais. Não liga para a minha mãe. Ela só está amargurada.

— Eu ouvi isso! — declarou Marge quando Clark abriu a porta da frente com a mão livre.

— E era para ouvir mesmo, mãe! — Caroline acenou com a cabeça.
— Tchau, Sarah — disse ela quando o trio saiu. — Nos vemos na festa da Dee Linn, acho. Infelizmente, todos vamos estar lá.

— Nos vemos lá — respondeu Sarah, sentindo uma pontada de decepção por tudo se resumir a dinheiro para a tia. Observou enquanto o velho Mercedes da tia Marge se afastava, deixando um rastro de fumaça azulada e tristeza no caminho.

No almoço, Jade notou que a tela de seu celular tinha rachado e o aparelho estava nas últimas, mas pelo menos Mary-A e sua panelinha a deixaram em paz enquanto bebia sua Coca-Cola Zero e dava uma escapulida. Pensou em fumar um cigarro, mas não tinha um maço e, na verdade, nem estava tão a fim assim. Usar o celular era um saco agora, ler as mensagens era quase impossível, e ela percebeu que queria estrangular Liam Longstreet e aquele amigo idiota dele.

O restante do dia não foi melhor, mas Jade aguentou o sofrimento até a última aula, quando, ainda evitando seu "anjo", ela foi até o prédio de Ciências, com seu charme da década de 1950, laboratórios antigos e odores fortes que infestavam os corredores. Sem falar com ninguém, ocupou um assento vazio no fundo do laboratório. A maioria dos alunos se sentava em dupla na aula de Biologia, dois parceiros de laboratório por bancada, mas Jade ainda não tinha dupla, então se sentou sozinha.

O que era perfeito.

Depois de abrir o livro e fingir ler, estava prestes a pegar o celular novamente, mas parou quando a estridente voz da irmã Cora ordenou a atenção de todos.

— Tenho um anúncio a fazer — disse ela, de pé ao lado de sua mesa, vestindo calça social e suéter cinza, com um crucifixo de prata em um cordão ao redor do pescoço. — Haverá algumas mudanças.

— É sobre Antonia.

Jade se fez de surda. Antonia Norelli era amiga de Mary-Alice e assistente da professora naquela matéria, então ela praticamente ignorou a longa explicação da irmã Cora sobre Antonia ter contraído mononucleose. Ao fim do sermão, a freira acrescentou:

— Felizmente, ao menos para mim, encontrei um substituto — disse ela, rabiscando rapidamente o nome do substituto de Antonia no quadro.

Jade ergueu o olhar e tomou um susto ao ver que a professora escrevia o nome de Liam Longstreet.

Não conseguia acreditar. Quais eram as chances de Longstreet, um atleta da última série, ser designado para aquela aula? Jade queria morrer. Até rezou para que se tratasse de algum equívoco monumental. É claro que Deus, se é que existia um, não faria aquilo com ela.

Mas fez.

Dez minutos depois do anúncio da freira, Liam Longstreet, quase um metro e noventa de arrogância, entrou calmamente na sala, tirou a mochila e, enquanto a irmã Cora dava aula, pareceu prestar atenção à tediosa lição sobre a reprodução das plantas. Jade encarou o relógio, desejando que o tempo passasse. Aparentemente, ele não a notou. Ou isso ou a estava ignorando, o que era ótimo.

Mas aquilo mudou ao término da aula, quando ele levantou a cabeça e seus olhares se cruzaram.

Ele sorriu.

Ah, aquilo não era nada bom!

Ela teve certeza de que ele falaria alguma coisa, uma grosseria, mas o menino só fez um gesto discreto com a cabeça, seus cabelos quase negros caindo por cima da testa por um instante quando foi apanhar a mochila, e saiu da sala cinco minutos antes de o sinal tocar.

De alguma forma, fora poupada de outro confronto.

Por enquanto.

Porém, ver Liam Longstreet todos os dias naquela aula mudaria tudo. Aquilo, sim, era azar.

Imediatamente, Jade começou a digitar uma mensagem para Cody e notou a rachadura na tela do iPhone outra vez.

— Que ótimo — falou em voz baixa. Em seguida, percebeu que, embora estivesse enviando as mensagens, era quase impossível ler o que estava escrevendo.

Nervosa, enviou mais mensagens a Cody e passou os quarenta minutos seguintes morrendo de tédio na aula de Álgebra. Embora os celulares fossem proibidos na sala de aula, ela deixava o seu à mão, no bolso, no silencioso. Verificava a tela a cada cinco minutos, enquanto a professora, uma mulher laica, escrevia equações enlouquecidamente em um antiquado quadro de giz. A mulher estava tão envolvida na aula que era fácil olhar o celular. E Jade não era a única. Um garoto sentado perto dela, Sam qualquer coisa, estava totalmente concentrado no próprio celular, trocando mensagens ou jogando alguma coisa.

Percebeu o olhar da tal Dana, que também estava no banheiro mais cedo. A menina parecia estar com os olhos grudados em Jade, que a encarou de volta, perguntando silenciosamente se tinha perdido alguma coisa. Dana desviou o olhar. Bom. Jade estava mais chateada com Cody do que qualquer outra coisa. Ele não apareceu, como tinha prometido, e enviou outra mensagem a Jade dizendo que viria, só não sabia quando. Ela ligou para ele, mas Cody não atendeu nem ligou de volta, então a confiança que tinha nele estava abalada. Não era a primeira vez que Jade imaginava se Cody estaria pulando a cerca.

E o que ela faria se ele estivesse?

Toda aquela bravata com Mary-Alice sobre não precisar de ninguém naquela merda de escola parecia tão vazia agora.

O celular vibrou e seu coração saltou quando viu que recebeu uma mensagem, mas não era de Cody. Não. Era de um número desconhecido.

Quer sair qualquer hora?

O quê? Era algum tipo de piada, um trote de mau gosto de Mary-Alice ou Longstreet ou dos amiguinhos imbecis dos dois? Jade não respondeu.

Aqui é Sam. Também estou preso na aula da srta. Sprout.

Ela olhou para a mesa de Sam. Até que ele era bonitinho. O celular do garoto estava sobre a perna, escondido, enquanto ele fingia assistir à aula e ler o livro aberto sobre a carteira.

Vai ao jogo do time de futebol?

De jeito nenhum. E como é que ele tinha conseguido o número dela?

Os dedos de Jade deslizavam pela tela enquanto ela formulava uma resposta mentalmente, mas, antes que pudesse digitar uma só letra, seu celular vibrou silenciosamente e ela recebeu uma mensagem de Cody.

Saudades.

Seu coração derreteu.

Saudades também, digitou ela com lágrimas de alívio enchendo seus olhos.

A gente vai se ver logo.

Quando?

Meu Deus, será que ele quis dizer agora? Parecia que seu coração estava flutuando. Talvez ele quisesse fazer uma surpresa! Rapidamente, secou as lágrimas e ignorou as mensagens de Sam.

Assim que o sinal da saída tocou, Jade saiu da sala correndo e foi até a escadaria, de onde conseguia ver os estacionamentos de alunos e professores pela janela. Cheia de esperança, Jade procurou entre os veículos o jipe de Cody, que obviamente não estava lá. Ela andou até o lado oposto do patamar da escada e deu uma olhada pela outra janela, que dava vista para a frente do prédio e as ruas nas proximidades. Ainda sem sinal dele.

O que ela esperava?

Só porque Cody mandou uma mensagem dizendo que sentia saudades não significava que tinha pulado dentro do Cherokee e dirigido até lá. Bem no fundo, Jade esperava que ele não conseguisse ficar longe dela e tivesse dirigido centenas de quilômetros só para vê-la. Seu coração disparou só de pensar naquilo. Meu Deus, como ela amava Cody. Queria passar o resto da vida com ele e, quanto antes pudessem ficar juntos, melhor. Deu uma olhada no celular e viu o número dele acompanhado de uma foto que ela mesma tirou: olhos azuis atraentes, cabelos castanhos volumosos, que caíam pelo rosto, e mandíbula bem-definida. Ele quase não sorria, mas tinha um quê de artista desajustado que Jade achava fascinante. Era misterioso, com uma atitude de que não estava nem aí.

— Bem James Dean — comentou Sarah uma vez, embora Jade sequer soubesse quem era o cara até pesquisar no Google. Não mesmo. Cody era muito mais bonito.

Ela acreditava que ele a amava e que não conseguiria ficar longe dela, e disse a si mesma que ele não estava inventando desculpas, mas que realmente não tinha conseguido vir. Entretanto, como ele só trabalhava meio expediente, ela até esperava que Cody aparecesse de surpresa. Antes do sábado.

Talvez, para deixar a surpresa ainda melhor, ele tivesse ido com outro carro, mas, enquanto olhava pelas janelas, Jade soube que estava alimentando falsas esperanças, criando pretextos. Alguns dias atrás, ela sorria ao pensar que ele não conseguiria esperar até sábado e que estava a caminho para resgatá-la daquele buraco infernal. Mas estava errada.

E Jade não tinha como ir até Cody sem seu carro. *Aquilo,* sim, dava raiva. Por quanto tempo aquele cretino do Hal ia segurar o veículo? Jade tinha o número do mecânico no celular, então ligou, e o telefone tocou, tocou, e nada. Certa de que ouvia uma gravação, estava prestes a desligar quando uma mulher de voz rouca atendeu:

— Oficina do Hal.

— Oi, aqui é Jade McAdams. Vocês estão com o meu carro — disse ela e, em seguida, começou a explicar por que precisava dele o mais rápido possível.

Deve ter soado um pouco mandona, porque a mulher do outro lado da linha respondeu dizendo:

— Vou pedir para o Hal ligar para você, mas estamos trabalhando em outros veículos também, sabe.

— Mas é importante — pressionou Jade, segurando o celular contra a orelha enquanto tentava ouvir em meio à algazarra de estudantes subindo e descendo as escadas.

— Tenho certeza de que os outros clientes também querem os carros deles de volta.

Jade quis berrar. Ah, ela tinha visto os outros clientes. Um era uma velha com um cachorro, dona de um Chevy Impala branco que devia ser da década de 1960.

— Em perfeitas condições — dissera a senhora a Hal com um gesto da cabeça e um sorriso. — E eu gostaria que continuasse assim. Sabia que ele só tem 48 mil quilômetros rodados? Bem, é claro que *você* sabe. Sempre dirigíamos o carro de Randolph quando ele estava vivo. Deus o tenha.

Jade estava prestes a surtar com aquela senhorinha, e, como se não bastasse, outros dois clientes acabavam de chegar com seus carros. Era o que acontecia em uma cidade tão pequena. A Oficina do Hal era a única na cidade.

— Mas eu preciso do meu carro — implorou ela à mulher ainda na linha. — Muito mesmo! — Com certeza, seu caso era mais urgente que o da velha com o cachorro.

— Nós encomendamos as peças, mas ainda não as recebemos. Assim que chegarem, Hal vai cuidar de tudo para você.

— Vocês ainda nem têm as peças? — Jade estava incrédula.

— É um Honda mais antigo. Não guardamos peças de todas as marcas e modelos, mas você vai ter seu carro de volta em breve.

Nem tão em breve assim, pensou Jade, desanimada. Ela desceu as escadas e se dirigiu até seu armário. Qualquer esperança de encontrar Cody tinha ido por água abaixo. A mãe jamais emprestaria o carro. Então teria de esperar Cody aparecer. Isso se ele decidisse ir.

Não desista dele. Ele vai vir... Você sabe que vai. Você só se confundiu ao achar que ele quis dizer que viria naquela noite.

Não é para tanto, percebeu ela. Talvez ele jamais viesse. Mas tinha que vir! Ela não conseguiria aguentar muito mais daqueles dias dolorosos como novata da Nossa Senhora do Rio. Não conseguiria.

CAPÍTULO 17

Fazendo cara feia para o pequeno espelho pendurado ao lado da porta do escritório, o xerife Cooke apertou a gravata e percebeu que seu cabelo grisalho estava ficando cada vez mais branco, embora ainda fosse completar quarenta anos na primavera. Os genes maternos. Toda a família de sua mãe tinha cabelos muito escuros que começavam a embranquecer antes dos trinta. Lá pelos 45 ou cinquenta anos, a maioria já estava com os cabelos tão brancos quanto a neve, e ele percebeu que estava chegando lá. Se de fato tivesse puxado à mãe, como parecia, e não ao pai, pelo menos não ficaria careca. Todos os homens — e algumas mulheres — do lado paterno ficavam carecas muito antes da velhice.

Ele faria o possível para que a coletiva de imprensa não demorasse muito. Afinal, não havia muito a ser dito que já não tivesse sido dito antes. Não havia novas pistas no caso. Rosalie Jamison tinha simplesmente sumido do mapa.

E aquilo o assustava. E muito.

Ajeitou o chapéu na cabeça pouco antes de ouvir uma sequência de batidas à porta. Antes que o xerife pudesse pedir para entrarem, Lucy Bellisario enfiou a cabeça lá dentro.

— Hora do show, chefe.

Ele assentiu brevemente. Odiava ser o centro das atenções. Ele queria passar uma imagem de liderança firme e austera em um departamento que provia segurança aos cidadãos do condado, e detestava esses espetáculos a que estava sujeito na função.

— Algum avanço com o computador ou o celular dela?

— Nada substancial. Todas as pistas que tínhamos do namorado do Colorado não levam a lugar algum. É como se ele jamais tivesse existido.

— Tudo coisa da cabeça dela?

— Talvez. Ainda não desistiram e estão entrando em contato com a operadora de celular e o provedor da internet.

— Tomara que encontrem algo. Verificou outra vez os álibis dos vagabundos que moram por aqui?

— Ainda estamos checando vários. Lars Blonski, por exemplo. Tem algo errado com ele. O amigo, não tão amigo assim, ao que parece, fica mudando a versão. Vou falar com Lars de novo e com a "esposa" de Jay Aberdeen, que, na verdade, é sua ex-namorada e mora em Cincinnati.

— Quem mente uma vez... — disse ele.

— É, e eu fiquei sabendo que Roger Anderson foi visto na área. É só um boato, mas conversei com o bartender do Cavern e ele acha que Anderson esteve por lá. Até agora, não entrou em contato com o agente de condicional.

Cooke bufou, sentindo repulsa.

— Vou dar uma ligada para o agente e interrogar a família e os amigos de Anderson, mas não tenho muita esperança.

— Ele não tem nenhum ex-colega de cela aqui na região?

Ela assentiu.

— Vi na ficha dele um vagabundo chamado Hardy Jones. Já estou atrás dele.

— Encontra esse sujeito e fala com o Lars e com o cara que tem o álibi dele também.

— Vou fazer isso — disse ela.

— Ótimo. — Cooke deu outra olhada no espelho e ajeitou a gravata uma última vez. — Vamos.

Um púlpito foi improvisado lá fora, sob o pórtico próximo à porta da frente e ao lado dos mastros onde as bandeiras dos Estados Unidos e do estado do Oregon se agitavam ao vento. Felizmente, a tempestade prevista tinha perdido força antes de chegar àquela parte do país, mas ainda fazia muito frio. Equipes de reportagem de emissoras locais e de Portland estavam a postos, suas vãs estacionadas do outro lado da rua. Repórteres com seus microfones tinham se reunido com moradores da região — os curiosos, que estavam sendo discretamente filmados pelo departamento do xerife, na esperança de que, caso alguém tivesse realmente raptado Rosalie, ele ou ela talvez demonstrasse grande satisfação em assistir à confusão e à vergonha da polícia. Ir à coletiva de imprensa para ver tudo com os próprios olhos poderia estar no topo da lista do sequestrador.

Assim esperava Cooke.

— Obrigado pela presença de todos — disse ele assim que a microfonia inicial desapareceu e o técnico responsável pelo sistema de som fez alguns ajustes rápidos. Felizmente, o barulho estridente teve morte súbita. — Eu gostaria de atualizá-los rapidamente sobre o caso Rosalie Jamison — começou ele, seguindo com uma breve descrição do que se sabia até então, que não era muita coisa.

Cooke explicou que estavam estudando todas as pistas e que esperava, como prometido pela emissora de televisão local, a divulgação de uma linha direta para o departamento do Oregon, de Washington e do Idaho, na esperança de que alguém pudesse ter visto algo suspeito e ligasse. Uma recompensa já tinha sido oferecida, então, com sorte, até mesmo o informante mais resistente entraria em contato. Mas Cooke não estava tão certo disso.

Os jornalistas estavam ansiosos e as perguntas vieram rápido.

— Alguma pista nova? — perguntou um homem de vinte e poucos anos.

— Nada substancial. Como eu disse, estamos estudando todas as possibilidades na investigação.

— O FBI já foi informado? — indagou uma mulher negra, de olhos escuros e sérios, vestida elegantemente.

— Ainda não. O desaparecimento da srta. Jamison ainda não foi comprovado como sequestro.

— Acha que ela fugiu por vontade própria? — A jornalista claramente não engolia aquilo. — Ela tem histórico de fugas?

As correntes das bandeiras tiniram quando atingidas por uma forte rajada de vento.

— Como eu disse, ainda não temos certeza do que aconteceu com ela, mas a investigação está em andamento. Esperamos ter evidências e pistas mais substanciais que nos levem a ela em breve.

E assim continuou a coletiva por dez minutos, até que o xerife a encerrou. Em seguida, contra a vontade dele, mas como exigência de seus superiores, era a vez da família. Sharon Updike, com aparência destruída e mais velha do que realmente era, fez um apelo emotivo, implorando para que quem tivesse alguma informação sobre sua filha entrasse em contato. Sua mensagem foi breve e, quando sua voz fraquejou antes de desaparecer completamente, ela sussurrou:

— Por favor, por favor, nos ajudem a encontrar a nossa filha. Se alguém... — sua voz falhou, e ela pigarreou — ... se alguém estiver com a nossa filha, por favor, deixe ela ir. Nos devolva Rosalie. E... e... Meu Deus... Rosalie, se estiver me ouvindo, eu te amo. Seu pai te ama. Por favor, volte para casa. — Em seguida, ela caiu nos braços abertos de Mel Updike, que estava com os olhos secos, enquanto o pai biológico de Rosalie, exausto pela longa viagem de carro desde o Colorado e pela dor do sumiço da filha, olhava para o nada por trás dos óculos sem aro. O rosto de Mick Jamison estava sombrio e preocupado, seus olhos, pesarosos, e ele estava de pé ao lado de uma mulher bem mais jovem, sua esposa, Annie, que apertava sua mão.

No fim, aquilo não passou de um suplício que, na opinião de Cooke, não ajudou muito.

Mas sempre existia a esperança de que alguém pudesse ver o jornal, lembrar de alguma coisa e ligar, ou que Rosalie, caso tivesse fugido, ouvisse o apelo da mãe e voltasse. Ou que o sequestrador, se é que existia um, tivesse tido a ousadia de se juntar àquela pequena multidão.

Se fosse aquele o caso, Cooke prometeu a si mesmo que ia pegar o filho da puta e o colocar atrás das grades. De uma forma ou de outra, ia descobrir o que tinha acontecido com Rosalie Jamison.

Quando a mãe parou o carro no estacionamento do abrigo de animais, Jade já não estava mais irritada por Cody não ter aparecido. Na verdade, estava meio chateada. Com certeza ele apareceria, mas era quase como se ela tivesse de implorar, e aquilo não era legal. Não quando se ama alguém de verdade. E ainda tinha a questão do carro dela. *Precisava* do Honda de volta logo. Sentia-se presa sem ele. Para piorar, estava com muita raiva por causa do celular quebrado, sem falar de sua mãe, que vai enlouquecer quando descobrir. E o pai? Jade não queria nem pensar no que ele diria. Ele que comprou o aparelho para ela e ainda pagava um plano para que pudessem se falar, pois ele estava em Savannah.

Seria difícil explicar que estava praticamente destruído.

— Certo, vamos lá — disse Sarah quando encontrou uma vaga próxima à entrada do Segunda Chance: Abrigo e Resgate e desligou o motor.

Enquanto Jade ainda abria a porta do veículo, Gracie já tinha saído em disparada e entrado no estabelecimento.

— Acho que alguém está animada — disse Sarah, guardando as chaves no bolso.

— E não está sempre? — perguntou Jade, mas a mãe já tinha saído do carro.

Gracie era assim. Às vezes, parecia que tinha sete anos, não doze. Às vezes, surpreendia Jade com um discernimento tão profundo que era quase assustador. Hoje, ela era uma criança normal. Jade as seguiu, entrando em uma recepção bem espaçosa, com luzes fluorescentes refletidas no piso de azulejo brilhante. Guias, coleiras e peitorais decoravam uma parede, e estantes de metal cheias de sacos de ração, camas e caixotes ocupavam outra. Perto do balcão da recepção, um enorme mural, com fotos e informações sobre cada animal disponível para adoção, era exibido. Gracie já estava analisando as listas quando um gato malhado de três pernas, claramente o recepcionista não oficial do abrigo, subiu no quadro comprido, balançando o rabo avermelhado lentamente enquanto observava as recém-chegadas.

— Tem tantos... — disse Gracie ao analisar a seleção de cães e gatos para adoção.

— Mas só precisamos de um — lembrou a mãe.

— Talvez um gato também? — Gracie apontou para a foto de um gatinho preto e branco.

— Um. Cachorro.

A porta de vidro por trás do balcão abriu.

— Olá! — Uma mulher rechonchuda, que mal media um metro e cinquenta e usava um casaco com capuz roxo enfiado dentro das calças jeans, chegou apressada. — Desculpe. — Estava ofegante como se tivesse corrido. — Eu estava limpando os fundos e não ouvi o sininho. Enfim, bem-vindas ao Segunda Chance! Sou Lovey Bloomsville, gerente e, bem, proprietária.

Sarah apresentou todo mundo brevemente e disse:

— Queremos um cachorro. Adulto, domesticado, bom com crianças — disse ela, acrescentando que queriam um cão de porte médio, e concluiu: — Seria mais para estimação, mas um cão de guarda seria bom.

— Cão de guarda? — repetiu Lovey lentamente.

Jade encarou a mãe. Sério? Um cão de guarda?

— Vivemos fora da cidade e é bastante isolado — disse Sarah. — O terreno é muito grande, então seria bom se o cachorro latisse quando aparecesse alguém. Não estou falando de um cão que morda ou rosne ou que me faça pendurar uma plaquinha escrita "cuidado com o cão", só um que nos alerte quando algum estranho estiver por perto.

— Ah, sim. Tenho certeza de que temos um desses aqui. — Lovey abanou a mão com desdém. — Claro, não temos cães violentos... aliás, vou te falar, são os donos, não os animais, que sujam o nome de algumas raças. Sabe aquela lei contra os pitbulls, por exemplo? Uma baboseira! Eu mesma tenho dois e, vou lhe contar, são uns amores, não fariam mal a uma mosca! Não são nem de longe tão bravas quanto minha pug. Está sempre arranjando encrenca e manda na minha casa e nos pitbulls. E eles deixam. Enfim... — Lovey gesticulou na direção das fotos dos animais. — Todos os nossos cães passaram por testes de temperamento para ver se são bons com gatos, crianças pequenas e outros cães. Trabalhamos com eles todos os dias, e sabemos se são comportados ou um pouco agressivos quando estão de coleira ou perto da comida, coisas do tipo. Cada um tem uma personalidade diferente, sabe. Bem — falou ela, unindo as mãos —, tenho certeza de que vamos conseguir encontrar o animalzinho perfeito para vocês. Um cão de porte médio a grande, foi o que você disse?

— Eu estava pensando em um de vinte a trinta quilos. Talvez até um pouco mais, mas não muito maior. Não temos preferência de raça.

Lovey estava dando uma olhada nos cartazes na parede quando um rapaz magro, de uns vinte anos, entrou na recepção pela porta dos fundos. Uma confusão de latidos, ganidos e uivos tomou conta do ambiente até a porta se fechar atrás dele. Lovey aproveitou o barulho e disse:

— Como podem ver, encontrar um cão-alarme não vai ser problema. Vamos. Vou levar vocês para conhecer alguns candidatos. Então vão poder pensar bem antes de preencher os documentos de adoção. Jared — falou para o magrelo que tinha ido pegar uma vassoura —, pode trazer Henry, Shogun e... talvez Xena, um de cada vez, para a sala de apresentação?

— Claro, srta. B. — Jared já passava novamente pela porta.

— Perfeito. Vou mostrar o lugar a vocês enquanto Jared busca os cãezinhos que se encaixam no perfil que vocês procuram. Se gostarem de algum cachorro, me falem — disse Lovey a Sarah e suas filhas.

Explicando um pouco sobre o trabalho de resgate e sobre a saúde e o bem-estar dos animais do abrigo, Lovey as levou para dentro, onde cães menores e maiores ficavam em áreas distintas e gatos tinham um espaço próprio. Uma porca-vietnamita chamada Esmeralda e apelidada de Ezzy era uma espécie de mascote no abrigo. Ela andava ao lado de Lovey grunhindo um pouco e era uma integrante alegre do grupo.

O rosto de Gracie se iluminava enquanto ela observava os cachorros brincando e correndo na área aberta. Lovey Bloomsville falava sem parar enquanto caminhavam, mas Jade não prestou atenção em toda aquela tagarelice porque seu celular não parava de vibrar. Sam, o nerd da aula de Álgebra, não desistia, e a prima de Jade, Becky, tinha enviado uma mensagem sobre a festa de Halloween da mãe dela.

"Você vem? ", perguntou Becky.

"**A minha mãe disse que eu tenho que ir**, respondeu Jade. **Não tenho escolha.**"

"**Tem, sim**", respondeu Becky.

"**Hum**". Jade levou aquilo em conta. Mesmo que fingisse que não, até que gostava da prima. Mas Becky era meio duas caras, um pouco parecida com Mary-Alice. Só que ela tinha um lado mais sombrio que atraía Jade.

"**Vamos poder sair da festa?**", enviou Jade.

"**Não se pedirmos permissão.**"

Jade quase riu.

Becky digitou: "**Ligo pra você mais tarde.**"

"**Beleza.**"

Jade já estava se sentindo melhor. A festa estava marcada para sábado à noite, na véspera de Halloween, exatamente quando Cody disse que viria. Isso! As coisas finalmente pareciam estar dando certo. Jade não conseguia parar de sorrir, e a mãe, provavelmente, achou que era por causa dos cachorros.

Lovey Bloomsville exibiu chihuahuas minúsculos e yorkshires saltitantes e, por fim, um enorme mastim de fuça caída que devia ser do tamanho de um pônei.

— Ninguém quer o Bubba — disse Lovey, olhando com amor para o cachorro grandalhão —, mas ele é um amor. Acho que vai ser o cão do nosso abrigo, não é, rapaz? — Ela acariciou o cabeção do animal, e Jade imaginou quem pesava mais, o cão ou a mulher. Em silêncio, concluiu que era o cão.

Todos os cães se aproximaram e, enquanto Gracie parecia se sentir no paraíso, Sarah parecia ligeiramente apavorada.

— Vai ser mais difícil do que pensei — anunciou ela.

— Sempre é — simpatizou Lovey. — E não é mais fácil com os gatos, sabia? — Balançando a cabeça, ela ergueu as mãos como se trabalhasse demais. — O lado bom é que amo animais. Agora, aqui estão os que acho que têm mais a ver com vocês. — Ela apontou para os quatro cães que reuniu como animais de estimação em potencial e conduziu Sarah e as filhas até a pequena sala com divisória de vidro, onde conheceram um de cada vez. Henry era um mestiço tímido de border collie, Shogun era uma espécie de pastor-alemão, Brawn era um husky puro, e Xena, a única fêmea, era uma mestiça de pelo amarelo, com traços característicos de labrador e pitbull.

— Podemos ficar com todos? — perguntou Gracie, dirigindo o tom mais angelical possível à mãe.

Sarah se engasgou com uma risada.

— Acho que seria bom começarmos com um só.

Gracie avaliou todos.

— Xena — decidiu ela, por fim, mas estava claramente dividida.

— Tudo bem por você? — perguntou Sarah a Jade.

— Eu gosto do Brawn — respondeu ela honestamente.

— Ah, ótimo — disse Sarah, suspirando alto. — Parece que vou ter que desempatar. — Ela olhou para Lovey. — Xena.

Jade não resistiu à vontade de dizer "grande surpresa" e percebeu um olhar de advertência da mãe, que ela deve ter merecido. A verdade é que Jade estava sendo um porre desde que surgiu a ideia da adoção. O cachorro era para Gracie e era ela quem devia escolher.

— Xena também serve — disse ela. — Não, quer dizer, eu gostei dela. — Ela fez um gesto com a cabeça, concordando com a escolha, e a mãe pareceu aliviada.

Lovey bateu palmas.

— Combina perfeitamente! Xena é uma das favoritas do abrigo, uma boa garota. — Depois, percebendo o que dizia, dirigiu-se a Sarah: — Mas tem um latido e tanto.

— Ótimo — disse a mãe.

— Então, vamos à parte burocrática! — Lovey já as conduzia à recepção, onde o mesmo homem da pizzaria, Clint Walsh, vizinho delas, aguardava com uma coleira na mão, a carteira e um saco de ração canina sobre o balcão.

Jared tinha largado a vassoura e estava passando um cartão de crédito na máquina.

Walsh olhou assim que a porta abriu e elas entraram. O sorriso torto dele parecia menos charmoso dessa vez.

— E aí, Sarah — disse ele enquanto a máquina emitia o recibo.

Sarah forçou um sorriso.

— Acho que esqueci como é morar em uma cidade pequena.

— Eu diria que é do tamanho de uma noz! — intrometeu-se Lovey.

— Eu cresci aqui — explicou Sarah, parecendo um pouco constrangida. — Clint era... é meu vizinho. Praticamente crescemos juntos.

— Vizinhos ontem, vizinhos hoje. — Ele guardou a carteira no bolso de trás da calça jeans desbotada.

— Quem diria! O que vai volta mesmo — falou Lovey.

Clint lançou um olhar a Sarah que poderia derreter aço, e ela logo virou o rosto.

Com certeza, existia alguma coisa entre eles, pensou Jade.

— Vejo vocês por aí — disse Walsh quando colocou o saco de ração sobre o ombro e, com a coleira na mão livre, saiu do estabelecimento.

Jared, a pedido de Lovey, foi buscar Xena.

Enquanto isso, as engrenagens do cérebro de Jade giravam furiosamente em torno de uma questão que ela costumava evitar. Seria possível? Não, de jeito nenhum... Mas a menina mesmo assim fez as contas para ver se batiam com sua data de nascimento. Fazia aquilo desde que aprendera sobre sexo e gravidez e o fato de a gestação levar cerca de nove meses. Calculou que a mãe tinha engravidado logo depois do Ensino Médio. Sua mãe falava sempre de um *crush* que teve na faculdade, mas isso não necessariamente tirava aquele vizinho da equação, não é?

Clint Walsh, com seu queixo bem-definido, corpo esbelto e olhos cinzentos, tinha mais ou menos a idade certa.

A mãe estava estranha para cacete, e o vizinho, "amigo dos irmãos dela", era alguém que Sarah conhecia quando estava na escola. Ela engravidou logo depois da formatura, pelos cálculos de Jade, então...?

Ela ficou encarando o homem enquanto ele saía do abrigo.

Será?

Sua garganta ficou seca só de pensar que poderia ter ficado cara a cara com seu pai, e ela foi até a janela para observar enquanto ele entrava na caminhonete.

Depois de jogar o saco de ração na caçamba, ele abriu a porta do lado do motorista e afastou o cachorro para o banco do carona. Um caubói? Um fazendeiro? Um fiscal de obras?

Jade sempre imaginou seu pai como alguém famoso, como o guitarrista de uma banda de rock, um astro de cinema, algo do tipo, alguém com quem Sarah, de alguma forma, tivesse compartilhado a inesquecível e gloriosa noite de paixão em que Sarah engravidou de Jade.

Mas o vizinho?

Amigo dos tios dela?

Ela ficou olhando enquanto as lanternas traseiras da picape desapareciam em meio à tarde escura. Será que ele sabia sobre Jade? Será que tinha abandonado Sarah quando descobriu que ela estava esperando um bebê indesejado? Até que era bonito para um homem velho, estava em boa forma, mas não se parecia nada com Jade, pelo menos ela não achava. Mas ela também não se parecia muito com a mãe.

— Bonitão, ele, né? — perguntou Lovey, e Jade se sobressaltou, percebendo que fora pega encarando o vizinho.

— É só um velho — respondeu Jade com indiferença. Ela olhou para a mãe, mas Sarah parecia estar encarando a parede cheia de fotos de cães propositalmente.

— Ele anda bem reservado ultimamente. Muito trágico o que aconteceu — disse Lovey e se virou para Sarah. — Quem sobrevive à perda de um filho? Eu sei que eu não aguentaria.

Sarah apenas balançou a cabeça sem desviar os olhos da parede, mas Jade incentivou Lovey. Clint Walsh *era* pai? Teve outro filho? Um... possível irmão?

— O que aconteceu? — indagou ela.

— Acidente de carro — respondeu ela, triste. — A esposa estava dirigindo. — Balançando a cabeça, acrescentou: — Não teve outro carro envolvido, e o menino... bem, ele não sobreviveu. Não foi nenhuma surpresa o casamento desmoronar, e Andrea voltou para casa, em algum lugar na

Califórnia, eu acho. — Como se percebesse que estava fazendo fofoca, Lovey olhou para a porta atrás do balcão assim que Jared voltou, dessa vez com Xena na coleira, puxando para alcançar Gracie, que já estava de joelhos e de braços abertos para abraçar seu bichinho de estimação. — Beleza, vamos ao que interessa? Jared, por que não ajuda Gracie e Xena a se familiarizarem com a coleira e a guia enquanto preenchemos os documentos?

Sarah e Lovey começaram a repassar o processo de adoção enquanto Gracie acariciava e passeava com Xena pelo interior do prédio.

Jade mal conseguia respirar. Ela tinha perguntas, um milhão de perguntas. Todas sobre Clint Walsh. Mas não poderia perguntar nada ali, não na frente de Lovey e Gracie, então segurou a língua, embora estivesse morrendo por dentro.

CAPÍTULO 18

Clint deixou o saco de ração encostado na porta dos fundos, pendurou a jaqueta em um gancho e foi até a cozinha abrir o armário onde guardava as bebidas alcoólicas. O pai e o avô também usavam aquele mesmo armário em cima da geladeira para armazenar bebidas, e ele percebeu que algumas das garrafas empoeiradas ali deviam ser tão velhas quanto ele. Encontrou um Jack Daniel's, verificou o conteúdo e decidiu que um drinque cairia bem.

— Finalmente, hein? — perguntou Clint, abaixando-se para acariciar as orelhas do cachorro. Tex abanou o rabo alegremente e apoiou as patas nos joelhos das calças jeans de Clint para lamber seu rosto.

— Sim, sim, eu também te amo — disse ele. Em seguida, pegou dois cubos de gelo e serviu uma boa dose de uísque no copo antes de tomar um gole generoso. Tinha esbarrado com Sarah duas vezes só naquela semana.

Os dois encontros, cara a cara, tinham sido apenas a ponta do iceberg. A situação ia ficar mais delicada quando ele fosse à Mansão Pavão Azul para supervisionar as obras só Deus sabia por quanto tempo. Tomou outro gole demorado da bebida e, mais uma vez, considerou delegar o serviço a Doug Knowles. Mas, no íntimo, Clint sabia que não faria aquilo. E bebeu outro gole.

A verdade é que gostou de ver Sarah de novo. No passado, era fascinado por ela e, recentemente, ficou sabendo que seu interesse pela mulher não tinha desaparecido por completo, apesar do que disse a si mesmo ao longo dos anos.

— Idiota — murmurou, quebrando um cubo de gelo na boca.

Tex o encarava, ganindo de ansiedade para ser alimentado.

— Eu sei, calma. — Usando o canivete que o pai tinha lhe dado, Clint cortou o saco de ração, mediu a porção de Tex e, enquanto o cão devorava a comida, virou o restante em uma caixa de plástico enorme.

Enquanto isso, pensava em Sarah Stewart. Aliás, Sarah McAdams. O ex-marido dela estava em algum lugar no Sul, se não estava enganado. Tentava manter distância da vida dela, convencer a si próprio de que ela era passado, mas, agora que Sarah tinha voltado para Stewart's Crossing e estava morando no terreno vizinho, Clint andava pensando nela com mais frequência do que gostaria de admitir.

Ele resolveu afastar deliberadamente os pensamentos de Sarah por um momento e levou o restante da bebida para o escritório, sentando-se à mesa para pagar algumas contas pela internet e checar se tinha alguma pendência no e-mail. Não era sempre que ficava no escritório das oito às dezessete, pois costumava sair para verificar o andamento das obras e podia fazer home office.

Nada importante.

Ótimo.

Terminada a papelada, decidiu que estava na hora de dar uma olhada no gado. Estava quase anoitecendo, e em breve os animais o avisariam que estavam com fome. Olhou pelas janelas que davam para o celeiro, onde se encontravam seus três cavalos. Além das instalações anexas e do pasto, tinha um trecho de árvores altas que ninguém da família jamais quis cortar. Colina acima, em direção aos penhascos que se erguiam sobre o rio, o terceiro andar, o telhado e a cúpula de vidro da Mansão Pavão Azul ficavam bem à vista.

— Muito tempo atrás — lembrou a si mesmo enquanto seu olhar voltava à mesa, pousando em uma foto de Brandon, seu filho, aos cinco anos, montado em um pônei malhado. Com o céu azul e a grama seca do verão como cenário, Brandon usava um chapéu grande demais para sua cabeça, uma camisa de caubói com botões perolados, um lenço ao redor do pescoço e perneiras de couro por cima de suas perninhas cobertas pelas calças jeans. Os olhos dele estavam semicerrados, mas, ainda assim, sorria para a câmera, exibindo dentes que pareciam pequenos demais para seu rosto cheio de sardas.

Clint sentiu um nó se formar na garganta, e sua mandíbula ficou tensa enquanto tirava a foto da moldura prateada para encarar o filho.

Saudades, garoto.

Com o coração apertado, aquela dor familiar o atingiu outra vez, uma ferida que jamais curou de verdade e que ainda o dilacerava. Normalmente, para se manter são, ele evitava ao máximo recordar os detalhes da tragédia, mas, naquele momento, era o que queria fazer. Talvez tivesse algo a ver com reencontrar Sarah... Velhos amigos e velhos relacionamentos. Qualquer que fosse a razão, ele se permitiu lembrar.

Brandon tinha falecido fazia pouco mais de cinco anos, consequência do pé de chumbo de Andrea e de um assento defeituoso. Ela sobreviveu ao acidente em que o Chevy derrapou para fora da pista, batendo em um abeto velho; o filho e o casamento deles, não. Clint encarou a foto por um instante. Em seguida, como sempre fazia, colocou o retrato de volta na mesa empoeirada. Nunca superaria a morte de Brandon, tinha consciência daquilo agora, mas precisava seguir em frente.

Embora o simples fato de que o filho tinha tido uma morte instantânea consolasse o pai, Clint não conseguia parar de reavivar em sua mente as horas que antecederam o acidente. Se ele, em vez de Andrea, tivesse levado Brandon à cidade — como tinham planejado, até que a bomba--d'água parou de funcionar e ele precisou fazer uma ligação urgente —, se tivesse emprestado a caminhonete dele, uma década mais nova que o Sedan, se tivesse desligado o telefone quando os dois estavam saindo e dado um abraço no filho ou feito um joinha para ele, se tivesse feito qualquer coisa, mudado um segundo sequer daquele dia, talvez Brandon ainda estivesse vivo.

Mas, é claro, não tinha feito nada daquilo e aquele dia fatídico seguiu seu curso, destruindo sua razão de viver. Apesar das orações e das condolências dos amigos e de um ano de terapia para superar o luto, jamais fez as pazes com o que aconteceu.

Lembrou-se de quando chegou ao local do acidente, onde os primeiros socorristas, bombeiros e policiais, com as luzes de seus veículos piscando na floresta, já estavam abrindo a porta do Chevy à força. O carro estava destroçado — metal amassado, vidros quebrados. A brisa tranquila do verão tomada por gritos e ordens dos homens e mulheres que tentavam salvar um menino que já estava morto. Aqueles gritos entorpecentes e o choro violento da esposa ainda ecoavam em sua mente.

Os paramédicos seguraram Andrea quando ela tentou voltar para o carro, onde viu o corpo sem vida do filho ser retirado das ferragens. Sangue. Tanto sangue. Clint saltou correndo da caminhonete em ponto morto, ignorando os gritos dos socorristas. Uma policial tentou segurá-lo, mas ele se desvencilhou da mulher e continuou correndo na direção de Brandon.

Ele caiu de joelhos, os próprios gritos retumbando em seus ouvidos e, depois, não havia mais nada, um vazio, nenhuma imagem em sua mente, até que o médico soturno confirmou o que ele já sabia.

— Meu Deus — sussurrou agora.

Recompondo-se, disse a si mesmo, pela milésima vez desde aquele dia, que precisava superar aquilo.

De alguma forma.

Brandon completaria onze anos no próximo mês de dezembro — um menino entrando na adolescência, se tivesse sobrevivido. Estaria aprendendo a cuidar dos animais e a atirar com um rifle. Provavelmente já teria ido nadar sem roupa no riacho, estaria treinando bastante para aperfeiçoar o lançamento além da linha de três pontos em uma quadra de basquete, apaixonando-se pela primeira vez por uma garota de aparelho nos dentes...

— Merda! — disse ele com a voz entrecortada, apoiando seu peso sobre a mesa enquanto se esforçava para recuperar o controle. Uma vez que os pensamentos e lembranças transbordavam, era difícil conter a maré. Enquanto Clint travava uma batalha interna, Tex resmungou baixinho, apreensivo, em sua cama.

— Está tudo bem — disse Clint ao cachorro. Suas palavras eram vazias. Virando as gotas restantes da bebida, ouviu o barulho de um motor de caminhonete. Tex, com um breve latido grave, levantou-se num pinote e foi até a porta dos fundos, ansioso. Lá estava Casey Rinaldo, o homem que ajudava Clint com os afazeres e os animais. Cumprimentando Casey, ele disse: — Certo, vamos lá. — Em seguida, tirou a jaqueta do gancho. Passando os braços pelas mangas, disse ao cão, que já estava do lado de fora: — Temos trabalho a fazer.

E, silenciosamente, enterrou mais uma vez as lembranças que o assombravam.

Enquanto dirigia pela via esburacada que levava até sua casa, Sarah finalmente começou a relaxar. Embora Xena, a princesa guerreira canina, não se parecesse muito com um cão de guarda, só seu tamanho poderia dissuadir alguém que estivesse pensando em invadir a residência ou causar problemas.

Menos os fantasmas. Cachorro nenhum seria capaz de espantar as criaturas sobrenaturais que porventura habitassem a Mansão Pavão Azul.

Essa coisa de fantasma não existe, não importa o que Gracie diga ou o que você possa ter imaginado quando criança. Não importa.

Mas seus dedos agarraram o volante com um pouco mais de força. Enquanto as árvores davam lugar a campos, ela notou a grama invernal se agitar ao vento que descia em direção à garganta do rio. Não era a primeira vez que tinha a impressão de estar sendo observada, de que olhos à espreita a acompanhavam enquanto o veículo emergia da floresta.

— Ai, cacete! O que é aquilo? — indagou Jade, levantando no banco do carona enquanto o Explorer fazia a curva no fim do caminho e a imagem do casarão despontava. Uma van branca, com uma placa de metal na porta do motorista, estava estacionada em frente à casa de hóspedes.

— É o cara que contratei para supervisionar as obras. Ele gosta de colocar a mão na massa, fazer o serviço e identificar os problemas ele mesmo — respondeu Sarah.

— Longstreet? — perguntou Jade, quase afundando no banco.

— Sim, Keith Longstreet. Por quê? — Sarah estacionou no lugar de sempre. Assim que o Ford parou, Gracie e a cachorra saltaram do banco traseiro, as duas já grandes amigas.

Jade, no entanto, sequer se moveu.

— Você conhece ele?

— Não, não... É claro que não. — Jade colocou a cabeça para fora da janela e deu uma espiada. — Ele tem um filho?

— E uma filha também, eu acho.

— Que ótimo — resmungou ela.

— Então você conhece o filho do Keith?

— Não... quer dizer, mais ou menos. Ele estuda na minha escola. É só um jogador de futebol popular, eu acho. Ai, meu Deus!

A porta do carona da van abriu, e um garoto alto e magro de uns dezoito anos, usando calças jeans e um moletom com a palavra "Crusaders" estampada indiscretamente na frente, se aproximou de Keith.

***

— Imagino que aquele seja o garoto em questão — disse Sarah, indiferente.

Um rapaz de boa aparência, corpo atlético e traços harmoniosos olhou de soslaio para elas enquanto jogava o capuz por cima dos cabelos castanhos volumosos.

— É.

— E você tem algum problema com ele? — adivinhou Sarah.

— Nenhum.

— Então por que parece que você está morrendo?

— Ele não me conhece.

— Ele não está fazendo bullying com você, está?

— Meu Deus, mãe... Não!

— Então... você gosta dele — concluiu ela, acrescentando: — Até que ele é bonitinho.

— Para! — disparou Jade, agarrando a maçaneta da porta. — Por que você sempre faz isso? Meu Deus do Céu... Não está acontecendo *nada!* — Jade estava quase berrando e deve ter se tocado porque abaixou o tom de voz. — Ele e eu não nos conhecemos, ouviu? Ele é só o monitor temporário da professora de biologia. — Ela soltou um suspiro pesado. — Esquece tudo o que eu disse! — Então saiu imediatamente do carro e se pôs a marchar em direção à porta de casa, seu sobretudo balançando ao vento.

Confusa, Sarah saltou do Explorer. Keith acenou em cumprimento, e o filho dele, com o celular em mãos, ficou com os olhos grudados nas costas de Jade enquanto ela subia os degraus da varanda a passos pesados.

— Desculpe o atraso — falou Sarah, fechando o zíper do casaco. Nossa, como estava frio!

— Sem problemas. Acabamos de chegar. Ei — disse ele ao filho quando viu que estava no celular —, o que foi que eu falei sobre isso? Guarda essa porcaria. Estamos trabalhando agora.

O menino enfiou o celular no bolso da frente da calça jeans desgastada.

— Só um segundo, pai. — Em seguida, gritou para Jade: — Ei, espera aí!

Sarah conteve um sorriso. Imagine se ele a conhecesse...

Jade, já com a mão na maçaneta, ficou paralisada por um segundo e, depois, virou-se lentamente.

— O que está acontecendo aqui? — questionou Keith em voz alta.

Embora não tivesse conseguido ouvir a breve conversa entre os dois, Sarah viu o garoto com a mão estendida, como se estivesse tentando se explicar a Jade, que não estava nem aí. O maxilar dela estava tenso, os lábios também, e ela o encarava com raiva. Ele disse algo mais e ela negou com a cabeça. Um trecho da conversa chegou aos ouvidos de Sarah:

— ... e manda aquele esquisitão ficar longe de mim! Entendeu?

Antes que ele pudesse responder, Jade escancarou uma das portas duplas, entrou e a bateu com força.

Por um momento, o garoto ficou paralisado. Em seguida, com as mãos nos bolsos, o nariz avermelhado por causa do vento cortante, virou-se e correu de volta para a área de estacionamento, onde Sarah e Keith o aguardavam.

— O que foi aquilo? — exigiu Keith.

— Nada — respondeu o garoto.

— Não me pareceu nada.

O filho trocou o apoio de um pé para o outro.

Longstreet desviou o olhar do filho lentamente e disse:

— Esse é o meu filho, Liam. Ele trabalha comigo de vez em quando. Espero que aprenda o ofício. Liam, essa é a srta. McAdams.

O garoto realmente a olhou nos olhos e apertou sua mão com firmeza.

— Prazer — disse ele, em voz baixa.

— Prazer, Liam.

— Você é a mãe da Jade? — O olhar dele se voltou para a casa.

— Sim. Vocês estudam na mesma escola, não é?

Ele assentiu, seu moletom dos Crusaders confirmava o óbvio. Liam deu outra olhada rápida na direção da casa principal, como se quisesse ter outro vislumbre de Jade.

— A sua filha também estuda na Nossa Senhora do Rio? — perguntou Keith e, antes que Sarah pudesse responder, disse: — É uma ótima escola, tem um programa extraordinário para atletas. Sabe, Liam é o melhor atacante do time de futebol.

— Pai... — reclamou o garoto, balançando a cabeça.

— Ué, você é — gabou-se o pai. Com um sorriso convencido, deu um soco de leve no braço do filho. — Quantos gols você fez nesta temporada?

— Não sei — respondeu Liam, corando.

— Quatorze. Por enquanto! — Keith olhou para Sarah como quem pergunta "Está bom para você?". — Já é o recorde da escola, e a temporada ainda nem acabou! Ele fez o gol decisivo contra os Molalla semana passada.

Liam parecia estar sofrendo.

— Não viemos aqui para trabalhar?

— Claro que sim, mas precisava elogiar você, sabe. Aquela vitória foi essencial para irmos para as eliminatórias.

O filho dirigiu ao pai outro olhar constrangido, e Keith finalmente entendeu o recado.

— Certo, tudo bem — disse ele, erguendo as mãos para evitar uma possível discussão. — Acho que é hora de fazermos o que viemos fazer. Já está escurecendo.

Ele estava certo. O crepúsculo começava a dominar a paisagem, expandindo as sombras, o prenúncio de uma noite precoce. Uma rajada de vento estrondosa percorreu o desfiladeiro abaixo novamente, agitando os galhos da cerejeira e lembrando a Sarah como era solitário aquele lugar que ela chamava de lar.

Visivelmente aliviado pela conversa ter se desviado de seus dotes esportivos, Liam tirou o celular do bolso, deu uma olhada e o guardou de novo.

Sarah se perguntou sobre a discussão entre ele e Jade, mas deixou para lá e fez sinal para a casa de hóspedes.

— Como vai a reforma?

— Melhor que o previsto — assentiu Keith, como se concordasse com ele mesmo silenciosamente. — Está indo muito bem. — De repente, o Longstreet mais velho virou um homem de negócios. Abriu a porta da van e pegou uma prancheta com uma caneta e um bloco de folhas pautadas. Na primeira página amarela, uma lista escrita dos reparos sobre os quais tinham conversado. — Primeiramente, substituímos a tubulação e as calhas que não tinham conserto e usamos umas telhas antigas que encontramos na garagem para remendar o telhado. Também demos um jeito na tábua podre da varanda. — Ele apontou para a nova tábua com a caneta, a madeira nova em total contraste com as velhas pranchas desgastadas do assoalho. — Os degraus, o parapeito e o restante do assoalho estão bons.

— Que bom — disse ela, aliviada por não terem encontrado mais nada podre.

— As janelas vão ser entregues na segunda e instaladas na terça. Não deve demorar muito. Metade do dia, talvez. E aí encerramos a parte externa.

O trio entrou na casa, onde Keith consultou novamente a lista no bloco de notas e mencionou alguns ajustes rápidos feitos no encanamento e na fiação. Consertaram a velha fornalha, cuidaram de uma infestação de roedores e puseram novas placas de gesso nas paredes do quarto para cobrir alguns buracos enormes. Os eletrodomésticos da cozinha eram pré-históricos, mas voltaram a funcionar com alguns reparos.

— Economizamos um pouco ali — observou Longstreet, levando Sarah até o banheiro, onde uma privada e uma pia da casa principal tinham sido usadas para substituir as da casa de hóspedes, que estavam rachadas. No fim das contas, o pequeno *cottage* ficaria habitável em meados da semana seguinte. Sarah já tinha decidido que ela e as meninas poderiam cuidar da pintura e fazer uma limpeza no fim de semana, e depois se mudar.

Na sala de estar, Keith disse:

— Pensei em trazermos uma das luminárias antigas da casa principal para cá. — Ele apontou com a caneta para a lâmpada quebrada dependurada no teto. — Tem uma no saguão que combinaria bastante, eu acho. É do tamanho certo. A não ser que você queira uma nova.

— Não, vamos reaproveitar tudo que for possível — concordou ela.

Passaram alguns minutos falando sobre a casa principal, antes de os dois pegarem a van e partirem com o cair da noite. O veículo virou a esquina, o ronco do motor afastando-se, as lanternas traseiras reluzindo um vermelho vivo por entre as árvores.

O vento cessou.

A solidão e as trevas pareciam se infiltrar em sua alma.

Mas aquela sensação era temporária, com certeza. Assim que a casa de hóspedes voltasse a ser totalmente habitável, com eletricidade, água e aquecimento, ela não se sentiria mais completamente isolada do mundo.

Uma neblina começava a rastejar sorrateiramente pelo campo, cerrando as árvores e invadindo o desfiladeiro, envolvendo a casa de hóspedes com suas garras. A casa principal, quase invisível no breu, ficava realmente sinistra à noite.

Esfregando os braços, Sarah foi até o Explorer, abriu o porta-malas e pegou o enorme saco de ração seca para a nova integrante da família. Equilibrando o saco de ração, ela fechou o porta-malas.

Mais uma vez, o mundo escureceu, envolto nas trevas da noite.

Só havia um pouco de iluminação saindo das janelas do térreo.

Mas era o suficiente.

Ela só precisava se juntar às filhas dentro de casa e espantar qualquer ideia absurda de que alguém a estava observando. Perseguindo. Prestes a atacá-la. Aquela sensação insistente precisava ser ignorada e...

Craaack!

Um pequeno galho se partiu.

Ela se virou na direção do som.

Seus olhos examinaram a escuridão, suspeitando de algum movimento nas sombras próximas à garagem. Era dali que tinha vindo o barulho.

Ou será que estava enganada?

Será que o som não tinha vindo de baixo da cerejeira, onde alguém poderia ter pisado num galho frágil caído no chão?

Ou do campo para lá da cerca? Olhando de rabo de olho, Sarah não viu nada além de um ligeiro vislumbre da madeira que tinha sido branca um dia. Ela sentiu um arrepio enquanto encarava a noite através do nevoeiro.

Com audição atenta e visão aguçada, ela recuou a passos lentos na direção de casa. Com certeza, estava sozinha aqui fora. O que ouviu devia ser apenas um animal — um gambá, uma lebre, talvez um veado.

Ou um cachorro.

Talvez a cachorra impetuosa sequer tivesse entrado em casa.

Então onde estaria Xena?

E as meninas... Deus do Céu, era óbvio que estavam lá dentro.

Por um instante, Sarah teve certeza de que não estava sozinha, que algo ou alguém estava por ali, observando cada movimento seu.

Você está sendo boba. Não tem nenhuma presença maligna aqui.

Lembrou-se de quando gritou com o "fantasma" no andar de cima e sentiu-se uma tola, mas seus medos naquele momento foram tão reais que a levaram a adotar um cachorro. Que ridículo. Era óbvio que havia animais selvagens aqui fora, e daí? Ela tinha crescido ao redor deles, fossem quais fossem.

Colocando o saco de ração no ombro, encarou a casa outra vez e, automaticamente, seus olhos se dirigiram à janela do quarto de Theresa, no terceiro andar. Ali, através da fina neblina e da vidraça molhada, ela viu um movimento, o vulto de uma mulher de vestido branco.

Sarah tropeçou e deixou cair o saco de ração no chão. A embalagem atingiu a ponta de um paralelepípedo e rasgou. Pequenos grãos se espalharam pelo gramado e pelas pedras, mas Sarah mal percebeu. Seu olhar estava fixo na janela e na imagem por trás do véu das cortinas.

O fantasma?

De jeito nenhum.

Suas costas ficaram tensas e os pelos de sua nuca se eriçaram.

A imagem logo desapareceu, mas não antes de Sarah imaginar ter reconhecido a filha.

Jade?

Ela soltou a respiração lentamente.

Não era nenhum ser sobrenatural, nenhum fantasma, talvez fosse apenas sua filha explorando a casa. Como estava escuro demais para limpar a bagunça, deixou os grãos de ração derramados para algum animal noturno que aparecesse e levou o saco para dentro de casa.

Na cozinha, Gracie tentava ensinar Xena a "dar a patinha". Até então, a aula não ia muito bem.

— Usa um pouco disso — sugeriu Sarah, colocando o saco de ração na mesa. — Vê se você acha um pote de plástico para a gente guardar a ração, porque o saco já era.

Gracie pegou um punhado de ração do saco rasgado, os olhos de Xena acompanhando cada movimento seu.

— Jade — chamou Sarah, dirigindo-se aos andares de cima.

— O que foi? — Mas o som veio da sala, onde a filha mais velha estava enrolada numa manta enviando mensagens pelo celular e vendo vídeos no iPad ao mesmo tempo.

— O que você estava fazendo no terceiro andar? — perguntou Sarah.

Jade sequer desgrudou os olhos da tela.

— Eu não estava lá, não.

— Você estava no quarto da Theresa agorinha.

Finalmente, Jade se virou para encarar a mãe e balançou a cabeça, negando.

— Eu disse que não estava lá.

— Mas eu vi você.

— Não viu, não! — declarou Jade, olhando para Sarah como se ela tivesse enlouquecido de vez. — Espera aí... Você acha mesmo que me viu lá em cima? No quarto onde a Gracie viu o fantasma?

Sarah sentiu um calafrio correr a espinha.

— Você não estava lá?

— Não. — Atirando a manta de lado, ela pegou o celular e o iPad e se levantou. — Por que eu ia subir até lá?

— Não sei. Talvez para ficar olhando o Liam sem ser vista.

Jade fingiu golfar.

— Meu Deus! Ele só veio pedir desculpas por ter quebrado o meu celular e, sim, está com a tela rachada! — disse ela, levantando o aparelho para mostrar a Sarah. — Nem funciona direito.

Sarah assentiu, encarando o celular enquanto tentava não pensar no fantasma.

— Acho que o seu pai fez seguro. — Engolindo em seco, acrescentou: — Achei que de repente você e Liam fossem amigos.

— Amigos? Ele é "amigo" de um ogro chamado Miles Prentice e é namorado da Mary-Alice Eklund, a garota mais metida e duas-caras da escola. Odeio ela.

— Ódio é uma palavra forte.

— É, mãe, eu odeio, sim! Ela está fazendo da minha vida um inferno, e não é como se precisasse de ajuda para isso.

— Jade, se você tiver paciência...

— Não vou mais seguir os seus conselhos — disse ela.

— Como assim? — Sarah deixou de lado sua distração e deu atenção total à filha.

— Porque você não tem sido sincera comigo.

— Sobre o quê?

— Meu pai.

— Seu pai. Jade... — começou ela, com um tom de voz derrotado.

— O meu pai é o vizinho? — perguntou Jade sem rodeios. — Clint Walsh? Vocês estavam namorando e terminaram quando você descobriu que estava grávida ou sei lá?

Sarah abriu a boca para responder, mas parecia que tinha levado um soco no estômago. Queria se safar na base da mentira, mas não conseguiu fazer nada porque ficou paralisada de surpresa. E isso foi suficiente.

— Eu fiz as contas, mãe. — O queixo de Jade se contraiu um pouco, e ela parecia tão jovem, tão vulnerável. — Nem pense em mentir.

— Eu pretendia conversar com você — disse Sarah, vacilando.

— Ai, meu Deus. É verdade. Eu sabia! Meu Deus. Aquele cara... aquele *homem* que eu nunca tinha visto antes, ele é meu... — Ela balançava a cabeça, recuando. — Por que simplesmente não me contou? Esse tempo todo? Por que fez um mistério tão grande?

— Eu não sabia como contar para você — admitiu Sarah.

— Ele sabe? — indagou Jade. — Você disse que ele não sabia.

— Não. Ninguém sabe... Bem, a sua avó adivinhou, mas só. Eu consegui esconder da família enquanto estava na faculdade. — Sarah nunca tinha sentido tanto remorso. Estava morrendo por dentro, desejando que fosse capaz de fazer voltar os anos, que tivesse contado tudo para Jade na primeira vez que ela perguntou sobre o pai. — Me desculpa. Foi um erro, eu sei.

— É só isso que você tem a dizer agora? — atacou Jade, seus olhos transbordando de lágrimas não derramadas. Ela as secou furiosamente.

— Jade... — Sarah tentou se aproximar, mas a filha recuou.

— Quando você ia me contar? E não diga "na hora certa", porque esse é o problema, mãe. Nunca é a hora certa para admitir que você passou anos mentindo! — Ela estava quase gritando, sua voz tremia, seu semblante retorcido de dor.

Deus, que confusão. Uma confusão que ela mesma criou e tornou pior a cada dia que escondeu a verdade.

— Você tem razão, Jade. Eu devia ter sido sincera com você e com Clint desde o começo.

— E por que não foi?

— Porque a gente já tinha terminado quando eu descobri. Não era como hoje em dia, que dá para fazer um teste de gravidez na mesma semana da... concepção. — Ela se recompôs. Como poderia explicar que já estavam separados fazia meses, mas ficaram juntos uma última vez e aquilo tinha sido um erro? Que tentaram reviver algo que não existia mais? Que ambos se sentiram péssimos porque ele estava namorando outra pessoa, que os dois tinham participado de uma traição? — Ele estava com outra pessoa, e eu não queria que ele pensasse que precisava voltar e casar comigo.

— Não era a década de 1950!

— Eu sei. Eu tive muitas oportunidades de contar para você ao longo dos anos. Você perguntava e eu me esquivava, e foi errado. E, quanto mais o tempo passava, mais difícil ficava contar a verdade. Eu não queria magoar você.

— Ou a si mesma.

— Acho que sim. Sim. — Ela deu um passo à frente. — Eu sinto muito. De verdade.

Jade recuou novamente e Sarah sentiu vontade de morrer.

— Então... — Jade fungou. — Ele não sabe?

— Não.

— Você vai contar a ele?

— Acho melhor — disse ela, tirando o celular do bolso para discar o número que tinha memorizado na juventude.

— Agora? — Jade parecia abismada.

Pelo canto do olho, Sarah viu Gracie entrando na sala, seguida pela cadela.

— Não deixe para amanhã o que pode fazer hoje. Espero que o número dele seja o mesmo.

— O que está acontecendo? — indagou Gracie, sentindo a tensão no ar como uma corrente elétrica.

Sarah ergueu um dedo.

— Gracie, não é da sua conta — disse Jade.

— O que não é da minha conta? — perguntou a caçula.

O celular deu sinal e começou a chamar. Sarah respirou fundo. Tinha imaginado esse momento milhares de vezes ao longo dos anos, se preparado, mas, agora que ele estava ali, não fazia ideia do que dizer.

Um toque.

Dois.

— Espera! — disse Jade de repente. — Talvez a gente deva esperar...

Três toques interrompidos pelo característico clique e em seguida:

— Alô?

A voz de Clint.

— Oi — forçou ela, tremendo por dentro, sustentando o olhar da filha mais velha. — Clint, é a Sarah. Eu preciso falar com você. — Suas pernas fraquejaram, mas, de alguma forma, ela se manteve em pé.

— Sobre a casa?

— Sobre outra coisa. Eu queria muito falar pessoalmente.

Jade balançava a cabeça, nervosa, tentando impedir o que ela mesma tinha começado. Os olhos de Gracie alternavam entre Jade e Sarah, enquanto a cadela, sentindo a tensão, esgueirou-se para a sala e se aninhou perto da lareira.

— Certo — disse Clint, lentamente.

— Agora seria um bom momento? — sugeriu Sarah enquanto inspirava o ar longa e calmamente. — Posso ir à sua casa... ou, se quiser, você pode vir aqui.

Jade ergueu a própria mão e acenou, doida para mudar o rumo do que estava prestes a acontecer, loucamente arrependida, sem querer mais saber a verdade.

— Não! — sussurrou ela. — Mãe! *Não!*

— Aconteceu alguma coisa? — perguntou Clint, a preocupação em sua voz sensibilizando Sarah.

— Não — respondeu Sarah, sua voz mais suave do que esperava. Ela pigarreou. — Não aconteceu nada — insistiu ela, enquanto Jade continuava surtando —, mas seria mesmo melhor se falássemos pessoalmente.

— Chego aí em quinze minutos. — Ele desligou, e Sarah, soltando o ar, finalmente afundou na cadeira de balanço.

CAPÍTULO 19

O rabo de cavalo dela o atraiu.

Ruivo flamejante e balançando conforme ela andava, os volumosos cabelos lisos tentavam e provocavam a cada passo que ela dava, apressada, pela calçada enevoada.

Ele tirou o pé do acelerador, certificando-se de que o carro híbrido seguisse lento o suficiente para utilizar apenas o motor elétrico e o veículo percorresse a rua sem fazer quase nenhum som. Com os faróis apagados e a camuflagem da neblina, o carro estava praticamente indetectável a olhos e ouvidos humanos. Não que ela fosse perceber, nem se ele estivesse queimando os pneus de um *hot rod* em plena luz do dia. A menina estava ou falando ao celular ou trocando mensagens, sua mente em qualquer lugar além da rua deserta.

Ainda assim, ele precisava ser cuidadoso. Não queria sequestrá-la se houvesse a possibilidade de ela gritar ou pedir socorro à pessoa do outro lado da linha. Aquilo não poderia acontecer. Não. Ela teria de ser neutralizada, bem como seu celular. Imediatamente.

Seria complicado. Diminuindo a velocidade, o pé mal tocando no acelerador, ele sentiu a tensão tomar conta de cada músculo do corpo. Pegou o celular e enviou outra mensagem para o comparsa. O cara era meio imbecil, mas precisava dele se quisesse concluir o trabalho. E ele queria. Ah, se queria.

Seguindo para o norte na Claymore. Cruzamento com a Dixon. Se prepare.

O plano só ia funcionar se o amigo aparecesse. Felizmente, não havia vitrines de loja nem câmeras naquela rua lateral, e o trânsito estava reduzido aos carros da vizinhança.

Nossa, ela era linda. Ele sabia. Tinha encontrado a foto da garota em um anuário esquecido numa cafeteria local. Ele o folheou e estudou suas opções enquanto analisava atentamente as fotografias. Em seguida, graças aos nomes e dados pessoais no anuário, localizou os perfis nas redes sociais e coletou mais informações. Quando se tratava de uma menina que não estudava na escola municipal, ele utilizava um software de reconhecimento facial para encontrar seus perfis no Facebook, no Twitter e no Instagram, e, quando os rastreasse, reunia seus dados.

Havia tantas opções, mas ele precisava encurtar a lista. Prometeu a si mesmo que esperaria um ou dois dias, para baixar um pouco a poeira do desaparecimento de Rosalie. Ele também vinha esperando para tentar raptar duas ou mais de uma vez, mas acreditava em destino, e sentia que Deus tinha colocado aquele espécime perfeito em seu caminho por algum motivo.

Ele precisava de mais garotas e sentia o tique-taque do relógio, o tempo se esgotando.

Aquela ali, Candice, preenchia vários requisitos: pernas longas com panturrilhas bonitas, cabelos volumosos, cinturinha fina, belos peitos, maçãs do rosto proeminentes e um sorriso que tinha acabado de se libertar do aparelho. Ela era inteligente, boa aluna, mas reservada e, mais importante, fervorosamente religiosa — um contrapeso bem-vindo à rebelde e desbocada Rosalie. Candice seria a garota submissa.

Ele queria um cigarro, mas se forçou a esperar até que ela estivesse algemada e amarrada. Depois, ele poderia relaxar. Dar um trago. Talvez desfrutar de uma bebida. Só *depois* que ela estivesse aconchegada na segurança de seu novo lar, uma baia com o nome "Sorte" na porta — porque ele achava que tinha sido sorte encontrá-la.

E ficou surpreso por encontrá-la sozinha.

Com uma garota desaparecida, toda a cidade de Stewart's Crossing estava alerta e atenta. Ele tinha visto os cartazes nos quadros de avisos e nos postes, e o comunicado no jornal enquanto via televisão e ouvia os comentários na cafeteria local.

Todos em Stewart's Crossing estavam tensos e mais cuidadosos do que antes. O sumiço de Rosalie Jamison não tinha passado despercebido, e ele já não tinha mais esperança de que as pessoas achassem que ela era apenas mais uma adolescente que tinha fugido de casa. Inclusive o palhaço do xerife tinha ido à tevê pedir informações da garota naquela tarde mesmo. E os pais dela, aqueles panacas, também tinham se pronunciado, a mãe desesperada desatando a chorar em frente às câmeras, e o pai, do Colorado, completamente abalado enquanto tentava confortar a ex-mulher em prantos.

Então ele seria discreto.

Daria um tempo.

Deixaria a história morrer.

Mas não podia. Seu tempo estava acabando, e a comoção com o desaparecimento de Rosalie claramente não estava diminuindo com a rapidez que ele esperava, então teria de arriscar um novo sequestro. E talvez pudesse raptar mais algumas meninas no Halloween. Depois disso podia se mandar daquela cidade que mais parecia Dodge City.

Mas, por enquanto, a oportunidade batia à porta, e ele estava prestes a recebê-la.

Ele recebeu uma mensagem em resposta: **Estou vendo a menina.**

Seus batimentos cardíacos aceleraram, e ele digitou: **Vamos nessa.**

Estou pronto.

Espera ela parar de usar o celular e vai.

Ele aproximou o carro lentamente e ficou impressionado com o fato de ela não ter percebido a presença do veículo.

Envolvida demais na conversa no celular.

Como se Deus estivesse do seu lado novamente, ela guardou o celular no bolso de repente e começou a atravessar a rua, e então finalmente percebeu o carro, que já estava a poucos metros dela, com os faróis apagados e completamente silencioso. Ela olhou na direção dele. O pânico tomou a expressão da garota, que deu um salto para trás quando ele piscou os faróis, cegando-a no momento em que o comparsa a agarrou.

Ela começou a gritar, mas era tarde demais, pois de repente havia uma enorme mão sobre a boca dela, apertando suas narinas enquanto era arrastada até o carro.

Perfeito!

Em questão de segundos, ele encostou o Prius no meio-fio, saltou do veículo e deu a volta por trás do carro. Abrindo uma das portas traseiras, ele aguardou enquanto o parceiro colocava a menina a duras penas para dentro, onde as algemas e a mordaça a aguardavam. Ela resistiu, debatendo-se e chutando, mas era inútil. O comparsa subiu no banco traseiro com ela, sentindo prazer a cada segundo em que a subjugava. Ele conseguia ver no rosto do parceiro a faísca de desejo, a emoção de dominar a menina.

— Não machuca ela — alertou ele ao bater a porta. De volta ao volante, ele deu partida no carro, mantendo o limite de velocidade nas ruas laterais, evitando outros veículos ao máximo e seguindo em direção à estrada que subia as colinas. — Ouviu? — gritou ele, olhando para trás. — Você conhece as regras: nada de hematomas.

— Mas ela é tão perfeita… — arfou o homem, sem dúvida com uma ereção que não iria embora. Ainda estava sobre a menina, esfregando--se nela.

— Não toque nela.

— Mas… — O homem falava com ânsia, ofegante, e a menina choramingava, tentando gritar apesar da mordaça.

Merda.

— Não faz isso! — Ele parou o carro no acostamento, puxando o freio de mão, e, mais uma vez, deu a volta no carro para abrir a porta de trás. Como era de esperar, o comparsa estava em cima da garota, roçando como um louco, a ponto de sujar as calças jeans. — Sai!

— Mas…

— Agora!

— Ah, caralho! — A adolescente traumatizada tremia e chorava enquanto ele saía de cima dela. — Eu só estava…

Ele fechou a porta com um chute, trancando-a automaticamente. Agarrou a gola do casaco jeans sujo do parceiro e o atirou contra o carro.

— Você estava se esfregando nela, se masturbando, porra! Isso *não* faz parte do acordo. — Ele puxou a gola do parceiro com força e empurrou o idiota contra o carro de novo. — Deixa ela em paz. Todas elas. A gente tem um trabalho a fazer. — Em seguida, enojado, acrescentou: — Entra no carro.

— Meu Deus, cara…

— *Não* use mais o nome de Deus em vão! — Ele rosnou, e, enquanto o parceiro se dirigia até a porta da frente, deu um belo chute na bunda dele.

— Ei! Qual é! — Ele cambaleou para a frente, mas recuperou o equilíbrio, lançando um olhar emputecido por cima do ombro.

— Não temos tempo para uma merda dessas!

Com raiva a ponto de se imaginar quebrando o pescoço daquele imbecil com as próprias mãos, ele voltou para o banco do motorista. Por sorte, a garota estava tão traumatizada que não percebeu que poderia ter pulado para o banco da frente e fugido. Ele puxou a porta e pisou fundo no acelerador quando o maldito alarme do cinto de segurança tocou.

— Coloca o caralho do cinto! — gritou ele, e, ao menos daquela vez, o idiota lhe deu ouvidos.

Sarah olhava pela janela. Jade, furiosa, se enrolou num saco de dormir e, dando gelo na mãe, foi ocupar o único quarto no andar térreo. Pela primeira vez, Sarah decidiu dar espaço à filha. Jade queria a verdade, mas não estava preparada para lidar com ela, e Sarah foi um pouco precipitada ao pegar o celular e ligar para Clint. Era um alívio tirar o peso daquele segredo dos ombros, mas, agora, Sarah tinha outros fantasmas para enfrentar. Tinha certeza de que qualquer um que entendesse o mínimo de psicologia diria que ela estava perdendo as estribeiras. Mas era tarde demais. O maior segredo da vida de Sarah, que ela guardou por quase dezoito anos, tinha sido revelado.

Foi pega de surpresa por Jade e reagiu. De maneira burra, era provável. E estava prestes a provocar um embate emocional gigantesco que só despertaria o ódio de Jade e Clint por ela, ao menos de início. Mas esperava que o tempo fosse seu aliado.

Ela não queria que o relacionamento com sua filha mais velha fosse igual ao que tinha com a mãe.

Era melhor se preparar para a conversa com Clint.

Como se isso fosse mesmo possível.

Retornando à sala de estar, ela começou a colocar a madeira do porta-lenha na lareira fria, empilhando as toras de carvalho como seu pai tinha ensinado anos atrás. Antes de acender o fogo, Sarah se apoiou nos calcanhares e encarou a grelha da lareira, sentindo, como muitas vezes no passado, as trevas da casa a sufocando. Embora ela amasse aquele lugar, aquelas paredes velhas carregavam uma melancolia, uma tristeza que ela acreditava ser consequência da tensão e dos eventos dramáticos que se desenrolaram ali durante sua juventude e, provavelmente, muitos anos antes.

A noite já tinha caído, e Sarah recordava de se sentar naquela mesma sala, no escuro, apenas com a luz das labaredas, seu pai dormindo no sofá, enquanto sua mãe ficava na cadeira de balanço perto do fogo, tricotando mecanicamente, jamais errando um ponto, os olhos grudados na tarefa à meia-luz, o barulho das agulhas um interminável *staccato*, as chamas crepitando. Brasas vermelhas flamejavam. O velho cão de caça do pai costumava ficar encolhido no tapete perto do sofá e do jornal descartado, e, de vez em quando, Franklin, os óculos de leitura ainda apoiados no nariz, esticava o braço para fazer carinho em Lady atrás das orelhas.

Uma vez, quando ainda estava no primário, Sarah estava saindo da cozinha em direção às escadas quando ouviu a voz da mãe, tão compassada quanto o som de suas agulhas de tricô:

— É tudo culpa sua, você sabe — dissera Arlene e, embora estivesse de costas, Sarah pôde perceber que os lábios da mãe estavam tensos, suprimindo a fúria que radiava de seu corpo franzino.

O pai não respondeu à esposa, o que, obviamente, enfureceu Arlene ainda mais.

— Que eles se foram. Theresa e Roger. Os dois — disse ela, firme. — Foi porque você não deu amor suficiente a eles, tratava eles com indiferença. E não era porque eles eram mais velhos, como você sempre diz. Era porque eles não tinham o seu sangue, e você precisava me castigar.

Silêncio.

Apesar da raiva, Arlene continuou tricotando.

Clique. Clique. Clique.

— Eu nunca devia ter me casado com você, porque era tudo mentira. — Ela investiu. — Você me prometeu que ia acolher e amar os meus filhos como se fossem seus, mas não fez isso, né? E... e... — Sua voz pareceu falhar, e um choro contido começou a irromper. Por alguns longos segundos, tudo o que Sarah ouviu foi o rápido clique das agulhas. Por fim, Arlene acrescentou baixinho: — Eu te odeio. Você sabe disso, não sabe? Por arruinar a minha vida e tirar os meus filhos de mim.

Descalça, Sarah se aproximou na ponta dos pés, o coração martelando. Com certeza, seu pai teria algo a dizer contra aquelas acusações horrorosas.

Mas ele não disse nem uma palavra, e Sarah sabia que devia apenas ir embora, subir para seu quarto em silêncio e fingir que não tinha ouvido nada. Em vez disso, ela mordeu o lábio, sua mão suando em torno do copo de leite que tinha pegado da geladeira. Quase sem ousar respirar, ela espiou com a cabeça, sua visão ligeiramente prejudicada por uma das duas pilastras que se erguiam na entrada da sala.

A mãe estava na cadeira de balanço, indo para a frente e para trás devagar, de costas para Sarah, e o restante da sala estava vazio. O pai não estava estirado no sofá e Lady não estava aconchegada no chão.

Apenas Arlene.

Sozinha.

O sangue de Sarah congelou.

Lenta e silenciosamente, ela se afastou da sala escura, indo de costas em direção à escadaria, planejando levar a cabo a fuga dessa vez. Seus calcanhares atingiram o espelho do primeiro degrau e ela se virou para correr o lance de escadas.

— Eu sei que está aí, Sarah Jane.

Sarah ficou paralisada.

— Não sabe que bisbilhotar é falta de educação?

A menina quase deixou o copo cair.

— Vá para a cama antes que eu encontre uma vara!

Ela saiu apressada na ponta dos pés, sem fazer barulho ou tomar um gole de leite sequer, certa de que Arlene iria atrás dela para cumprir a ameaça.

Tremendo debaixo das cobertas, ela esperou.

A mãe não apareceu.

Na manhã seguinte, Sarah estava convencida de que não tinha pregado os olhos, mas o copo cheio de leite, que ela deixou intocado na mesa de cabeceira na noite anterior, tinha desaparecido. Não se lembrava de alguém ter ido buscá-lo, então devia ter capotado de sono. Ou será que a mãe tinha subido as velhas escadas e ficado de pé na porta, com a luz do corredor às costas, sua sombra se projetando na parede, empunhando uma vara de salgueiro? Aquilo foi um pesadelo ou Arlene ficou mesmo parada à porta, os olhos brilhando como um demônio, os dedos contorcidos em torno da vara, a ira deformando seus belos traços enquanto observava a filha dormindo?

Quando finalmente desceu as escadas, Sarah encontrou Arlene cantarolando no fogão, fritando bacon na frigideira, uma pilha de panquecas esquentando no forno, o cheiro de xarope de bordo quente dominando a cozinha. Vestido com a roupa do trabalho e lendo o jornal, o pai estava sentado à mesa em sua cadeira gasta. Mal ergueu a cabeça, mas disse:

— Bom dia, querida. Está um pouco atrasada, não está?

— Ah, pelo amor de Deus, Frank. Temos bastante tempo — declarou Arlene, derramando a massa cuidadosamente numa chapa comprida. — Vamos lá, Sarah, pegue algumas panquecas! — A mãe olhou por cima do ombro e ofereceu à filha um sorriso e uma piscadela, quase como se as duas compartilhassem um segredo. Em seguida, ela pôs uma pilha de panquecas e duas fatias de bacon em um prato na frente de Sarah, e lhe passou o xarope. — Você acordou mais tarde hoje. Deve estar exausta.

— Um pouco — disse Sarah cautelosamente ao se sentar à mesa, onde tinham deixado dois pratos vazios melados de xarope. Também havia dois copos vazios. Obviamente, seus irmãos já tinham devorado o café da manhã. "Poços sem fundo", era assim que o pai costumava chamar os gêmeos, com uma pitada de orgulho na voz.

O lugar de Dee Linn estava vazio. Como sempre. Fazia um ano que Arlene tinha desistido de brigar por causa do café da manhã com a filha, que estava sempre de dieta. Sarah, porém, desconfiava, pela tensão latente entre as duas, que a guerra ainda estava acontecendo, mas tinha se transformado em um silêncio indiferente, uma bomba-relógio.

Pelo menos Arlene parecia estar de bom humor aquela manhã, e Sarah relaxou um pouco. As panquecas amanteigadas quentinhas e a doçura do xarope de bordo tornaram aquela manhã mais feliz. O cantarolar desafinado de Arlene e o interesse do pai no caderno de esportes do jornal convenceram Sarah de que tudo tinha voltado à normalidade de sempre. Ela comeu com vontade, lambendo o prato. Ao terminar, limpou a boca com o guardanapo e ouviu o barulho dos saltos de Dee Linn descendo a escada às pressas.

— Vamos logo! — chamou impacientemente a irmã mais velha ao passar ligeiro pela cozinha, indo até a antessala nos fundos, onde ficavam pendurados os agasalhos. — Não posso me atrasar para a primeira aula — gritou lá da porta dos fundos. — A irmã Annabelle vai me matar se eu chegar atrasada de novo!

— Estou indo! — Sarah se sentia melhor. Dee Linn a levaria para a escola e ela esqueceria todos os acontecimentos da noite anterior.

— Não se esqueça de beber o leite — disse Arlene assim que Sarah levantou da cadeira.

Obediente, a menina pegou o copo e percebeu que não estava gelado, que estava ali fazia tempo. Mas não podia fazer caso disso agora, precisava se apressar. Dee Linn já voltava impaciente para a cozinha, recusando qualquer tipo de comida antes mesmo que lhe oferecessem.

— Não estou com fome — disse ela, como dizia toda manhã. — Os meninos estão prontos? Minha nossa, *cadê* eles?

— É a refeição mais importante do dia — disse o pai, olhando por cima da armação dos óculos de leitura.

— Isso é só uma conspiração das indústrias de cereais para forçar as pessoas a engolirem essa porcaria ultraprocessada e cheia de açúcar que eles produzem. — Ela marchou até as escadas. — Jake! Joe! — Em seguida, retornou à cozinha. — Dá para você apressar eles?

— Gritar não vai ajudar — disse o pai, abrindo o jornal.

Arlene desligou o fogão e olhou por cima do ombro.

— Quer que eu busque a minha vara?

— O quê? Não! — Dee Linn encarou Arlene, mas a mãe não estava olhando para a filha mais velha, seus olhos estavam fixos na caçula.

Sarah se lembrou do pesadelo na noite anterior, da mãe com a vara de salgueiro na mão, plantada na porta de seu quarto.

Foi quando passos frenéticos martelaram o chão do andar de cima, e os estrondos escada abaixo anunciaram os gêmeos, empurrando-se e gritando, mochilas voando, enquanto corriam até o cômodo. Seus cabelos estavam molhados, arrumados com gel, e os rostos tinham sido esfregados até ficarem vermelhos. O cheiro de loção pós-barba os envolvia como uma nuvem invisível.

— Levem os pratos de vocês para a pia! — ordenou Arlene. — Os dois!

Os gêmeos pareciam estar prestes a rebater, e Sarah ficou grata pelo foco ter sido desviado dela, pela atenção de Arlene ter se voltado para seus impetuosos filhos de catorze anos.

— Ah, pelo amor de Deus, Joe, para que você passou tanto perfume? Dá para sentir o cheiro a um quilômetro de distância. Não precisa usar uma mangueira de bombeiro para passar perfume!

— Ouça a sua mãe — falou o pai.

— Vamos logo! — Dee Linn estava prestes a explodir.

Ainda resistentes, os meninos tiraram seus pratos da mesa, e Arlene ergueu as sobrancelhas para Sarah, que entendeu o recado e começou a beber o leite morno.

Até sentir algo encostar sua língua e o fundo de sua garganta, algo que não era líquido e...

Ela cuspiu o leite de volta no copo e viu um ponto preto com asas e pernas... uma varejeira morta boiando na superfície. Seu olhar cruzou com o da mãe, e seu estômago embrulhou. Largando o copo na mesa, derramando o resto do leite e a mosca, ela saiu correndo da cozinha e foi até o banheiro no andar de baixo, onde vomitou todo o café da manhã na privada.

Como aquela mosca tinha ido parar no seu copo?

Será que ela caiu ali durante a noite? Sarah tinha certeza de que era o mesmo copo de leite da noite passada, que sua mãe tinha deixado ali, fora da geladeira, para lhe dar uma lição. Mas a mosca? Ela caiu no leite e se afogou ou sua mãe tinha mesmo...

Levantando a cabeça, viu o reflexo da mãe no espelho acima da pia. Arlene apenas encarava a filha, com indiferença.

— O que aconteceu?

— Você sabe o que aconteceu! — soltou Sarah. — Você colocou aquilo lá!

— Coloquei o que, onde? — questionou Arlene.

— A mosca, mãe. No meu leite! — Apanhando a toalha, Sarah secou o rosto.

— De novo isso — disse Arlene, suspirando. — Você imaginando coisas.

— Eu não imaginei aquela mosca! — O estômago de Sarah embrulhou de novo. Ela cuspiu dentro da pia e virou a cabeça debaixo da torneira, lavando a língua e os lábios na esperança de se livrar da sensação horrível de que algo ainda estava preso no céu da boca. Sentiu ânsia de vômito várias vezes e teve a impressão de que a mãe estava de pé atrás dela, provavelmente sorrindo.

— Mãe! Dá para apressar essa menina? — resmungou Dee Linn por cima do som da torneira aberta na pia. — Agora com certeza eu vou me atrasar!

— A sua irmã está doente. Talvez seja melhor ela ficar em casa e...

— Não! — Sarah se levantou e secou o rosto com a toalha de rosto que a mãe segurava. — Estou indo!

— Então corra — disse Arlene, torcendo os lábios. — Não quero sua irmã dirigindo em alta velocidade.

Sarah jogou a toalha na pia.

— É só um inseto, Sarah. Que pena ter caído no seu copo, mas você não vai morrer, sabe. Não é veneno. Você adora um drama. É claro que eu não coloquei nada no seu copo. Como é que eu faria uma coisa dessas? E por quê?

— Eu ouvi você ontem à noite — sussurrou Sarah. — Falando sozinha, culpando o papai por Theresa e Roger terem ido embora.

— Ah, pelo amor de Deus! — Dee Linn apareceu na porta do banheiro. — Não sei o que está acontecendo, mas estou indo. Com ou sem você!

O estômago de Sarah embrulhou novamente, e ela se virou depressa para vomitar bile na privada. Quando terminou de se limpar e pegou a mochila, Dee Linn estava furiosa.

— Qual é o seu problema? — quis saber ela, empurrando Sarah de volta à cozinha, passando pela despensa, onde a mãe, com um braço na cintura, fumava.

— *Não faleis mal* — citou a mãe silenciosamente em meio à nuvem de fumaça. Sarah a ignorou.

Quantas vezes Arlene tinha ordenado que fizesse exatamente isso, que ficasse quieta? Quando Dee Linn conseguiu reunir os irmãos, interrompendo à força a brincadeira com a bola de futebol no quintal, eles estavam, de fato, atrasados.

Sarah recebeu uma advertência de atraso na escola primária e, de acordo com os gêmeos, os dois tiveram que fazer uma série extra de flexões na aula de Educação Física. Já Dee Linn foi "humilhada" pela irmã Annabelle na sala de aula da Nossa Senhora do Rio.

Agora, quase vinte e cinco anos depois, Sarah recordava vividamente aquela noite e aquele dia, sendo a lembrança mais indelével sua mãe, tranquila, observando os filhos partirem enquanto fumava um cigarro na varanda dos fundos.

Seu relacionamento com a mãe jamais foi o mesmo.

Sarah prometeu, assim que deu à luz Jade, anos mais tarde, que o relacionamento com a filha seria perfeito. Aquela ingenuidade caiu por terra nos anos seguintes, e Sarah estava certa de que a perfeição não existia, mas desejava, ao menos, ter uma relação saudável, divertida e amorosa com Jade, uma que pudesse resistir à prova do tempo.

Isso se ela não tivesse mentido. Por anos.

Então ela podia se castigar por isso ou tentar de alguma forma consertar as coisas. Pelo menos a verdade tinha vindo à tona.

— Ele chegou! — gritou Jade da sala de jantar.

Sarah estava tão absorta no passado que não percebeu que Jade estava olhando pelas janelas do saguão.

— Ok, deixa que eu resolvo isso. Depois você pode conversar com ele... sozinha ou não. Ou comigo do lado.

— E eu? — perguntou Gracie. A menina juntou as peças do que tinha acontecido minutos antes, e Sarah, sem saída, confirmou a verdade.

— Será que você pode ficar com a Xena na cozinha ou na sala de jantar um tempinho? E aí a gente vê como vai ser. Eu provavelmente vou ficar com você depois.

Jade balançou a cabeça, nervosa.

— Eu não quero ficar sozinha com ele.

— Eu vou estar ali do lado. Relaxa, vai dar tudo certo — disse ela, embora não acreditasse naquilo.

— Isso é um pesadelo — disse Jade para si mesma.

Sarah contou mentalmente até cinco, andou até o saguão para abrir a porta e percebeu que a filha estava certa: a noite tinha ido de mal a pior.

Não era Clint Walsh que aguardava sob a luz forte da varanda.

Não.

A pessoa que a aguardava na porta não era ninguém mais, ninguém menos que Evan Tolliver, o homem a quem Sarah tinha dito que jamais queria ver novamente.

Aparentemente, ele não tinha entendido o recado.

CAPÍTULO 20

Jade desejou a morte.

Ali mesmo.

Naquele momento.

Se Deus atendesse seu pedido, tudo estaria resolvido, mas agora ela teria de encarar a verdade e um pai que provavelmente a teria rejeitado desde o início (assim como teria rejeitado sua mãe se ela tivesse contado a verdade) e não precisava da inconveniência de uma filha adolescente agora.

Enquanto ela se escondia atrás da porta de casa, o coração batendo como uma britadeira, sentindo um nó no estômago, Jade não viu o homem que supostamente era seu pai, e sim o babaca do Evan Tolliver plantado na varanda, engraçando-se com sua mãe. A presença dele só piorava as coisas.

Como sua vida podia ficar ainda mais complicada?

Ela não era a única que se sentia assim. Gracie, encarando a varanda, imóvel como uma pedra, finalmente olhou para Jade. Então recuou para se esconder no escuro, quando a cachorra soltou um rosnado que mais parecia um alerta. Ótimo! Jade esperava que Evan ouvisse, entendesse o recado e metesse a porra do pé.

Abraçando a barriga, pensou no homem que agora sabia ser seu pai. Por que a mãe não teve coragem de contar a verdade quando perguntou pela primeira vez? Por que guardar o segredo? Se todos tivessem sabido a verdade desde o começo, não teria esse drama todo, essa angústia. Todos teriam compreendido. Talvez Jade até tivesse criado uma relação com Clint. Mas, não, Sarah tinha escondido a verdade e, agora, Jade seria obrigada a conhecer um estranho e... o quê? Torcer para formar um laço de pai e filha com ele?

Fala sério.

A mãe tinha mesmo botado tudo a perder, e não era só aquilo. Jade tinha certeza de que a mãe guardava segredos sobre a família em geral. Embora Sarah contasse com o apoio dos irmãos para as obras, era óbvio que existiam grandes rixas entre eles, o que não era de admirar.

Para falar a verdade, sua mãe era esquisita para cacete, provavelmente porque a droga da família inteira parecia ter saído de um romance gótico. E ainda por cima tinha a história do fantasma. Será que era verdade? Jade não sabia e certamente não se importava. Só sabia que a mãe tinha mentido quanto ao seu pai biológico e não fora capaz de segurar seu pai adotivo. Noel McAdams tinha ido embora alguns anos atrás, e Jade jamais perdoou Sarah por aquela decisão estúpida. Noel a tratava como se fosse sua filha de verdade, até a mãe o tirar do sério e ele terminar o relacionamento de vez, partir para o outro lado do país e, basicamente, desaparecer de suas vidas.

Jade tinha motivos suficientes para odiar a mãe, e um deles estava na varanda neste momento. E, pelo sorriso de caubói sedutor, estava tentando reconquistar a mãe dela.

A única decisão *inteligente* que a mãe tinha tomado na vida foi terminar com Evan Tolliver. Uma pena que o otário não tinha se tocado.

Ele precisava zarpar dali logo, antes que Clint aparecesse e tudo fosse pelos ares. Ai, Deus, se ela pudesse simplesmente ir embora...

Mal lhe ocorreu o pensamento e ela tirou o celular quebrado do bolso para enviar uma mensagem a Cody. Ligaria para ele mais tarde, mas precisava que ele ficasse ciente desde já, e que a ajudasse a bolar um plano.

Deixaria para trás aquela casa velha e monstruosa e aquela família disfuncional o quanto antes.

O olhar de Evan amoleceu quando encontrou o de Sarah. Não estava tão bem-vestido como de costume, usava calças cáqui, suéter e jaqueta. Era bonito, mas não tinha coração.

— Oi, Sarah — disse ele, oferecendo um sorriso, como se isso fosse quebrar o gelo que tinha sobrado desde a última conversa entre eles. — Quanto tempo.

— O que você está fazendo aqui, Evan? — perguntou Sarah. Será que não tinha hora pior para ele aparecer na porta de sua casa?

— Pensei em fazer uma surpresa.

— Conseguiu — disse ela, friamente.

Ele fingiu não entender. Um vento frio soprou do leste, espalhando as folhas secas e atingindo os ossos de Sarah.

— Fiquei com vontade de ver você.

— Eu disse que...

— Shhh. — Ele ergueu a mão e estendeu os dedos na frente do nariz dela. — A gente precisa conversar. — Como se tivesse percebido quão ofensivo foi o gesto, deixou o braço cair e deu um passo em direção a ela, com o intuito de entrar na casa. Ela bloqueou a entrada.

— Eu já disse que eu e minhas filhas estamos começando uma vida nova aqui. E ela não inclui você. — Sua voz se manteve firme. — Tenho certeza de que me fiz entender ao telefone.

— Ah, se fez.

Cruzando os braços, Sarah tentou soar calma, quando, na verdade, estava nervosa e com raiva. Quem ele pensava que era?

— Pois é, a realidade é essa. — Ela sentiu as filhas atrás dela e ouviu Xena rosnar baixinho.

— O que deu em você? — O sorriso dele se tornou duro e cruel. Quinze centímetros mais alto que ela, Evan Tolliver podia ser um tanto intimidador.

— Mãe? — sussurrou Gracie.

— Agora não, Gracie. — Sarah sequer piscou enquanto encarava Evan. — A gente não precisa fazer um escândalo. Estou pedindo para você ir embora agora.

— Eu só quero esclarecer as coisas. Sabe, cara a cara.

— Eu já disse o que eu tinha a dizer, e este não é um bom momento. — Era até pior do que ele talvez imaginasse, pensou enquanto ouvia o ronco baixo do motor de uma caminhonete abafado pelo barulho ininterrupto do rio em movimento. Sem dúvida, era a picape de Clint. Perfeito. — Novamente, não é um bom momento.

— Sarah...

— Por favor, vá embora. Não me obriga a ligar para a polícia.

Ela já estava sem esperança quando viu a luz dos faróis entre as árvores. Péssimo momento. Se não se livrasse de Evan — e logo —, as coisas iam ficar feias. Ainda mais.

— A polícia? — Ele ficou mais irritado do que magoado. — Você está de sacanagem?

— Não. — Ela tirou o celular do bolso. Quando começou a discar 911, perguntou: — E aí, qual vai ser?

— Pelo amor de... — Finalmente, Evan ouviu a caminhonete e viu os feixes de luz dos faróis iluminando a casa. — Ah, espera aí... É por isso? Você estava esperando alguém? — Ele se virou e viu Clint estacionar a velha picape próximo à garagem. — Que porra é essa?

Quando o motor desligou, Clint saltou da cabine, fechou a porta da caminhonete com o ombro e, com as mãos nos bolsos da jaqueta, correu em direção à casa.

— É claro — murmurou Evan, furioso, lançando a Sarah um olhar de reprovação. — "Não tem outra pessoa" o cacete.

Não adiantava explicar. Ele não ia acreditar nela.

— Apenas vá embora.

— Você me fez de otário. Mentindo para mim e me traindo. I-na-cre--di-tá-vel! — O rosto dele ficou tenso. — Eu sabia, dá para *sentir* o fedor de outro homem em você...

— Não é nada disso — interrompeu ela.

— Você voltou para cá por causa *dele*. — Ele apontou um dedo acusatório para Clint, que tinha acabado de chegar à área iluminada pela varanda.

— Não tem nada a ver — disse ela e, pensando bem, completou: — Olha, eu não devo satisfações a você. É melhor ir embora.

Clint subiu os degraus, dois de cada vez.

— Algo errado? — perguntou ele a Sarah.

— Me diga você — provocou Evan.

— Evan já estava indo embora. — Sarah foi firme. — Ou então vou pedir à polícia que o acompanhe.

— A polícia? — Clint ergueu as sobrancelhas.

Sarah encarou Evan enquanto apresentava os dois homens.

— Clint Walsh, esse é Evan Tolliver, meu antigo chefe na Construtora Tolliver. E ele acha que tinha algo mais entre nós dois. Que nosso relacionamento era pessoal.

— É claro que era, porra. — Evan estreitou os olhos. — E quem diabos é você?

— Meu vizinho — respondeu Sarah, seca.

— E o que mais? — quis saber Evan.

Colocando-se entre Sarah e Evan, Clint disse:

— É melhor você ouvir a moça.

— Eu não vou ainda. — Evan não saiu do lugar, e Sarah desejou que todos simplesmente desaparecessem. — Sarah e eu temos assuntos pendentes.

— Não temos, não. — Ela não ia dar qualquer abertura.

— Você ouviu, Evan — disse Clint, deixando claro. — Ela quer que você vá embora. E, conhecendo Sarah, a ligação para a polícia não é apenas uma ameaça. Ela costuma cumprir o que diz. É uma mulher de palavra.

— Ah, é? — retrucou Evan, olhando Clint de cima a baixo, enquanto Sarah morria por dentro.

Mulher de palavra? Nem tanto. Clint estava prestes a descobrir.

— O que você está fazendo aqui é invasão de propriedade privada — continuou Clint. — E se a polícia vier e, quem sabe, a imprensa descobrir e fizer uma pequena reportagem a respeito, não seria nada bom para a sua empreiteira, hein? Não é o tipo de atenção que você quer.

Um músculo saltou na mandíbula de Evan, revelando sua ira sob a luz da lâmpada aparente. Ele não gostava de perder. Nunca. E raramente desistia. Sarah sabia disso. Ela já tinha visto projetos estourarem o orçamento ou serem abandonados por causa da incapacidade de Evan admitir que estava errado ou abrir mão de algo que queria. Mas ali, na varanda do velho casarão, com Clint expondo os fatos tranquilamente, Evan acabou recuando. Quando hesitou, Clint aconselhou:

— É melhor você ir embora.

Evan cerrou os punhos e comprimiu os lábios.

— Certo. — Ele finalmente cedeu, os dentes cerrados. — Você e Sarah. Então é assim. — Ele fez uma cara de nojo, a raiva evidente em seus olhos enquanto dirigia o olhar frio ao rosto de Sarah. — Isso não acabou — ameaçou ele.

— Acabou, sim — declarou ela, decidida.

— Veremos. — Ele quase tropeçou ao se aproximar de costas do limiar da varanda e perdeu o equilíbrio enquanto descia os degraus, recuperando-se antes que pudesse cair.

Os músculos da nuca de Clint estavam retesados, os traços bem marcados de seu rosto rígidos enquanto ele aguardava, nervoso. Se Evan não fosse embora, estava claro que ele resolveria a questão com as próprias mãos.

Evan hesitou, como se fosse dizer mais alguma coisa, mas, ao ler a expressão de Clint, pensou melhor. Ele deu as costas e, então, lançou um último olhar ameaçador na direção de Sarah, marchando até o veículo em seguida.

— Ele não gosta de ouvir um não como resposta — observou Clint enquanto Evan dava partida.

Sarah finalmente soltou a respiração, ainda agarrada ao celular.

— Evan vive na terra do sim. Mas, sim, eu saí com ele umas duas vezes. Grande erro.

— Hum.

Já atrás do volante, Evan pisou no acelerador. A caminhonete avançou abruptamente e fez um círculo, quase batendo na cerejeira e conseguindo, de alguma forma, levantar o cascalho praticamente inexistente.

— Você ainda não se livrou dele — previu Clint assim que a luz das lanternas traseiras da picape desapareceu em meio às árvores. — Foi por isso que você me chamou?

— Na verdade, não — admitiu ela, com o coração na garganta. Agora que Evan tinha ido embora com suas ameaças, Sarah sentiu nos ombros o peso do que estava por vir. — É outra coisa. Entre. Precisamos conversar. Você e eu… e Jade. — Ela apontou a cabeça na direção do saguão, onde as filhas e a cachorra aguardavam. Enquanto Clint a seguia, ela disse a Jade: — Vamos para a sala de estar. Clint, pode me esperar lá?

— Claro. — As sobrancelhas dele estavam unidas. Ele estava visivelmente confuso quanto aos comentários enigmáticos dela, mas foi para a sala mesmo assim.

Colocando as mãos nos ombros de Gracie, Sarah conduziu a caçula até o corredor que levava à cozinha.

— Seria bom você esperar na cozinha. Assim que eu contar tudo a ele, volto para cá. Ele e Jade vão precisar de um tempo a sós.

— Você acha que vai ser tranquilo?

— De jeito nenhum.

— É meio esquisito, mãe.

— É muito esquisito — disse ela, rindo de nervoso.

Por algum motivo, Sarah se sentia culpada por deixar Gracie de fora da reunião, mas achava que devia o máximo de privacidade a Jade e Clint.

— Beleza. Vamos torcer para dar tudo certo — disse ela, voltando para a sala de estar.

— Boa sorte, mãe. Acho que você vai precisar.

Embora Gracie e Xena estivessem na cozinha, Sarah tinha certeza de que a caçula ia bisbilhotar no arco da sala.

Ao retornar, Sarah encontrou dois pares de olhos acompanhando todos os seus movimentos. Os de Jade estavam preocupados, quase assustados. Os de Clint, que se encontrava de pé ao lado de uma das pilastras na entrada do salão, cheios de dúvida.

— Certo, então o que está acontecendo que é tão importante? — indagou ele. Antes que ela pudesse responder, Clint abriu um sorriso de leve e disse: — Parece até que você viu um fantasma, Sarah.

— Talvez tenha visto mesmo — disse Jade baixinho.

— Agora não. — Sarah cortou qualquer tentativa de mudar o assunto. — Temos questões mais importantes para discutir agora.

— Questões? — repetiu Clint. — Mas não tem nada a ver com o Evan? Sarah fez que não com a cabeça.

— Ele simplesmente apareceu do nada, alguns minutos antes de você. Uma coincidência infeliz.

— Bota infeliz nisso — concordou Jade.

— Você se meteu em alguma encrenca? — Clint perguntou a Jade.

Jade se aproximou da lareira e visivelmente encolheu ao cobrir os pés com uma manta.

— Não… — Pela primeira vez na vida, Jade ficou sem palavras. Em vez de explicar, olhou para a mãe em busca de ajuda. — É… é… complicado.

— Quem está encrencada sou eu — interrompeu Sarah.

Ele franziu as sobrancelhas grossas, confuso.

— Encrencada como? — Solidário, Clint colocou o braço no ombro de Sarah e a apertou. Por uma fração de segundo, ela se lembrou do cheiro dele, de como se sentia à vontade conversando com ele, de como sempre se sentiu segura na presença dele. Enquanto a vida com os pais e irmãos naquele casarão antigo era uma montanha-russa emocional, Clint era seu porto-seguro, um amigo íntimo que acabou se tornando seu namorado. Mesmo depois que terminaram oficialmente, ela achava impossível resistir a ele. Ai, meu Deus, aquilo seria ainda mais difícil do que ela imaginava. Mas tinha que ser feito. Ela se desvencilhou do abraço dele.

— Talvez seja melhor você se sentar.

— Uma bomba? — perguntou ele, meio brincalhão.

— Atômica.

— É — concordou Jade.

Ele se virou para a menina, estreitando o olhar por um instante. Então, sentando-se na beira do sofá velho, com as mãos cruzadas entre os joelhos cobertos com as calças jeans, olhou para Sarah com uma pulga atrás da orelha. — Certo, podem falar.

— Não vai ser nada fácil — disse Sarah, sentindo o suor na palma das mãos. Ela pigarreou. — Mas vou tentar explicar tudo. Não só para você, mas para a sua filha também.

Uma porrada.

Ele a encarou. O fogo estalava e chispava. E Jade pareceu encolher ainda mais.

— Minha o quê? Minha filha? — Ele olhou para Sarah como se não tivesse ouvido direito, ou como se ela tivesse enlouquecido, caso ele tivesse ouvido bem. — Eu não... — Os olhos dele foram de Sarah, que estava encostada na pilastra, para Jade, sentada no chão próximo à lareira, encarando-o com os olhos arregalados, preocupados. Seus dedos remexiam a ponta da manta, o rosto estava pálido como um defunto.

Tremendo por dentro, Sarah tentou explicar.

— Sim, Clint, Jade é sua...

— *O quê?* — sussurrou ele, a descrença evidente nos traços bem definidos do rosto. — Do que é que você está falando? — Por um segundo, ele ficou em silêncio, pensando, fazendo cálculos mentalmente. Foi quando entendeu.

— Jade é sua filha — disse Sarah antes que ele recuperasse a voz.

Jade fechou os olhos e desejou poder evaporar dali.

O maxilar de Clint virou pedra.

— Está tudo bem — disse ele a Jade e, quando ela não abriu os olhos, ele acrescentou: — Eu só preciso de um instante. Vai ficar tudo bem.

Sarah não tinha certeza de quem ele estava tentando convencer.

— Não, não vai — murmurou Jade, apertando os olhos para afastar as lágrimas e partindo o coração da mãe em pedaços.

— Caralho — disse Clint baixinho. Ele parecia abalado, mas estava evidente que tentava controlar as emoções. Mas, quando seu olhar encontrou o de Sarah, sua voz soou fria e firme: — Beleza, Sarah. Sou todo ouvidos.

CAPÍTULO 21

A noite, pelo que Rosalie pôde perceber de sua cela, estava tranquila. Não havia o barulho do vento soprando nas vigas, nada de pássaros noturnos cantando. Completa e absolutamente sozinha, ficou deitada na minúscula cama dobrável e colocou todas as esperanças nas peças do cortador de unha enquanto pensava numa forma de usá-los.

Se tivesse a chance.

Se não tivesse sido deixada lá para morrer de fome e sede.

Odiava depender dele daquele jeito.

Por que... por que sua mãe ainda não tinha vindo? Será que o pai sequer sabia que ela tinha desaparecido? Sharon teria ligado para ele? Chamado a polícia? Ou será que estava tão envolvida com o babaca do Mel que não se importava?

Não, nada disso. Ela não estava bem da cabeça. Não podia se deixar enlouquecer pela solidão. Precisava ter fé.

Ela olhou para cima e viu um feixe de luz penetrar as janelas, mas disse a si mesma que devia estar vendo coisas. Não... espera. Aquilo era o ronco baixo de um motor? Não parecia o ronco estrondoso de uma caminhonete, e sim... Ai, meu Deus! Talvez alguém a tivesse encontrado!

Rosalie se levantou e estava prestes a gritar para quem quer que fosse, para que seus heróis a socorressem, mas, pouco antes de abrir a boca, ela se deteve. Talvez a pessoa não fosse amigável. Até agora, os sequestradores não a tinham machucado de verdade, embora ela soubesse que suas motivações eram sinistras. Mas um desconhecido poderia ser pior.

Aquilo seria possível?

Preparada para chutar e bater na porta, para gritar com toda a sua força, ela finalmente ouviu vozes e o ranger de passos no cascalho. Todos os seus sentidos ficaram aguçados. *Por favor, por favor, por favor, que alguém tenha vindo me resgatar!*

A fechadura fez um clique e a porta se escancarou.

Seu coração acelerou.

Clique! As luzes acenderam, iluminando a área acima das baias e o pequeno vão entre o chão e a porta de sua cela.

Aproximaram-se passos e vozes abafadas.

Amigo ou inimigo?

Reconhecendo a voz do sequestrador, ela se encolheu novamente no canto, escondendo as peças do cortador de unha na palma da mão, preparando-se.

— Anda! — gritou ele, com raiva, e ela percebeu que não estava mais sozinha.

Qual era o plano dele? O que ia fazer com ela? O suor frio escorreu por suas costas.

— Bora, bora! — ordenou ele. — A gente não tem a noite toda. Traz ela para cá!

De quem ele estava falando?

Dela? Ele estava mandando alguém destrancar a porta e arrastá-la para fora ou...?

Ela ouviu novos passos conforme outra pessoa entrava e, por cima da caminhada irregular, o choro baixo de uma mulher ou menina, não conseguia distinguir.

Seu coração apertou. Fizeram outra vítima? Para quê? Sim, ela tinha ouvido os dois conversando a respeito, mas não pensou que fosse verdade. Qual era a porra do plano deles? Ela foi até a porta na ponta dos pés e tentou escutar as vozes abafadas.

— Dá um tempo, porra! — Era o Desgrenhando. Ela reconheceu o timbre nasalado da voz dele. — Ela não é levinha, não.

Rosalie mordeu o lábio, e sua mente começou a trabalhar. Talvez aquilo não fosse tão ruim. Se houvesse outra vítima e a deixassem ali, elas poderiam se ajudar. Assim que ficassem a sós, poderiam bolar um plano de fuga. A não ser que... Ela congelou ao considerar que, agora que os sequestradores tinham duas vítimas, talvez mudassem de tática. Talvez não as deixassem a sós ou — pior — talvez agora, com duas meninas, o plano deles pudesse ser posto em prática. Podiam ser levadas para outro lugar... ou pior. A cabeça de Rosalie girava com todas as possibilidades horríveis e dolorosas.

Não bote o carro na frente dos bois. Pelo menos agora você tem alguém para te ajudar. Reprimindo os novos medos, ela segurou firme sua minúscula arma. *Por favor,* pensou em desespero, *por favor, nos ajude a encontrar uma maneira de fugir!*

— Aí não! — gritou o homem no comando quando a porta da baia ao lado de Rosalie abriu, rangendo. — Elas não podem ficar perto uma da outra!

— O quê? — questionou Desgrenhado.

— Usa a cabeça, cara. Leva ela lá para o final. Longe da Estrela. Ela é a Sorte.

— Ela é o quê? — perguntou Desgrenhado. Não era dos mais inteligentes.

— Eu falei que é para levar ela para a baia da "Sorte", lá no final. Está vendo o nome na porta? É, aquele mesmo!

— Merda... — Desgrenhado não estava nada feliz.

A porta da baia ao lado bateu, e o mundo de Rosalie caiu. Tinha esperança de que a menina ficasse mais perto para que não precisassem se comunicar aos berros.

— Isso, isso, bem melhor. Sim, o mais longe possível da Estrela. Apresse. Ainda tenho o que fazer hoje à noite. Não é num passe de mágica que a gente encontra essas meninas, sabe. Tem que ter planejamento e timing. Porra, qual é o seu problema? Tem merda na cabeça?

Rosalie odiava ser chamada pelo nome da égua, mas não disse nada. Teve que se segurar para não gritar para a garota reagir, fugir e destrancar a porta de sua baia. Se ao menos Sorte desse um chute nas bolas do desgraçado e uma bicuda nas canelas do grandalhão, poderia, enquanto os dois estivessem se contorcendo e gritando de dor, de alguma maneira, libertá-la e ajudá-la a fugir. Elas poderiam chegar até a picape ou o carro... *ou... Pare! Isso não vai rolar. Não consegue ouvir a menina? Está chorando e soluçando feito um bebê. Ela não é de grande ajuda. Não agora. Não até entender o que tem que fazer. Tenha paciência, Rosalie. Que Deus a ajude, e que essa menina não seja uma inútil, mais um atraso do que uma ajuda. Ai, meu Deus, não é disso que você precisa.*

De repente, outro barulho — uma música tecno estranha, o toque de um celular.

— O que foi? — O sequestrador quase berrou ao atender a ligação. Houve uma pausa enquanto a menina, que era levada até a baia "Sorte", choramingava e Desgrenhado resmungava. — É, eu sei. Eu entendo. Logo! — Ele parecia estar com raiva. Frustrado.

Rosalie ficou de bico calado, embora fosse quase impossível. Queria gritar e soltar sua raiva, avisar à menina para não deixar eles fecharem e trancarem a porta da baia dela, pois, do contrário, Rosalie voltaria à estaca zero. Mas segurou a língua porque já tinha aprendido o que sua rebeldia podia causar. Ela encolheu só de pensar no cinto do grandalhão. Tentou ouvir a conversa, mas a barulheira da menina nova dificultava o entendimento das palavras. Fechando os olhos, ela se concentrou.

— Sim, eu sei o que eu prometi... Quatro, no mínimo, talvez cinco, até a semana que vem.

Quatro ou cinco o quê? Garotas? Ou ele estava falando sobre outra coisa? Meu Deus, o que ele estava planejando?

— Não, não! Ainda não. Preciso do fim de semana... O quê? Segunda? Sim, pode ser. — Outra pausa. — Merda, não sei. Sete? — Mais uma pausa. — Tá, beleza. Mas talvez a gente precise esperar até a próxima operação...

A conversa foi abafada outra vez pelo choro da menina nova, e Rosalie supôs que a ligação tinha chegado ao fim.

A menina da baia "Sorte" estava fazendo um verdadeiro escândalo, chorando, gritando e implorando.

— Pelo amor de Deus, cala a boca! — berrou Desgrenhado.

— Não diga o nome de Deus em vão! — rebateu o outro homem.

— Ô, cuzão, você também fala palavrão.

— Falo, sim, porra, mas *nunca* coloco o nome de Deus no meio. Já falamos sobre isso.

Ele estava emputecido. Até os gritos da menina nova ficaram mais baixos.

— É que eu não vejo diferença.

— Porque você é um herege! E um imbecil. E certamente não foi educado direito. Não tem nenhum senso de moralidade.

— Meu *cu*! E você precisa de mim — argumentou Desgrenhado, com raiva.

— Preciso de alguém. Não necessariamente de você.

— E você seria capaz disso? Me dispensar? Depois de tudo o que eu fiz? Porra, cara. Então eu seria obrigado a ir à polícia. Fazer um acordo. Está escutando? Sairia ileso. Entregaria você!

— É mesmo? — disse o grandalhão friamente. — Aí você seria um homem morto.

Passaram-se alguns segundos de tensão. Ninguém disse nada. Não havia o som das garras de ratos arranhando o chão nem sinal de morcegos agitando o ar. Até a nova vítima estava quieta. Rosalie rezou para que os dois babacas saíssem na porrada, ou até mesmo que se matassem. Sim, com certeza. E então a menina nova — se é que a chorona seria capaz de fazer algo além de chorar — tiraria Rosalie daquela maldita baia e elas poderiam sair correndo, pegar a caminhonete, ou o outro carro, e dirigir para longe dali. Fugir! Finalmente.

Rosalie quase não ousava respirar. *Por favor, por favor, por favor... se matem.*

— Porra, cara — falou Desgrenhado, por fim. — Vamos só terminar o serviço e deixar isso para trás.

Ele voltou à submissão de sempre. O comparsa não respondeu, mas Rosalie sabia que, por enquanto, a chance de fuga era nula.

Mas havia uma rixa entre os dois homens e aquilo poderia ser vantajoso para ela. De alguma forma. O problema, pelo que conseguiu entender da conversa, era que o tempo estava acabando. O que quer que fosse acontecer com ela e "Sorte" aconteceria em poucos dias, e isso era assustador. Muito assustador.

A única boa notícia era que, agora, tinha uma pessoa ao seu lado, alguém que, supostamente, poderia ajudá-la. Alguém que tinha família e amigos do lado de fora, que poderiam auxiliar sua mãe, a polícia ou qualquer um que estivesse tentando localizá-las. Talvez. Isso se a garota não fosse uma completa covarde. Além disso, pelo visto, aquele celeiro velho não tinha câmeras de segurança nem microfones, então, assim que ela e "Sorte" estivessem a sós, poderiam gritar o mais alto possível para se comunicar e bolar um plano para acabar com os desgraçados. Cruzando os dedos, ela aguardou, na esperança de ouvir algo da nova companheira, mas a menina não disse uma palavra sequer e parecia engolir o choro.

Ai, meu Deus, tomara que ela não seja uma covarde.

Isso não seria bom.

Nada bom.

Talvez ela estivesse apenas traumatizada ou tivesse sido drogada ou atordoada por uma arma de choque, então não conseguia se comunicar. Provavelmente estava amordaçada também. Rosalie sentiu um calafrio ao imaginar o que deviam ter feito com ela, mas tentou se manter o mais positiva possível. Pelo menos agora não estava mais sozinha.

Então ela esperou, sua baia quase completamente escura.

Ouviu passos se aproximando, exatamente como imaginou que aconteceria.

Rosalie recuou para longe da porta e se deitou na cama sem fazer barulho algum. Rapidamente, ela cobriu o corpo com o saco de dormir e fechou os olhos. Agarrava as peças do cortador de unha com toda a força por baixo da coberta mofada.

A fechadura deu um clique.

Ela quis sair em disparada.

Obrigou-se a ficar exatamente onde estava.

Ela ouviu a porta da baia abrindo e, apesar das pálpebras fechadas, Rosalie sentiu a claridade. Ainda assim, manteve-se imóvel, mesmo depois de ouvir os passos dele entrando.

Encosta um dedo em mim, seu pervertido, e eu arranco os seus olhos.

— Eu sei que você não está dormindo, Estrela.

Ela não se moveu, mal respirava.

— É bom que saiba o seu lugar, que saiba que não deve resistir.

Nossa, como ela odiava aquele homem. Estava se coçando para não saltar sobre ele e chutar e morder e arranhar, mas se obrigou a permanecer inerte.

— É, você é uma boa menina — sussurrou ele, como se Rosalie fosse um cachorrinho obediente ou um maldito cavalo.

Ela ouviu a movimentação dele.

— Trouxe água fresca e um sanduíche — disse ele, e ela ouviu enquanto seu balde usado era trocado por um vazio.

Nojento do caralho!

Por fim, o barulho cessou. Ela abriu um pouco os olhos e o viu de pé na porta, sua silhueta alta iluminada pela luz no fundo.

Ele a encarava.

— O gato comeu a sua língua?

Ela continuou em silêncio.

— Ótimo. Você falava demais. Vai ser muito mais fácil para você, agora que sabe o seu lugar.

Desgraçado!

Cerrando os dentes, ela não respondeu, não ia entrar na pilha dele.

— Então agora é passivo-agressiva?

Rosalie ficou surpresa com o fato de que ele conhecia o termo, mas fez questão de não esboçar emoção alguma.

— Não vai funcionar, sabe. A sua máscara vai cair mais cedo ou mais tarde, e isso é bom. Queremos que saiba o seu lugar, e parece que está aprendendo, mas é bom que você tenha esse jeito explosivo. Você sabe aonde quero chegar. Aquele seu temperamento? Quem você é de verdade? Vai ajudar também. Ele vai gostar de ver você tentando reagir na hora.

Quem? De quem ele estava falando?

Ela sentiu vontade de vomitar enquanto as engrenagens giravam em sua cabeça. Eles a entregariam para alguém. Talvez a vendessem para ele. Um homem que queria uma menina "explosiva". Aquilo parecia ruim. Muito ruim.

Mesmo assim, guardou o que pensava para si. Ela percebeu que não falar nada fazia com que o sequestrador abrisse um pouco o bico.

— Ei! — Ele chamou o comparsa. — Olha quem decidiu dar um gelo na gente.

— É melhor do que aquela gritaria e aqueles palavrões todos — disse o outro cara, e ela ouviu o ruído e o tilintar de plástico e metal enquanto, ao que parecia, arrumavam a cela da outra menina.

Maravilha. Rosalie queria destroçar o rosto dos dois e depois pisar em cima. Enquanto isso, ouvia a garota choramingar baixinho. E torceu para que, assim que passasse o estado de choque, "Sorte" mostrasse alguma fibra.

— Vamos, a gente precisa ir — disse o grandalhão.

Será que ela deveria tentar? Pular em cima dele? Cortá-lo com o cortador de unha? Se ele desse as costas... mas não deu. Como se tivesse lido sua mente, ele deu uns passos para trás e fechou a porta, cortando a fonte de luz e sua pequena chance de liberdade.

Seja paciente, disse a si mesma. *Ainda dá tempo.*

Mas Rosalie não se iludiu enquanto deitava em meio à escuridão, o cheiro de feno mofado e cavalo sempre presente naquelas ruínas que se passavam por celeiro. Não era possível que os sequestradores pretendessem deixá-la naquele celeiro velho para sempre. Não. Eles tinham planos para ela e para "Sorte". Ela se lembrou das histórias que tinha ouvido sobre tráfico humano e redes de prostituição com meninas que foram obrigadas a seguir aquele caminho.

Fosse lá o que os dois doentes tinham em mente, não era nada bom; disso ela tinha certeza. Ela e "Sorte" tinham que dar um jeito de escapar.

Logo.

Enquanto ainda era possível.

CAPÍTULO 22

Quando Sarah hesitou, Clint precisou controlar a raiva, que só aumentava.

— Você não tinha o direito de esconder isso de mim — disse ele, dando ênfase a cada palavra, ainda tentando processar a informação. Ele sabia o que era criar um filho, ter a vida virada de cabeça para baixo por causa daquela pessoinha, amar incondicionalmente. E depois perder o objeto de todo o seu amor e adoração.

As palavras dele pareceram despertá-la daquele estado de paralisia.

— Eu nunca te contei porque não quis prender você, forçar você a fazer algo que não queria por causa de uma suposta obrigação. — Sarah levantou a mão, quase desistindo. Quase. — Eu devia ter contado a você e a Jade muitos anos atrás. Eu devia. Me desculpe por não ter contado. Ela acabou de descobrir, meia hora atrás.

Ele olhou para a adolescente de dezessete anos encolhida perto da lareira. Jade parecia em pânico, e aquilo apertou seu coração.

— Eu não sabia — disse Clint a ela, embora fosse extremamente óbvio.

Ela balançou a cabeça bruscamente, assentindo, lutando contra os sentimentos.

— Nada justifica — disse Sarah, com a voz quase inaudível. — Achei que era a decisão certa na época.

— Você foi egoísta — disse Jade.

Sarah fez que sim com a cabeça.

— Tive medo de te perder. E você — falou para Clint, sua voz fraquejando —... você já estava com a Andrea quando voltou para casa e... nós ficamos.

Jade fechou os olhos com força.

— Eu não quero ouvir isso.

— Não tem muito o que eu possa fazer além de explicar e dizer que estou arrependida — disse Sarah, ignorando a tentativa da filha de interromper sua fala. — Se não for o suficiente, tudo bem, eu até entendo. — Ela encarou Clint com aquele olhar que sempre o fazia perder o fôlego. Em seguida, começou a contar sua história, pausando e retomando.

Clint precisou de todo o seu poder de autocontrole para permanecer em silêncio enquanto suas emoções travavam uma guerra em seu interior, mas conseguiu... por pouco... enquanto Sarah contava como tinha engravidado na noite em que ficaram juntos de novo, um fim se semana de insensatez depois que ele e Andrea terminaram pela terceira — ou quarta? — vez. Aconteceu, mas, quando ela descobriu que estava grávida, ficou assustada, mas animada com o bebê que crescia dentro dela. Não ter Jade ou colocá-la para adoção estava fora de cogitação. Ter Jade e ser responsável por outro ser humano foi uma revolução na sua vida. Ela precisou amadurecer depressa quando se tornou mãe e passou a entender o amor incondicional.

Clint ouvia tudo com o coração disparado e os pensamentos a mil. Saber que ele era pai — que era pai fazia dezessete anos e que lhe tinham sido negadas as mesmas responsabilidades, alegrias e angústias de que Sarah falava com tanto orgulho — o levou à beira da loucura. Meu Deus, ele já era pai bem antes de ter Brandon.

— Por quê? — perguntou ele quando Sarah terminou. — Por quê?

Impotente, ela olhou para ele.

— Medo. Talvez porque parecia a saída mais fácil?

Alguns minutos depois, ela sacudiu a cabeça e levantou um pouco o queixo, quase como se estivesse desafiando Clint a descarregar tudo nela, a dizer o quanto estava com raiva. Ele quase agarrou a oportunidade. Como ela foi capaz de esconder a filha dele? Que direito Sarah tinha de manter aquilo em segredo? E se algo tivesse acontecido com aquela menina, a filha que ele sequer teve oportunidade de conhecer? Uma mecha de cabelo caiu sobre o rosto dela, e ela a afastou como se fosse um inseto inconveniente, sem saber que seus fios castanhos pareciam avermelhados à luz do fogo, alheia à batalha interna que ele travava. Ele estava com raiva? Com certeza! Queria gritar com ela até que percebesse a besteira que fez? Sem dúvida. E tinha vontade de agarrá-la, beijá-la e fazer amor com ela até que ambos ficassem sem fôlego? Ah, se tinha.

Foi quando viu que a menina, a filha *dele*, Jade, o encarava.

— Você não vai querer fazer um teste de paternidade? — perguntou ela, um pouco de deboche coroando a tristeza em seu olhar.

— Não — respondeu ele, firme. — Você vai?

Jade foi pega de surpresa, mas quase sorriu, exibindo uma covinha que era exatamente igual à da mãe. Clint não duvidou que ela fosse sua filha por um segundo sequer. Perguntou-se como pôde ter deixado passar aquelas covinhas, ou o formato dos olhos, ou a discreta saliência no nariz, exatamente igual à dele, quando a viu pela primeira vez. Como não foi capaz de ligar os pontos antes? Quantas vezes tinha pensado naquela última noite com Sarah, na mágica, na culpa que sentia? O sexo quente e excitante que parecia de certo modo proibido porque ele terminava e voltava com Andrea fazia mais um ano. Não importava que os dois estivessem "separados" quando ele transou com Sarah, porque ele sabia que voltariam.

— Se você não tem certeza de que sou seu pai, então podemos fazer um — disse ele a Jade.

— Não é assim que as coisas funcionam — respondeu ela, encarando-o. Antes que Clint fosse capaz de perguntar o que aquilo queria dizer, Jade acrescentou: — Você devia ficar puto, chamar minha mãe de vagabunda, gritar, brigar com ela...

— Jade — interrompeu Sarah.

Ele a ignorou.

— E? — Ele incentivou Jade, e Sarah cruzou os braços.

— ... acusar ela de ser uma interesseira que está tentando empurrar a filha de outro cara para você... ou... sei lá?

— Nossa — sussurrou Sarah, claramente magoada.

— Acho que Sarah está dizendo a verdade — disse Clint.

— E você está com raiva dela — percebeu Jade.

Clint não respondeu, mas sabia que estava evidente como ele se sentia. Não queria olhar nos olhos de Sarah, sabendo que ela o desarmaria sem esforço, então continuou encarando Jade... encarando sua filha...

— Você nunca desconfiou? — perguntou Jade.

— Todo mundo achava que Noel era o seu pai — informou Sarah.

— Papai me *adotou* — disse Jade. — Todo mundo na família sabia disso. Por que ele ia adotar a filha biológica?

— Ele sabia? — intrometeu-se Clint, encarando Sarah. — O seu marido, ele sabia que Jade era minha filha?

Sarah fez que não com a cabeça.

— Só eu sabia. A minha mãe descobriu, claro, mas não contou nada a ninguém, não que eu saiba, pelo menos. E eu tenho certeza de que a Dee Linn teria me confrontado se tivesse descoberto.

— O seu ex nem perguntou? — questionou Clint.

— Nós, é... tínhamos um acordo.

— Ai, meu Deus... Como assim? — perguntou Jade baixinho.

— O que quer que tivesse acontecido no passado ficaria no passado. Noel e eu não tínhamos segredos que pudessem nos magoar, mas deixamos todo o restante para trás.

— Muito civilizado — disse Clint, impassível.

— Pelo menos o meu pai... Noel... Nossa, como é que eu chamo ele agora? Pelo menos ele sempre esteve por perto — afirmou Jade. — Ou estava, até... — Ela olhou para a mãe.

— Até eu começar a falar em voltar para cá — continuou Sarah. — Ele não queria. Nós... Ai, parece uma besteira, mas o relacionamento começou a esfriar. E o mais irônico é que, quando nos separamos, eu não vim direto para cá. Tive que me resolver com os meus irmãos antes, então ainda fiquei um tempo em Vancouver.

— Mas ele deixou as meninas? — Ele tentou disfarçar o tom de censura na voz, mas saiu mesmo assim.

— Essa foi a parte difícil — disse Sarah. — Para todas nós. Ele era... é um bom pai.

— Vocês se veem com frequência? — perguntou Clint a Jade.

— Ele mora em Savannah — respondeu ela. — Do outro lado do país.

— A distância não deveria importar — rebateu Clint. Ele daria a volta no mundo para ver Brandon outra vez, e agora sabia que faria o mesmo por Jade se tivesse a chance, e pela irmãzinha dela também, Gracie. A verdade era essa.

Voltando-se para Jade, Sarah disse:

— Talvez vocês dois devessem conversar enquanto eu vou ver Gracie na cozinha.

— Não, mãe! — Jade ficou aflita.

— Você não precisa ir — disse Clint a Sarah.

— Eu não vou embora. Vou estar aqui do lado. — Ela ficou claramente emocionada quando olhou para a filha. — Fazia anos que você queria isso, não era? — O canto da boca de Sarah se ergueu ligeiramente, e Clint se lembrou de quando ela era uma menina inocente. Em seguida, com um longo e derradeiro olhar, um aviso para que fosse gentil com a filha dela, Sarah saiu da sala, as calças jeans marcando os glúteos enquanto se afastava, deixando os dois a sós.

Que inferno, ele era um trouxa! Mesmo sabendo tudo que sabia agora, ela ainda mexia com ele.

Virando-se para Jade, ele abriu a boca para dizer algo, não sabia bem o quê. Mas ela o interrompeu antes disso, encarando o pai com horror.

— Meu Deus do Céu — disse ela, incrédula. — Você ainda é apaixonado por ela.

— Ei! — gritou Rosalie. Ela percebeu que estavam finalmente sozinhas. Os sequestradores tinham ido embora fazia cerca de cinco minutos, o ronco baixo do motor soando cada vez mais distante até cessar de vez. Do outro lado do celeiro, ouviu o choro baixo da garota. — Está me ouvindo?

O choro parou de repente. Em seguida, não escutou nada, nenhum som além dos próprios batimentos cardíacos.

— Eles me trouxeram para cá faz um tempo. Na sexta-feira passada. Me chamo Rosalie Jamison. — Ela gritava o mais alto que podia, imaginando que ou a garota ainda estava em estado de choque ou era surda.

— A menina desaparecida? — perguntou uma voz fraca.

— Bem, sim. Aqueles desgraçados me sequestraram e me trouxeram para cá. Passei esse tempo todo sozinha. Até hoje à noite. Até trazerem você.

— Ai. Meu. Deus. — Em seguida, a garota começou a chorar novamente, soluçando e berrando.

— Ei! — gritou Rosalie. — Para com isso! A gente precisa dar um jeito de sair daqui.

O choro continuou.

Ah, aquilo não ia dar em nada.

— Quem é você?

— O qu…?

Senhor, a menina era uma tapada.

— Qual é o seu nome? Não acho que seja Sorte.

— Ah. — A garota fungou. — C-Candy.

Rosalie resmungou para si. Era tão ruim quanto Sorte.

— C-Can. Candice Fowler. — Ela era gaga ou ainda estava em choque? — Você... você é a menina dos cartazes. Eu vi vários espalhados pela cidade, e teve uma palestra sobre segurança na escola, mas eu... eu não pensei... Ai, nããão. — Começou a soluçar de novo, lamentando-se e chorando.

— Para! — berrou Rosalie. — Se acalma! A gente precisa pensar num jeito de fugir. Me conta o que aconteceu. Como eles te pegaram, o que eles disseram, se você ouviu os planos deles. A gente precisa se ajudar, entendeu? — Ela gritava o máximo que podia por cima das divisórias das baias e do berreiro de Candice.

Hesitante e com a voz falhando, Candice por fim explicou que estava voltando para casa depois de sair da casa de uma amiga. Pegou um atalho, sem prestar atenção a nada além do celular, quando foi cercada por dois homens — um era o motorista de um Prius, chutou ela, ou algum carro híbrido tão silencioso que ela não viu se aproximando, o outro, menor e magricela, foi quem a pegou. Ela entrou em pânico e não tinha ideia de onde estava, só queria ir para casa.

Ela chorava de novo, implorando por sua mãe, jurando que era uma "boa" menina e que aquele tipo de coisa não deveria acontecer com ela.

— Eu, ai... Ai, isso não pode estar acontecendo comigo. Eu quero a minha mãe! — berrou, e então soltou um grunhido agudo como um leitão encurralado. — Ecaaaaaa! Ai, meu Deus, eu vi um rato! Juro por Deus! Eu tenho que sair daqui. Socorro! *Socorro!* — Ela martelou a porta e caiu no choro de novo.

— Calma! Não adianta fazer isso. Você precisa parar de chorar.

— Mas eu vi um rato e mijei nas calças!

Deus, dai-me forças.

— É sério, Candice, cala a boca e me escuta. A gente precisa se ajudar e talvez o tempo esteja acabando.

Mais chororô, com direito a um grito de perfurar os tímpanos que certamente faria com que todos os ratos da região saíssem correndo, mas que, infelizmente, ninguém ouviria. Onde quer que aquele celeiro estivesse localizado, Rosalie temia que fosse longe demais de qualquer espécie de civilização, e nem mesmo um berro daqueles chamaria atenção de alguém.

Candice continuou a cena, berrando tão alto que Rosalie achou que as vidraças restantes nas janelas acima se estilhaçariam e que os mortos dos três condados próximos ressuscitariam.

Uma pena que nenhuma vivalma a escutaria.

Jogando-se de volta em sua cama, Rosalie decidiu esperar Candice desistir ou ficar rouca. Porque ela era inútil. Aquilo já estava claro. Não fazia nem meia hora que a menina nova estava no celeiro, e Rosalie já tinha percebido que Candy ou Sorte, ou sabe lá como a chamaria, era um pé no saco. Sem dúvida acabaria atrapalhando mais do que ajudando.

Sarah mal conseguia se manter de pé. O confronto que ela temia havia dezessete anos ainda não estava encerrado, claro, mas a pior parte, confessar seu erro, já tinha passado, e isso era um alívio.

No que aquilo ia dar?

Ela não fazia ideia, mas estava determinada a dar um passo de cada vez. Indo em direção à cozinha, esperava dar com Gracie no arco, no meio do caminho, querendo fazer parte do que estava acontecendo.

Em vez disso, encontrou a filha sentada numa baqueta próxima à bancada da cozinha. Ela balançava as pernas e estava absorta no que parecia ser o dever de casa. No entanto, quando Xena, o cão não tão de guarda assim, notou a chegada de Sarah e começou a bater o rabo no chão, Gracie visivelmente se sobressaltou, e Sarah viu que o dever de casa era, na verdade, um caderno de couro que parecia velho e frágil a ponto de se desfazer.

— O que é isso? — perguntou Sarah.

Gracie levantou a cabeça, parecendo culpada.

— Nada. — Tentando enfiar o livro de volta na mochila, a menina quase caiu da banqueta. O caderno caiu no chão e Sarah o apanhou.

Ainda distraída com o que acontecia na sala de estar, ela focou a atenção na caçula. Revirando o caderno nas mãos, ela o analisou.

— Como assim "nada"? — Ela folheou as páginas amareladas, que exibiam uma caligrafia bonita e esmaecida. — Parece o diário de alguém.

— E é — disse Gracie.

— De quem? — questionou a mãe, mas sentiu os pelos do braço arrepiando. Soube antes mesmo da resposta da filha.

— Angelique Le Duc. Olha a data. — Gracie indicou a anotação quase apagada, mas não fazia sentido.

— Só que essa data foi bem na época que ela desapareceu e está logo no início do diário. Como ela poderia ter escrito isso?

— *Supostamente* desapareceu — corrigiu Gracie. — Talvez tudo tenha sido uma grande mentira. Talvez ela estivesse se escondendo ou aprisionada em algum lugar, sei lá.

— Onde você conseguiu isso?

Ela desviou o olhar.

— Gracie? — insistiu Sarah.

— No... porão.

Sarah sentiu um calafrio, uma reação visceral que ainda a atacava desde o dia em que foi trancada no porão pelos irmãos — uma brincadeira com consequências para a vida inteira.

— O que você estava fazendo lá?

— Só dando uma olhada. — A menina encolheu os ombrinhos como quem dizia que não importava.

— Ela estava bisbilhotando como sempre. — Com o rosto pálido, Jade apareceu na entrada da cozinha.

— Cadê o Clint? — perguntou Sarah.

— Na sala. Quer falar com você.

— Como foi lá? — questionou Sarah, hesitante.

— Como é que você acha que foi? Uma maravilha. — Ela encontrou a embalagem de chocolate em pó e começou a preparar uma caneca. — Eu não deixaria o papai querido esperando muito tempo se eu fosse você — alertou ela enquanto abria o pacote com os dentes.

— Ele está chateado? — perguntou Gracie.

Jade pareceu não acreditar na pergunta.

— Dã.

Tomando coragem, Sarah entregou o diário a Gracie e avisou:

— Vamos conversar sobre isso mais tarde. *Tu le sait, je parle français.*

— Oi? — indagou Gracie.

— Ela disse "sabe, eu falo francês" — traduziu Jade.

Aquilo surpreendeu Sarah.

— Uau.

— Aprendi uma coisa ou outra, e daí? — disse Jade.

Quando Sarah levantou as mãos, desistindo, Gracie perguntou:

— Pode traduzir isso para mim?

— Sim, depois, talvez. Mas, por enquanto, não vá ao porão nem ao sótão ou a qualquer outro lugar até sabermos que é seguro.

Gracie guardou o diário na mochila.

— É seguro.

Sarah se lembrou da sensação de que a casa era observada do lado de fora e era ocupada por espíritos do lado de dentro.

Mas agora precisava conversar com Clint. Afastando os pensamentos de fantasmas e antepassados que tiveram fins trágicos, ela foi até a sala de estar.

CAPÍTULO 23

Enquanto embicava a caminhonete para entrar no estacionamento esburacado da Lanchonete do Columbia, ele sentiu como nunca antes a pressão da operação. Precisava agir depressa, e aquilo exigia muito planejamento.

Entrar. Sair.

A operação toda dependia dele e de seu comparsa — que era uma mula na melhor das hipóteses e um completo idiota na pior.

Já tinham perdido tempo demais entre um sequestro e outro, e portanto dado mais tempo para a investigação da polícia, e aquilo era perigoso.

Então agora ele precisava ter cuidado redobrado para não chamar atenção para si. Fazer o serviço como sempre, mantendo a rotina e o disfarce, certificando-se de que ninguém suspeitaria que ele era o cabeça por trás dos sequestros.

Ele estacionou na vaga de sempre, na lateral da lanchonete que dava acesso à estrada e, depois de trancar a caminhonete, foi até o estabelecimento a passos largos. Havia dois homens do lado de fora, vestindo jaquetas pesadas, os ombros curvados diante da rajada de vento que descia desfiladeiro abaixo enquanto fumavam, as pontas dos cigarros vermelhas, reluzindo na escuridão da noite. Ambos acenaram com a cabeça quando passou, e ele retribuiu o cumprimento, embora não fizesse ideia de quem eram. Era provável que também fossem fregueses.

Dentro, a lanchonete cheirava a café queimado e cebola grelhada. Ouvia-se música country por cima do chiado da fritadeira de imersão e do burburinho geral na iluminada e apertada lanchonete. Ele se sentou a uma mesa próximo à entrada, em frente ao caixa e à estufa de guloseimas "fresquinhas", que, àquela hora da noite, consistiam em uma solitária fatia de torta de limão, alguns cookies e metade de um bolo de coco — não que ele se importasse.

Alguns fregueses ocupavam as mesas e as banquetas no balcão, nenhum que reconhecesse, alguns, provavelmente, eram motoristas dos enormes caminhões estacionados lá fora. A garçonete, Gloria, que estava sempre com uma cor de cabelo diferente, apressou-se para atendê-lo, sua expressão mais preocupada que o normal.

— Oi — disse ela com um breve sorriso, o batom quase apagado, o rímel ainda forte. Ela entregou o cardápio de plástico. — Bebida?

— Cerveja, a que tiver aí.

— Temos várias opções — respondeu ela e, antes que começasse a dizer quais, ele ergueu a mão.

— Bud.

— Está bem. Ah, só para avisar, estamos sem o prato executivo de salmão, mas o bacalhau está muito bom hoje. — E foi prontamente atrás da cerveja.

Ele deu uma olhada no cardápio e não perdeu muito tempo escolhendo o que comer. Comida era combustível. E só. Ainda mais àquela altura do campeonato. Ele observou dois caminhoneiros pagarem a conta e irem embora, conversando enquanto se dirigiam a um caminhão com semirreboque na lateral da lanchonete que dava para o rio.

Alguns minutos depois, Gloria reapareceu.

— Aqui está! — anunciou, deslizando a cerveja pela mesa de fórmica lascada. — Já decidiu?

— Um sanduíche de bacon com salada. Sem tomate.

— Então, um sanduíche de bacon com alface? — brincou ela, forçando um sorriso porque a piada não teve graça. Da cozinha, o barulho de talheres caindo no chão foi acompanhado por um audível "merda!".

Glória revirou os olhos.

— Batata frita para acompanhar?

— Sim. Só isso.

— Certo. — Sem se dar ao trabalho de anotar o pedido, Gloria se dirigia à cozinha quando algo na televisão suspensa no arco da entrada chamou sua atenção. Ela se sobressaltou, e as mãos com unhas vermelhas cobriram os lábios esmaecidos. — Perdão — disse ela, chorosa, as lágrimas enchendo seus olhos.

Ele olhou para a televisão. Nela, estava a foto enorme da menina que ele passou a conhecer como Estrela.

— Ai, meu Deus, que horror — admitiu ela. — Ninguém sabe o que aconteceu com ela.

— Ela trabalhava aqui, não era? Eu me lembro dela.

— É. Era um doce de menina.

Ele não respondeu, mas se perguntou se estavam falando da mesma pessoa.

— Ela estava aqui na noite que desapareceu, e eu nunca devia ter deixado ela ir para casa a pé. Eles acham que ela foi sequestrada aqui perto, no caminho de casa. — Gloria estremeceu. — Não consigo dormir ao pensar que, se ela tivesse me escutado e me esperado para levá-la em casa, ela estaria aqui hoje, atendendo os clientes e ganhando gorjetas. — Ela lamentou baixinho.

— Eles fazem alguma ideia do que aconteceu? — perguntou ele casualmente.

— Só que foi sequestrada. — Ela pigarreou. — Não encontraram o corpo.

— Será que ela não fugiu?

Gloria se virou de repente para encará-lo, e ele logo se arrependeu de ter perguntado. Merda, ele precisava ter cuidado.

— Como assim?

— Adolescentes fogem às vezes. — Ele ofereceu o que esperava que fosse um sorriso de esperança. — Você vai ver, ela vai acabar voltando.

— Bom... vamos torcer — disse ela, afastando-se outra vez para pegar o pedido de um casal que tinha se sentado nas banquetas do balcão. Ele deu um gole na cerveja, viu um pouco a televisão e lembrou a si mesmo que não devia falar demais. *Em boca fechada não entra mosca.* Quantas vezes ele tinha advertido o comparsa com aquelas exatas palavras?

Ainda assim, estava ansioso para ouvir mais, para saber o que a polícia devia estar pensando. As reportagens sobre o caso eram superficiais, na opinião dele, então, se a polícia estivesse perto de descobrir o paradeiro da Estrela, estavam guardando segredo. Ele precisava de informações internas da investigação, pois a operação seria intensa no fim de semana e ele não podia correr o risco de botar tudo a perder. Ele sentiu a pressão.

Gloria retornou com o sanduíche e, depois de perguntar novamente se ele desejava algo mais, voltou para a cozinha. Olhando de vez em quando para a televisão, ele colocou ketchup no sanduíche e ouviu o noticiário por alto. Ficou sabendo de um repórter que estava na frente da delegacia que não havia "novas pistas" no caso da adolescente desaparecida, mas não viu nada sobre a menina nova. Pelo visto, as autoridades ainda não tinham sido notificadas do desaparecimento de Sorte; ou, então, a informação não tinha vazado para a imprensa.

Era só questão de tempo, pensou ele, bebendo cerveja enquanto via o jornal. Não estava brincando quando disse ao comparsa que era necessário muito planejamento para realizar um sequestro, principalmente com as autoridades e os pais aflitos em alerta. E, agora, precisaria ir ainda além. Tinha pensado em duas, talvez mais três meninas. Mas cinco? Ele teria de ser muito esperto. E não teria tempo para imprevistos. Pegar Rosalie foi fácil, e ele sabia que as autoridades provavelmente pensariam que ela fugira. Ele próprio não tinha se certificado disso ao se passar pelo namorado falso? Foi muito fácil, seu *alter ego* Leo "conheceu" Rosalie na sala de bate-papo que ela, uma vez, mencionou enquanto servia seu hambúrguer com batatas fritas. Também descobriu que ela queria muito ir para o Colorado e ter uma relação com o pai "de verdade", e que odiava a coleção de maridos e namorados com quem a mãe se envolvia. Então, Leo morava perto de Denver. A semente foi plantada, trocaram algumas mensagens picantes, e o restante foi fácil. Como alguém que entendia de internet e computadores e como gerar um endereço de IP praticamente impossível de rastrear rapidamente, ele foi capaz de atrair Rosalie e criar um motivo para que ela desaparecesse da face da Terra. Já a segunda menina não seria considerada um caso de fuga e, por mais estúpida que fosse, a polícia poderia facilmente ligar os pontos e chegar à conclusão de que as duas tinham sido sequestradas.

E agora *mais cinco*?

Ele não era a porra de um mágico.

Ele mergulhou uma batata frita no recipiente de papel cheio de ketchup antes de dar uma mordida. Talvez devesse dar o fora dali... se contentar com as duas que tinha conseguido, talvez pegar mais duas e ir para Washington ou, melhor ainda, o Idaho. Depois, pegar as próximas no novo local. Mas para isso precisaria de tempo, dinheiro e um novo esconderijo. Além disso, o comparsa tinha razão: precisava da ajuda de alguém. Infelizmente, fez uma péssima escolha, pois seu "amigo" era uma anta.

Uma coisa de cada vez. Ele ia espiar a mansão de Sarah McAdams outra vez, assim que saísse dali. As meninas dela seriam os últimos alvos... ou... *que tal a própria mãe?* Não era a primeira vez que pensava na ideia, mas era infinitamente mais tentador agora que precisava de tantas meninas. Ele poderia fazer a droga daquela família inteira desaparecer numa tacada só. Sarah era velha para o que ele tinha em mente; meninas novinhas eram a preferência. Mas ela era bonita o suficiente e tinha um charme. Só era um pouco esquisita. Ele deixou a ideia maturar enquanto tomava outro gole de cerveja. Será que as autoridades chegariam até ele se as três mulheres desaparecessem de uma vez?

Era algo a pensar.

Ele estava com a cabeça tão cheia que acabou ignorando o sanduíche e a televisão. Quando foi dar a primeira mordida, quase engasgou ao ver a imagem do xerife Cooke aparecer na tela. Ele se preparou para ouvir, mas era apenas a reprodução da única coletiva de imprensa que a delegacia ofereceu. Novamente, parecia não haver nenhuma novidade na investigação do desaparecimento de Rosalie Jamison.

Sorrindo, ele lambeu o ketchup do lábio e viu enquanto Jefferson Dade Cooke desviava das perguntas enquanto tentava passar alguma autoridade, como se fosse, de fato, "o cara" no comando.

Ele bufou em desdém. Um adversário à altura o xerife não era.

E, por ele, tudo bem.

Sarah encontrou Clint de pé na frente da lareira, aquecendo a parte de trás das pernas, o olhar fixo na parede à frente, encarando, suspeitou ela, um lugar distante que só ele conseguia enxergar. Ao ouvir o som dos passos dela, ele lhe dirigiu o olhar.

Se esperava encontrar perdão nos olhos dele, ficou decepcionada.

Se achava que ia ver compreensão no rosto dele, se sentiu completamente frustrada.

Se acreditava que iam resolver tudo, agora que ele sabia a verdade, tinha sido ingênua.

— Jade disse que você só me contou a verdade porque ela descobriu. — Ele a recebeu com essas palavras.

— Ela está certa, basicamente. Eu ia contar a vocês quando o momento certo chegasse.

— E quando seria isso? — disse ele, como se não acreditasse que aquilo algum dia fosse acontecer.

— Foi um dos motivos de eu voltar para cá, contar para você — disse ela, tentando não soar na defensiva. — Jade precisava saber, e você também. E agora todos precisamos encontrar uma maneira de seguir em frente.

— Como você pretende fazer isso?

— Não sei. Tem alguma ideia?

— Não é como se eu tivesse tido tempo suficiente para me preparar para ser pai da Jade — argumentou ele e acrescentou, ríspido: — Me dê mais uns minutos. — Sarah não conseguiu pensar numa resposta, então ficou em silêncio. Depois de um longo momento de tensão, Clint disse: — Acho que precisamos consultar nossos advogados.

Ela se sobressaltou.

— Eu gostaria de deixar advogados e juízes e assistentes sociais, seja lá o que for, fora disso. Eu queria que você e eu, e Jade também, porque ela já tem dezessete anos, pudéssemos chegar a um acordo.

— Acordo? — repetiu ele, com escárnio. — Eu tive um filho. — Apontou o polegar para o próprio peito. — Eu sei como é amar um filho, sustentar ele, morrer de preocupação por causa dele. Não tinha essa de "acordo".

— Então escolhe outra palavra — retrucou ela, cansada de ser a vilã. — Eu pisei na bola feio, está bem? Eu sei disso. Você sabe disso. A Jade também. E logo a porra do mundo inteiro vai estar sabendo. Mas eu não posso mudar o passado. — Ela caminhou pela sala e, em seguida, se aproximou dele, o bico dos sapatos à distância de um fio de cabelo das botas dele. — E eu não vou passar o resto da vida me torturando por causa disso. Eu fiz o que achei melhor na época, e, se você é incapaz de aceitar isso, que pena. Me processa, então — disse ela antes de sentir o peso das próprias palavras. Será que ele a processaria? Será que ele realmente ia brigar com ela pela custódia de Jade?

— São questões legais que a gente vai precisar acertar.

— Você quer um teste de paternidade? Faz um teste de paternidade. — Ela estava muito perto dele, mas não ia recuar.

— Talvez eu faça. — Os dois se encararam, desafiando um ao outro.

— Então faça.

— Eu acredito em você — admitiu ele, por fim. — Jade e eu conversamos. Eu sei quando ela nasceu e consigo ver a semelhança.

— Certo, então... Como vai ser? Vai querer ver um advogado para pedir guarda compartilhada?

— Não sei, eu...

— Porque, se quiser, vai ter que falar com a Jade. Ela já tem idade para fazer as próprias escolhas. Eu ainda sou a mãe dela — acrescentou ela antes que ele fosse capaz de falar —, então, sim, você pode fazer parte da família se quiser, mas tem que entender isso.

— É aí que os advogados entram, para garantir que...

— Ótimo — interrompeu ela outra vez. — Vai falar com a merda do seu advogado.

— Mas que porra, Sarah! Deixa eu terminar de falar.

— Eu sei o que você vai dizer. Olha, Clint, eu já pedi desculpas. De todas as formas possíveis. E já chega. As desculpas acabaram. Se você precisa de um advogado para saber qual é o próximo passo, que seja. Eu quero que você e a Jade tenham uma relação, mas eu sou a referência dela e sempre vou ser. — Ela precisava que ele entendesse como as coisas funcionavam.

— Entendi — disse ele, secamente. Ele a encarou por um instante, e então virou o rosto e chamou: — Jade? Poderia voltar aqui um segundo?

Sarah se preparou enquanto a filha mais velha voltava para a sala com uma caneca de chocolate quente e uma expressão apreensiva. Gracie e a cachorra vinham atrás, mas pararam no corredor.

— Vem também — sugeriu Clint, fazendo sinal para a caçula de Sarah entrar na sala. Gracie se aproximou com cautela, mas Xena veio correndo e começou a dar voltas ao lado da lareira, aninhando-se na manta e nos sacos de dormir estirados no chão.

— Ótimo cão de guarda — cochichou Jade para Sarah. Em seguida, explicou para Clint: — Por algum motivo, a minha mãe achou que precisávamos de um.

— Eu queria um cachorro para nos alertar e ficar de guarda. E um animal de estimação também. Estou feliz por Xena fazer parte da família agora — corrigiu Sarah.

— A família tem crescido ultimamente — disse Jade baixinho.

O rosto austero de Clint relaxou um pouco e ele quase sorriu.

— Resolvemos adotar a Xena por causa dos fantasmas — contou Jade. — Elas veem, sabe. Minha mãe e Gracie. — Jade assoprou a caneca ao se sentar perto da lareira. — Não sei qual é o meu problema. Acho que eles não gostam de mim.

— Jade — protestou Sarah.

— É porque você não presta atenção — disse Gracie à irmã mais velha. — Ou talvez eles não queiram ser vistos por você.

— Você tem probleminhas mesmo — rebateu Jade.

Clint esfregou o queixo e disse:

— Sabe, eu também brigava o tempo todo com o meu irmão. E não era só discussão. A gente batia um no outro, abria buracos com chutes na parede e trocava socos. Mas o meu pai sabia como lidar com isso. Ele nos mandava para o celeiro ou para o estábulo para catar esterco por horas.

— O que você quer dizer com isso? — perguntou Jade, fazendo careta.

— Quer que eu desenhe? — Ele sorriu dessa vez.

Gracie olhou para ele desconfiada.

— Você está querendo disciplinar a gente? — perguntou ela, num tom de voz que dava a entender que ele tinha pirado.

— Ele só está dizendo que mau comportamento tem consequências — interveio Sarah.

— Você não está planejando se mudar para cá nem nada disso, né? — perguntou Jade sem se dar o trabalho de esconder o horror na voz.

Sarah estava prestes a garantir a Jade que nada estava mais longe da verdade quando Clint disse, sério:

— Ainda não. Mas, se eu ficar sabendo que estão dando trabalho para a mãe de vocês ou que não param de implicar uma com a outra, talvez eu pense a respeito.

Era mentira, mas Jade acreditou no que ele disse.

— Meu Deus. Eu só queria pegar meu carro na oficina e ir para casa — resmungou ela.

— Você está em casa — disse Sarah.

— Não estou, não. Essa nunca vai ser a minha casa. E você... — Ela olhou para Clint com a cara fechada. — Nem começa a dar uma de pai para cima de mim, porque eu nem te conheço direito.

259

— Combinado. Desde que você não comece a dar uma de adolescente para cima de mim — falou ele.

— Eu quero a droga do meu carro — disse Jade outra vez. — Qual é a dificuldade de consertar um Honda?

Sarah percebia que Clint estava se divertindo com Jade, não parecia irritado, o que era bom. Porém, independentemente disso, aquele papo sobre advogados a tinha deixado apreensiva.

— Preciso ir — disse Clint. — Tenho um cachorro esperando por mim e coisas a fazer. Além disso, tenho umas cinquenta cabeças de gado e uns cavalos, então tenho muito você-sabe-o-quê para limpar lá em casa. — Ele abriu um sorriso para Jade, que estava carrancuda, como se estivesse realmente preocupada com a possibilidade de Clint querer se meter e começar a dar ordens tanto nela quanto na irmã. Para Sarah, ele falou: — Por que você não me leva até a porta? — Sarah o acompanhou. Enquanto driblavam alguns caixotes no saguão, ele disse, alto o bastante para Jade e Gracie ouvirem: — Se tiver algum problema com elas, é só me ligar.

— Você sabe que elas vão dar um ataque de pelanca se você tentar dizer a elas o que fazer — avisou ela assim que os dois chegaram à varanda e longe dos ouvidos das duas.

— Ah, sim. Eu estava só brincando com elas.

Ela achou que ele ia embora e estava se sentindo verdadeiramente exausta, desejando ficar sozinha, mas ele hesitou, lançando um olhar curioso para ela.

— Fantasmas, Sarah? — questionou ele.

Ela deu de ombros, um pouco envergonhada.

— Achei que você tivesse superado isso.

— Gracie está obcecada por Angelique Le Duc. Acha que viu o espírito dela e que precisa ajudar ela a ir para o outro plano.

— E você acredita nisso?

— Não exatamente, mas tem alguma coisa acontecendo. Normal, paranormal… Não quero ser categórica com ela e dizer que fantasmas não existem.

— Você viu um quando tinha mais ou menos a idade dela.

— Foi uma alucinação — respondeu Sarah prontamente, arrependida de ter compartilhado tanta coisa com ele. — Eu estava doente, com febre.

— Jade disse que você insistiu que ela estava em um quarto no terceiro andar quando ela estava na sala.

Sarah cerrou os dentes. Ela realmente não queria ter aquela discussão com Clint, mas aparentemente não tinha opção.

— Beleza, eu realmente achei que tinha alguém lá em cima. Acho que só estou nervosa com a mudança e tudo mais. — Ela olhou para o terreno escuro nas redondezas da casa. — Às vezes, tenho a impressão de que estão nos observando. Alguém ou alguma coisa.

— Foi por isso que adotou a cachorra.

Ela fez que sim com a cabeça.

Clint a encarou por um instante e, por um segundo de loucura, pensou em beijar Sarah, mas resistiu ao impulso e recuou.

— Preciso ir, mas essa história ainda não acabou.

— Acabou de começar. Você é o pai de Jade. — Ela pôs a mão na maçaneta.

Ele pareceu querer discutir com ela, mas apenas disse:

— A gente se fala.

— Tchau.

Sarah fechou a porta. Estava farta de tudo, principalmente de si mesma, porque, embora negasse até a morte, a verdade era que ela ainda se sentia atraída por Clint Walsh. Pai de Jade ou não, voltar com Clint estava fora de cogitação. Ela não podia, não ia se envolver com ele. Todas aquelas ilusões que teve quando moça, quando descobriu que estava grávida de um filho dele — que ela e Clint, de alguma maneira, terminariam juntos —, eram ficção pura, os sonhos de uma jovem grávida e assustada. Ela cresceu e guardou a sete chaves aqueles pensamentos ingênuos no armário mental de sua juventude.

Clint era o último homem na Terra com quem ela consideraria se relacionar.

Já seria difícil o suficiente ter que lidar com a nova dinâmica da família.

Ouvindo o ronco do motor da caminhonete dele pegar a estrada, teve que se segurar para não observar pela janela enquanto ele ia embora.

Soltando um suspiro preso, Sarah voltou para a sala de estar. Precisava continuar lembrando a si mesma que, para ela, o pai de Jade estava fora de cogitação.

CAPÍTULO 24

— Pelo amor de Deus, se acalma! — Rosalie estava quase rouca de tanto gritar com aquela menina idiota, mas Candy continuava chorando de soluçar e reclamando sem parar. — A gente precisa dar um jeito de sair daqui.

Mais soluços.

— Escuta, você pratica algum esporte? Você consegue, tipo, escalar as paredes da baia e sair e, depois, me soltar?

Chorando e fungando. Ah, a garota era uma imprestável.

— Vamos lá. Precisamos pensar numa maneira de fugir. Você pratica esportes? Natação, talvez? — Rosalie estava quebrando a cabeça e torcendo com todas as forças para que conseguisse se comunicar com a menina.

— Eu... eu sou flautista.

— Oi? É ginasta? — O coração de Rosalie disparou por um segundo. Talvez a menina fosse uma futura atleta olímpica e conseguisse pular, se equilibrar, dar saltos-mortais, qualquer coisa para escapar dali.

— Eu toco flauta. Na banda.

Rosalie caiu lentamente de costas contra a parede, suas pernas perdendo a força, e segurou a cabeça com as mãos. Quis dizer coisas horríveis, mas, em vez disso, respirou fundo e gritou:

— Pode tentar escalar a parede?

— Como?

Pelo menos agora tinha a atenção da garota, então explicou como ela tentou escalar.

— Procura alguma coisa nas laterais da baia em que você possa se agarrar ou pisar, como um espaço entre as tábuas, onde você possa meter o pé e subir.

— Acho que não tem nada — reclamou ela, com uma voz chorosa que sugeria que estava encarando a escuridão com os olhos arregalados, retorcendo seus dedinhos de flautista.

— Você precisa tentar! — disse Rosalie.

— Você já não tentou?

— Já, mas a minha baia pode ser diferente. Nada deu certo até agora. Mas eu não vou desistir. Nem você! — *Ai, meu Deus, por favor.* — Vamos lá, você consegue. Precisa dar um jeito de sair daí.

— Eu só quero ir para casa.

— Então vai precisar encontrar uma maneira de sair daqui! — argumentou Rosalie, nervosa.

— Certo... — concordou Candice finalmente, fungando alto. — Mas está tão escuro.

— Eu sei. Faz o que for possível hoje à noite, tenta tatear em volta...

— Eca! Pode ter ratos e aranhas e cocô!

Todas as opções anteriores.

— Quando começar a clarear, olha em volta. Olha tudo. Vasculha o lugar, cada canto, cada rachadura. Vê se tem algum jeito de sair da baia. — Tentar acalmar Candice, fazer com que ela superasse o choque inicial e criasse coragem na base do grito, era uma verdadeira luta.

— Não sei...

— Até agora, aqueles dois babacas não apareceram nenhuma vez durante a manhã, então a gente deve ter um bom tempo. — Rosalie cruzou os dedos e rezou para estar certa, mas como ia saber? Parecia que seu sequestrador pervertido estava sendo pressionado e ficando ansioso, então as coisas poderiam mudar.

O que foi mesmo que ele falou sobre o temperamento dela?

"... é bom que você tenha esse jeito explosivo. Ele vai gostar de ver você tentando reagir na hora."

Ela estremeceu.

Quem diabos era "ele", o cara para quem seu sequestrador trabalhava? E, pior, o que *ele* pretendia fazer com ela?

Com os óculos de visão noturna equipados e a pistola presa no cinto, ele se movia furtivamente pela mata no entorno da Mansão Pavão Azul. Felizmente, a área era tão grande que a chance de ser visto era mínima, e ele tinha estacionado a caminhonete numa pista abandonada, um desvio da rodovia. Em seguida, seguiu o rastro dos alces, o mesmo percurso que fazia para caçar na juventude. Na época, jurava que aqueles bosques eram mal-assombrados e que tinha visto fantasmas e demônios, e até mesmo o próprio Diabo correr por entre as fileiras de abetos e pinheiros, fazendo chacoalhar os galhos esqueléticos das árvores decíduas, espalhando os montes de folhas secas ao passar, fazendo-as revolver e dançar e soprar seu bafo gélido e demoníaco desfiladeiro abaixo e lhe causando um frio na espinha.

Mesmo agora, um homem feito, ouvia as criaturas sussurrando nas trevas, a rajada de vento abafando suas vozes sepulcrais.

— Você é mau — murmuraram elas, e seu sangue congelou. — Deus sabe e vai punir você. — E, naquele momento, ouviu o estalo de um galho se partindo e, por reflexo, ele se virou e espiou com os óculos de visão noturna, vendo um gambá passeando.

Seu coração martelava freneticamente, e ele fechou os olhos um instante para se recompor. Não acreditava que aquelas florestas fossem mal-assombradas, não acreditava. Eram apenas exageros absurdos, lendas urbanas que foram repassadas de geração a geração entre os moradores de Stewart's Crossing e arredores. *Tenha fé*, disse ele, conseguindo trazer os batimentos cardíacos de volta ao normal e seguindo adiante pela trilha sinuosa, fechando os olhos para os fantasmas e as aparições que o assombraram muito tempo atrás. Um coiote apareceu em seu campo de visão, mas, como se percebesse que podia ser visto, rapidamente correu para trás de uma rocha e desapareceu.

Talvez fosse um lobisomem, provocou sua imaginação fértil e, por uma fração de segundo, ele sentiu um calafrio percorrer seu corpo e imaginou a criatura reaparecendo dez vezes maior que o tamanho normal, avançando para cima dele com presas afiadas e sangrentas.

Determinado, ele deixou de lado o medo. Tudo não passava de histórias de fantasmas idiotas que as crianças mais velhas contavam às mais novas para mantê-las na linha.

Felizmente, a mata da floresta foi rareando até dar em um terreno não cultivado, cheio de arbustos, mas, claro, tinha aquele maldito cemitério nas redondezas, e ficar tão próximo dele o perturbava.

Ele espantou o medo, disse a si mesmo que era tolice sua e, em seguida, andou até o tronco caído que antes tinha proporcionado uma vista tão perfeita para a casa. Mas, dessa vez, parou.

Tinha alguém ali.

Alguém ou alguma coisa!

Uma silhueta negra estirada no chão.

Seus pelos da nuca se eriçaram, e ele pôs a mão na pistola.

Um demônio?

Fantasma?

Angelique Le Duc, morta-viva?

Talvez até mesmo o Príncipe das Trevas!

Puta merda! Seu coração disparou, e ele segurou com força o cabo da Glock.

A silhueta, toda de preto, se moveu, saindo da posição de bruços, prestes a investir contra ele.

Bang! Ele não pensou duas vezes, apenas puxou o gatilho.

O demônio soltou um grito agudo, seu corpo se estrebuchando.

O tiro pareceu ecoar pelas montanhas.

Bang! Bang! Bang!

Mais três tiros, e o corpo parou de se mexer, soltando apenas um longo gemido engasgado. Sua respiração estava pesada, a adrenalina fazendo seu sangue ferver enquanto encarava a forma obscura. Ele percebeu o latido distante de um cachorro. Ainda mais longe, o ruído de um trem passando.

Respirando fundo, esperou que o espectro sobrenatural sumisse, não deixando para trás nenhum rastro de sua existência.

Mas o ser não desapareceu, não evaporou até o submundo invisível aos mortais. Ele continuou ali, deitado, imóvel feito pedra.

Porque é uma pessoa, seu imbecil! Por que acha que os óculos de visão noturna o detectaram? Porque estava vivo, imbecil! Você acabou de matar um homem! Que merda se passou pela sua cabeça? Você se deixou enganar por essa droga de imaginação fértil. Imagem termal, cara. Você sabe que fantasmas e demônios não emitem calor! São frios, os filhos da puta, a respiração deles é tão gelada que poderia congelar sua pele. Meu Deus do Céu, e agora?

Ele estava ofegante. Suando frio. Aproximando-se do alvo com cautela, continuou com a Glock em punho, apontando para o homem caído...

para o caso de ele não ser humano. E se o demônio tivesse tomado a forma de um homem, emitindo calor para enganar quem o encontrasse? Então, quando menos esperasse, a besta poderia voltar à sua forma monstruosa outra vez e atacar.

Ele estava com a boca seca. Cutucou uma das pernas de sua vítima com o bico da bota.

Nada.

Ele empurrou com mais força.

Mas o corpo continuou sem dar sinal de vida.

Então ele se agachou para revirar o corpo, e, quando o pôs de barriga para cima, ele soltou um gemido terrível, os olhos arregalados e os lábios retorcidos numa expressão horrorosa conforme o sangue jorrava por sua boca.

Ele se afastou do corpo, cambaleando para trás, arma na mão, como se esperasse que a fera se erguesse como uma grotesca criatura noturna. Em vez disso, a coisa continuou imóvel, e ele disse a si mesmo para virar homem. Chegando perto mais uma vez, analisou a vítima ensanguentada e percebeu que já tinha visto o cara na cidade, talvez na lanchonete. Nada de demônio. Nada de fera. Nenhuma porra de fantasma. Era um homem. Um homem muito morto agora.

Que raios ele estava fazendo ali?

Quando notou que a vítima não era de outro mundo, começou a olhar em volta e avistou um potente par de binóculos que tinha caído no chão, na outra extremidade do tronco. Então o cara estava espiando, exatamente como ele pretendia fazer.

Ligeiro, vasculhou os bolsos do homem, pegou a carteira, o celular e as chaves — onde estava a droga do carro dele? Em seguida, decidiu que estava na hora de dar o fora. Era muito arriscado continuar aquela noite.

De repente, tomou ciência dos latidos agitados do cachorro na porra da casa.

Aquilo não era bom.

Não era bom mesmo.

Pensou em arrastar o corpo para dentro da floresta, na esperança de que o coiote que tinha visto mais cedo, ou um dos amigos canídeos dele, devorasse os restos mortais do homem. Porém, ao ouvir os latidos, soube que não tinha tempo a perder com sua vítima. Também não queria deixar um rastro de sangue até o local onde tinha estacionado seu veículo.

E estava ficando sem tempo, caso alguém decidisse investigar por que a merda do cachorro estava latindo tanto.

Impelido a agir, ele reuniu toda a sua coragem, pegou o corpo e o carregou até o cemitério abandonado, com suas lápides esbranquiçadas despontando entre os arbustos. Era ali, especulou ele, o lugar dos mortos. Jogou o *voyeur* azarado por cima das estacas desniveladas da cerca e, quando o cadáver aterrissou com um baque surdo, saiu correndo até a caminhonete. Ele ia vestir as roupas limpas que tinha guardado na van e, depois, parar em um bar local para ter algum álibi.

Sarah estava na cozinha, absorta em pensamentos, quando Xena começou a latir. Tinha deixado a cachorra do lado de fora por alguns minutos e correu para a porta da frente, encontrando-a na varanda, com os pelos do pescoço e do dorso eriçados e o olhar fixo na escuridão a distância. Com as pernas retesadas e o rabo em pé, a cadela rosnava e latia.

Ao abrir a porta, Sarah disse:

— O que foi?

Outra sequência de latidos selvagens, como se o animal estivesse ainda mais agitado com a presença de Sarah.

— Xena! Não! Entra! — Sarah estava começando a achar que Xena era filhote demais para ser eficaz.

Ganindo um pouco, com a cabeça baixa e o rabo a meio-mastro, a cachorra obedeceu, mas ainda soltou um rosnado baixo e descontente quando Sarah trancou a porta atrás delas.

— Eu sei — disse ela, afagando a cabeça de Xena. — Vem, vamos.

A cachorra seguiu atrás dela até a cozinha, e Sarah disse a si mesma mais uma vez que não tinha nada lá fora, que ninguém estava observando a casa. De todo modo, estava confiante que se sentiria mais segura na semana seguinte, quando a casa de hóspedes estivesse pronta, com suas duas portas, janelas novas e travas de segurança modernas.

Não é a casa, lembrou a si mesma, mas não conseguia não se sentir vulnerável ali. Aquilo a incomodava. A verdade era que, enquanto Clint estava lá, ela se sentiu segura. Sim, outro adulto ajudava, e, sim, a presença de um homem era outra história, mas ela não ia cair no erro de achar que era uma mulher indefesa. Não àquela altura da vida. E, quanto a Clint Walsh, ela não ia permitir que ele a intimidasse só porque era o pai de Jade, e ela também não ia sair correndo para pedir ajuda a ele só porque moravam perto.

Pop!

Sarah ouviu o estouro do escapamento de um carro, assim pensou, mesmo de longe, já que, claro, não tinha nenhuma estrada nas proximidades.

Xena correu em direção à porta dos fundos, latindo furiosamente.

— Para! Minha nossa. Chega! — Ela rapidamente pegou um pacote de petiscos para cachorro que encontrou na bancada e deu alguns a Xena, que os mastigou em alto e bom som. — Isso aí — disse Sarah e ouviu mais uma série de estouros a distância.

Escapamento de carro?

Bombinhas?

Ou tiros?

Pegando o celular, Sarah foi até a porta dos fundos e a escancarou, então, caso ouvisse o barulho de novo, seria capaz de identificar do que se tratava.

Xena seguiu atrás dela, e Sarah teve que agarrar a coleira da cachorra para evitar que saísse correndo.

— Não é nada — disse ao animal e pensou em ligar para a polícia. *E dizer o quê? Que você acha que pode ter ouvido um tiro, sabendo, no fundo, que não foi nada disso?* Talvez fossem caçadores locais tarde da noite, com miras telescópicas, ou adolescentes idiotas, como seus irmãos quando mais jovens, "praticando tiro ao alvo na floresta", como dizia o pai. Ou talvez fosse o escapamento de um carro estourando. Ela poderia ligar e alegar invasão de propriedade, mas não tinha certeza se os estampidos, o que quer que fossem, tinham acontecido em seu terreno. Nervosa, ela mordeu o lábio. Xena continuou rosnando e latindo, e, não importava o quanto Sarah fizesse *shh*, a cachorra não se acalmava.

— Gracie! — chamou ela, já que Xena não parava. — Por favor... — disse para a cadela, arrastando-a de volta para dentro e trancando a porta. — Gracie? — chamou a caminho da sala de jantar, onde a caçula estava com um monte de papéis espalhados pela mesa. Com o celular na orelha, a menina encarava as páginas.

— ...É, você também... Hum, eu vou... — Gracie estava sorrindo e girando a caneta entre os dedos. — Ela... hum... não sei. Só um segundo. — Ela pressionou o aparelho contra o peito e gritou: — Jade! É o papai!

Que maravilha. Sarah fez que não com a cabeça e Gracie captou a mensagem.

— Foi mal — disse ela para o pai enquanto encarava a mãe. — A Jade não está aqui, não... Vou, sim. Uhum. Prometo... Certo... Também te amo. — Desligou e disse: — Desculpa, acho que deve ser meio estranho para ela agora. Com dois pais.

— Você não ouviu a Xena?

— Ouvi. — A menina deu de ombros. — Ela viu um esquilo ou algo do tipo?

Xena enfiou a cabeça entre as duas, ainda ganindo.

— Gracie, já está de noite — falou Sarah. — Ela não viu um esquilo.

Gracie acariciou as orelhas da cachorra.

— Por que estava latindo, hein?

— Eu sei que você estava no celular, mas ouviu alguma coisa? — perguntou Sarah. — Tipo o escapamento de um carro?

— Não. — Ela balançou a cabeça, negando, e puxou para perto alguns dos papéis que tinha espalhado na mesa. Sarah se perguntou se não estava exagerando de novo, seus nervos à flor da pele por causa de todas as emoções conflitantes. Alheia a tudo, Gracie disse: — Olhe o que eu encontrei na internet. Esqueci de te mostrar antes. Essa é Angelique Le Duc e a família dela. Olha. — Ela arrastou um papel pela mesa velha.

Sarah encarou a cópia de uma antiga fotografia em preto e branco e tentou controlar sua irritação com a obsessão da filha por tudo relacionado a Angelique. Respirando fundo para se acalmar, lutou para deixar seus sentimentos de lado enquanto Gracie apontava para a foto de um homem de aparência severa com bigode.

— Então, esse aqui é o Maxim e essa é a Angelique. — Seu dedo passou para a imagem de uma mulher baixinha de olhos grandes, nariz fino, lábios cor-de-rosa delicados e cabelos pretos penteados para trás. Um bico de viúva dava ao rosto dela um formato de coração, que era acentuado por um queixo pontiagudo. Ela segurava nos braços um menino, ainda bebê. — Ela foi a segunda esposa de Maxim, então é por isso que alguns dos filhos dele têm quase a idade dela. Esse aqui é George, o mais velho. Devia ter uns dezessete anos. — O garoto, de pé ao lado de Angelique, era tão alto quanto o pai, e quase tão soturno quanto ele, mas sem bigode. — Helen é essa — apontou para uma menina magrela e sem expressão. — Acho que ela devia ser um ou dois anos mais velha que eu. E Ruth, que é a loira de avent...

— *Pinafore.*

— Ah, sim. Ela devia ter uns nove anos, acho, o que quer dizer que Louis tinha cinco.

Sarah assentiu.

— O bebê se chama Jacques — disse Gracie, como se conhecesse cada um intimamente.

— Ele parece ter uns dois anos — disse Sarah. — Onde você conseguiu essas fotos?

— Fiz uma pesquisa na sala de estudos e imprimi na escola.

— Você é rápida — observou Sarah.

— Que nada. Isso foi depois de muita pesquisa aqui em casa, no iPad.

Sarah via a filha grudada no IPad por horas a fio. Agora sabia por quê.

— Você não devia fazer o dever de casa na sala de estudos?

— É, mas isso é importante, mãe. Essa aqui é a *Angelique Le Duc*, e veja só o que ela está usando: *o vestido branco.* É o mesmo vestido que está usando quando vejo ela. Tipo, na escada.

A cabeça de Sarah ainda estava nos estampidos, mas ela prestou atenção na fotografia. Tinha algo errado ali.

— Você tem certeza de que é ela? — perguntou a Gracie.

— É a mulher da escada, a que não consegue fazer a travessia! Ela está tentando me pedir ajuda! Já te falei isso.

— Mas...

— Você também não acredita em mim.

— Não, meu bem. Acredito, sim. Eu sei que você viu alguma coisa.

— Ela! Eu vi *ela*! — Gracie saiu bufando, e Xena automaticamente foi atrás dela.

O que Sarah queria explicar, mas não sabia como, era que, embora a mulher na foto pudesse muito bem ser Angelique Le Duc — e talvez fosse o fantasma que Gracie jurava ter visto —, não era a mulher de branco que ela mesma viu quando criança. E ela também não usava o vestido antigo que Angelique exibia na foto. O fantasma de Sarah, embora se parecesse com Angelique, era outra mulher.

Que diabos significava aquilo?

Em um momento de epifania, ela se lembrou de estar no sótão, descalça, com frio... molhada? Trêmula, olhou em direção à cúpula, certa de que tinha ouvido passos no terraço, embora, supostamente, não devesse haver ninguém lá. Então, por que o barulho?

Com o coração na boca, ela foi até o pequeno lance de escadas que levava ao telhado, quando viu um vulto pela visão periférica. Uma mulher.

Quase gritou antes de perceber que estava olhando para um antigo espelho de corpo inteiro, abandonado num canto perto da escada, o velho lençol que o cobria estava caído ao lado, no chão do sótão.

Ela se aproximou, sentindo-se uma tonta, e sorriu para o próprio reflexo bobo.

Mas ele não sorriu de volta.

Seu rosto permaneceu sombrio e difuso, quase translúcido, como se estivesse vendo uma imagem sobre a sua, como um daqueles retratos antigos com dupla exposição do negativo em que a pessoa aparecia duas vezes. A roupa não era igual à que ela vestia, um vestido aparecia por cima de sua camisola.

Horrorizada, ela deu um passo atrás, e, quando a menina no espelho abriu a boca para dizer algo, Sarah deixou escapar um grito.

A imagem sumiu em seguida.

Ela estava sozinha no sótão, a mão na boca, o coração batendo nos ouvidos, o fato de que tinha ficado frente a frente com um fantasma indelevelmente registrado em sua mente.

— Sarah? — chamou Arlene de algum andar inferior, e Sarah saiu correndo do sótão, sem ter certeza de que tinha ouvido algo no telhado, sem ter certeza de que tinha visto alguma coisa no escuro, sem ter certeza de que não estava perdendo a sanidade.

Agora que a memória tinha vindo à tona, ela percebeu que o seu fantasma não era o mesmo de Gracie.

— Que ótimo — disse baixinho. Em vez de serem assombradas por um fantasma, estavam sendo assombradas por dois.

Ou, muito possivelmente, por nenhum. E o que aquilo dizia a respeito dela e sua filha mais nova?

CAPÍTULO 25

— Eu vou cuidar de você, não se preocupe.

Sarah estava nua, deitada à margem de um riacho, o cheiro da água forte em suas narinas. O corpo musculoso de Clint estava sobre o dela, a ponta de seu nariz tocando o dela, o suor reluzindo na testa por causa do dia quente de verão. O céu acima dele estava tão azul quanto um lago glacial, nenhuma nuvem visível, o rastro da fumaça de um jato se dissipando. Ele a beijou, a barba por fazer arranhando a pele dela, sua língua ágil e voraz brincando com a de Sarah, percorrendo seus dentes.

Dentro dela, o calor aumentou. Ela o desejava, ai, meu Deus, como desejava, e, conforme sua cabeça girava e o cheiro de sexo impregnava o ar do verão, soube que faria qualquer coisa que ele pedisse.

Qualquer coisa.

Ele desceu e suspirou entre seus seios nus.

Seu mamilo enrijeceu de desejo, por dentro, o corpo doía de vontade.

— Faça amor comigo — implorou ela.

— Com prazer. — Mãos enormes agarraram-na pelas costas, puxando-a ainda mais para perto. Lábios sedentos deslizaram suavemente por sua pele.

Sarah derreteu por dentro.

Ele abocanhou o mamilo dela, e ela gemeu, enterrando os dedos nos cabelos dele, abraçando-o, a língua dele acariciando sua pele.

— Me ame — sussurrou ela, agarrando-se a ele.

— Eu amo.

Se ao menos conseguisse acreditar nele, confiar naquelas duas simples palavras. Mas algo estava errado, uma escuridão se aproximava, ela podia sentir.

A língua dele circulou os seios dela, quente. Os dentes morderam, apenas o suficiente para fazê-la arquejar de desejo. Suas costas se encur-

272

varam, e ele a tocou mais embaixo, as pontas dos dedos fazendo um rastro rápido e suave por seu abdômen até a junção das pernas dela.

Enquanto a explorava, sentindo o calor úmido do desejo dela, ele abriu aquele sorriso torto de caubói que ela achava tão envolvente, embora às vezes não soubesse o que significava. Ele a amava de verdade? Ou só estava brincando com ela?

— Ah! — Os dedos dele exploraram mais fundo, e a respiração dela, de repente, ficou mais rápida e ofegante, querendo mais, puxando-o mais para perto, sentindo a escuridão cair, o sol e o céu dando lugar a uma paisagem sombria. — Clint — sussurrou ela.

Ele pressionou as costas dela contra a grama seca, agora incômoda, e, com os joelhos, afastou os dela.

Ela amava Clint. Sempre amou!

Gemendo, com a própria respiração ofegante, ele a penetrou.

— Meu Deus, Sarah... — Suas mãos subiram e, desesperadas, agarraram os cabelos dela. — Se você confiasse em mim.

Ela fechou os olhos.

— Eu confio.

— Não.

— É claro que eu confio — disse ela, mas ele parou de se mover, o sexo morrendo, o calor e o desejo esfriando.

— Vou proteger você. — Gotas geladas atingiram o rosto dela. Uma, depois outra, e outra. Lágrimas? Suor? — Eu prometo.

A voz dele tinha mudado.

Ao abrir os olhos, ela viu que estava de noite e que não era mais Clint e ela que faziam amor, mas Roger que atravessava o terraço em direção à cúpula com ela nos braços, a chuva despencando sobre eles.

Seu coração disparou de medo.

— Eu não vou deixar que ele machuque você — disse Roger, afetuosamente, e ela viu que ele estava chorando. — Não vou... Eu prometi a ela. Prometi... — E, por uma fração de segundo, viu a imagem da irmã, Theresa, flutuando sobre os dois, logo desaparecendo entre as nuvens negras da tempestade. — Eu prometi.

Sarah se sentou repentinamente no saco de dormir.

A luz acinzentada da manhã penetrava as janelas da sala de estar, onde ela e as filhas estavam deitadas em frente à lareira, agora apagada. Seu coração estava acelerado, sua pele, úmida de suor, a memória do sonho, muito vívida. Em um momento, estava fazendo amor com Clint em um dia quente de verão, no outro, era uma noite escura de tempestade, e, sob a chuva, Roger carregava seu corpo nu até a cúpula.

Tremendo, disse a si mesma que era apenas um sonho, nada mais, aquelas imagens perturbadoras não queriam dizer nada. Era óbvio que ia ter uma noite agitada e sonhar com Clint depois de, finalmente, revelar seu segredo. O fato de ter visto a irmã e o irmão era provavelmente uma consequência de todas as sensações estranhas que associava àquela casa monstruosa, cuja bela forma original ela esperava recuperar.

— Deve ter algum significado — disse a si mesma enquanto saía apressada do saco de dormir para o frio da manhã. Ela não precisava de um sonho idiota para estragar seu dia. Era perfeitamente capaz de fazer aquilo agora que estava acordada, muito obrigada. — Café — sussurrou e foi para a cozinha, onde prepararia um bule antes de se concentrar na tarefa de reacender a lareira.

Seus músculos doíam e ela ainda estava desorientada por conta de toda a preocupação da noite passada com Jade e Clint, e como ia funcionar a dinâmica de pai e filha entre os dois. Cuidadosa, mediu o café e a água antes de apertar o botão e ouvir o borbulhar da bebida ganhando vida. Então, antes que a máquina terminasse de encher a cafeteira, serviu-se de meia xícara e foi, descalça, até a varanda dos fundos.

A cachorra a seguiu, descendo os longos degraus da varanda e indo farejar no quintal, procurando esquilos e outros seres matutinos. Depois de fazer as necessidades perto de uma hortênsia desbotada, Xena abriu caminho pelo jardim, outrora a grande paixão de Arlene, e parou de repente. Com o focinho no ar, a cadela olhou para além da garagem, da casa de hóspedes e dos celeiros para um lugar que só ela era capaz de enxergar.

Rolinhas?

Morcegos?

Um coiote ou coelho entre os arbustos?

Ou nada? Até agora, a cadela não tinha se mostrado muito esperta.

Como se escutasse os pensamentos de Sarah, Xena ganiu baixinho e se empertigou, nervosa, olhando na direção contrária à correnteza do rio, para os campos que marcavam fronteira entre a floresta e o terreno da família, o lugar de descanso final de muitos dos ancestrais de Sarah.

Xena soltou outro ganido, um pouco mais alto.

— Está tudo bem — disse ela à cachorra, bebericando o café forte, um pequeno estímulo necessário naquela manhã. Tinha esperanças de que a bebida quente clareasse sua mente e afastasse os fragmentos remanescentes de seu sonho perturbador. Girando o pescoço para alongar um nódulo, ela assistiu ao nascer do sol, no leste; um orbe luminoso coberto por uma fina neblina que se estendia atrás do rio. Brumas subiam sorrateiramente a encosta do penhasco, como a lembrança insistente daquele seu pesadelo. — Terminou? — disse ela a Xena. — Vamos lá. Vem.

Enquanto Xena voltava, as patas molhando os degraus, Sarah empurrou aquele pesadelo para os confins mais sombrios de sua mente, onde era seu lugar.

— Foda-se essa história de esperar vinte e quatro horas! — Len Fowler estava inclinado sobre a mesa de Lucy Bellisario, rosto avermelhado, cabelo grisalho bagunçado. — Candice é uma boa menina e nunca nos deu problemas, e ela não voltou para casa ontem à noite!

— Sr. Fowler, por favor, sente-se — sugeriu Bellisario, apontando para uma das cadeiras do outro lado da mesa. O relógio na parede do escritório não marcava nem oito da manhã. Len Fowler parecia não ter pregado os olhos fazia uma semana, embora não tivessem se passado nem as vinte e quatro horas sobre as quais se queixava. Discretamente, para evitar que ele visse os dados do caso de Rosalie, ela virou o monitor do computador, tirando-o da linha de visão dele. — O senhor pode certamente registrar um B.O. de pessoa desaparecida.

— Eu já fiz isso lá embaixo — disse ele, passando os dedos pelo cabelo grisalho, que já estava todo arrepiado. — Já registrei. — Ele se sentou na cadeira mais próxima, e toda a sua força pareceu se esgotar, sobrando apenas a carcaça de um homem em frangalhos; as roupas, de repente, pareciam largas demais para seu corpo. — Deixei a minha mulher lá com... com a... — A desorientação anuviou suas feições.

— Policial Turner? — facilitou ela.

— A mulher negra? De óculos e cabelo curto? — Antes que Bellisario pudesse confirmar que, sim, ele descreveu a mulher responsável pelo Departamento de Pessoas Desaparecidas, o homem continuou:

— Deixei a minha mulher com ela, passando informações, mas não é o suficiente, não consegue ver? A pessoa que sequestrou a tal Jamison deve ter sequestrado Candy também. Foi por isso que vim até aqui, fiquei sabendo que você é a detetive que está tentando encontrar a menina e pensei que talvez pudesse nos ajudar. Meu Deus. — Ele deixou o rosto cair sobre as mãos espalmadas e lutou contra a vontade de chorar.

— Você pode me contar onde sua filha estava ontem à noite? — sugeriu ela, deslizando uma caixa de lenços de papel pela mesa caso o homem desatasse a chorar.

Tentando se acalmar, Len disse:

— Candy estava na casa da amiga, Tiffany, no fim da tarde. As duas fazem parte da banda da escola e são amigas desde sempre, deviam ir comer uma pizza e fazer sei lá o que essas meninas da idade delas fazem.

— Tiffany...?

— Monroe. Nós, bem, na verdade, a Reggie ligou. — Ele pigarreou e explicou que Reggie, Regina, era sua esposa fazia vinte anos. Em seguida, contou detalhe por detalhe do que sabia do paradeiro da filha, que não era muito. — As meninas passaram um tempo juntas, imagino eu, e depois Candy, sem pensar, deve ter decidido voltar para casa andando porque Reggie se atrasou, eu acho — disse ele, as linhas de expressão marcando seu rosto. — Ligamos para todos os amigos dela, parentes, conhecidos, todo mundo que você possa imaginar... até mesmo para hospitais, mas ninguém sabe dela.

— Eu vou precisar de uma lista de todos os amigos dela, todos de que conseguir se lembrar, e dos seus vizinhos e parentes. Ela tem namorado?

— Ela só tem quinze anos!

— Adolescentes de quinze anos têm namorados.

— Eu já disse a você que ela é uma boa menina!

Bellisario assentiu.

— E os amigos da Tiffany? Tinha outras meninas ou meninos na casa dela?

— Não que eu saiba, mas ela tem um irmão mais velho... Ah, qual é mesmo o nome dele? Me escapou agora. Seth! Isso. Ele faz faculdade por aqui, eu acho, não tenho certeza.

— O Seth mora por aqui?

— Não sei... É, talvez. Acho que vi o carro dele quando deixei a Candice lá. — Seu rosto ficou sombrio. — Você não acha... que o rapaz...?

— Só estou reunindo o máximo de informações, sr. Fowler — disse ela. — A sua filha conhecia Rosalie Jamison?

— Claro que não. Aquela menina era encrenca. — Percebendo que tinha falado alto demais, ele baixou a voz. — Pelo menos foi o que eu ouvi por aí. Mas, não, acho que Candice nunca sequer teve contato com ela. Se teve, certamente não mencionou. E eu mesmo nunca tinha escutado o nome dela até ela desaparecer, e, logo depois, nós conversamos com as meninas, é claro... — Sua voz foi morrendo, e ele mordeu o lábio como se a gravidade da situação fosse demais para suportar. — Essas coisas não acontecem com pessoas boas. Nós vamos à igreja! Fazemos caridade! Nós... — Ele olhou para Lucy buscando consolo, mas não encontrou nenhum.

— O que o senhor pode fazer para ajudar é me entregar uma lista com os nomes das pessoas que ela conhece e com quem mantém contato, principalmente caso ela tenha tido problemas com algum cara ou na escola.

— Não, eu já disse, ela é... — Ele se interrompeu e, com um suspiro, começou a escrever os nomes de amigos e conhecidos, verificando a lista de contatos do celular para anotar os números de telefone. Enquanto escrevia, uma mulher apareceu à porta. Alta e magra, seu rosto pálido era uma máscara de tristeza, ela encarou Bellisario com olhos aflitos. Ao lado dela estava uma menina de cerca de dez anos, e a mulher agarrava os ombros da criança como se tivesse medo de que a filha fosse arrancada dela à força.

Lucy se levantou, estendendo a mão por cima da mesa abarrotada com pilhas de arquivos e dois copos de café vazios.

— Detetive Lucy Bellisario.

A mulher estendeu uma mão frouxa, como se fosse impossível encontrar forças até para um simples aperto de mãos.

— Me chamo Reggie — disse ela sem entonação. — E essa é a Emily.

— Prazer em conhecê-las — falou Bellisario. — Gostaria de se sentar? — convidou ela, segurando a mão da menina e oferecendo o que esperava ser um aperto de mãos reconfortante. A detetive indicou a cadeira vaga, mas a sra. Fowler fez que não com a cabeça.

— Eu... eu prefiro ficar de pé — disse ela, ainda agarrada à filha.

Embora considerasse melhor não incluir a filha mais nova do casal na conversa, Lucy entendia a necessidade desesperadora dos pais de mantê-la por perto.

— Candice tem um celular ou algum eletrônico portátil? — perguntou a detetive.

— Que adolescente de quinze anos não tem hoje em dia? — Fowler encarava com raiva a lista que escrevia, como se soubesse que, entre os nomes daquelas pessoas que ele mal conhecia, tinha um sequestrador.

— Mas ela não está atendendo, então ligamos para a operadora. Ela está no nosso plano, mas... — Ele balançou a cabeça, triste, e olhou para Reggie. — Ela não está atendendo — disse outra vez, baixinho.

A esposa pôs a mão no ombro dele.

— Eu sei. — Lágrimas encheram os olhos dela.

Pela hora seguinte, os pais de Candice Fowler reuniram força suficiente para responder o restante das perguntas de Lucy Bellisario. Len Fowler era vendedor de seguros, um agente autônomo que não tinha "nenhum inimigo, nenhum!". Reggie trabalhava meio expediente fazendo a contabilidade do marido e era voluntária na escola e em um abrigo de animais. Candice fazia parte da banda da escola e queria se tornar enfermeira um dia, disseram eles, Reggie apertando os olhos com os dedos. Contaram a Lucy tudo o que sabiam sobre a rotina de Candice: seus professores, suas atividades extracurriculares, seus amigos, inimigos, os perfis nas redes sociais. Lucy perguntou se Candice andava agindo estranho, se estava com algum problema em casa ou na escola. Claro que não para ambas as perguntas, garantiram os pais. Ela conhecia Bobby Monroe, um ex-namorado de Rosalie Jamison? Eles negaram com a cabeça, mas se entreolharam como se estivessem silenciosamente perguntando um ao outro.

— Nunca ouvi falar nele — disse Len.

— Ela nunca mencionou ninguém chamado Bobby ou Bob ou Robert, não que eu me lembre — concordou Reggie, dando de ombros em seguida. — Hoje em dia, tanta coisa acontece pela internet que talvez a gente não saiba. — Ela engoliu em seco ao perceber que podia ter muita coisa que ela não sabia sobre a filha e quem ela conhecia.

— Talvez alguém chamado Leo? Você falou em internet... Talvez uma sala de bate-papo ou Facebook, quem sabe?

A sra. Fowler balançou a cabeça, negando, e, depois, dirigiu o olhar à filha mais nova.

— Emily, sua irmã já falou alguma vez de alguém com esses nomes, Leo ou Bobby?

A menina, grudada na mãe, balançou a cabeça de um lado para o outro lentamente.

— A Candice não conhece ninguém ligado a Rosalie Jamison! — insistiu Len, ainda mais na defensiva. Ele agia como se a detetive estivesse tentando culpar a esposa e ele pelo desaparecimento da filha. Felizmente, Reggie, a mais calma dos dois, pôs a mão sobre a do marido e lembrou a ele que a polícia estava "apenas tentando ajudar".

Um pouco da ira pareceu abandonar Len, e ele se recostou na cadeira outra vez. Perguntou sobre a investigação do desaparecimento de Rosalie Jamison, mas Bellisario não disse uma palavra, não querendo arriscar ou comprometer o caso que estavam montando, embora ainda não houvesse muito, e até mesmo mencionar o nome de Bobby Morris tinha sido um tiro no escuro. Tudo o que a detetive tinha conseguido descobrir sobre ele era que talvez traficasse pequenas quantidades de maconha — mas também não tinha provas, eram apenas rumores. As pistas no caso de Jamison não deram em nada. O local onde os detetives acharam que ela podia ter sido pega não revelou nada, não tinha nenhuma evidência de luta corporal. Na verdade, o percurso inteiro entre a Lanchonete do Columbia e a casa de Rosalie não oferecia nenhuma pista quanto ao paradeiro da menina.

Nem mesmo os cães foram capazes de encontrar um rastro a partir da rota de costume dela. Era como se ela tivesse encontrado um portal secreto e ido parar em outro universo.

Ou, mais provável, um veículo com um motorista que ela conhecesse.

Aí é que está. Embora não tivesse comprovado sua teoria, Bellisario acreditava fortemente que Rosalie conhecia o sequestrador, que, de alguma forma, entrou no veículo por vontade própria. Por isso mencionou Bobby Morris. O namorado de Denver ainda não tinha sido localizado, e Lucy acreditava que ele talvez nem existisse. Começou a pensar nele como Leo, o Fake.

Mas, se Rosalie conhecia o sequestrador, talvez Candice também o conhecesse, e aquilo era vantajoso para a polícia, poderia ajudar a filtrar a lista de suspeitos.

De qualquer maneira, parecia que Candice Fowler poderia ser outra vítima. A detetive fez o que pôde pela família desesperada e, assim que foram embora, trabalhou com Turner, do Departamento de Pessoas Desaparecidas, que já tinha emitido um alerta de desaparecimento. Torcia para que funcionasse e que alguém ligasse com informações sobre Candice ou Rosalie, dando o pontapé inicial na investigação.

***

— Não tem nada! — berrou Candice com aquela voz de criança que dava nos nervos de Rosalie. A claridade já tinha chegado fazia algumas horas, e a prisioneira na baia "Sorte" continuava tão inútil quanto antes.

— Você olhou a baia inteira?

— Eu já disse que sim! — resmungou ela.

A cabeça de Rosalie latejava tendo de lidar com aquela... aquela *garota*, na falta de palavra melhor. Elas trocavam gritos, o tempo passando, enquanto Rosalie tentava convencer, instruir e incentivar Candice a fazer alguma coisa. Ela esfregou a lateral do corpo, onde tinha se machucado em sua última tentativa fracassada de fuga.

— Tem que ter alguma coisa. Um gancho? Hum... Um prego? Talvez uma tábua solta?

— Eu já disse, não tem nada. — E fungou novamente. — Eu estou com frio.

— Se enrola no saco de dormir.

— Está sujo.

Rosalie suspirou, percebendo que a menina precisava de um tempo para se adaptar, para entender a gravidade da situação dela — da situação *delas* —, mas aquele era um luxo que elas não podiam ter.

— Estou com fome.

— Eles não deixaram comida para você?

— Eu odeio sanduíche! Parece que é de uma loja de conveniência, todo coberto de plástico. Pior que é mesmo! — Ela soou completamente enojada, e Rosalie fechou os olhos enquanto se apoiava na parede, tentando pensar numa forma de sair daquela droga de cela. — Já passou da validade!

— Ele deve ter comprado na promoção.

— Eca! — soltou ela, sua voz aguda novamente, um sinal de que estava prestes a cair no choro outra vez. — Eu quero...

Não diga "minha mamãe". Por favor, não!

— ... ir para casa.

— Eu também — disse Rosalie, surpresa com o fato de que a vida com a mãe e o barrigudo Número Quatro parecia de repente tão acolhedora agora que estava trancada com Candice naquele celeiro velho e frio. — O único jeito de irmos para casa é fugindo. Eles não vão soltar a gente.

Você não vê programas policiais? Nunca soltam a vítima depois que ela vê o rosto do assassino.

— Assassino? — chiou Candice.

— O bandido. Assassino. Ladrão. Tanto faz. — Rosalie pensava rápido, tentando não deixar a garota mais fraca em pânico, já que ela era a sua única esperança de liberdade. —Mesmo que ele não mate a vítima, nunca a deixa escapar. Não pode. Senão pode ser identificado e pego pela polícia.

— Ah, não...

— Então a gente *precisa* ser mais esperta que eles.

— Você acha que a gente consegue?

— Sim, mas temos que ser inteligentes... e muito corajosas.

— Não sei se eu consigo.

— Se você quer ir para casa, vai ter que me ajudar. É a única chance que você tem. — A paciência de Rosalie estava chegando ao fim, e sua garganta doía de tanto gritar. Meu Deus, se o desgraçado tivesse escondido uma câmera ou um microfone em algum lugar ali, elas estavam mortas. Mas já estavam mesmo, pensou, e, se houvesse uma câmera ou qualquer tipo de dispositivo de segurança, ela tinha certeza de que já saberia a essa altura. — Então... o cara grandão... ele não confia mais em mim.

— Por que não?

— Bom, ele nunca confiou. — Ela não queria ter que explicar sobre sua tentativa fracassada de fuga para não assustar ainda mais a menina. Não queria que ela pensasse que qualquer coisa que tentassem teria chances mínimas de dar certo. Porém, imaginou que o assunto pudesse vir à tona. O grandalhão e Desgrenhado talvez comentassem, então ela explicou resumindo o que tinha feito e como foi parar novamente na baia. — Então você vai ter que enganar ele. Beleza? Ele acha que você é — *uma fracote; acha que é medrosa, e está certo* — obediente, então usa isso a seu favor e, quando ele se distrair, você sai correndo, mas o importante é trancar ele aí dentro para ele não te pegar. Depois, você vem e me solta.

— Eu não sei... não sei... E o amigo dele?

Uau, nossa, ela estava mesmo dentro? Rosalie não conseguia acreditar.

— Bom, é claro que você só vai poder fazer isso se tiver só um deles. Até agora, o baixinho nunca veio sozinho, mas o grandão já.

— Então... é para eu atrair o grandão e trancar ele aqui.

— Isso, mas vamos precisar ser rápidas. Ele deve ligar para alguém e pedir ajuda. — Rosalie já sabia que tinha outros envolvidos, aparentemente era um tipo de quadrilha. Bom, elas só precisariam usar bem o tempo... e prender um dos homens na baia. — E você vai precisar fazer o seu papel: fingir que está assustada.

— Não vou precisar fingir.

— Certo. Bom. Você consegue, Candice. Se tiver a chance. — Mas Rosalie não tinha tanta certeza; sabia apenas que não conseguia pensar em outro plano. — Vê se você acha uma arma. Qualquer coisa que machuque. — Quais eram as chances de Candy conseguir fazer aquilo, uma menina sequestrada que se preocupava com a data de validade da comida que ofereciam no cativeiro?

Ela pegou as peças do cortador de unha e pensou em jogá-las para Candice, mas poderia errar e, sinceramente, quais eram as chances de aquela menina medrosa conseguir arrancar os olhos ou perfurar a jugular do cara, ou chutar o saco dele?

Ela sequer respondeu à própria pergunta. Já sabia que as chances eram ínfimas.

— Quer dizer que me pagar uma cerveja foi só um truque para conseguir conselhos jurídicos de graça? — disse Tom Yamashita, encolhendo os ombros na jaqueta.

Estava sentado do outro lado da mesa no Clipper's, um pub local que contava com uma enorme variedade de cervejas artesanais produzidas na região, decorado com quadros, esculturas e miniaturas de todo tipo de embarcação. Localizado no topo de uma das colinas da cidade, a taverna cheirava a cerveja e tinha janelas que iam do chão ao teto, oferecendo uma vista panorâmica dos telhados das construções mais abaixo e do extenso rio Columbia até sua margem norte, em Washington.

— Eu não quero nada de graça — disse Clint, arrastando a cadeira para fora da mesa. — Me cobra. — Ele virou o resto de sua *pale ale* e tateou as calças em busca da carteira. — Só queria um conselho rápido. Isso meio que me pegou de surpresa.

— Eu imagino.

— Obrigado.

— Disponha. — Tom levantou e fechou o zíper da jaqueta. Filho de um fazendeiro local, ele era dois anos mais velho que Clint. Conseguiu uma bolsa de estudos em Stanford, tornou-se advogado, foi contratado por um escritório de prestígio em São Francisco e, mais tarde, chegou à conclusão de que a vida na cidade grande não era para ele. A esposa, mãe de seus dois filhos pequenos, concordou. Então ele trouxe a família de volta para Stewart's Crossing e virou advogado autônomo, tudo isso enquanto administrava os pomares da família, tornando-se o fazendeiro e advogado favorito da cidade. Ajeitando o boné de caminhoneiro, ele brincou: — Você lembra que eu cobro o dobro nos sábados, não lembra?

— E, você, lembre que, na próxima vez que seu trator quebrar e você precisar do meu emprestado, vou cobrar o triplo.

O sorriso de Tom se abriu, exibindo dentes brancos com um toque de ouro no fundo da boca.

— Justo. — Eles apertaram as mãos por cima da mesa cheia de copos vazios e restos de hambúrgueres e fritas em cestas plásticas. — Não acho que eu disse nada que você já não soubesse. Se a filha é sua mesmo e você quer assumir, vai precisar fazer um teste de paternidade e entrar com uma ação para a guarda compartilhada. Direito à paternidade, aquela coisa toda. Vai ser melhor se Sarah estiver de acordo, é claro, menos despesa quando não tem muitas audiências. Converse com ela, se possível, e vai dar tudo certo.

— Certo.

— Vou começar a preparar tudo na segunda-feira — prometeu Tom, acenando um adeus.

— Obrigado — disse Clint, mas Tom já tinha ido embora.

Depois de deixar uma quantia em dinheiro suficiente pelas refeições, cervejas e gorjeta, Clint foi até a porta da frente, que se escancarou de repente. Quatro homens que ele não reconheceu, usando calças jeans, camisas xadrez e jaquetas, entraram no pub aos trancos. Houve um tempo em que ele conhecia a maioria dos cidadãos de Stewart's Crossing, mas aquilo era passado, refletiu ele, enquanto os homens — dois deles mais velhos que ele, os outros, talvez, da sua idade — se dirigiam ao bar. Ele abriu a porta de novo com o ombro e foi recebido pelo vento frio do leste enquanto saía.

Parecia um dia de inverno. Chuviscava de leve, formando poças na calçada e nas ruas e a temperatura caía. A Fera estava estacionada a duas quadras dali, descendo a colina, enfiada entre outros veículos, de motocicletas a pequenos sedans a uma enorme van com placa do Idaho.

Praticantes de windsurf, pensou ele; a região era uma das melhores do mundo para um esporte que usava enormes pranchas à vela para deslizar pela água, tomando impulso apenas pelo vento forte do desfiladeiro. A van, equipada com racks, seria capaz de carregar toda a parafernália de que os esportistas precisavam. Eram uma parcela crescente da população numa região que, antes, era conhecida principalmente por suas terras férteis.

E assim era a vida, pensou ele, as coisas sempre mudando. Ele mesmo não estava passando por uma mudança de vida gigantesca? Um dia atrás, não sabia que tinha uma filha. Agora era pai novamente — daquela vez, de uma moça quase feita que não conhecia. Sarah tinha razão. Ele precisava mudar aquilo, e logo. Tinha dado o primeiro passo ao correr atrás de suas responsabilidades e dos direitos de custódia com Tom. Ele se perguntou como Sarah receberia a notícia de que ele tinha procurado um advogado, e concluiu que não estava nem aí. Involuntariamente, tinha esperado dezessete anos. Agora, as coisas seriam do jeito dele.

Ou não? Será que os motivos de Sarah para não ter contado sobre Jade antes eram legítimos ou apenas desculpas? Era tão apaixonado por ela no Ensino Médio, aquela menina engraçada, bonita, inteligente, original. Mas tudo aconteceu muito rápido e, na época, ele não queria se comprometer, então namorou outras, envolveu-se com Andrea e, tirando um breve caso com Sarah enquanto estava separado de Andrea, nunca olhou para trás.

Ou pelo menos era isso que ele sempre dizia a si mesmo.

Agora ele se questionava, a respiração soltando fumaça por causa do tempo frio. Talvez não soubesse de Jade porque não quis aceitar que tinha uma filha. Talvez tivesse convencido a si mesmo que Jade era filha do tal McAdams porque não queria a responsabilidade de ser pai.

Será mesmo que teria sido melhor se ele tivesse ficado sabendo da verdade?

Ele teria aceitado a paternidade e o matrimônio ou, como suspeitava Sarah, se sentiria preso e amargurado e acabaria descontando na família?

— Droga — disse ele, a caminho da caminhonete.

Nada era simples, e seus sentimentos por Sarah eram uma bagunça. Tinha horas que queria esganá-la, e outras que queria agarrá-la e beijá-la a ponto de esquecer o mundo a sua volta. Ele sempre se sentiu muito atraído por ela sexualmente, mas eles eram jovens e imprudentes na época. E agora... agora ele já estava fantasiando com ela. Tinha reparado no modo como ela lidou com as filhas e com aquele babaca do ex-chefe, ex-namorado ou o que quer que fosse Evan Tolliver, e gostou do que viu.

E também observou como ela o tratou, defendendo a si mesma e se desculpando, mas sem se rebaixar, batendo na tecla de que precisavam seguir em frente. Sarah tinha uma maturidade e uma perspicácia de que ele não se lembrava. Talvez aquelas qualidades não existissem quase duas décadas atrás, ou talvez ele fosse cego e egocêntrico demais para percebê-las.

Então, agora, ele tinha um problema.

Ele precisava lutar contra a vontade de "se intrometer", de "ser homem", de se reafirmar pai de Jade e se reaproximar de Sarah. Aquilo parecia antiquado, e Sarah certamente não ia gostar que ele se intrometesse muito na vida dela, ainda mais quando soubesse que ele entrara em contato com um advogado para tratar de seus direitos.

Não, ele precisava ir devagar, pensou ao parar na esquina antes de atravessar a rua para chegar à caminhonete. Ali, tinha um poste com o cartaz da garota desaparecida, Rosalie Jamison. Ele encarou a foto por um instante e se lembrou dela servindo sua mesa na Lanchonete do Columbia algumas semanas atrás. Era provável que tivesse mais ou menos a idade de Jade, embora parecesse mais velha, um pouco atrevida e atirada; agora, estava desaparecida, talvez até morta.

Sua mandíbula ficou tensa só de pensar, e, por um segundo, ele se lembrou de Brandon e da dor de perder um filho. Os pais de Rosalie deviam estar arrasados. Ele esperava que a menina estivesse em segurança, que tivesse apenas fugido com o namorado ou qualquer coisa que as fofocas sugeriam.

Esperou um carro passar, um Volkswagen cheio de adolescentes, atravessou a rua correndo e encontrou Tex esperando por ele, como sempre, o rabo balançando enquanto Clint o expulsava do banco do motorista para seu lugar cativo no banco do carona.

Uma filha. Ele tinha uma filha de dezessete anos.

Deus do Céu.

A vida era cheia de surpresas.

Dando partida no motor e soltando o freio de mão, ele olhou para trás e deu a ré, pegando o trânsito quase inexistente da rua lateral. Ao mesmo tempo, pensava em Sarah e Jade e se perguntava como diabos ia ficar sua vida dali por diante.

CAPÍTULO 26

Sarah passou a maior parte da manhã de sábado se esforçando para não pensar em Clint Walsh, **nos pesadelos com Roger**, na adolescente desaparecida e nos fantasmas que assombravam a velha casa. Ela decidiu aproveitar o dia para organizar a casa de hóspedes, na esperança de que pudessem se mudar o quanto antes. "Logo", pensou ela enquanto passavam pelo último andar, que contava com dois quartos pequenos.

— Não tem como dividir meu quarto — anunciou Jade ao ver o pequeno cômodo.

— É claro que tem. É só por um tempo.

— Mas...

— Sem "mas". Você vai ter seu próprio quarto de novo quando voltarmos para a casa principal depois da reforma.

— Até ela ser vendida.

Tinha isso também. Sarah não ia conseguir, de jeito nenhum, manter a casa sozinha, e os irmãos iam exigir, com toda a razão, o retorno de seus investimentos na Mansão Pavão Azul.

Enquanto saía da casa de hóspedes, disse a si mesma que a Sarah do futuro ia se preocupar com aquilo. Já tinha problemas de sobra. Agora se perguntava como ia aguentar a festança de Dee Linn, quando, assim que entrou na casa principal, a irmã ligou.

Falando no diabo, pensou ela ao ver o nome e o número de Dee Linn antes de atender.

— E aí, achei que estivesse ocupada demais com preparativos de última hora para ligar — cumprimentou Sarah.

— Eu sei, eu sei. E, graças a Deus, parece que todo mundo ainda pretende vir. Fiquei com medo de que, com essa história das meninas desaparecidas, as pessoas pudessem não vir, mas parece que é o contrário, as pessoas querem sair de casa para espairecer.

— Meninas desaparecidas? — repetiu Sarah na esperança de que tivesse ouvido errado. — Mais de uma?

— Ah, caramba, sim. Você não ficou sabendo? A Becky me contou. Ela viu no Facebook ou... talvez no Twitter ou sei lá o que estão usando agora. Enfim. Outra menina desapareceu aqui na cidade. Candice Fowler, colega de turma de Becky. Elas não são amigas, mas eu a conheço de nome.

— O que aconteceu? — perguntou Sarah.

— Ninguém sabe. Acho que ela estava voltando da casa de uma amiga... hum... Qual era mesmo o nome da amiga? Eu sei. Droga, odeio quando isso acontece. Ah! Tiffany. Sim, Tiffany Monroe, esse é o nome da amiga. O pai dela é advogado, joga golfe com Walter de vez em quando. Eles são sócios do mesmo clube. Walter não gosta muito dele, mas sabe como é o doutor... — disse ela, como se Walter fosse excêntrico e fofo.

Sarah não disse nada. Ainda estava muito chocada. Outra garota? Desaparecida?

— Tem a mãe da Tiffany também, bem, ela é meio maluquinha. Psicóloga ou psiquiatra, acho.

— E como os Fowler estão?

— Foi a filha caçula que postou nas redes sociais primeiro — disse Dee Linn. — Você sabe como as crianças saem tuitando tudo, e depois eu vi no jornal do meio-dia o alerta de desaparecimento das duas meninas. Assim que eu vi, comecei a ligar para saber se as pessoas ainda vinham. Você vem, né?

— Ah, eu vou, sim — disse Sarah, ainda pensando nas garotas desaparecidas. Ela buscou apoio encostando-se na parede. — Coitados dos pais. O que devem estar passando, e essas meninas... — Sentiu um nó na garganta quando imaginou se sequer estariam vivas.

— Eu sei — disse Dee Linn sem um pingo de empatia. Era como se ela estivesse ligando apenas para fofocar e confirmar a presença dos convidados, não se preocupando muito com as vítimas nem com as famílias delas. — Uma pena. Eu não conheço os Fowler. O pai é contador ou vende seguros, eu acho, mas posso estar errada. Não que isso importe.

— Pois é. — Sarah sacudiu a cabeça na tentativa de dissipar as imagens terríveis que rondavam sua mente. Ela mudou de assunto propositalmente. — Você tem visto a mamãe?

— Eu estive com ela ontem.

— Como ela está?

— Mesma coisa. Sai do ar de vez em quando. Ficou falando da Theresa e dizendo que ela estava segura. Com Lucas, eu acho. Até onde eu sei, não tem nenhum Lucas na família, e, de qualquer forma, como ela poderia saber disso?

— Ela disse a mesma coisa para mim, mas não mencionou nenhum Lucas. Acho que falou de João e Mateus.

— O quê? Como na Bíblia? — indagou Dee Linn. — Mateus, Lucas e João. Só falta o Marcos — Ela suspirou. — Isso é para você ver que estamos perdendo a mamãe. A srta. Malone sugeriu um asilo.

Sarah ficou em silêncio. Era claro que aquele momento ia chegar. Todos sabiam, mas ele estava se aproximando rápido demais. Ela se recordou de quando a mãe a confundiu com Theresa e sequer se lembrou dela. Dee Linn estava certa. Era provável que Arlene não tivesse muito tempo, e aquilo deixou Sarah triste.

Dee Linn pareceu sentir isso.

— Olha, Sarah, eu sei que você se sente um pouco de culpa por ter saído de Stewart's Crossing e nunca ter voltado, por nunca ter tido uma boa relação com a mamãe. Mas a verdade é que não foi culpa sua. Eu sei que eu só queria saber de mim mesma quando você era criança, mas eu via tudo, o jeito como ela tratava você. Uma hora, ela era superprotetora, na outra, ela beirava a crueldade. Vamos ser sinceras, a mamãe nunca foi candidata a mãe do ano.

— Ela está velha agora.

— E rancorosa para cacete, e continua malvada. Sabe, não entendo por que ela teve tantos filhos. Seis! Dá para imaginar? O que ela tinha na cabeça? Para falar a verdade, eu nunca entendi por que o papai não pediu o divórcio. Ele se casou com ela por minha causa, ela estava grávida de mim. E, conhecendo a mamãe, é bem provável que ela tenha engravidado de propósito, só para prender o papai.

Sarah estremeceu, recordando a própria adolescência.

— É, foi isso mesmo — continuou Dee Linn. — Tenho certeza de que ela queria o papai. Ele era um bom partido, tinha muito dinheiro para a época, uma casa enorme e tal. Sabe, ele era um descendente dos fundadores da cidade, o que não era lá motivo para ficar se gabando, mas já era alguma coisa. E ela precisava de um pai para os filhos dela. Pelo que fiquei sabendo, Hugh Anderson não tinha um tostão furado quando morreu, ela recebeu apenas uma merreca do seguro de vida. Então, o que mais ela ia fazer?

— Casar com o papai.

— Não. Engravidar e *depois* se casar com o papai. Tenho certeza de que ela planejou tudo. Aposto que, se estivesse viva, Theresa ia confirmar isso.

— E você sabe se ela está morta? — perguntou Sarah.

— Ah, não sei. Mas só *pode* estar, sabe. Ela não teria voltado, digo, se tivesse apenas fugido? Por que não ia avisar a ninguém que estava viva? Mamãe já estava bem ruim da cabeça antes de ela fugir, mas, depois, nossa, ela pirou de vez. Isso sem falar no que aconteceu com Roger. Aliás, a Lucy Bellisario falou com você? Agora ela é detetive na delegacia.

— Não, por quê?

— Estão procurando Roger. Grande surpresa. Acontecem coisas ruins em Stewart's Crossing, duas garotas desaparecem, e nosso irmão volta para a mira da polícia.

— Não faço ideia de onde ele esteja.

— Eu sei. Ninguém sabe... Nossa Senhora, olha a hora! Eu preciso ir. A gente se fala depois.

não vai dar pra eu ir

Jade encarou a tela rachada do celular e teve vontade de gritar ao ler a mensagem de Cody. Ele estava louco? Já fazia tanto tempo, e ela não ia aguentar mais um dia sem ver o namorado. Ele não a amava? Ela se sentou no primeiro degrau da escadaria da casa e começou a digitar uma mensagem para ele. Sua vida estava arruinada, e ela não podia fazer nada a respeito. A merda do carro ainda estava na oficina, aquele tal de Sam da turma de Álgebra não se tocava, Liam Longstreet aparentemente queria ser seu "amigo", fosse lá o que significasse aquilo, sua mãe e irmã esquisitonas estavam vendo fantasmas e, agora, tentavam decifrar um diário antigo, e Jade precisava lidar com um pai que conhecia fazia apenas vinte e quatro horas. E Cody estava dando para trás agora? *Agora?* Depois de ela ter esperado tanto tempo para vê-lo?

Por quê?, exigiu Jade. Aquilo era uma punição cruel e sem sentido. Ela sentiu todas as antigas inseguranças voltando à tona — que ele não a amava tanto quanto ela o amava, que ele, mais velho, era bom demais para ela, ou, talvez, como insinuava a mãe, que ele estava apenas se aproveitando dela. Ai, estava dando tudo errado. Desde que se mudaram para aquele fim de mundo! *La Paon Blew*, meu cu!

trabalho

Que impedimento era o trabalho dele? Ela não engoliu aquilo.

tenho q fechar a loja

Desde quando? Ele trabalhava numa loja de conveniência fazia seis meses, recebia por hora trabalhada, nem ia todo dia. Mas agora, justamente no dia que ia visitá-la, tinha que fechar a loja à noite?

Não tem como outra pessoa fazer isso?, perguntou ela. **Meu carro está na oficina, senão eu ia até você.**

ok foi a resposta dele. Sério? Eles não iam se ver, e a única coisa que Cody tinha a dizer sobre isso era "ok"? Aquilo estava *muito* errado.

Saudades, digitou ela antes que a raiva tomasse conta dos dedos.

eu tb, falamos dps

Te amo, enviou ela.

eu tb

E então Jade ficou ali, encarando o celular, o coração tão partido quanto a tela. Ela odiava admitir, mas, desde que o namorado ficou sabendo que ela estava de mudança, ele se transformou, e ela suspeitava que sabia por quê. Antes de partir, por duas vezes ela o viu dar em cima de uma menina que ele conhecia desde o Ensino Médio. Sasha Driscoll estudava numa das faculdades comunitárias da cidade, mas morava no mesmo condomínio de Cody e seu colega de quarto, Ted. Não ajudava o fato de que Ted, que estava saindo com a colega de quarto de Sasha, praticamente vivia no apartamento dela. E Sasha, é claro, passava muito tempo no apartamento de Cody. Era óbvio que Sarah não a deixava ir para lá com a mesma justificativa de sempre: "Você é muito nova para ficar lá sem a companhia de um adulto." Jade sabia por que, claro. Sarah tinha engravidado antes de ir para a faculdade e estava desesperada para salvar a filha daquele mesmo destino. O que Sarah não sabia era que Jade não tinha a intenção de cair naquela armadilha. Tinha amigos que falavam sobre casamento e filhos, não necessariamente nessa ordem, mas Jade tinha sonhos maiores. Sim, ela queria fazer faculdade, ter uma carreira. Só não sabia ainda qual seria e não via por que seu futuro não poderia envolver Cody.

Nossa, como ela o amava.

Mesmo que ele não fosse tão verdadeiro com ela como deveria. E, naquele momento, ela o achava um belo babaca, mas bastou passar o olho pelas fotos dele no celular que seu coração derreteu, e, embora estivessem deformadas pela tela rachada, ela se lembrou de como era olhar naqueles olhos azuis e enxergar o próprio futuro. Ela sabia que ele ia voltar a estudar e se tornar professor de filosofia ou algo assim. O emprego dele na Lakeside Cash and Carry era apenas temporário, até ele conseguir consertar o carro e pensar na próxima etapa.

Enquanto encarava as fotos que tinha tirado de Cody, ela ouviu o som de unhas na madeira de lei do assoalho antes que Xena aparecesse. Como se sentisse que Jade estava angustiada, correu até ela e encostou o focinho gelado em sua bochecha.

— Ei — disse Jade, afagando o cabeção da cachorra. Foi recompensada com um "beijo" meio molhado. Quando a cachorra começou a lambuzar a cara dela toda, Jade se cansou. — Tudo bem, entendi — disse ela, acariciando Xena uma última vez antes de ir até a sala de jantar, onde a mãe e a irmã estavam debruçadas sobre o diário antigo que Gracie tinha encontrado no porão. Tipo, quem se importava?

Bem, elas se importavam. Todos os projetos arquitetônicos da mãe para a casa, além de duas xícaras de café, canetas e uma fita métrica, tinham sido empurrados para a outra ponta da velha mesa. Estavam sentadas próximo ao arco do saguão, lado a lado, o diário aberto entre elas, um bloco de notas ao lado da mãe, o iPad aceso na frente de Gracie. A luz cinzenta do dia penetrava as janelas sujas e, reparou Jade, a van dos Longstreet estava estacionada ao lado da casa de hóspedes, de onde vinha o martelar da obra. Ela se perguntou se Liam estaria com o pai, mas logo interrompeu aquela linha de pensamento desagradável, porque a verdade era que ela achava Liam interessante. Ele era bonito para cacete e ainda por cima inteligente, e Jade sabia, no fundo, que não podia se meter com ele, pois Liam estava supostamente saindo com Mary-Alice Eklund, e isso o tornava ainda mais atraente.

Mas era Cody quem ela amava, aquele babaca.

— Encontraram algum babado? — Ela fingiu interesse.

— Uhum. — Sarah sequer levantou a cabeça. Estava concentrada, folheando o diário, rabiscando o bloco de notas, apertando os olhos para decifrar a caligrafia esmaecida e soletrando as palavras que não entendia para Gracie digitar no iPad, que tinha um aplicativo que traduzia a palavra ou frase do francês para o inglês.

De certa forma, até que era legal ver a mãe envolvida com aquilo, já que Gracie estava tão obcecada com a proprietária original da Mansão Pavão Azul.

— Já decidiu o que vai vestir hoje à noite? — perguntou Sarah, erguendo o olhar.

— Eu tenho mesmo que...?

— Sim, você vai. Todas nós vamos para a festa à fantasia da Dee Linn.

— Talvez eu possa ir fantasiada de doida — disse Jade. — Mas vou precisar de umas roupas suas.

— Engraçada, você — disse Sarah.

Gracie suspirou.

— Por que você tem que ser sempre tão má? Parece que gosta de fazer *bullying* com a gente.

Jade bufou.

— É pedir muito que você tenha uma postura positiva? — Sarah recitou outra frase em francês e depois soletrou. Jade ficou impressionada com o domínio que a mãe tinha da língua.

— Vou de fantasma: Angelique Le Duc — anunciou Gracie.

— Mãe, será que dá para fazer ela parar com isso? — disse Jade. — Essa obsessão não é saudável.

— É Halloween — disse Gracie, então emendou baixinho, com aquela vozinha inocente que dava nos nervos de Jade: — Positiva, Jade.

— Aqui tem uma frase com *mama*... — disse Sarah. — E acho que vi... — Ela virou várias páginas. — É, aqui, olha... outra frase com *mère*. — Concentrada, suas sobrancelhas se uniram. — Onde está o livro da família?

— Livro da família? — repetiu Jade.

— Um livro grande... deve ter os pais de Angelique lá. Achei que a mãe dela tinha morrido ainda jovem. Talvez durante o parto. Não consigo lembrar, mas fazia parte do folclore da Mansão Pavão Azul.

— Então talvez Angelique se comunicasse com a mãe — sugeriu Gracie.

— Com a mãe morta, você diz? — A voz de Jade transbordava com sarcasmo.

— O livro da família tem mais de cem anos e sempre esteve aqui, neste cômodo, naquela prateleira. — Sarah apontou para um armário de canto embutido com portas de vidro que, agora, estava vazio.

— Que seja. — Jade estava perdendo o interesse rapidamente.

Sarah ainda estava com o olhar fixo na prateleira vazia, suas sobrancelhas franzidas.

— É importante porque é um registro da história da família. Além de ser uma relíquia, também tem a árvore genealógica da família. As pessoas escreviam nas primeiras páginas. Geração após geração, alguém se dava ao trabalho de listar todos os nascimentos, casamentos e mortes na família. Divórcios também, mesmo que não tivesse muitos no início. Enfim, o livro da família era uma prática antiga da genealogia, já que mantinha todos os registros familiares e era passado de geração em geração.

— Então a Angelique está nele? — perguntou Gracie.

— E Maxim e a primeira esposa... Não lembro o nome dela.

— Myrtle — ajudou Gracie.

— Estou fora — disse Jade, mas saiu de imediato.

— Por anos a vovó deixou o livro naquele armário. Eu lembro de ter visto ele ali. — Mordendo o lábio, Sarah olhou ao redor da sala de jantar como se esperasse que o livro aparecesse, o que obviamente não aconteceu. Voltando-se para Gracie, ela disse: — Espera um segundinho, está bem? — Em seguida, ela empurrou a cadeira para trás e subiu as escadas correndo.

A cachorra, pressentindo aventura, foi atrás dela.

Assim que a mãe se afastou, Jade perguntou à irmã:

— Qual é o seu problema? Às vezes você age como se fosse vidente, sei lá. Quer dizer, quantos anos você tem? Tipo, sete? — acrescentou Jade, na esperança de fazer a irmã amadurecer na base do constrangimento.

O tiro saiu pela culatra. Gracie endireitou as costas e se virou para Jade.

— Por que você não cresce? — disse Gracie, com os olhos semicerrados. — Você age como se fosse uma menininha de dez anos apaixonada. É ridículo.

— E o que você sabe sobre isso?

— O suficiente — respondeu Gracie de um jeito que causou calafrios em Jade.

Por que sua irmã era uma aberração? Antes que pudesse fazer a pergunta, ouviu a notificação de uma mensagem no celular e seu coração deu um salto. Cody tinha caído em si e dado um jeito de transferir seu turno para poder visitá-la. Só podia ser aquilo! Dando as costas para a irmã, deixou Gracie com o maldito diário e apanhou o celular, ficando extremamente decepcionada ao ver que a mensagem era de Becky.

A prima até que era legal, mas Jade não estava com saco para ela agora. A mensagem dizia:

Tentei ligar. Como vai ser hoje à noite?

O quê? Jade verificou e não viu registro de nenhuma chamada perdida. Ótimo. Seu celular devia estar mais danificado do que imaginava.

Meu celular está ferrado, escreveu Jade. **Te encontro na sua casa?**

Ok foi a breve resposta.

Maravilha, pensou enquanto o aparelho zunia em sua mão. Outra noite com os loucos do clã Stewart, e seu celular não funcionava por nada.

Rastrear o amigo de Lars Blonski, um dos ilustres ex-presidiários de Stewart's Crossing, não tinha sido fácil, e, quando Jay Aberdeen finalmente foi levado à delegacia, ele e seu álibi eram bastante inconsistentes. Lucy conversou com o homem na sala de interrogatório, mas Jay não foi capaz de manter sua versão da história.

— É, eu estava com o Lars — disse ele. Ele estava sentado do outro lado de uma pequena mesa encostada na parede, de frente para a detetive, câmeras filmando, microfones ligados, o xerife em pessoa atrás do "espelho" que permitia que outros funcionários do departamento assistissem ao interrogatório.

— Onde?

— No Cavern. Você sabe. — Ele deu de ombros e enfiou a mão no bolso da camiseta para pegar um maço de cigarros inexistente, fazendo cara feia ao perceber que não tinha nada.

— Quando você chegou lá?

— Umas 23h, talvez, 23h15.

Eles estavam conversando sobre a noite em que Rosalie Jamison desapareceu.

— Tem certeza da hora?

— Eu não olhei o meu relógio, se é isso o que você quer saber — disse ele, um pouco hostil.

— E na sexta-feira, por volta das 17h ou 18h?

— O Lars estava comigo. Na minha casa.

— No apartamento onde você mora com a sua mãe? — indagou Bellisario.

— É. Mas ela não estava em casa.

É claro que não.

— Onde ela estava?

— Sei lá. Na rua. Fazendo compras, eu acho. — Ele fez cara feia de novo, torcendo os lábios por cima do cavanhaque. — Você vai ter que perguntar para ela.

— Eu vou perguntar — prometeu Bellisario e fez mais perguntas das quais Aberdeen se esquivou ou respondeu. Ela sentia que ele estava mentindo, mas, como não estava ajudando em nada, teve que deixar o homem ir.

Até agora, o dia tinha sido improdutivo. Ela e vários policiais interrogaram todos os parentes de Candice Fowler, além de Tiffany Monroe e os pais dela. Por sorte, o pai de Tiffany era um advogado de defesa, e a mãe, uma psicóloga que costumava ser chamada por réus para atuar como perita em processos criminais, então ambos cooperaram, mas pareceram um pouco suspeitos, o que não ajudou muito. O irmão ainda não fora localizado, mas Bellisario pretendia falar com Seth Monroe. Nenhum dos vizinhos percebeu nada fora do normal, e não tinha câmeras de segurança nas redondezas da casa dos Monroe.

O FBI estava envolvido agora e, embora não gostasse de ninguém interferindo em seu caso, sentia-se aliviada que os federais, com sua perícia, seus equipamentos e extensos bancos de dados, estavam dentro da investigação dos sequestros. O tempo era valioso. Se as meninas ainda estivessem vivas, precisavam ser soltas antes que as machucassem. Ela não queria pensar que as meninas, que estavam apenas começando a vida adulta, podiam estar mortas, mas sabia que era uma possibilidade muito real. E, se estivessem mortas, seria um inferno encontrar seus corpos. Não apenas o rio era extenso e profundo — um local perfeito para desovar um corpo, depois da barragem mais baixa para que fosse levado até o mar —, mas as florestas e montanhas ao redor de Stewart's Crossing também eram densas, e às vezes, no inverno, as buscas se tornavam impossíveis.

Com pensamentos sombrios, ela escoltou Jay até a saída do prédio, depois parou para pegar mais um café antes de voltar para sua sala. Agora as chances de Rosalie Jamison ter fugido eram mínimas. Em uma cidadezinha pacata como Stewart's Crossing, era muito improvável que duas garotas fugissem de casa na mesma semana, e, embora o pai de Candice jurasse que a filha era basicamente perfeita e jamais saía da linha, Bellisario não acreditava. Ela também já tivera quinze anos, era uma estudante mediana, também considerada "boa" menina pela família, mas tinha um lado selvagem que escondia dos pais. É a natureza humana e faz parte do processo de crescimento.

No corredor, a caminho do escritório, ela assoprou o café e desviou de outro policial que escoltava um suspeito algemado na direção oposta. Usava grilhões nas pernas também, notou ela ao ouvir as correntes se arrastando enquanto o futuro prisioneiro era levado à sala de interrogatório de onde ela tinha acabado de sair. Com cabelos grisalhos que chegavam aos ombros e uma barba que não via uma tesoura fazia muito tempo, ele rosnou:

— Você não tem o direito de fazer isso, sabia? Vou arranjar um advogado.

— Faça isso — disse o policial, agente Mendoza, em um tom de tédio. Santiago Mendoza trabalhava no departamento fazia mais tempo que Bellisario e tinha aquele jeito de quem já havia visto de tudo. Hoje não era exceção. Ele lançou um olhar de descrença para Bellisario. — Deixa o seu advogado explicar por que você tem um arsenal de fuzis não registrados.

— Eu caço!

— Manadas de elefantes, pelo visto — disse Mendoza.

— Nós vivemos num país livre, porra!

— É o que eles dizem — retrucou Mendoza, abrindo a porta para o suspeito entrar.

O prisioneiro, com os olhos faiscando, parou antes de atravessar a porta.

— Talvez você devesse dar ouvidos a "eles" ou voltar para o lugar de onde veio.

— Los Angeles? — Mendoza balançou a cabeça brevemente. — Achei que você fosse contrário ao governo. Não é isso que você e seus amigos vivem falando por aí? Parecem aqueles caras da tragédia de Ruby Ridge, uns vinte anos atrás. Vocês são um novo tipo de homens das montanhas?

— *Bastardo!* — proferiu o suspeito em espanhol.

— Ei, Bellisario, ouviu isso? — disse Mendoza, abrindo um sorriso. — O sr. Dodds aqui é bilíngue.

Bellisario assentiu.

— *Perfecto.*

Qual era a dessa onda recente de gente contra o governo? Por que aqui, por que agora? Ela teve que deixar aquele questionamento para Mendoza.

De volta à sua mesa, tentou encontrar uma ligação entre as duas meninas desaparecidas mais uma vez, mas, além do gênero, de serem adolescentes e de morarem na mesma região, tinham pouco em comum. Tomando um gole do café, ela encarou a tela do computador, agora exibindo duas imagens: uma era a fotografia da carteira de habilitação de Rosalie Jamison; a outra, uma foto da sorridente Candice Fowler, entregue à delegacia pelos pais dela.

— Onde vocês estão? — perguntou Bellisario, como se as meninas pudessem escutar. Juntas? Provavelmente. Ou talvez não. Poderia ser um imitador. Por mais doentio que parecesse, com toda a atenção que o desaparecimento de Rosalie Jamison vinha recebendo, outro maluco poderia ter tido uma inspiração repentina e a oportunidade de raptar Candice Fowler.

Mas quem?

Ela olhou para a ficha aberta de Roger Anderson em sua mesa. Era muito improvável, pensou ela, ele não tinha conexão com nenhuma das duas famílias. Mas tinha crescido em Stewart's Crossing e passado boa parte da vida adulta ali — e na prisão também. No momento, estava sumido e fugindo da lei, violando a condicional. E tinha histórico de violência contra mulheres.

— É melhor você tomar cuidado ou vai passar o resto da vida na cadeia, Roger — disse ela, pegando o grosso arquivo de papel pardo e dando uma lida nos vários relatórios de passagem pela polícia e nas evidências.

Ele não era exatamente um cidadão exemplar e fazia parte de uma família que não era das mais estáveis, levando em consideração as fofocas da cidade. Ele saiu do último endereço de que se tinha registro, de acordo com o agente de condicional dele, e não entrou em contato com nenhum parente; o agente fez algumas ligações e Bellisario também. Até agora, ela não o tinha localizado, e era de supor que ele já tivesse se mandado fazia muito tempo, não fossem os rumores circulando pela cidade de que ele estava por perto.

É, com certeza valia a pena ir atrás dele de novo. Antes que outra pobre menina não chegasse em casa.

CAPÍTULO 27

O que você está fazendo aqui? Você sabe que não pode entrar nesse quarto. Nunca. A mamãe vai matar você se descobrir.

Sarah se recusou a dar atenção àquela voz irritante em sua cabeça. Parecia muito com a voz de Dee Linn, e ela se recordava dos alertas da irmã mais velha, tantos anos atrás, para não entrar na suíte dos pais. É claro que ela fez isso, não apenas na época, mas recentemente também, quando fez a vistoria da casa inteira, visitando cada cômodo, tomando nota de todos os reparos a serem feitos, e disse a si mesma que precisava superar todas as regras e paranoias da infância. Ela estava no controle. Era apenas uma casa, e ela poderia ir aonde bem entendesse.

Mas aquilo se revelou mais difícil do que parecia. Até mesmo agora, olhando o quarto, tinha a sensação de estar sendo observada pela mãe e ouvia trechos de brigas antigas entre os pais, palavras duras que atravessavam a porta fechada.

— ... Estou falando sério, Franklin. Se você encostar nela, eu vou me certificar de que seja a última vez que você olha para outra mulher! — gritava Arlene, enquanto, do outro lado da porta, Sarah, aos doze anos, se encolhia, e Dee Linn passava por ela revirando os olhos.

— O que está acontecendo? — sussurrou Sarah para a irmã.

— A mamãe acha que o papai tem uma amante.

— E ele tem? — Sarah não gostava da ideia de o pai ter outra mulher que não fosse sua mãe.

— O que você acha? A mamãe... sabe... — Dee Linn, conduzindo Sarah para o andar de baixo, fez círculos com o dedo indicador ao lado da têmpora para indicar que a mãe era louca.

— Mas talvez ele tenha.

— Quem mais ia querer o papai? — Dee Linn torceu o nariz. — Sendo sincera, Sarah, nossos pais são esquisitos, então são perfeitos um para o outro. E você — ela apontou um dedo comprido para o nariz de Sarah — não devia ficar atrás de portas fechadas ouvindo conversas particulares.

— Você também ouviu — rebateu Sarah, sabendo muito bem que Dee Linn era a rainha da fofoca e descobria os segredos dos outros para tirar vantagem disso.

— Mas não foi de propósito.

— Ai, que mentira, Dee! — disse Sarah, e viu os olhos da irmã em chamas. Por um segundo, ela pensou que ia levar um tapa. Em vez disso, Dee Linn agarrou seu braço com tanta força que as unhas dela marcaram a pele de Sarah.

— Não — advertiu Dee, os lábios mal se movendo. — Não fale que sabe o que estou fazendo, porque você não sabe. Você não sabe nada sobre mim.

Agora, enquanto caminhava pelos cômodos escuros e quase desocupados da casa, Sarah repensava muitas coisa a respeito de sua família. Houve rumores de infidelidade do pai nos anos que antecederam sua morte. Mulheres que ele tinha conhecido em viagens a trabalho, mulheres da cidade, mulheres que Sarah jamais tinha visto, mas que assombravam os corredores da Mansão Pavão Azul, nem que fosse apenas na mente perturbada de Arlene.

E Dee Linn, uma adolescente rancorosa, amoleceu com a idade e por causa do casamento com um homem por quem se dobrava. Mas será que ela tinha mesmo mudado tanto assim? Seria possível que a esposa boa e obediente fosse apenas uma personagem? Quem sabe?

Passando o dedo na velha penteadeira empoeirada da mãe, ela olhou pela grande janela saliente onde uma das mesas de cabeceira ainda se encontrava; a cama e a outra mesa do par não estavam mais ali. O carpete exibia uma sombra de cores mais vibrantes na parte onde ficava a cama, evitando que os fios desbotassem. Sarah se lembrou da cama de dossel dos pais. Costumava ouvir, com mais frequência do que gostaria, o rangido rítmico das molas do colchão acompanhado por gemidos baixos, quase angustiados.

Tomada por lembranças, Sarah vasculhou a suíte em busca do livro da família, onde esperava encontrar respostas para o passado, mas somente desenterrou a mesma sensação perturbadora que a acompanhava durante a infância.

Sarah tinha esperanças de que, ao retornar a Stewart's Crossing, seria finalmente capaz de deixar para trás de uma vez por todas os demônios do passado. Mas naquela tarde fria e cinzenta, com tantas perguntas sem resposta ocultas por trás das paredes da Mansão Pavão Azul, não sabia se aqueles demônios a libertariam de suas garras.

— Vou te falar, faz um tempo que não vejo Anderson — insistiu Hardy Jones, sentado na cadeira à mesa de Bellisario. Ele era um homem inquieto, sempre esfregando as pernas das calças jeans desbotadas e lançando olhares furtivos, seus olhos meio selvagens. Hoje, ele estava extremamente nervoso, mais ansioso do que ela se lembrava, esfregando o braço com a mão oposta. — Eu evito ele.

— Mas ele está em Stewart's Crossing? — insistiu a detetive, imaginando que Jones, por ser um dos antigos companheiros de cela de Roger Anderson, poderia ajudar a localizá-lo. — As pessoas estão dizendo ter visto Roger pela cidade. — Mas, até então, ninguém tinha dado informações consistentes sobre o homem quando pressionado. Bellisario esperava que fosse diferente com Hardy.

Ele olhou para o dia cinzento pela janela.

— Talvez. Provavelmente. O cara é esquisito — disse o carinha esquisito do outro lado da mesa.

— Ele é próximo da família?

— Não. Acho que ele nem fala com eles.

— Nem com os irmãos?

— Não sei, mas, não, acho que não.

— Jacob Stewart não visitava ele? — perguntou Lucy, ouvindo o barulho de um fax chegando no fim do corredor. — Ou a irmã e o marido, Dee Linn e Walter Bigelow?

— Não que eu saiba. — Hardy deu de ombros. Era um cara amigável, com um tique nervoso num olho.

E Hardy estava mentindo. De acordo com os registros da prisão, que a detetive recebeu por e-mail mais cedo, Jacob Stewart visitou o irmão duas vezes, e Dee Linn, uma, junto com o marido, o dentista.

— E os primos dele?

— Eu nem sei quem são. — O olhar desconfiado de Hardy desviou da janela e focou Lucy outra vez, como se a avaliasse. — Porra, ele pode ter um milhão de primos. Tem mil Stewarts e Andersons nesse condado, não tem como eu conhecer todos.

— E Clark Valente? — indagou ela. Valente, que tinha mais ou menos a idade de Anderson, foi uma das poucas pessoas que o visitaram enquanto cumpria sua última pena.

— Não era como se eu estivesse de olho na porra do calendário de visitas dele. — Encarando Bellisario com raiva, ele afundou as costas na cadeira.

— Então você não sabe se Valente o visitou?

— Ele pode ter recebido visita do caralho do presidente e eu não teria como saber. Mas, não, nunca ouvi falar nesse... Qual é mesmo o nome dele?

— Clark Valente.

— Não.

Outra mentira. Hardy estava colecionando mentiras.

Ela olhou para a tela do computador. Outro nome aparecia na lista de visitas: Cameron Collins, pai de quatro filhos e dono da loja de ração da cidade.

— E os amigos de Roger?

Fingindo refletir a respeito, Hardy fez que não com a cabeça lentamente.

— Ele não tinha amigos.

— E o Cameron Collins?

— Quem? — perguntou Hardy, acrescentando em seguida: — Era ele o crente doido que apareceu com a Bíblia e recitou versículos ou coisa assim? Dono de uma loja na cidade.

Possivelmente. Bellisario guardou aquela informação para confirmar depois.

— Não sei.

— O cara foi lá uma ou duas vezes.

Mas o tom na voz dele a fez pensar que Hardy não tinha tanta certeza assim. Aquilo não ia levar a lugar algum e estava se tornando uma grande perda de tempo, quando o tempo era essencial para encontrar as duas meninas ilesas. Como se para enfatizar aquele pensamento, o celular de Bellisario vibrou sobre a mesa e ela viu o número da mãe de Rosalie Jamison na tela. Por causa do ligeiro vínculo que tinham — a irmã de Lucy estudava na turma de Rosalie —, Sharon não via problema em ligar diretamente para o celular dela a qualquer hora, fosse dia ou noite.

Ela desligou o aparelho e tentou outra abordagem com o ex-companheiro de cela de Roger Anderson.

— Sabe, Hardy, me parece estranho você alegar que não sabe de nada. Por quanto tempo vocês dividiram a cela aqui? Dois anos, dois anos e meio?

— Vinte e três meses — respondeu ele. — Redução de pena. Bom comportamento.

— E, ainda assim, você não conhece uma só pessoa com quem ele tinha contato, não se lembra de ninguém que o visitou. É isso mesmo que você está me dizendo? — Ela o encarou com severidade e se recostou na cadeira enquanto um telefone tocava numa sala próxima e a caldeira zumbia. — Então, fala para mim, o que você tem feito ultimamente? Sabe, além de manter os talheres brilhando no Cavern.

— Como assim? — A desconfiança tomou conta da voz dele.

— Está se comportando, eu imagino.

Hardy passou a mão no cabelo rebelde.

— Então, o que tem a me contar sobre as meninas desaparecidas?

— As o quê?

— Você viu no jornal, viu os cartazes. Rosalie Jamison e Candice Fowler desapareceram.

— E o que isso tem a ver comigo? — Ele olhou para as fotos na mesa e depois de volta para Bellisario. Finalmente, ela tinha a atenção dele.

— Você sabe que essa não é a minha praia. O Roger, sim, ele teve alguns problemas com mulheres, mas eu, não. Não curto isso, não.

O que era verdade. Os crimes de Hardy eram todos relacionados a drogas e fraudes em cheque. Não era muito bom em nenhum dos dois, daí sua extensa ficha criminal.

— Se eu ligasse para o seu agente de condicional, ele me passaria um relatório exemplar, não é? — Na verdade, ela já tinha ligado para o cara. Hardy estava limpo.

— Que porra você quer de mim? — Ele parecia preocupado agora, piscando os olhos rapidamente.

— Toda e qualquer informação sobre Roger Anderson.

— Não tem informação nenhuma. Quer dizer, *eu* não tenho nenhuma. Ele é um lobo solitário, entendeu? E é tão esquisito quanto uma nota de três dólares. Ficava falando toda hora da irmã, aquela que fugiu. Theresa, o nome dela. Já ouvi aquele cara falar dela milhões de vezes, do quanto amava a irmã.

— Amava? — repetiu ela.

— É, e eu não estou falando de amor fraternal aqui, não, se é que você me entende. — Ele lançou um olhar malicioso à detetive. — Ele *amava* a irmã. Sentia que era culpa dele, sei lá, ela ter fugido. Sempre falava da mansão, de como era bom e como a mãe dele era esquisita. Era bizarro o jeito que ele falava da família — disse ele e, pela primeira vez, desde o início do interrogatório, Bellisario percebeu alguma verdade saindo da boca de Hardy Jones. — Sabe o que ele fez? Sabe? Roger e ela?

— Por que você não me conta?

— Eles ficavam no caralho de um cemitério na casa dos Stewart, aquela tal de Papagaio Azul, sei lá como se chama.

— Pavão.

— Ficavam lá numa catacumba, ele e Theresa, sozinhos. — Hardy, agora, sorria, vendo um humor doentio na situação, embora balançasse a cabeça em reprovação. — Era uma bizarrice, estou te dizendo.

— Você está dizendo que eles tinham relações sexuais? — perguntou ela, indo direto ao ponto. — Theresa e Roger Anderson?

— Bom, do jeito que ele falava, se ele não estava transando com ela, com certeza queria. Deve ter sido por isso que ela fugiu, pensando bem. Era bizarro, cara, o jeito que ele falava dela — então parou e, como se tivesse percebido que tinha falado demais, se calou de repente.

— Você se lembra de mais alguma a respeito dele?

— Olha, nós fomos companheiros de cela por um tempo. Só isso. Fomos soltos e acabou. — Ele se inclinou sobre a mesa, aproximando-se dela. — Eu tento não andar com ex-presidiários, sabe. Não pega bem.

— Para quem? — perguntou ela.

— Para ninguém. Ainda mais por causa da polícia. Por que acha que estou aqui, falando com você? Não é porque fiz alguma coisa.

Ele estava um pouco hostil, com um tom de voz irritado. E ainda estava mentindo. Bellisario conseguia sentir. Talvez fosse o jeito como a encarava ou a forma defensiva como cruzava os braços, esticando a jaqueta jeans na altura dos ombros. Para início de conversa, ele não era nenhum homão, mas com certeza estava tentando parecer maior.

— Você é um mecânico profissional.

— Bom, sim, mas quem vai contratar um ex-presidiário? É por isso que estou lavando louça.

— Roger Anderson foi visto no Cavern. — A pista não tinha se confirmado, um bêbado disse que "acreditava" ter visto Anderson quando lhe mostraram uma foto, mas ela decidiu ver qual seria a reação de Hardy. — Um freguês o viu.

— Ele não foi à cozinha. — Hardy se manteve impassível.

— Mas ele esteve lá?

— Fiquei sabendo que ele frequenta o lugar, mas eu não tenho nada a ver com isso. Shirley, a bartender, viu ele algumas vezes.

— Ele não foi até a cozinha? — indagou ela. — Não tentou puxar conversa?

— A gente não é amigo. Por que você está me pressionando? Eu já disse que não vi o cara. E pronto. Vai querer me acusar de alguma coisa agora?

— Só estamos conversando. No meu escritório. — Ela não o levou à sala de interrogatório porque imaginou que ele pudesse entrar em pânico e não falar nada. Ali, no escritório dela, o clima era mais amigável, assim esperava ela. Mas Hardy não engolia aquilo.

— Bem, então estamos encerrados — disse ele. — Eu não fiz nada e não sei nem por que você me arrastou para cá, para início de conversa. — Ele se levantou como se já fosse embora.

— Certo, está bem. Mas se tiver notícias de Anderson, me avisa.

— Isso só vai acontecer quando porcos criarem asas.

— Vocês brigaram?

— Eu já disse, não tem por que a gente ter brigado. Nunca nem fomos amigos.

— Você não sabe onde ele mora.

— Você não ouviu nada do que eu falei? Já contei tudo que eu sabia dele, porra! — Hardy estava realmente irritado agora, mas ela ainda não tinha terminado.

— Ele se mudou da casa em The Dalles. A locadora disse que ele simplesmente foi embora, sem mais nem menos, e levou tudo. — Bellisario se inclinou para a frente um pouco. — Nós verificamos. Ele se mandou, estava tudo impecável. Como se ele nunca tivesse morado lá. — *Um fantasma*, pensou ela.

— E daí? — Aquilo não impressionou Hardy.

— E ele não entra em contato com o agente de condicional já faz uns dois meses.

Hardy não disse uma palavra.

Ela prosseguiu:

— Roger sempre seguiu as exigências, sabe. Ele sempre anda na linha quando sai da cadeia, mas, dessa vez, Roger Anderson decidiu, de repente, não seguir as regras.

— Isso sempre acontece. Por que você acha que ele sempre acaba voltando para a cadeia? Olha, eu já falei que não sei onde ele está morando ou o que tem feito ou com quem. Eu não ando com ele. É isso. Não vou falar mais uma palavra.

— Ótimo — disse Bellisario, mas já estava falando sozinha.

Hardy tinha dado meia-volta e marchava pelo corredor, deixando Bellisario com nada além da sensação de que Jones, o ex-companheiro de cela que insistia não manter contato com outros criminosos, estava escondendo algo.

Algo importante.

CAPÍTULO 28

O quarto dos pais foi um fiasco.

Sarah ressuscitou algumas lembranças antigas que preferia esquecer e não encontrou nada na suíte nem em nenhum outro lugar no terceiro andar. Ela até arriscou o quarto de Theresa, com o coração na mão, esperando inclusive que a estatueta de Nossa Senhora tivesse mudado de lugar outra vez, mas não. A imagem estava exatamente onde ela a tinha deixado, e, depois de vasculhar o quarto, convenceu a si mesma, enquanto fechava a porta, que Nossa Senhora não estava sorrindo para ela.

— É tudo coisa da sua cabeça, Sarah. Da sua cabeça. — No corredor, hesitou ao chegar à porta que levava até o sótão, ouvindo passos nas escadas do segundo andar.

— Mãe? — chamou Gracie, e Xena apareceu no topo da escada, saindo em disparada pelo corredor. — Você disse que não ia demorar.

— É, desculpa. Eu achei que ia conseguir encontrar a livro da família. A mamãe não ia se desfazer dele. — Ela olhou de relance para a porta do sótão, mas não tinha visto o livro quando estivera lá na última vez. O único lugar onde ela não tinha investigado era o porão, obviamente.

— Você não viu esse livro quando encontrou o diário? — perguntou a Gracie.

— Não.

— Você já revirou a casa inteira, né? — disse Sarah, lembrando o que Jade disse sobre Gracie andar fuçando a casa. — Até o porão?

— Você disse que não era para eu ir lá.

— Mas você foi, não foi? Foi lá que você encontrou o diário. Enfim, o que eu quero saber é se você não viu esse livro quando estava lá embaixo. Ele é grande, então não acho que passaria despercebido.

— Não vi, não — respondeu Gracie. — Foi mal.

— Que pena. Se a gente encontrar, talvez consiga entender melhor o diário, descobrir por que ele está em francês e o que significa tudo aquilo.

— Para que você quer esse livro? Não pode só traduzir o diário?

— Posso, mas é que é estranho. Eu acho que aquele não é o diário de Angelique Le Duc.

— Como assim?

— Pelo que eu traduzi, o diário foi escrito por outra pessoa, provavelmente pela filha dela, Helen. Ela fica falando da mãe, então não acho que faça sentido ser Angelique escrevendo.

A decepção de Gracie foi palpável.

— Então não vai ajudar em nada.

— Não tem como saber. Mas, para ter certeza, precisamos encontrar esse livro.

— Você acha que está no porão?

— Talvez. — Sarah abriu um sorriso forçado e reprimiu seus traumas de mais de vinte anos atrás. — Vamos lá dar uma olhada.

Reunindo coragem, ela seguiu a filha até a porta do porão, mas, assim que a abriu, o celular tocou e Sarah viu o número de Clint na tela. Seu estômago revirou e ela hesitou no topo da escada.

— Alô?

Gracie já estava na metade do caminho.

— E aí — disse ele em tom neutro. — Como você está?

— Bem. — *Exceto pelo fato de eu estar entrando no lugar que temi a vida inteira.* — E você? — Ela encarou os degraus abaixo.

— Indo, eu acho. Eu queria passar mais tempo com ela, sabe. Conhecer a Jade melhor.

— Eu tenho certeza de que a gente pode resolver isso. Mas você devia falar com ela, não acha?

— Eu mandei uma mensagem, mas ela ainda não me respondeu. Eu imagino que ela vá responder, mas achei melhor dar espaço para ela. Deixar que ela se acostume com a ideia. É muita informação para uma adolescente digerir.

Ela quase tropeçou num dos degraus desnivelados, mas agarrou o corrimão e, de alguma forma, conseguiu evitar que o celular caísse no processo.

— Para um adulto também.

— Eu queria que você soubesse que entrei em contato com um advogado hoje. Tom Yamashita. É daqui da cidade, conheço faz anos. Ele vai entrar em contato com você e é provável que também queira falar com Jade.

— Ah, é? — Sarah sentiu um aperto no peito.

— Não se preocupa. Eu não vou fazer nada que você não queira. Só preciso saber os meus direitos, e Jade precisa entender os dela também. Sem contar o Noel.

— Certo, eu... eu vou conversar com o seu advogado — disse ela, relutante.

— O seu ex-marido adotou Jade, não foi?

— Sim, assim que nos casamos, mas... — Ela se perguntou como Noel ia lidar com a notícia. Era provável que não muito bem. — Deixa que eu cuido disso. Ele é... um homem sensato.

Houve uma pausa, e Sarah imaginou que ele fosse perguntar sobre o divórcio e os motivos que levaram ela e Noel a se separarem. Ela sentiu um nó no estômago.

— Se você diz — concordou Clint. — Sarah...?

— Oi?

— Temos muito o que conversar.

— Eu sei. — Uma breve conversa era só a ponta do iceberg. — E talvez a gente devesse fazer isso antes de começar a contratar advogados.

— Não é nada pessoal. Eu juro.

Ela tentava não se sentir ameaçada.

— Eu vou precisar do meu próprio advogado?

— A decisão é sua. Mas, como eu te expliquei, não estou tentando criar nenhum problema. — Ele pausou, e depois perguntou: — Então como a gente fica a partir de agora, eu e você?

— Como assim? — indagou ela, mas a pergunta foi automática. Ela sabia exatamente do que ele estava falando. Clint aguardou a resposta, e ela finalmente disse baixinho para que Gracie não ouvisse. — Você e eu... terminamos faz muito tempo.

— Talvez a gente devesse rever isso.

O coração dela derreteu. *Não faça isso, Clint. Não me tente.*

— Como?

— É o que eu estou te perguntando — admitiu ele. — Olha, é claro, tem a questão legal. Mas vai além disso, Sarah, muito além.

— Um passo de cada vez — disse ela automaticamente, olhando para a madeira rachada dos degraus e dando aquele mesmo conselho a si mesma.

— Você vai à festa da Dee Linn e do Walter?

Clint tinha sido convidado? Ela não devia estar surpresa, pensou. Tia Marge disse que Dee Linn ia dar uma festa bem extravagante, e seus irmãos falaram a mesma coisa quando a visitaram. E, como estava mais do que provado que aquele era o *modus operandi* da irmã, por que a "reuniãozinha" de hoje à noite seria diferente?

— É, eu vou. Ficar um pouquinho, pelo menos. Essas festanças... Não sou muito fã.

— Eu me lembro. — Havia quase um sorriso na voz dele. Quase. — Então você não tem nada a ver com a sua irmã — disse ele, como se ainda a conhecesse e entendesse como ela era diferente de Dee Linn, que não se parecia com ela nem na aparência nem na personalidade.

— Então nos vemos hoje à noite, eu acho.

Ela desligou e percebeu que sentia um aperto no peito, o pulso elevado e os batimentos cardíacos irregulares, mesmo já tendo passado pela primeira provação de revelar a Clint e Jade que eram pai e filha. Por mais difícil que tivesse sido, aquele ainda não era o fim. Toda a família ia descobrir a verdade em breve e, numa cidadezinha do tamanho de Stewart's Crossing, uma fofoca era como uma pedra jogada na água, escândalos de qualquer natureza formavam ondas que se espalhavam em círculos cada vez maiores pela comunidade.

Ela era capaz de aguentar aquilo, de lidar com os questionamentos e provavelmente mais de uma testa franzida e comentários ácidos. Mas e Jade? A filha já estava com dificuldade para se adaptar à Nossa Senhora do Rio. Seu novo status como filha ilegítima de Sarah Stewart e Clint Walsh não ia ajudar em nada.

Apoiando-se no corrimão, Sarah desceu os últimos degraus.

Gracie já estava vasculhando a quinquilharia acumulada durante várias gerações. Apenas uma lâmpada em todo o cômodo ainda funcionava, estava praticamente tudo escuro, então elas usavam lanternas.

Sarah encontrou pertences de quando era jovem dos quais já tinha se esquecido. Uma bicicleta velha — de Jacob, supôs ela — encostada na parede; um monte de potes de conserva vazios em prateleiras de madeira; a antiga desnatadeira, com discos de aço inoxidável e rotor, largada ali por décadas. Agora o equipamento estava coberto de teias de aranha, e o chão de concreto, cheio de fissuras.

É, pensou Sarah, ela ia precisar de um especialista em fundações; várias das colunas que seguravam a casa pareciam estar apodrecidas e quem sabe quanto tempo mais iam durar. A provocação de Jacob sobre alugar uma escavadeira veio à cabeça de Sarah, mas ela se recusou a considerar a ideia de derrubar o antigo casarão.

Ela sentiu um calafrio enquanto estudava o porão, que acumulava poeira, destroços e objetos velhos.

— Aqui está pior que o sótão — disse ela à filha. — E adivinha quem vai limpar tudo?

— Eu? — perguntou Gracie.

— Você pode me ajudar, mas a tarefa é minha. Eu me pergunto se a Dee Linn ou os gêmeos vão querer alguma coisa daqui.

— Ainda não é tudo da vovó?

— Não sei, querida, mas não vamos vender nem nos livrar de nada que ela queira. — Elas começaram a procurar em caixas e a mexer em vasos antigos e livros nas estantes, arrastando a mobília.

— Vamos ficar aqui para sempre — reclamou Gracie.

— Não... Não tem tanta coisa assim. Só está desorganizado.

Era como se Arlene, quando começou a lutar contra a demência, tivesse usado o porão como um cativeiro para todas as coisas das quais ela não conseguia desapegar. Um rádio velho, uma cômoda quebrada, um espelho rachado e uma televisão que parecia ser dos anos sessenta — tesouros de uma vida inteira transformados em lixo. Estranhamente, Sarah estava calma; ficar no subterrâneo com pertences de sua juventude não era nada assustador. Brinquedos de plástico e um bambolê, a coleção de cachimbos do pai e, por fim, enfiada numa prateleira perto da antiga despensa, atrás de alguns livros de receitas com lombadas soltas e páginas amareladas, o livro da família.

— Aqui — disse Sarah. — Vamos levar lá para cima.

Não foi fácil, pois o livro era pesado e um pouco difícil de carregar, e elas tiveram que tomar cuidado para não tropeçar nos degraus desnivelados da escada, mas logo se encontravam na sala de jantar novamente. Já era fim de tarde e a luz solar estava indo embora quando Sarah abriu o livro na página onde por quase um século foram registrados os nascimentos, mortes, casamentos, batismos e divórcios da família.

— Eu estou aí? — perguntou Gracie.

— Não sei. Acho que a minha mãe não registrava nada — respondeu Sarah. — Ah... olha só, me enganei! — Ela virou a página e viu as entradas mais recentes, passando o dedo na lista de nomes. Os nomes de Dee Linn e dos gêmeos estavam escritos na fluida caligrafia de Arlene, mas os registros terminavam com o nome e a hora de nascimento de Joseph, dez minutos após Jacob. — Que estranho — disse em voz alta ao perceber que nada mais foi registrado após a vinda de Joseph ao mundo.

Nenhum casamento, nem mesmo o batismo dos gêmeos, que talvez sequer tenham sido batizados. Ver a árvore da família terminando com seus irmãos, sem qualquer menção a ela, foi difícil, e Sarah sentiu uma ponta de mágoa. Será que a mãe estava tão ocupada com seis filhos, sendo um bebê e dois adolescentes problemáticos, que não teve tempo nem de incluí-la?

Ah, espera aí, ela entendia agora. Ela nasceu na época que Theresa desapareceu. Era óbvio que Roger e Theresa não constavam no livro, pois não eram filhos de Franklin, tendo apenas sido acolhidos por ele quando se casou com Arlene. Havia o registro da união, a data do casamento legível, todos os filhos listados abaixo. Exceto ela.

— Parece que a vovó parou de escrever nele. Olha, eu não estou aqui, nem você, nem a Jade, e também os casamentos não foram mais registrados.

Não o de Sarah, é claro, porque ela não existia na família, mas os casamentos de Dee Linn e de Jacob também não constavam na página, e Becky, filha de Dee Linn, também não era mencionada. Era como se, a partir do desaparecimento de Theresa, uma luz tivesse se apagado em Arlene, sua vontade de viver, se é que algum dia existiu, murchou.

— Não vamos nos preocupar com isso agora — disse Sarah a Gracie.

— Sabe, se a gente quiser, podemos acrescentar os nomes.

— Mas é um pouco estranho. Olha todos esses nomes.

Ela estava certa. Havia quase seis páginas de nomes e anotações, mais de cem anos de vidas e mortes dos membros da família Stewart, as ramificações da árvore genealógica longas e, às vezes, tortas.

— Essas pessoas todas, as que morreram, é claro, estão enterradas no cemitério?

— No lote da família, você diz?

— É, no que fica aqui. — Ela apontou pela janela lá para fora.

— A família parou de usar aquele lote faz anos. Sabe, o vovô não está enterrado lá. Ele está no cemitério público com muitas outras pessoas que viviam aqui na cidade.

— Então, quem está lá?

— A maioria são pessoas que morreram faz mais de oitenta anos. Eu não sei quando eles deixaram de usar esse cemitério, mas foi no começo do século vinte.

Tanto para cortar o interesse da filha pelo cemitério antigo como para voltar ao assunto principal, Sarah folheou as páginas do livro.

— Aqui está.

As informações sobre Angelique Le Duc estavam completas, registradas sem dúvida após sua união com Maxim, a data do casamento menos de seis meses depois da morte de Myrtle, a primeira esposa dele. O tataravô era rápido. Myrtle morreu aos quarenta anos, e Angelique ainda era adolescente quando se casou com Maxim.

— Angelique deve ter feito o próprio registro, porque aqui diz que a mãe dela morreu um dia depois que ela nasceu — disse Sarah. — Acontecia muito na época, as mulheres morrerem no parto.

— Então ela não conheceu a própria mãe? — disse Gracie. — Que triste.

— Uhum. — Havia muita tristeza nas páginas daquele livro velho, pensou Sarah. — Então isso significa que o diário pertence a Helen.

— Ou a Ruth — arriscou Gracie. — Talvez até a Monica.

— Não... Veja a data de nascimento de Helen. — Sarah apontou para o registro esmaecido. — Dezoito de abril de 1910. Faz sentido. Ela tinha catorze anos quando a Angelique desapareceu. E, olha — ela passou algumas páginas do diário —, aqui estão os nomes dos irmãos: Ruth, o bebê Jacques, Monica, Louis e George. *Papa* seria Maxim, e *mama*, Angelique, mesmo que, tecnicamente, fosse madrasta dela. A única pessoa não mencionada é ela mesma, Helen.

— Porque ela está escrevendo na primeira pessoa.

Sarah sorriu.

— Alguém anda prestando atenção às aulas de redação.

— Aprendi isso faz tempo — disse Gracie. — A sra. Stillman, do terceiro ano, ensinou a matéria com muita paixão.

— Muito bem, então a Helen é o "eu" do diário — respondeu Sarah, tamborilando numa página.

— Eles chamavam Angelique de *mama,* mesmo ela sendo a madrasta.

— Parece que sim. Helen e George se lembravam da mãe, Myrtle, é claro, mas os pequenininhos talvez não. Angelique, por ser esposa do pai, era como uma mãe para eles, a única que conheciam. — Aquelas palavras ditas em voz alta ressoaram dentro dela como a corda de um violão ao ser dedilhada, vibrando, quase invisível, mal se mexendo, mas provocando uma onda sonora que brincava com suas lembranças, evocando imagens que fizeram seu coração dançar num ritmo descompassado.

Por quê?

Seria aquela conversa toda sobre fantasmas? Ou o mistério de Angelique Le Duc e o que tinha acontecido à bela proprietária da Mansão Pavão Azul?

Ou seria algo mais profundo que ela sentia tocar sua alma naquela casa, naquele mesmo telhado de onde Angelique, supostamente, atirou--se à própria morte? Em sua mente, viu o meio-irmão, Roger, a chuva encharcando seu cabelo e escorrendo pelo rosto, a camisa dele aberta, gotas no peito nu, enquanto a carregava nos braços pelo terraço.

Ele estava chorando? Aquilo em seus olhos era arrependimento? Ou era uma ofensiva dos céus, as gotas de chuva da tempestade pingando de seu nariz?

A memória se desenrolou em sua mente, acelerando seu pulso, fazendo com que a mesma pergunta de sempre assaltasse sua cabeça. Por que ela não conseguia se lembrar? E por que não conseguia se esquecer por completo?

— Mãe? — A voz de Gracie trouxe Sarah de volta ao presente.

Ela piscou os olhos e encarou o diário. O que aconteceu cem anos atrás não tinha nada a ver com o presente. Então por que se incomodou com aquilo?

— Você está bem?

Pigarreando, Sarah assentiu.

— Estou bem — disse, ainda tremendo por dentro, mas mantendo a voz firme. — Desculpa. Eu estava com a cabeça em outro lugar.

— Onde?

— Eu, hum, estava pensando em Angelique e no que aconteceu com ela — respondeu, ligeira. Depois, puxou o diário para perto a fim de enxergar melhor. — Vamos lá, Gracie, entender essa história direito.

CAPÍTULO 29

Ele voltou!

Rosalie ouviu o motor da caminhonete, depois o silêncio e, por fim, o clique da fechadura e o estrondo da porta sendo escancarada. As luzes acenderam, iluminando um pouco o interior da baia, e ela mordeu o lábio enquanto escutava atentamente, tentando descobrir se ele estava sozinho.

Um par de passos entrou.

Ela aguardou.

Nenhuma conversa começou, nenhum segundo par de botas batendo nas tábuas do assoalho. Apenas uma pessoa confiante caminhando do lado de fora da baia trancada.

Ótimo!

Será possível? Elas teriam tanta sorte assim? Por um segundo, imaginou que poderia ser outra pessoa, e não seu sequestrador, e quase gritou, mas se conteve. Precisava avaliar a situação.

Entretanto, finalmente existia a possibilidade de fuga. Isso se Sorte cumprisse sua parte do plano.

Até o momento, Candice tinha se mostrado uma completa inútil, e os planos de fuga delas não tinham dado em nada — ou melhor, pensou Rosalie, os *seus* planos de fuga. Candice não foi capaz de escalar a parede da baia nem de encontrar algo que pudesse ajudar na fuga nem de fazer nada além de chorar e resmungar. Mas agora tinham um plano que podia dar certo, caso a anta se lembrasse do que tinha que fazer e o pusesse em prática. Rosalie cruzou os dedos e rezou em silêncio para que aquela fosse a chance delas.

Ai, por favor, por favor, por favor.

O homem passou em frente à sua baia, a caminho do outro lado do celeiro.

Rosalie engatinhou até a porta e encostou a orelha na madeira, enquanto prendia a respiração e se esforçava para ouvir até o som mais distante.

Houve o clique de uma fechadura sendo destrancada e o ranger de uma porta sendo aberta.

— Sorte? — chamou o sequestrador com a voz surpreendentemente calma, o tom suave. Do mesmo jeito que falava com Rosalie quando ela o atendia na Lanchonete do Columbia, o que parecia ter sido séculos atrás. — Como você está? — perguntou ele.

Uh-oh. Ele estava fingindo estar preocupado com Candice? Será que ela ia cair nisso? Ou talvez as ações dele e sua preocupação com Sorte pudessem acabar sendo uma vantagem para elas, se ele sentisse uma falsa sensação de segurança.

Ele não obteve resposta.

— Você precisa comer alguma coisa — disse ele. — Para ficar forte. — Ele parecia preocupado, e Rosalie se lembrou de quão facilmente ele a enganou, de como ela acreditou que ele estava lhe dando uma carona para casa por pura gentileza quando, na verdade, tinha planejado seu sequestro desde o princípio.

Candice não disse uma palavra.

Aquilo poderia ser bom. Rosalie agarrava o cortador de unha. Ela estava tensa, com medo de que ele suspeitasse de algo na baia de Sorte e logo trancasse a porta novamente, como passou a fazer sempre ao visitar a baia dela. Mas até agora, pelo visto, a porta da baia de Sorte ainda estava entreaberta.

Vamos lá, Candice. Atraia o tarado para dentro e, quando ele menos esperar, passa correndo por ele e fecha a porta. Tranca com o ferrolho! Prende o desgraçado nessa baia maldita! Fechando os olhos com força, Rosalie desejou que seus pensamentos pudessem chegar até a menina. *Lembre-se do plano!* Aquela era a chance delas. Ele jamais esperaria que aquela menina acanhada e covarde pudesse se virar contra ele ou tentar fugir. *Vai logo, Candice! O que você está esperando?*

Segundos de silêncio se passaram. Ela ouviu um barulho no telhado, um galho ou um esquilo, e o sussurro do vento, mas nada vindo da baia no outro lado.

Rosalie teve vontade de gritar para a menina, mas não queria arruinar as chances do plano, então mordeu a língua, seu coração martelando, a adrenalina correndo em suas veias. Se pudesse, cegava o desgraçado e cortava sua garganta, mas dependia da outra menina.

Vai logo! Seus punhos estavam cerrados com tanta força que o cortador de unha marcava sua palma.

— Sorte? — chamou ele, com um tom de voz baixo. Tranquilizador. Convincente.

AGORA! Corre! Tranca o filho da puta na própria cela! Agora, Candice! POR FAVOR!

Mas a menina estava chorando baixinho outra vez, falando em murmúrios, a voz entrecortada. Rosalie não conseguia escutar a conversa, mas quem sabe...

Rangido! Bum! Clique!

O quê? Ela trancou a porta?

Simples assim?

Não!

Rosalie não conseguia acreditar.

Mas ouviu o homem caminhando pela área principal do celeiro outra vez, agora em sua direção.

Aquela covarde da Candice não fez nada. *Nada!* Aquela era a chance delas, quando o sequestrador estava sozinho. Frustrada a ponto de gritar, Rosalie precisou voltar para sua cama ao ouvir os passos dele se aproximando de sua baia. Ele entrou e não dirigiu uma palavra sequer a Rosalie, apenas cuidou de servir água fresca e comida e substituir seu "urinol". Ela o observou com olhos soturnos, sua cabeça pulsando, o ódio e o desespero guerreando dentro dela. Pronta para se lançar entre ele e a porta, não teve oportunidade. Ele estava atento por causa de sua tentativa anterior e agora se certificava de manter o corpo entre ela e a rota de fuga.

Considerou pular em cima dele, com sua minúscula arma pronta para mutilar e desfigurar seu sequestrador. Teve medo de que aquela fosse sua última oportunidade, de que ele jamais voltasse sozinho para aquele celeiro horroroso e fedido.

Mas teve medo de arriscar.

Por quê? O que você está esperando? Vai com tudo!

Tarde demais. Ele entrou e saiu da baia antes que ela tomasse coragem e reunisse forças.

Quase como se lesse seus pensamentos, ele já estava do lado de fora, a porta trancada.

Ela largou o cortador de unha e agarrou os cabelos, puxando-os de frustração, lamentando-se em silêncio para as vigas no teto. *Por que ficou esperando? Você não é melhor que ela! São duas covardes do caralho!*

Instantes depois, Rosalie se abaixou e apanhou de volta o cortador de unha, aliviada por ele não ter feito barulho quando caiu no chão sujo. Ainda estava se lamentando, perguntando-se como poderia corrigir seu erro, virar o jogo, talvez chamando-o e pulando em cima dele assim que entrasse, quando ouviu a voz dele outra vez.

— É. Sou eu...

Ele devia ter ligado para alguém.

— ... isso — disse ele. — Eu sei, você queria sete, mas talvez sejam menos. — Uma pausa, e então quem quer que estivesse do outro lado da linha falou tão alto que ela identificou uma voz masculina, as palavras incompreensíveis. — Ei! — interrompeu o sequestrador. — Estou fazendo o possível... Sou eu que estou colocando o meu na reta por você. — Outra pausa, e ele ficou mais calmo. — Tudo bem, só para confirmar, eu pego as meninas, você vem e as leva. Escute, eu tenho um plano. Vou pegar o restante hoje à noite. Estamos ficando sem tempo. A polícia está de olho. — Outra pausa. — A gente não pode arriscar uma "amostra". Ficou maluco, cacete? Não temos tempo, porra! Só vem aqui amanhã à noite com os outros. A gente precisa acabar esse negócio.

O coração de Rosalie começou a martelar enquanto ela processava o que ele estava falando.

— ... É claro que tenho um álibi, mas é melhor que eu não precise dele. — Outro momento de tensão. — Não, não. Não vem tão tarde assim. Se alguém vir cinco ou seis vans vindo para cá no meio da manhã... Vem tarde o suficiente para não ter muito trânsito e cedo o bastante para que ninguém desconfie de alguns veículos a mais... Meia-noite está bom.

— Houve mais uma pausa enquanto o homem do outro lado da linha falava. Por fim, o sequestrador caiu na gargalhada. — Não, você não precisa se preocupar com ele. Ele pode não ser um Einstein, mas sabe ficar de bico calado.

Quem? Quem sabe ficar de bico calado? Desgrenhado? Ou outra pessoa, talvez um mandante?

— Sim, é claro. — O sequestrador pareceu um pouco tenso. — Eu sei. Vamos logo com isso!

Ele já estava atravessando o assoalho de madeira velha em direção à saída, as botas ecoando um rufo acelerado, como se estivesse com pressa.

Aquilo era um problema.

Quando o encontro ou sabe-se lá o que ocorresse, a pequena chance de fugir que elas tinham seria reduzida a nada.

O que seu sequestrador e os cúmplices dele estavam planejando? Quem eram as outras vítimas — que aparentemente ainda não tinham sido pegas? Outro pensamento passou por sua cabeça. Se, durante o outro sequestro, os dois homens se envolvessem num tiroteio e fossem mortos, como elas seriam encontradas? Elas iam acabar morrendo de sede e fome ali mesmo?

Meu Deus, aquilo era ruim. O coração de Rosalie parecia um tambor enquanto ela deslizava as costas na parede até se sentar no chão, onde ainda havia restos de feno, teias de aranha e, sem dúvida, ratos. Tudo ia acabar amanhã à noite, e ela sabia que não seria nada bom. Ai, Senhor!

Ela mordeu o lábio e pensou no pai e em Leo, o cara que ela conheceu na internet, ambos a milhões de quilômetros de distância, no Colorado. Tudo parecia tão perfeito pouco mais de uma semana atrás. Tudo o que precisava fazer era trabalhar o máximo possível e juntar dinheiro suficiente para comprar um carro, e depois ir para o sul, para bem longe de Sharon e o Número Quatro.

Agora temia que isso nunca fosse acontecer.

Independentemente dos planos do sequestrador para ela, com certeza não incluíam visitas ao pai e um encontro com Leo.

— Me… me desculpa — disse uma voz fraca do outro lado do celeiro. Candice estava prestes a chorar outra vez. — Eu só não consegui. Fiquei com muito medo. E… me mijei de novo.

— Tudo bem — mentiu Rosalie enquanto lágrimas escorriam por seu rosto e a escuridão do celeiro parecia penetrar sua alma. Descontar na menina mais fraca não ia adiantar de nada. — Não se preocupa. Se limpa. Vou pensar em outra coisa. Vamos ter outra chance.

— Mas você escutou o que ele disse. Vai ser amanhã à noite.

— Mas pode ser que ele volte antes. Vai ter que trazer mais meninas… — Limpando o nariz com a manga do moletom, Rosalie cerrou os dentes para não desatar a chorar e soluçar feito uma criança, como Candice naquele momento.

Engolindo em seco, tentou pensar em outro plano para tirá-las dali. O problema era que ela estava sem ideias, sem opções e, em breve, estaria sem tempo.

Onde é que estava Liam? Perguntava-se Mary-Alice enquanto atravessava o estacionamento do colégio, levantando a gola do casaco para se proteger do frio e da umidade que pareciam penetrar seus ossos.

E por que ele estava mandando mensagem de um número desconhecido?

Esperando nos fundos do ginásio da Nossa Senhora do Rio, onde ela e Liam costumavam se encontrar, ela tentou controlar a raiva. Era sábado, finalmente, mas aquela semana tinha sido horrível. Horrível! Primeiro, a mãe encontrou seus cigarros. Grande coisa. E daí que ela fumava? Não era como se fosse maconha ou metanfetamina ou algo do tipo. Só que a mãe surtou e lembrou a Mary-Alice de sua tia Sally, que estava lutando contra o câncer, e fez a filha prometer que ia parar de fumar imediatamente.

Mary-Alice quebrou a promessa no dia seguinte porque se sentia estressada demais. Como poderia parar de fumar quando estava tendo a pior semana de sua vida? Ter sido designada como anjo daquela peste da Jade McAdams já era ruim o suficiente, mas ela achava que tinha se ferrado no vestibular outra vez. Suas primeiras notas foram pouco mais do que medíocres e, embora os resultados de sua segunda tentativa ainda não tivessem saído, ela sabia que não estavam à altura das expectativas do pai. Apesar das boas notas, precisaria refazer os exames no ano seguinte, se quisesse passar na Universidade de Washington, "UW", onde o pai tinha estudado, o que estava muito além do alcance dela, de qualquer forma, ou para a Universidade Gonzaga, no condado de Spokane, para onde a mãe queria que ela fosse. Não que se importasse com nenhuma dessas faculdades, já que pretendia ir atrás de Liam aonde quer que ele fosse. O problema era que ele era um gênio em Ciências, além de ser um atleta espetacular, e estava sendo chamado tanto pela Universidade do Oregon quanto pela Estadual. Talvez ela tivesse dificuldade até para passar na faculdade que ele escolhesse. Mas ela poderia ao menos estudar numa das faculdades comunitárias próximas às universidades. De um jeito ou de outro, ia ficar perto dele, querendo ele ou não.

Mas ele parecia simplesmente não se importar se os dois iam para a mesma faculdade ou não, o que a incomodava seriamente. O namorado andava distante, não queria nem dar uma fugidinha para ficar sozinho com ela, algo que ele sempre estava a fim de fazer. Ele costumava não desgrudar dela, sempre tentando passar a mão nela, mas ultimamente andava distraído, com a cabeça cheia, sabe-se lá do quê. Até pouco tempo atrás, ele compartilhava tudo com ela, agora nem tanto. Outra coisa que lhe dava raiva.

Pior ainda, na verdade, ele tinha demonstrado algum interesse em Jade McAdams e estava até preocupado por ter quebrado o celular dela e tal. Para início de conversa, por que raios ele estava com o celular dela? A menina era uma otária de marca maior, e Mary-Alice desejava que ela morresse.

Não era aquilo que faziam as pessoas daquela casa velha onde Jade morava, no fim das contas? De acordo com a mãe de Mary-Alice, mais de dois membros da família Stewart tinham morrido naquela casa velha e horrorosa em cima da montanha. Então, ótimo, Jade podia desaparecer, e o mundo seria um lugar melhor.

Ela sentiu um calafrio ao pensar aquilo e olhou ao redor ansiosamente. Pelo menos não estava totalmente sozinha. Tinha uma mulher acima do peso, usando um daqueles casacos acolchoados, passeando com o cachorro na pista. Ô, minha senhora, essa peça não te favorece! Também tinha um cara praticando cooper, ultrapassando a mulher com seu pequeno lulu-da-pomerânia ou sabe-se lá que raça era; com a neblina, era difícil dizer. Mais adiante, a pista estava cerrada, a arquibancada se erguia de maneira fantasmagórica, quase invisível em meio à névoa.

Mary-Alice pensou em esperar dentro do carro, estacionado em um lugar que não dava para ver da rua, não que desse para enxergar qualquer coisa naquele nevoeiro. Mas estava muito nervosa, muito preocupada, muito chateada com Liam.

Apertando o cinto do sobretudo, pensou ter visto um homem sentado sozinho num dos bancos, porém, quando prestou mais atenção, os olhos semicerrados, a silhueta indistinta já havia sido coberta pela densa neblina e desaparecido.

Sinistro.

Não deixa sua ansiedade tomar conta. Você está na escola. Esse é o seu território. O seu lugar. Se você não for a mais popular, com certeza está entre as cinco mais populares. Mas hoje, sem nenhum aluno, nem mesmo atletas treinando no campo de futebol, a escola parecia morta, o branco dos muros parecia um cinza encardido, as janelas de vitrais eram como uma multidão de olhos escuros e agourentos observando o terreno da escola. Ela não se sentia nem um pouco no seu território.

— Não seja boba — disse ela, repetindo as palavras ditas pela mãe em mais de uma ocasião.

Ela enfiou as mãos no fundo dos bolsos do casaco. Mesmo de luvas, seus dedos estavam gelados. Na verdade, a droga do seu corpo inteiro parecia estar se transformando numa pedra de gelo.

— Vamos logo, Liam — disse ela, sua respiração formando nuvens no ar já nebuloso. Era tudo muito esquisito, e o campus parecia estranhamente deserto agora, mesmo com a mulher passeando com o cachorro e o homem praticando cooper.

Aquela área era meio afastada e isolada; por isso ela e Liam a escolheram — um lugar onde poderiam se encontrar às escondidas, onde a única câmera de segurança, acima da porta dos fundos do ginásio, estava quebrada.

Esfregando os braços, ela só queria que ele aparecesse logo, como tinha combinado. Ficar ali esperando, naquela tarde nevoenta, estava deixando Mary-Alice nervosa.

Ela viu no Facebook que outra menina, Candice alguma-coisa, tinha desaparecido. Não que se importasse, já que nunca tinha ouvido falar nela. Candice estudava na escola municipal, enquanto Mary-Alice era aluna do colégio católico desde os cinco anos.

Mary-Alice caminhava pelo asfalto cada vez mais esburacado do estacionamento. Não ia esperar o dia inteiro! Checou o celular pela vigésima vez. Liam não mandou mensagem nem ligou e estava cinco minutos atrasado. Ele *nunca* se atrasava.

À medida que a neblina ia engrossando, transformando dia em noite, ela ficava mais nervosa. Olhando para a pista novamente, ela já não via o homem na arquibancada nem a mulher e seu cãozinho, mas o corredor, um homem pequeno usando gorro, moletom e leggings por baixo do short, continuava dando voltas. Não estava completamente sozinha.

Enviou uma mensagem a Liam, e então lembrou que ele estava com um número novo. Que desgraça! Tudo estava mudando. Ela começou a digitar uma mensagem para o outro número quando ouviu o ronco do motor de uma caminhonete na rua.

Talvez ele tivesse finalmente chegado!

A caminhonete desacelerou, como se para pegar o acesso que levava aos fundos da escola.

Já estava mais do que na hora.

A luz dos faróis atravessou a névoa e uma picape que ela não reconhecia fez a curva na esquina.

Não era a caminhonete de Liam.

Ela estava prestes a ter outro acesso de raiva quando viu o ímã na porta do motorista com a logomarca e o telefone da Construtora Longstreet.

Então Liam estava dirigindo um dos carros do pai. Mary-Alice soltou um suspiro de alívio. Keith Longstreet estava sempre trocando os veículos da empresa por outros, e com os ímãs era fácil acrescentar ou retirar uma caminhonete, uma van ou um carro da frota da empresa. Liam pegava um dos veículos quando podia, pois não dava para confiar sempre em sua caminhonete.

A caminhonete parou a poucos metros de Mary-Alice.

— Eu já estava indo embora! — disse ela, soltando os cachorros em cima dele, quando a porta abriu e ela percebeu que o motorista não era Liam.

Ela parou de falar.

— Olá…

O homem que saltou da cabine era grande e parecia estar com raiva. Era alguém que ela jurava ter visto antes — e empunhava uma arma, apontando para o peito dela.

Ela gritou, um berro alto e estridente, e se virou para correr, na esperança de que o corredor ou a mulher passeando com o cachorro ou qualquer um pudesse ouvir.

Ele a alcançou rapidamente, agarrando a menina com uma força bruta, uma mão enorme com luva de trabalho cobrindo sua boca e o nariz. Ela não podia deixar que aquilo acontecesse! Não, não, não! Mordendo a luva de couro com força, sentiu o gosto de pele de cervo e óleo.

O agressor sequer pareceu sentir.

— Não se mexe! — sussurrou ele no ouvido de Mary-Alice, e ela se arrepiou ao sentir seu hálito quente. Aquilo não podia estar acontecendo! Não com ela!

Debatendo-se, ela ignorou o comando e tentava se libertar desesperadamente.

Foi quando viu seu herói. O corredor vinha em sua direção, o rosto vermelho, o cabelo crespo saindo do gorro. *Socorro!* Ela tentou gritar, mas o som que saiu de sua garganta não passou de um gritinho abafado. Implorando com os olhos, debatendo-se e chutando seu agressor, Mary-Alice esperava que o corredor interviesse.

Em vez disso, ele tirou o gorro, seu cabelo desgrenhado preso numa bandana.

— Ah, ela é das boas — disse ele, sorrindo com malícia.

— Coloca as algemas nela! — ordenou o grandalhão.

O quê? Não!

— Com prazer.

Com um sorriso perverso, o cara mais baixo tentou colocar as algemas nos pulsos de Mary-Alice e, por mais que se debatesse e resistisse, acreditando que, a qualquer momento, o homem que a segurava ia colocar a arma em sua têmpora e atirar, ela não era páreo para os dois juntos. O baixinho, soltando os cabelos, usou a bandana suada para amordaçar Mary-Alice. Incapaz de impedir que dessem o nó na parte de trás de sua cabeça, a menina quase vomitou com o odor do suor dele em sua boca e suas narinas.

Não podia deixar aquilo acontecer!

Ela se debatia desesperadamente, mas era inútil.

Quem eram aqueles psicopatas? O que eles queriam? Mas ela sabia. No fundo, ela sabia, e seu coração quase parou de bater. Estava sendo sequestrada, exatamente como as outras duas meninas. Seu sangue congelou só de pensar no que poderiam fazer com ela, na tortura que talvez tivesse que suportar, então resistiu ainda mais, tentando gritar. Onde estava a mulher do casaco acolchoado? Onde estava todo mundo? Aquele lugar era uma escola, pelo amor de Deus; o curato ficava ali perto.

Mas ninguém apareceu para salvá-la no meio daquele nevoeiro.

— Coloca ela no carro — disse o grandalhão com a respiração ofegante, enquanto seu parceiro, arfando e tossindo, empurrava Mary-Alice para a porta aberta da caminhonete.

Ela pinoteava e se contorcia, mas não era páreo para os dois e, em questão de poucos minutos desde a chegada da caminhonete, foi jogada no banco traseiro sem cerimônia, e o corredor tomou o cuidado de ir até o carro dela para pegar sua carteira e sua bolsa esportiva. Ao voltar, sentou-se no banco do carona e bateu a porta. O grandalhão, atrás do volante, passou a marcha no veículo em ponto morto e acelerou. Levantando o cascalho, a enorme caminhonete partiu.

Por favor, Deus, me ajuda.

Mary-Alice queria vomitar e tremia por dentro, com medo de pensar no que aqueles homens horríveis podiam fazer com ela. Mas, quando se virou, percebeu que não estava sozinha no banco traseiro.

Dana Rickert, sua colega na aula de trigonometria, já estava ali com as pernas atadas, os olhos grandes arregalados, a boca amordaçada, emanando medo. O grandalhão manobrou rapidamente pelo estacionamento, pegou a saída e deixou a escola para trás, com seus altos pináculos e sua enorme cruz. Mary-Alice tentou abrir as portas traseiras com as mãos algemadas. Trancadas. Pensou em se atirar no banco da frente e causar um acidente, mas o corredor no banco do carona se virou para ela e a encarou, apontando novamente a arma em sua direção.

— Nem pense nisso — ameaçou ele e puxou o gatilho da arma.

Clique.

Ai, merda!

Pela primeira vez em muito, muito tempo, Mary-Alice não apenas repetiu uma oração, mas fez um apelo a Deus, pediu do fundo do coração que Ele, por favor, por favor, por favor, a poupasse.

CAPÍTULO 30

À mesa da sala de jantar, com o diário aberto à sua frente, Sarah releu a tradução. Não fazia sentido algum. Se ela estivesse certa — e fez questão de conferir —, Helen estava no telhado na noite em que a mãe, Angelique Le Duc, supostamente, morreu ao cair de lá, quase cem anos atrás.

A frase traduzida era mais ou menos assim: "Encontrei a mamãe no telhado com George."

Mas não podia ser. O marido de Angelique Le Duc era Maxim, o homem que supostamente a matou, um dos antepassados de Sarah e quem construiu aquela casa. Para sua esposa.

— Como assim? — sussurrou ela.

— O que foi, mãe? — Gracie escutava atentamente enquanto encarava o texto em francês, o segundo idioma de Helen, que o tinha aprendido com Angelique. — O que você está lendo?

— Essa parte aqui é a versão de Helen sobre a noite em que Angelique desapareceu — explicou Sarah passando os olhos pelas páginas esmaecidas. — Se isso for verdade, Helen estava no terraço aquela noite. Ela viu a madrasta e George brigando perto do parapeito.

— George? — repetiu Gracie.

— Pois é, não tem nenhuma menção a Maxim.

Sarah releu a passagem numa escrita à mão desbotada; a imagem que Helen guardou daquela noite de tempestade era clara. George atacava sua madrasta com um machado, tentando matar Angelique e o bebê que carregava no ventre, enquanto ela tentava se defender dos golpes com um castiçal.

— O que aconteceu?

— Helen escreveu que eles estavam brigando e que George a acusou de ser... todo tipo de coisas nada boas — disse ela, enquanto a tradução direta era "puta". De acordo com Helen, George estava furioso porque a madrasta estava dormindo com outra pessoa, tendo um caso... Não, não podia ser. Ao avançar na leitura, Sarah percebeu que George, o filho mais velho de Maxim, era, na verdade, amante de Angelique. George ficou furioso, perdeu a cabeça, segundo Helen, porque Angelique estava esperando um filho que ele pensava ser do pai dele, o homem com quem Angelique era casada.

— O que isso quer dizer? — perguntou Gracie quando Sarah parou de tentar explicar a tradução.

— George e Angelique estavam, segundo Helen, tendo um caso — continuou Sarah, relutante. — Eles tinham quase a mesma idade, sabe.

— Ah... — Gracie fez uma careta. — Mas era como se ele fosse filho dela.

— Eu sei, mas ele foi criado pela mãe biológica, Myrtle, a primeira mulher de Maxim. Quando Angelique se casou com Maxim, George já era quase um homem feito. Não que isso justifique.

Gracie assentiu com a cabeça, os cachos macios balançando em torno do rosto.

— E Angelique morreu?

— Parece que os dois estavam se segurando de um jeito meio macabro, determinados a ferir um ao outro e brigando até cair por cima do parapeito juntos. — Sarah encarou o relato da menina que tinha testemunhado a horrenda batalha e conseguinte morte da madrasta e do irmão.

— E então?

— O texto termina na luta no telhado aquela noite. — Ela sentiu um frio na espinha enquanto pensava a respeito. Não era de surpreender que a alma de Angelique não tivesse encontrado paz. Sarah folheou as páginas seguintes rapidamente, mas o telhado era o fim da história de Angelique. Depois de testemunhar a morte dos amantes, Helen passou a escrever com menos frequência e falava sobre se tornar a matriarca da família. Sarah imaginou Helen tentando ser uma mãe para a prole de Maxim. Era tão nova, mais ou menos da idade de Gracie, e os outros, ainda mais novos. Parecia quase impossível. — Se ela estiver falando a verdade, então... então todos os três, George, Maxim e Angelique, desapareceram naquela mesma noite.

— Então, se George e Angelique caíram no rio e se afogaram, o que aconteceu com Maxim? — questionou Gracie. — Onde ele estava? Por que ele não voltou?

— Ela não sabe... — Sarah estudou as páginas. — Helen faz a mesma pergunta solitária duas vezes no fim desse trecho: "Onde está o papai?"

— Talvez ele tenha ido embora quando descobriu sobre George e Angelique.

— Talvez... Mas daí a abandonar os filhos? A casa? O diário só continua até umas duas semanas depois, mas espera aí... — Ela releu as palavras esmaecidas, e seu mundo caiu. Seria possível? Será que ali, no diário de uma menininha de décadas atrás, estava enfim a solução para o mistério da Mansão Pavão Azul? Caso estivesse, tudo o que Sarah imaginava saber a respeito da história de sua família tinha virado de cabeça para baixo, e aquilo fez seu estômago revirar. — Diz aqui — continuou ela, relutante — que Helen acreditava que Jacques, o bebê que vimos na foto, o meu trisavô, era filho de Angelique com George, não com Maxim. Ela tinha escutado discussões que insinuavam isso.

— Bizarro — refletiu Gracie. — Mas ele continua sendo um Stewart. Ah... calma aí... O que isso significa?

Que o meio-irmão de Jacques era pai dele, que Maxim era seu avô, e que tudo que eu pensava saber sobre a minha linhagem estava errado.

— Significa que é complicado.

— É o que você sempre diz quando não quer que eu saiba a verdade.

— Até eu conseguir ler o diário inteiro e verificar tudo, não vou saber qual é a verdade.

— Eu acredito na Helen — defendeu Gracie. — Angelique teve um filho com o filho do marido dela. Isso se chama incesto. É isso o que você está dizendo.

— Tecnicamente, não, mas, sim, é o que eu estou dizendo. De qualquer forma, não foi uma coisa saudável. — Ela pigarreou. — Mas estamos aqui para descobrir a verdade, não para julgar ninguém, certo?

— Eu só quero ajudar Angelique a fazer a passagem.

— Eu sei. — De soslaio, Sarah percebeu um veículo chegando lá fora, um jipe que ela não reconhecia. — Parece que temos visita — disse ela, quase feliz por poder mudar de assunto. Ela afastou a cadeira da mesa e fechou o diário. Pela janela, observou o jipe parando numa vaga ao lado de seu Explorer, que estava estacionado próximo à garagem.

Tardiamente, Xena percebeu que alguém tinha chegado. De pé num pinote, a cachorra começou a latir feito louca, andando em círculos, agitada, com os pelos da nuca eriçados.

— Um exemplo de cão de guarda — disse Jade ao entrar na sala de jantar. — Ouvi o carro antes dela. — Ela estava no outro cômodo, organizando algumas de suas caixas antes que se mudassem para a casa de hóspedes no início da semana seguinte. — Quem é?

Sarah reconheceu Lucy Bellisario, que foi sua colega de classe na escola, assim que a mulher saltou do jipe. Lucy, que nunca se casou, até onde Sarah sabia, agora era detetive do Departamento de Polícia, segundo sua irmã Dee Linn.

— A polícia — declarou Sarah, pragmática.

— Por que a polícia viria aqui? — perguntou Jade, olhando pela janela.

— Boa pergunta — pensou Sarah em voz alta enquanto observava Lucy fechar a porta do jipe e começar a vir em direção à entrada. Seu cabelo, ainda um ruivo vibrante, estava preso para trás, as sobrancelhas franzidas, e sua expressão era grave no rosto sem maquiagem. — Acho que vou lá descobrir. Alguém segura a Xena, por favor?

— Vou ficar com ela — disse Jade, agarrando a coleira da cachorra. — Quieta, garota — ordenou e, surpreendentemente, o latido feroz de Xena se reduzira a um ganido baixinho, que, quando Sarah abriu a porta, se silenciou.

— Lucy — cumprimentou ela.

— Oi, Sarah. — Ela exibiu o distintivo. — Sou detetive da polícia agora.

— Fiquei sabendo que você estava trabalhando lá — disse Sarah, sentindo o friozinho da tarde através do suéter e das calças jeans. — Dee Linn. Ela que me mantém informada. — Abraçou-se para amenizar o frio. — Então não é uma visita social?

— Não. — Lucy balançou a cabeça. — Vou direto ao ponto. Temos algumas meninas desaparecidas e estamos investigando todos que tenham alguma ligação com elas, e também estamos procurando ex-condenados por abuso sexual.

Sarah sentiu um nó no estômago. Tinha uma ideia de aonde aquilo ia chegar.

— Será que eu posso entrar?

— Claro. — Sem hesitar, ela abriu a porta. — Desculpe a bagunça — disse ela, automaticamente. — Nós acabamos de nos mudar de Vancouver e todas as nossas tralhas estão espalhadas até a gente se acomodar na casa de hóspedes. — Ela não entendeu por que sentiu a necessidade de se explicar e se justificar, então encerrou com: — Ainda temos muito trabalho a fazer para deixar a casa nos trinques.

— Fiquei sabendo que você quer reformar a casa.

— Falar é fácil — admitiu Sarah, conduzindo Lucy por entre as pilhas de caixas e caixotes até a sala de estar. Felizmente, a detetive reparou a bagunça, mas não comentou nada. Sem dúvida já tinha visto coisa muito pior.

— Ex-condenados por abuso sexual, você disse — começou Sarah assim que chegaram à sala, onde a lareira ainda estava acesa, as brasas vivas, as chamas estalando. Os sacos de dormir estavam dobrados, mas amontoados com os travesseiros num canto. — Foi por isso que você veio. — Não tinha motivo para pisar em ovos quando ambas sabiam quem Lucy procurava.

— O nome de Roger Anderson veio à tona.

— Sempre. — O nó no estômago apertou ainda mais, e Sarah viu as filhas chegando da sala de jantar. Ótimo. Iam ouvir mais sobre o tio. — Essas são as minhas filhas — apresentou ela, fazendo sinal para que entrassem na sala de estar. — Jade é a minha mais velha, e essa aqui é Gracie. Meninas, essa é a detetive Bellisario. Estudamos juntas. Sim, Jade, na terrível Nossa Senhora do Rio. — Voltando-se para Lucy, disse: — Jade não é muito fã de lá.

Pela primeira vez, Lucy sorriu de verdade.

— É um prazer conhecer vocês — respondeu Bellisario, e as meninas murmuraram um oi. Gracie segurava com força a coleira de Xena, que abanava o rabo. — Eu também odiava aquela escola — confessou Lucy —, mas no fim deu tudo certo. — Ela fez carinho na cabeça da cachorra e disse para Jade: — Pelo que me disseram, a maioria das freiras mais malvadas já se aposentaram.

Sempre desconfiada, Jade disse:

— Não tenho tanta certeza disso.

— Você veio falar das meninas que desapareceram — disse Gracie enquanto Xena ia até o tapete dela no canto perto da lareira.

— Ela está procurando o tio de vocês, Roger — respondeu Sarah e, em seguida, falou para Lucy: — Faz anos que não o vejo.

— Nem quando você vinha visitar seus pais?

— Roger saiu de casa pela primeira vez quando eu era muito nova, uma criança. Não me lembro disso, é claro, mas, de acordo com a minha irmã, Dee Linn, que deve ter ficado sabendo pela mamãe, Roger teve uma briga muito feia com meu pai, coisa de jogo de poder entre padrasto e enteado, ou algo do tipo — disse ela e, por um segundo, pensou no que tinha lido no diário de Helen sobre as brigas entre Maxim e George por Angelique.

— Vocês não cresceram juntos? — Bellisario queria entender.

— Não, ele ficava saindo de casa e voltando — disse Sarah. — Roger não se dava bem com meus pais, nem mesmo com a minha mãe. Por isso ele nunca ficava muito tempo. — *Mas o suficiente para estar com você no terraço aquela noite, debaixo da chuva, e a carregar traumatizada escada abaixo até sua mãe histérica, em pânico. A mãe dele.*

Ela sentiu a garganta ficar seca enquanto a memória brincava com ela, fazendo menção de emergir, mas nunca chegando de fato à superfície de sua consciência. De repente, sua pele estava úmida, e Sarah sentiu o olhar de Lucy, como se a policial estivesse lendo sua mente.

— Quando foi a última vez que ele morou aqui? — indagou Bellisario, e a pergunta pareceu vir de longe, as palavras ecoando.

— Hum… Não sei mesmo. Ele pode ter voltado depois que eu saí de casa, aos dezoito. Antes disso, a última vez que o vi foi… quando eu tinha doze anos, talvez? — Ela engoliu em seco ao lembrar-se dos braços fortes do irmão, de seu rosto molhado. *Não vou deixar que ele machuque você. Não vou… Eu prometi a ela. Prometi. Vou salvar você.*

Para *quem* ele fez aquela promessa?

Salvá-la de *quê*?

Lucy olhava para a lareira, observando enquanto as labaredas lambiam uma tora de carvalho com musgo.

— Então *você não* viu Roger recentemente?

— Não.

— Nunca o visitou quando ele estava preso?

— Não — respondeu ela enquanto o musgo queimava na grelha da lareira, encolhendo-se e escurecendo.

— E ele não veio aqui desde que vocês chegaram?

— Não. Eu já falei. Desde que nos mudamos para cá, não.

— Estou só confirmando, porque temos informações de que ele voltou. Foi visto pela cidade, mas não conseguimos localizá-lo. Imaginei que ele talvez quisesse vir para casa.

— Aqui não é mais a casa dele — respondeu Sarah, com firmeza. — Dee Linn disse que ele mora em The Dalles.

— A casa que ele alugava lá está desocupada já faz um tempo. A dona do lugar disse que ele foi embora de repente. Pagou o mês seguinte e depois desapareceu sem dar uma palavra. — A expressão de Lucy mudou. — Você sabe como seu irmão lidou com o desaparecimento da Theresa, a irmã de vocês? Eu sei que eles eram muito próximos.

Sarah não tinha certeza do que achava daquela mudança de assunto.

— Fiquei sabendo que mexeu muito com ele. Até onde eu sei, depois disso ele nunca mais voltou para casa.

Lucy olhou para as meninas como se estivesse pesando o que estava prestes a dizer. Em seguida, perguntou:

— Sabe se Roger e Theresa tinham… um envolvimento romântico?

— Eles eram irmãos de sangue — retrucou Sarah, seca.

Lucy fez sinal com a cabeça, concordando.

— Será que…

— Não.

— Certo. Era um rumor que eu precisava confirmar. Se ele aparecer, pode me ligar? Diga que eu quero conversar com ele.

— Ele não vai aparecer — garantiu Sarah, enervada. Roger e Theresa? Não… de jeito nenhum. Roger pode ser muitas coisas, algumas nem tão boas, mas… Sua cabeça girava com as imagens do sonho. *Vou proteger você. Eu prometi a ela.* Ela sentiu o peito apertar. *Ela* seria Theresa? Ele tinha prometido a Theresa que ia proteger Sarah? Mas por quê?

Um acorde distante vibrou dentro dela. Maxim, George e Angelique, um triângulo amoroso que terminou em assassinato e morte… e *Theresa e Roger?*

— Você está bem? — perguntou Lucy, e Sarah podia sentir que seu rosto tinha perdido a cor.

— Sim... sim... estou bem — mentiu ela, tentando passar a impressão de calma e tranquila quando parecia que sua vida inteira estava de pernas para o ar.

— Mãe? — Gracie a encarava, e Sarah abriu um sorriso forçado.

— Eu disse que está tudo bem.

O celular de Lucy tocou e ela o tirou do bolso, verificando o número. Linhas de expressão discretas se formaram entre suas sobrancelhas antes que ela o guardasse de volta.

— Certo, beleza. Por enquanto, é só — disse ela, encerrando o assunto. *Graças a Deus.*

— Obrigada pela atenção, Sarah — disse Lucy.

E assim o interrogatório terminou, tão rápido quanto tinha começado. Ainda abalada, Sarah acompanhou a detetive até a porta.

— Me ligue se tiver notícias dele — pediu Lucy outra vez. — Eu queria muito conversar com o seu irmão para esclarecer algumas coisas. — Ela colocou um cartão com seu número na mão de Sarah.

Segurando o cartão, ela observou Lucy caminhar rapidamente até o jipe e partir, as lanternas traseiras vermelhas desaparecendo na espessa neblina.

— Qual é o problema com o tio Roger? — perguntou Jade, chegando por trás dela.

— Não sei — respondeu Sarah, mas era óbvio que a polícia achava que ele estava envolvido com alguma coisa.

O interior do celeiro estava quase em escuridão total, a névoa tampando o sol do fim da tarde, a noite ameaçando o dia, quando Rosalie ouviu o ronco do motor de uma caminhonete, distante, mas se aproximando rapidamente.

— Candice! — gritou ela. — Fica atenta! Ele voltou.

Da última baia, Candice chorou baixinho, como se estivesse prestes a entrar em pânico de novo.

Não! Isso não podia acontecer! Ela precisava fazer a parte dela desta vez e enganar o desgraçado. Talvez fosse a última chance delas de fugir.

— Só faz o que você fez antes — berrou Rosalie, esperando que a menina sentisse seu desespero. — Quando ele entrar para trocar sua água e o balde, finja que está cooperando e...

O cascalho rangeu sob pneus pesados do lado de fora, e o ronco barulhento do motor cessou.

Rosalie percebeu que, se era capaz de ouvir o que acontecia do lado de fora através das paredes de madeira do celeiro, chances eram de que ele seria capaz de ouvir seus gritos para Candice, então ela baixou a voz.

— Você sabe o que fazer. — Ela sussurrou alto e rezou para que a menina se acalmasse.

— Não sei...

Com os punhos cerrados, agarrando com força sua armazinha ridícula, Rosalie colocou o ouvido na porta da baia e esperou. Não demorou muito. Em questão de minutos, ouviu os passos e a conversa baixa.

Seu mundo caiu.

Ele não estava sozinho.

E agora?

Será que a tonta da Candice ia levar o outro homem em consideração? Ajustar o plano, agir no momento certo? Não botar tudo a perder? Quais eram as chances de aquilo acontecer?

Clique!

O portão da frente estava trancado, e Rosalie ouviu um rangido enquanto era escancarado e a batida forte contra a parede.

— Cuidado! — berrou o sequestrador.

— Porra, estou tentando levar a pirralha para dentro. Não é como se ela estivesse cooperando, sabe.

Desgrenhado.

— Só traz ela para cá! — rosnou o sequestrador.

Outra menina. Eles raptaram outra menina!

Estalo!

Ela ouviu um interruptor, e as luzes acenderam, encurralando as sombras nos cantos.

— Traz as meninas para dentro. Rápido! — gritou ele.

Meninas? Mais de uma?

Gemidos abafados e passos arrastados confirmaram seus piores temores. Aquilo não era nada bom para as meninas novas, para nenhuma delas. O fato era que, quanto mais meninas ele sequestrava, mais se aproximava o momento em que o homem do outro lado da linha viria pegá-las. Grudada na porta, Rosalie fechou os olhos e se concentrou, tentando entender o que estava acontecendo lá fora.

Não conseguia dizer quantas reféns estavam envolvidas, mas sabia que o portão da frente estava aberto por causa da brisa de ar fresco soprando por cima das paredes de sua cela e porque não tinha ouvido o portão ser fechado.

— A loira — disse o sequestrador. — Ela é a Princesa!

Rosalie ouviu uma exclamação muda em resposta. A menina, provavelmente amordaçada, ao perceber que ia ser trancafiada, começou um rebuliço, arrastando os pés, tentando gritar enquanto era enfiada na baia ao lado.

— Cala a boca! — gritou o sequestrador, claramente irritado com a vítima mais recente. — Vamos logo, tranca ela aí dentro!

Rosalie se aproximou da divisória entre a sua baia e a da menina nova, cujo nome ela já sabia ser "Princesa". Ela escutou arranhões, baques e um gemido alto, era a menina se debatendo e gritando para os sequestradores através da mordaça.

— Para, porra! — falou Desgrenhado.

— Fica quietinha e a gente tira as suas algemas — disse o sequestrador com a voz mais calma. — Não quero que você fique com hematomas nos pulsos. E também vamos tirar a mordaça, mas você tem que ficar sentada aí na cama, quietinha. Está me ouvindo? Gritar não vai ajudar em nada. Pode perguntar à Estrela, ela está aqui na baia ao lado. Gritou como uma louca, mas ninguém ouviu. Você sabe por quê. Você viu onde estamos. Ninguém vai te ouvir. — Houve um ruído familiar do outro lado da divisória, o som de baldes e garrafas de água sendo deixados, mas a menina ou estava cooperando ou sem forças para resistir.

O sequestrador continuou conversando com o comparsa:

— Vamos colocar a gordinha na baia "Uísque". E se a Princesa fizer o que mandamos e não der trabalho, vamos voltar e tirar as algemas e a mordaça. Senão — ele devia estar olhando para a menina —, vai ficar aqui desse jeito. A escolha é sua.

Parecia que os dois tinham saído da baia, a porta fechou e a nova colega de cárcere de Rosalie soltou um gritinho sofrido por trás da mordaça antes de ficar em silêncio.

Saindo do celeiro, Desgrenhado perguntou:

— Por que diabos "Uísque"? — Ele não era o comparsa mais inteligente.

— Porque é o nome que tem na baia e não temos muitas sobrando! — Foi a resposta rápida e sem paciência. — Coloca ela lá, depressa. Eu não tenho muito tempo.

Em cinco minutos, depois de um ritual similar, "Uísque" estava alojada em sua nova casa. Ela não resistiu tanto quanto a menina ao lado, a loira agora chamada de Princesa.

Então, agora, eram quatro.

As engrenagens do cérebro de Rosalie giravam enquanto ela escutava tudo, notando que os sequestradores, como prometido, tinham retirado as algemas e as mordaças das duas meninas.

— Vocês me tirem daqui! — gritou a menina na baia ao lado assim que, supôs Rosalie, a mordaça foi retirada. Ela estava furiosa e pronta para desobedecer. Ótimo. — Vocês não podem me deixar aqui!

— Não é você quem decide isso — discordou o sequestrador.

— Estou avisando, não vou ficar nesse chiqueiro.

Celeiro, corrigiu Rosalie em pensamento.

A porta fechou e o clique de uma fechadura selou o destino da Princesa.

— Não! Me deixem sair! — Um baque pesado seguido de um "ai" insinuava que ela tinha se jogado contra a porta. — Não, não! *Não!* — Ela começou a bater e gritar tão alto que Rosalie não conseguia ouvir o que estava acontecendo na baia da Uísque. Com sorte, a menina era mais inteligente.

— Continue assim — gritou outra vez o grandalhão — para ver o que acontece. Lembra o que eu disse?

Ela ficou quieta por um instante e, depois, arriscou uma nova tática.

— Por favor, você não pode me deixar aqui. O meu pai... ele vai pagar quanto você pedir. É sério... e eu não vou entregar você. A polícia não...

— Cala a boca.

— Não, por favor, só me escuta, você precisa me escutar — implorou ela, enquanto, na outra ponta, Uísque também chorava. É claro que Candice se juntou ao chororô. Meu Deus, como é que elas iam sair dali?

— Cala. A porra. Da boca — vociferou o sequestrador.

— Mas...

— Quer ser algemada de novo? É isso? Amordaçada? Tudo bem — gritou ele.

— Nãããão! — E a Princesa ficou quieta.

Mas ela conseguiu tirá-lo do sério. O sequestrador estava perdendo o controle.

— Eu tenho outras meninas — berrou ele. — Não preciso mesmo de você, então vai em frente, faz um escândalo, esmurra as paredes até ficar com os punhos em carne viva, mas não vai adiantar. Nem um pouco.

Era mentira, Rosalie sabia. Tudo bem, escapar era quase impossível, mas o cara precisava, sim, de Princesa e Uísque e de mais algumas, se ela tinha entendido bem a conversa dele com o mandante. Princesa não sabia nem da metade. Aquele merda não passava de um capacho. O trabalho dele era pegar mais meninas para o outro cara. Rosalie teve muitas horas para pensar e suspeitava que seriam forçadas a se prostituir ou a praticar algum tipo de trabalho escravo, usadas como parceiras sexuais de algum pervertido sádico, até mesmo torturadas. Sentiu a bile subir à boca. Pensar no que poderia acontecer com ela, com todas elas, era assustador para cacete.

Até agora, os dois homens não tinham machucado nem ela nem Candice. Evitar hematomas parecia importante — por enquanto, até que ela e as outras fossem vendidas, imaginou ela, para quem oferecesse mais. Imaginou um leilão em que seriam exibidas, provavelmente nuas, e os homens fariam lances por elas.

Seu estômago se revirou. Sentindo ânsia, precisou engolir o vômito, mais para manter-se em silêncio do que qualquer outra coisa. Não queria chamar atenção hoje, não queria ter de lidar com o desgraçado. Mas o que estava por vir a assustava e muito. Ela e as outras meninas estavam vulneráveis aos caprichos e desejos dos homens do outro lado daquelas portas. Elas não eram tão diferente dos cavalos que algum dia ocuparam aquelas baias.

Mas, diferentemente dos animais, ela entendia o que estava acontecendo, entendia como seu futuro poderia ser trágico.

Assim que ela e as outras meninas ficassem sozinhas, ia mobilizar todas para bolar um plano e dar o fora dali. Era claro que, antes, haveria aquele momento de total desesperança, quando elas apenas chorariam, gritariam e seriam completamente inúteis.

Ela precisava dar um jeito de pular aquela fase. Princesa e Uísque não poderiam se dar ao luxo de perder tempo se lamentando.

Se quisessem fugir, era agora ou nunca.

Ela engoliu mais um pouco de vômito, a boca azeda, a garganta queimando, quando ouviu a porta de uma baia fechar e, depois, o clique de uma tranca. Merda, ela queria que pelo menos uma vez o trinco não fechasse direito.

— Beleza, estou indo nessa — disse o grandalhão e, por um instante, Rosalie pensou que ele talvez deixasse Desgrenhado de guarda. Ela se perguntou se seria capaz de fazê-lo entrar na sua baia e, de alguma forma, trancá-lo lá dentro, mas pensava em vão, porque o sequestrador falou: — Para de fazer corpo mole. Vamos.

— Tá bom, tá bom, estou indo. Porra, eu só estava vendo se todas as portas estavam trancadas. Pelo amor de... tá, tá. — Mais passos e mais resmungos.

Um segundo depois, a luz se apagou, e o celeiro voltou à escuridão quase completa.

CAPÍTULO 31

Do lado de fora do celeiro, os dois homens se separaram, entrando em veículos diferentes. A prioridade agora era desovar a picape usada para sequestrar as duas últimas meninas. Existia a chance de alguém o ter visto — por exemplo, a mulher passeando na pista com o cachorrinho enquanto ele aguardava na arquibancada para ter certeza de que a garota tinha chegado. Ou talvez uma das câmeras de segurança da escola tivesse filmado a ele ou a caminhonete enquanto entrava no estacionamento. É, ele precisava se livrar daquele carro o mais rápido possível.

Sem problema.

Não era dele.

Na verdade, ele deu sorte. O dono do veículo era o *voyeur* em quem tinha atirado na casa dos Stewart. Depois de roubar as chaves, a carteira e o celular do homem, ele usou o controle do alarme para localizar o veículo. Assim que apertou o botão de destrava, a caminhonete apitou e piscou os faróis. Com a ajuda do comparsa, ele a pegou para fazer seu serviço. Também pôde deixar sua caminhonete na cidade, bem à vista de uma das poucas câmeras de trânsito de Stewart's Crossing.

Jogada de gênio.

Assim como o adesivo imantado que ele colocou na porta do lado do motorista. Subindo as montanhas com o carro, ele sorriu ao pensar como aquela tática tinha funcionado bem. Depois de estudar os perfis das meninas nas redes sociais e seus amigos, descobriu que a "Princesa", também conhecida como Mary-Alice Eklund, estava "em um relacionamento sério" com o astro do time de futebol da escola católica. Por sorte, ele encontrou uma van da Construtora Longstreet aguardando reparo na Oficina do Hal. Era quase como se Deus o estivesse ajudando. Ele furtou o adesivo imantado com a propaganda da construtora facilmente e o colocou em seu veículo, apenas ligeiramente preocupado com o fato de as placas da caminhonete não serem daquele estado. Porém, concluiu que, quando percebessem a discrepância, sua missão já estaria cumprida.

Ele usou o veículo até mesmo quando jogou as identidades das vítimas de cima da ponte em The Dalles. É, pensou ele, desacelerando numa curva fechada, ele era mesmo um gênio.

Mas não podia baixar a guarda, e agora a picape estava muito exposta. Precisava limpá-la e se livrar dela de modo que não restasse nenhuma ligação entre ele e o veículo. Aquilo não era um problema. Ele previa que a caminhonete, quando fosse descoberta, ia levar a polícia a outra direção, distraindo-os com o mistério do proprietário desaparecido. Só precisava de um tempinho. Dois dias. Então estaria livre e limpo e, até a polícia juntar as peças, já teria atravessado mais de uma fronteira.

Enquanto cruzava uma ponte estreita, deu uma olhada no retrovisor e viu o parceiro atrás do volante do carro híbrido, seguindo-o a uma distância segura, quase invisível na neblina. Ele subiu as colinas, passando pela floresta, até encontrar uma trilha abandonada de extração de madeira, tomada por matagal e arbustos. Desacelerando para que o comparsa o acompanhasse, parou a caminhonete o mais longe possível da rodovia. Em seguida, limpou o interior do veículo rapidamente, embora tivesse usado luvas o tempo todo para ter certeza de que não deixaria digitais ou DNA para trás. Satisfeito, ele trancou o carro e, depois de remover o adesivo da Construtora Longstreet, foi até o Prius, que estava parado alguns metros atrás.

— Precisa disso tudo mesmo? — perguntou o imbecil enquanto saltava do carro, o mato alto tocando o chassi do carro híbrido, por cima das pedras nos sulcos da trilha abandonada, fazendo pressão contra os pneus.

— Quanto mais tempo ganharmos, melhor.

De volta à rodovia, o comparsa passou a marcha do Prius. Ele acelerou no asfalto liso, fazendo com que o carro híbrido alternasse automaticamente do silencioso motor elétrico para o motor a combustão.

O plano estava encaminhado. Eles não precisaram repassar os detalhes outra vez e logo estavam cruzando a fronteira de Stewart's Crossing. Menos de quarenta minutos depois de desovar a caminhonete, ele foi deixado pelo parceiro a duas quadras de onde sua caminhonete estava estacionada, próximo ao Cavern.

Ele entrou no pub pelos fundos, exatamente por onde tinha saído, e retornou à mesma mesa que tinha ocupado quase duas horas antes. Durante os sequestros, ele deu a entender que permaneceu ali por perto, pedindo outra cerveja e saindo para fumar, deixando o cartão de crédito no estabelecimento.

— Fiquei me perguntando se alguém ia voltar — disse a bartender bonitinha, limpando a madeira lisa do balcão e olhando para ele. — Como você deixou sua jaqueta, Carla disse que você ainda tinha que pagar a conta. — O turno tinha mudado enquanto ele estava fora. Carla tinha ido embora e era a moça nova quem o atendia agora, e tudo aquilo ia corroborar seu álibi, pois ele tinha sido visto pelas duas funcionárias.

— Eu fui fumar lá fora, encontrei uns velhos amigos e acabei perdendo a noção do tempo.

Ela não disse nada. Ele pediu outro chope e puxou papo com um cara que estava usando um moletom verde com um "O" amarelo estampado no peito. Assistindo ao jogo de futebol na tevê pendurada atrás do balcão, o homem mal tinha tocado sua cerveja preta.

A garçonete do bar deixou o chope gelado na frente dele. Tomando um gole, ele deu uma olhada no placar, anotando, como se importasse. Oregon estava sofrendo contra Stanford, numa partida acirrada da Divisão Norte do Pac-12.

O fã de moletom verde fez cara feia.

— Merda! — disse para qualquer um que estivesse ouvindo. — Era para eles estarem humilhando esses caras.

— O time de Stanford não é só bom — disse alguém sentado no bar. — Os caras são espertos.

— Os Ducks também são!

Outra pessoa bufou.

— Se não fosse o Phil Knight e a Nike, eles não iam valer porra nenhuma.

— Vai se ferrar — murmurou o fã e enfiou a cara na bebida pouco antes de o Oregon interceptar a bola e correr com ela para marcar um ponto. O humor do fã melhorou visivelmente. — É isso aí, porra!

— Boa — disse ele, fazendo um brinde com o fã, mantendo contato visual, estabelecendo um álibi caso precisasse de um.

É, tinha uma grande lacuna naquela tarde, mas sua caminhonete não saiu do lugar e, se houvesse alguma câmera gravando, e o turno tivesse mudado, então a palavra das funcionárias sobre o momento exato em que ele saiu e voltou seria menos confiável, mais aberta a interpretações. E, mesmo se houvesse câmeras de segurança dentro do estabelecimento, ele e seu comparsa iam fornecer álibis extras para preencher as lacunas.

Ele achava que era suficiente.

Só precisava devolver o adesivo da construtora que tinha pegado "emprestado" da van deixada na Oficina do Hal.

Molezinha.

— Pois não, srta. McAdams? — perguntou a voz rouca quando Jade atendeu o celular. Era difícil ler qualquer coisa na telinha rachada, e ela não sabia de quem era aquele número. — Hum, aqui é o Hal, da oficina. — Como se existisse outro Hal naquela cidade de merda. — Estou tentando ligar para você a tarde inteira. Seu carro está pronto.

— Achei que não fosse ficar pronto até semana que vem.

— A peça chegou, e você parecia bem ansiosa para pegar o carro de volta.

— E estou! Ótimo.

— Vamos fechar em vinte minutos e não abrimos no domingo, então, se quiser usar o carro durante o fim de semana, talvez queira vir buscar.

— Eu vou, sim! Por favor, me espera! — disse Jade, sentindo o humor melhorar um pouco ao desligar.

Estava prestes a subir as escadas correndo quando encontrou a mãe analisando os projetos da casa e Gracie com os olhos grudados no maldito diário de novo, como se ele guardasse os segredos do universo.

Desde que a policial foi embora, a mãe estava distraída e, agora, Jade reparava que ela não estava nem conseguindo se concentrar nos projetos.

Era óbvio que estava acontecendo alguma coisa com o tio Roger, e o que a policial deu a entender era simplesmente doentio, mas a mãe não queria falar a respeito, tinha perdido o interesse no que acontecia ao redor, com a cabeça em outro universo onde só Deus sabia o que ela via. Mais uma vez, Jade pensava ter nascido na família errada. Eram todos um bando de esquisitões paranormais do caralho. Talvez ser filha de Clint Walsh fosse bom, uma forma de diluir a genética bizarra dos Stewart.

Mas não tinha motivo para ficar pensando nisso agora, não quando a droga do carro estava finalmente pronto.

— Temos que sair agora para buscar o meu carro — anunciou ela. — Ele está pronto, e Hal vai fechar a loja em uns vinte minutos!

A mãe desgrudou os olhos dos projetos.

— Claro — disse ela, sem passar muita firmeza. — Certo... acho que conseguiremos chegar a tempo.

— A gente *tem* que chegar a tempo — insistiu Jade. Não tinha o que "achar". — Vou de carro para a festa da tia Dee Linn.

— Nós vamos juntas — disse Sarah.

— Então eu sigo vocês de carro — rebateu Jade, já indo pegar o casaco. Ela não conseguia acreditar que, finalmente, depois do que pareceu uma eternidade, ia poder dirigir o próprio carro outra vez. *Liberdade! Finalmente!*

— Vamos buscar seu carro, tudo bem, mas vamos juntas para a festa. Outra menina desapareceu na cidade, e eu quero que a gente fique junta.

— Não é assim que eu quero passar a minha noite de sábado! Eu não sou um bebê — argumentou Jade, zangada.

— Nem as duas meninas que foram sequestradas.

— Ninguém sabe se elas foram sequestradas, mãe. Talvez tenham decidido sumir por um tempo — declarou Jade.

— E não contar para ninguém, nem mesmo para os pais e amigos? — Sarah pendurou a alça da bolsa no ombro. — A polícia está preocupada, e eu também.

— Mãe...

— Você não vai sozinha. Vamos, Gracie!

— Mas eu não quero ir buscar o carro — protestou a caçula, e a mãe soltou um suspiro.

— Sério? Você não ouviu o que eu acabei de falar? Vamos lá, pega a sua jaqueta.

— Eu podia ficar aqui com a Xena — protestou Gracie novamente.

A mãe não ia ceder.

— Vamos logo!

Saindo às pressas pela porta da frente e correndo pelo gramado até o Explorer da mãe, Jade olhou para trás para confirmar que Sarah, seguida por Gracie, estava a poucos passos atrás dela.

A cachorra saiu em disparada atrás das três e pulou no banco traseiro. Tudo bem.

Numa irônica reviravolta do destino, pensou Jade enquanto a mãe entrava no carro e começava a dirigir em direção à cidade, era Gracie quem estava carrancuda agora, chateada por ter sido obrigada a dar uma pausa em sua pesquisa sobre o fantasma da Mansão Pavão Azul ou sabe-se lá o quê. Aquilo era *tão* Nancy Drew! Mas Jade não se importava. Ela estava indo pegar seu Honda Civic de volta e, antes que o fim de semana terminasse, pretendia ir ver Cody. De uma forma ou de outra. Se ele não pudesse ou não quisesse vir até Stewart's Crossing para vê-la, talvez estivesse na hora de ela ir visitá-lo no apartamento dele em Vancouver.

Ela sentiu uma ponta de medo ao pensar que talvez não gostasse do que visse se chegasse de surpresa para visitá-lo.

Que pena. Ou ele a amava ou não amava.

Ela merecia saber a verdade.

Bellisario sentiu que estava no caminho **certo** enquanto entrava com o carro no estacionamento da delegacia. **Na** maior **parte** do percurso desde a casa dos Stewart, ela não **conseguia** tirar o **caso** da cabeça e, no fim das contas, tudo levava à **mesma pessoa:** Roger Anderson. Não importava quantas vezes tentasse **convencer** a si **mesma** de que ele não estava envolvido, não conseguia se **livrar** da ideia de que ele tinha algo a ver com o caso.

Se não era Anderson, então **quem seria?**

Mas você não tem nada contra ele. São só os seus instintos. Não é assim que o trabalho de detetive funciona, Lucy. Você vai precisar de muito, muito mais que isso.

Enquanto voltava para **Stewart's** Crossing, ela retornou a ligação da irmã, que tinha deixado **de atender** quando estava na casa de Sarah. Lauren estava preocupada, **explicando** que a mãe delas tinha sofrido uma queda. Ela estava bem, **garantiu** a irmã, mas Lauren parecia cansada. Cuidar de uma mãe com Parkinson era difícil para uma adolescente de dezessete anos. Porra, **era** difícil até para Bellisario, e ela tinha trinta e cinco. Após ter **certeza** de que a enfermeira estava com elas e que a mãe, mais envergonhada do que qualquer coisa, estava descansando e confortável, Lucy disse à irmã que ia para casa assim que saísse do trabalho. Às vezes, sentia-se culpada por dedicar tanto tempo ao trabalho, mas ela era assim e não ia mudar.

De qualquer forma, ela sabia o que ia acontecer assim que chegasse lá. Discutiria com Lauren outra vez sobre a mãe, que só tinha sessenta e quatro anos, mas já precisava de cuidado em tempo integral. Lucy sabia, e Lauren concordava, mas Landon, o irmão, filho do meio — que convenientemente morava em Tacoma, longe o bastante para não precisar lidar com nada daquilo mais que algumas vezes por ano —, tinha certeza de que a mãe estava "bem".

Se a mãe se mantivesse estável, era provável que todos esquecessem o assunto outra vez e seguissem em frente, mas isso não anulava o fato de que estava se aproximando o dia em que ela precisaria de muito mais cuidados.

Aquela doença era uma desgraça.

Ela estacionou em sua vaga favorita, próximo à porta dos fundos da delegacia, sua cabeça voltando para o caso. Entrando no prédio de tijolos, sentiu o estômago roncar. Ainda não tinha almoçado e havia comprado um sanduíche pronto e uma Coca Zero numa loja de conveniência no caminho para comer na sua mesa.

O prédio era bem iluminado por dentro, a luz das lâmpadas fluorescentes refletindo no piso de azulejo recém-polido. A claridade penetrava as janelas em arco, que resistiam ao teste do tempo e cuja pintura era tão nova que mal havia marcas ou manchas visíveis.

Ainda.

Construções de cem anos atrás costumavam aparentar a idade, não importava o quão recente fosse sua pintura.

Passando pelos armários e pelo refeitório, Bellisario foi até a ala da unidade de detetives. Em sua sala, tirou o casaco e puxou a cadeira com a perna. Ainda se perguntava se estava no caminho errado, se sua obsessão com Roger Anderson era completamente infundada. E daí que ele estava faltando aos encontros com o agente de condicional? E daí que não tinha dado um pulo na casa da família? E daí que ele tinha sido "visto" na cidade? Ele tinha antecedentes, sim. Mas nenhuma acusação de sequestro.

Resmungando, ela abriu a embalagem do sanduíche com uma das mãos enquanto verificava o e-mail com a outra. De maneira automática, separou o presunto do queijo e tirou o excesso de maionese com o plástico da embalagem enquanto lia as mensagens. Talvez uma câmera de segurança em algum lugar tivesse pegado algo ou uma testemunha tivesse finalmente entrado em contato; alguma coisa, merda.

Nada.

Na verdade, ela descobriu, depois de uma investigação mais aprofundada feita por um assistente, que os álibis dos outros suspeitos foram todos confirmados. Até mesmo Lars Blonski conseguiu provar que não chegou nem perto das duas meninas. Ela sentiu uma queimação no estômago, como sempre sentia quanto ficava muito estressada, então tomou dois comprimidos de antiácido com o refrigerante diet e deu uma mordida no sanduíche.

Onde elas estavam, cacete?

Quem diabos tinha sequestrado essas meninas?

Bellisario ergueu a cabeça quando ouviu passos se aproximando e viu Cooke entrando no escritório.

— Pode ser que a gente tenha um problema ainda maior do que parece — disse ele.

— Maior? — Ela limpou o canto da boca com o guardanapo que veio com o sanduíche pronto.

— Recebi uma ligação de Turner, do Departamento de Pessoas Desaparecidas. Outras duas meninas sumiram.

— O quê? — Ela quase se levantou da cadeira, mas Cooke ergueu as mãos com os dedos abertos, fazendo sinal para ela continuar sentada.

— Estão desaparecidas faz apenas algumas horas, mas os pais estão assustados, em pânico, e é provável que estejam se precipitando. — Mas os olhos dele estavam sombrios, o lábio inferior um pouco inchado, a preocupação evidente em seu rosto.

— Vamos torcer para que estejam — disse ela.

— Elas provavelmente vão aparecer mais tarde na casa de um amigo, sei lá.

Ele não acreditava naquilo, percebeu ela.

— Elas estavam juntas?

— Não.

Aquilo não cheirava bem para Bellisario.

— Mas elas se conhecem, as duas são alunas da Nossa Senhora do Rio. A primeira, Dana Rickert, estava fazendo compras. Não voltou. Os pais encontraram seu carro no estacionamento do outlet em Troutdale. A bolsa e o celular não estavam lá.

— Devem estar com ela — disse Lucy. O outlet ficava na I-84, uma hora seguindo a oeste.

— Ela saiu hoje de manhã. Era para ter voltado para casa ao meio-dia.

Bellisario olhou para o relógio digital na mesa, e o mostrador indicava 16h47 numa luz forte.

— Sozinha?

— Parece que sim. Ela não ia se encontrar com nenhum amigo.

— É sério isso?

— Ela não atendeu o celular, então eles foram de carro até o outlet para ver o que tinha acontecido. Pensaram que o carro podia ter dado defeito ou que a bateria do celular tinha acabado, algo assim. Eles encontraram o carro, falaram com o segurança e entraram em pânico. Era para ela ter voltado para a festa de aniversário da irmã em casa, um evento importante para Dana, imagino. Ela estava empolgada, tinha comprado um presente especial.

— Merda. — Bellisario se recostou na cadeira, esquecendo o sanduíche. — Tem GPS no celular dela?

— Não está funcionando. Ela desativou, não gostava que os pais ficassem em cima dela.

— E as gravações das câmeras de segurança das lojas?

— Estamos providenciando.

Bellisario tinha esperança de que fosse alarme falso. Tinha esperança de que os pais preocupados tivessem apertado o botão de pânico antes da hora, como sugeria Cooke.

— Ela é amiga da Rosalie Jamison ou da Candice Fowler?

Ele fez que não com a cabeça.

— De acordo com os pais, não. — Cooke franziu a testa, parecendo de repente mais velho do que era, de pé na porta com um ombro apoiado do batente. — A segunda menina, Mary-Alice Eklund, disse que ia encontrar com o namorado, um rapaz chamado Liam Longstreet.

Bellisario assentiu.

— Jogador de futebol da Nossa Senhora do Rio. Já vi o nome dele no jornal — disse ela.

— Aí é que está. Ele disse que não tinham marcado de se encontrar, mas o carro dela foi localizado atrás da escola, num lugar onde o Liam disse que se encontravam às vezes. Sabe, para ficar a sós.

— Deixa eu adivinhar... Nenhuma bolsa, não está atendendo o celular.

— Exato. Liam recebeu uma mensagem estranha dela, mas ele estava trabalhando com o pai e só percebeu umas duas horas depois. O pai é bastante rígido quanto ao uso de celular em geral, ainda mais durante o trabalho.

— E o que dizia a mensagem?

— "Por que você está me mandando mensagens de outro número?"

— Você está falando que alguém usou outro número e se passou pelo rapaz?

— Parece que sim. A boa notícia é que o pai dela ligou para a operadora e os ameaçou. Ele conseguiu o número de celular que entrou em contato com a filha e ligou para ele, mas ninguém atendeu.

— Merda. Alertou o cara.

— Possivelmente. Enfim, Eklund nos passou as informações e conseguimos o nome do titular da linha. Um cara chamado Evan Tolliver.

— Quem é ele?

— É dono da Construtora Tolliver. Fica em Vancouver, Washington.

— Vancouver — repetiu ela. — De onde veio Sarah McAdams — disse, as sinapses dos neurônios estalando em seu cérebro ao se lembrar da conversa com Sarah. Bellisario também tinha notado a placa do estado de Washington no Explorer dela. — Que diabos Evan Tolliver tem a ver com tudo isso?

— Eu não faço ideia.

Ela fez uma anotação.

— Vou conversar com Sarah de novo.

— Ótimo. Porque existe uma conexão entre Mary-Alice Eklund e Jade McAdams. Parece que Jade era responsabilidade da Mary-Alice na escola. Como aluna nova, Jade ficava debaixo das asas de uma veterana. Nesse caso, Mary-Alice Eklund. Mas as coisas não estavam indo tão bem, de acordo com a sra. Eklund. Elas não se gostavam, e Mary-Alice disse à mãe que Jade a tinha ameaçado, disse que queria que ela morresse, alguma coisa assim.

— Coisa de adolescente, provavelmente. Estive com Jade McAdams hoje.

— Talvez, mas também tinha um pouco de ciúmes envolvido. Mary-Alice tinha certeza de que o tal Liam estava interessado na Jade. Ele negou quando os pais da namorada questionaram e disse que só conhecia Jade por ele ser monitor numa das aulas dela.

Então, duas meninas não se davam bem. Isso não era exatamente um furo de reportagem.

— E o GPS do celular de Mary-Alice Eklund está ativado?

— Ah, está. — Cooke não pareceu muito esperançoso. — De acordo com as últimas coordenadas, o celular está em algum lugar no rio Columbia.

— Ai, meu Deus! — disse Bellisario, mais em tom de prece do que de reclamação.

Será que as meninas desaparecidas tinham sido assassinadas e desovadas no extenso rio que separava os estados do Oregon e Washington? Será que seus corpos tinham sido arrastados para o fundo ou carregados para as margens ou destroçados na enorme represa rio abaixo?

— O FBI já está investigando — continuou Cooke. — Mary-Alice foi vista pela última vez essa tarde. A mãe saiu de casa por volta das onze da manhã, e ela ainda estava no quarto. Dormindo, provavelmente. É aí que a linha do tempo fica meio incerta, já que não tinha ninguém em casa quando ela saiu. Mas, quando a sra. Eklund chegou em casa mais ou menos às duas da tarde, a filha já tinha saído. Os pais estão morrendo de preocupação, com medo de que ela possa ter sido sequestrada.

— Ainda é cedo para emitir um alerta.

— E daí? — disse Cooke. — O máximo que pode acontecer é a menina aparecer e nós passarmos por precipitados. Um pequeno mico. O FBI concorda.

— Você tem razão — disse ela, jogando as sobras do sanduíche no lixo. A sensação ruim que sentia só piorava. — Também estou de acordo.

Seu próximo destino? O lugar aonde tinha ido não fazia nem duas horas: a Mansão Pavão Azul, aquela casa horrenda e medonha, para ter outra conversa com Sarah McAdams e sua filha Jade e esclarecer toda aquela história.

E, ah, é claro, planejava falar com Hardy Jones cara a cara novamente, o pilantra que tinha mentido para ela antes. Estava na hora de ele falar a verdade.

CAPÍTULO 32

Quando Sarah estava entrando com o Explorer no estacionamento da oficina, Gracie, ainda um pouco zangada, disse:

— Eu vou esperar no carro.

O impulso imediato da mãe foi dizer *não*, por causa das meninas desaparecidas, mas Sarah reparou que o veículo ia ficar inteiramente à sua vista durante os poucos minutos que ia passar na oficina. Ela estacionou sob o toldo acima da área onde havia, antigamente, bombas de gasolina e que ficava bem ao lado da porta e da parede de vidro que formavam a fachada da oficina de Hal — nem um pouco convencional para a cidade, já que não tinha nada ao estilo faroeste na decoração do estabelecimento de vidro e concreto.

— Tudo bem. — A filha mal-humorada podia esperar no SUV, pensou, tirando a chave da ignição. — Não devemos demorar muito.

Quando Sarah desligou o motor, Jade já estava entrando na oficina.

— Já volto — disse a mãe a Gracie e, em seguida, foi atrás da filha mais velha, mantendo a caçula carrancuda em seu campo de visão através das janelas de vidro liso na recepção.

Hal, que já devia ter uns setenta e cinco anos, estava aguardando por elas, mas Sarah viu, pelas janelas do outro lado, que dois homens ainda mexiam numa picape em uma das plataformas. O capô estava aberto, um homem examinando o motor com uma lanterna, o outro embaixo da caminhonete, deitado num carrinho. Placas *vintage*, anunciando desde Nehi Soda até cigarros Lucky Strike, decoravam as paredes.

— Pronto. O carro está novo em folha! — disse Hal enquanto pegava o cartão de crédito de Sarah, passava na máquina e deslizava a nota fiscal pelo balcão surrado, onde uma registradora antiga tocou quando a gaveta abriu.

— Obrigada — disse Sarah enquanto guardava a nota e o cartão na bolsa. Jade pegou as chaves, que cintilavam sob as lâmpadas fluorescentes no teto, lembrando algo a Sarah... O que era? Alguma coisinha irritante de que ela não conseguia se recordar.

— Eu vou parar na loja de conveniência para comprar uma Coca e umas coisas que estou precisando — cantarolou Jade enquanto saía.

— Espera, Jade, não acho...

— Mãe, por favor. Não é nada de mais. Vai levar dez minutos. Vou direto para casa depois. Eu prometo.

Sarah pensou em insistir. Quis lembrar a Jade que havia meninas desaparecidas, mas elas já tinham discutido sobre isso um milhão de vezes.

— Só toma cuidado e, é sério, vai direto para casa.

— Tá, tá! Eu sei.

— Seu carro está no estacionamento dos fundos — avisou Hal a Jade, apontando a outra saída com o polegar. — Aquela porta ali.

Jade parou e mudou de direção, balançando as chaves nos dedos enquanto saía pela porta que Hal tinha indicado. Sarah observava a filha, o olhar fixo em seu chaveiro. De que diabos estava tentando se lembrar?

— É bom ter você de volta, Sarah — disse Hal, trazendo-a de volta à realidade.

— É bom estar de volta.

— Você tem que ir dando espaço aos poucos — disse ele. — Aos filhos. É difícil. A gente morre de preocupação. Mas não se esqueça de como você era na idade dela. — Os olhos dele brilharam. — Eu me lembro bem. Você não queria ninguém cortando suas asas.

— Eu sei, mas as meninas que desapare... — Ela olhou lá fora.

— E daí? Não existe crime em Vancouver? — Ele abriu um sorriso encorajador. — Criar filhos não é para os fracos, falo por experiência. Está vendo meu cabelo? Culpa dos meus filhos. Todos os cinco deram dor de cabeça. — Ele deu risada ao lembrar. — Mas eles sobreviveram, cresceram, se tornaram boas pessoas, me deram doze netos, e ainda tem outro a caminho.

— Parabéns — disse ela, e esperou poder seguir o conselho dele.

— Lamento pela sua mãe. — Hal consertava os carros de todos da família, incluindo Arlene. — Dee Linn me contou sobre ela.

É claro.

— Dê minhas lembranças a ela.

— Vou dar — prometeu ela, empurrando a porta da frente para sair.

Gracie estava quieta no banco traseiro, distraída fazendo carinho na cabeça de Xena e jogando um jogo no celular.

Sarah abriu a porta e perguntou à filha:

— Você vai vir aqui para a frente ou vai fingir que sou seu chofer?

— Que engraçado, mãe — disse Gracie, mas passou para o banco da frente. — Desculpa — murmurou ela.

— Tudo bem. Todo mundo tem dias ruins.

E eles estavam se acumulando.

Desde que chegaram a Stewart's Crossing, não conseguia se lembrar de um dia bom sequer.

Não era um bom começo para o recomeço que tinha em mente.

Praticamente não tinha trânsito quando ela saiu de baixo do toldo e pegou a rua lateral. O nevoeiro tinha melhorado um pouco, e Sarah conseguiu ver Jade atrás do volante do Civic estacionado quando passou pelos portões abertos da área onde ficavam os carros prontos. Sarah acenou, mas Jade, concentrada no celular, sequer ergueu a cabeça.

Algumas coisas nunca mudam, pensou ela, pegando o caminho de casa. Ainda tinha a festa hoje à noite, lembrou ela, soltando um suspiro. Ela não tinha fantasia e, a menos que procurasse alguma coisa nos velhos baús da mãe, talvez até da avó, teria que ir sem usar nem mesmo uma máscara.

O que não era problema. Pelo que tinha entendido, a fantasia era "opcional", embora Dee Linn obviamente esperasse que todos fossem fantasiados.

Que pena, pensou Sarah, passando em frente ao abrigo de animais onde tinham adotado Xena e, depois, fazendo a curva para subir a colina. Ela iria à festa de Dee Linn, tudo bem, até aguentaria o marido insuportável da irmã e os amigos deles, e o restante da família, mas iria fantasiada de si mesma, a mãe solteira perturbada.

E você vai se encontrar com Clint lá.

Perfeito, pensou ela, respirando fundo para não perder a calma.

A mandíbula de Clint ficou dura como pedra quando ele ligou a tevê no jornal. A repórter, uma mulherzinha com um sorriso enorme e dentes insuportavelmente brancos, estava numa rua arborizada, que ele reconheceu, destacando que não havia muitos postes de iluminação naquela área da cidade em particular.

— ... embora a polícia não tenha confirmado, acreditamos que este seja o local onde Candice Fowler foi sequestrada.

Ele assistiu ao restante das notícias e à séria interlocução entre a repórter e o âncora na tela dividida, durante a qual a repórter hesitava antes de responder às perguntas do âncora de cabelo engomado por causa do atraso no áudio. Clint sentiu um frio na espinha com o que ouviu. Outra menina desaparecida, provavelmente sequestrada. Para piorar, o âncora mencionou que havia relatos "não confirmados" de duas outras meninas que não tinham voltado para casa, embora a polícia e o FBI não houvessem se pronunciado.

Ele encarou a tela.

Que diabos estava acontecendo naquela sua cidadezinha pacata?

Pensou em Jade, sua recém-descoberta filha, e em Gracie, a irmã mais nova dela. Elas estavam seguras? Provavelmente, não. Nem mesmo Sarah. Ninguém estava seguro com um doente à solta. Ele pegou o celular para ligar para Sarah, mas pensou melhor e decidiu vê-la pessoalmente. Talvez estivesse exagerando, mas, naquele caso, era melhor pecar por excesso de precaução.

Tex ganiu querendo ir para fora, então Clint saiu pela porta dos fundos até a varanda. Apoiado numa das colunas de sustentação do telhado, olhou através da névoa, em direção à Mansão Pavão Azul, enquanto o cão descia os degraus às pressas.

Dali, num dia claro de inverno, ele conseguia enxergar os hectares que se estendiam em seu terreno até a floresta que separava seu terreno das terras dos Stewart. Depois que a folhas caíssem e os galhos ficassem nus, ele teria um vislumbre do velho casarão, com o terraço e a cúpula no telhado.

Hoje havia uma densa neblina, as nuvens baixas obscurecendo qualquer visibilidade. Ele sempre gostou da troca das estações, dos diferentes comportamentos do clima por causa do desfiladeiro, mas estava rapidamente mudando de opinião. Sentia necessidade de ver a casa de Sarah, de ver de relance uma janela acesa à noite, de saber que ela e as meninas estavam em segurança.

Além do mais, pensou bem, era direito dele.

***

A caminho de casa, a cabeça de Sarah estava uma bagunça. Enquanto Gracie parecia fascinada com o jogo da vez em seu iPhone, Sarah dirigia e ponderava que a vida nova que tinha idealizado, seu recomeço em Stewart's Crossing, era um total e completo desastre.

Pouco mais de uma semana antes, estava preocupada com as obras da casa, com o fato de estar se mudando para longe de Evan e da Construtora Tolliver, e com a adaptação das filhas à vida nova ali na cidade.

Agora, aquelas questões pareciam pequenas. Ela precisava lidar com Clint, um homem por quem ainda se sentia atraída, um homem que queria manter por perto, um homem que perdeu o filho e, agora, descobriu que tem uma filha adolescente. Complicado.

E isso não era tudo. Sarah ainda precisava processar as avassaladoras descobertas recentes sobre sua família. O que acreditava ser sua história, suas crenças sobre sua linhagem, tudo tinha se revelado falso, com a possibilidade de incesto e assassinato e, talvez, suicídio para completar. Aquele era o legado de sua família, segundo o diário de Helen.

E ainda tinha o fato de sua data de nascimento ter sido deliberadamente omitida nos registros do livro da família. Os gêmeos e sua irmã estavam lá... Por que as anotações terminavam antes do nome dela? Certamente a mãe não andava assim tão ocupada para não ter tempo de inserir mais um nome. Ela entendia por que Roger e Theresa não apareciam no livro, não eram Stewarts de fato. O pai deles era Hugh Anderson. Mas a pior de todas as suas preocupações era que um predador estava à solta em Stewart's Crossing. Fora confirmado o desaparecimento de duas meninas, e agora suspeitava-se do sequestro de outras duas, e seu meio-irmão era no mínimo suspeito e no máximo responsável pelos crimes.

Roger... filho de Hugh Anderson.

Ela olhou pelo retrovisor e se arrependeu de não ter insistido que Jade fosse direto para casa. Talvez ela estivesse exagerando por causa das meninas desaparecidas e sendo superprotetora — quer dizer, responsável. Apesar do conselho não solicitado de Hal, Sarah precisava ser a melhor mãe possível, e se ela e Jade acabassem em divãs de psiquiatras diferentes um dia, que fosse.

Mas ela ia tentar pegar leve com suas preocupações. A filha realmente precisava ter a própria vida. Ela virou a esquina um pouco rápido demais e pisou nos freios, reduzindo a velocidade, dirigindo entre as fileiras de árvores cobertas pelo nevoeiro e dizendo a si mesma que as coisas iam melhorar.

Tinham que melhorar.

Estou com o meu carro de novo, digitou Jade no celular. **Posso ir a Vancouver. Te encontro na sua casa?** Ela enviou a mensagem para Cody e se perguntou como ia convencer a mãe a deixá-la ir. Sarah ia surtar se soubesse que a filha pretendia ficar no apartamento do namorado, então Jade precisou mandar mensagem para algumas amigas em Vancouver para ver se podiam acobertá-la.

Não era como se ela fosse passar a noite inteira com Cody, apesar de que isso seria bem legal. A questão era que, se a mãe ficasse sabendo, Jade estava morta. Então precisava que Brittany convencesse a própria mãe, com quem Sarah já tinha se encontrado algumas vezes, a mentir por ela.

Jade manobrou o Honda para pegar a rua e gostou de sentir as mãos no volante, aquela sensação familiar de liberdade. Ela não podia voltar para a Mansão Pavão Azul, aquela casa monstruosa e deprimente. Ainda não. Aliás, ela se recusava a pensar naquele lugar decrépito como seu lar. Daria uma volta por um tempo e depois ia parar naquela lanchonete na beira da autoestrada, pedir uma porção de batatas fritas e uma Coca Zero, e esperar ali até receber respostas de Cody e Brittany, pensar no próximo passo e só então voltar para o cenário de *Psicose*.

Com sorte, Brittany responderia logo sua mensagem. Dirigindo pelo centro da cidade, procurou a estrada paralela à I-84, mas ficou andando em círculos. Para uma cidade pequena, Stewart's Crossing era meio confusa. Ela já não tinha passado pela loja de ração e pelo Cavern duas vezes? Droga. Ainda pensando em como ia visitar Cody, abriu o mapa no celular e digitou o nome da lanchonete. Se não pudesse ficar na casa de Brittany, existia sempre o plano B, que incluía fugir de casa, mas preferia fazer as coisas da maneira mais correta.

Ela não queria fazer algo extremo como fugir de casa, a não ser que realmente não lhe restasse escolha. E tinha um novo empecilho a seus planos: seu recém-descoberto pai. Ela não sabia o que pensar sobre ele.

Clint parecia razoável, talvez até um pouco legal, mas não gostava da ideia de *outro* pai se metendo na vida dela naquele momento. Por mais que quisesse saber quem era seu pai biológico, não precisava de outro adulto dizendo a ela o que fazer. Além disso, já tinha um pai — Noel McAdams, o homem que a tinha adotado. Ah, droga. Será que aquilo era permitido? Já que Clint Walsh não sabia de sua existência na época e não abriu mão do direito de paternidade? Jade tinha lido a respeito de uma celebridade infantil na internet cuja mãe tinha mentido sobre quem era o pai. E ela recebeu um belo processo.

Clint tentou ligar para ela, mas não mandou nenhuma mensagem, talvez para mostrar que se importava, mas que estava dando espaço para ela. Jade não respondeu. Ainda estava pensando no que ia fazer. Foi tudo muito difícil de digerir. E o fato de ele estar a fim de Sarah. — Jade conhecia os sinais... Era estranho. Achava legal, de certa forma, mas não tinha certeza. Tudo aquilo era mais do que ela estava disposta a encarar.

Com a voz do aplicativo de GPS como guia, finalmente conseguiu virar na estrada que dava para a lanchonete. Estacionou ao lado do estabelecimento e entrou, sentando-se a uma mesa no canto. Uma garçonete com os cabelos exageradamente descoloridos anotou seu pedido e a deixou sozinha.

Foi então que percebeu o quanto estava só. Naquela lanchonete bem iluminada, com o reflexo das luzes nas paredes insuportavelmente brancas e no azulejo preto e branco do piso, ela estava completamente sozinha numa mesa para quatro pessoas. Havia outros fregueses — um velho com chapéu de abas largas, comendo uma fatia de torta no balcão, e uma mulher fazendo palavras-cruzadas entre goles de refrigerante, deixando o hambúrguer pela metade.

Além disso, as caixas de som suspensas na altura do teto tocavam uma música antiga dos Beatles que Cody adorava. Ele gostava de tudo, desde rap e country a essas coisas antigas dos anos sessenta e setenta. "Eleanor Rigby" era uma de suas favoritas.

Aquela letra perturbadora sobre pessoas solitárias tocou Jade, numa parte bem infeliz no fundo de sua alma. Tinha dois pais agora, sendo que nenhum deles a conhecia, uma mãe superprotetora que achava que via fantasmas, uma irmã esquisita para cacete, mas que ela amava, e um namorado que sentia estar perdendo.

Deixe de ficar se lamentando, pensou enquanto a música tocava. Pelo amor de Deus, aquela era a versão estendida? Ela não precisava de ajuda para lembrar que estava totalmente sozinha.

Quando a garçonete trouxe a bebida, ela tomou um gole e olhou o celular. Ainda sem resposta de Brittany e de Cody.

— Vamos logo — disse ela em voz alta. Pensou em mandar outra mensagem para Cody, mas não queria ser *aquele* tipo de namorada, a carente que fica se humilhando por atenção.

Só que ela era.

Gracie estava certa: Jade estava obcecada por Cody e ele não se importava com ela. Ele era como os fantasmas de merda da irmã, sempre fora de alcance, real ou não. Não era daquele jeito o amor de Cody por ela? Ela sabia que ele estava muito a fim de Sasha, a universitária que devia até ter o disco dos Beatles com aquela música, que, graças a Deus, estava acabando, a última nota se arrastando.

As fritas chegaram, mas ela não estava com fome, e a alegria de ter pegado o carro de volta evaporou quando ela olhou para o celular e encarou a dura realidade de que Cody não a amava. Provavelmente nunca amou.

Arrasada, passou uma batata frita no molho *ranch* e deu uma mordida. Tinha duas opções. Fugir para Vancouver e lavar a roupa suja com Cody, e ao mesmo tempo pedir abrigo a alguma amiga para que pudesse deixar aquela cidadezinha de merda, ou encarar o fato de que o namorado era um babaca que não se importava com ela e oficializar as coisas — terminar com ele e fazer o que sua mãe queria: construir uma nova vida ali com sua família bizarra, sua escola horrível e sua casa velha, assustadora e supostamente mal-assombrada.

Ficar tinha seu lado bom. A menina do armário ao lado do seu era simpática, e o tal Sam da aula de Álgebra até que era engraçado. E tinha Liam Longstreet. Embora o amigo dele fosse um completo otário, Liam era bem gentil, inclusive ofereceu ajuda para comprar um celular novo e ia ficar por perto enquanto as obras não terminassem. Só que ele namorava a Mary-Alice, que era um completo pesadelo.

Seu celular vibrou, mostrando a notificação de uma mensagem nova. Ela começou a ler rapidamente, o coração dando pequenos saltos ao pensar que Cody tinha respondido.

É claro que se decepcionou.

Outra vez.

Era a mãe. Preocupada com ela, como sempre.

Já está vindo para casa?, dizia a mensagem.

Sim, estou indo, respondeu ela. Não era bem verdade, mas, assim, ela ganhava mais tempo.

— Vai querer mais alguma coisa? — perguntou a garçonete. O nome no crachá era "Gloria", e ela parecia preocupada por algum motivo, as sobrancelhas franzidas, os lábios retraídos. Não era muito profissional, pensou Jade.

— Estou satisfeita — disse ela.

Mas não estava.

— Tudo bem, então — falou Gloria e fez uma pausa, como se fosse dizer mais alguma coisa, oferecendo um sorriso pouco convincente e seguindo para o balcão, onde o homem de chapéu estava colocando a jaqueta.

Jade tomou outro longo gole do refrigerante e olhou para fora pelas janelas compridas, em direção ao estacionamento e além, para o trânsito apressado da autoestrada, faróis penetrando a neblina e lanternas traseiras desaparecendo rapidamente.

Ela viu o próprio reflexo, pálido e translúcido, como um dos malditos fantasmas de Gracie. Ela parecia triste mesmo. Perturbada. Até mesmo assombrada.

Nossa, que ridículo.

Não ia se deixar sentir mal daquele jeito por causa de ninguém, nem mesmo Cody Russel.

Com uma determinação recém-descoberta, ela decidiu que nenhum garoto valia todo aquele sofrimento.

Estava de saco cheio dele.

Mas também não podia terminar o namoro por mensagem. Da próxima vez que Cody ligasse, ia falar com ele.

E se ele não ligasse?

Azar o dele.

CAPÍTULO 33

— Vocês têm que se acalmar! Todas vocês! — berrou Rosalie mais uma vez, a voz rouca de tanto se esgoelar por cima do choro coletivo e da gritaria nas outras baias. — Cala a boca! Todo mundo!

Pausa. Elas realmente pararam de fazer barulho para escutar.

— Escutem — disse ela, desesperada, com as mãos encostadas na parede mais próxima. — Vocês precisam se acalmar. A gente não tem muito tempo e precisamos dar um jeito de sair daqui!

— Como? — perguntou a menina na baia ao lado.

— Não tenho certeza. Mas a gente *precisa*!

— E eu estou perguntando "como?". — Um tom meio esnobe. E daí? — Quem é você?

— Me chamo Rosalie. Sou eu que ele chama de Estrela.

— Eu sabia! — respondeu a vizinha de baia, séria. — Rosalie Jamison. Achei que você estivesse morta!

— É isso o que todo mundo acha? — perguntou Rosalie em pânico. Será que sua mãe tinha desistido dela?

Candice, obviamente, começou a choramingar novamente.

— Também acham que eu estou morta? — lamentou-se Candice. — Sou Candice... Candice Fowler.

— Nem todo mundo — esclareceu a Princesa. — É que você sumiu faz tanto tempo que era o que parecia. Pelo menos para mim. Não sei o que acham que aconteceu com você, Candice.

— Eu quero ir para casa. — Candice começou a chorar de novo.

— Meu Deus do Céu! Como você aguenta isso? — disse a Princesa. — Não dá para ela, por favor, parar de chorar?

Nunca, pensou Rosalie, mas gritou na direção da baia de Candice.

— Para com esse chororô de merda. Candice, nós não temos muito tempo, então se controla.

O choro foi reduzido a um resmungado irritante, mas pelo menos agora Rosalie conseguia ouvir os próprios pensamentos novamente. Mais importante, conseguia se comunicar com as outras meninas.

— Certo, agora que não precisamos gritar, quem são vocês? — perguntou às duas meninas novas.

Ambas começaram a falar ao mesmo tempo.

— Esperem. Calma. Uma de cada vez. Você, Princesa.

— Não me chame assim! É humilhante! — rebateu ela, e Rosalie se perguntou se, devido àquele ar de superioridade, o apelido não fazia sentido. — Meu nome é Mary-Alice Eklund — fez uma pausa, como se o nome tivesse algum peso. Quando Rosalie não respondeu, Mary-Alice, parecendo um pouco ofendida, explicou que frequentava uma escola particular, a escola católica da cidade, que o pai dela era importante e que tinha sido enganada, achando que ia encontrar com o namorado quando foi sequestrada. Parecia estar se segurando, sua voz vacilando um pouco. Rosalie conseguia perceber que ela estava assustada, só que não estava surtando como Candice. — Tinha uma senhora passeando com um cachorrinho na escola, onde me atacaram. Tive a esperança de que ela fosse me ajudar, e talvez tenha ajudado. Pode ter ligado para a polícia, mas não dá para ter certeza. Ela estava lá e, um segundo depois, já não estava mais. O mesmo aconteceu com o homem na arquibancada... Ah, Deus, e se todos fizessem parte do esquema?

Talvez, pensou Rosalie. Ela sabia que tinha uma pessoa por trás de tudo, alguém dando as cartas.

— Pode ser que a mulher ligue para a polícia. Ela pode ter anotado a placa do carro — disse Candice. Pela primeira vez, ela estava pensando em alguma coisa além da própria desgraça. Meu Deus, será que havia esperança para ela?

— Mas a minha mãe e o meu pai vão me encontrar — continuou Mary-Alice.

Ah, é? E como?, pensou Rosalie, mas não falou nada. A segunda menina, "Uísque", disse que se chamava Dana Ricket, também aluna da Nossa Senhora do Rio. A história dela era um pouco diferente — foi pega no estacionamento do outlet onde fazia compras e achou que era um sequestro qualquer até irem de carro à escola e raptarem Mary-Alice.

— Alguém no estacionamento viu enquanto eles colocavam você na caminhonete? — perguntou Rosalie, tentando ter esperança.

— Tinha umas pessoas lá — disse ela, fungando, como se estivesse lutando contra as lágrimas —, mas ninguém por perto.

— E as câmeras de segurança? Na escola? Tinha câmeras no estacionamento do outlet? — A mente de Rosalie estava a toda. Tinha uma pequena chance de alguém ter visto um dos sequestros, alguém que podia identificar os sequestradores e ligar para a polícia.

— Acho que tinha — disse Dana.

Já Mary-Alice não estava tão confiante.

— Sei que pelo menos uma das câmeras está quebrada. É por isso que eu e Liam nos encontramos lá... ou nos encontrávamos. — A tristeza tomou conta da voz dela, mas Rosalie ignorou. Pelo menos as duas meninas pareciam dispostas a fazer alguma coisa e, embora percebesse o terror nas vozes delas, nenhuma tinha caído no mesmo poço de tristeza e lamentação que Candice.

Rosalie interrogou as meninas, tentando pensar em perguntas úteis.

Nenhuma delas era capaz de identificar os sequestradores. Rosalie foi quem teve contato mais próximo com o grandalhão. Dana, que trabalhava numa farmácia na cidade, pensava já ter visto os dois homens na loja, uma vez ou outra, mas não tinha certeza e não sabia os nomes deles.

Nenhuma ouviu o que planejavam fazer os dois imbecis, mas ambas sabiam sobre o desaparecimento de Rosalie, passava em todos os jornais. O nome de Candice não tinha sido mencionado, provavelmente porque não fazia muito tempo desde seu sequestro, e nenhuma delas tinha visto o jornal nem nada no Facebook ou no Twitter. Aquela informação, é claro, fez com que Candice começasse a soluçar outra vez.

Perfeito, pensou Rosalie, mas não reclamou porque ela chorava baixinho.

Quando foram tiradas da caminhonete, as meninas viram o celeiro, um garagem aberta, onde outro carro estava estacionado, e uma pequena cabana, mas tinha muita neblina. Viram também uns campos, talvez, mas sem animais, e ambas disseram ter passado por dentro da floresta.

— Fica nas colinas, acima do rio — disse Mary-Alice. — Acho que passamos por aquele bar antigo. The Elbow Room.

Rosalie não tinha visto o estabelecimento quando foi trazida.

— Eu não vi nada — falou Dana —, eu estava em pânico.

Mary-Alice hesitou.

— Eu também, mas é que o meu tio costumava ir lá anos atrás, quando o meu avô era vivo. Eles trabalhavam na floresta, e a minha mãe disse que iam para lá depois do trabalho. Não fica muito longe daquele casarão velho acabado, sabe, a famosa Mansão Pavão Azul ou sei lá o quê. Onde a menina nova mora. — O desdém retornou à voz dela. — Jade McAdams.

— Estamos perto da casa dela? — perguntou Dana. Rosalie estava um pouco perdida. As meninas eram nascidas e criadas ali, aparentemente, o que seria de grande ajuda. Rosalie era de fora, não conhecia nenhum ponto de referência mais antigo.

— É. Fica por aqui. — Mary-Alice parecia ter certeza.

— A gente está muito longe da cidade? — quis saber Rosalie. — Ou do bar ou de outra casa, sei lá?

Nenhuma das meninas sabia ao certo, mas seus conhecimentos ajudaram. Pelo menos tinham alguma noção de onde estavam e da direção da estrada mais próxima. Já era alguma coisa. Por alguns segundos, Rosalie sentiu uma ponta de esperança. Até se lembrar de que o único motivo para eles terem deixado que as vítimas vissem os arredores, além dos rostos dos sequestradores, era que o celeiro era um lugar temporário. Elas seriam levadas para outro local, provavelmente longe, ou seriam mortas.

Rosalie foi tomada por um terror paralisante, mas fez de tudo para ignorá-lo. Ela precisava lutar contra qualquer que fosse o destino sinistro que os sequestradores tinham reservado para ela.

Depois de descobrir o máximo possível sobre as meninas, e quando elas começaram a se repetir ou se lamentar, Rosalie disse:

— Precisamos agir rápido.

Ela se sentia esperançosa porque tanto Mary-Alice como Dana pareciam ter mais fibra que Candice. Assim como fez com a primeira companheira de cativeiro, Rosalie instruiu as meninas novas a procurar em suas baias, milímetro por milímetro, qualquer coisa que pudesse ser usada como arma. Surpreendentemente, Mary-Alice teve a ideia de usar o balde que servia de urinol, dizendo:

— Vou bater naquela cabeça horrorosa dele com o meu balde.

— Eu também, mas vou fazer questão de encher ele primeiro — acrescentou Dana, com raiva, pigarreando. Embora estivesse claramente apavorada e engolindo o choro, queria cooperar com o plano de fuga. Dana disse que era ginasta até sofrer uma lesão no tornozelo no ano passado. Agora, admitiu, estava um pouco fora de forma e bastante enferrujada, mas estava disposta a tentar escalar as paredes. Melhor ainda, Mary-Alice disse que era líder de torcida, acostumada a fazer pirâmide humana, ser jogada para o alto e cair de pé, e que estava em excelente forma. A menina metida ao menos parecia ser determinada.

— Então mandem ver — disse Rosalie. — Mas, escutem, não estou brincando quando digo que nosso tempo está acabando. Não entrem em pânico, mas amanhã à noite as coisas vão piorar.

— Como assim? — perguntou Dana, e Rosalie começou a contar o que tinha ouvido, sem deixar nada de fora.

— Um leilão? — sussurrou Mary-Alice, horrorizada.

— Não tenho certeza, mas seja lá o que for, não é bom.

— Filhos da puta! — gritou Dana por cima dos soluços de Candice.

— Vamos sair daqui. Agora! — disse Mary-Alice, seu tom de voz presunçoso indo embora.

Finalmente, pensou Rosalie, alguém que entendia o que estava acontecendo. Que sentia a gravidade da situação. Que estava disposta a ajudar na fuga.

Agora, talvez, só talvez, tivessem uma chance real de escapar.

Ele passou pela lanchonete de carro, ainda sem acreditar em tamanha sorte.

Vinte minutos antes, tinha estacionado num beco próximo à Oficina do Hal. Sabendo que o estabelecimento estava quase na hora de fechar, decidiu esperar até o último mecânico ir embora e, depois, pulou a cerca para devolver o adesivo imantado que "pegou emprestado" da van dos Longstreet. Hal era um homem de negócios à moda antiga que tinha vivido e morado em Stewart's Crossing durante todos os seus quase oitenta anos, um homem de palavras tão firmes quanto seu aperto de mão, que evitava computadores e tudo o que chamava de alta tecnologia. Inclusive câmeras de segurança.

Então ele se sentia confiante quanto ao plano de pular a cerca e devolver o adesivo.

Mas precisou fazer uma mudança de planos assim que avistou um Honda Civic sair do estacionamento com ninguém mais ninguém menos que Jade McAdams ao volante.

Ele deu partida na caminhonete e seguiu a menina a uma distância segura enquanto ela dava uma volta na cidade antes de parar ali, na Lanchonete do Columbia, onde ele tinha conhecido Estrela e, mais tarde, a sequestrado. Era incrível, pensou ele, como os novos nomes das meninas tinham pegado. Assim que as sequestrou e colocou em suas respectivas baias, elas literalmente perderam suas identidades, tornando-se nada além de pedaços de carne a serem vendidos. Aquilo o fez sorrir, pensando na quantidade de dinheiro que iam receber. Os lances, se ele fosse esperto, chegariam facilmente às dezenas de milhares de dólares por cada uma daquelas meninas gostosas. Por isso não tocou nelas, sequer encostou um dedo naqueles rostos macios nem tirou seus sutiãs para pegar nos peitos delas. Não queria avariar os produtos, apesar de que ia adorar sentir pelo menos uma daquelas bocetas apertadinhas no pau dele.

Ou forçar uma delas a fazer um boquete nele. Seria bom. Uma boca quente e molhada, uma língua nervosa e...Merda, ele sentiu a merda do corpo reagir àquela fantasia, seu pau ficando duro como pedra.

Aquilo não ia acontecer.

Ainda não.

Enquanto observava Jade entrar no restaurante, pensou em entrar também, mas não queria abusar da sorte. Ele estava num trecho bem largo da estrada, olhando pelo retrovisor. A neblina atrapalhava, mas, com havia poucos veículos passando, poderia esperar com a caminhonete em ponto morto.

Agora, depois de fumar dois cigarros, estava impaciente. Que raios ela estava fazendo? Ele imaginou que a mãe de Jade não ia querer a filha fora de casa por muito tempo, então disse a si mesmo para ter paciência. Mas a neblina começava a ficar mais densa, e ele já não conseguia mais distinguir o carro dela dos outros no estacionamento da lanchonete.

Isso o preocupava.

Ele não podia perder aquela oportunidade única.

Quando foi pegar o terceiro cigarro, viu a luz vermelha de lanternas traseiras penetrando a crescente escuridão enquanto um veículo dava ré para sair de uma vaga no estacionamento.

O carro deu a volta, a luz dos faróis vindo em sua direção, refletindo no retrovisor lateral.

Ele esperou até que o carro passasse para sair com sua caminhonete, sem querer alertar a menina com as lanternas traseiras ou luzes de freio.

Mas foi um Cadillac velho que passou por ele vagarosamente, com um velho de chapéu ao volante.

Droga. Ele observou enquanto o velho se afastava, a luz vermelha das lanternas traseiras brilhando intensamente quando ele parou para pegar a rua lateral em direção à cidade.

— Filho da puta.

Ele não podia esperar muito mais tempo. Tinha pessoas esperando por ele. Se não aparecesse, levantaria suspeitas, e não podia deixar aquilo acontecer, assim como não podia deixar passar a oportunidade de sequestrar Jade McAdams. Ele precisou lembrar a si mesmo que, em cerca de trinta horas, sua missão estaria completa, a transação, encerrada, e ele, longe daquela cidadezinha e seus cidadãos de mente fechada, longe das garras de Stewart's Crossing. O simples nome da cidade lhe dava nojo. Mas ele não teria que ficar ali por muito mais tempo. Já tinha planejado sua fuga, tinha uma nova identidade guardada, uma nova vida a algumas horas dali. Primeiro ele planejava dirigir até o Canadá, usando sua identidade atual; depois, em Vancouver, embarcaria num voo para o México, mas ficaria lá apenas dois dias e pagaria algum pescador para levá-lo de barco de Cabo San Lucas a Mazatlán. Em seguida, embarcaria num avião para São Paulo. Sumiria no Brasil, encontraria um vilarejo onde, esperava ele, viveria como um rei.

E jamais pensaria na merda de Stewart's Crossing de novo.

Olhou outra vez para o retrovisor quando um par de faróis refletiu nele uma forte luz.

— Vamos lá, gracinha — sussurrou ele e, dessa vez, teve sorte. Reconheceu o Honda de Jade. Passando a marcha enquanto o carro dela seguia, deixou os faróis apagados e pisou no acelerador. O problema é que ela estava correndo, a quase 60 km/h numa via cujo limite de velocidade era de 40 km/h. O que Jade tinha na cabeça? Não estava vendo aquele nevoeiro infernal? Se ela chamasse atenção da polícia por causa da alta velocidade, a chance dele já era.

— Devagar — alertou ele em voz alta quando a viu dobrar a esquina rápido demais. O Civic derrapou um pouco. Ele pisou fundo no acelerador. Assim que ela entrou numa rua mais agitada, ele acendeu os faróis e tentou se aproximar dela, o que se mostrou impossível quando ela passou voando pelo cruzamento, ignorando a placa de "pare" e o obrigando a fazer o mesmo. Uma van da Volkswagen quase bateu na traseira de sua caminhonete, mas o motorista desviou no último segundo, buzinando alto e, ele viu pelo retrovisor, dando dedo.

— Vai se foder também!

Qual era o problema dela, dirigindo como uma doida?

Por um instante, pensou que talvez ela o tivesse visto e, por isso, estava correndo. Tentando despistá-lo. Mas logo concluiu que estava dando crédito demais à menina.

Não, era apenas uma adolescente com pressa.

Ele precisava acompanhá-la sem levar uma multa.

Felizmente, Stewart's Crossing era uma cidade pequena e não demorou nem três minutos até que os dois estivessem fora de seus limites, o trânsito tranquilo enquanto ele mantinha as lanternas traseiras do carro dela em seu campo de visão. Ele seguiu Jade enquanto ela subia as colinas, sem saber que estava indo exatamente na direção que ele queria que ela fosse, cada vez mais perto do local onde tinha escondido as outras, o celeiro que se tornaria seu novo lar temporário, coincidentemente próximo da maldita Mansão Pavão Azul.

Lucy Bellisario ficou presa na delegacia.

Primeiro, sua irmã ligou para falar sobre a mãe, depois, chegaram as imagens da câmera de segurança do outlet onde Dana Rickert foi vista pela última vez, e ela parou para analisar o material. Sentiu o estômago revirar enquanto assistia às imagens. Dois homens se aproximaram de Dana quando ela estava entrando no carro cheia de sacolas. Enquanto um a distraía, o outro chegou por trás e a fez andar, sem dúvida a ameaçando com alguma arma pequena escondida, provavelmente uma pistola ou uma faca, que não aparecia no vídeo. O rosto dos homens estava oculto pela neblina, mas a câmera captou uma imagem clara do veículo e da placa de Washington. A placa de outro estado não era grande coisa. Todos os dias, milhares de residentes de Washington passavam pelas pontes em direção ao Oregon, onde trabalhavam ou faziam compras. Como Washington tinha impostos estaduais sobre vendas e o Oregon não, shoppings e centros comerciais proliferaram ao sul do rio Columbia para atrair consumidores de outros estados e seu dinheiro.

Verificando com o Departamento de Trânsito de Washington, Lucy descobriu que a caminhonete estava no nome de Evan Tolliver, o mesmo cara cujo celular fora usado para enviar mensagens a Mary-Alice Eklund.

Além disso, descobriu que Evan também estava desaparecido.

O pai dele registrou um B.O. de pessoa desaparecida em Vancouver. Ele foi interrogado pelo Departamento de Polícia de lá e disse que o filho tinha ido para a casa de veraneio da família em Sun River, Oregon. Mas, segundo a caseira, ele nunca apareceu. E Evan Tolliver também não foi ao seu compromisso com um cliente em The Dalles.

Outro ponto interessante na história era que o pai de Tolliver tinha contado aos policiais de Washington que seu filho estava de quatro por Sarah McAdams, mas que o relacionamento terminara antes mesmo de começar. Ele achava até mesmo que o pedido de demissão de Sarah e a mudança haviam sido motivados pelas investidas de Evan.

— Aquele menino parece cachorro atrás de osso — disse o pai. — Não desiste até conseguir o que quer.

— Isso é o que vamos ver — disse a detetive a si mesma depois da conversa com os policiais que tinham interrogado o velho.

Evan Tolliver era o sequestrador? Enlouqueceu e começou a sequestrar as meninas da cidade onde a mulher que o rejeitou foi morar? Aquilo não fazia nenhum sentido, não que as pessoas não pudessem ser estranhas. As imagens da câmera não eram nítidas, mas estavam sendo comparadas com fotos de Evan Tolliver e ex-presidiários suspeitos. Bellisario não tinha certeza, é claro, mas o homem menor parecia familiar, lembrava muito Hardy Jones. Ela já tinha ordenado que o trouxessem de volta à delegacia porque queria saber o que ele teria a dizer, descobrir se ele conhecia Tolliver e colocar o desgraçado contra a parede.

Enfiando os braços nas mangas da jaqueta, ela marchou pela delegacia até a saída dos fundos e empurrou a porta com o ombro. Do lado de fora, sentindo a pressão do tempo passando, ela correu até o jipe.

O que Evan Tolliver, um homem que nunca tinha sido preso na vida, tinha a ver com as meninas desaparecidas em Stewart's Crossing?

Ela estava determinada a descobrir e sabia muito bem por onde começar. De volta à Mansão Pavão Azul.

A casa estava fria.

Lá fora, a noite caía, o nevoeiro ainda forte.

E algo perturbava a mente de Sarah, algo irritante de que ela já devia ter se lembrado. Ela largou as chaves na mesa da sala de jantar, em cima da cópia manchada de café dos projetos arquitetônicos da casa. Passou os cinco minutos seguintes alimentando a lareira, tentando aquecer o térreo. Com um atiçador, ela cutucou a lenha chamuscada, levantando brasas avermelhadas e, em seguida, pôs uma tora de madeira com musgo no fogo. Quando o carvão entrou em contato com a lenha, o fogo estalou, faminto, liberando calor e lançando sombras trêmulas na parede oposta.

O que era mesmo?

Embalando o corpo para a frente e para trás, ela encarava as chamas, tomada por preocupações. Além de Clint Walsh e a constante preocupação com suas filhas, algo mais mexia com ela, insinuando-se nos cantos de sua mente.

Por mais que ela tentasse, não conseguia arrancar a lembrança de seu esconderijo.

Aprumando-se, ela colocou o atiçador no lugar e voltou para a sala de jantar, onde Gracie, com o iPad em mãos, estava mais uma vez estudando as páginas do diário de Helen. O tablet estava apoiado no livro da família, um portal para a bizarra história dos Stewart.

Sarah imaginou o esqueleto de uma árvore com galhos nus, emaranhados e retorcidos pelas complexas mentiras ao longo de gerações.

— Eu só não estou entendendo por que a vovó deixou você de fora — disse Gracie.

— Eu também não.

— É como se você não existisse. Nem eu, nem a Jade.

— Eu sei.

Sem mais mentiras. Sem mais desculpas. Mesmo que a mãe não estivesse pensado nisso quando Sarah nasceu, que estivesse ocupada demais, em algum momento daqueles últimos trinta e poucos anos, ela podia muito bem ter reservado um tempo para anotar os nomes e as datas de nascimento da filha e das netas... A não ser que...

A não ser que você não seja filha de Arlene e Franklin.

— Não — disse Sarah em voz alta.

— Não o quê? — perguntou Gracie.

— Nada — disse Sarah, confusa. Não podia ser. Ela cresceu com a mãe e o pai, e se parecia com os irmãos...

E sua mãe confundiu você com Theresa quando a visitou, não foi? E se tiver vivido uma mentira a vida toda, Sarah? E se você não for quem pensa que é?

— Mãe? — Gracie a encarava com os olhos arregalados de preocupação.

— Estou bem, querida. É que é tudo tão estranho.

— Eu sei.

Ansiosa, ela tentou se concentrar. Para se acalmar, esquentou uma xícara de café no micro-ondas e a levou para a sala de jantar, mas logo a deixou de lado, intocada, na mesa. Como pretendia descobrir a verdade, qualquer que fosse? E será mesmo que queria saber? Ela olhou para os projetos da casa, a razão pela qual tinha voltado. Era óbvio que não encontraria respostas naquele monte de desenhos antigos, até parece. Mas ela tirou as chaves de cima dos projetos e alisou as enormes folhas, passando o olho em cada uma, buscando algo sem saber o que exatamente. Os documentos eram de datas diferentes e mostravam os acréscimos dos quais ela falou com os irmãos na última vez que estiveram lá. Desenhos dos telhados, fundações, muros, encanamentos, cômodos, paredes e, por fim, na última página, um mapa de todos os hectares do terreno original, uma descrição dos limites do lote e as devidas demarcações.

Um riacho serpenteava pelo terreno dos Stewart, e também tinha um lago na fronteira com a propriedade dos Walsh. Em algum momento, alguém acrescentou ao mapa as construções e os pontos de referência, incluindo a mansão, o reservatório, o galpão e os celeiros. Havia anotações que indicavam a existência de um antigo alojamento, uma cabana, em algum lugar do terreno, e um estábulo. Próximo ao lago na fronteira com as terras dos Walsh, ficava o antigo cemitério.

Pelo amor de Deus, o que ela estava fazendo? Buscando respostas sobre sua identidade em plantas arquitetônicas? Franzindo a testa, Sarah foi até a janela e olhou lá fora. Onde diabos estava Jade? A filha tinha enviado uma mensagem meia hora atrás. Preocupada, decidiu ligar. Se fossem à festa, teriam que se apressar e...

Bum!

O som ecoou nos ouvidos de Sarah. Ecoou em seu coração. Ela olhou para cima, para o teto; o barulho veio lá de cima.

O quarto de Theresa.

Gracie não olhou para cima.

O cachorro, deitado aos pés da menina, sequer se moveu.

— Você ouviu isso? — perguntou Sarah com os pelos da nuca arrepiados. Não tinha mais ninguém na casa. Ou pelo menos não deveria haver mais ninguém.

Gracie pôs o dedo na página aberta do diário de Helen, marcando onde parou de ler, e fez que não com a cabeça.

— Não.

— Não deve ser nada — disse Sarah para não preocupar a filha, mas não conseguia entender como Gracie e a cadela não tinham escutado. — Mas vou dar uma olhada mesmo assim.

A atenção de Gracie se voltou para o diário novamente.

Sarah subiu dois degraus por vez e não parou no segundo andar. Foi direto para o quarto de Theresa; apesar do receio que sempre sentia quando se aproximava do quarto da irmã mais velha, ela escancarou a porta.

Era claro que a imagem de Nossa Senhora estava no chão, tendo, de alguma maneira, caído da cornija da lareira e rolado até a janela, de onde o vento gelado invadia o quarto.

— O que é isso? — disse Sarah em voz alta e, antes de apanhar a estatueta de cerâmica, deu uma volta pelo quarto lentamente. — Você está aqui? — exigiu ela, falando baixo. — Angelique? Sabemos o que aconteceu com você, então, por favor, apenas… vá embora. Faça a passagem. Faça o que for preciso para encontrar a paz.

Ela parecia uma louca falando e, ao ver seu reflexo no espelho rachado em cima da lareira, achou que também tinha a aparência.

Por um instante, sentiu a temperatura do quarto despencar.

Sarah congelou e sua boca ficou seca.

Ai, meu Deus…

Sua pele toda arrepiou. Ela parecia ouvir murmúrios de todas as direções, sussurrando frases curtas e rápidas que ela não conseguia entender. Não. Era apenas o som da brisa entrando pela janela emperrada ou as rajadas de vento fortes e barulhentas descendo pela chaminé.

Não era?

Está tudo na minha cabeça. Isso é loucura...

O ar parecia revolver ao seu redor.

Que diabos?

Sarah se lembrou da mãe dizendo que ela jamais deveria entrar naquele quarto, que ele ainda era de Theresa, que todas aquelas coisas ainda pertenciam a ela. *Nunca entre aí dentro, Sarah. Não toque em nenhum dos pertences de Theresa. Você já causou problemas demais. Não vou permitir que quebre as coisas dela.*

Que problemas?

Por que a mãe parecia culpá-la por algo de que ela sequer conseguia se lembrar? Virando-se, Sarah encarou a estátua. O que foi mesmo que a mãe tinha dito quando ela e as filhas foram visitar Arlene na Pleasant Pines?

"Você não sabe que Nossa Senhora é a chave para a sua salvação? A Virgem Santíssima? Ela é a chave! Você é pagã?"

Na hora, pareceu apenas que a mãe estava balbuciando coisas sem sentido — a demência e o fervor religioso de Arlene tomando controle de sua língua —, mas, agora, a pequena imagem de Maria estava tão perto, olhando para ela, sorrindo maliciosamente para ela. A estatueta parecia zombar dela de certa forma.

Sem pensar duas vezes, Sarah pegou a pequena santa, os dedos envolvendo a cerâmica fria como se estivesse se agarrando ao pequeno artefato religioso em busca de... de quê? Força? Orientação? Paz? Fé renovada?

Ou respostas?

— Diga! — Sarah falou com a imagem de cerâmica como se ela fosse capaz de ouvi-la, como se fosse realmente respondê-la. — Se você é a chave, então... — Ela viu de relance seu reflexo no espelho outra vez, uma lunática desvairada falando com uma estatueta inanimada.

— Ah, pelo amor de Deus! — gritou ela, arremessando a imagem no espelho, na mulher lunática que ela tinha se tornado de uma hora para a outra.

Crack!

O vidro do espelho se partiu em milhares de pedaços, cacos afiados voando pelo ar.

Instintivamente, Sarah se virou, erguendo os braços para proteger o rosto e a cabeça. Uma chuva de estilhaços caiu sobre ela, minúsculas lascas agarrando em seus cabelos, cortando seus braços, espalhando-se no chão.

Sarah tremia e respirava fundo, tentando se recompor. O que é que ela tinha na cabeça? Que merda tinha feito?

O quarto estava imerso num silêncio sepulcral, perturbado apenas por sua respiração ofegante e seus batimentos cardíacos acelerados. Devagar, ela se virou, o vidro tilintando ao cair de seus ombros.

Ali, em cima da cornija da lareira, na frente do que restava do espelho, estava a pequena estátua. De pé.

O coração de Sarah praticamente parou. Não tinha como aquela estatueta ter sobrevivido intacta e estar ali de pé, encarando-a com serenidade, com um sorriso sagrado no rosto.

Ai, meu Deus. Ai, meu Deus. Ai, meu Deus!

Sarah sentiu um peso no coração.

O que estava acontecendo? *O que estava acontecendo?*

A estatueta devia ter atingido o espelho e quebrado ou caído no chão, sendo puxada para baixo pela gravidade para se espatifar nas tábuas do assoalho. Mas não. Lá estava ela em cima da cornija da lareira, imóvel.

Engolindo o medo, a respiração curta e acelerada, Sarah tropeçou para trás. Outra vez o barulho, agora familiar, sussurros sibilantes de todas as direções. Palavras quase ininteligíveis... "filha... bebê... mamãe... não... não!... pai... não... mate."

— Quem é você? — sussurrou ela, com o coração martelando e a sensação de que o quarto a encurralava. Frio. Tenso. A atmosfera pesada. — O que você quer de mim? — Sua respiração soltava fumaça enquanto ela andava de costas até a porta, seus sapatos pisoteando o vidro, o olhar fixo na pequena imagem colorida.

— Eu não vou embora — sussurrou ela, mesmo querendo sair correndo. — Nós vamos ficar. — Ela parecia uma louca! — Então... então é melhor você aceitar, merda.

Naquele momento, a estatueta pareceu tremer, oscilando um pouco na beira da cornija. Em seguida, tombou bruscamente, dando cambalhotas no ar, quase em câmera lenta, e atingiu o chão, produzindo o mesmo baque alto que Sarah tinha escutado mais cedo.

Sarah arquejou enquanto observava a imagem rolar até parar. *Craaack.* Com um som seco como o sibilar de um demônio, a Nossa Senhora de cerâmica se partiu lentamente em duas metades perfeitas.

O terror percorreu a espinha de Sarah enquanto a parte da frente da santa rolava para longe da parte traseira, rolando e rolando, rangendo sobre o vidro até parar com o rosto para cima, os olhos bem abertos, a expressão tranquila intacta, nem mesmo com uma lasca de vidro.

Sarah deu um passo para trás. Aquilo não era possível. Não tinha como aquilo acontecer. Era tudo parte de um sonho bizarro, uma alucinação estranha. Tinha que ser.

Sarah olhou para a outra metade da imagem, que não saiu rolando, mas tinha ido parar perto da janela, a parte pintada virada para baixo. Com a cavidade à mostra, aquela metade perfeita da réplica da Virgem permanecia imóvel.

Dentro da imagem oca, no enchimento de algodão, estava uma chave de aparência muito antiga. Enferrujada, obviamente um item do século passado, a chave reluzia até mesmo sob a luz fraca no cômodo.

Por um instante, Sarah se lembrou das chaves cintilando nos dedos de Jade, a imagem que vinha perturbando seus pensamentos.

Com o coração acelerado, o suor correndo por seu rosto de repente, ela lutou para não descer as escada correndo, pegar a filha, pular dentro do SUV e dirigir para o mais longe possível dali. Em vez disso, aproximou-se um pouco da estatueta quebrada.

Nada aconteceu.

Nenhuma aparição raivosa se lançou contra ela aos gritos.

Com a garganta seca como areia, ela tirou a chave do esconderijo e recuou rapidamente até a porta.

Pesada e com inscrições, gelada ao toque, era uma chave que ela jamais tinha visto antes. Semicerrando os olhos, Sarah leu os minúsculos nomes gravados no metal:

Mateus, Marcos, Lucas e João.

Os primeiros evangelhos do Novo Testamento.

Sarah soube imediatamente que porta aquela chave abria.

Ficou ali, em silêncio, aterrorizada até o fundo de sua alma.

CAPÍTULO 34

Dirigindo para casa com uma música romântica triste da Adele às alturas no rádio, Jade pensou em Cody por um momento e, depois, lembrou a si mesma de que tudo estava mais do que acabado. Ela devia focar em Liam Longstreet. Ele foi legal com ela mesmo quando ela foi grossa com ele. Verdade, ele tinha as péssimas companhias de Miles Prentice e Mary-Alice Eklund, mas talvez confiasse nele... até mesmo no tal Sam da aula de Álgebra. Enquanto Liam era mais sério, Sam sabia ser engraçado, do jeito nerd dele.

E daí?

Naquele momento, os dois deixavam Cody Russell no chinelo.

Ela semicerrou os olhos e acendeu os faróis. Não adiantou. A neblina ficava cada vez mais densa, mas ela não estava tão longe de casa. Só esperava conseguir enxergar a travessa.

Tinha que estar chegando. É, pensou ela quando passou pela caixa de correio da propriedade dos Walsh, que a mãe mostrou a elas assim que chegaram à cidade. Parecia fazer séculos, agora que sabia que Clint Walsh era seu pai. Jade ainda não sabia muito bem como se sentir com relação àquilo. "Sentimentos conflitantes" era o termo que as pessoas andavam empregando quando estavam se sentindo divididas, então, sim, aquilo se encaixava bem. Ela certamente não estava dando cambalhotas de alegria com a descoberta, mas também não odiava a ideia. Ainda. O tempo ia dizer como seria a relação de Clint com ela.

Ela teria alguma autonomia porque não era mais criança, pelo amor de Deus. E era melhor que Clint respeitasse o relacionamento dela com o pai adotivo. Se não respeitasse? Que pena. Por grande parte de sua vida, Noel McAdams foi o único pai que ela conheceu. Jade tinha certeza de que ele ia levar numa boa o fato de ela agora saber quem era seu pai biológico ou, pelo menos, lidar bem com isso. Afinal, ele largou a família, não foi? Mesmo que a mãe, com toda a sua loucura, tivesse feito Noel ir embora, ele nem fez questão de sugerir que as filhas morassem com ele.

Aquilo dizia muita coisa.

Então, agora, tudo dependia de Walsh, se ele era nobre o bastante para aceitar que Jade tinha outro pai, não de sangue, mas de criação. Olhando no retrovisor, percebeu um par de faróis se aproximando veloz, como os olhos reluzentes de uma fera enorme surgindo na névoa.

Uma notificação de nova mensagem fez seu celular apitar, e ela se distraiu, a atenção dividida com o porta-copos no console do carro, onde estava o aparelho. Sem pensar direito, ela deu uma olhada na tela e percebeu que Cody tinha mandado uma mensagem. Ela sentiu um calor de satisfação tomar conta de seu coração.

— Já estava na hora — disse ela, lembrando a si mesma de que já tinha superado Cody. Ela espiou pelo para-brisa, procurando a travessa de casa. Não era por ali? Desacelerando um pouco, vasculhou a área com os olhos, mas sua mente estava na mensagem de Cody. O que ele disse? Será que estava arrependido? Ou era pior? Talvez *ele* era quem queria terminar com ela.

Jade sentiu uma coceirinha nos dedos, uma vontade de pegar o celular.

Ele não te ama. Não mesmo. Acabou!

Determinada a não pensar nele, ela segurava o volante com força enquanto tentava encontrar a rua. *Ele não vale a pena, Jade. Você sabe disso. É sério, sempre soube. É por isso que sempre foi tão insegura.* Cerrando os dentes, ela se esforçou ao máximo para não pegar o celular, mas simplesmente não conseguiu controlar a curiosidade e pegou o aparelho, clicou na mensagem e...

Bum!

O carro inteiro sacudiu.

O celular saiu voando de sua mão e atingiu o para-brisa.

Seu corpo foi para a frente e só parou por causa do solavanco do cinto de segurança.

Que porra é essa?

Automaticamente, ela pisou no freio e olhou o retrovisor, encontrando aqueles faróis enormes. O idiota tinha batido na traseira dela!

— Filho da puta! — disse Jade, em choque e logo furiosa.

Já tinha esquecido Cody. Xingando, conseguiu recuperar o controle do carro e parou no acostamento, os pneus deslizando um pouco no cascalho. Pelo amor de Deus, o Honda tinha saído da oficina não fazia nem *uma hora* e agora... agora, estava *destruído*, cortesia daquele motorista imbecil!

Que tipo de idiota dirige assim colado em outro veículo numa cerração dessas?

Ela olhou para a caminhonete que estava estacionando, a névoa em volta. Pelo menos o motorista teve a decência de parar, mas isso não era suficiente para tranquilizá-la.

Ela não precisava daquilo agora! Ele provavelmente tinha destruído seu para-choque! Talvez tivesse detonado a porra do porta-malas e amassado a traseira do carro inteira. Cuzão!

Escancarando a porta do carro, ela estava pronta para soltar os cachorros em cima do imbecil. Ele saltou da cabine da caminhonete, o rosto ainda oculto pela escuridão da noite iminente.

— Você é cego ou o quê? — questionou Jade. — Não viu que eu estava desacelerando?

Ele não respondeu, apenas andou até a frente da picape, o motor roncando baixo, a bruma cobrindo os faróis.

— Não está me ouvindo? — Ela começou a se aproximar dele, até que sua ira cedeu lugar à primeira ponta de medo. A mãe dela não tinha falado dos vários métodos usados por predadores sexuais para capturar suas vítimas? Uma era a mentira do cachorrinho perdido, outra, pedir informações sem necessidade, e a terceira, bater de propósito na traseira do carro da vítima para fazer com que ela saísse do carro. E, agora, tinha meninas desaparecidas em Stewart's Crossing.

Ela reduziu o passo.

— Você... você tem seguro? — perguntou e rezou a todos os santos para que tivesse levado o celular consigo. — O que é isso?

— O melhor dia da sua vida. — Ele ergueu a mão e ela viu a arma, uma pistola, reluzindo com a luz dos faróis da picape ao fundo.

Ah, merda! Ela não ia deixar aquilo acontecer de jeito nenhum. Dando as costas, Jade saiu correndo para o carro, cuja porta continuava aberta, a luz interna acesa, o alarme de segurança tocando, ritmado.

Ela deu apenas um passo e ele atacou, o corpo pesado colidindo com o dela, os dois caindo de bruços no chão. O queixo dela atingiu o asfalto primeiro e abriu, e o sangue escorreu do ferimento. Ainda assim ela se debateu, resistindo, tentando fazer o homem sair de cima dela, mas o peso dele a imprensava contra o chão e ele sequer pegou a arma para ameaçá-la, só puxou um de seus braços para trás e depois o outro, e algemou seus pulsos.

Ela gritou o mais alto que pôde enquanto chutava e lutava. Mas ele a pôs de pé e pressionou a pistola contra sua têmpora.

— Desista — disse ele, mas ela continuou resistindo e soltou um grito agudo que esperava ser ouvido por alguém. — Sua putinha! — Ele a empurrou na direção do carro, e Jade acertou o bico da bota na canela dele com um chute. Torcendo o braço dela, ele a pôs de joelhos e apontou a arma novamente para sua cabeça.

— Você não vai me matar — disse ela, com falsa coragem.

— Tem razão. — Os olhos dele faiscaram em meio à névoa. — Mas eu vou machucar você, Jade — disse ele, com tanta perversidade que ela acreditou, puxando o rosto dela para tão perto do dele que seus narizes quase se encostaram. — E vou machucar você de um jeito que vai lembrar para o resto da sua vida — prometeu ele.

Antes que ela fosse capaz de responder, ele pegou uma mordaça e amarrou o pedaço de pano emborrachado ao redor da boca dela com tanta força que ela quase vomitou. Então ele a pegou no colo como se ela não pesasse nada e a jogou no banco traseiro da caminhonete.

Um instante depois, ele estava ao volante, pisando no acelerador. A caminhonete arrancou, levantando o cascalho enquanto passava pelo carro destruído dela, sumindo na noite.

— Vamos! — disse Sarah, descendo as escadas às pressas.

Ela encontrou Gracie na sala de estar, falando ao celular. Xena estava descansando em cima de um saco de dormir aberto perto da lareira.

— Para onde? — perguntou Gracie, mas Sarah estava muito abalada para explicar.

Ela tinha mesmo estado na presença de um fantasma ou ser invisível capaz de mover estatuetas e fazer a temperatura do quarto despencar de repente?

— Lá para fora. — Sarah agarrou a filha pelo braço e a puxou, deixando Gracie de pé. — Pega o seu celular.

— Mãe! Para! Você parece uma louca! — declarou Gracie. — Scottie, já, já eu ligo de volta — disse ela, enquanto Sarah, ainda ofegante, tentava se acalmar.

Quando Gracie guardou o celular no bolso e seu medo diminuiu, Sarah falou:

— Acho... acho que... Ai, meu Deus, é impossível... explicar.

— Tente. — Gracie ficou imóvel, encarando a mãe quando notou seu pânico. Então disse: — Você viu ela, não foi? Angelique?

— Não, não, eu não vi nada. — E, ao escutar o que disse, refletiu. A filha tinha "visto" o fantasma de Angelique Le Duc, mas ela, não. O fantasma que ela viu quando criança não era a mesma mulher que Gracie mostrou nas fotos. Ela olhou fixamente para as escadas. — Você não ouviu o espelho espatifando? — Nossa, será que ela tinha imaginado tudo aquilo? Mas, não, estava segurando a chave, a mão ainda agarrava o metal frio.

— Ouvi alguma coisa — disse Gracie —, mas eu estava conversando com Scottie e achei que você tinha derrubado um vaso, sei lá.

— Foi mais do que um simples vaso — disse Sarah, procurando a cadela, o pânico ainda crescendo dentro dela. — Xena! Vamos!

— Espera, mãe — apelou Gracie. Elas estavam entre as pilastras na entrada da sala. — Você está com medo?

— Muito! Vamos logo! — Puxando a filha pelo braço, ela começou a andar em direção à cozinha.

— Ela não vai machucar você. — Gracie acompanhava a mãe, mas não tão rapidamente quanto Sarah queria.

— Angelique? — perguntou Sarah, quase engasgando, a necessidade de sair da casa era esmagadora. — Como você sabe?

— Não é assim que as coisas funcionam — disse a filha, simples assim, como se todos soubessem as regras que governam a relação entre este mundo e o espiritual.

— Então você sabe como funciona essa coisa toda de fantasma agora? Depois que encontrei você tremendo na escada aquela noite?

— Eu ainda não entendia — disse Gracie.

— E agora entende? Bom, eu não. — Elas chegaram à cozinha e Sarah, rapidamente, vasculhou as gavetas em busca de uma lanterna, apalpando o bolso para ter certeza de que estava com o celular, desejando, pela primeira vez na vida, que tivesse uma arma. Contentou-se com um canivete, que estava na mesma gaveta onde finalmente encontrou a lanterna.

— Se ela fosse nos machucar, já não teria feito isso? Já estamos aqui faz um tempinho, então, se ela quisesse mover uma faca para cortar nossa garganta ou fazer a gente morrer eletrocutada no banho ou colocar aquele veneno de rato fora da validade nas nossas bebidas, ela já teria feito isso, não?

— Facas? Veneno de rato? Choque elétrico? — Sarah balançou a cabeça e suspirou. Percebendo como o próprio pânico podia contaminar a filha, ela tentou ao máximo usar a razão. — Não faço ideia de como funcionam essas coisas, mas está vendo isso? — Ela ergueu a chave. — Estava escondida na estatueta lá em cima, na pequena imagem de Nossa Senhora… E, de alguma forma, aquele objeto inanimado simplesmente caiu da cornija da lareira e se partiu em dois pedaços, sozinho, entendeu? Em duas metades perfeitas. Bem no meio, como se tivesse sido fatiado por algo invisível… — Ó meu Deus, ela soava completamente insana. — Vamos logo! — Ela saiu da cozinha.

— Ela queria que você encontrasse a chave! — disse Gracie, seguindo Sarah pelo corredor até o saguão. — Não consegue ver isso?

Não, Sarah não conseguia. Não conseguia ver nada.

— Então, o que ela abre? — perguntou Gracie. — A chave?

— Quer saber o que eu acho? — falou Sarah, as têmporas ainda latejando. — O túmulo de Angelique Le Duc.

Gracie quase se engasgou.

— Você está brincando, né?

— Não.

— Como é que você sabe?

— Eu não sei.

— Mas vai tentar abrir? Agora?

— Com toda certeza — declarou Sarah, nervosa.

— Sério? — Tinha um leve fascínio na voz de Gracie quando ela passou na frente de Sarah e abriu a porta.

Sarah se perguntou se era a decisão mais inteligente compartilhar com Gracie aquela sua necessidade louca de abrir o túmulo, mas certamente não ia deixar a filha sozinha em casa com a assombração raivosa que derrubava estatuetas.

***

— Ele chegou! — anunciou Rosalie quando ouviu o ronco do motor da caminhonete se aproximando em alta velocidade. O sequestrador nunca tinha retornado apenas algumas horas depois de ir embora. — Shhh. Ninguém fala nada. Não deixem ele suspeitar que temos um plano.

Até agora, não tinham exatamente um plano. Mary-Alice até tentou escalar as paredes da baia, mas, como Rosalie, amassou a armação da cama dobrável e não conseguiu alcançar o topo. Dana também não se saiu muito melhor. Rosalie ouviu quando a menina tentou saltar, caindo com tudo e soltando um palavrão em alto e bom som. E Candice... bem, continuava uma imprestável.

Rosalie chegou à conclusão de que tinham a chance de derrotar um dos sequestradores, talvez os dois, simplesmente porque elas estavam em maior quantidade. Enquanto uma distraía, a outra podia atacar. Isso se tivessem a oportunidade. Isso se estivessem *todas* soltas. Isso se os filhos da puta não tivessem armas.

Muitos "se".

Mary-Alice encontrou um prego de ferradura na baia dela, já Dana não teve sorte. Mas elas precisavam escapar antes de o outro homem — ou homens — aparecer para o tal encontro que o sequestrador tinha planejado. Rosalie imaginou uma grande orgia, onde os homens, bêbados ou chapados, revezavam para estuprar as meninas. Ela sentiu o estômago embrulhar, mas não ia pensar naquilo, não ia pensar besteira.

Haveria bastante tempo para isso depois.

Por enquanto, desde o instante em que o sequestrador a trancou dentro da caminhonete, na verdade, quando ela, burra, decidiu voltar a pé para casa naquela noite, sua missão era escapar e, no processo, acabar com a raça daquele filho da puta que a sacaneou. Ela só precisava de uma oportunidade.

O ronco do motor cessou e as meninas ficaram em silêncio.

Segundos depois, o grandalhão chegou, escancarando a porta, a luz invadindo o lugar, fazendo com que Rosalie semicerrasse os olhos por causa da súbita claridade.

Por favor, faz alguma merda. Só dessa vez, faz merda, pensou Rosalie, agarrando o cortador de unha.

— Certo, já chega! — disse ele, com a respiração pesada, os passos arrastados, como se ele estivesse se movendo com dificuldade. As luzes foram acesas. — Você entra aqui.

Ele estava com outra!

Rosalie ouviu a menina tentando gritar através da mordaça e, pelo som dos movimentos, estava resistindo, lutando com ele, arrastando os pés.

O que era bom. Se ela fosse esperta e soubesse que tinha outras meninas nas baias ao lado, talvez desse um jeito de libertá-las.

— Ei! — chamou Rosalie. — O que está acontecendo?

Como se aproveitasse a deixa, Candice começou a soluçar.

— Você pegou outra menina? — Rosalie jogou a isca.

— Cala a porra da boca, Estrela!

— O meu nome é Rosalie!

— Chega, *caralho!* — A menina nova continuava resistindo. — Sua putinha! — *Tapa!* O som de pele contra pele reverberou pelo celeiro, e a menina gritou de raiva sob a mordaça. — Pode ir parando, Rebelde — disse ele. — Ou não vai ganhar nem comida nem água nem balde. Por mim, você pode passar fome e sede e se cagar toda!

Mais gritos abafados.

Tapa!

Nossa, ele estava batendo nela. Não estava preocupado em não deixar hematomas. Jamais o tinha visto tão irritado, tão descontrolado, pelo menos não desde sua tentativa de fuga frustrada.

— Está vendo isso, não está, Rebelde? — berrou ele. — Não, não estou falando do meu pau, sua putinha, mas do cinto. Eu vou usar em você, ah, se vou! Pergunte à Estrela, ela sabe muito bem do eu que estou falando.

Uma das meninas arquejou, talvez Dana, e Candice desabou completamente; um choro baixinho veio de sua baia.

A menina nova se calou, o que, provavelmente, foi uma decisão inteligente, mas Rosalie odiou que ela tivesse desistido tão rapidamente. Verdade, o desgraçado que as mantinha ali tinha todo o poder, mas Rosalie gostaria de ter ouvido mais resistência por parte da nova colega de cela. Para que qualquer plano funcionasse, elas precisavam ser fortes, unidas, e estar dispostas a fazer qualquer coisa.

Um barulho familiar veio da baia: ele deixou um balde e garrafas de água para a Rebelde.

Por fim, houve silêncio, e Rosalie imaginou o desgraçado encarando a menina nova, preparando-se para contê-la outra vez. Após alguns segundos de tensão, ela ouviu um morcego passar voando no alto. Mary-Alice soltou um gritinho ao lado e o silêncio reinou novamente no celeiro.

Ele devia ter removido a mordaça de Rebelde, porque, de repente, uma nova voz invadiu o celeiro.

— Que porra é essa que você pensa que está fazendo? — berrou ela.
— Seu filho da puta! Me deixa ir embora!

Bum!

A porta da baia bateu com força e, com o clique da fechadura, a menina nova foi trancada lá dentro.

— Você não pode fazer isso! — gritou ela, e o som da menina se jogando contra a porta ecoou no celeiro.

Ele não perdeu tempo, apagou as luzes do celeiro e fechou o portão com tudo. Em seguida, o clique da tranca.

— Seu porra, desgraçado! Me deixe sair! — berrou a menina o mais alto que pôde. — Você não pode fazer isso! — Ela espancava a porta como se fosse capaz de derrubá-la com os próprios punhos.

O motor da caminhonete voltou a funcionar, roncando alto.

— Não! — chorou ela, mas o som do motor se afastava conforme ele dirigia. — Ah, Deus, não...

— Ei! — disse Rosalie.

— O quê? — respondeu a menina nova, parecendo surpresa.

— Tem mais quatro de nós presas aqui, além de você.

— O que é isso? Que porra está acontecendo?

Obviamente, ela estava confusa. Tinha acabado de passar pelo trauma do sequestro e, depois, pelo que parecia ter sido uma surra.

— Eu sou Rosalie Jamison, a que ele chamou de Estrela.

— Meu Deus, era esse o meu medo! Eu só não quis acreditar — respondeu ela.

— Acredite.

— Quem mais?

— Candice, eles a chamam de "Sorte" — disse Rosalie.

— Candice... Espera, "eles"? — disse a menina nova.

— Tem mais de um cara. — Rosalie falou de Desgrenhado e, em seguida, apresentou Dana como Uísque. — E também Mary-Alice, ela é a Princesa.

— Nossa, é pior do que eu imaginava — resmungou Jade.

— Jade — disse a menina esnobe como se a palavra tivesse um gosto ruim.

— Mary-A. — A voz de Jade soou deprimida.

— Parou — berrou Rosalie, pressentindo uma briga. — Não sei o que vocês têm uma contra a outra, se se conhecem ou não, mas não temos tempo para briguinha de Ensino Médio aqui.

As duas pararam de falar, graças a Deus. Rosalie, então, explicou tudo para Jade, a gravidade da situação inteira, inclusive sobre o tal encontro marcado para a noite seguinte e seu medo com relação ao destino que as esperava.

— Esses desgraçados não estão de brincadeira — disse ela —, então nossa única salvação é sairmos daqui antes que o restante dos tarados apareça.

Ninguém disse nada por um instante, e o morcego deu outra volta sobre as vigas.

— Certo — disse Jade. — Como?

— Primeiro, veja se tem algum pertence ou alguma coisa na sua baia que possa ser útil. Precisamos de armas. Não dá para enxergar nada agora, eu sei, mas assim que começar a clarear, ou se ele voltar e acender as luzes, olhe em volta, veja o que consegue encontrar e se prepara para usar o que quer que seja.

— Como você consegue ficar tão calma?

Rosalie não estava calma, não por dentro. Estava assustada e com raiva e sentia uma porrada de coisas que não iam ajudar em nada na situação.

— Não sei quanto a você, mas não gosto de ser chamada pelo nome de um cavalo e também não gosto da ideia de ser sequestrada por um doente e vendida para uma rede de prostituição ou coisa do tipo, então vou tentar dar o fora daqui de um jeito ou de outro.

Determinada, Jade respondeu:

— Estou contigo.

CAPÍTULO 35

Sarah percorria às pressas o caminho que levava ao cemitério. Com Gracie ao lado e a cadela em algum lugar no mato ao redor, ela seguia a luz fraca da lanterna. A noite caía depressa, e o feixe quase não penetrava as sombras à volta.

Anos atrás, ela costumava percorrer o mesmo caminho. Saindo de casa de fininho e depois correndo pelos campos, o coração leve e os pés ligeiros, o luar, seu guia enquanto ia se encontrar com Clint perto da lagoa.

Ah, parecia tanto tempo atrás. Um verão de dias quentes e noites apaixonadas, banhos na lagoa, tomando sol e fazendo sexo.

Agora, em vez do desejo, ela sentia um temor crescente tomar conta de si. Em vez de virar à direita para dar a volta na lagoa, virou à esquerda, em direção ao cemitério que explorava na infância e costumava evitar na adolescência, quando aprendeu sobre o perigo dos mortos, algo inventado pelos irmãos, que viam graça em contar histórias de fantasmas à irmã, que morria de medo. Era óbvio que aquelas histórias eram apenas tentativas bobas de assustar Sarah, e a imaginação dos irmãos, apesar de fértil, não chegava aos pés do pesadelo que ela vivia agora, fosse a merda que fosse.

Quando chegaram ao topo de uma pequena subida, avistaram o cemitério à frente, as lápides erguendo-se acima da névoa, arbustos invadindo a cerca quebrada e decrépita que circundava o lote antigamente. O jazigo de Angelique Le Duc se destacava entre as lápides em volta.

— Uau — disse Gracie, deslumbrada.

Sarah descobriu que o portão tinha tombado para dentro da área cercada, onde as lápides se erguiam acima da grama alta e das ervas daninhas.

Ela não perdeu tempo e atravessou o cemitério até o jazigo construído no meio do lote. A grande obra de mármore, com entalhes de anjos e passagens bíblicas, era rodeada pelo que parecia ter sido um roseiral, mas que agora não passava de ramos secos e sem folhas, completamente mortos, percebeu Sarah ao iluminá-los com a luz da lanterna.

Abrindo caminho até o jazigo, Sarah direcionou a lanterna para a parte de cima da entrada, abaixo dos entalhes de anjos, onde um trecho do Evangelho de Mateus estava gravado na pedra.

Ela deu a volta e passou o feixe de luz pela extensa parede voltada para o sul, onde um versículo do Evangelho de Marcos estava gravado.

— O que você está fazendo? — questionou Gracie quando a cachorra pulou a cerca e começou a cheirar as lápides. — Vamos entrar.

— Já vamos. — Ou *já vou*, corrigiu-se ela, pois não tinha certeza se ia deixar Gracie entrar no jazigo caso conseguisse abri-lo. Não antes de verificar tudo.

Sarah foi até os fundos do jazigo e viu outro trecho bíblico, dessa vez do Evangelho de Lucas e, por fim, na última parede, um verso do Evangelho de João.

Uma ponta de terror percorreu sua espinha.

Era disso que a mãe estava falando? Que Theresa estava a salvo com Mateus e João e, como mencionou em outro momento, com Lucas? Dee Linn tinha até brincado, perguntando onde estava Marcos.

— Bem aqui — sussurrou Sarah, imaginando o que encontraria lá dentro. Um túmulo empoeirado e vazio? Ou o lugar onde foi enterrada a irmã que ela nunca conheceu?

O coração de Sarah acelerou. Seria possível? Ela encontraria a irmã ali dentro? Não... Se a mãe soubesse onde Theresa estava, não teria passado a vida tão preocupada, tão cheia de esperança de que ela retornasse. Mas aquela conversa enigmática que ela e os irmãos tinham considerado apenas coisa da demência da mãe... O que significava?

Uma rajada de vento soprou, espantando a névoa, esfriando o ar.

Ela deu uma última volta, retornando à frente do jazigo e, outra vez, apontou a luz da lanterna para os anjos entalhados acima da porta. Os rostos dos querubins estavam desfigurados, rastros de sujeira desciam pelas bochechas como lágrimas negras.

— Certo, vamos lá. Mas eu vou entrar primeiro, Gracie. Se eu vir que é seguro, você pode descer também. — Ela dirigiu um olhar à filha. — Não sei o que vou encontrar, se tem cadáveres lá embaixo...

— Não tenho problema com isso, mãe. O que mais você acha que vai encontrar num jazigo?

Só Deus sabe, pensou Sarah, iluminando a fechadura com uma das mãos enquanto encaixava a chave com a outra.

— Eu volto já.

Dane-se aquela festa. Clint não estava nem aí para Dee Linn e Walter Bigelow nem para o evento deles. Só aceitou o convite porque sabia que Sarah ia e queria vê-la de novo. Obviamente, ele disse a si mesmo que seria apenas para quebrar o gelo, pois eram vizinhos e ele vinha inspecionando as obras na casa dela e... Enfim, tudo conversa-fiada. Ele foi até a caminhonete e, como Tex estava ansioso para sair de casa, assobiou e abriu a porta do carona. O cachorro preto e branco veio na velocidade da luz, como sempre, empolgado para participar de qualquer aventura, mesmo que fosse só uma ida à loja para comprar pilhas. Toda viagem era uma chance de ficar de pé na porta do carro, com o nariz ao vento quando seu dono baixava a janela, o que Clint fez antes mesmo de dar partida na Fera e sair. Não sabia como ia explicar sua visita a Sarah, mas isso não importava.

Ele fazia parte daquela família, querendo ela ou não, e, depois de um dia digerindo o fato de que ele era pai de Jade, decidiu parar de agir como um bobo e assumir o controle da situação, não apenas contratando um advogado, mas também com as próprias ações. Eles eram vizinhos, pelo amor de Deus. Eles podiam fazer aquilo dar certo.

Haveria momentos difíceis no futuro, ele tinha consciência disso, mas, se tinha aprendido alguma coisa nos últimos anos, era que a vida é curta e as pessoas têm que fazer o que querem ou vão perder a oportunidade. Sarah pegou o touro pelos chifres quando decidiu voltar para Stewart's Crossing e até mesmo morar naquela casa pré-histórica que ela jurava odiar. Porra, se ela era capaz de lutar contra os próprios medos e demônios, ele também era. A verdade nua e crua era que ele tinha virado as costas para Sarah anos atrás por achá-la uma mulher difícil, diferente e intrigante, uma mulher para quem ele sabia que se entregaria de corpo e alma. Amá-la não foi fácil na época e, com certeza, não seria fácil agora.

Amor?

Ele encarou o retrovisor para olhar no fundo dos próprios olhos.

Vai com calma, parceiro. Está cedo demais para pensar desse jeito.

É, bem, e para que esperar? Ele sabia uma vida atrás e sabia agora: Sarah Stewart McAdams era a mulher mais fascinante que ele já tinha conhecido.

Na rodovia, ele tirou o pé do acelerador até a Fera quase parar; depois, vendo que não tinha trânsito algum, girou o volante e acelerou novamente. Queria ver Sarah e Jade, e até a pequena Gracie, naquele exato momento. Ridículo? Provavelmente. Mas, agora que tinha decidido acertar as coisas com Sarah, mal podia esperar.

Uma necessidade completamente exagerada para o momento tomou conta dele, embora não conseguisse entender a razão.

Ele dobrava a última esquina, procurando a travessa que levava à Mansão Pavão Azul, quando viu faróis em sua direção. Desacelerando, esperando o carro passar para ele seguir em frente, ele semicerrou os olhos para enxergar melhor através da neblina e sentiu que tinha algo errado com aquele veículo. Não estava completamente na pista e com a porta do lado do motorista aberta.

Franzindo a testa, ele diminuiu a velocidade. Parecia que alguém tinha derrapado para fora da pista por causa da névoa ou que algum pneu tinha furado, mas o dono do carro não teve o bom senso de fechar a porta. Ele passou a entrada para a casa de Sarah e dirigiu quase cem metros adiante. Aproximou-se do carro. O importado parecia ter sido abandonado — se bem que, naquele nevoeiro, vai saber... Clint embicou o carro na direção do veículo, ligou o pisca-alerta e desligou o motor.

— Fica — ordenou a Tex, que ganiu. Era perigoso demais deixar o cachorro sair da caminhonete naquela cerração.

Ele saltou do veículo, suas botas pisoteando o cascalho no acostamento, quando foi tomado por um mau pressentimento. O outro carro, com a luz interna acesa, estava vazio, e o motor, ligado.

— Ei! — chamou ele. — Precisa de ajuda? — Clint só obteve o silêncio como resposta. — Olá? — tentou ele outra vez, virando-se devagar e semicerrando os olhos para vasculhar a floresta no lado que dava para a casa de Sarah e, depois, o vasto campo no outro lodo da estrada. Deu a volta no carro e viu que o para-choque traseiro tinha sido atingido com tanta força que até o porta-malas amassou, mas não tinha ninguém ali. Pensou em ligar para a polícia, quando percebeu que a placa era de Washington.

Sarah dirigia um Explorer, então aquele veículo não era dela, mas...

Por um instante, o mundo pareceu parar. Jade não tinha comentado algo sobre o carro dela, um Honda, estar na oficina? O ar ficou preso em seus pulmões. O terror corria em suas veias. Por um instante ele se lembrou da cena do acidente que tirou a vida de seu filho. Um carro todo amassado. A esposa ao volante... Mas aquilo era diferente. Que raios tinha acontecido ali? O motor continuava ligado, então era improvável que Jade tivesse decidido deixar o veículo no acostamento e ir para casa a pé. Ele verificou o interior do carro. Como era de esperar, o celular dela estava no chão, na frente do banco do carona, a bolsa, ao lado. Ele procurou a carteira dela e encontrou. Dinheiro e cartão de crédito, carteira de habilitação... tudo deixado no carro.

Seu coração parou.

Ninguém abandonava os pertences assim.

Adolescente nenhum ficava sem o celular.

Meu Deus do Céu.

Um pensamento sombrio despontava no fundo de sua mente. Ele tinha lido sobre acidentes provocados intencionalmente, em que o criminoso colidia com a traseira de um carro para forçar a vítima a sair e...

Ele viu o sangue. Bem vermelho, uma pequena poça ao lado do acostamento, na beirada do asfalto. *Meu Deus, por favor, que esse sangue não seja de Jade*, pensou ele, entrando em pânico, sabendo que sua prece era em vão. Aquele era o carro de Jade, então não restava dúvida de que a poça vermelha no asfalto escuro era o sangue dela.

Clint tirou o celular do bolso para ligar para Sarah... Talvez Jade só tivesse se machucado e sido levada para o hospital. Senão, ele ia ligar para a polícia. Não tinha acabado de ganhar uma filha só para perdê-la de novo.

Começou a discar o número de Sarah, quase espancando a tela do celular, quando ouviu o ronco do motor de um carro virando a esquina e, no segundo seguinte, luzes vermelhas e azuis iluminaram a escuridão.

De alguma forma, a polícia tinha chegado.

Ele só esperava que não fosse tarde demais.

Bellisario pisou no freio. Que merda era aquela? Um acidente? Carros no acostamento, faróis acesos, portas abertas, um homem apoiado no para-lama de um Honda.

— Tenho que desligar — disse ela no *headset*. — Tem uma ocorrência aqui, mas leve Hardy Jones para a delegacia. Se aquela não é a fuça horrorosa dele nas imagens do sequestro de Dana Rickert, eu não sei o que é.

— Entendido — disse Mendoza. — Vou aproveitar para interrogá-lo sobre a relação dele com nosso amigo Josh Dodds, agora que descobrimos seu depósito de armas ilegais. O FBI está em cima dele, e pode ser que ele saiba mais sobre as meninas desaparecidas do que imaginávamos.

— Sério isso? — O cara que estava perto do Honda agora corria em direção ao carro dela, acenando com os braços.

— É o que ele diz. Mas quer um advogado, quer fazer um acordo. Se Dodds estiver envolvido, é bom para a gente, podemos botar um contra o outro.

— E onde entra Roger Anderson nisso?

— É o que quero descobrir.

— Veja se Jones e Dodds entregam Anderson. Deve ser ele o cara com Hardy nas imagens da câmera de segurança. Exatamente da mesma altura. — Mas tinha algo errado. O segundo homem nas imagens não se encaixava bem entre os suspeitos. — Tem um acidente aqui. Envie reforços à curva pouco antes de Rocky Point, a um quilômetro e meio do Elbow Room, perto da entrada para a Mansão Pavão Azul. Nesse nevoeiro, precisamos de mais controle de tráfego.

— Certo.

Ele desligou assim que Lucy parou no acostamento, estacionou e sacou a arma do coldre.

— Para trás! — ordenou ela, abrindo a porta do carro. — Mãos na cabeça. — Ela não gostava de ninguém correndo na direção dela.

O homem colocou as mãos acima da cabeça.

— Você precisa me ajudar — disse ele. — Sou Clint Walsh e encontrei o carro da minha filha, mas ela não está nele. — Clint ficou no meio da estrada. Enquanto Bellisario se aproximava, viu que o rosto dele estava aflito, o olhar preocupado. Ele parecia familiar, mas não o reconhecia.

— O que houve?

— Eu estava indo para a casa da minha vizinha para ver a minha filha.

— Sua filha estava indo visitar sua vizinha?

— Ela mora lá — disse ele. — A minha filha é Jade McAdams, esse é o carro dela e eu o encontrei do jeito que você está vendo. Vazio. A bolsa dela, a identidade e o celular estão aí dentro. Tem sangue no asfalto. — Um músculo se contraiu na mandíbula dele. — Precisamos entrar em contato com Sarah Stewart, a mãe dela, para ver se Jade está em casa e só largou o carro aqui — falou, mas Bellisario, com a arma ainda apontada para ele, sabia que ele não acreditava nem um pouco nas próprias palavras.

— Acho que sequestraram Jade — acrescentou ele. — Precisamos encontrar minha filha. Agora!

Jade estava assustada e emputecida, não conseguia acreditar que estava presa com aquelas meninas, trancafiada numa baia de um celeiro escuro e fedorento para, segundo aquela menina, Rosalie, ser vendida a uns safados num leilão. Para quê? Prostituição, era o que suspeitava Rosalie, mas Jade se recusava a pensar que aquilo ia acontecer.

Se um deles pensasse em encostar um dedo sequer nela, ela matava o cara antes.

Jade esfregou os braços. O celeiro não tinha isolamento térmico. O nevoeiro parecia se infiltrar pelas paredes de madeira velhas e cheias de buracos, que por sua vez facilitavam ainda mais a circulação do ar frio.

Rosalie tinha falado sobre encontrar uma arma e, antes de o sequestrador apagar as luzes, Jade tinha visto algo — uma ferradura, imaginou ela — pendurado na porta, dentro da baia, um pouco alto, mas, com sorte, dava para alcançar.

Não era muito, mas, porra, já era alguma coisa. E se ela tivesse a oportunidade de bater com aquilo na cabeça do tarado que a arrastou para lá, não ia pensar duas vezes. Tinha visto muitos programas sobre crimes e sabia como matar uma pessoa, teoricamente. Vá direto na garganta, arranque o pomo de adão do filho da puta com os dentes, empurre o nariz dele para dentro do cérebro com a palma da mão, ataque os olhos e o saco.

Ela ia fazer tudo aquilo.

O plano de Rosalie era simples: tentar passar a perna no próximo que aparecesse. Atrair o cara para dentro da baia e, em seguida, escapar e trancar o desgraçado dentro. Quem conseguisse fazer isso libertaria as outras meninas, e então ou elas pegariam o veículo estacionado lá fora ou sairiam correndo pela floresta.

Simples.

Direto.

E provavelmente não ia dar certo.

Ela esfregou a mão na bochecha onde o maldito tinha lhe dado um tapa. Duas vezes. Teve certeza de que, se tivesse um espelho e pudesse ver o próprio rosto, veria a marca da mão.

— Acho que sei onde estamos — arriscou Jade depois de ouvir as histórias de cada uma e ligar os pontos.

— Onde? — perguntou Mary-Alice, e o estômago de Jade deu um nó.

De todas as pessoas com quem odiaria ficar presa, tinha que ser a esnobe, metida a santa da Mary-Alice. *Ela também é uma vítima. É sua aliada.* Pensar dessa forma deixava Jade enojada. Mas tudo bem.

— Acho que estamos na minha propriedade.

— *Sua* propriedade? — indagou Dana.

— Da minha mãe, da minha família. — Ela se lembrou do que tinha visto nos mapas e nas plantas que a mãe estendeu na mesa quando os tios foram visitar. Na época, as únicas preocupações de Jade eram ir embora daquela mansão maldita e a possível visita de Cody, e ela procurou nos mapas por locais onde pudesse encontrar com ele às cegas. — Se eu estiver certa, esse lugar é um celeiro antigo que fica perto de um alojamento na extremidade leste do terreno. Minha casa não fica muito longe, fica a oeste daqui, seguindo a margem do rio.

— Isso não é, tipo, muito, sei lá, conveniente? — Mary-Alice não engoliu aquilo. — Estarmos no mesmo terreno onde fica a Mansão Pombo Azul, sei lá como se chama?

Jade não se deu ao trabalho de corrigir Mary-Alice. Quem se importava? Rosalie estava certa. Gostasse ela ou não, Mary-Alice estava do lado delas. *A união faz a força. Lembre-se: quanto mais meninas, maiores as chances de sairmos daqui.*

— Parece coincidência, mas talvez não seja. Esses caras devem ter alguma ligação com a Mansão Pavão Azul.

— Como? — Outra vez, Mary-Alice.

— Não sei. — Ela pensou na árvore genealógica da família, em como tinha mudado recentemente. Se pudesse acreditar em Helen, a menina morta muitos anos atrás, então Angelique tinha dado à luz um filho do enteado, que, no fim, acabou matando a madrasta. Mas também tinha aquela história com Theresa e Roger, dois parentes de Jade pelo lado materno que não eram Stewart. E quanto a ela mesma? A menina que tinha passado a maior parte da vida sem saber quem era o pai biológico?

— Olha só, estou falando que acho que é a propriedade da minha mãe, e, se sairmos daqui...

— Quando sairmos daqui — corrigiu Rosalie.

— Quando sairmos daqui, precisamos ir para o oeste, até a casa. É o lugar mais próximo.

— Então temos um plano — disse Rosalie. — Vai estar escuro e nós vamos nos separar e correr na direção da correnteza do rio.

— Como... como vamos saber a direção da correnteza? — perguntou Candice.

— Você precisa correr de forma que o seu ombro direito fique do lado do rio, aí você vai estar correndo para o oeste, na direção da casa — respondeu Jade, sem mencionar que o lugar era supostamente mal-assombrado. Independentemente de os espíritos da casa serem reais ou frutos da imaginação da mãe e da irmã, ainda eram uma opção muito melhor de enfrentar do que os vagabundos de carne e osso que pretendiam vendê-las pelo lance mais alto.

Será que a porta ia mesmo abrir? Quase sem ousar respirar, Sarah girou a comprida chave.

Não se moveu.

Ela tentou outra vez.

Nada.

Nenhum clique de trinco ou trava se abrindo, apenas o silêncio, absoluto e mortal.

— Parece que não vai rolar — confessou à filha.

Gracie ficou decepcionada.

— Se não abre o jazigo, então é para quê?

Boa pergunta, pensou Sarah, pois não sabia de nenhum outro lugar na propriedade que fosse velho o bastante para precisar daquela chave para ser aberto. Também tinha vasculhado todos os cômodos da casa, inclusive o porão e o sótão. Não encontrou nenhum cômodo trancado à vista.

Aquilo não fazia sentido. Bem, na verdade, nada fazia. *Não quando fantasmas expulsam você de casa, pelo amor de Deus.*

— Cadê a cachorra?

— Por aí. — Gracie olhou ao redor e assobiou, mas Xena não veio correndo das sombras.

— Segura isso.

Depois de passar a lanterna para a filha, Sarah tentou usar a chave outra vez, pressionando um pouco mais a haste e...

Clique!

De repente, a chave girou em sua mão como se estivesse engraxada. Ela prendeu a respiração. Com um empurrão de leve, a porta rangeu ao abrir.

Seu coração martelou de medo. *Hora da verdade*, pensou enquanto a névoa se aproximava, parecendo envolver o jazigo onde Angelique Le Duc deveria ter sido enterrada caso sua vida e morte tivessem seguido o curso esperado.

Mas quando era que isso acontecia?

Ela pegou a lanterna de volta e apontou o pequeno feixe estreito para o interior e o curto lance de escadas de pedra que descia cada vez mais fundo no jazigo escuro.

— Fique aqui — disse outra vez à filha. — Exatamente aqui. — Ela apontou para o chão na frente do jazigo. — E chame Xena para ficar com você.

— Mãe, eu vou ficar bem. Só porque você está em pânico e...

— A Xena. Bem aqui. Agora. Com você. — Sarah não ia tolerar discussão, e Gracie captou a mensagem.

— Está bem. — Ela assobiou baixinho e, um instante depois, a enorme cachorra de pelos amarelos apareceu, brotando da escuridão para se sentar ao lado da dona, sacudindo o traseiro todo. — Fica. — Xena ganiu, mas Gracie disse com firmeza: — Deita. — Xena não se deitou. A resposta da cadela aos comandos era limitada, mas o fato de Gracie estar segura com sua vira-lata era suficiente.

Respirando fundo para se acalmar, Sarah segurou a lanterna com força e começou a descer os degraus.

Com um nó na garganta, os músculos da nuca tão tensos que doíam, e todos os filmes de terror que ela já tinha visto passando na cabeça, seguiu a luz fraca da lanterna enquanto descia. *Isso é loucura, Sarah. A maior loucura que você já fez. Quebrar espelhos, ser assombrada por uma estatueta e, agora, explorar um jazigo no escuro.*

Ela chegou ao último degrau. O ar estava rarefeito e seco, o cheiro de poeira e um odor que ela não queria identificar alcançou suas narinas.

Sinistramente silencioso, o jazigo era maior do que ela esperava, parecia isolado do restante do mundo.

— Gracie? — chamou ela por cima do ombro, sua voz ecoando.

— Estou aqui, mãe.

Ótimo.

Lentamente, sentindo a tensão em cada músculo do corpo, ela direcionou o feixe de luz vacilante para o chão. Com o coração acelerado, pronta para sair correndo, tentou convencer a si mesma de que não tinha ninguém no jazigo, ninguém além dela e seus batimentos cardíacos acelerados.

Estava enganada.

Um esqueleto estava estendido em cima de uma superfície plana — uma mulher, supôs ela, considerando o tamanho pequeno, a camisola deteriorada e os tufos de cabelo preto.

— Meu Deus do céu.

O cadáver estava ali fazia um bom tempo, os dentes aparentes, compridos, órbitas oculares vazias, mãos descarnadas cruzadas sobre o peito oco.

Sarah sentiu uma tontura, como se fosse desmaiar.

Depois de tantos anos, o mistério estava resolvido. Sarah tinha certeza de que havia encontrado a irmã.

Mas Theresa não estava sozinha.

CAPÍTULO 36

— Santo Deus — disse Sarah, o coração quase parando, sua pele de repente úmida, as paredes robustas do jazigo escuro pareciam estar prestes a desabar em cima dela.

Com as mãos trêmulas, ela apontou a lanterna para o canto do jazigo, onde o feixe amarelado deslizou pelo cadáver de outra pessoa, um homem, imaginou ela, dando um passo para trás. Vestido com trajes de outra era, a camisa e as calças se desintegrando, ele estava encostado num canto, seu rosto macabro desprovido de carne, os ossos brancos, a boca formando o que parecia um sorrisinho grotesco. Faltavam vários dentes e havia uma enorme fissura na testa, onde o crânio tinha rachado, um corte profundo no osso partindo da órbita ocular vazia.

O homem tinha sido assassinado fazia muitos anos, seu crânio, golpeado por algo duro e afiado e...

Sarah engoliu em seco, ouvindo o próprio coração disparado. Sentiu a pele toda arrepiar. O homem só podia ser Maxim Stewart, o proprietário original daquelas terras, o marido traído de Angelique Le Duc.

— Meu Deus do Céu — sussurrou ela, pensando no relato de Helen sobre a fatídica noite em que Maxim, Angelique e George desapareceram. Numa visão surpreendentemente clara, Sarah viu o machado ensanguentado erguido sobre a cabeça de Angelique enquanto ela e George lutavam no terraço.

Será que àquela altura Maxim já estava morto, seu corpo escondido no jazigo que pertencia à esposa? Será que ele foi assassinado pelo próprio filho no calor dos ciúmes de George pela mulher que fazia parte do fatal triângulo amoroso? E George, depois de jogar o pai morto ou à beira da morte no jazigo, carregou a arma mortal e ensanguentada pelos campos até a casa, seguindo o exato caminho que ela mesma fazia nas várias vezes que saiu para se encontrar com Clint às escondidas e que tinha acabado de fazer até o jazigo?

No chão, visível sob o que tinha restado do homem, uma mancha escura, onde, deduziu ela, o sangue dele se acumulou enquanto sangrava, o coração ainda batendo quando foi preso ali.

Ela imaginou aquela noite de terror tantos anos atrás e, depois, deu outra olhada em Theresa, se é que realmente era ela. Como a irmã tinha morrido? Lá dentro, deitada como se estivesse num caixão, com as mãos humildemente cruzadas sobre o peito?

Sarah encarou os restos mortais do que já tinha sido um corpo cheio de vida.

Alguém sabia que Theresa estava lá.

Alguém a colocou naquele jazigo e trancou a porta, escondendo a chave na estatueta de Nossa Senhora.

Quem? Por quê?

Do lado de fora, Gracie alternava o peso entre as pernas. Estava irritada porque a mãe não tinha deixado que ela entrasse no túmulo. Afinal, a ideia de explorar o cemitério tinha sido sua, e ela era capaz de lidar com os fantasmas melhor que a mãe.

Não tinha prova maior disso do que a reação de Sarah depois de ver o fantasma de Angelique Le Duc no quarto de Theresa naquela mesma noite.

Não era justo, pensou Gracie, esfregando os braços. Ela reparou que Xena estava meio agitada, ganindo e empertigada, com orelhas e rabo eretos, como se quisesse correr atrás de um guaxinim ou, pior, um gambá. Gracie não estava no clima para ficar fedendo a peido de gambá, e o jeito que Xena estava encarando a escuridão a deixou um pouco assustada, tremendo de ansiedade, seus ganidos altos ressoando pela noite iminente.

— Quieta! — ordenou Gracie. Em seguida, disse: — Certo, tudo bem. Me mostra. — Usando a lanterna do celular, ela iluminou seu arredor e se aproximou um pouco da escuridão, afastando-se do jazigo.

Ela só esperava que o que tivesse chamado atenção da cachorra não fosse um predador pronto para atacar as duas. Pumas e coiotes viviam nos bosques ali perto. Gracie sentiu um leve tremor, mas ignorou. Ela não tinha medo de cemitérios.

Mas, ainda assim... ela não gostava de como Xena estava ficando agitada, correndo para a escuridão, sendo engolida pelo nevoeiro, seu latido agudo e penetrante. *Não se deixe afetar por todas as histórias de fantasmas assustadoras que você já ouviu.*

Onde diabos se meteu aquela cachorra?

Andando cuidadosamente, Gracie apontou a luz para o terreno irregular, com grama alta e pequenos montes de terra onde seus antepassados foram enterrados. *Isso é ridículo. Não tem nada aqui.* Mas ficou nervosa ao passar por uma pequena lápide coberta por trepadeiras, a antiga sepultura de uma criança enterrada muitos anos atrás.

O coração de Gracie saltou um pouco enquanto ela olhava ao redor. Todas aquelas pessoas mortas. Parentes dela sob seus pés.

Onde estava a cachorra?

Ela se virou na direção dos latidos, mas não viu Xena entre a névoa e a escuridão.

— Vem aqui, menina — disse ela, tentando ignorar a estranha sensação de frio na espinha enquanto apontava a luz para o matagal alto, para os montículos de terra e as samambaias. — O que foi? — disse assim que a cadela parou de latir de repente. — Xena...?

Ela escutou um rosnado grave.

Era a cachorra?

Ou?

Nervosa, Gracie se virou, vasculhando pela névoa com a luz fraca da lanterna. Ainda estava perto o suficiente do jazigo para chamar a mãe caso houvesse um problema e...

Gracie escutou outro rosnado quando a luz da lanterna passou por algo reluzente, o brilho de algo metálico. Um relógio? Ali? Ela se inclinou para ver e congelou por dentro. O relógio estava preso ao pulso de uma mão imóvel com longos dedos abertos.

O quê?!

Com o coração a mil, ela passou a luz pelo braço, por cima do ombro, pela jaqueta com uma mancha negra.

— Ai, meu Deus — disse ela, cambaleando para trás enquanto o feixe subia pelo pescoço do homem, parando no rosto azulado e muito morto de Evan Tolliver.

Ai, meu Deus. Ai, meu Deus. Ai, meu Deus.

O terror tomou conta de seu corpo inteiro, e Gracie desejou que suas pernas se mexessem quando ouviu um rosnado grave de alerta e se virou para olhar Xena. O pelo no dorso da cadela estava eriçado, sua cabeça baixa, os olhos focados não no homem morto, mas na própria Gracie. Não, não era isso. Xena estava olhando além dela, como se estivesse vendo algo atrás de Gracie, como se...

Em um piscar de olhos, mãos enormes a agarraram e a levantaram do chão.

Ela gritou.

— Não! — advertiu uma voz masculina grave, seu hálito quente e fétido na orelha dela. — Não dê um pio. — Braços tão fortes quanto ataduras de aço a envolveram, arrastando a menina, que chutava e berrava, para longe do cadáver. — Shh! — ordenou ele. — Eu vou proteger você, manter você em segurança. Eu prometo.

O cacete! Ela o chutou com força, acertando o calcanhar na canela dele, mas o homem apenas puxou o ar por entre os dentes.

Pelo canto do olho, ela viu Xena se preparando para saltar.

A cachorra atacou no momento em que Gracie gritou, outra vez, o mais alto que pôde.

Quando o pé de Sarah tocou o primeiro degrau do pequeno lance de escadas, um grito horripilante ecoou pelo jazigo, reverberando todo o seu terror.

Gracie!

Sarah subiu os degraus irregulares correndo e gritou de volta:

— Gracie!

Bum!

A porta do jazigo bateu com força.

Não!

Sarah se jogou contra as velhas tábuas de madeira, gritando, empurrando com força, tentando sair para ir até a filha.

A maldita porta não cedia.

Ela soltou a lanterna, tentou novamente, gritando e empurrando, golpeando a madeira dura com os punhos.

— Gracie! — berrou ela. — Gracie!

A porta não cedeu.

Ela tentou de novo, lançando todo o peso contra a porta, quando ouviu o som familiar e inconfundível da tranca.

— Estou falando para você que Jade é minha filha — insistiu Clint, frustrado e morto de preocupação, sentindo cada segundo de sua vida passar. — Talvez ela esteja em casa. Bateram na traseira do carro e ela resolveu voltar andando.

— Mas o carro ainda está funcionando — disse Bellisario, olhando para Clint como se ele fosse no mínimo completamente louco ou, na pior das hipóteses, um bandido. — Ela ainda podia dirigir.

— Vamos ligar para Sarah. — Ele pegou o celular quando um grito horrível veio da floresta.

Ele se virou instintivamente na direção do som, a oeste, onde ficavam às terras da família Stewart. A velha mansão ficava a menos de quinhentos metros dali, seguindo o curso do rio.

O grito se repetiu. Uma voz feminina aterrorizada.

— Não sei, não — disse Bellisario. Olhou na direção da floresta, uma mão na pistola, o olhar vasculhando a paisagem melancólica. — Não estou gostando nada disso.

Clint já corria para a caminhonete, não ia ficar esperando respostas. Alguém, uma mulher, precisava de ajuda. Seu medo falava mais alto e, se a policial não estivesse disposta a investigar, azar o dela.

Ele saltou para dentro da cabine, e Tex, sentindo sua ansiedade, subiu logo no banco do carona.

— Ei! Espera aí! — chamou a policial, mas ele a ignorou, bateu a porta e partiu, cantando pneu.

Já tinha explicado à policial tudo sobre Jade e o carro dela, e que tinha descoberto recentemente que era pai dela. O que Bellisario ia fazer agora era problema dela. Pelo retrovisor, ele viu de relance a detetive falando rapidamente ao celular enquanto corria para o carro.

Abrindo a janela, forçando a vista para tentar enxergar na noite que caía, ele tentou ouvir outro grito, mas escutou apenas o barulho das sirenes a distância. Segurando o volante com força, rezou para que fosse o pedido de reforços de Bellisario.

Ele virou na entrada para a Mansão Pavão Azul numa velocidade maior do que deveria, e a traseira da caminhonete derrapou um pouco.

— Desce daí! — ordenou ao cão enquanto freava. Tex saltou para o tapete na frente do banco do carona, e Clint acelerou de novo assim que recuperou o controle do carro.

Que porra estava acontecendo?

Seu coração estava disparado, sua cabeça, girando.

Parecia que Jade já estava em grande perigo.

Era ela quem estava gritando? Ou Sarah, ou Gracie?

— Filho da puta — chiou ele, a caminhonete dando solavancos e balançando ao longo do caminho, o nevoeiro a ondear sob a luz dos faróis, um alce assustado saltitando para dentro da floresta.

As sirenes se aproximavam.

— Só venham logo! — berrou ele, como se a droga da polícia fosse ouvir.

Ele agarrava o volante com toda sua força, os nós dos dedos esbranquiçados, cada músculo de seu corpo tenso. Tentou ao máximo ser racional, pensar, mas o som daquele grito horrorizado não saía de sua cabeça, enquanto a imagem do carro de Jade, abandonado com a porta aberta, queimava sua alma.

As fileiras de pinheiros e abetos se separaram quando ele fez a última curva, chegando à clareira onde ficava a antiga mansão. Naquela tarde sombria, com o crepúsculo se aproximando rapidamente, o velho e grandioso casarão parecia maligno e inóspito, a cúpula e o telhado velados sob a névoa.

Ele pisou fundo no freio e derrapou até parar próximo ao jardim da casa. Sem mais gritos. Apenas silêncio, o que, de alguma forma, era pior. O Explorer de Sarah estava estacionado na vaga de sempre e não havia outros veículos por ali. Bom ou ruim? Ele viu pelas janelas do térreo algumas luzes fracas.

— Esteja em casa — sussurrou ele, saltando rapidamente da cabine. — Esteja em casa.

Clint correu até a varanda e saltou o curto lance de escadas em direção à porta da frente. Estava entreaberta, com o ferrolho destrancado, como se alguém tivesse saído às pressas.

— Sarah! — berrou ele, correndo para o saguão. — Jade! — Ele olhou cada cômodo, as botas ressoando nas tábuas do assoalho, o medo aumentando enquanto as procurava.

O fogo ardia na lareira, uma xícara de café tinha sido largada na mesa da sala de jantar junto às chaves de Sarah. Ele encostou na xícara — ainda morna — e avistou a bolsa dela numa cadeira próxima. Viu uma mochila de criança em cima de uma pilha de sacos de dormir na sala de estar.

— Sarah! — gritou outra vez, sua voz estridente.

Não obteve resposta.

Mas ele não parou de procurar. Subiu correndo o primeiro lance de escada, abrindo portas, chamando os nomes delas.

— Sarah! Jade! Gracie!

Foi recebido por cômodos vazios, quartos silenciosos, sem mobília e sem vida.

Pelo amor de Deus, onde estavam elas?

E onde diabos estava a droga da cachorra?

Deixando as portas dos armários abertas, ele discou o número de Sarah e subiu mais um andar com o celular na orelha e as botas martelando os degraus.

O celular começou a chamar e parou, ficando mudo de repente.

Chamada encerrada apareceu na tela.

— Merda!

Ele chegou ao terceiro andar ofegante e olhou cada cômodo, ainda chamando os nomes delas, o terror crescendo. Rapidamente, verificou a suíte que pertencia aos pais dela, o enorme closet e os dois banheiros, depois foi para o cômodo na outra ponta, o quarto da irmã desaparecida. A porta estava aberta e, quando olhou lá dentro, encontrou sinais do que parecia ter sido uma briga. Um novo medo contaminou sua corrente sanguínea enquanto estudava a cena. Centenas de estilhaços de vidro reluziam no chão. O espelho, preso acima da cornija da lareira, exibia apenas a moldura, os poucos cacos dependurados parecendo presas espelhadas de uma bocarra ameaçadora. No chão, perto da caixa de fogo, estava metade de uma pequena estátua da Virgem Maria com o rosto virado para cima, a expressão serena contrastando com o caos do quarto.

Pelo amor de Deus, o que tinha acontecido ali?

Vidro quebrado, disse Clint a si mesmo. Sem sangue. E, claro, ninguém.

Onde elas estavam, caralho?

Com a mandíbula tensa, ele ligou outra vez para Sarah. E aguardou.

Chamada encerrada.

— Inferno!

Onde estava a polícia?

Clint saiu do quarto vazio e abriu a última porta naquele andar, que levava ao sótão. Não pensou duas vezes, apenas a escancarou e correu pela estreita escadaria no escuro.

— Jade! — chamou ele, sua voz ecoava. — Sarah!

Os morcegos empoleirados se agitaram, batendo as asas e chiando. Com o coração na boca, ele ligou a lanterna do celular e iluminou o interior do sótão. Sob as vigas e cumeeiras pontiagudas, encontrou apenas décadas de móveis descartados, caixas e cestas, tesouros de gerações passadas empoeirados e esquecidos havia muito tempo.

Não tinha ninguém ali e, supôs Clint, também não haveria ninguém no telhado, mas, mesmo assim, subiu a escadaria em caracol e arrombou a porta que levava à cúpula de vidro para ir até o terraço. Já tinha ido lá antes, é claro, com Sarah. Ela tinha mostrado a ele cada centímetro do casarão, menos o porão, e uma vez até transaram ali no telhado, embora, naquela noite, ela tremesse em seus braços, seu corpo nu sensível, mais frio que o normal, os olhos dela sempre abertos enquanto ele a beijava, como se algo a preocupasse, algo que, quando ele questionou, ela não soube ou não quis responder.

Clint atravessou o telhado e olhou até depois das chaminés, ouvindo o rio correr pelo desfiladeiro lá embaixo.

Ele tentou ligar para Sarah dali, mas, como antes, a chamada ficou muda e encerrou.

Gritando outra vez, sua voz abafada pelo barulho do rio e das sirenes finalmente se aproximando, ele sentiu um medo sombrio e paralisante. Elas não estavam ali. A casa estava vazia. Exatamente como temia. Um caleidoscópio de imagens horrivelmente detalhadas inundou sua mente. *Não pense nisso. Não pense nisso! Encontre elas, Clint. Só encontre elas.*

Segurando-se no parapeito baixo, ele se inclinou, procurando na escuridão da noite iminente. Dali, tinha uma visão de trezentos e sessenta graus, hectares e mais hectares de terra, se ao menos aquela cerração diminuísse mais depressa, se ao menos a noite não estivesse caindo.

Cadê vocês?, pensou assim que avistou as luzes vermelhas e azuis piscando em meio à névoa rarefeita.

À polícia.

Um pouco tarde demais, pensou, mas começou a descer para o térreo, tentando entender o que tinha acontecido ali, lutando para não entrar em pânico.

Ele sabia que Sarah estivera ali fazia pouco tempo.

O fogo na lareira da sala de estar era novo, alguns pedaços de lenha mal tinham queimado.

O veículo dela estava estacionado próximo à garagem. Nenhum outro carro ou caminhonete tinha passado pela travessa nos últimos quinze minutos ou ele teria visto os faróis, ouvido o motor.

Não, ela estava ali, pressentiu ele.

O porão.

Rapidamente, ele desceu as escadas até a porta do porão e a escancarou. Correndo pela escada bamba, chegou a um enorme depósito subterrâneo, onde pertences de vidas passadas tinham sido armazenados. Deu uma olhada nas prateleiras, viu uma desnatadeira, um varal antiquíssimo, tudo acumulando poeira.

Nada que o ajudasse a localizar sua família.

Ninguém escondido nas sombras.

Um fiasco total.

Elas não estavam ali. Exatamente como temia. A passos retumbantes, desesperados e apressados, ele correu de volta para o térreo e foi direto para a porta da frente.

Quanto tempo tinha se passado desde que ouviu aquele grito de penetrar a alma?

Cinco minutos?

Dez?

Tempo demais.

Discando novamente para Sarah, ele pulou os degraus da varanda e parou ao ouvir o som distante e ritmado de um latido agudo. O cão estava desesperado, emitindo um alerta.

Ofegante, Clint percebeu que os latidos vinham da direção da lagoa, naquela parte do terreno que fazia fronteira com o seu. Pelo amor de Deus, o que elas estavam fazendo ali?

Ele correu para a caminhonete, escancarou a porta, pegou a lanterna que mantinha guardada no porta-luvas e assobiou para seu cachorro

— Vem, Tex! — ordenou ele quando ouviu o ronco do jipe de Bellisario entre as árvores.

Ele não esperou.

Tex saltou da caminhonete, e Clint, já correndo na direção dos latidos do outro cão, deu o comando:

— Pega!

A ligação caiu. De novo. Clint estava tentando falar com ela, mas, toda vez que o número dele aparecia na tela, desaparecia logo em seguida.

— Por favor, por favor — resmungou Sarah, batendo com força na porta, sua pele parecendo repuxar por cima dos músculos toda vez que lembrava que estava trancada num jazigo com dois cadáveres do século passado. — Gracie! — gritou ela, seus punhos em carne viva de tanto socar as velhas tábuas de madeira, o ombro doendo de tanto se jogar contra a maldita porta. — Gracie! Abre essa porta!

O medo se disseminou por sua corrente sanguínea. O que tinha acontecido? Por que Gracie gritou? Meu Deus, será que o doente que tinha sequestrado aquelas outras meninas pegou Gracie, de alguma forma? Seria possível?

— Gracie! — gritou ela, desesperada, espancando enlouquecidamente a madeira velha.

Sons abafados chegaram aos seus ouvidos. A cachorra latindo, uma sirene se aproximando, mas nada da filha.

Por favor, por favor, por favor! Deus, se estiver me ouvindo, proteja a minha filha.

— Gracie!

— Clint! Para!

A voz de Bellisario soou atrás dele.

— Fique parado!

Ela que fosse para o inferno. Clint corria feito louco, seus passos apressados seguindo o caminho familiar da juventude, movido pelo medo. Merda, por que ele não pegou a espingarda?

Com sorte, a polícia seguia no seu encalço, com as armas em punho, mas não podia contar com isso, já que ia na frente, disparando pelo mato e pelos arbustos secos, avistando a água escura da lagoa. Passos pesados atrás dele: a polícia.

Tinha perdido Tex de vista, mas ouvia o outro cão latindo como se estivesse encurralando um urso. O som não vinha da lagoa, não... Ele deu uma guinada à esquerda assim que percebeu que o cão estava mais longe, na direção do rio e... Puta merda! O cemitério antigo? O lugar onde ele e os irmãos de Sarah atiravam com suas armas de chumbinho? Que diabos o cachorro estava fazendo *ali*? Respirando com dificuldade, no topo da subida de onde o cemitério ficava visível, ele avistou o que restava das terras da família Stewart: velhas lápides tortas, outras completamente caídas. Pulou a cerca e foi em direção ao único jazigo no centro do cemitério, apontando a lanterna para os estranhos entalhes da velha construção.

O cão tinha encurralado algo ou alguém. Xena rosnava e tentava morder a silhueta escura espremida contra a porta do jazigo.

Ele direcionou o feixe de luz para a silhueta esquisita.

Um homem alto segurava Gracie contra o peito. A menina se debatia, desesperada, seu rosto movendo-se freneticamente na frente do dele, como se o homem estivesse fazendo o corpinho da menina de escudo humano.

— Socorro! — berrou Gracie, horrorizada. — Socorro!

— Solte ela! — ordenou Clint. O desgraçado piscou os olhos rapidamente por causa da luminosidade da lanterna, mas não a soltou.

Clint imediatamente reconheceu o homem, e seu coração quase parou.

— Polícia! Solte a menina! — ordenou a voz de Bellisario de algum lugar atrás de Clint no exato momento em que ele pulou para cima do homem. — Clint! Para trás, porra!

Pelo canto do olho, Clint viu a detetive, arma em punho, aproximando-se do sequestrador e da refém, que ainda se debatia, apavorada.

— Polícia! — disse Bellisario em voz alta. — Roger Anderson, solte a menina e coloque as mãos para o alto!

CAPÍTULO 37

A porta abriu de repente, e um sopro de ar fresco invadiu o jazigo.

— Sarah! — chamou a voz ansiosa de Clint.

Ela cambaleou para fora e caiu nos braços abertos de Clint, tropeçando com ele no chão em frente ao jazigo.

— Graças a Deus, você está bem! — disse ele, e sua voz falhou um pouco. Clint beijou a testa dela, e Sarah sentiu o cheiro e o toque dele, quente e seguro, mas se levantou.

— Gracie?

— Está segura. Ali — disse ele.

Ela sentiu um alívio imediato e lágrimas escorreram por seu rosto quando a filha caçula correu em sua direção. Sarah, ainda nos braços de Clint, deu um abraço apertado na filha.

— Graças a Deus você está bem — disse ela, fungando. — Eu fiquei presa. A porta... — Foi quando percebeu a pequena multidão que tinha se reunido. Três homens, Bellisario e...

— Foi ele! — disse Gracie, apontando para um homem alto ao lado de um policial. Uma barba cobria metade de seu rosto, as mãos estavam algemadas nas costas, e seus olhos, ao encontrar os dela, se iluminaram.

— Roger — sussurrou Sarah. Os sentimentos conflitantes formaram um nó em sua garganta enquanto encarava os traços marcantes do rosto do meio-irmão, Roger Anderson. — O que... ? — Ela abraçou a filha ainda mais forte e sentiu algo se encaixar em sua mente, os ferrolhos de uma antiga fechadura quebrada de repente retornando ao devido lugar.

Lembrou que estava com ele no telhado durante uma forte tempestade. Ele a abraçava, o corpo dele junto a sua trêmula pele molhada.

— Vou proteger você — prometeu ele, a água pingando de seu rosto na pele nua de Sarah, enquanto a chuva castigava a cúpula e deixava as telhas escorregadias. Gentilmente, ele a levou no colo para dentro do pequeno cômodo de vidro no topo da escadaria em caracol.

Seu coração batia dolorosamente, sentindo um misto de vergonha e nojo quando olhou por cima do ombro do meio-irmão, através do vidro molhado, para o terraço, onde havia outro homem. Seu estômago enjoado não resistiu e ela vomitou por cima do ombro de Roger ao ver o pai, a chuva escurecendo os ombros vergados do casaco dele, o cinto aberto.

— Papai? — sussurrou ela, lembrando-se dele a levando nos braços para o telhado, passando os botões de sua camisola pelas pequenas casas.

— Eu te amo, minha filha — disse ele, levantando a bainha da camisola, tirando a peça molhada pela cabeça da filha. — Só quero tocar um pouquinho em você, porque eu te amo tanto, tanto. — A respiração dele estava curta e rápida, e ela tentara se afastar. — Esse vai ser o nosso segredo. O nosso lugar. — Em seguida, uma enorme mão áspera deslizou por seu ombro até roçar seus pequenos seios ainda não desenvolvidos.

— Ai, meu Deus — sussurrava ela agora, seu estômago embrulhando, mesmo cercada pelos braços de Clint e abraçando a própria filha. Ela se soltou dos dois, virou para a frente e, com as mãos no chão, vomitou, seu corpo se contraindo violentamente. Nojo e vergonha consumiam Sarah e, como se o pai ainda estivesse por cima dela, ainda ameaçando violá-la, ela sussurrou: — Não! Nunca mais encoste em mim! — Seu corpo se contraiu mais uma vez e ela cuspiu, piscando os olhos, voltando ao presente, percebendo novamente onde estava: no cemitério, com Clint, Gracie e...

Roger. Olhando fixamente para ele, a memória vívida e nítida, ela se forçou a ficar de pé.

— Certo, Anderson — disse Bellisario. — Vamos.

— Não... Não é... Ele não... — Custosamente, ela se recompôs, percebendo que Roger estava sob custódia, que a polícia pensava que era ele quem estava por trás dos recentes sequestros. — Não, espera. Vocês o estão levando preso? — indagou a Bellisario, sentindo Clint tenso atrás dela, e Gracie voltou para seus braços. — Não... ele não... — Sarah mal conseguia respirar quando finalmente desembuchou: — Theresa, a minha irmã. Ela está ali dentro. — Ela gesticulou sem força para o jazigo. — Quer dizer, o corpo dela.

Gracie olhou para ela.

— Sério?

— Roger — chamou Sarah —, foi você quem a colocou lá? Você sabia?

Ele franziu a testa, mas seus ombros relaxaram um pouco, e ele fez que sim com a cabeça. O policial ao lado de Roger o encarava como se esperasse que ele fosse tentar fugir.

— Eu falhei com ela. — A voz de Roger estava embargada, cheia de emoção, o rosto retorcido pela culpa. — Falhei com a minha irmã.

Sarah tentou entender. Ele pareceu encolher alguns centímetros com a confissão.

— Como? — perguntou ela.

— Este homem estava tentando sequestrar a sua filha — falou Bellisario.

— Não — disseram Sarah e Roger ao mesmo tempo.

Em seguida, Roger disse a Sarah:

— Foi seu pai. Ele... ele e Theresa. Ele não deixava a menina em paz. Senhor! Eu devia ter feito alguma coisa.

A polícia, Clint e Gracie estavam em silêncio, ouvindo, enquanto o rosto dele endurecia com o ódio que sentia pelo pai de Sarah.

Abalada, Sarah precisava confirmar se tinha mesmo entendido direito.

— O meu pai matou Theresa? — A ideia era uma facada no coração.

— Foi culpa dele. Por causa do que ele fez com ela, porque... porque, depois que o bebê nasceu, Theresa nunca mais foi a mesma. Ela morreu por causa dele.

— Por causa dele? — repetiu ela, o corpo tomado por tremores. Aquela parte da história do irmão estava mal contada. Os braços de Clint apertaram seus ombros e um vento frio soprou do leste, correndo pelo desfiladeiro e dissipando a neblina.

— Vamos embora. — Bellisario já tinha ouvido o suficiente.

— Não, espera! — insistiu Sarah, os olhos fixos nos do irmão. — Como ela morreu?

— Ela se matou — disse ele, sem rodeios, o pomo de adão se contraindo. — Ela tirou a própria vida. Para acabar com o sofrimento. Que ele causava. Se enforcou na casa de hóspedes.

Sarah sentiu como se tivesse passado a vida inteira em areia movediça, verdades e mentiras sempre em trânsito, sem nunca conseguir saber realmente o que era verdade ou algum segredo obscuro guardado a sete chaves.

— Fui eu que encontrei Theresa e tirei ela da corda. — Sua expressão era de tormento, carregada de culpa por toda a vida. — Eu, hum, limpei a bagunça. Era tudo o que eu podia fazer e depois... depois, trouxe Theresa para cá para que ela pudesse descansar em paz.

Aquele era um assustador fio de verdade na teia de mentiras que era sua vida, ou o que acreditava ser sua vida.

— E você não contou à mamãe?

— Não precisei. Ela sabia — respondeu ele com convicção, e Sarah se lembrou do choro angustiado da mãe enquanto Roger descia as escadas com ela em seus braços.

Ela se recordava vividamente da mãe, pálida e aflita, caindo aos prantos no corredor.

— Desgraçado! Não, não, não! — Ela chorava, segurando a pequena imagem de Nossa Senhora enquanto esmurrava o chão. A serena estatueta não quebrou, continuou intacta, ao passo que Arlene estava destruída, chorando e amaldiçoando o marido, uma chuva de lágrimas desabando de seus olhos. — Eu sinto muito — disse à filha, mas não ofereceu colo a Sarah, segurando a imagem, a pequena estátua que pertencia a Theresa, como se o pouco que restava de sua sanidade dependesse daquilo.

— Mamãe resolveu o problema — disse Roger.

O peito de Sarah apertou. As lembranças a inundavam. As peças de sua vida se encaixavam rapidamente quando uma forte rajada de vento frio soprou do leste, dissipando a névoa. Sarah Stewart McAdams finalmente enxergava as imagens do passado com clareza.

— O bebê... era o problema? — perguntou ela, mas sabia a resposta antes mesmo que as palavras saíssem de sua boca.

— Não, Sarah. O bebê era você.

Ela cambaleou para trás, querendo negar, mas se lembrou da reação de Arlene na casa de repouso, quando a sra. Malone levou Sarah até a mãe, recordando Arlene daquele simples fato, mas Arlene se convenceu. *"A minha filha se chama Theresa!"*, insistiu Arlene, fazendo Sarah pensar que sua mãe a estava confundido com sua meia-irmã. Se Roger estivesse mesmo dizendo a verdade, aquele simples fato também era mentira, um segredo que Arlene guardava fazia mais de trinta anos.

— Theresa era minha mãe. — Sarah pronunciou as palavras quase sem acreditar nelas, mas percebeu quantas perguntas elas respondiam.

Roger não precisou dizer nada.

— E o meu pai...? — murmurou ela, mas, em um instante de parar o coração, também compreendeu aquela terrível verdade.

Estava tudo claro agora. Sarah era mesmo filha do homem que sempre conheceu como pai, Franklin Stewart, mas sua mãe era Theresa. Arlene a criou como se fosse sua filha, fazendo com que a família e os amigos, de alguma forma, acreditassem que ela tinha engravidado, talvez se isolando. Vai saber. Então, anos mais tarde, quando o mesmo doente que a concebeu foi perverso o suficiente para tentar aquilo outra vez, tocando intimamente e acariciando sexualmente a própria filha, Roger interveio. Sua respiração estava entrecortada, seu pulso, irregular, o estômago ardendo de ódio.

— Sarah — disse Clint, sua voz apenas um sussurro rouco quando a envolveu outra vez com os braços. — Querida, está tudo bem...

— Não! — gritou ela. — Não está, não!

Voltando-se para Roger, ela disse:

— Como foi que a mamãe achou que ia ficar tudo bem? Me adotando? Mas tem mais, não tem? Você disse que ela resolveu o problema — repetiu ela, dando um passo à frente, aproximando-se do meio-irmão criminoso para olhar bem no fundo dos olhos dele. — O que isso quer dizer?

— Que ela o matou, Sarah.

Por um instante, ninguém disse nada.

— Explica isso melhor. — Dessa vez, era Clint quem falava.

— Minha mãe matou os dois maridos. — As palavras de Roger não tinham entonação alguma. — Primeiro o meu pai, para poder se casar com Franklin. E, quando não conseguiu aguentar mais o incesto, quando viu que ele não ia mudar, começou a envenenar Franklin, como fez com o meu pai, e assistiu à morte dele pouco a pouco, dia após dia.

— E como você sabe disso? — exigiu Bellisario.

— Fui eu que comprei o veneno. Não para o meu pai, claro. Naquela época eu não tinha consciência do que ela estava fazendo. Mas depois, quando ela me pediu para comprar o veneno de rato na loja, eu já sabia que era para Franklin, e não me opus. — Ele olhou para o horizonte, sem expressão. — Foi justiça. Por Theresa.

— Sarah, eu já ouvi muita história de criminosos — começou Bellisario

— Não — interrompeu-a Sarah. Ela estava se lembrando da satisfação da mãe quando ela quase engoliu a mosca no leite tantos anos atrás e, depois, recentemente, quando Arlene foi acusada de colocar açúcar na bebida de um diabético na casa de repouso. — Eu acredito nele. — A mãe de Sarah, na verdade, era sua avó, uma assassina. Seu pai era um predador sexual que estuprou sua meia-irmã, que, na verdade, era sua mãe, e quase fez o mesmo com ela.

— Isso é conversa para boi dormir — disse Bellisario, cética, quando gesticulou para um de seus homens levar Roger para a delegacia. — Por que diabos você estava aqui com a menina?

— Eu já falei — respondeu Roger. — Eu estava salvando ela.

— De quê? De quem? — indagou Sarah e, em seguida, avaliou os rostos sérios de todos que estavam reunidos ali no antigo cemitério, em frente ao jazigo de Angelique Le Duc.

Um novo temor acometeu Sarah. Por que estavam todos ali? Como sabiam onde ela estava e que estava em apuros quando deviam estar buscando o maluco que estava sequestrando as meninas nas ruas de Stewart's Crossing?

Não!

— Onde ela está? — quis saber, virando-se para Clint, seus piores medos se confirmando ao ver a dor nos olhos dele. — Meu Deus! Onde a Jade está?

Lucy Bellisario encarava Roger Anderson do outro lado da mesa da sala de interrogatório. Pálido, os olhos claros, barba cheia e testa grande, ele usava roupas que não viam o interior de uma máquina de lavar fazia meses. As pernas presas em grilhões e as mãos, algemadas, estavam unidas em cima da mesa como se ele estivesse prestes a rezar. No teto, a luz das lâmpadas fluorescentes era forte, dando a ele uma aparência doentia e perturbada.

— Vamos começar do começo — sugeriu ela, pois o interrogatório tinha começado fazia quase uma hora e ela não conseguia engolir a história dele. — Onde está Jade McAdams?

— Estou falando que eu não sei. Pergunte a Hardy Jones.

— Já perguntamos. Ele disse que não sabe de nada.

— Ele está mentindo.

— É o que ele diz sobre você — disse Bellisario, sabendo que o interrogatório estava sendo observado através do "espelho" na parede, assim como cada palavra e cada detalhe estavam sendo filmados.

— Eu fui lá salvar elas.

— Sarah e as filhas? Da mesma forma que você salvou Rosalie Jamison?

— Eu não conheço essa aí.

— E Candice Fowler?

— Também já disse que não. — Ele estava calmo. Calmo demais. — Eu falhei com Sarah — disse ele pela quarta vez —, mas queria ajudar as meninas. Ter certeza de que estavam seguras.

— Mas Franklin Stewart já está morto faz tempo. Sua mãe cuidou disso, segundo você.

— Verdade.

— Por que você pensou que as Stewart estavam em apuros?

— Elas sempre estão — disse ele, apenas, e Bellisario lutou contra a vontade de estrangular o homem por causa daquelas respostas enigmáticas.

Tudo foi tão bizarro, quase surreal. Encontrar Anderson perto do jazigo foi a primeira surpresa, a segunda foi Sarah McAdams presa com os cadáveres lá dentro. Anderson jurou que não sabia de quem era o esqueleto do homem, embora Sarah McAdams tivesse certeza de que era Maxim Stewart, o primeiro ancestral na linhagem da família e o homem que construiu a Mansão Pavão Azul para a esposa, Angelique Le Duc, uma mulher que aparentemente traiu o marido com o filho dele, enteado dela. Anderson admitiu ter trancado Sarah no jazigo para "protegê-la". Ele vinha pensando num jeito de deixar Sarah e as filhas fora do alcance do sequestrador, quando viu as duas saindo de casa em direção ao cemitério e as seguiu — o meio-irmão as espionava desde que voltaram. Em sua cabeça perturbada, achou que o jazigo fosse um abrigo oportuno. O que era conveniente demais, na opinião de Bellisario, mais uma maluquice da família Stewart.

A cereja no bolo era que o outro cadáver, o da mulher, era, supostamente, de Theresa Anderson, irmã de Roger, que se matou depois de ser estuprada pelo padrasto. Tudo não passava de boatos até então, mas com o tempo a verdade ia vir à tona. Anderson também jurou que vinha evitando o agente de condicional porque sentiu que algo ruim estava para acontecer, pois Hardy Jones, depois de beber demais no Cavern após o expediente, gabou-se para Roger que tinha descolado um esquema dos bons. Embora Hardy tivesse sido vago e não tivesse revelado do que se tratava exatamente, mencionou o quanto as "meninas" podiam ser valiosas, que os homens pagavam um bom dinheiro por elas, para escravizá-las, fazê-las de prostitutas ou até mesmo esposas. Anderson ficou preocupado, sabendo que Sarah e as filhas dela estavam se mudando para Stewart's Crossing. Ele prometeu a si mesmo que as protegeria em nome da promessa frustrada que fez a Theresa, vários anos atrás, de proteger Sarah, seu bebê. Incluiu as filhas dela também, netas de Theresa. Vivia na floresta desde que voltou a Stewart's Crossing, mudando o acampamento de lugar de vez em quando, mantendo-se por perto.

Bellisario custava a acreditar na história que Anderson contava, mas tinha uma ponta de verdade ali, em algum lugar. Ela só não sabia dizer o que era fato e o que era ficção. Mas a questão era, se Roger Anderson não estava mancomunado com Hardy Jones, então quem estava?

As coisas estavam acontecendo muito rápido.

Suando, ele parou o carro em uma área deserta perto do centro da cidade. Sabia que precisava ficar calmo, passar uma impressão de naturalidade, não levantar suspeitas de ninguém à sua volta sobre a vida secreta que levava.

Estava ciente de que Dodds tinha sido preso e que Hardy Jones já estava sendo interrogado na delegacia. Ambos sabiam o que fazer, era só seguir o plano. Dodds era confiável, já Hardy, um pouco imprevisível. Ele achava uma péssima ideia levar Jones à primeira reunião de verdade com os "homens das montanhas", como eles chamavam a si mesmos, um bando de vigaristas que morava no Idaho, seguindo as próprias leis e desafiando o governo. Suas casas eram fortalezas, contavam até com abrigos subterrâneos, estoques de água e comida, armas e armadilhas, caso um invasor, o "inimigo", ousasse pôr os pés nas propriedades deles.

Gostavam de mulheres fortes, bonitas, talvez um pouco atrevidas, mas, no fim das contas, obedientes aos "maridos".

Felizmente, estavam dispostos a pagar. A venda de munições era lucrativa, e eles não se importavam em pagar um preço alto pelas "esposas" certas, como as chamavam, em cerimônias ministradas pelos próprios pastores de sua pequena seita fundamentalista.

O acordo era perigoso, mas, ah, como era lucrativo.

Então ele precisava segurar a barra por mais algumas horas.

Fez apenas uma ligação rápida, ouviu o toque e o som característico de um telefone sendo tirado do gancho do outro lado. Antes de o homem das montanhas falar qualquer coisa, ele disse:

— Precisamos antecipar a próxima etapa da operação. Vai ser hoje, à meia-noite. Não vão ser sete, apenas cinco, mas precisamos tirar essas meninas de lá ainda hoje.

Hesitação do outro lado da linha, e ele teve vontade de gritar com o homem — é *agora ou nunca, filho da puta* —, mas aparentemente o cara compreendeu.

— Está bem, então. Nos vemos lá — disse ele, encerrando o assunto.

— Com o dinheiro — lembrou ele ao cliente.

— É claro — respondeu o homem e desligou.

Ele suspirou, acendeu um cigarro, baixou a janela e dirigiu pela cidade até a casa do dr. Walter, no topo de uma colina. Como se torcesse o nariz para a cidadezinha abaixo e seu estilo rústico do Velho Oeste, a casa era moderna e elegante, com paredes de vidro e "conceito aberto", o que parecia estar na moda atualmente. Com apenas um andar, a casa ostentava uma vista opulenta para o rio e a costa de Washington, o endereço mais luxuoso pelo qual se podia pagar em Stewart's Crossing. Walter, sua mulher fofoqueira e aquela porrada de dinheiro, a maior parte herdado... Era tudo um teatro do caralho.

Pela quantidade de veículos enfileirados no sinuoso acesso à garagem e estacionados na rua, a festa parecia estar bombando.

Bom. Ele não estava fantasiado, queria que todos na festa vissem que ele estava lá, participando, embora isso não fosse importar em vinte e quatro horas. Mas, por enquanto, tinha que tomar alguma precaução, precisava de um pequeno álibi que fosse convincente pelo menos à primeira vista. Além disso, queria deixar a sujeira da operação respingar nos outros suspeitos que estivessem na mira da polícia, depois retomaria os trabalhos.

Jogou a bituca do cigarro pela janela, pegou a garrafa de Merlot do banco do carona e seguiu pelo caminho de ardósia que levava à enorme porta de vidro. Ele bateu de leve nos painéis, e a própria Dee Linn, vestida de Maria Antonieta, usando uma peruca branca com um penteado alto, atendeu.

— Ah, não — disse ela, decepcionada. — Outro com roupa normal. Acho que ninguém avisou você de que era uma festa à fantasia.

— Desculpa — disse ele, entregando a garrafa de vinho. — Andei ocupado.

— Hummm. — Ela leu o rótulo, erguendo uma sobrancelha. — Maravilha. Obrigada.

Walter Bigelow, cirurgião-dentista, teve a dignidade de se juntar à esposa na porta. Aparentemente ninguém o avisou também, porque estava usando a roupa do consultório: jaleco, avental cirúrgico e ar de superioridade.

— Que bom que conseguiu vir. Sua mãe e sua irmã já estão aqui. Sabe como é Marge, sempre pontual.

— Sei bem — concordou ele, erguendo a mão ao ver Joseph, de calças jeans e camisa um pouco aberta, bebida na mão, de olho na mesa cheia de aperitivos, decorada com abóboras, gatos pretos e um chapéu de bruxa.

Os garçons estavam na cozinha, todos com camisas brancas, calças sociais pretas e aventais laranja compridos. Ele se juntou a alguns convidados que usavam roupas normais, além de três mulheres que pareciam usar fantasia de gato, uma ou outra bruxa, um casal fantasiado de egípcios antigos, um Rambo e um Indiana Jones.

Ele se recusou a olhar seu relógio de pulso, na esperança de parecer tranquilo, mas sentia cada segundo passar em câmera lenta.

Só mais algumas horas, lembrou a si mesmo enquanto pegava uma cerveja de um garçom que passava; e depois, finalmente, liberdade.

As mãos de Jade estavam em carne viva, sangrando. Não conseguia enxergar, estava escuro demais, mas ela as sentia latejando, sabia que suas unhas estavam quebradas, a carne à mostra na ponta dos dedos e na palma das mãos.

Ela ouviu as outras meninas se movendo em suas respectivas baias, deitadas em camas que rangiam, bebendo água ou, de vez em quando, fazendo xixi, o som da urina batendo no fundo do balde.

Meus Deus, como era horrível.

Desumano para caralho!

Ela tinha passado todas as horas de claridade do dia tentando pular a maldita porta da baia para tentar fugir, mas não conseguiu. Várias vezes tentou subir pela superfície áspera, enfiando os dedos dos pés nos buracos da madeira ou onde as tábuas estavam frouxas, mas, sempre que chegava ao topo, se desequilibrava ou não conseguia encontrar apoio para os pés, escorregando e despencando novamente no chão. Sua única vitória foi ter conseguido derrubar e pegar a ferradura no ar.

As outras meninas não se saíram muito melhor. Dana, que dizia ser ginasta, não conseguiu pular a porta (não era nenhuma surpresa, a menina só era exibida). Mary-Alice, ainda um pé no saco, anunciou que tinha encontrado uma ferramenta escondida no canto da baia dela, algo que achava que era usado para limpar o casco do cavalo. Jade não confiava nela, nem mesmo agora. Devia estar mentindo. Candice não tinha arma, mas Rosalie disse que tinha encontrado algo que podia causar um estrago, uma peça de cortador de unha ou algo assim, que parecia ser minúsculo e inútil. Não, sua ferradura era a única arma com que podia contar.

Jade só esperava que, com a hora do suposto leilão ou o que quer que fosse aquilo se aproximando, a polícia ou algum dos pais ou a merda do FBI as encontrasse. Ela confirmou com as meninas que nenhuma delas estava com o celular, e os babacas provavelmente tinham descartado os aparelhos. Nada eletrônico para ajudar.

Sentiu o estômago revirar só de pensar no que os sequestradores planejavam fazer com ela, mas sabia que não ia desistir de lutar tão fácil. O plano de Rosalie não era brilhante, mas era tudo o que tinham — se Candice, a chorona, conseguisse fazer a parte dela. Só então, se ela fosse capaz de enganar os desgraçados, fazendo-os pensar que ela estava passando mal e baixar a guarda, as meninas teriam alguma chance.

Jade não estava tão esperançosa. Ela andou pela baia, onde o fedor de cavalo e urina ainda persistia, e desejou que tivesse um prego que fosse, algo em que pudesse apoiar o pé para subir mais um pouco, um pedaço de madeira ou metal que pudesse enfiar entre as tábuas, resistente o suficiente para ela usar para tomar impulso e pular para o outro lado. Então ia abrir as baias e todas as meninas e elas podiam correr para o oeste, para a casa da mãe dela.

Sentiu um aperto no coração ao pensar na mãe e na irmã tão perto, mas tão longe ao mesmo tempo. Será que as veria outra vez? E quanto ao pai que tinha acabado de encontrar? Será que ia ter a oportunidade de conhecê-lo melhor?

Não se você deixar esses doentes determinarem o seu destino!

Ela despencou na beirada da cama.

Alguém com certeza ia resgatá-las. Não era impossível localizá-las. Não tinha helicópteros do FBI ou algo assim só para salvar reféns? Na televisão, sempre apareciam batalhões de atiradores de elite, todos vestidos de preto, com capacetes e armas de precisão.

Mas aquilo era na cidade grande.

Não, lembrou a si mesma, aquilo era em Hollywood.

— Ei! — gritou Rosalie. — Escutem! Estão ouvindo? Tem alguém chegando.

O celeiro ficou em silêncio. Jade mal ousava respirar e, realmente, o ronco do motor de um carro subindo a colina chegou aos seus ouvidos. Seus músculos ficaram tensos. Ele estava com outra menina? Mais de uma? Estava indo até lá só para dar uma olhada nelas?

— Só se lembrem do plano — berrou Rosalie enquanto a caminhonete, supôs Jade, a julgar pelo ronco do motor, se aproximava. — Se a gente puder fazer algo agora, antes de os outros virem, mesmo que sejam eles dois, precisamos arriscar. Candice? Está me ouvindo?

— Sim — respondeu Candice, sem firmeza, abalando as esperanças de Jade.

Colocar o plano inteiro nas costas de uma menina que era claramente o elo mais fraco entre elas parecia absurdo. Mas pelo menos Candice tinha parado de chorar e soluçar e resmungar. Já era um avanço. Será que ela ia conseguir? Jade duvidava. Ela não ia deixar seu destino nas mãos de Candice Fowler.

— Deixem comigo! — gritou Jade. — Vou fingir que estou passando mal. Eu consigo, sei que consigo.

— Não. Vamos seguir o plano — chiou Rosalie.

— É, Jade, não fode. — Mary-Alice, claro.

— Mas ela não... — Jade parou. Não queria menosprezar a menina, mas, pensando bem, fodam-se os sentimentos de Candice. Era com a vida dela que estavam brincando! — Ela é muito mole. Nunca vai conseguir. Eu consigo fazer esse plano dar certo!

— Ele não vai acreditar em você. Vai achar que está tramando alguma coisa. — Rosalie estava desesperada. — Você enfrentou ele antes e ele te bateu, não foi? Ele não vai cair nessa. Então. Sigam o plano. Todas vocês.

Vai dar certo. — Rosalie, que vinha mantendo a calma, agora claramente começava a perder o controle, sua voz mais aguda que o normal. — A gente pode não conseguir, mas precisamos tentar. Não importa quem passar pela porta, Candice, é com você!

Frustrada, Jade socou a parede e soltou um palavrão.

— Certo, tudo bem — disse ela. Em seguida, calou-se e segurou a ferradura com força.

— Eu vou conseguir — insistiu Candice com sua vozinha da Minnie. Jade fechou os olhos. *Que Deus nos ajude.*

CAPÍTULO 38

Hardy Jones, com sua fina cabeleira desgrenhada e seu perpétuo sorriso de desdém, estava insolente, quase petulante, quando se sentou na sala de interrogatório. Bellisario não gostava dele. *Um verme*, pensou ela, *é isso o que ele é.* Um pedaço de carne humana inútil vestindo jaqueta jeans surrada e calças Levi's desgastadas.

Ela estava cansada, não chegava a lugar nenhum, e o relógio na parede marcava 23h30. Estavam naquilo fazia horas.

— Eu não sei do que você está falando — insistiu ele, sentado na cadeira ocupada por Roger Anderson pouco tempo atrás.

— Estou falando da sua vida e da sua liberdade — disse Bellisario, sucinta. — Ou você nos conta o que sabe, onde estão as meninas, ou vai ficar preso por muito, muito tempo.

— Eu não sei nada sobre menina nenhuma. — Mas tinha um brilho no olhar dele, como se escondesse algo dela.

— Não foi isso que Roger Anderson disse.

— Ele é um mentiroso. Um ex-presidiário.

— Você também é.

— Mas eu nunca fiz nada contra mulheres. Isso é coisa dele, não minha.

Hardy tinha um bom argumento. Mas mesmo assim...

— Bom, e se eu te disser que... — continuou ela, calma, na esperança de finalmente virar o jogo. — Josh falou a mesma coisa.

— Quem?

— Josh Dodds. Vocês se conhecem.

— Não sei quem é, não. — Ele engoliu em seco, o pomo de adão se movendo, e o suor começou a escorrer por cima das costeletas.

— É claro que conhece. É o cara que mora nas montanhas do Idaho, bem perto da fronteira, lá no norte. Anarquista. Sempre se mete em encrenca. Você se encontrou com ele algumas vezes no Cavern. — Era um blefe, mas, percebendo que o sorriso presunçoso daquele rosto grisalho finalmente vacilou um pouco, ela continuou: — Estamos apenas esperando a confirmação das câmeras de segurança, mas Dodds disse que conhece você.

— Filho da puta mentiroso! — Jones recostou na cadeira e cruzou os braços sobre o tórax esquelético. — Estou dizendo que não sei quem ele é. E não tenho nada a ver com tráfico de armas... munição... — Ele calou a boca. Bem rápido.

— Eu não falei que ele estava envolvido com armas.

— Você disse que ele era anarquista. Com que mais poderia estar envolvido?

— Muitas coisas, Hardy. A maioria ilegal — disse ela, com um sorriso astuto. — E alguns deles não são muito gentis com mulheres, estão sempre em busca de alguém que possa querer ser uma serva. Ou ser escravizada. — Ela o pressionou mais um pouco, lembrando-se do que tinha lido. — Ou talvez até de uma esposa. Ou duas.

Hardy Jones bufou. Mas Bellisario sabia que ele estava pensando, procurando uma forma de se safar. Antes ele tinha sido rápido em jogar a culpa nos outros para tirar o dele da reta.

— Roger Anderson disse que acha que você mantém as meninas em algum lugar próximo, que desse jeito pode pegar uma e deixar no cativeiro enquanto vai atrás das outras. Não é no seu apartamento, já fizemos uma busca. Então estou pensando em algum lugar nas colinas. Um local isolado, porque se as reféns gritassem...

— Não tenho reféns! Menina nenhuma!

— ... ninguém ia ouvir.

O pomo de adão se movia bastante agora, mas Hardy fechou o bico, e aquilo era ruim. Ela acertou na mosca quando disse que ele escondia as meninas nas redondezas, mas na verdade isso não ajudava muito. Stewart's Crossing era um cidade pequena, mas cercada por uma imensidão de terras íngremes às margens do rio.

Jones não era muito inteligente, então seu cúmplice e provável cabeça da operação, pensou Bellisario, devia ser alguém mais sagaz. Alguém que conhecesse a região. Alguém em quem as meninas confiassem. Alguém, pensou ela, que pelo menos Rosalie Jamison conhecesse. E, se Bellisario estava entendendo bem, Hardy fazia tudo para incriminar o antigo companheiro de cela, Roger Anderson.

Era de Hardy a ideia de fazer Anderson de bode expiatório? Ela o encarou. Provavelmente, não. Hardy era um soldado, não um comandante — e um soldado bem fraco, diga-se de passagem.

Então quem estava por trás de tudo?

Ela pensou em alguém próximo o bastante de Roger Anderson a ponto de saber como fazê-lo parecer culpado. Alguém que o conhecia? Talvez alguém em quem ele confiasse e com quem se encontrasse? Alguns nomes vieram à mente, particularmente, aqueles que tinham visitado Anderson. Seria possível que quem Bellisario tinha em mente tivesse visitado não apenas Roger, mas também nosso amigo Hardy Jones?

Ela estava prestes a soltar o nome do cara quando, por sorte, Hardy a poupou.

— Veja, eu tenho um álibi — rebateu ele, apressado, claramente sem saber o que responder às alegações, complicando-se em seguida. — Nos horários em que sequestraram cada uma das meninas, você sabe que eu tenho álibis. E... e, se não acredita em mim, liga para o Clark Valente, ele vai falar. Eu estava com ele. Ele vai te falar! Acho que ele estava indo para aquela festa que o dentista e a mulher estão dando. Sabe, o dr. Walter.

— O cunhado de Roger? — perguntou ela, intrigada e motivada ao saber que tinha deparado com uma pista valiosa. — Quer saber? Acho que vou perguntar, sim. — *E rápido*, acrescentou mentalmente ao sair da sala.

— Ei! — chamou Hardy. — Você não pode simplesmente me deixar aqui.

Era claro que podia. Bellisario viu um policial no corredor.

— Fica de olho nele — apontou para a sala de interrogatório. — Não deixa ele usar o celular. — Em seguida, saiu correndo.

Sarah andava pela sala de estar. Embora estivesse cansada depois de passar pelo suplício no jazigo e prestar depoimento à polícia, estava agitada demais para dormir. Enrolada no cobertor — Clint alimentando a lareira, Gracie e a cachorra aninhadas no sofá —, Sarah estava angustiada e ansiosa e desejando a Deus saber o que fazer. Ela e Clint tinham conversado, e Sarah até contou sobre a imagem de Nossa Senhora e o maldito fantasma, mas, o tempo todo, independentemente da conversa, pensavam em Jade, onde ela estava, com quem estava e se... se... Meu Deus, se ela ainda estava viva.

— Nós vamos encontrá-la — disse Clint, mas suas palavras soavam mais vazias do que reconfortantes.

— Como?

— A polícia. A detetive Lucy.

Ela sacudiu a cabeça, desesperada.

— O FBI.

— Precisamos fazer alguma coisa — disse Sarah, e ele assentiu, concordando. Ela sentia a inquietação dele, sabia que ele estava mantendo a calma por causa dela. — Tá, eu não aguento mais. — Ela estava se sentindo presa na casa, como se as paredes velhas ameaçassem sufocá-la. — Vou até o telhado.

— Por quê?

— Porque essas paredes estão me deixando sufocada.

Clint deu uma olhada no relógio de pulso, mas não disse a ela que era quase meia-noite. Ela sabia. Ela contava cada segundo desde que Jade desapareceu.

— Vou com você.

— Eu também — disse Gracie, e Sarah agradecia por aquilo.

Não queria que a caçula saísse de vista por um segundo que fosse e ainda estava se culpando por ter deixado Jade voltar para casa sozinha. Ela cometeu um erro e Clint não a repreendeu por isso. Estava ocupado demais com o próprio sentimento de culpa.

Sentindo necessidade de sair, de respirar, de pensar e clarear os pensamentos, ela foi até as escadas.

Enquanto subia, segurou no corrimão, mas não fraquejou. Pelo contrário, as coisas que ela sabia agora, a verdade que tinha ouvido de Roger Anderson, motivaram Sarah. Ela queria acertar as contas com o pai. Iria ao terraço e jamais temeria a escuridão e o terror daquela noite tantos anos atrás. Com Clint e Gracie atrás, Sarah subiu dois lances e passou pelo quarto dos pais no terceiro andar. Agora ela entendia o porquê das brigas. *Seus pais, não*, lembrou a si mesma, *seu pai e sua avó*.

Sua cabeça doía por causa de tudo que descobriu, todos os segredos que Roger guardava. Ele tinha jurado proteger a mãe também, embora Arlene fosse uma assassina. Quando passou pelo quarto de Theresa, controlou-se para não olhar lá dentro nem mesmo espiar a estatueta quebrada ou o espelho estilhaçado. Um atrás do outro eles subiram ao sótão, atravessando o assoalho até a escadaria em caracol que levava à cúpula. Ela sentiu mais uma vez a pele úmida, o mesmo medo mexer com sua cabeça, mas agora sabia sua origem e, pelo menos, podia tentar se livrar dele para sempre.

Uma vez no terraço, Sarah respirou fundo. Finalmente, o nevoeiro tinha ido embora, e a lua cheia, um disco brilhante sem o véu das nuvens, lançava uma luz prateada sobre a terra. A noite estava quieta, até mesmo o rio estava silencioso, nenhum ruído de trem passando em trilhos distantes ou corujas piando nos bosques em volta.

Ela sentiu um calafrio, e Clint passou um braço forte em seus ombros, dando um abraço apertado em Sarah enquanto ela envolvia o corpo magro da filha, que apoiava as costas na mãe, uma família de três observando a noite e pensando em Jade.

— A gente vai encontrar a Jade — prometeu Clint, apoiando o rosto na cabeça de Sarah de um jeito reconfortante.

— Meu Deus, eu espero que sim. — Ela tentou se manter firme, mas, olhando para o leste, de onde corriam as águas do rio, imaginou se algum dia veria a filha outra vez.

Clint a apertou no exato momento em que ela viu algo reluzir ao longe. Faróis, concluiu ela e quase desviou o olhar. Até que viu mais faróis, um atrás do outro. Nada de mais, à primeira vista, mas os veículos pareciam estar próximos demais uns dos outros, na rodovia, serpenteando entre as árvores... onde? Ela visualizou o mapa do terreno, lembrando-se dos pontos de referência, da velha trilha de extração de madeira...

— Clint? — chamou ela, sentindo um nó no estômago. — Por que alguém iria até aquela antiga cabana de madeira a essa hora?

— Não sei — disse ele, voltando a atenção para aquela direção.

— O que é mesmo que tem lá para cima?

— A cabana, se ainda estiver de pé, e um estábulo, se não me engano.

— Faz anos que ninguém vai lá — disse ela. *Até agora.* — Invasores?

— Não sei. — Eles olharam um para o outro, e Clint falou, soturno:

— Vamos descobrir.

***

A porta do celeiro abriu com força e as luzes acenderam.

Lá vamos nós, pensou Jade, nervosa.

— Tudo bem, meninas. Hoje é a grande noite — anunciou ele.

— Hoje? — perguntou Rosalie, parecendo surpresa.

Por enquanto, ele estava sozinho. O homenzinho de quem as meninas falaram, seu parceiro de crime, não parecia ter vindo com ele, quer dizer, ao menos no celeiro não estava. Talvez estivesse vigiando lá fora, pensou Jade e escondeu a ferradura debaixo do casaco.

— Seus maridos estão vindo e eu quero que vocês todas se comportem — disse o sequestrador.

— Maridos? — repetiu Mary-Alice.

— Isso mesmo, Princesa. Maridos. Homens que estão em busca de esposas obedientes.

— O quê? — soltou Mary-Alice, horrorizada.

Para com isso, foca no plano! Pensou Jade. *Foi você que quis continuar dependendo da Candice.*

Abalada, Mary-Alice murmurou:

— Meu Deus! Como assim, do que você está falando, caralho?

— Não use o nome de Deus em vão! — Ele estava perdendo a paciência, levantando a voz. — E, sim, vocês vão ser obedientes!

— Você está querendo vender a gente para ser esposa? — Era Dana quem se intrometia agora, demonstrando nojo. — Acho que isso é ilegal! — Mas logo se calou, quando percebeu tardiamente que tudo que o desgraçado vinha fazendo era ilegal.

— Mas achei que seria amanhã à noite — falou Rosalie outra vez.

— Mudança de planos, então se arrumem.

Ah, merda!

— Confiem em mim, vai ser melhor se todas vocês se comportarem. Os rapazes, eles até gostam de uma pitada de insolência, mas querem esposas que vão servir a eles, no fim das contas. Quanto mais boazinhas vocês forem com eles, quanto mais fizerem as vontades deles, melhor vai ser a vida de vocês.

De jeito nenhum, porra, pensou Jade, desejando chutar as bolas do tarado, quando ouviu outro motor, um segundo veículo se aproximando em alta velocidade. Eles estavam vindo — os homens que pretendiam comprá-las! Não dava mais tempo. Não dava!

Vamos, Candice, pensou em silêncio. *A hora é agora.*

Mas a menina não fez nada.

Jade suava, andava de um lado para o outro, tentando não entrar em pânico, mas fracassando belamente. Aquela anta não ouviu o que elas tinham dito? Meu Deus do Céu, tinha um segundo carro chegando, talvez um terceiro.

Lá na outra ponta, Rosalie pigarreou, uma clara tentativa de passar a bola para Candice.

Nada ainda.

Vamos logo!

Desesperada, Jade decidiu tomar a frente e fingir ela mesma que estava passando mal. Candice não ia fazer nada, não estava fazendo nada. Quando Jade abriu a boca, ouviu Candice choramingar, soltando um gemido baixinho em seguida.

— Aaaaaai. — Em seguida, tosse. — Eu... eu acho que vou passar mal. — Candice gemeu como se estivesse agonizando, e foi tão convincente que Jade teve certeza de que ela não estava fingindo.

— Você está bem — disse o sequestrador.

— Não... não... Me desculpa — disse ela com aquela vozinha de camundongo. — Aaaai, meu Deus — disse Candice e começou a fazer um som de regurgitação, tão alto que Jade teve certeza de que ela estava prestes a botar tudo para fora.

— Para com isso! — rosnou ele, perdendo a paciência.

Mais sons e, em seguida, o barulho do vômito saindo, o líquido atingindo o fundo do balde.

— Ah, puta merda. Agora, não! — declarou ele, furioso. Então, ouvindo o som dos veículos se aproximando, ele acrescentou rapidamente: — Escuta, Sorte, você precisa se limpar. Vocês também.

— Aaaaaai. — Candice não ia desistir. Seu gemido ficou mais alto, reverberando nas vigas, e Jade prendeu a respiração, afundando os dentes no lábio inferior.

— Porra! — Houve o clique de uma fechadura e o rangido de uma porta se abrindo. — Tá legal, Sorte — disse ele, irritado —, qual é o prob...

Bum!

O som do balde de metal atingindo o crânio dele e barulho do líquido entornando. Ele gritou ao mesmo tempo que passos rápidos martelaram o chão da baia.

— Sua puta! — rosnou ele, mas parecia que Candice tinha escapado. Ela correu para a próxima baia e soltou o ferrolho.

Bum!

Outro baque, devia ser Dana, acertando a porta da baia nele. O homem conteve outro berro de dor e continuou andando, seus passos pesados martelando o chão. Dana soltou um gritinho, em seguida, veio o som de uma luta corporal. Dana gritando, ele xingando.

— Fique bem aí, vadia! — gritou ele, e a porta da baia bateu com força, o ferrolho sendo fechado de novo.

Jade perdeu as esperanças.

Candice não ia conseguir lutar com ele sozinha, e os outros logo iam se juntar a ele! Os motores roncavam. Perto. Tão perto. Meu Deus.

Ela ouviu o barulho de pneus esmagando o cascalho, vozes masculinas por cima do zumbido de motores ociosos.

— Me deixe sair daqui! — gritou Dana, trancada outra vez e arremessando em vão o corpo contra a porta.

Droga.

— Venha aqui, sua... ! — berrou ele, e Candice deu um gritinho assustado.

Não!

Clique! O ferrolho da baia de Jade deslizou.

A silhueta de Candice despontou contra a luz. Apavorada e parecendo prestes a mijar nas calças, ela olhou para Jade e saiu em disparada, e Jade correu para o meio do celeiro.

Lá estava ele em um piscar de olhos. Uma mão enorme a agarrou pelo pescoço e a tirou do chão. Droga!

— Volte lá para dentro! — ordenou ele com um olhar selvagem, seu rosto em um vibrante tom de vermelho.

Ela não pensou duas vezes. Enfiou a mão no casaco e puxou a ferradura, golpeando com força o crânio dele.

As pernas do homem fraquejaram e ele perdeu o equilíbrio. Ao mesmo tempo, Candice abria outra baia. Rosalie saiu correndo, sem perder tempo. Enquanto Jade lutava com o desgraçado, ouviu o barulho de mais veículos chegando, e Rosalie abriu as outras portas, libertando as meninas para a área comum. Nossa, quantos homens iam participar do leilão? Bizarro, bizarro, bizarro!

— O que está acontecendo? — gritou um homem do lado de fora. — Valente!

Valente? Jade já tinha ouvido aquele nome antes. Ah, merda, aquele babaca era seu *parente*? Ela lutava para se desvencilhar dele, mas, mesmo desorientado, ele se jogou em cima de Jade quando ela conseguiu se soltar. Ela caiu com força, batendo com o queixo no chão. Sua mandíbula explodiu de dor, a pele abrindo ainda mais.

O sangue jorrou da ferida.

Ela o chutava de novo enquanto ele a arrastava de volta. Debatendo-se, Jade conseguiu se desvencilhar dele depois de uma série de chutes violentos e se levantou, cambaleando. Ele também ficou de pé, mas perdeu o equilíbrio, pendendo um pouco para trás. Jade viu o celular dele meio para fora no bolso da calça e pulou para pegar o aparelho no momento em que Rosalie surgiu do nada e saltou nas costas do sequestrador, colocando um braço ao redor do pescoço dele. Ele girou, tentando derrubá-la, enquanto Jade discava desesperadamente para a polícia.

— Socorro! — implorou ela assim que a chamada foi atendida.

Rosalie, trepando na lateral do desgraçado, enfiou a pequena arma que empunhava com tudo no olho do monstro. O sangue jorrou. Ele uivou, um grito agudo de agonia, e caiu de joelhos, mas ela ainda estava agarrada a ele como um carrapicho. Puxou de volta seu punho ensanguentado e empurrou a arma ainda mais fundo na órbita ocular do homem. De novo. O sequestrador soltou um grito de dor horripilante que alcançou os céus. Ele girava, enlouquecido, berrando e tentando se desvencilhar de Rosalie, mas a menina queria vingança.

Botas ressoavam lá fora. Homens gritavam uns com os outros.

— Que porra é essa que está acontecendo?

— Vamos embora daqui! — A voz masculina estava em pânico. Cascalho rangendo. Motores ligados. Tarde demais!

De repente, sirenes começaram a tocar e, finalmente, o interior do celeiro piscou com as luzes azuis e vermelhas vibrantes.

— Ah, merda! A polícia! — gritou um dos homens.

A polícia estava lá? Jade cambaleou. *Graças a Deus!*

Botas rangiam do lado de fora. Homens falavam alto.

Finalmente, o canalha se desvencilhou de Rosalie, xingando a garota. O sangue jorrava da órbita onde antes se encontrava seu olho, e ele berrava desesperadamente.

— Socorro! — gritou ele, mas Rosalie não perdeu tempo.

— Morre, seu filho da puta! — disse ela, cravando o cortador de unha na garganta dele no exato momento em que a polícia, com armas em punho, arrombou a porta.

— Para trás! — alertou em voz alta a policial que vinha na frente, a detetive, mas um dos homens atrás dela não deu ouvidos.

Clint Walsh entrou correndo, um passo atrás de Bellisario. Seu rosto estava tenso, havia terror nos olhos dele, até que encontraram Jade.

Então, sem dizer uma só palavra, ele correu até Jade e a pegou nos braços como se jamais pretendesse soltar a filha.

— Meu Deus, você está bem? Está? — perguntou ele, com a voz vacilando.

Fazendo que sim com a cabeça, incapaz de falar, ela se agarrou a ele, afundando o nariz em seu ombro.

— Ô, querida — disse ele.

As lágrimas de Jade saíram, enchendo seus olhos. Quando olhou por cima do ombro dele, viu a mãe e a irmã abraçadas na entrada, com os olhos arregalados, ansiedade e alívio evidentes em seus rostos abatidos.

Jade chorou de soluçar, enterrando o rosto no pescoço quente do pai ao perceber que estava finalmente a salvo.

EPÍLOGO

No verão seguinte — Mansão Pavão Azul

Um canto selvagem ressoou nos céus, e Sarah, de pé no terraço, olhou para o jardim lá embaixo, onde o novo pavão se exibia para as fêmeas ao redor. Ela sorriu e pensou nos últimos nove meses e em todas as mudanças.

O sol, refletindo nas águas velozes do rio Columbia lá embaixo, estava quente e prometia outro dia radiante. Sua vida tinha entrado finalmente nos eixos e, pela primeira vez em anos, sentia-se um poço de felicidade. Ouvindo o ronco de um motor, ela olhou mais à frente e sorriu ao ver Clint chegando com aquela picape velha e horrorosa.

Os dois tinham decidido morar juntos e estavam até conversando sobre casamento e a possibilidade de outro filho, mas não queriam apressar as coisas. Por causa das meninas. Gracie tinha florescido no último ano, parecendo-se menos com uma menininha e mais com uma adolescente interessada em maquiagem e meninos, além de sua fascinação por fantasmas e agora, aparentemente, depois do suplício do outono passado, por investigações criminais.

Sarah entrou na cúpula, contente por não ter mais medo dos andares superiores da casa nem do porão, embora ainda estivesse longe de ser um de seus cômodos favoritos.

Clint fazia sua mudança aos poucos, já que a casa estava praticamente pronta — encanamento e fiação elétrica consertados, placas de gesso velho e tábuas apodrecidas removidas, e paredes novas. A cozinha ainda estava uma bagunça, mas era funcional, e todos os banheiros tinham sido reformados. Ela e as meninas já tinham escolhido seus respectivos quartos — ela e Clint, tomara, na suíte principal, Jade no antigo quarto de Dee Linn, e Gracie, como era de esperar, insistiu em ficar com o quarto do canto, que pertencera a Theresa. A caçula ainda acreditava que o cômodo era habitado pelo fantasma dela, o espírito que Sarah tinha visto, mas também tinha certeza de que o fantasma de Angelique Le Duc não estava mais presente.

— Ela fez a passagem, mãe — informou Gracie.

Talvez.

Elas se mudaram para a casa de hóspedes logo após os terríveis acontecimentos que finalmente tiveram um fim quando Jade foi resgatada de Clark. Aparentemente, ele sempre teve inveja do "lado Stewart" da família. Ele nunca tinha feito nada que prestasse, nunca se casou, e no fim das contas acabou se envolvendo num grande esquema de tráfico de meninas com potencial para ser "esposas" de homens que não tinham o menor respeito nem por mulheres nem pela lei. Era um esquema bizarro, com certeza, mas potencialmente muito lucrativo para Clark, que tinha perdido um olho para Rosalie Jamison e aguardava julgamento, assim como os homens das montanhas. Em uma ironia do destino, parecia que Clark estava prestes a ganhar uma bolada vendendo sua história para Hollywood. Havia negociações à vista, se a Justiça permitisse, o que ainda era muito incerto.

Na opinião de Sarah, ele deveria ficar preso pelo resto da vida e nunca receber um centavo sequer pelo horror e pela dor que tinha causado. Mesmo lembrando a si mesma de que poderia ter sido muito pior, nunca seria capaz de perdoar Clark. Jamais. Torcia para que ele tivesse uma vida longa e miserável atrás das grades.

Jade, por sorte, saiu do ocorrido apenas com uma pequena cicatriz e, embora jurasse que odiava frequentar a Escola Nossa Senhora do Rio, tinha começado a namorar Liam Longstreet, que acabou passando bastante tempo na casa, ajudando o pai durante o inverno. Cody Russel nunca pisou em Stewart's Crossing, e aquele romance em particular parecia ter morrido. Mary-Alice Eklund ainda era considerada inimiga mortal, embora tivessem sido mantidas em cativeiro juntas, mas quem sabe no futuro as coisas mudassem, já que Mary-Alice terminaria a escola e iria para algum lugar no leste, de acordo com Liam, que ia fazer faculdade no Oregon mesmo.

Sarah tinha feito as pazes com o papel que os pais tiveram em sua criação. O pai, aquele desgraçado, merecia um destino ainda pior do que o que Arlene arquitetou. Ela, frágil e desorientada, estava presa, aguardando por um julgamento que jamais entenderia. Tinha assassinado dois homens, pelo que se sabia, e não se arrependia de nada. Tia Marge estava "devastada" e jurou nunca mais falar com Sarah, mas Caroline parecia não se importar; ela e o irmão nunca foram próximos.

Clark morava num apartamento minúsculo não muito longe da mãe e ganhava a vida comprando e vendendo produtos pela internet, mas nunca ganhou muito dinheiro. Foi quando se aventurou no comércio de armas que passou a ter contato com Josh Dodds e os homens das montanhas. Conheceu Rosalie Jamison na lanchonete onde ela trabalhava e fez dela sua primeira vítima. Agora, pelo que Sarah tinha ficado sabendo, Rosalie foi morar com o pai em Denver e ia se matricular numa faculdade no Colorado. De acordo com a mãe dela, a menina finalmente estava no caminho certo, pronta para deixar o terror do sequestro para trás e recomeçar.

Era um momento de novos começos para todo mundo.

Sarah chegou ao primeiro andar e ainda não conseguia acreditar que os irmãos, depois de toda aquela dor de cabeça, tinham decidido vender a casa para ela. Era óbvio que ela não teria conseguido pagar tudo sozinha, mas Clint sugeriu colocar a casa dele à venda para que pudessem morar juntos na dela. Fecharam o negócio e, agora, os dois conversavam sobre a possibilidade de transformar a Mansão Pavão Azul numa pousada, só que Sarah não tinha certeza do que aconteceria dali para a frente.

Ela foi lá para fora, onde Clint estacionava a caminhonete. Quando ele abriu a porta, os dois cães saltaram e correram na direção do pavão, que fez cara feia e soltou outro grito de arrepiar. Tex e Xena perderam o interesse, e Clint desviou da ave enquanto subia os degraus da varanda.

— Não foi uma boa ideia — disse ele sobre o pássaro.

— Diz isso para a Gracie.

— Eu sei, mas... — Ele deu de ombros e a puxou para seus braços. — Senti saudades.

— Você só ficou fora por três horas.

— Eu sei, estava tentando ser romântico.

— Tenta outra vez — sugeriu ela, e uma faísca de malícia acendeu nos olhos dele.

— Tudo bem, então. — Ele a agarrou e a beijou com vontade, curvando as costas de Sarah, fazendo com que um de seus pés se levantasse e a obrigando a se segurar nele. Ela derreteu toda por dentro e sentiu como se estivesse envolvida num casulo de proteção, a mesma sensação que ele sempre provocava quando estava por perto. A língua dele acariciava a dela com mais do que apenas uma promessa. — O que achou? — perguntou ele, enfim levantando a cabeça, mas ainda envolvendo-a em seu doce abraço.

— Melhor. — Ela riu. — Um pouquinho.

— Você é impossível! — Aprumando os dois, ele abriu um sorriso.

— Eu tento.

Com uma risadinha, ele disse:

— Então, onde estão as meninas?

— Gracie está na casa de Scottie e Jade está…

— Com Liam.

— Acertou.

— Quer dizer que você está sozinha?

— Com certeza.

— Ótimo — disse ele, o brilho em seu olhar cada vez mais malicioso. Quando ele a pegou no colo, Sarah soltou um gritinho, surpresa e segurando-se em Clint enquanto ele caminhava até a porta da frente.

— Vamos dar outra chance a essa história de romance?

A resposta dela foi um beijo apaixonado, ao que ele entrou em casa, fechou a porta, e a carregou escada acima.

Impresso no Brasil pelo
Sistema Cameron da Divisão Gráfica da
DISTRIBUIDORA RECORD DE SERVIÇOS DE IMPRENSA S.A.
Rua Argentina, 171 – Rio de Janeiro, RJ – 20921-380 – Tel.: (21)2585-2000